Laura Kneidl

Die Krone der Dunkelheit 3

LAURA KNEIDL

Die Krone der Dunkelheit

Götterdämmerung

Mit 9 Schwarz-Weiß-Abbildungen und einer Karte

PIPER

Wenn Ihnen dieser Roman gefallen hat, schreiben Sie uns unter Nennung des Titels »Die Krone der Dunkelheit 3« an *empfehlungen@piper.de*, und wir empfehlen Ihnen gerne vergleichbare Bücher.

Von Laura Kneidl liegen im Piper Verlag vor:
Die Krone der Dunkelheit 1
Die Krone der Dunkelheit 2. Magieflimmern
Die Krone der Dunkelheit 3. Götterdämmerung
Das Flüstern der Magie

Originalausgabe
ISBN 978-3-492-70545-5

Dieses Werk wurde vermittelt durch die AVA international GmbH
Autoren- und Verlagsgantur
www.ava-international.de
Illustrationen: Gabriella Bujdosó
Karte: Markus Weber
Satz: Eberl & Koesel Studio GmbH, Altusried-Krugzell
Gesetzt aus der Minion
Druck und Bindung: CPI Books GmbH, Leck
Printed in the EU

Für mich.

Die Krone der Dunkelheit

Was bisher geschah …

Freya Draedon

Prinzessin Freya ist fasziniert von der Magie, die sie eines Tages das Leben kosten könnte. Nach der Entführung ihres Bruders Talon wandte sich Freya für die Suche nach ihm der Alchemie zu. Obwohl diese in ihrer Heimat verboten ist – aber davon lässt sie sich nicht stoppen. Mithilfe des Wächters Larkin fand sie Talon, doch dieser entpuppte sich als Prinz Kheeran der Unseelie. Zurück bei ihrer Familie, musste sich Freya den Folgen ihrer Flucht stellen und sollte gegen ihren Willen mit Prinz Deèglan verheiratet werden, der kein Geringerer ist als der Pirat Elroy. Obwohl sie Larkin liebt, bringt ihr die geplante Hochzeit einen entscheidenden Vorteil, denn ihre Vermählung mit Elroy findet in Weidar statt. Einer Stadt im Süden des Landes, in der eine geheime Bibliothek ihres Vaters existiert, die verbotene und magische Schriften enthält, die sich Freya aneignen will. Ihr gelingt es, in die Bibliothek einzudringen, als ihr Vater sie überrascht und es zu einer Konfrontation zwischen den beiden kommt, die Freya ihre Zunge kosten könnte …

Larkin Welborn

Larkin Welborn hat dem Niemandsland jahrzehntelang als unsterblicher Wächter gedient. Er hat die Mauer bewacht, welche das magische und sterbliche Land voneinander trennt; zuletzt als oberster Befehlshaber. Doch ein Zwischenfall vor sieben Jahren, bei dem ein ganzes Dorf ausgerottet worden war, hat Larkin in den Kerker des Königs befördert. Dort sollte er sein Leben für die Ewigkeit fristen, aber Prinzessin Freya hat andere Pläne mit ihm. Sie befreit ihn, damit sie gemeinsam ihren verschollenen Bruder Talon finden. Auf der Suche nach dem Prinzen verliebt sich Larkin in Freya und findet zu seiner alten Stärke zurück. Da er noch immer ein gesuchter Verbrecher ist, zieht er allein und verborgen im Schatten durch das Land, um Leuten zu helfen, die sich selbst nicht helfen können. Er geht einer Reihe von Morden nach. Die Spuren führen ihn nach Askane, jener Stadt, in der es auch einen magischen Schwarzmarkt gibt …

Ceylan Alarion

Ceylan Alarion wuchs in einem Dorf am Rande des Niemandslands auf. Sie war noch ein Kind, als Elva ihre Eltern töteten und ihre Heimat zerstörten – nur sie hat überlebt. Ceylan möchte um jeden Preis verhindern, dass so etwas noch einmal geschieht. Aber um gegen die blutrünstigen Kreaturen zu bestehen, muss sie zu einer unsterblichen Wächterin werden. Sie ist die einzige Frau an der Mauer und hat mit viel Gegenwind zu kämpfen. Ihre störrische und rebellische Art bringt sie zusätzlich immer wieder in Schwierigkeiten. Als sie den Field Marshal Khoury Tombell und Leigh nach Nihalos begleitet, der Stadt der Unseelie, wird sie dort festgenommen und fälschlicherweise des Mordes an Kheerans Mutter, Königin Zarina, beschuldigt. Kheeran selbst glaubt jedoch an ihre Unschuld. Mit seiner Hilfe gelingt Ceylan die Flucht aus dem Verlies, dabei offenbaren sich ihr ungeahnte Kräfte. Sie besitzt die Gabe, die Elementarmagie der Fae zu unterbinden.

Kheeran

Prinz Kheeran soll nach dem unerwarteten Ableben seines Vaters, König Nevan, mit seinen achtzehn Jahren als jüngster Unseelie aller Zeiten den Thron besteigen. Sein Volk, das aus jahrhundertealten Fae besteht, ist darüber ebenso wenig erfreut wie Kheeran selbst. Nicht zuletzt, weil ihn ein dunkles Geheimnis umgibt, von dem nur seine engsten Vertrauten wissen. Er wurde als Baby aus seiner Wiege entführt und hat die ersten Jahre seines Lebens als Prinz Talon in der Menschenwelt verbracht, weshalb er sich oft mehr wie ein Mensch als wie ein Fae fühlt. Nur sein bester Freund Aldren und die Wächterin Ceylan geben ihm ein Gefühl von Sicherheit. Nach mehreren Anschlägen auf sein Leben und zunehmenden Aufständen im Land beschließt Kheeran, die Krone an Aldren abzugeben. Doch der Unseelie ist nicht der, der er zu sein scheint. Er ist in Wahrheit Cernunnos, Gott des Todes, und versucht, Kheeran und Ceylan in einem Feuer umzubringen. Die beiden entrinnen nur knapp dem Tod, doch Kheeran trägt schlimme Verbrennungen davon.

Leigh Fourash

Leigh Fourash gehört zu den unsterblichen Wächtern und ist als Ausbilder für die Novizen verantwortlich. Während der Dienst an der Mauer für viele Männer eine Sache der Ehre ist, war er für Leigh zunächst ein notwendiges Übel. Er hat sich den Wächtern vor Jahrzehnten angeschlossen, um seine Schulden zu begleichen, da er in der Vergangenheit die falschen Menschen beklaut hat. Er fühlt sich sehr mit Ceylan verbunden, die auch eine Weile auf der Straße gelebt hat. Als Ceylan des Mordes an Kheerans Mutter beschuldigt wird und im Kerker landet, bleibt Leigh bei ihr, um ihre Unschuld zu beweisen, indem er den Halbling Weylin zu einem Geständnis bringt. Doch je mehr Zeit Leigh mit dem Halbling verbringt, umso stärker fühlt er sich zu dem anderen Mann hingezogen, der auch nur ein Opfer in diesem Spiel ist.

Weylin

Weylin ist ein Halbling – halb Fae, halb Mensch. Ein Blutschwur bindet ihn an Valeska, die Königin der Seelie, und beraubt ihn seines eigenen Willens. Sie zwingt ihn, zu foltern, zu töten und ihr Bett zu teilen. Weylin will all dies nicht. Verzweifelt sucht er nach einem Weg, den Schwur zu brechen, denn jeder Tag unter der Tyrannei Valeskas ist eine Qual und jeder Auftrag raubt ihm ein Stück seiner Seele. Er steht kurz davor aufzugeben, als er den unsterblichen Wächter Leigh kennenlernt, der ihm mehr Güte und Respekt entgegenbringt als jeder andere. Und der ihm verspricht, gemeinsam mit ihm eine Möglichkeit zu finden, den Fluch zu brechen. Dank Leigh sieht Weylin endlich wieder Hoffnung für die Zukunft, aber eine Dunkelheit liegt über dem Land, die genau jene Zukunft zu verschlingen droht.

Valeska

Valeska regiert als Königin der Seelie über den Süden des magischen Landes. Sie ist berüchtigt für ihre Schönheit und die Loyalität ihrem Volk gegenüber. Es gibt nichts, was sie für ihre Fae nicht tun würde. Dafür geht sie auch über Leichen. Als ihr eine Hellseherin offenbart, dass der Prinz der Unseelie großes Unheil über das Land bringen wird, befiehlt sie ihrem Blutsklaven Weylin, Kheeran aus dem Weg zu räumen. Weylin missversteht ihren Befehl absichtlich und bringt Kheeran in die Menschenwelt, wo er als Talon lebt. Einige Jahre später kehrt der junge Fae zurück, und Valeska steht erneut vor der Herausforderung, ihn ausschalten zu müssen. Doch Weylin versagt, und Valeska, die mit seinem Kind schwanger ist, bleibt keine andere Wahl, als zuzusehen, wie sich die Dunkelheit ausbreitet …

Aldren

Aldren stammt aus einer angesehenen Unseelie-Familie. Er ist nicht nur Kheerans bester Freund, sondern auch dessen rechte Hand und ein ausgebildeter Krieger. Er achtet auf den jungen Prinzen und steht ihm mit Rat und Tat zur Seite, was nicht immer einfach ist, denn noch nie wurde ein Thronerbe so sehr von seinem Volk verachtet wie Kheeran. Doch Aldren weicht nicht von seiner Seite und gibt am Tag von Kheerans Krönung sogar sein Leben. Er ist tot, aber sein Körper wird von Cernunnos, dem Gott des Todes, besetzt. Getarnt als Aldren zieht Cernunnos im Hintergrund die Strippen, um Kheeran dazu zu bringen, seinen Anspruch auf den Thron an ihn abzutreten, damit er die Macht erlangt, seine Pläne in die Tat umzusetzen …

Elroy

Elroy ist besessen von dem Gedanken an das ewige Leben. Gemeinsam mit seiner großen Liebe Helenia wollte er die ganze Welt bereisen, doch Helenia verstarb, bevor sie dies tun konnten. An ihrem Sterbebett hat Elroy ihr geschworen, die Welt für sie gemeinsam zu erkunden, sodass er ihr davon erzählen kann, sobald sie im Tod wiedervereint sind. Doch ein Leben reicht dafür nicht aus, weshalb Elroy zum Unmut seiner Mutter, Kaiserin Atessa, seine Heimat Séakis verlässt, um als Pirat die Welt zu erkunden und nach der Legende der Unsterblichkeit zu suchen.

Auf dem Kontinent Lavarus verfolgt er eine Spur, die ihn zu den unsterblichen Wächtern führt. Doch diese Männer beschützen das Wissen um die Unsterblichkeit mit ihrem Leben, was Elroy zwingt, andere Wege zu gehen. Er vermählt sich mit Prinzessin Freya, um als Prinz von Thobria an das Wissen heranzukommen, wohl wissend, dass König Andreus darauf hofft, Elroys Streitmacht in seinem geplanten Krieg gegen die Fae führen zu können.

Die Krone der Dunkelheit

Götterdämmerung

Prolog – Cernunnos

– Daaria –

Der Rauch aus der Vulkanhöhe hing schwer über Daaria, und der peitschende Wind trug die Ascheflocken, welche die brodelnden Berge ausspuckten, bis in die Stadt der Seelie. Sanft wie Schnee rieselten sie zu Boden und tauchten alles in ein tristes Grau. Es schien, als wären die Vulkane und seine Schwester Litha, Göttin des Feuers, aufgebracht. Einige Fae mochten diesen Ascheregen als schlechtes Omen deuten. Er hingegen genoss den Zorn seiner Schwester, was diesen Tag mit all seinen primitiven Ritualen erträglich machte.

Er stand vor einem Altar in der Mitte des Festplatzes, um ihn herum Fae – Seelie wie Unseelie –, die gekommen waren, um das Spektakel seiner Vermählung zu bewundern. Sie hatten keine Kosten und Mühen gescheut, um den Platz nach ihren Traditionen zu gestalten. Aus Blumen geflochtene Girlanden waren nach den Bräuchen der Unseelie zwischen den Häusern gespannt. Und wohin er auch sah, entdeckte er Feuerschalen der Seelie zu Ehren seiner Schwester und Windspiele, mit denen sie seinem Bruder Mabon, Gott des Windes, gedachten. Er konnte es nicht erwarten, dieser Vergötterung und Verehrung ein Ende zu bereiten und jene Tempel zu zerstören, welche seinen Geschwistern huldigten.

Er selbst war in die Festtagskleidung der Unseelie gehüllt und trug eine helle, mit goldenen Ornamenten bestickte Robe, mit Epauletten aus Federn auf den Schultern. Eine Krone in Form eines Dornenkranzes saß auf seinem Haupt und an seiner rechten Seite hing ein Schwert, das symbolisieren sollte, dass er nicht nur ein König, sondern Aldren, dessen Körper er besetzt hatte, einst auch ein Krieger gewesen war. Dass sich eine Gottheit in dieser schwachen Hülle verbarg, ahnte noch niemand.

Doch der Übergang von der Anderswelt in diese hatte ihn ausgezehrt, und es würde noch viel Leid, Schmerz und Qualen brauchen, bis er seine vollständige Macht zurückerlangt hatte. Dennoch würde ein einziger Gedanke seinerseits ausreichen, um Scharen aus Elva in die Stadt einfallen zu lassen. Gehorsam würden sie jeden zerfleischen, der sich ihnen in den Weg stellte, ohne dass er auch nur einen Finger krümmen müsste.

Er verdrängte diese reizvolle Vorstellung und ließ seinen Blick über die anwesenden Fae gleiten, welche der Hochzeit in angespannter Vorfreude entgegenfieberten. Törichte Idioten. Wäre es nach ihm gegangen, hätte es keine Zeremonie gegeben, doch wenn ein großes Fest ihm die Gunst des Volkes einbrachte, war es ihm das wert, seine Zeit mit Feierlichkeiten zu verschwenden. Natürlich war er als König – und Gott – nicht auf ihr Wohlwollen angewiesen. Doch er wusste, dass diese einfach gestrickten Gemüter williger waren und besser kämpften, wenn sie ihn liebten und seinen Befehlen später aus freien Stücken gehorchten.

Endlich ertönten die Glockenschläge, welche die Zeremonie einleiteten. Die Stimmen auf dem Platz verstummten vor Ehrfurcht, als eine schwarze, von Gardisten umstellte Kutsche vorfuhr. Die zwei Rappen, die mit goldenem Geschirr gezäumt waren, wieherten vor Aufregung. Ein Gardist trat hervor und öffnete die Tür der Kutsche. Samia, Valeskas Seherin, trat heraus. Sie war wie immer in ein Gewand aus weißen, grauen und schwarzen Federn gehüllt. Das frühzeitig ergraute Haar hatte sie zu einem Zopf gebunden, und ihre vollkommen schwarzen Augen verbargen jedes Gefühl und jeden Gedanken in Schatten.

Sie war eine gefürchtete Frau, und ihr Erscheinen löste in vielen der anwesenden Fae Angst und Unwohlsein aus. Er labte sich an diesen Gefühlen ebenso wie an Schmerz und Leid, aber davon gab es hier wenig. Nur eine einzige Fae schien an diesem Tag zu leiden – Valeska. Er spürte ihre Trauer und Furcht bis zum Altar und schmeckte die Tränen, die sie den Morgen über vergossen hatte.

Ein Raunen ging durch die Menge, als die Königin aus der Kutsche stieg. Ihr rotes Haar leuchtete heller als die Flammen auf dem Platz, während ihr Gesicht fahl war wie die Ascheflocken in der Luft. Sie trug ein dunkles Kleid, das am Saum mit goldenen Symbolen bestickt war, und zog eine lange Schleppe hinter sich her. Eine goldene Korsage presste ihre Brüste aufreizend in die Höhe und verbarg das Geheimnis in ihrem Leib.

Noch war von ihrer Schwangerschaft kaum etwas zu sehen, aber lange würde es nicht mehr dauern, bis das uneheliche Balg, das sie mit ihrem Blutsklaven gezeugt hatte, ihren Körper verformen würde. Weshalb sie keine Widerworte gegeben hatte, als er auf eine möglichst baldige Vermählung gedrängt hatte. So blieb ihr die Schmach erspart, ihrem Volk offenbaren zu müssen, dass sein zukünftiger König ein Halblingsbastard war. Nicht, dass dieses Kind jemals den Thron besteigen würde, denn dieser gehörte bis in alle Ewigkeit ihm.

Begleitet von Musik schritt Valeska den Gang entlang auf ihn zu. Er hörte die Fae wispern, wie schön sie aussah, wie traumhaft ihr Kleid war und wie aufgeregt sie schien, was ihn zum Schmunzeln brachte. Diese Kreaturen konnten nicht einmal Aufregung von Furcht unterscheiden.

Er lächelte, als seine zukünftige Frau, der Schlüssel zu seiner Macht, neben ihn und vor den Priester trat. Sie versuchte, das Beben ihrer Lippen zu verbergen, aber er konnte das verängstigte Pochen ihres Herzens hören. Es brachte sein Blut in Wallung, und das erste Mal an diesem Tag verspürte er so etwas wie Freude.

»Wir haben uns heute hier versammelt, um diese beiden Leben zu vereinigen«, setzte der Priester an. Seine kraftvolle Stimme hallte über den gesamten Platz. »Königin Valeska, Herrscherin über Melidrian und Königin der Seelie, geht heute die

Ewige Bindung mit Regent Aldren, Herrscher über Melidrian und baldiger König der Unseelie, ein. Gemeinsam werden sie unsere Völker vereinen und einen jahrtausendealten Frieden zurück in unser Land bringen, das in neuem Glanz erstrahlen wird.«

Jubel erklang aus den Reihen der anwesenden Fae. Er nickte zufrieden. Nach Bekanntgabe ihrer Vermählung hatte es Aufstände gegeben. Denn nicht alle Seelie und Unseelie teilten die Freude über die Wiedervereinigung. Doch er hatte seinen Gardisten befohlen, diese Meute mit ihren Klingen zum Schweigen zu bringen – und wie es schien, hatten sie zuverlässig gearbeitet.

Nachdem der Priester seine närrische Rede über Liebe und Frieden beendet hatte, entzündeten sie mithilfe zweier Feuer-Talente einen aus Ästen gebundenen Kranz; eine Tradition der Seelie. Dann nutzten sie zwei Wasser-Talente, um den Samen zu wässern, der in einen gläsernen Topf gepflanzt wurde, um auch der Tradition seines vermeintlichen Volkes gerecht zu werden.

»Solange diese Pflanze wächst, wird auch diese Verbindung gedeihen«, sagte der Priester und beendete die Zeremonie, der ein Fest folgte. Speis und Trank gab es im Überfluss. Es wurde getanzt und gelacht, und er musste sich das Geschwätz irgendwelcher Fae anhören, die glaubten, er würde sich für ihr Leben, ihre Gedanken und Gefühle interessieren. Doch er ließ all das über sich ergehen, denn am Ende des heutigen Tages besaß er die Mittel, die er brauchte, um den Krieg zu führen, der ihn stärken würde.

Mithilfe der vereinten Garde würde er zuerst dieses Land und anschließend den Rest der Welt erobern, um Menschen und Fae gleichermaßen erkennen zu lassen, dass sie jahrhundertelang den falschen Göttern gehuldigt hatten. Denn es waren nicht seine Geschwister Litha, Mabon, Ostara und Yule, vor deren Macht sie sich fürchten mussten – sondern seine. Denn er war Cernunnos, Gott des Todes.

Teil I

1. Kapitel – Ceylan

– Nihalos –

»Er hat seinen Körper zurückgelassen, um wieder Teil der göttlichen Macht zu werden«, hallte die Stimme des Priesters über den kleinen Platz in der Nähe des Palastes. Es war bereits Nacht, und die Monde hingen voll über Nihalos, der Stadt der Unseelie, und spendeten der Beisetzung ihr Licht.

»Yule, wir bitten dich, nimm deinen Sohn Kheeran zurück zu dir. Ostara, wir bitten dich, nimm deinen Sohn Kheeran zurück zu dir. Mabon, wir bitten dich, nimm deinen Sohn Kheeran zurück zu dir …«, beteten die anwesenden Unseelie im Chor zu ihren Göttern, während der Priester Kheerans Asche unter die Erde eines Baumes mischte, der noch klein und zierlich in einem Topf saß, aber eines Tages hoch und mächtig sein würde. Er war Kheerans Vermächtnis in der irdischen Welt – zumindest glaubten das die Fae. Sie waren allerdings auch überzeugt, dass es Kheerans Asche im Trog des Priesters war.

Ceylan wusste nicht, wessen Leiche die Gardisten aus Bryoks niedergebranntem Freudenhaus gezogen hatten, aber Kheeran war es mit Gewissheit nicht. Dass sein Volk dachte, er sei tot, kam ihnen aber gelegen, denn niemand suchte nach einem Verstorbenen. Was auch der einzige Grund war, weshalb Ceylan sich einigermaßen sicher durch die Stadt bewegen konnte. Sie war ebenfalls für tot erklärt worden, weshalb niemand sie eines zweiten Blickes würdigte, dennoch beobachtete sie die Zeremonie lieber aus den Schatten heraus.

Sie kauerte auf dem bepflanzten Dach eines Hauses und beobachtete das Treiben aus der Ferne. Sie hatte nicht geplant, der Bestattung beizuwohnen, doch sie hatte kommen müssen, um nachzusehen, ob *er* hier war – Aldren. Von Kheerans ehemaligem Berater und bestem Freund fehlte allerdings jede Spur. Dafür waren umso mehr Gardisten anwesend, welche den Platz bewachten, damit die Beisetzung in Frieden und ohne Aufstände stattfand, denn selbst im Tod war Kheeran vielen Unseelie verhasst. Sie standen am Rande des Geschehens, von den Gardisten in Schach gehalten, und brüllten Beleidigungen in die Nacht hinaus.

»Ich hoffe, die Götter verstoßen dich, Kheeran!«

»Brenne im ewigen Feuer, du Verräter!«

»Du warst eine Schande für dein Volk!«

Ceylan ballte die Hände zu Fäusten und versuchte den Beschimpfungen kein Gehör zu schenken. Dennoch stieg ihr Puls in die Höhe, und sie wünschte sich, sie könnte von dem Dach steigen und diesen Fae eine Lektion erteilen. Aber die einzige Waffe, die sie bei sich trug, war ein Dolch, den Sibeal ihr für Notfälle gegeben hatte. Ohne Zweifel könnte sie damit großen Schaden anrichten, vor allem mit ihrer neu gefundenen Fähigkeit, die Magie der Fae zu blockieren. Ohne ihre Zaubertricks waren die meisten Unseelie ziemlich hilflos. Doch sie wollte Kheeran und auch Sibeal und Rhyland nicht in Gefahr bringen, indem sie etwas derart Unüberlegtes tat, wie Rache zu üben. Das war etwas, das die alte Ceylan getan hätte, aber sie hatte in den letzten Monaten gelernt, ihren zerstörerischen Impulsen nicht immer kopflos nachzugeben.

Der Priester verneigte sich vor der Pflanze, in deren Erde nun die Asche ruhte, und überreichte den Topf an Gemhá. Ceylan erkannte die Fae, allerdings hatte sie noch nie ein Wort mit ihr gewechselt. Sie wusste nur, dass Gemhá Teil des Rats gewesen war, der Kheeran in seinen Entscheidungen unterstützt hatte. Das war jedoch die einzige Verbindung, welche die beiden geteilt hatten. Umso trauriger war es, dass sie die einzige noch lebende Fae war, die Kheerans Lebensbaum für sich beanspruchte. Seine

Eltern waren verstorben, die Beraterin seines Vaters, Onora, ermordet und sein bester Freund Aldren, an den Kheeran seinen Thron abgegeben hatte, war der Verräter, der ihn hatte töten wollen.

Er versuchte nicht einmal, den Schein seiner Freundschaft zu wahren, denn von ihm war weit und breit keine Spur. Vermutlich verbrachte er die Nacht mit seiner Geliebten Valeska. Nur wenige Tage nach dem Angriff auf das Freudenhaus hatten die Königin der Seelie und Aldren ihre Verlobung bekannt gegeben. Ceylan hätte ihre rechte Hand darauf verwettet, dass all das ein abgekartetes Spiel um Macht und Reichtum gewesen war. Wie lange Aldren wohl geplant hatte, Kheeran zu hintergehen? Er hatte ihn manipuliert und dazu gebracht, seine Krone abzugeben, nur um ihn anschließend wie einen heißen Stein fallen zu lassen. Ceylan graute es jetzt schon vor dem Tag, an dem Kheeran von dem Ausmaß des Verrats erfuhr.

Falls er jemals davon erfährt, flüsterte eine leise Stimme in ihren Gedanken, der sie allerdings kein Gehör schenkte. Stattdessen löste sie sich aus den Schatten und kletterte die Fassade hinunter, um Sibeal und Rhyland nicht länger warten zu lassen. Unbemerkt schlich sie durch die Straßen, wobei sie immer wieder den Gardisten ausweichen musste, welche in der gesamten Stadt patrouillierten, denn Nihalos war dabei, im Chaos zu versinken. Der Tod von König Nevan, Kheerans gescheiterte Krönung, die Ermordung Onoras und seiner Mutter, für die man sie verantwortlich machte, die vermehrten Angriffe der Elva und schließlich die Erhebung von Aldrens Macht und dessen Vermählung mit Valeska hatten viel Unruhe in die Stadt gebracht.

Das Volk war gespalten, und das sorgte für Angst, Chaos und Verwüstung. Gärten waren zerstört, Brunnen zerschmettert und Flüsse, die durch die Stadt liefen, brach gelegt worden. Und Aldren wurde dieser Aufstände nur mit Gewalt Herr, was jedoch die Unsicherheit der Bevölkerung nur anfachte und weitere Gewalt erzeugte. Viele Unseelie verbarrikadierten sich deswegen nach Einbruch der Dunkelheit in ihren Häusern, weshalb Ceylan nur wenigen Fae begegnete, die nicht die offizielle Uniform der Garde trugen.

Wie ein Schatten bewegte sie sich durch die Straßen, in denen sie sich mittlerweile ziemlich gut zurechtfand, auch wenn sie nie verstehen würde, weshalb man eine Stadt auf diese Weise errichtete. Überall gab es Gassen, die plötzlich endeten oder ins Leere führten. Manche Wege beschrieben Bögen, während andere kerzengerade verliefen. Sie hatte sich nicht nur einmal in diesem Gewirr verloren, aber mittlerweile fand sie den Weg zu Sibeals Haus auch in der Dunkelheit. Erst als sie sicher war, dass niemand ihr gefolgt war, klopfte sie an die Tür. Einen Augenblick später erklangen Schritte und eine tiefe Stimme.

»Ja?«, fragte Rhyland durch das Holz.

»Ich bin es«, antwortete Ceylan.

Das Schloss wurde entriegelt und kurz darauf die Tür geöffnet. Sie huschte ins Innere, wo die angenehme Wärme eines Kaminfeuers und der Duft von frisch gebackenem Brot sie willkommen hießen. Sie zog ihren Umhang aus und hängte ihn an einen Haken neben der Tür.

»Du warst lange weg.« Rhylands Worte klangen wie ein Vorwurf, aber nach über vier Wochen kannte Ceylan den mürrischen Fae gut genug, um zu wissen, dass die Sorge aus ihm sprach. Es war derselbe Tonfall, den er angeschlagen hatte, als sie mit dem halb verbrannten Kheeran das erste Mal vor seiner Tür gestanden hatte, nachdem sie nur knapp dem magischen Feuer entkommen waren.

Ceylan betrachtete den hochgewachsenen Fae. Sein aschblondes Haar hatte er zu einem Zopf geflochten, und seine feinen Gesichtszüge standen im starken Kontrast zu den harten Muskeln in seinen Oberarmen, welche ihm die Arbeit in der Glaserei beschert hatte. »Mir ist etwas dazwischengekommen.«

Sibeal tauchte in der Tür auf, die zur Küche führte. »Du warst bei der Beisetzung, nicht wahr?«

Ceylan wich ihrem wissenden Blick aus. Sie hatte den beiden Fae versprochen, sich nicht in Gefahr zu begeben, aber ihre Füße hatten sie wie von selbst zu dem Ort getragen, an dem sich das Volk von Kheeran verabschiedet hatte. »Ich war vorsichtig.«

Sibeal verzog unerfreut die Lippen. Ihr langes blondes Haar fiel ihr glatt über die Schultern und umschmeichelte ihre sanduhrähnliche Figur. Die Unseelie gehörte zu den schönsten Frauen, die Ceylan je gesehen hatte, trotz ihrer nicht menschlichen Abstammung. Mehrere Jahrzehnte lang hatte sie in Bryoks Freudenhaus gearbeitet und dort ihren Körper für viel Geld verkauft. Sie hatten einander kennengelernt, als Kheeran Ceylan angewiesen hatte, sich in dem Etablissement zu verstecken, erst später hatte sie erfahren, dass Kheeran selbst ein Kunde Sibeals gewesen war. Das war jedoch, bevor sie sich aus dem Geschäft zurückgezogen hatte, um mit ihrem Mann Rhyland eine Familie zu gründen. Sie hatte die Kräuter abgesetzt, die eine Empfängnis verhinderten, und nicht selten hörte Ceylan die beiden durch die dünnen Wände des Hauses hindurch keuchen und stöhnen, wenn sie mal wieder versuchten, ein Kind zu zeugen.

»War er dort?«, fragte Sibeal.

Sie schüttelte den Kopf. »Nein, um ehrlich zu sein, war kaum jemand dort.« Was sie nicht verstand. Kheeran gehörte zu den Guten. Wieso erkannte sein Volk das nicht?

Sibeal lächelte traurig, wechselte dann jedoch das Thema. »Hast du die Kräuter?«

Ceylan griff in ihre Tasche und zog das Päckchen hervor, das sie Stunden zuvor vom Markt geholt hatte. Denn Sibeal war nicht nur Meisterin in der Kunst der Verführung, sondern wusste auch, wie man Arznei herstellte. Um keinen Verdacht zu wecken, rührte sie daher die Salbe für Kheeran aus den Kräutern selbst an.

Sie nahm ihr das Päckchen ab. »Setz dich, ich bring dir was zu essen.«

Ceylan gehorchte, auch wenn sie keinen Hunger hatte, aber das Leben auf der Straße hatte sie gelehrt, niemals eine Mahlzeit auszuschlagen. Sie setzte sich an den runden Tisch aus Glas, der neben dem Kamin stand. Rhyland, der vor Kurzem seine eigene Glaserei eröffnet hatte, hatte ihn selbst hergestellt, genauso wie die unzähligen Vasen und Töpfe, die überall in der Hütte standen und mit Blumen bepflanzt waren. Alles in Sibeals und Rhylands Haus war grün, gläsern und rein, weshalb sich Ceylan noch immer wie ein Eindringling vorkam. Denn neben den beiden Fae, die wie geschliffene Diamanten wirkten, fühlte sie sich wie ein Stück dreckige Kohle.

Sibeal brachte ihr einen vollen Teller mit herrlich duftendem Eintopf und frischem Brot. Ceylan war der Fae und ihrem Mann jeden Tag unendlich dankbar für ihre Hilfe, für die Aldren sie hinrichten lassen könnte, sollte er je davon erfahren. Und sie wusste nicht, wie sie ihre Schuld bei den beiden jemals würde begleichen können, denn sie besaß nichts außer der Kleidung, die Sibeal ihr gegeben hatte.

»Wie geht es ihm?«, fragte sie und nahm den ersten Bissen. Bei ihrer Ankunft in Nihalos hatte sie sich geschworen, niemals Essen zu kosten, das von einer Fae zubereitet worden war. Wie viel hatte sich seitdem geändert …

»Du warst nur ein paar Stunden weg.« Sibeal lächelte mild und begann die Blumen in der Hütte mit einer Kanne zu wässern, da Ceylans Anwesenheit sie ihrer Magie beraubte. Sie wusste noch immer nicht, woher diese Gabe kam und ob und wie sie sie kontrollieren konnte. Alles, was sie wusste, war, dass Fae in ihrer unmittelbaren Nähe nicht über die Elemente herrschen konnten.

Während Ceylan aß, erzählte Sibeal ihr von ihrem Tag im Palast. Sie arbeitete dort in der Küche und bekochte mit einem

Dutzend anderer Fae die königliche Garde, weshalb sie immer etwas zu berichten wusste. Sie kannte alle Gerüchte und nicht selten kamen ihr bevorstehende Neuigkeiten vor der offiziellen Verkündung zu Ohr.

Ceylan schob sich das letzte Stück Brot in den Mund. »Hast du etwas von Leigh gehört?«

Sibeal schüttelte den Kopf. »Nein, noch nicht, aber ich bin mir sicher, er kommt bald zurück.«

Hoffentlich, dachte Ceylan. Sie machte sich Sorgen um den Wächter, und mit jedem Tag wurde das nagende Gefühl ihrer Schuld schlimmer. Leigh war nur ihretwegen verschollen. Er hatte den Halbling gejagt, der für die Ermordung von Kheerans Mutter, der Königin, verantwortlich war, um sie zu entlasten und aus dem Gefängnis zu befreien. Doch die Wälder Melidrians waren gefährlich, denn die dort heimischen Elva waren wilde, gewissenlose Monster mit übernatürlichen Fähigkeiten, die es ihnen erlaubten, mit dem Verstand ihrer Beute zu spielen. Deshalb schotteten sich die Seelie und Unseelie in ihren Hauptstädten ab, um den Kreaturen zu entgehen. Dass Leigh bereits seit Wochen allein durch das Land zog, um Weylin zu finden, gefiel Ceylan nicht. Sie konnte nicht einmal mit Gewissheit sagen, ob ihr Ausbilder noch am Leben war, aber sie weigerte sich, an die Alternative zu denken. Leigh war stark und kräftig und ein geschickter Kämpfer. Er wusste sich zu verteidigen, und wenn jemand mehrere Wochen im Nebelwald überleben konnte, dann er.

Ceylan räumte ihren leeren Teller ab und ging in ihr Zimmer, das nicht größer war als eine Abstellkammer, weil es genau das war. Im Schein einer Kerze setzte sie sich an den kleinen Tisch, der eng an ihr Bett gedrängt stand, und begann mit ihren Lese- und Schreibübungen, da es sonst wenig anderes für sie zu tun gab.

Die Nacht war bereits weit fortgeschritten, als Ceylan das gleiche rhythmische Knarzen und Stöhnen hörte wie so oft. Sie presste die Hände auf ihre Ohren, um Sibeals Geräusche der Lust auszusperren und sich auf ihre Geschichte zu konzentrieren. Sie las vor allem Kinderbücher, die sie oft mit den Augen rollen ließen. Märchen und Fantasiegeschichten über mutige Fae, die gegen blutrünstige Elva und hinterhältige Menschen kämpften. Aber sie musste ihre Fähigkeiten schulen, bevor sie bereit war, anspruchsvollere Texte zu verstehen.

Ceylan saß noch immer über ihr Buch gebeugt da, als die Laute aus dem Raum nebenan längst verstummt waren. Ihre Augen brannten, und ihr Geist war erschöpft und sehnte sich nach Schlaf. Doch sie kämpfte mit aller Kraft gegen dieses Verlangen an, denn allein die Vorstellung, einzuschlafen, löste in ihr Herzklopfen aus. Nach dem Tod ihrer Eltern hatte sie in den dunkelsten Gassen, in den gefährlichsten Vierteln und in den heruntergekommensten Hütten geschlafen, immer den Gedanken im Hinterkopf, sie könnte überfallen werden. Aber sie hatte sich noch nie so sehr vor dem Schlaf gefürchtet wie jetzt, obwohl sie in Sicherheit war.

Dennoch hatte sie Angst. Angst vor den Träumen. Angst vor der Erinnerung. Jedes Mal, wenn sie die Augen schloss, hörte sie Schreie, fühlte die Hitze und schmeckte den Rauch. Dann durchlebte sie erneut die Panik und das Gefühl der Hilflosigkeit, als die Flammen sie eingekesselt hatten.

Du musst mich töten.

Ihre Worte an Kheeran hallten noch immer in ihrem Ohr wider, und sie würde den Ausdruck in seinem Gesicht, die Verzweiflung und Hoffnungslosigkeit, wohl nie vergessen. Und jedes Mal, wenn sie schlief, erwachten die Bilder in ihrem Kopf erneut zum Leben und raubten ihr mehr Kraft, als der Schlaf ihr spendete. Dennoch gierte ihr Körper nach der Ruhe, die sie als unsterbliche Wächterin eigentlich nicht mehr brauchte, doch alte Gepflogenheiten ließen sich nur schwer ablegen.

Entschlossen schob Ceylan ihren Stuhl zurück, um sich ein Glas Wasser zu holen. Auf Zehenspitzen schlich sie in die Küche. Es war still. In der Hütte. Auf der Straße. In der Stadt. Sie atmete tief durch, und wie von selbst wanderte ihr Blick zu der geschlossenen Tür, die zu Kheerans Zimmer führte. Das Glas fester umklammernd, versuchte sie das Verlangen zu unterdrücken, zum zwanzigsten Mal an diesem Tag nach ihm zu sehen, doch sie kämpfte auf verlorenem Posten.

Bedacht schob sie die Tür auf und huschte in das Schlafgemach. Im Raum war es dunkel mit Ausnahme einer einzigen Lichtquelle auf dem Tisch neben dem Bett. Die magische Lampe tauchte Kheerans Gestalt in helles orangefarbenes Licht, das seine Blässe beinahe zu verbergen vermochte.

Ceylan ignorierte den Hocker, der für sie bereitstand, und setzte sich zu Kheeran auf das Bett. Er atmete ruhig, und wüsste sie es nicht besser, würde sie glauben, dass er nur schlief und jede Sekunde wieder aufwachen könnte. Doch er hatte die Augen seit einem Monat nicht mehr geöffnet, nicht, seit er das Bewusstsein verloren hatte.

Keine Sorge, mir geht es gut.

Das waren die letzten Worte, die Kheeran zu ihr gesagt hatte. Ironischerweise lebte sie seitdem in Sorge um ihn. Sibeal beteuerte zwar, dass es ihm gut gehe und er nur Zeit brauche, um zu heilen. Sie fürchtete sich dennoch jeden Tag davor, ihn leblos aufzufinden, denn er war dem Tod viel zu nah gekommen.

Ceylan stellte ihr Glas auf dem Nachttisch ab und griff nach dem Tiegel mit der von Sibeal angefertigten Salbe. Vorsichtig begann sie die helle Paste auf Kheerans Gesicht zu verteilen. Mehrmals täglich cremte sie ihn damit ein, um seine Heilung voranzutreiben. Seine Heilungsfähigkeit wirkte um einiges langsamer, und die Narben, welche die Flammen hinterlassen hatten, würden vermutlich nie wieder verschwinden.

Mit kreisenden Bewegungen massierte Ceylan die Salbe ein.

Sanft strich sie über Kheerans Stirn, seine Wangen und seinen Kiefer, den Hals hinab, bis zur Schulter über seine Brust, die ebenfalls von den Narben gebrandmarkt war. Rhyland hatte ihm die Kleidung vom Leib schneiden müssen, die stellenweise mit seiner Haut verschmolzen gewesen war. Nur seine Ohnmacht hatte ihn davor bewahrt, unter Schmerzen zu schreien. Ceylan jedoch hatte bei diesem Anblick innerlich geschrien und geschworen, Rache an dem Mann zu nehmen, der ihm, Bryok, Daimhin und all den anderen dies angetan hatte. Sie wusste nur noch nicht, wie sie es Aldren heimzahlen sollte, zumal dieser Feigling nach Daaria geflüchtet war.

Ceylan rang ihre Wut nieder und richtete ihre Aufmerksamkeit auf Kheeran. Er brauchte sie jetzt mehr, als sie nach ihrer Rache gierte. Ihre Hand glitt wieder aufwärts über seine nackte Brust zu seinem Hals und seinen Ohren. Auch dort massierte sie die Salbe ein, wobei ihr Blick wie immer an deren Spitzen hängen blieb – oder besser gesagt dem, was davon übrig war.

Behutsam fuhr sie mit einem Finger über die Narbe an seiner Ohrmuschel. Zuerst hatte sie angenommen, dass Rhyland dafür verantwortlich war und die Spitzen hatte abschneiden müssen, um den geschmolzenen Goldschmuck zu lösen. Doch der Fae hatte beteuert, dass er keine Schuld an Kheerans nun nahezu menschlichen Ohren hatte und die Narben von alten Wunden stammten. Ceylan glaubte ihm, auch wenn sie nicht verstand, wie es dazu gekommen war. Gewiss hatte er die Spitzen beider Ohren nicht durch einen Unfall verloren, denn die Schnitte waren mit Genauigkeit gesetzt worden. Wer immer ihn auf diese Weise verstümmelt hatte, hatte versucht, ihm ein menschlicheres Aussehen zu verleihen – aber warum?

Gedankenverloren ließ Ceylan ihre Hand sinken. Dies wäre der Zeitpunkt, um in ihr eigenes Zimmer zurückzukehren, doch stattdessen legte sie sich neben Kheeran ins Bett. Sie hatte schon des Öfteren bei ihm geschlafen, einerseits um sich zu versichern, dass es ihm gut ging, andererseits weil sie sich davor scheute, allein in ihrem Zimmer zu sein. Sie fühlte sich dort oft einsam, aber mit Kheeran an ihrer Seite war dieses Gefühl erträglicher, auch wenn er weder etwas sagen noch tun konnte.

Schon mehrfach hatte Sibeal ihr angeboten, sich um Kheeran zu kümmern, damit Ceylan ins Niemandsland zurückkehren könnte, aber das kam nicht infrage. Sie würde den Prinzen nicht im Stich lassen, nicht nach allem, was er verloren hatte. Nicht nachdem er bereit gewesen war, sein Leben für sie zu geben. Sie würde auf ihn warten, bis er stark genug war, um mit ihr zu gehen.

2. Kapitel – Kheeran

– Nihalos –

Blinzelnd öffnete Kheeran die Augen. Seine Lider waren schwer und verklebt, als hätte er sie seit Tagen nicht mehr bewegt. Und seine Glieder fühlten sich merkwürdig steif und wund an. Wie lang lag er hier schon? Lang, bemessen daran, wie trocken seine Kehle war. Er versuchte zu schlucken, aber die Bewegung schmerzte in seinem Hals. Erschöpft schloss er die Augen wieder. Außerdem war ihm kalt, als hätte er in einer Wanne voll Eiswasser gebadet. Er erschauderte.

Unter Schmerzen und Anstrengung rollte er sich auf die Seite, bis er den Widerstand eines fremden Körpers bemerkte. Mühsam öffnete er nun doch seine Augen und konnte nicht glauben, was er sah. Träumte er womöglich noch? Im fahlen Schein der Lampe erkannte er Ceylan, die friedlich neben ihm schlief. Ihr schwarzes Haar lag aufgefächert über das Kissen verteilt, und ihre Lippen waren leicht geöffnet. Ihre gleichmäßige Atmung war das einzige Geräusch im Raum. Obwohl sie sich an ihn schmiegte, hielt sie die Hände dicht an ihren Körper gepresst, als fürchtete sie sich ebenso sehr vor seiner Nähe, wie sie sich danach sehnte.

Bevor er sich eines Besseren besinnen konnte, streckte Kheeran die Hand nach Ceylan aus und strich ihr sanft eine lose Strähne hinters Ohr. Doch seine Finger hatten ihre Haut kaum berührt, als sie bereits die Augen aufriss, das Gesicht vor Panik entstellt. Eilig zog Kheeran seine Hand zurück. Er hatte sie nicht verängstigen wollen. Da sie so dicht neben ihm lag und sich an ihn kuschelte, hatte er angenommen, es wäre für sie in Ordnung, von ihm berührt zu werden.

»Kheeran?«

Sie klang verwundert, als hätte sie nicht erwartet, ihn in ihrem Bett vorzufinden. Verunsichert sah er sich um, und erst jetzt erkannte er, dass sie nicht in seinem Schlafgemach im Palast waren. Sie lagen in einem schlicht eingerichteten Zimmer mit einem kleinen Garten vor dem Fenster, der Kheeran in keiner Weise vertraut vorkam.

Sein Blick zuckte wieder zu Ceylan, die ihn unverfroren anstarrte, ehe sie plötzlich die Arme um ihn schlang. Fest drückte sie ihn an sich, wobei ein dumpfer Schmerz durch seinen Körper jagte. Er zog sich jedoch nicht zurück, sondern erwiderte die Umarmung. Mit einem Seufzen vergrub er sein Gesicht in Ceylans dunklem Haar. Sie roch nach Erde und Rauch, als hätte sie lange Zeit unmittelbar vor einem Kamin gesessen. Er verstand nicht, was vor sich ging, aber eine Berührung der Wächterin war ihm jederzeit willkommen. Außerdem genoss er das Gefühl ihres warmen, weichen Körpers, der sich gegen seine zittrige Gestalt presste.

»Du bist wirklich wach«, sagte Ceylan dicht an seinem Ohr. Ihr Atem streifte seine Haut.

Er verstand nicht. Wie lang hatte er geschlafen? Was war geschehen? Und woher kam Ceylans plötzliche Sorge? Das letzte Mal, als sie einander gegenübergestanden hatten, hatte sie einen Dolch in den Händen gehalten, oder? Kheeran war sich nicht sicher, in seinem Kopf war alles merkwürdig verschwommen.

Er räusperte sich, seine Stimme nur ein heiseres Krächzen. »Wo … wo sind wir?«

Sogleich bereute er es, diese Frage gestellt zu haben, denn Ceylan löste sich aus der Umarmung. »Bei Sibeal.«

»Warum?«

Der Blick ihrer dunklen Augen suchte seinen. »Du erinnerst dich nicht?«

Er schüttelte den Kopf, was einen reißenden Schmerz in seine

Schläfen trieb. Ein gequälter Laut rutschte über seine Lippen. Er hatte seit der Feier zu seinem achtzehnten Geburtstag nicht mehr solche Kopfschmerzen gehabt, als Aldren und er es sich im Weinkeller des Palastes gemütlich gemacht hatten. Sie hatten so viel getrunken, dass diese Nacht nur noch eine vage Erinnerung war. Der Schmerz, den er jetzt verspürte, war jedoch noch um einiges grausamer.

»Du solltest dich besser ausruhen«, sagte Ceylan. »Wir können morgen über alles reden.«

Er wollte widersprechen und wissen, woran genau er sich nicht erinnerte. Doch zugleich war er unglaublich erschöpft, und bereits nach diesen wenigen Minuten fiel es ihm schwer, Ceylans Worten zu folgen, egal wie sehr er sich darauf konzentrierte. Zudem schmerzte das Licht der Lampe in seinen Augen. Nur eine Sache musste er wissen, bevor er sich erlauben konnte, abermals vom Schlaf übermannt zu werden.

»Geht es dir gut?«

Ceylans Mundwinkel zuckten. »Jetzt, da du wach bist: ja.«

Kheeran fragte sich, was zum König mit ihm geschehen war, das die Wächterin, die sonst nur Hohn und Verachtung für die Fae übrig hatte, dazu veranlasste, so etwas zu sagen. Doch er war viel zu erschöpft, um seine Gedanken in Worte zu fassen. Er schloss die Augen, und ehe er sichs versah, wurde er von Schwärze verschluckt.

▽

Kheeran schlug die Augen auf. Helle Sonnenstrahlen drangen durch das Fenster und tauchten das Zimmer in sanftes, warmes Licht. Die Lampe auf dem Nachttisch war erloschen, und ein Glas Wasser stand neben dem Bett für ihn bereit. Ceylan war verschwunden, aber ihr zarter Duft hing noch in dem Kissen, das sie geteilt hatten. Er wusste nicht, wie viele Stunden seit ihrem Gespräch vergangen waren, aber er fühlte sich wesentlich ausgeruhter, und auch die pochenden Kopfschmerzen waren verschwunden.

Langsam schob er die Beine über die Bettkante. Seine Glieder waren noch immer steif, aber das würde mit etwas Bewegung hoffentlich vergehen. Er nahm das Glas, das für ihn bereitstand, und trank ein paar Schlucke, dabei versuchte er sich an das zu erinnern, was geschehen war. Weshalb waren Ceylan und er bei Sibeal gewesen? Er wusste, dass sich die beiden Frauen in Bryoks Freudenhaus kennengelernt hatten, aber …

Moment!

Seine Überlegungen rissen ab, denn der Gedanke an Bryok weckte den Schatten einer Erinnerung. Irgendetwas war in dem Etablissement passiert. Vor seinem inneren Auge sah er Ceylan mit einem Dolch in der Hand, aber sie hatte vergangene Nacht nicht den Anschein erweckt, ihn töten zu wollen.

Kheeran brauchte Antworten und ein Bad, er konnte sich selbst bereits riechen. Wie hatte Ceylan es neben ihm ausgehalten? Er stand vom Bett auf, doch seine Beine gaben unter ihm nach wie dürre Äste, die unter dem kleinsten Gewicht brachen. Er fiel zu Boden, und das Glas in seiner Hand zerschellte in tausend Scherben. Keine Sekunde später flog die Tür auf, und Ceylan stürzte in den Raum.

»Kheeran!«

Ungeachtet der Splitter ging sie neben ihm in die Knie und half ihm, sich zurück auf das Bett zu setzen. Sibeal und ein ihm unbekannter Mann, vermutlich Rhyland, erschienen im Türrahmen. Sibeal verschwand jedoch sogleich und kehrte mit einem Besen zurück, um die Sauerei zu beseitigen.

»Tut mir leid.« Seine Stimme klang noch immer ungewohnt rau.

Die Unseelie lächelte ihn an. »Keine Sorge, Gläser gibt es in diesem Haus genug.«

»Ich kann das auch selbst zusammenfegen.«

»Nein, kannst du nicht«, fuhr Ceylan scharf dazwischen und drängte ihn mit sanfter Strenge zurück auf die Matratze, als er versuchte, erneut aufzustehen. Ihr dunkles Haar fiel in feuchten Wellen über ihre Schultern, und sie trug ein cremefarbenes Kleid, das ihren Körper wie Wasser umspielte. Der dünne Stoff versteckte wenig, und er erkannte deutlich die Spitzen ihrer Brüste, die Kurven ihrer Hüfte und den Dolch, den sie sich mit einem Riemen um den Oberschenkel gebunden hatte und den sie vermutlich, ohne zu zögern, nutzen würde, wenn er sie zu lang und unverfroren anstarrte.

Er senkte seinen Blick auf Sibeal und sah dann zu Rhyland. Er hatte ihren Mann nie getroffen, sondern kannte ihn nur aus ihren Erzählungen. Er war hochgewachsen, selbst für einen Unseelie, und hatte ein markantes Kinn, das durch seine zusammengebissenen Kiefer noch strenger wirkte. Sibeal hatte Kheeran erzählt, dass er sich nicht an ihrer Arbeit im Freudenhaus störte. Ihren Kunden unter dem eigenen Dach willkommen zu heißen, schien ihm allerdings weniger zu gefallen.

»Hast du Hunger?« Die Frage kam von Ceylan, die neben ihm saß.

Bisher hatte er keinen Gedanken an Essen verschwendet, doch nun knurrte sein Magen. Er nickte.

»Bleib sitzen«, sagte Sibeal zu Ceylan und stand vom Boden auf, das zerbrochene Glas in einer kleinen Schaufel zusammengefegt. »Ich wollte ohnehin gleich das Abendessen kochen. Und ich glaube, ihr zwei habt viel zu besprechen. Wir holen euch, wenn das Essen fertig ist.«

Ceylan lächelte. »Danke!«

Kheeran hingegen runzelte die Stirn. *Abendessen?* »Wie lang habe ich geschlafen?«

Niemand antwortete ihm, und verstohlene Blicke, die ihn ausschlossen, wurden gewechselt. Diese Heimlichtuerei gefiel Kheeran nicht. Er wollte endlich wissen, was los war. Entschlossen wandte er sich an Ceylan, die noch nie ein Blatt vor den Mund genommen hatte. »Warum sind wir hier?«

»Wir lassen euch besser mal allein«, sagte Sibeal und huschte aus dem Zimmer. Sie zog Rhyland mit sich, der dem Gespräch anscheinend lieber gelauscht hätte, und schloss die Tür hinter sich. Obwohl nun weniger Leute im Zimmer waren, erschien die Luft Kheeran dicker und die Anspannung greifbarer, denn er konnte die Sorge, die Ceylan ausstrahlte, förmlich spüren.

Unruhig erhob sie sich vom Bett und begann durch den Raum zu marschieren, wobei der Rock ihres hellen Kleides ihr sanft nachwehte. »Was ist das Letzte, woran du dich erinnern kannst?«

»Ich bin mir nicht sicher«, gestand Kheeran und lehnte sich gegen die Wand, denn aufrecht zu sitzen kostete ihn erstaunlich viel Kraft. Obwohl er sich nach seinem Erwachen ausgeruht gefühlt hatte, kam es ihm nun vor, als könnte er bereits wieder schlafen. Doch er kämpfte gegen die Müdigkeit an. »Allerdings habe ich dieses Bild im Kopf.«

Das ließ Ceylan aufhorchen. Sie blieb stehen. »Was für ein Bild?«

»Von dir, mit einem Dolch in der Hand.«

»Das ist alles?«

Er nickte.

»Und es beunruhigt dich nicht im Geringsten, allein mit mir zu sein?«, fragte sie mit erhobenen Brauen.

»Nein, du würdest mir niemals wehtun.«

Ceylan presste die Lippen aufeinander und setzte sich wieder in Bewegung.

»Es muss wirklich etwas Schlimmes geschehen sein, wenn du mir nicht widersprichst«, bemerkte Kheeran beunruhigt. Zugleich gefiel ihm, dass die Wächterin allmählich auftaute und erkannte, dass er nicht das Ungeheuer aus ihren Albträumen war.

Ceylan seufzte. »Es *ist* etwas wirklich Schlimmes geschehen. Ich weiß nur nicht, wo ich anfangen soll.«

»Irgendwo. Wenn ich dir nicht folgen kann, lass ich es dich wissen.«

»Es begann damit, dass du Aldren deinen Platz auf dem Thron übertragen hast«, sagte Ceylan und beobachtete, ob ihn die Worte überraschten. Doch Kheeran erinnerte sich an das Gespräch mit seinem Berater und besten Freund. Er hatte niemals König über die Unseelie werden wollen, und Aldren diese Aufgabe zu überlassen hatte sich angefühlt, als würde man ein ganzes Gebirge von seiner Brust heben. Sein menschlicher Vater Andreus hatte ihm die ersten elf Jahre seines Lebens beigebracht, wie man über Sterbliche herrschte, doch über ein Volk zu regieren, das Jahrhunderte lebte und nur ein Kind in einem sah, war etwas anderes.

»Zeitgleich habe ich herausgefunden, dass ich eine Gabe besitze.«

Kheeran runzelte die Stirn. »Was für eine Gabe?«

»Fae können in meiner Gegenwart keine Elementarmagie wirken.«

Davon hatte Kheeran noch nie gehört. Instinktiv hob er seine Hand, um das Wasser aus einer Vase zu beschwören. Er konzentrierte sich auf seine Fingerspitzen und wartete auf das Prickeln der Magie, aber es setzte nicht ein. Vielleicht war er nur zu geschwächt? Er ließ von dem Wasser ab und versuchte stattdessen die Luft um sich herum zu kontrollieren. Die meisten Unseelie beherrschten nur das Wasser oder die Erde, hochgestellte Fae hingegen beide Elemente. Er wiederum hatte während seiner gescheiterten Krönung auch das Talent der Luft-Magie erhalten. Doch bevor Litha, die Göttin des Feuers, ihn auch mit diesem Element hatte segnen können, hatte ein Attentat auf sein Leben dies verhindert.

»Das wird nicht funktionieren«, sagte Ceylan. »Du erinnerst dich nicht, aber wir haben dieses Gespräch schon einmal geführt. Daraufhin bist du losgezogen, um in Erfahrung zu bringen, was es mit meiner Gabe auf sich hat, da wir es uns beide nicht erklären konnten.«

»Und habe ich etwas herausgefunden?«

»Ja, hast du, aber das Feuer hat uns unterbrochen.«

»Was für ein Feuer?« Waren sie deswegen hier? Hatte es im Palast gebrannt?

Ceylans Gesichtszüge verfinsterten sich, sie gesellte sich jedoch zu ihm auf das Bett und setzte sich ihm gegenüber, die Beine überkreuzt, sodass der Rock leicht nach oben rutschte. »Du hast mich mit Aldren bei Bryok besucht. Offenbar wusste Aldren etwas über meine Gabe, aber er wollte nur persönlich mit mir reden. Wir sind ohne ihn in ein Zimmer gegangen, da er noch mit Bryok sprechen wollte. Du hast mir erzählt, dass du gern ein Wächter werden würdest.«

Ihr Blick suchte seinen, als wäre sie nicht sicher, ob er damals die Wahrheit gesprochen hatte. Doch das hatte er. Kein Volk wollte ihn, weder die Unseelie noch die Menschen. Die Fae verabscheuten ihn für sein menschliches Denken und die Menschen für seinen magischen Körper. Damit würde er sich gut in die Reihen der Wächter einfügen – zumindest glaubte er das.

Als Ceylan erkannte, dass er dieser Aussage nicht widersprechen würde, erzählte sie weiter, wobei es ihm von Sekunde zu Sekunde mehr Mühe bereitete, ihren Worten zu folgen. Seine Lider wurden schwer, und nur zu atmen strengte ihn an.

»Wir haben auf Aldren gewartet, als wir plötzlich Rauch gerochen haben. Die Leute haben zu schreien begonnen und versucht, vor den Flammen zu fliehen. Wir wollten aus dem Zimmer, aber das Feuer hatte uns bereits erreicht. Wir dachten, wir würden sterben …« Ceylan brach ab und senkte den Blick auf ihre Hände. Fahrig knetete sie ihre Finger mit den abgekauten Nägeln. Es wirkte, als wäre da etwas, das sie ihm nicht sagen wollte.

»Was ist dann geschehen?«, drängte Kheeran sanft. Er musste es wissen.

Sie kniff die Augen zusammen und holte zittrig Luft. »Wir … wir haben uns voneinander verabschiedet, als ich bemerkt habe, dass ich die Flammen zügeln kann. Es war magisches Feuer, und jedes Mal, wenn es mit mir in Berührung kam, war es, als würde ich die Flammen in mir aufnehmen. So konnten wir uns einen Weg nach draußen erkämpfen. Aber das Feuer war zu wild und ich nicht vorsichtig genug.«

»Was meinst du damit?«

Ceylan hob den Kopf und sah ihn an. Schmerz und Schuld lagen in ihrem Blick, und am liebsten hätte er nach ihrer Hand gegriffen, aber er war sich nicht sicher, ob sie das wollte, und zu schwach, um ihre Ablehnung zu ertragen. »Du wurdest schwer verbrannt, Kheeran.«

Er blinzelte. »Was?«

»Hast du es noch nicht bemerkt?«

»Was bemerkt?«

Ein trauriges Lächeln trat auf Ceylans Lippen. Sie erhob sich vom Bett und lief zu dem Tisch am anderen Ende des Zimmers. Aus einer der Schubladen zog sie einen Handspiegel, den sie ihm reichte. Der Griff war kunstvoll gegossen, und das Metall fühlte sich kühl in Kheerans Hand an, obwohl seine Finger noch immer eisig waren. Verunsichert hob er den Spiegel an und betrachtete sich.

Beim König …

Ihm stockte der Atem, denn er erkannte sich kaum wieder und wusste nicht, wohin er zuerst sehen sollte. Sein langes blondes Haar war verschwunden. Es war kurz geschoren, nur wenige Fingerbreit. So kurz hatte er es seit seiner Entführung aus Amaruné nicht mehr getragen.

»Sibeal musste es abschneiden«, sagte Ceylan, aber er hörte sie kaum. Denn er hatte nicht nur sein Haar an die Flammen verloren, sondern auch seine makellosen Züge.

Seine rechte Gesichtshälfte wirkte weitestgehend unversehrt, aber seine linke war verbrannt. Die Wunden selbst waren geheilt, aber seine Haut war von unzähligen kleinen, blassen Narben uneben gezeichnet, die sich über sein Gesicht und den Hals hinab verteilten. Er wusste, dass er sie auch auf seiner Brust vorfände, hätte er die Kraft, sein Hemd auszuziehen.

Er war hässlich – und endlich frei. Es war absurd, dass dies sein erster Gedanke war, aber so würde ihn niemand als den Kronprinzen erkennen. Zumindest nicht, ohne einen zweiten, dritten oder gar vierten Blick zu riskieren, was gewiss nicht passieren würde, denn er war alles andere als schön anzusehen. Er verzog die Lippen zu einem Lächeln und spürte, wie die Haut auf seiner linken Seite schmerzhaft spannte. Sein rechter Mundwinkel wanderte deutlich höher als sein linker, was sein Lächeln schief und ungelenk erscheinen ließ.

Doch es fiel in sich zusammen, als er etwas anderes bemerkte: seine Ohren. Die goldenen Aufsätze, die seine verstümmelten Ohren vor anderen Fae verbargen, waren verschwunden.

Panik stieg in ihm auf. Er hatte in den letzten sieben Jahren alles darangesetzt, dieses Geheimnis zu bewahren und diese Schande zu verstecken. Doch nun lagen die verheilten Narben frei, ohne sein langes Haar für jeden gut sichtbar. Wer hatte ihn noch so gesehen?

Ceylan schien das Entsetzen in seinem Gesicht falsch zu deuten. »Es tut mir leid.«

Er ließ den Spiegel sinken. »Was tut dir leid?«

»Dass ich das nicht verhindern konnte.«

»Ich lebe, und das habe ich nur dir zu verdanken.« Er hatte in den vergangenen Jahren seine Existenz oft angezweifelt und war sich nicht sicher gewesen, wie lang er den Hass und die Verachtung seines Volkes ertragen konnte. Nicht nur einmal hatte er kurz davorgestanden, unter dem Druck aufzugeben. Aber heute war er weit von diesem Wunsch entfernt. Er freute sich auf das Unbekannte, das ihn nun erwartete.

»Aber du bist nicht mehr …«

»… schön?«, beendete Kheeran den Satz für sie.

Im Schein der Kerze sah er, dass Ceylan schwer schluckte, als würde sie Worte hinunterwürgen, die ihr auf der Zunge lagen. Anders als sein Gesicht war ihres makellos, trotz der dunklen Ringe, die unter ihren Augen lagen und vermutlich ihrer Sorge um ihn geschuldet waren.

Ein zaghaftes Klopfen erklang, und die Tür wurde vorsichtig von Sibeal aufgeschoben. Ihr Blick wanderte von ihm zu Ceylan und wieder zu ihm, bevor sie ihnen mitteilte, dass das Essen fertig war. Kheerans Appetit war zwar vergangen, doch er war dankbar für die Unterbrechung. Erschöpft von dem Gespräch brauchte er Zeit, um all das zu verarbeiten. Vielleicht kehrten dann auch seine Erinnerungen zurück.

3. Kapitel – Freya

– Amaruné –

Freya kniff die Augen zusammen. Sie fühlte, dass sie dabei war, aus einem langen Schlaf zu erwachen. Ihr Kopf war schwer, in ihren Schläfen pochte es, und ihr Nacken war steif, als hätte sie eine Ewigkeit in derselben Position ausgeharrt. Zudem waren ihre Augen vom Schlaf verklebt. Nur schwerlich gelang es ihr, die Lider zu öffnen, wobei das Licht der Kerze neben ihrem Bett einen blitzartigen Schmerz in ihren Kopf schießen ließ. Es fühlte sich an, als hätte sie den schlimmsten Kater ihres Lebens. Doch sie konnte sich nicht erinnern, sich mit ihrem Jugendfreund Melvyn im Weinkeller vergnügt zu haben. Sie schluckte. Ihr Mund fühlte sich staubig und trocken an, aber nicht nur das. Irgendetwas stimmte nicht, sie war jedoch zu träge, um es zu benennen.

Erneut versuchte sie, ihre Augen zu öffnen.

»Mach langsam«, sagte eine Frau mit starkem Akzent. Ihre Stimme erklang direkt neben dem Bett.

Blinzelnd versuchte Freya einen Blick auf die Fremde zu erhaschen. Sie hatte langes schwarzes Haar, und ihre gelben Augen leuchteten hell im Schein der Kerze. Ihre Haut war dunkel, und sie trug eine dunkelrote Uniform mit zahlreichen goldenen Besätzen. Löchrige Erinnerungen stiegen in Freya auf. Raeiah. Rae. Sie war eine Abgesandte der séakischen Kaiserin Atessa und gekommen, um Elroy davon abzuhalten, sich mit ihr zu vermählen.

Diese Erkenntnis jagte eine völlig andere Art von Schmerz durch Freyas Kopf, denn sie konnte sich beim Namen des Königs nicht an die letzten Stunden erinnern. Hatten Elroy und sie sich vermählt? War dies der Tag nach ihrer Hochzeitsnacht? Aber wieso sollte Rae dann bei ihr sein?

Freya öffnete den Mund, um zu fragen, was geschehen war. Doch nur ein dumpfer Laut verließ ihre Kehle.

Mitleid huschte über Raes Gesichtszüge.

Abermals setzte Freya zum Sprechen an, aber nur unverständliches Brummen verließ ihren Mund. Tränen schossen ihr in die Augen, und sie versuchte sich mit der Zunge über die Lippen zu fahren, aber es gelang ihr nicht. Ihre Zunge war nur noch ein Stumpf in ihrem Mund.

Schneidet ihr die Zunge raus!

Die Erinnerung an die Worte ihres Vaters traf sie wie ein Schlag ins Gesicht. Ihr ganzer Körper zog sich zusammen. Ihr Magen verkrampfte sich. Ihr Brustkorb schien auf einmal zu eng für ihr wild pochendes Herz. Und ihre Kehle wurde dünn und kratzig, bis sie glaubte, dass keine Luft mehr hindurchfand. Sie japste danach, aber das Atmen wollte ihr nicht gelingen.

Panik stieg in ihr auf. Sie schob die Bettdecke beiseite und schwang die Beine über die Bettkante. Sie musste in einen Spiegel sehen. Doch kaum dass sie aufgestanden war, gaben ihre Knie nach und nur Raes Arme schützten sie vor einem Sturz.

»Beruhig dich«, flüsterte Rae. Anstatt ihr zurück auf das Bett zu verhelfen, hielt diese sie fest.

Freya verstand nicht, was vor sich ging. Hatte ihr Vater ihr wahrhaftig die Zunge rausschneiden lassen, oder war das nur ein schlechter Traum? Kraftlos hob sie eine Hand und packte Raes Uniform. Der Stoff fühlte sich weich unter ihren Fingerspitzen an.

Er war echt. Sie war echt. Das alles war echt.

Ein Schluchzer brach aus Freyas Kehle hervor, und obwohl sie kaum etwas über die Frau wusste, in deren Armen sie lag, klammerte sie sich an ihr fest wie ein Kind an seiner Mutter.

Sie konnte nicht mehr sprechen. Ihr eigener Vater hatte ihr diese Fähigkeit genommen, damit sie niemanden von ihrer Entdeckung erzählte. Langsam kehrten die Erinnerungen zurück. Sie hatte es geschafft, bis zur geheimen Bibliothek im Tempel von Weidar vorzudringen, deren Existenz sie für die Alchemisten hatte nachweisen sollen. Ihr Auftrag war es gewesen, *Die Abschrift des schwarzen Elements* zu stehlen, aber bevor ihr das gelungen war, war ihr Vater aufgetaucht. Er hatte ihr offenbart, dass er von Moira wusste. Und dass er plante, gegen die Fae in den Krieg zu ziehen. Sie hatte von Talon und Kheeran erzählt und davon, dass die beiden ein und dieselbe Person waren. Sie hatte gedroht, es dem Volk zu erzählen, wenn er einen Krieg anzettelte, und daraufhin hatte er seinen Gardisten den Befehl gegeben …

Erneut stiegen Tränen in Freya auf. Sie konnte nicht glauben, dass ihr eigener Vater sie hatte verstümmeln lassen. Ihre Stimme war … fort. Für immer. Diese Erkenntnis war zu überwältigend, als dass Freya in der Lage gewesen wäre, sie zu begreifen. Nie wieder würde ein Wort ihren Mund verlassen. Und nie wieder würde sie eine Strophe ihres Lieblingsliedes singen.

Sie war stumm, weil ihr Vater sich vor dem fürchtete, was sie zu sagen hatte. Was ihr deutlich zeigte, dass, was sie zu sagen hatte, von höchstem Wert war. Sie durfte sich nicht mundtot machen lassen, denn das würde nicht nur Krieg bedeuten, sondern damit würde sie König Andreus gewinnen lassen. Und das Letzte, was sie wollte, war zu sehen, wie dieser Mann siegte. Er war ein Tyrann. Ein Monster. Machtgierig. Und grausamer, als jede Fae es jemals sein könnte. Warum hatte es achtzehn Jahre ihres Lebens gebraucht, damit sie erkannte, wie abscheulich ihr Vater war?

Schniefend löste sich Freya von Rae, und diese half ihr, sich zu setzen. Ihre Beine waren schwach, was nicht verwunderlich war. In Anbetracht der Tatsache, dass ihr Mund nicht mehr wund war und auch nicht unerträglich schmerzte, lag die Vermutung nahe, dass sie einige Wochen in Bewusstlosigkeit gehalten worden war, um ihrem Körper die Zeit zu geben, sich von der Wunde zu erholen.

»Möchtest du etwas trinken?«, fragte Rae.

Obwohl ihre Kehle staubtrocken war, schüttelte Freya den Kopf und vollführte stattdessen mit ihrer Hand eine schreibende Bewegung. Sie brauchte Stift und Papier.

Rae griff in den Nachttisch und holte ein Notizbuch und einen Stift heraus, als hätte sie beides dort versteckt, wohl wissend, dass Freya es brauchen würde. Hoffentlich beherrschte Rae ihre Sprache nicht nur in Wort, sondern auch in Schrift. Freya hatte so viele Fragen und Gedanken, dass sie überhaupt nicht wusste, wo sie ansetzen sollte, aber zunächst musste sie herausfinden, wie viel Rae wusste.

Warum bist du hier?

»Elroy hat mich gebeten, nach dir zu sehen«, antwortete Rae, welche die Frage anscheinend nicht persönlich nahm. Sie sprach leise, als ahnte sie, wie sehr Freyas Kopf schmerzte. »Eigentlich dürfte ich überhaupt nicht hier sein. Du bist seit gut einem Monat eingesperrt, und es ist verboten, dich zu besuchen, angeblich damit dein Heilungsprozess nicht gestört wird. Ich bin über den Balkon reingekommen.«

Seit wann bist du hier?

»Heute erst seit ein paar Minuten, aber ich schaue schon seit drei Wochen nach dir. Elroy wäre wohl selbst hier, würde dein Vater nicht jede Minute seiner Zeit in Anspruch nehmen.« Bei diesen Worten verzog Rae die Lippen, als hätte sie versehentlich an einem Glas Essig genippt.

Freya nickte, um zu zeigen, dass sie zuhörte. Dabei verspürte sie eine unerwartete Woge der Zuneigung Elroy gegenüber. Dass er Rae beauftragt hatte, nach ihr zu sehen, bedeutete, dass sie ihm nicht gleichgültig war und es ihm nicht einzig und allein um seine Unsterblichkeit ging. Denn im bewusstlosen Zustand war Freya ihm gewiss keine Hilfe. Dennoch hatte er Rae an ihre Seite gestellt, anstatt sie nach der Unsterblichkeit suchen zu lassen.

Sind wir vermählt?, fragte Freya als Nächstes. Sie konnte sich an keine Hochzeit erinnern.

Rae nickte. »Ja, dein Vater hat einen verschleierten Ersatz für dich an den Altar geschickt und alle, Elroy eingeschlossen, glauben lassen, du wärst das. Erst hinterher haben wir erfahren, dass es nur ein Mädchen von deiner Größe und Statur war. Elroy war … nicht erfreut, um es milde zu sagen.«

Freya schluckte, was ohne Zunge ein ungewohntes Gefühl war. *Was ist mit dem Mädchen?*

Rae senkte den Blick, das schwarze Haar fiel wie ein Vorhang vor ihr Gesicht. »Ich weiß es nicht, aber ich vermute, dein Vater hat sie nach der Trauung hinrichten lassen, damit sie niemandem von der Täuschung erzählen kann. Zumindest habe ich sie seitdem nicht mehr gesehen.«

Obwohl Freya dieses Mädchen nicht gekannt hatte, wurde ihr übel, und erneut schnürte Trauer ihr die Kehle zu. Früher hätte sie niemals gedacht, dass ihr Vater zu so etwas in der Lage wäre, aber nun kannte sie sein wahres Gesicht. Er interessierte sich nicht für den Einzelnen, es sei denn, dieser war er selbst. Und er scheute sich nicht davor, für seine Ziele über Leichen zu gehen.

Eine eigene Meinung und der Wille, diese durchzusetzen, zeichnen einen starken König aus, doch ein wirklich guter König stellt sich niemals über sein Volk. Dass sie nicht lachte. Zumindest die zweite Hälfte des Satzes war eine Lüge, die ihr Vater Kheeran und ihr jahrelang aufgetischt hatte. König Andreus stellte sich über alles und jeden. Sein Volk. Seine Familie. Das Abkommen. Er war bereit, den jahrtausendealten Vertrag zwischen den Ländern mit Füßen zu treten, um seinen Willen durchzusetzen und mehr Macht zu erlangen.

Freya begann erneut zu schreiben. *Wie habe ich meine Zunge verloren?*

»Elroy und ich haben gehofft, dass du uns das erzählen kannst«, antwortete Rae mit einem Blick in Richtung der geschlossenen Tür. Schritte waren im Gang zu hören. »In der amtlichen Bekanntmachung steht, dass du am Tag nach deiner Vermählung gestürzt bist und dir versehentlich selbst die Zunge abgebissen hast. Uns hat man erzählt, das wäre bei der Anprobe deines Kleides geschehen. Aber vermutlich ist nichts davon die Wahrheit.«

Freya schüttelte den Kopf. *Mein Vater …*

Sie kam nicht dazu, den Satz zu Ende zu schreiben, denn Stimmen erklangen auf dem Flur. Rae stieß einen séakischen Fluch aus und entriss ihr das Notizbuch. Sie trennte die Seite mit ihrer Schrift heraus. Das Buch verstaute sie in dem Nachttisch, die rausgerissene Seite steckte sie in ihre Uniform, vermutlich um sie später zu verbrennen, damit es keinen Beweis für ihr Gespräch gab.

»Ich werde Elroy berichten, dass du wach bist«, sagte sie und eilte zum Balkon. Die Vorhänge waren zugezogen, aber als Rae die Tür öffnete, wehte eine seichte Brise in den Raum. Sie war kühl, trug aber den süßlichen Duft der ersten Frühjahrsblüten mit sich. »Iss und trink nichts, was sie dir geben. Womöglich werden sie versuchen, dich in den Schlaf zu versetzen. Ich komme wieder.«

Freya nickte, da ihr ohne Blatt und Stift nichts anderes übrig blieb.

Rae erwiderte die Geste zum Abschied, dann verschwand sie. Keine Sekunde zu früh, denn im selben Augenblick war zu hören, wie ein Schlüssel im Schloss herumgedreht wurde.

Die Tür wurde aufgeschoben. Freya erhaschte einen Blick auf mehrere Gardisten, die direkt vor ihrem Zimmer standen. Zwei Dienstmädchen betraten den Raum, die offenbar gekommen waren, um sie zu waschen, denn die eine hielt einen Eimer mit leicht dampfendem Wasser in der Hand. Erstarrt blieben sie stehen, als sie Freya bemerkten.

»Prinzessin!«, entkam es der Frau mit dem Eimer. »Ihr seid wach!«

4. Kapitel – Leigh

– Nihalos –

Nihalos lag im Schatten. Dunkle Wolken hatten sich vor die Sonne geschoben und tauchten die gläserne Stadt in Finsternis. Leigh hatte jedes Gefühl für Zeit verloren. Er wusste nicht, wie viele Wochen oder gar Monate er in der Einöde Melidrians herumgeirrt war. Zuerst, um den Halbling zu finden, und anschließend, um ihn gesund zu pflegen. Doch nun war er zurück, und obwohl sie dabei waren, die Stadt der Unseelie zu betreten, fühlte es sich beinahe an, wie nach Hause zu kommen. Er freute sich auf ein warmes, nach Lavendel duftendes Bad und ein gemütliches Bett, auch wenn es nur für eine Nacht war.

Das Knistern eines nahenden Gewitters lag in der Luft und wurde begleitet vom verheißungsvollen Duft des bevorstehenden Regens. Leigh packte die Zügel des Pferdes fester und trieb es zur Eile an. Vielleicht fanden sie für Weylin noch einen Platz für die Nacht, bevor sich die Schleusen öffneten und das Unwetter über sie hereinbrach.

»Wir sollten nicht zu nah an das Schloss heran. Wenn sie mich erkennen, nehmen sie mich fest«, sagte Weylin, der sich die Kapuze seines Umhangs bereits vor einer Stunde, als sie noch weit von der Hauptstadt entfernt gewesen waren, tief in die Stirn gezogen hatte, um sein Gesicht zu verbergen.

Leigh spähte über seine Schulter zu Weylin, der hinter ihm auf dem Pferd saß, die Arme fest um seine Taille geschlungen. »Keine Sorge, dessen bin ich mir bewusst.«

Er hatte lang überlegt, ob er es riskieren konnte, Weylin mit nach Nihalos zu bringen, denn hier war er ein gesuchter Verbrecher. Und den Unseelie wäre es gewiss gleichgültig, dass Weylin ein Blutsklave war und das Attentat auf Kheeran nicht aus freien Stücken begangen hatte, sondern von seinem Herrn oder seiner Herrin dazu gezwungen worden war. Doch Weylin im Nebelwald allein zurückzulassen, war für Leigh auch keine Möglichkeit gewesen. Weylin hatte sich mittlerweile von dem letzten Angriff der Elva und seiner Vergiftung erholt, aber es würde eine Weile dauern, bis er vollständig bei Kräften war.

»Hast du eine Idee, wohin ich dich bringen kann?«

»Am Stadtrand gibt es eine Taverne. *Zum glänzenden Pfad.* Ich habe vor meiner Festnahme dort gewohnt. Die Besitzerin ist blind. Wenn ich also auf dem Zimmer bleibe, sollte ich sicher sein … Zumindest so sicher, wie ich in dieser Stadt sein kann«, sagte Weylin. Dabei krallte er seine Finger fester in Leighs Hemd.

»Mach dir keine Sorgen. Ich komme so schnell wie möglich zurück.«

Weylin gab ein Brummen von sich, das nicht überzeugend klang.

Leigh konnte seine Anspannung förmlich spüren und wünschte sich, er könnte ihm Sicherheit geben. Aber das konnte er nicht, sondern nur das Versprechen, sich zu beeilen, damit sie so schnell wie möglich einen Fluchbrecher fanden. Doch zuvor musste Leigh nach Ceylan sehen und mit ihr reden. Er wusste nicht, wie lang es dauern würde, den Schwur zu brechen, aber er wollte keinesfalls, dass Ceylan dem Irrglauben unterlag, er hätte sie im Stich gelassen. Oder schlimmer, dass die Unseelie ungeduldig wurden und sie hinrichteten, bevor Weylin frei über seine Taten und seinen Auftraggeber sprechen konnte. Denn wenn er mit seiner Vermutung recht hatte und ein Seelie Weylin dazu gebracht hatte, den Anschlag auf Kheeran zu verüben, kam dies einer Kriegserklärung gleich, die nicht einfach hingenommen werden konnte, sondern im Keim erstickt werden musste.

Zwar war es als Wächter nicht seine Aufgabe, für Frieden zwischen den Fae zu sorgen, aber er lebte bereits lang genug auf dieser Welt, um zu wissen, dass die Welle einen traf, auch wenn man dem Meer den Rücken zugewandt hatte. Und genauso würde es mit den Fae sein. Sollte ein Krieg zwischen Seelie und Unseelie ausbrechen, würde Melidrian zu einem Meer im Sturm werden, dessen Wellen über die Mauer und nach Thobria schwappten. Es lag nur an ihnen, zu entscheiden, ob sie hinsahen oder den Blick abwandten und vom Sturm überrascht wurden. Leigh war es mittlerweile lieber, zu wissen, was auf ihn zukam, denn in der Vergangenheit hatte er oft genug weggesehen und war blind in Dinge hineingestolpert, von denen er keine Ahnung hatte. Dafür hatte er teuer bezahlt – und das nicht nur wortwörtlich.

Sie erreichten die ersten Ausläufer von Nihalos. Kleine, schäbige Hütten, deren Gärten jedoch nicht weniger prachtvoll waren als jene im Herzen der Stadt. Ranken überwucherten die Fassaden, und Blumen, deren Blüten dank der Magie auch den Winter überdauert hatten, schmückten die Dächer und lenkten von den morschen Türen und schiefen Fensterläden ab.

Leigh hatte bisher wenig von dieser Seite der Stadt gesehen, dennoch spürte er, dass etwas nicht stimmte. Die Straßen waren verlassen, und das in Nihalos allgegenwärtige Plätschern des Wassers war verstummt. Die Brunnen waren stillgelegt, und hinter den Fenstern der meisten Hütten herrschte Dunkelheit. Dennoch fühlte Leigh sich beobachtet.

»Hier stimmt etwas nicht«, sprach Weylin denselben Gedanken aus.

Leigh nickte.

Weylin löste eine Hand von seiner Taille und umfasste den Dolch, der in Leighs Gürtel steckte. Obwohl er die Klinge jederzeit ziehen und ihm die Kehle aufschlitzen könnte, um zu verschwinden, verspürte Leigh keine Sorge oder Furcht. Khoury, Ceylan und all die anderen Wächter würden ihn gewiss als Narren beschimpfen, aber er vertraute Weylin und hatte jedes Wort in Levátt ernst gemeint. Trotz des Blutes, das an Weylins Händen klebte, war er unschuldig. Er war ein in die Enge gedrängtes Tier, das gezwungen worden war zu kämpfen, um zu überleben. Ein Gefühl, das Leigh selbst nur zu gut kannte.

»Bei den Elva«, raunte Weylin plötzlich in sein Ohr.

»Was ist?«

Weylin deutete die Straße entlang, und da entdeckte auch Leigh ihn: den Riss im Boden, der gewiss nicht auf natürliche Weise entstanden war. Jemand hatte Erdmagie genutzt, um diese Straße zu zerstören und eine Art Blockade zu errichten. Kein Pferd und keine Kutsche konnte diesen Graben überwinden. Das war merkwürdig genug, aber warum hatte niemand ihn wieder geschlossen?

Nach einer Erklärung suchend sah Leigh sich um und entdeckte eine Gestalt, die an einem der wenigen beleuchteten Fenster stand. Doch in dem Moment, in dem sein Blick auf den der Unseelie traf, verschwand diese, und einen Herzschlag später erlosch das Licht in der Hütte.

Was zum König war in den letzten Wochen geschehen? Nach Kheerans gescheiterter Krönung war die Stimmung in Nihalos nicht die beste gewesen, aber die Leute hatten sich zumindest noch auf die Straße getraut.

Nach einem Umweg, der ihnen noch mehr Zerstörung offenbarte, erreichten sie den *Glänzenden Pfad,* ohne auch nur einer Fae zu begegnen. Leigh band das Pferd an. Die Tränke war leer, denn die Brunnen in der Stadt schienen brachzuliegen. Er tätschelte die Flanke des Tiers und gab ihm das Versprechen, ihm sogleich einen Eimer Wasser zu bringen, während Weylin die Taverne ansteuerte, um ins Innere zu flüchten. Er wollte die Tür aufschieben, aber das Schloss gab nicht nach.

»Abgeschlossen.«

Das ungute Gefühl in Leighs Magen verstärkte sich. Er hob die Hand und klopfte an das morsche Holz, das sich anhörte, als wäre es bereits von Termiten zerfressen. Er hielt den Atem an und lauschte. Zaghafte Schritte erklangen im Inneren. Der Schlüssel wurde im Schloss herumgedreht und kurz darauf die Tür einen Spaltbreit geöffnet, aber niemand war zu sehen.

»Wer seid Ihr?«, fragte jemand, der sich hinter der Tür versteckte, als würde das brüchige Holz irgendeine Art von Schutz gewähren. Jede Fae könnte diesen zu Fall bringen.

»Wir ...«

Weylin hob die Hand und brachte ihn zum Verstummen. »Wir sind zwei Reisende«, sagte er und ließ den ihm anerzogenen Akzent der Seelie stärker durchklingen. »Wir suchen nicht nach Ärger, nur nach einer Bleibe.«

Die Fae zögerte. »Wie lang wollt Ihr bleiben?«

»Zwei Tage fürs Erste.«

»Und welche Elemente?«

Weylins Blick wanderte zu Leigh. Dieser griff an seinen Gürtel und löste das Säckchen mit den Talenten, die er für den Fall mitgenommen hatte, dass ihn die Suche nach Weylin bis nach Daaria gebracht hätte. »Wir haben Wasser-, Erde- und ...« Er starrte auf die Feuer-Talente, mit denen er in der Einöde Melidrians Lagerfeuer entzündet hatte. »Das ist alles. Wasser- und Erd-Talente.«

Die Fae gab einen unglücklichen Laut von sich. »Fünfzehn Wasser-Talente.«

Das war Wucher, dennoch bezahlte Leigh den Preis, ohne sich zu beklagen, da sie keine bessere Bleibe finden würden. Die Fae mit dem ausgedünnten Haar und blassen, blinden Augen ließ sie herein. Sie führte Weylin auf das Zimmer und verriet Leigh, wo er Wasser für das Pferd bekam. Er füllte die Tränke, bevor er ihnen folgte.

Das Schlafgemach war seine fünfzehn Talente gewiss nicht wert. Die Pritsche war durchgelegen, der Wasserhahn tropfte, und Spinnweben saßen in jeder Ecke des Raumes.

Weylin stand am Fenster. Die ersten Regentropfen trommelten gegen die Scheibe. Er hatte seinen Umhang abgelegt, darunter trug er dunkle, dreckverschmierte Kleidung. Sein schulterlanges schwarzes Haar war an einigen Stellen verfilzt, und die Brandnarbe an seinem Hals in Form eines Handabdrucks leuchtete heute besonders rot. Oder vielleicht war die Haut drum herum vor Angst auch nur ungewöhnlich blass.

»Wie geht es weiter?«, fragte Weylin, ohne ihn anzusehen.

Leigh trat neben ihn an das Fenster. »Du bleibst hier und ruhst dich aus. Ich gehe zum Schloss, um nach Ceylan zu sehen. Ich werde dort die Nacht verbringen und mich umhören, womöglich kann mir noch jemand etwas über die Fluchbrecher sagen. Anschließend komme ich zurück, und wir sehen weiter.«

Weylin nickte, aber Leigh entging sein schweres Schlucken nicht.

»Was ist?«

Er schüttelte den Kopf. »Es ist nichts.«

Leigh glaubte ihm kein Wort. Er konnte sie fühlen, diese Schwere, welche immer dann die Luft erfüllte, wenn Gedanken eingesperrt wurden. Vorsichtig legte er seine Hand auf Weylins Arm. Dieser zuckte unter der sanften Berührung zusammen, und es schien ihn einiges an Kraft zu kosten, nicht zurückzuweichen. Dies war Leigh während ihrer gemeinsamen Zeit in Levátt des Öfteren aufgefallen. Als erwartete Weylin, dass jede Berührung schmerzte oder nur dazu da war, ihn zu verletzen.

»Du kannst mit mir reden«, versicherte Leigh.

Weylin wandte sich ihm zu und betrachtete ihn, das Braun seiner Augen so dunkel, dass es beinahe schwarz wirkte. »Ich versuche nur, zu verstehen, womit ich deine Hilfe verdient habe. Danke!«

»Dank mir nicht zu früh, ich habe dich gerade in eine Stadt gebracht, in der dich wohl jeder tot sehen will.«

»Aber auch das hast du nur mit guten Absichten getan.«

Leigh schluckte. »Dir wurde nicht oft geholfen, oder?«

Er glaubte, ein Zucken in Weylins rechtem Mundwinkel zu sehen. »Noch nie.«

Diese zwei kleinen Worte waren wie ein Geschoss, das Leigh geradewegs in die Brust traf. Er hatte Weylin für das, was er Ceylan angetan hatte, gehasst, aber dieser Hass war längst verflogen. Weylin schien sein ganzes Leben lang nur Gewalt und Hass erfahren zu haben. Es zeugte von großer Stärke, dass die Dunkelheit ihn nicht vollkommen zerfressen hatte, und dafür bewunderte Leigh ihn.

Er räusperte sich. »Ich sollte jetzt aufbrechen.«

Weylin nickte. »Pass auf dich auf.«

»Keine Sorge, das werde ich.«

Der Stoff seines Umhangs klebte an Leighs Haut. Kaum hatte er den *Glänzenden Pfad* verlassen, war das Gewitter mit brachialer Gewalt auf Nihalos niedergegangen. Blitze hatten den Himmel erleuchtet, und der Donner hatte das Lichtspiel bejubelt. Bäche aus Regenwasser plätscherten durch die Stadt und sammelten sich als Pfützen in den Löchern, die Erdmagie in die Straßen geschlagen hatte. Leigh ritt an mehreren verbrannten Häusern vorbei, und nicht nur einmal stoppten Barrikaden seinen Weg, denen er ausweichen musste.

Je näher er dem Schloss kam, umso mehr Fae kreuzten seinen Weg. Doch es waren vor allem Gardisten, die ihm misstrauische Blicke zuwarfen. Nicht einmal zu seiner Zeit als Dieb für die Dunkelgänger hatte man ihm so viel Argwohn entgegengebracht. Hoffentlich würde man ihm im Schloss erklären können, was in seiner Abwesenheit geschehen war. Vielleicht war es ein Fehler gewesen, so lange in Levátt zu verweilen, aber hätte der Rückweg nach Nihalos Weylin und ihn getötet, wäre Ceylan nicht geholfen gewesen.

Der Regen kam noch immer sintflutartig vom Himmel, als

Leigh über Umwege die Hauptstraße erreichte, die zum Schloss führte. Das Erste, was er bemerkte, war die Mauer, welche zwischen dem Palast und der Stadt errichtet worden war. Früher waren die königlichen Gärten für alle zugänglich gewesen, doch nun versperrte ein gut fünfzehn Fuß hoher Wall den Weg, und die Straße mündete an ein Tor, das von zwei Gardisten flankiert wurde. Unberührt vom Regen, da sie das Wasser mit ihrer Magie umleiteten, standen sie vor der Mauer und beobachteten, wie er näher kam. In den umliegenden Häusern herrschte Dunkelheit, aber auch von dort aus spürte Leigh Blicke auf sich.

»Seid gegrüßt«, sagte er, als er die Gardisten erreichte.

Diese nickten ihm zu, eine Aufforderung, sein Anliegen vorzutragen.

»Ich bitte um Einlass.«

»Wer seid Ihr?«, fragte die Gardistin mit dem kurz geschorenen Haar.

Er stieg von seinem Pferd, um auf Augenhöhe mit den beiden Fae reden zu können. »Mein Name ist Leigh Fourash. Ich bin ein Wächter aus dem Niemandsland und ein Gast Prinz Kheerans.«

Der männliche Fae schnaubte. »Das bezweifle ich.«

»Es stimmt. Ihr könnt ihn fragen.«

»Das ist leider nicht möglich«, antwortete der Fae.

»Wieso nicht?«

»Kheeran ist tot.«

In Leighs Rücken grollte der Donner, und die Regentropfen, die auf dem Boden zerplatzten, klangen wie kleine Explosionen in seinen Ohren. Dennoch hatte er den Gardisten deutlich verstanden.

Der Prinz war tot. Er hatte Kheeran nicht gut gekannt, aber dieser hatte ihm mehr Achtung und Freundlichkeit entgegengebracht als die meisten seiner Untertanen, und das hatte Leigh zu schätzen gewusst. »Was ist mit ihm geschehen?«

»Er ist gefallen im Versuch, Verrat an der Krone zu begehen.«

Leigh runzelte die Stirn. »Aber er war die Krone.«

»Nicht mehr«, sagte die Gardistin.

Diese Entwicklung gefiel Leigh nicht, und er verstärkte den Griff um die Zügel seines Pferdes. Er wusste, dass Ceylan vor allem dank Kheerans Gnade noch am Leben war. Der Rat hätte sie bereits mit ihrer Festnahme hinrichten lassen. »Wer hat die Thronfolge angetreten?«

»Regent Aldren.«

»Kann ich zu ihm?«

»Er ist derzeit nicht in der Stadt«, antwortete der männliche Gardist.

»Wo ist er?«

Die Gardistin gab einen spottenden Laut von sich. Die goldenen Aufsätze an ihren Ohren schimmerten im Licht eines zuckenden Blitzes. »Habt Ihr die letzten Wochen unter einem Stein verbracht? Er ist in Daaria für seine Vermählung mit Königin Valeska. Und jetzt verschwindet!«

Leigh wich nicht zurück. Sollte das ein schlechter Scherz sein? Er wusste nur wenig über die Beziehung zwischen Unseelie und Seelie, denn was in Melidrian vor sich ging, war nicht seine Angelegenheit und auch nicht die der Wächter. Doch er war nicht taub und hatte mit eigenen Ohren gehört, wie sehr sich die beiden Völker verachteten. Und auch Aldren hatte bis zu seiner Abreise nie Gefallen an der Königin gezeigt. Doch wen der neue Regent in sein Bett ließ, konnte Leigh herzlich gleichgültig sein. Er interessierte sich nur für eine Frau.

»Was ist mit der Wächterin im Verlies?«, fragte er. »Ceylan Alarion.«

»Tot«, antwortete die Gardistin.

Leigh erstarrte. Die Worte waren wie ein Schlag. »Seid Ihr sicher?«

»Wir haben ihre verkohlte Leiche gemeinsam mit Kheerans aus den Trümmern gezogen, also ja, wir sind sicher, und jetzt verschwindet! Ihr habt hier nichts mehr zu suchen, oder wollt ihr eurer Wächter-Freundin folgen?«, fragte der Gardist und legte eine Hand an den Griff seines Schwertes.

Benommen trat Leigh einen Schritt zurück und noch einen und noch einen, da er nicht auf Ärger aus war. Sein Körper bewegte sich wie von selbst, als er sich auf sein Pferd schwang und der Mauer und dem Schloss den Rücken kehrte.

Ceylan war tot. In seiner Brust wurde es eng, und sein leerer Magen zog sich qualvoll zusammen, aber er hatte den Schmerz verdient, denn er hatte versagt. Er war in Nihalos zurückgeblieben, um Ceylan zu helfen, um sie vor einem frühen Tod zu bewahren, aber es war ihm nicht gelungen, sie zu retten, wie er auch Edan nicht hatte retten können.

Auf einmal nahm er die Regentropfen, die wie Nadeln auf ihn niedersausten, nicht mehr wahr. Er kniff die Augen zusammen, um seine Tränen zurückzuhalten. Er hatte wirklich geglaubt, dass es dieses Mal anders laufen würde – aber nein, er war auch als Wächter ein Versager.

5. Kapitel – Weylin

– Nihalos –

Nackt stand Weylin vor dem Spiegel im Zimmer des *Glänzenden Pfads* und betrachtete mit verdrehtem Hals die Narbe auf seinem Rücken, die ihn als Valeskas Sklaven kennzeichnete. Er verband mit diesem fürchterlichen Mal mehr grausame Erinnerungen, als andere Fae in der Spanne ihrer jahrhundertelangen Leben ansammelten. Und obwohl er immer wieder nach Wegen gesucht hatte, den Fluch zu brechen, verspürte er das erste Mal Hoffnung – dank Leigh. Er wusste nicht, womit er die Hilfe des Wächters verdient hatte, aber er war ihm unendlich dankbar. Und es gab nichts auf dieser Welt, womit er seine Schuld jemals würde begleichen können, sollte es ihnen wahrhaftig gelingen, einen Fluchbrecher zu finden. Er sehnte sich nach einem Leben ohne Blut, Folter und Hass, auch wenn er sich kaum mehr an eine Zeit ohne diese Dinge erinnern konnte.

Und es würde nie wieder so werden wie früher. Denn er müsste nicht nur mit den Erinnerungen leben, sondern auch mit Valeskas Hass. Die Königin würde ihn niemals einfach gehen lassen. Er würde weiterhin gezwungen sein, ein Leben im Schatten zu führen, aber zumindest würde dies ein freies Leben sein. Die einzige Möglichkeit, Valeska für immer zu entkommen, war der Tod – seiner oder ihrer. Er hatte sich oft vorgestellt, wie es wäre, die Königin mit den Händen zu ermorden, die sie in Blut getränkt hatte. Aber nun, da er zum ersten Mal wirklich zu hoffen wagte, wusste er nicht, ob seine Rache es ihm wert wäre, seine Freiheit aufs Spiel zu setzen, nur um Valeska ein letztes Mal gegenüberzutreten. Alles, was er wirklich wollte, war, zu musizieren und über sein eigenes Leben zu bestimmen.

Ein Klopfen an der Tür riss Weylin aus seinen Gedanken. Seine Muskeln versteiften sich, denn er erwartete keinen Besuch. Wortlos streifte er sich seine Hose über und griff nach einem der Dolche, die Leigh zurückgelassen hatte. Vor der verschlossenen Tür blieb er stehen und lauschte.

»Ich bin's, Leigh«, erklang es von der anderen Seite.

Weylin öffnete die Tür. »Warum bist du schon zurück?«

Leigh schob sich an ihm vorbei in das Zimmer. Der Wächter war klatschnass. Das weiße Haar klebte ihm in dunkelgrauen Strähnen im Gesicht, und er zog eine Spur aus Tropfen hinter sich her. Doch es war nicht nur sein durchnässter Zustand, der Weylin beunruhigte, es waren seine rot unterlaufenen Augen und der harte Zug seines Kiefers. Seine Hände hatte er zu Fäusten geballt. »Ceylan ist tot.«

Weylin erstarrte, den Türknauf noch in der Hand. Er wusste, wie viel die junge Wächterin Leigh bedeutet hatte. Dass sie tot war, war zum Teil auch seine Schuld. Ihr Haar an seiner Kleidung hatte sie in das Verlies gebracht und den Verdacht auf sie gelenkt. Er hatte das nicht gewollt, aber ihm war keine andere Wahl geblieben. Dennoch war er für all das verantwortlich.

Langsam schloss Weylin die Tür. »Das tut mir leid.«

Leigh streifte sich den nassen Umhang von den Schultern. Achtlos warf er ihn über den Stuhl, bevor er seine Schuhe auszuziehen begann. »Und Kheeran ist es auch.«

»Der Prinz ist tot?«

»Ja, ich kenne die Umstände nicht, aber offenbar ist er als Verräter gestorben. Seine rechte Hand Aldren ist jetzt Regent und wird der nächste König. Und rate mal, wer seine Königin wird?«, fragte Leigh. Er spuckte die Worte förmlich aus. Trauer und Wut schwangen gleichermaßen in seiner Stimme mit.

Weylin blinzelte. »Ich dachte, er liebt den Prinzen.«

»Anscheinend liebt er auch Valeska. Er hat sie zu seiner Frau genommen.«

Weylin erstarrte bei dem Klang dieses Namens aus Leighs Mund, der noch nicht wusste, dass die Königin für all sein Leid und mehr verantwortlich war. Regungslos beobachtete er, wie Leigh sich seiner Hose und anschließend seines Hemdes entledigte. Vollkommen entkleidet setzte er sich an das Feuer vor dem Kamin, seine blasse Haut schimmerte hell im Schein der Flammen.

Weylin schluckte. »Aldren und Valeska sind vermählt?«

Leigh nickte, ohne seinen Blick von dem züngelnden Feuer abzuwenden. »Anscheinend sind sie den Bund erst kürzlich in Daaria eingegangen. Das erklärt auch die angespannte Stimmung. Ich vermute, dass viele Unseelie unglücklich mit diesem Bündnis sind.«

Und viele Seelie werden es auch sein, dachte Weylin. Was hatte Valeska nur dazu getrieben, Aldren zu heiraten? Sie war eine wunderschöne Frau, die Reichtum, Macht und Ruhm besaß. Sie brauchte keinen Mann, um ihr Volk zu regieren, und auch darüber hinaus hatten die Unseelie nichts zu bieten, was Valeska nicht ohnehin besaß. Warum also hatte sie sich auf Aldren eingelassen, der so offensichtlich sein Herz an Prinz Kheeran verschenkt hatte?

Nicht, dass Weylin damit ein Problem hatte. Wenn der Unseelie jede Nacht in ihr Bett stieg, würde er künftig womöglich verschont bleiben, dennoch konnte er sich diese überstürzte Vermählung nicht erklären. Es musste mehr dahinterstecken.

Doch was immer es mit dem Bündnis zwischen Valeska und Aldren auf sich hatte, es hatte nichts mit der Wächterin zu tun und damit auch nicht mit Leigh. Sein einziger Grund, in Melidrian zu bleiben, war gestorben. Und mit ihm jeder Anlass, den er gehabt hatte, Weylin zu helfen. Nun, da Ceylan tot war, brauchte er sein Geständnis nicht länger. Er war für den Wächter wertlos geworden und all die Hoffnung, die Weylin noch Minuten zuvor verspürt hatte, schwand und machte dem beklemmenden Gefühl Platz, das seit jeher in seiner Brust hauste. Vielleicht war es ihm einfach nicht vergönnt, glücklich zu sein …

Er trat an das Bett heran und zog sein Hemd an, denn es war das Klügste, bei Anbruch der Nacht abzureisen. In Nihalos wollte er nicht bleiben. »Dann trennen sich unsere Wege jetzt wohl«, sagte Weylin. Er erlaubte sich nicht, Enttäuschung bei diesen Worten zu verspüren, denn diese machte ihn schwach. »Ich überlass dir gern das Pferd, aber könnte ich ein paar Talente haben?«

Leigh blickte von den Flammen auf. »Wovon redest du?«

»Davon, zu verschwinden«, antwortete Weylin und stopfte seine Habseligkeiten zurück in seinen Beutel. Zum Glück hatte er es sich in diesem Loch noch nicht gemütlich gemacht. »Ich bleibe gewiss nicht allein in Nihalos.«

Leigh erhob sich vom Platz vor dem Kamin und kam mit langen, selbstsicheren Schritten auf ihn zu. Seine Nacktheit war ihm völlig gleich. Er blieb neben Weylin stehen und umfasste das Gelenk seiner Hand, mit der er gerade dreckige Kleidung in seinen Beutel stopfte.

Weylin sah auf, und sein Blick traf auf Leighs.

»Du bist nicht allein«, sagte dieser mit ruhiger Stimme. »Ich bin bei dir.«

»Aber wie lang noch?«

Ein sanftes Lächeln, das nicht über seine Trauer hinwegzutäuschen vermochte, trat auf seine Lippen, und mit dem Daumen begann er über Weylins Haut zu streicheln. Es war eine federleichte Liebkosung. »Solange du mich brauchst.«

Weylins Herzschlag beschleunigte sich. Leigh war eine Bedrohung – nicht mit seiner Klinge, aber mit seiner Freundlichkeit, die ihn beinah dazu brachte, dem Wächter zu vertrauen. Aber Vertrauen war in seiner Welt gefährlich. Nur wer vertraute, konnte hintergangen werden.

Grob entriss er sich Leighs Berührung. »Ich brauche dich nicht.« *Ich brauche niemanden.*

Leighs Lächeln fiel in sich zusammen. »Verzeihung, so habe ich das nicht gemeint. Ich will nur nicht …«

»Schon gut«, unterbrach Weylin ihn. Er schnürte seinen Beutel zu und zwang sich zu den nächsten Worten, die vermutlich auch Leigh dachte, die er aber zu freundlich war auszusprechen. »Du hast mich gerettet, damit ich deiner Wächterfreundin helfe, aber sie ist tot. Ich bin wertlos für dich, daher entlasse ich dich aus deinem Versprechen. Du musst mir nicht helfen, geh zurück an die Mauer.«

Er schnappte sich den Beutel und warf ihn über seine Schulter. Seine Muskeln fühlten sich noch etwas steif an, das letzte Überbleibsel seiner Vergiftung. Er konnte nur hoffen, dass seine nächste Reise nach Daaria ohne eine solche Begegnung vonstattenging.

»Kann ich ein paar Talente haben?«, fragte er erneut. Leigh hatte sich bisher nicht gerührt.

»Nein.«

Das hatte Weylin befürchtet, aber er brauchte weder Leigh noch sein gutmütiges Lächeln. Es gab Mittel und Wege, Talente zu besorgen. Er nickte Leigh zum Abschied zu und wandte sich ab, kurz bevor die Hand des Wächters erneut vorschnellte und ihn packte.

»Nein«, sagte Leigh noch einmal. Er drehte ihn herum und sah ihm fest in die Augen. »Ich lasse dich nicht gehen.«

»Willst du mich töten?«

»Nein, ich will dir noch immer helfen.«

»Warum?«

»Weil ich muss. Ich … ich habe es versprochen …« Bei den letzten Worten brach die Stimme des Wächters, und er begann zu schluchzen. Da ahnte Weylin, dass es nicht um ihn ging, sondern um die Wächterin. Auch ihr hatte er ein Versprechen gegeben, ein Versprechen, das er nicht hatte erfüllen können.

Reglos stand Weylin dem weinenden Leigh gegenüber. Valeska

hätte ihn vermutlich für seine Schwäche verspottet und weggeschickt, damit er seine Tränen im Geheimen trocknete. Aber Weylin sah keinen Schwächling vor sich, sondern einen Mann, der tief für seine Freundin fühlte und den das Leben trotz all seines Mutes und seiner Entschlossenheit bestraft hatte.

Weylin ließ den Beutel von seiner Schulter gleiten und trat an Leigh heran. Zögerlich nahm er den Mann in die Arme, unsicher, ob dieser seinen Trost überhaupt wollte, denn Ceylans Tod war auch seine Schuld. Doch Leigh stieß ihn nicht von sich, sondern hieß die tröstende Geste willkommen. Er packte ihn fest und krallte seine Finger in Weylins Kleidung wie ein Ertrinkender in ein Stück Holz. Die Schluchzer ließen seinen Körper erbeben, und er vergrub sein Gesicht an Weylins Hals, wo seine verbrannte Haut die klagenden Laute, die seine Lippen verließen, dämpfte.

»Es tut mir leid«, flüsterte Weylin und fühlte, wie sich seine Kehle zuschnürte.

Der Griff des Wächters wurde noch fester, und obwohl Weylin in seiner eisernen Umklammerung festsaß, verspürte er nicht das Verlangen nach Flucht. Er konnte nicht sagen, wie lang Leigh sich an ihn klammerte, aber als er sich löste, waren seine Tränen versiegt.

Weylin beschloss, ihnen aus der Küche Essen zu holen und Leigh damit einen Moment zu geben, sich wieder zu sammeln. Als er kurz darauf mit Obst und einer Flasche Wein zurückkam, saß der Wächter bekleidet erneut vor dem Kamin.

Er hockte sich neben ihn und stellte das süße Obst und den noch süßeren Wein zwischen sie. Umgehend griff Leigh nach der Flasche. Er nahm einen großen Schluck, bevor er sie Weylin anbot. Dieser nippte ebenfalls daran, und so reichten sie den Wein hin und her, ohne ein Wort zu sprechen. Das Knistern der Flammen war das einzige Geräusch zwischen ihnen, bis Weylin es schließlich nicht mehr aushielt. Wenn er wirklich in Erwägung zog, bei Leigh zu bleiben, musste er ihre nächsten Schritte kennen.

»Wie geht es für uns weiter?«

Leigh führte die Flasche abermals an seine Lippen. »Ich will herausfinden, was mit Ceylan geschehen ist.«

Weylin schob sich eine Weintraube in den Mund. »Was gibt es da herauszufinden? Sie wurde hingerichtet.«

»Nein, wurde sie nicht. Sie ist nicht im Kerker gestorben. Der Gardist am Schloss meinte, man hätte ihre Leiche gemeinsam mit Kheerans aus irgendwelchen Trümmern geborgen. Sie ist also aus dem Verlies geflohen, obwohl sie mir versprochen hat, genau das nicht zu tun. Irgendetwas ist geschehen.«

»Oder sie war einfach ungehorsam.«

Leigh schüttelte den Kopf, seine Augen noch immer glasig, die tiefe Trauer dahinter nicht zu übersehen. »Ceylan war eigenwillig, aber sie hat mir ihr Wort gegeben.«

»Das heißt, du willst in Nihalos bleiben?«, schlussfolgerte Weylin.

»Nur ein paar Tage, um mich umzuhören und vielleicht mit Aldren zu sprechen. Das würde dir auch die Zeit geben, dich nach den Fluchbrechern umzuhören. Womöglich schaffe ich es sogar in die königliche Bibliothek.«

Weylin blinzelte. »Ich soll mich nach den Fluchbrechern umhören? Hast du vergessen, wo wir sind?«

»Nein, aber du bist nicht länger ein gesuchter Verbrecher. Die Unseelie glauben noch immer, dass Ceylan die Mörderin von Königin Zarina war, und du hast versucht, Kheeran zu töten, aber dieser gilt nun als Verräter, was dich zu einem Helden macht.«

Weylin konnte darauf nichts erwidern, denn das Mal des Blutschwurs an seinem Rücken glühte auf. Jedes Wort von ihm könnte als Geständnis gewertet werden, und dieses abzulegen hatte Valeska ihm untersagt. Doch obwohl Leigh recht hatte, fühlte er sich unwohl bei dem Gedanken, in Nihalos zu bleiben, zumal er auch Aldren niedergestochen hatte. Dies war allerdings kein Vergehen, für das man ihn hatte hinrichten wollen. Wenn er sich vom Palast fernhielt, war er vielleicht tatsächlich sicher. Zumindest so sicher, wie er es als Halbling in der Stadt der Unseelie sein konnte.

Misstrauisch ließ Weylin seinen Blick durch das *Zepter* gleiten, eine Taverne in der Nähe des Schlosses. Er war schon einige Male hier gewesen, damals noch mit dem Auftrag, Kheeran vor seiner Krönung auszuschalten. Doch an diesem Abend wollten Leigh und er herausfinden, was zu Kheerans und Ceylans Tod geführt hatte. Wenn ihnen jemand Antwort darauf geben konnte, dann gewiss die zahlreichen Palastangestellten, die sich regelmäßig in der Taverne trafen – zumindest war das früher so gewesen. Denn heute war das *Zepter* wie ausgestorben. Nur wenige Tische waren besetzt, und die Stimmung war alles andere als ausgelassen, sondern eher betrübt. Nachdenklich hingen die Köpfe der Fae über ihren Weingläsern, und weder Musik noch Gelächter erfüllten den im Freien liegenden Schankraum.

»Entspann dich«, sagte Leigh und legte eine Hand auf seinen Unterarm.

Weylin unterdrückte den Instinkt, sich ihm zu entziehen. Aufgewachsen unter den Seelie, war ihm beigebracht worden, dass zwei Männer in der Öffentlichkeit niemals körperliche Nähe zeigten, es sei denn, sie befanden sich in einem Kampf. Doch in Nihalos war das anders. Er holte tief Luft und versuchte, sich zu entspannen, was leichter gesagt als getan war. Es stimmte zwar, dass er nicht länger für den Mordversuch an Kheeran oder an Königin Zarina verurteilt werden konnte, dennoch hatte er das Gefühl, eine Zielscheibe klebte auf seiner Brust.

»Die Leute hier gucken drein, als hätte man ihnen ihre Lieblingswaffe geklaut«, sagte Leigh. Er nippte an seinem Wein und beobachtete die Fae über den Rand seines Glases. Die meisten saßen einander schweigend gegenüber, sprachen mit gesenkter Stimme über die Arbeit oder ihre Familien. Niemand verlor auch nur ein Wort über Kheeran, Aldren oder die Zustände in der Stadt, als befürchteten sie, damit die Gardisten heraufzubeschwören, die in ganz Nihalos patrouillierten.

»Vielleicht sollten wir uns anderweitig umhören.«

»Nein«, sagte Leigh entschlossen. Die Lampions über ihren Köpfen tauchten seine blasse Haut in warmes Licht. Er hob seine Hand und zog damit die Aufmerksamkeit der Fae hinter der Theke auf sich. Sie war dabei, Gläser, die eigentlich ziemlich sauber aussahen, mithilfe ihrer Wassermagie zu reinigen. Nun jedoch hielt sie inne, um an ihren Tisch zu kommen.

Weylin zog seine Kapuze tiefer und senkte den Blick auf sein Weinglas.

»Ja?«, fragte die Unseelie schroff, als wäre es unter ihrer Würde, einen Wächter und einen Halbling zu bedienen.

Leigh lächelte. »Ich habe mich gefragt, ob du so gütig wärst, mir ein paar Fragen zu beantworten.«

Die Fae, die sich den Kopf rasiert hatte wie die meisten Unseelie-Frauen, hob die Brauen. »Worüber?«

»Darüber, was in dieser Stadt geschehen ist«, sagte Leigh geradeheraus, was Weylin veranlasste, seinen Kopf noch weiter zu senken. Leigh hatte vielleicht nichts zu befürchten, da er als Wächter durch das Abkommen einen gewissen Schutz genoss, aber das galt nicht für ihn.

Die Fae schnaubte. »Ist das ein Scherz?«

»Nein, nicht im Geringsten.«

»Seid ihr Spitzel?«

»Sehen wir aus wie Spitzel?«, fragte Leigh. Seiner Stimme wohnte eine Leichtigkeit inne, als hätten sie nichts zu verbergen. »Ich komme aus dem Niemandsland und mein Freund aus

Levátt. Wir sind heute in Nihalos angekommen, und es ist nicht so, wie wir es in Erinnerung haben. Wärst du also so freundlich, uns aufzuklären?«

Die Fae verschränkte die Arme vor der Brust. Sie trug eine helle Bluse, die eng an ihrem Körper anlag, mit goldenen Knöpfen und Spitze an den Ärmeln. »Was bekomme ich dafür?«

»Das kommt darauf an. Was willst du?«

»Fünfzig Talente.«

Leighs Augenbrauen schossen in die Höhe. »Fünfzig?«

Die Unseelie zuckte mit den Schultern. »Was soll ich sagen? Die Taverne läuft nicht mehr so gut wie früher.«

»Wir können auch jemand anderen fragen«, warf Leigh ein und trank von seinem Wein. Sie hatten zuvor die Flasche auf ihrem Zimmer vollständig geleert, was Weylin spürte und was auch an dem Wächter nicht spurlos vorbeigezogen sein konnte. Dennoch wirkte der vollkommen nüchtern.

Ein trockenes, humorloses Lachen entwich der Kehle der Fae. »Viel Glück dabei, jemanden zu finden, der freiwillig mit einem Wächter und einem Halbling redet.«

»Dreißig Talente.«

»Vierzig.«

»Einverstanden.« Leigh griff nach dem Beutel an seinem Gürtel, in dem die Kugeln lagen, die orange, blau oder grün leuchteten, je nachdem, welche Art Magie darin eingeschlossen war. Er zählte vierzig Talente ab, die er der Unseelie über den Tisch schob.

Sie verstaute sie in einem Beutel und setzte sich zu ihnen an den Tisch. »Also, was wollt ihr wissen?«

»Warum verstecken sich die Fae in ihren Häusern?«, fragte Leigh zuerst, wie um die Wassertemperatur mit dem kleinen Zeh zu erfühlen, obwohl Weylin wusste, dass ihm eine ganz andere Frage auf der Seele brannte.

»Sie haben Angst vor erneuten Aufständen und den Elva.«

Leigh neigte den Kopf. »Elva?«

»Ja, sie sind zurzeit eine wahre Plage und fallen in die Stadt ein. Zwar wurden Mauern gezogen, und Truppen durchforsten die Wälder, aber diese Viecher sind wie Unkraut und finden immer einen Weg. Sie haben in den letzten Wochen Hunderte unserer Leute gerissen.«

Unweigerlich fragte Weylin sich, ob die Elva die Auswüchse der Dunkelheit waren, die Samia vor achtzehn Jahren im Schlafgemach der Königin prophezeit hatte. Zwar war Kheerans Krönung verhindert worden, dennoch fühlte es sich an, als hätte sich seit jenem Tag ein Schatten über das Land gelegt. Und schließlich waren die Elva gottlose Kreaturen, aus Dunkelheit erschaffen.

»Das tut mir leid zu hören«, sagte Leigh. »Worum ging es bei den Aufständen?«

»Vor allem um Kheeran und seine Unfähigkeit«, antwortete die Fae und nahm sich ein Stück Melone. Ungeniert biss sie in die süße Frucht, für die sie bei ihr bezahlt hatten.

»Aber Prinz Kheeran ist jetzt tot.«

»Ja.«

»Was ist mit ihm geschehen?«

Die Fae warf die abgenagte Melonenschale zurück auf den Teller. »Er ließ bei einem Brand sein Leben. Ich war nicht dabei, aber mir ist natürlich das Gerede zu Ohren gekommen.«

Weylin beobachtete, wie Leigh die Finger fester um das Glas in seiner Hand schloss. »Was besagt das Gerede?«

»Dass unser verehrter Prinz regelmäßig Gast in einem verbotenen Freudenhaus unter der Stadt war. Er hat sich dort angeblich mit dieser Wächterin, die Königin Zarina ermordet hat, versteckt, die er selbst aus dem Kerker befreit hat. Die Garde wollte die beiden einfangen, als es zu dem Feuer kam, in dem sie verbrannt sind«, erklärte die Fae, bereits das nächste Melonenstück im Mund. Sie leckte sich den süßen Fruchtsaft von den Fingern. »Wenn du mich fragst, hätte es nicht besser kommen können.

Andernfalls hätte Regent Aldren Kheeran vermutlich verschont. Die Welt ist besser ohne ihn dran.«

»Und wie kommt es, dass Aldren auf dem Thron sitzt?«, fragte Leigh. Es war erstaunlich, wie viel Selbstbeherrschung der Wächter besaß, vor allem, wenn Weylin daran zurückdachte, wie er im Zimmer des *Glänzenden Pfads* in seinen Armen zusammengebrochen war. Nun war von seiner Trauer nichts mehr zu spüren.

»Dieser Feigling Kheeran kam nicht mit den Problemen in der Stadt zurecht. Er hat seine Krone noch vor seinem Ableben an Aldren übergeben. Zumindest eine richtige Entscheidung hat er gefällt.«

Leigh brummte: »Du bist also von Aldren als König überzeugt?«

Die Fae neigte den Kopf. »Sicher, dass ihr keine Spitzel seid?«

»Absolut sicher, aber mir scheint auch, als hättest du nichts zu verbergen.«

»Nein, Regent Aldren ist das Beste, was dieser Stadt seit Nevans Ableben widerfahren ist. Die Elva-Angriffe sind zwar noch allgegenwärtig, aber die Aufstände haben unter seiner Führung deutlich nachgelassen. Und er hat den Handel mit Daaria, der unter Kheeran eingestellt wurde, sofort wiederbelebt.«

Weylin unterdrückte ein Schnauben. Kein Wunder, dass die Aufstände nachgelassen hatten. Wer wagte schon, zu rebellieren, wenn an jeder Kreuzung ein Gardist stand? Wenn Aldren nur einen Hauch wie seine Gemahlin war, hatten diese Gardisten den Befehl erhalten, keine Gefangenen zu machen.

»Ich habe davon gehört, dass Aldren Valeska geheiratet hat«, sagte Leigh geradezu beiläufig.

Die Fae nickte. »Nicht alle sind meiner Meinung, aber ich glaube, die Völker zu vereinen ist eine gute Entscheidung. Schließlich sind wir im Grunde alle Fae. Die beiden kommen in fünf Tagen aus Daaria zurück und halten eine Rede auf dem großen Platz, das wird gewiss vielen die Augen öffnen. Der Rest wird es spätestens erkennen, wenn Aldrens und Valeskas Sprössling in ein paar Monaten zur Welt kommt – halb Unseelie, halb Seelie. Wenn das kein Zeichen ist.«

Die Worte ließen Weylin erstarren. Sprössling? »Valeska ist schwanger?«

Ein breites Grinsen trat auf das Gesicht der Fae. »Ja, die beiden haben keine Zeit verschwendet. Angeblich ist die Geburt schon in ein paar Monaten. Das wird ein Fest!«

Weylin drehte sich der Magen um, und der Wein und das Obst bahnten sich einen Weg zurück an die Oberfläche, als die Unseelie seine Befürchtung bestätigte. Er sprang von seinem Stuhl auf und erreichte gerade noch rechtzeitig einen Busch, bevor er sich erbrach. Unter Würgen kam der Inhalt seines Magens zum Vorschein. Sein Körper zitterte, und ein bitterer, fauliger Geschmack legte sich auf seine Zunge.

Valeska war schwanger. Was immer sie dem Volk für eine Lüge auftischte oder Aldren glauben ließ, Weylin kannte die Wahrheit. Das ungeborene Kind in Valeskas Leib … es war seines, denn er war es gewesen, mit dem Valeska vor ein paar Monaten das Bett geteilt hatte, nicht Aldren. Der Unseelie war, nachdem Weylin ihm einen Dolch in den Rücken gerammt hatte, wochenlang geschwächt gewesen und gar nicht dazu in der Lage, ein Kind mit der Königin zu zeugen. Nein, es war die Frucht seines Samens, die in Valeska heranwuchs, und er wusste genau, wann es geschehen war. In jener Nacht, in der sie ihn dafür bestraft hatte, dass sein Pfeil auf der Parade Prinz Kheeran verfehlt hatte. Sie hatte ihn zuerst dazu gezwungen, sich vor ihren Augen selbst zu befriedigen, und dann …

Er kniff die Augen zusammen bei der Erinnerung daran, wie Valeska keuchend und stöhnend unter ihm gelegen hatte. Willenlos hatte sein Körper ihr gehorcht, während er sich mit seinem Geist an einen anderen Ort geträumt hatte.

Eine erneute Welle der Übelkeit überkam ihn, und er begann abermals zu würgen. Dieses Mal verließ nur bittere Säure seinen Magen. Er hatte sich seit Jahrzehnten nicht mehr erlaubt, an etwas wie eine Familie zu denken, aber früher hatte er sich oft eine gewünscht. Doch nun hatte er ein Kind mit Valeska. Gezeugt in Angst und Hass, würde sein eigen Fleisch und Blut als Bastard im Schloss der Unseelie aufwachsen. Er wollte gar nicht daran denken, was Aldren seinem Sohn oder seiner Tochter antun würde, sollte er je erfahren, dass er oder sie nicht sein war.

Plötzlich legte jemand eine Hand auf Weylins Rücken. Er zuckte zusammen.

»Zu viel Wein?«, fragte Leigh und reichte ihm einen Lappen.

Weylin nickte, da der Blutschwur ihm untersagte, darüber zu reden, auf welche Weise die Königin ihn misshandelt und missbraucht hatte. Und selbst wenn es eine Möglichkeit gegeben hätte, es Leigh wissen zu lassen, hätte Weylin es ihm nicht gesagt. Die Pein darüber, was Valeska ihm angetan hatte, war zu groß. Er schämte sich für das, was er getan hatte, und die Erinnerung daran gab ihm jedes Mal aufs Neue das Gefühl, schmutzig und dreckig zu sein. Das Letzte, was er wollte, war, dass auch Leigh ihn so sah.

Er richtete sich auf und wischte sich mit dem Lappen über den Mund. »Können wir gehen?«

Leigh betrachtete ihn besorgt, dann nickte er. Trotz des Gestanks von Erbrochenem, der von Weylin ausgehen musste, griff er nach seinem Arm und legte ihn sich stützend über die Schulter.

Weylin wurde erneut die Kehle eng. Nein, er konnte Leigh die Wahrheit nicht sagen, denn der Wächter war das einzig Gute, das ihm in den letzten Jahren widerfahren war. Und er durfte sein Licht nicht mit der Dunkelheit der Vergangenheit überschatten.

6. Kapitel – Ceylan

– Nihalos –

Ceylan klopfte an die angelehnte Tür. »Darf ich reinkommen?«

»Ja, ich bin fertig.«

Sie schob die Tür zu Kheerans Zimmer auf. Er stand am anderen Ende des Raumes und war dabei, das Hemd zuzuknöpfen, das Rhyland ihm gegeben hatte. Sein Haar war feucht vom Baden, und an der Wand neben ihm lehnte ein Gehstock, der ihn unterstützen sollte. Seine Bewegungen waren noch immer steif, und wenn er zu lang auf den Beinen blieb, drohten diese unter ihm nachzugeben.

»Wie geht es dir?«, fragte Ceylan.

»Es ging mir schon besser«, antwortete Kheeran und griff nach seinem Gehstock. Drei Tage waren seit seinem Erwachen und ihrem Gespräch vergangen. Doch sie hatten noch keine Zeit gehabt, darüber hinaus miteinander zu reden. Nachdem Sibeal ihnen Essen gebracht hatte, war Kheeran erneut für zwei Nächte eingeschlafen. Sein Geist schien bereit zu sein, sich mit den Geschehnissen auseinanderzusetzen, doch sein Körper kämpfte noch immer mit den Folgen seiner schweren Verletzungen.

»Das ist für dich.« Sie stellte die mitgebrachte Schüssel auf Kheerans Nachttisch ab, die mit Haferbrei, zerkochten Früchten und Nüssen gefüllt war.

»Danke!«

Sie hockte sich auf das Bett. »Dank nicht mir, sondern Sibeal.«

»Ich danke euch beiden«, sagte Kheeran mit einem Lächeln, das aufgrund seiner Narben wohl immer leicht schief auf seinem Gesicht sitzen würde. Er nahm die Schüssel an sich und neben Ceylan Platz. »Wie geht es dir?«

Sie zuckte mit den Schultern, denn sie wusste es nicht. Es war alles ein heilloses Durcheinander. In ihrem Kopf. In ihrem Herzen. Und auch in der Stadt. Nichts war mehr wie bei ihrer Ankunft. Nihalos war seit Kheerans gescheiterter Krönung in Unruhe, aber die Ausschreitungen schienen mit jedem Tag schlimmer zu werden, worauf die königliche Garde mit Gewalt antwortete. Nur ein paar Häuser von ihrem Versteck entfernt, war ein Haus niedergebrannt und eine Brücke eingerissen worden. Mehrere Fae waren vorgestern auf dem Marktplatz hingerichtet worden, und die Straßen wurden strenger patrouilliert denn je, um mögliche Aufstände im Keim zu ersticken. Es war ein verzweifelter Versuch, die Stadt und ihre Bürger zur Ordnung zu rufen, bevor Aldren und seine Gemahlin Valeska nach Nihalos zurückkehrten.

Und mit jedem Tag, der verging, fürchtete Ceylan mehr und mehr, dass Kheeran und sie entdeckt werden könnten. Es musste nur jemand den Verdacht auf Sibeal lenken, schon würden sie gemeinsam auf dem Schafott stehen. Das Schlimmste daran war, dass Ceylan nichts tun konnte, außer mit dieser Sorge und Angst zu leben. Sie hasste dieses Gefühl der Machtlosigkeit, denn es erinnerte sie an ihre Zeit im Kerker des Palastes, wo es nichts anderes zu tun gegeben hatte, als zu warten und auf das Beste zu hoffen.

»Was ist los?«, fragte Kheeran besorgt.

Sie schüttelte den Kopf. »Nichts, es ist nur vieles anders gekommen, als ich es mir vorgestellt habe, seit ich den Dienst an der Mauer angetreten habe. Ich dachte, ich würde die ersten Monate damit verbringen, mit den anderen Novizen zu trainieren, stattdessen bin ich hier – bei dir.«

Kheeran rührte mit dem Löffel durch den Haferbrei, sodass die Pampe die rosa Färbung der Früchte annahm. »Ich würde ja sagen, dass es mir leidtut, aber das wäre gelogen. Ich mag es, dass du bei mir bist, und das nicht nur, weil ich ohne dich vermutlich tot wäre. Aber ich bin sicher, dass du bald an die Mauer zurückkehren kannst.«

»Das hoffe ich«, murmelte Ceylan, den Blick auf ihre nackten Füße gesenkt.

»Wo wir beim Zurückkehren sind …«, setzte Kheeran an. »Ich sollte wohl bald zurück in den Palast.«

Sie hob den Kopf. »Wieso solltest du das tun?«

»Aldren macht sich bestimmt Sorgen um mich.«

»Das glaube ich nicht.«

Kheeran runzelte die Stirn. »Wieso nicht?«

Ein bitterer Geschmack legte sich auf Ceylans Zunge. Sie hatte gewusst, dass dieser Moment kommen würde, hatte allerdings gehofft, ihn noch eine Weile hinauszögern zu können, aber sie würde Kheeran gewiss nicht mit falschen Tatsachen bei Laune halten. »Es gibt da etwas, dass ich dir nicht erzählt habe.«

»Und was?«

Sie holte tief Luft. »Das Zimmer, in dem wir waren, als das Feuer bei Bryok ausgebrochen ist … Wir konnten nicht rechtzeitig fliehen, weil die Tür abgesperrt war und wir sie aufbrechen mussten.«

Die Furche zwischen Kheerans Augenbrauen wurde tiefer. »Was willst du damit sagen?«

»Jemand hat uns eingesperrt – und anschließend das Feuer gelegt, um uns zu töten«, sagte Ceylan. Sie erkannte in Kheerans Augen bereits, dass er wusste, worauf sie hinauswollte, dennoch sprach sie ihren Verdacht aus. »Dieser Jemand war Aldren.«

7. Kapitel – Kheeran

– Nihalos –

Dieser Jemand war Aldren.

Nein, das konnte nicht sein. Unmöglich. Ceylan hatte keine Ahnung, wovon sie redete. Aldren hätte niemals versucht, ihn umzubringen, der andere Fae hatte ihn geliebt – als Freund, als Prinz und als Mann.

Wut stieg in Kheeran auf. Es war eine Frechheit von Ceylan, so etwas Abscheuliches zu behaupten. Er wusste, dass die Wächterin nie viel für seinen besten Freund übriggehabt hatte. Bei ihrem Verhör zum Mord an seiner Mutter hatte sie sogar zugegeben, dass – sollte sie je einen Fae aus seinem Hofstaat töten – Aldren ihr bevorzugtes Opfer wäre. Und auch Aldren war alles andere als begeistert von Ceylan gewesen, aber er hätte ihr niemals ein Haar gekrümmt, in dem Wissen, wie viel sie Kheeran bedeutete.

Mit einem lauten Klirren stellte er die Schüssel auf den Nachttisch. Ceylans Worte hatten seinen Appetit vertrieben und ein brennendes Gefühl in seiner Brust geweckt. Er erhob sich vom Bett, da er nicht länger ruhig sitzen konnte, und begann durch den Raum zu laufen, den verhassten Gehstock, ohne den er nicht aufrecht stehen konnte, in den Händen. »Du irrst dich. Aldren würde so etwas niemals tun!«

Mitleid spiegelte sich auf Ceylans Gesichtszügen. »Er ist nicht der, der er vorgegeben hat zu sein.«

»Nein, du kennst ihn nicht«, konterte Kheeran.

»Und du auch nicht.«

Er konnte nicht fassen, dass er diese Unterhaltung überhaupt führen musste. Womöglich war er noch immer bewusstlos und dies ein weiterer Albtraum. Doch er kannte Aldren besser als jeden anderen. Dieser hatte in seinem Leben schon zahlreiche Leute getötet, aber hätte sich lieber das eigene genommen, als ihm ein Haar zu krümmen.

»Aldren hat Valeska geheiratet.«

Kheeran erstarrte, als hätte Ceylan mit ihren Worten einen Pfahl durch seinen Körper getrieben. Verwirrt sah er die Wächterin an, in der Hoffnung, ein Anzeichen für eine Lüge zu finden, aber er erkannte lediglich Bedauern und schonungslose Ehrlichkeit auf ihren Zügen. Das … das konnte nicht sein.

»Was?«, krächzte er heiser.

»Ja, vor ein paar Tagen. In Daaria.«

»Das ist unmöglich!«

»Es ist die Wahrheit«, beteuerte Ceylan.

»Nein.« Aldren hatte immer nur eine Person geliebt, und das war er, auch wenn er diese Liebe nicht erwidert hatte. Für Valeska hatte er sich nie interessiert, obwohl sie zweifelsohne eine schöne Frau war. Aber sie war genau das – eine Frau. Seit er Aldren kannte, hatte dieser nur Männer begehrt und keine Frau eines zweiten Blickes gewürdigt. Ihre Vermählung ergab keinen Sinn, es sei denn, Liebe und Lust waren nicht der Grund dafür. Valeska hatte noch mehr zu bieten: Macht. Doch auch nach dieser hatte Aldren nie gegiert. Er war ihm eine treue rechte Hand gewesen und hatte niemals mehr gefordert, als ihm zustand.

»Kheeran …« Ceylan erhob sich vom Bett und kam mit langen Schritten auf ihn zu. Das dunkle Haar hatte sie zu einem Zopf geflochten, der über ihre rechte Schulter fiel. Und sie trug wieder dieses Kleid, das ihn nach seinem Erwachen beinahe um den Verstand gebracht hatte, aber als er sie nun ansah, bemerkte er nicht ihre Schönheit, sondern nur das Mitleid in ihren Augen. »Aldren wollte, dass wir verbrennen, um zu verhindern, dass du erneut Anspruch auf den Thron erhebst. Er hat dich nur ausgenutzt.«

Kheeran schüttelte den Kopf. »Nein, das würde er niemals tun.«

Ceylan streckte ihren Arm nach ihm aus und legte tröstend eine Hand auf seine, die den Gehstock hielt. »Dein Volk und Aldren glauben, du wärst in dem Feuer ums Leben gekommen. Er hat das komplette Etablissement freilegen lassen, angeblich in der Hoffnung, dich zu finden. Nun hat vor ein paar Tagen deine Bestattung stattgefunden, und du darfst dreimal raten, wer nicht dort war – Aldren.«

Kheeran presste die Lippen aufeinander. Was Ceylan erzählte, ergab keinen Sinn, gleichzeitig wirkte sie so von ihrer Wahrheit überzeugt, dass es nur eine logische Erklärung für all das geben konnte. »Dieser Fae, von dem du redest … das ist nicht Aldren.«

Ceylan blinzelte. »Wie meinst du das?«

»Aldren, der echte Aldren … er hat mich geliebt und hätte mir niemals etwas angetan. Nicht für Macht und auch nicht für Reichtum. Dieser Fae, der Bryoks Freudenhaus angezündet und uns eingesperrt hat, sieht vielleicht aus wie Aldren, aber er war es nicht.«

»Kheeran, du bist verwirrt und enttäuscht, aber …«

»Ceylan, hör mir zu.« Er packte ihre Schulter mit mehr Kraft, als er gedacht hatte zu besitzen. Sie zuckte unter dem Druck seiner Finger leicht zusammen, und er lockerte seinen Griff, jedoch nicht den Blickkontakt. Fest sah er ihr in die Augen, sein vernarbtes Gesicht von Entschlossenheit gehärtet. »Der Fae, der mir das angetan hat, war nicht Aldren. Ich weiß nicht, warum er aussieht wie er oder was er mit dem echten Aldren gemacht hat, aber dieser Mann ist nicht länger der, für den wir ihn halten.«

Ceylan spannte die Kiefer an, als wollte sie etwas sagen. Doch sie schwieg und schien über seine Worte nachzudenken. Er war weder verrückt noch verzweifelt, und sein Verdacht war nicht an den Haaren herbeigezogen, auch wenn es vielleicht so wirkte. Er kannte Aldren, und dieser Fae, den Ceylan ihm beschrieb … das war er nicht.

Ceylan stieß ein schweres Seufzen aus. »Einverstanden, ich glaube dir.«

»Wirklich?«

Sie nickte. »Ich halte dich für einen klugen Mann, Kheeran, und das Feuer hat dich schwer getroffen. Wenn du überzeugt bist, dass Aldren – dein Aldren – nichts damit zu tun hat, glaube ich dir.«

Eine Welle der Erleichterung erfasste Kheeran. Er ließ seine Hand von Ceylans Schulter gleiten. »Danke!«

Sie nickte und setzte sich zurück auf das Bett, wobei sie sich hart auf die Matratze fallen ließ, als hätten die letzten Minuten ihr Kraft geraubt. »Die Frage ist nur, wie es jetzt weitergeht.«

Das war eine berechtigte Frage. Sie konnten schlecht in den Palast marschieren und Aldren zur Rede stellen. Und auch sonst konnten sie niemandem im Schloss vertrauen. Kheeran vermochte nicht einzuschätzen, wer noch auf seiner Seite stand und wer nicht. Zumal dieser Verräter offenkundig sehr geschickt vorgegangen war. Wann hatte er Aldrens Platz eingenommen? Wie viele Geheimnisse hatte Kheeran ihm blind anvertraut? Bei dem Gedanken daran wurde ihm ganz anders.

Trauer um seinen alten Freund stieg in ihm auf. Wann hatte er das letzte Mal mit dem echten Aldren gesprochen? Wann hatte dieses … dieses *Ding* Aldrens Platz eingenommen? War es geschehen, bevor er ihm den Thron versprochen hatte oder danach? Er wusste es nicht.

»Wir brauchen Hilfe«, sagte Kheeran in Ermangelung einer Idee.

»Und wer soll uns helfen?«, hakte Ceylan nach. »Wir können nicht zurück in den Palast – hierbleiben können wir auch nicht. Wir bringen Sibeal und Rhyland mit jedem weiteren Tag in Gefahr.«

»Du machst dir Sorgen um sie«, stellte Kheeran erstaunt fest, denn vor nicht allzu langer Zeit hätte sich Ceylan daran erfreut, Fae ins offene Messer laufen zu lassen.

»Sie haben uns beiden das Leben gerettet. Wir sind es ihnen schuldig, sie zu schützen, und ich denke, wir sind uns einig, dass wir ihre Gastfreundschaft lange genug beansprucht haben.«

»Was bedeutet, dass es nur einen Ort gibt, an den wir gehen können: die Mauer«, schlussfolgerte Kheeran.

Ceylan nickte, als wäre das von Anfang an ihr Plan gewesen. »Aber was ist mit Aldren?«

»Das muss warten«, antwortete er, auch wenn ihm der Gedanke, Aldren vorübergehend allein zu lassen, nicht gefiel. Zuerst mussten sie sich in Sicherheit bringen, dann konnten sie ihre nächsten Schritte planen. »Vielleicht können die Wächter uns auch helfen, herauszufinden, was es mit deiner Gabe auf sich hat.«

»Und wann wollen wir aufbrechen?«

Kheeran hob seinen Gehstock leicht an. »Ich würde sagen, sobald ich dieses Ding nicht mehr brauche.«

8. Kapitel – Larkin

– Askane –

Larkin kniff die Augen zusammen und holte ein letztes Mal tief Luft, bevor er über die Schwelle zum Schiff trat. Es war ein milder Abend im Frühling. Der Wellengang war seicht, und das Boot wogte nur leicht im Takt des Meeres. Doch das sanfte Auf und Ab genügte, um Übelkeit in Larkin aufsteigen zu lassen. Er presste die Lippen aufeinander und ermahnte sich, sich nicht zu übergeben. Seine Seekrankheit wurde gefühlt mit jedem Tag schlimmer, aber er weigerte sich, diese Schwäche anzuerkennen.

Er war ein unsterblicher Wächter. Er hatte schon gegen Hunderte blutrünstiger Elva sowie Mörder und Diebe gekämpft, da würde er sich nicht von ein wenig Wasser in die Knie zwingen lassen.

Oder doch?

Er stützte sich an der Wand der *segelnden Schenke* ab. Diese Spelunke sah noch genauso aus wie in seiner Erinnerung. Damals hatten Freya und er Elroy aufgesucht, um ihn davon zu überzeugen, sie nach Nihalos zu bringen.

Der Raum war dunkel und nur von ein paar wenigen Kerzen erhellt. Das Holz unter seinen Füßen war morsch, und er hoffte inständig, dass es unter seinem Gewicht und dem Stampfen der tanzenden Gäste nicht brach. Der Geruch von Schweiß, Alkohol und gebratenem Fisch lag schwer in der Luft.

Larkin rümpfte die Nase und überlegte umzukehren, aber Keva hatte gesagt, dass ihre Schwester Yara am Hafen von Askane arbeitete. Daher war dies seine beste Anlaufstelle, um mehr über die Frau herauszufinden, die Henrik in seinem Tagebuch erwähnt hatte. Vermutlich hätte er die Sache auf sich beruhen lassen sollen, aber er verstand nicht, warum der Mann aus Rigwall auf solch brutale Weise hatte sterben müssen. Noch weniger verstand er, weshalb seine Mörder Seiten aus seinem Tagebuch gerissen hatten. Anscheinend hatte etwas dringestanden, was für sie von Wert war, und Larkin wollte herausfinden, worum es sich handelte. Nicht nur, um seine eigene Neugierde zu stillen, sondern auch, um sicherzugehen, dass die Verbrecher nicht weiter mordeten.

Doch der einzige Hinweis, den er bekommen hatte, war Yara. Er war ihrer Spur nach Weidar gefolgt, doch dort hatte er nicht die Frau aus seinem Buch, sondern nur deren Schwester angetroffen, die ihm erzählt hatte, dass Yara am Hafen Askanes arbeitete, was seine Neugierde weiter geschürt hatte. Warum trafen sich ein Mann aus Rigwall und eine Frau aus Askane in Weidar? Er würde es hoffentlich bald herausfinden …

Mit einem Knoten im Magen bewegte sich Larkin auf die Theke zu. Die Wirtin dahinter lächelte ihn an. »Seid gegrüßt, was kann ich Euch bringen?«

»Ein Bier«, antwortete er und klammerte sich an der Theke fest, obwohl das nichts brachte. Schließlich bewegte sich der verdammte Boden. Seine Übelkeit verdrängend, beobachtete er, wie die Wirtin an ein Fass trat, um sein Bier abzuzapfen. »Kennt Ihr zufällig eine Frau namens Yara?«

Für gewöhnlich wäre er nicht so mit der Tür ins Haus gefallen und hätte sich erst einmal mit dem Ort und seinen Besuchern vertraut gemacht, doch er wollte so schnell wie möglich von hier verschwinden. Nicht nur wegen des Wellengangs, sondern auch wegen der Erinnerungen, welche dieser Ort auslöste.

»Nein, nie von ihr gehört.« Die Wirtin stellte den Krug vor ihm ab. »Allerdings hört man an einem Ort wie diesem irgendwann auf, die Leute nach ihren Namen zu fragen. Die meisten unserer Gäste sind Seefahrer, die nur zwei-, dreimal im Jahr hier aufschlagen.«

Larkin bedankte sich und bezahlte sein Bier. Mit dem Krug in der Hand sah er sich auf dem Schiff um, das nicht länger in See stach, sondern nur noch *Die segelnde Schenke* beherbergte. Die Taverne war gut besucht. Fischer, Händler, Piraten und andere Seeleute trafen an diesem Ort aufeinander. Einige Männer waren fein gekleidet, zu fein für einen Ort wie diesen, während andere nur Lumpen trugen. Was sie vereinte, waren Alkohol, Frauen und eine Liebe zum Meer, die Larkin nicht teilte.

Larkin setzte sich an jenen Tisch, an dem er damals mit Freya und Elroy gesessen hatte, um die Bedingungen für eine Überfahrt nach Melidrian zu verhandeln. Es schien eine Ewigkeit her zu sein. Schon damals hatte Larkin den Mann mit seinem überheblichen Grinsen und seiner arroganten Haltung nicht gemocht. Doch in den letzten Wochen war aus seiner Verachtung Elroy gegenüber Hass gewachsen, und die Wut, die beim Gedanken an den Piraten in seinem Magen brannte, reichte aus, um seine Übelkeit vergehen zu lassen.

Verrate mir das Geheimnis der Unsterblichkeit, und ich verlasse Thobria noch heute Nacht.

Elroys Worte und ihr Gespräch in Weidar hallten noch in seinen Ohren wider, und es war kein Tag vergangen, an dem er nicht an Elroys Drohung gedacht und seine Entscheidung infrage gestellt hatte. Er hatte ihm angeboten, Freya nicht anzurühren, wenn er ihm sein Geheimnis verriet, aber Larkin hatte bei seinem Leben und dem seiner Brüder geschworen, es niemals preiszugeben. Ihm wäre nichts anderes übrig geblieben, als Elroys Worten zu vertrauen, und dazu war er nicht bereit gewesen. Elroy hätte ihm die Unsterblichkeit abluchsen und sich noch am selben Abend in Freya versenken können …

Beim König, daran wollte Larkin überhaupt nicht denken. Er liebte Freya. Und fast mehr als Elroy hasste er die Tatsache, dass er ihr keinen Ausweg aus dieser Ehe hatte bieten können. Selbst wenn er noch an der Mauer wäre und man ihm Ehre und Anerkennung zollen würde, hätte er nicht mit dem séakischen Prinzen mithalten können. Er war ein Niemand im Vergleich zu Elroy, weshalb Freya nun in dessen und nicht in seinen Armen lag. Diese Erkenntnis schmerzte mehr, als jede Wunde es könnte.

»Was für eine Laus ist dir über die Leber gelaufen?«

Larkin sah von seinem Krug auf und blickte in das Gesicht einer jungen Frau. Sie trug kein Kleid wie die meisten Frauen, die sich in der Schenke vergnügten, sondern eine Hose aus rauem Leder, und an ihrem Gürtel baumelte eine Klinge. »Ich wüsste nicht, was dich das angeht.«

Ungeachtet seines schroffen Tonfalls setzte sich die Frau mit dem roten Haar. »Bist du ein Reisender?«

»Sozusagen.«

Sie neigte neugierig den Kopf. »Und bist du schon lang in Askane?«

»Nein.« Er war erst vor ein paar Stunden in der Hafenstadt eingetroffen. Seine Reise von Weidar aus hatte mehr Zeit in Anspruch genommen als geplant, da er auf dem Weg immer wieder hatte anhalten müssen, um sich vor den Gardisten des Königs zu verstecken oder Menschen zu helfen, die dieser ausbeuten ließ. Ein Bild des Elends zog sich durch Thobria.

Die Frau lehnte sich über den Tisch. »Du bist ein unsterblicher Wächter, nicht wahr?«

»Nein, und jetzt verschwinde«, knurrte Larkin.

Eines musste er ihr lassen: Sie hatte Mumm. Trotz seines schroffen Tonfalls rührte sie sich nicht von der Stelle, sondern betrachtete ihn aus offenen grünen Augen. »Lügner.«

Er unterdrückte ein Seufzen. Ihm war übel vom Wanken des Schiffes und nicht nach Reden zumute. Er wollte in Ruhe sein Bier trinken und später ein paar Leute nach Yara aushorchen. Die Frau ihm gegenüber war zwar hübsch, aber er verspürte kein Verlangen danach, sie mit in sein Bett zu nehmen. »Du solltest jetzt wirklich verschwinden.«

Sie lachte. »Warum bist du hier, wenn du keinen Spaß haben willst?«

Er schloss die Finger fester um den Krug. Zwar war er ihr keine Antwort schuldig, aber ihre offene, redselige Art und ihr junges Aussehen erinnerten ihn an Freya, weshalb er sich sagen hörte: »Ich suche jemanden.«

»Und wen?«

Nun konnte er ihr gleich alles erzählen. »Eine Frau namens Yara.«

Sie grinste. »Dann ist heute dein Glückstag. Ich kenne sie.«

Das ließ ihn aufhorchen, denn damit hatte er nicht gerechnet, allerdings erschien es ihm wie ein zu großer Zufall. »Woher kennst du sie?«

»Wir machen des Öfteren Geschäfte mit ihr.«

Er hob die Brauen. »Wir?«

»Ich und meine Mannschaft.«

»Deine Mannschaft?«, fragte Larkin verwundert. War sie dafür nicht ein bisschen jung? Außerdem war ihm noch nie ein Schiff unter der Führung einer Frau untergekommen. Andererseits hatte er in den letzten Jahrzehnten auch wenig Zeit am Meer verbracht.

Die Frau ihm gegenüber streckte das Kinn vor. »Ja, hast du damit ein Problem?«

»Nein, überhaupt nicht, aber zurück zu Yara. Wo finde ich sie?«

»Was bekomme ich dafür, wenn ich es dir sage?«

Natürlich. Alles in diesem Land hatte seinen Preis. »Was willst du?«

»Vier Goldstücke.«

Larkin hob die Brauen. War das ihr Ernst? Vier Goldstücke in einer Absteige wie dieser für einen Hinweis, der genauso gut eine Lüge sein könnte? Aber was hatte er zu verlieren? Außerdem hatte Freya ihm mehr Gold vermacht, als er ausgeben konnte. »Du bekommst zwei Goldstücke.«

»Drei.«

»Einverstanden.« Larkin griff in die Tasche seines Mantels und holte drei Goldstücke hervor. Er reichte der Frau seine Hand, wie um auf ihr Geschäft einzuschlagen. In derselben Bewegung wechselten die Münzen unauffällig ihren Besitzer. »Also, wo finde ich Yara?«

Sie beugte sich erneut über den Tisch, doch dieses Mal kam sie ihm noch näher und forderte ihn mit einem Fingerzeig auf, es ihr gleichzutun. Er zögerte, beugte sich dann aber vor, bis sich ihre Gesichter beinahe berührten. »Auf dem Schwarzmarkt«, flüsterte sie so leise, dass ihre Worte beinahe im Johlen und Stampfen der tanzenden Gäste untergingen.

Warum überraschte Larkin das nicht? »Und wo genau finde ich sie? Der Markt ist groß.«

»Ich nehme an, du warst schon einmal dort?«

Er nickte.

»Kennst du Enoon?«

»Den Waffenschmied? Ja.«

»Geh zu ihm. Er wird dir weiterhelfen«, sagte die Frau und erhob sich. Die Münzen ließ sie in ihrer Tasche verschwinden und griff nach dem Krug, den Larkin noch immer festhielt. Sie löste ihn aus seinen Fingern und trank einen großen Schluck, ehe sie ihn abstellte und ging.

Larkin blickte der Frau nach, deren Namen er nicht einmal kannte. Sollte sie es gewagt haben, ihn anzulügen, würde er sie finden und seine Münzen zurückholen, selbst wenn er dafür noch einmal ein Boot besteigen müsste.

9. Kapitel – Freya

– Amaruné –

Freyas Magen knurrte. Sie hatte Hunger und Durst, aber seit Rae sie gewarnt hatte, dass man möglicherweise versuchen würde, sie erneut in einen Schlaf zu versetzen, war sie vorsichtig mit allem, was sie zu sich nahm. Denn auch wenn ihr dieses neue Leben – ohne Zunge, ohne die Möglichkeit zu sprechen – wie ein Albtraum erschien, durfte sie sich nicht in den wohltuenden Schlaf flüchten. Sie musste wach und bei Verstand sein, um zu überlegen, wie es weitergehen sollte. Sie musste etwas unternehmen und ihren Vater aufhalten. Er durfte nicht in den Krieg ziehen. Dieser würde Tausende Unschuldige das Leben kosten. Aber wie konnte sie sich ohne Stimme Gehör verschaffen?

»Ihr solltet etwas essen«, sagte die Zofe und hielt Freya einen Teller mit Schnittchen vor die Nase. Sie kannte diese Frau nicht und konnte sich nicht erinnern, sie jemals im Palast gesehen zu haben. Der Name, mit dem sie sich vor wenigen Minuten vorgestellt hatte, war ihr bereits entfallen.

Freya schob den Teller von sich.

»Prinzessin, Ihr müsst Euch für die Nacht stärken.«

Sie verzog die Lippen, was nicht nur an den Worten lag, sondern auch an dem reißenden Schmerz an ihrer Kopfhaut. Seit über zwei Stunden zupften und zerrten die Zofen an ihr rum. Zuerst hatten sie sie in einem Bad aus duftenden Ölen einweichen lassen, anschließend hatten sie ihren Körper enthaart, wie es séakische Tradition war, und sie mit teuren Salben für eine weiche Haut eingerieben. Ihre Finger- und Fußnägel waren in Form gebracht worden, und nun war ihr Haar an der Reihe, denn nach den Wochen des Schlafes sollte sie perfekt aussehen für das Wiedersehen mit ihrem Gemahl und vorbereitet sein auf ihre erste gemeinsame Nacht. Offenbar wurde von ihr erwartet, dass sie diese für Elroy unvergesslich machte, schließlich war sie nun beschädigte Ware – mehr noch, als alle ahnten.

Denn in der Nacht, in der sie ihre Zunge verloren hatte, hatte sie auch ihre Unschuld an einen anderen Mann verloren. Larkin. Sie vermisste ihn schmerzlich und wünschte, er wäre an ihrer Seite, um sie zu küssen, in den Arm zu nehmen und ihr zu versichern, dass alles gut werden würde. Sie hatte keine Ahnung, wie das geschehen sollte. Ihr Vater wollte Krieg und war bereit, dafür jedes erdenkliche Opfer zu bringen. In der Bibliothek hatte er gesagt, dass er auf Elroy setzte, da dieser als ältester Sohn von Kaiserin Atessa Herrscher über die séakischen Streitkräfte war. Gewiss könnte sie Elroy davon überzeugen, ihrem Vater nicht zur Seite zu stehen, aber das würde diesen nur kurzfristig von seinen Plänen abbringen.

Die Zofe gab es auf, Freya zum Essen zu bewegen, und zeigte ihr stattdessen eine Fülle an Kleidern. Sie wählte das erste, denn ihr war gleichgültig, was sie trug, wenn sie Elroy wie ein Stück Fleisch serviert wurde. Es war liebenswert von ihm, dass er Rae nach ihr hatte sehen lassen, aber von diesem Wissen ließ sie sich nicht täuschen. Der Pirat war zwar ihr engster Vertrauter in diesem Palast und kannte die Wahrheit über ihre Magie, aber das machte ihn nicht weniger zu einem Mann. Einem Mann mit Bedürfnissen, und sie war nun seine Frau. Gewiss würde er ihretwegen nicht für den Rest seines Lebens auf körperliche Nähe verzichten. Sie hatte geschworen, ihm unsagbare Dinge anzutun, sollte er sie anrühren, aber was sollte sie ausrichten? Sie konnte weder um Hilfe schreien noch Magie wirken, denn dafür fehlten ihr die Mittel.

Freya wünschte, sie hätte mit Rae über das, was Elroy in dieser Nacht von ihr erwartete, reden können. Doch sie hatte Rae seit ihrem Erwachen nicht mehr zu Gesicht bekommen und keine

Minute mehr in Ruhe verbracht. Ständig war sie von Menschen umgeben, die sich nach ihrem Wohl erkundigten, und wenn sie allein war, übermannten sie Müdigkeit und Schlaf.

Nur eine Person hatte sie in dieser Zeit nicht besucht: ihr Vater.

Selbst ihre Mutter, Königin Erinna, war zu ihr gekommen, das Gesicht von Schuld gezeichnet, weshalb Freya ahnte, dass ihr Vater ihr die Wahrheit über den Verlust ihrer Zunge erzählt hatte. Aber sie hatte ihre Mutter nicht darauf angesprochen, denn diese war König Andreus treu ergeben und hätte nur versucht, sein Handeln zu rechtfertigen. Das hatte Freya sich selbst nicht antun wollen. Das Verhalten und die Entscheidungen ihres Vaters waren unentschuldbar, und sie würde ihre Kraft nicht auf sinnlose Gespräche mit ihrer Mutter verschwenden, sondern alles daransetzen, ihren Vater aufzuhalten und vom Thron zu stürzen, bevor er das Land und das Volk mit seiner Gier nach Macht ins Verderben trieb.

Freya blieb bei diesem Gedanken hängen, während sie für Elroy zurechtgemacht wurde. Sie wurde geschminkt, gepudert, eingekleidet und mit Parfüm benebelt, und als sie am Ende des stundenlangen Prozedere in den Spiegel blickte, erkannte sie die Frau nicht, die sie dort sah. Es lag nicht an dem Kleid aus goldenen Fäden und nicht an der Korsage, die ihre kleinen Brüste üppig nach oben drückte. Was sie sah, war eine Hülle. Eine Verkleidung, nicht mehr und nicht weniger. Früher war sie das gewesen, aber diese Zeit war vorbei.

Sie war es leid, nett zu sein und darauf zu achten, dass die Leute ihr wohlgesonnen waren. Und sie hatte es satt, dass ihr Leben von einer Familie bestimmt wurde, die sich nicht länger wie eine anfühlte. Wie auch, wenn der eigene Vater einen verstummen ließ und die eigene Mutter tatenlos zusah? Nein, Freya war fertig. Fertig damit, es diesen Leuten recht zu machen und sich darauf vorzubereiten, den Thron zu besteigen. Oh, sie würde ihn besteigen, und das schon bald, aber danach würde sie diesem Theater, das sich Monarchie nannte, ein Ende bereiten. Kein Mensch sollte so viel Macht besitzen wie ihr Vater. Er konnte tun, wonach es ihm beliebte, und niemand zog ihn dafür zur Rechenschaft.

»Prinzessin?«

Freya sah von ihrem Spiegelbild auf.

Erwartungsvoll blickte die Zofe sie an. »Gefallt Ihr Euch?«

Nein, schoss es Freya durch den Kopf, dennoch nickte sie.

»Das freut mich. Ihr werdet bereits im Speisesaal erwartet.«

Im Speisesaal? Sie hatte erwartet, dass man sie ohne Umwege auf Elroys Zimmer bringen würde. Dennoch nickte sie abermals und wurde von einer Schar aus Zofen und Gardisten durch das Schloss geleitet. Die dunklen Mauern, die Teppiche und Porträts ihrer Vorfahren an den Wänden, die massiven Säulen und der Duft von Holzkohle. Alles, was ihr so vertraut war und ihr Sicherheit geschenkt hatte, fühlte sich nun fremd und verlogen an. Doch sie setzte ein mildes Lächeln auf, das über ihre wahren Gefühle hinwegtäuschte.

Vor dem Speisesaal standen etliche Gardisten, darunter auch Yale, der zu Elroys Mannschaft auf der *Helenia* gehörte. Er war der Einzige, der Freya anlächelte, alle anderen senkten nur demütig die Häupter, und sie fragte sich, was wohl in ihren Köpfen vorging. Bedauerten sie sie für den Verlust ihrer Stimme? Oder verspotteten sie sie für das angebliche Missgeschick?

Die Flügeltür zum Speisesaal wurde aufgezogen. Freya erstarrte. Elroy wartete bereits auf sie. Er trug die séakische Uniform, in der sie ihn auf dem Schwarzmarkt kennengelernt hatte, dunkelrot und golden. Ringe funkelten an seinen Händen, und ein Schmuckstück zog sich auch durch seine Nase. Das schwarze Haar hatte er zusammengebunden, nur ein paar wellige Strähnen rahmten sein makelloses Gesicht.

Doch Elroy war nicht allein, ihre Eltern waren bei ihm, sowohl ihre Mutter als auch ihr Vater. Freyas Magen verkrampfte sich beim Anblick von König Andreus. Erhaben, als hätte er einen Funken Respekt für sie, erhob er sich von seinem Platz. Und obwohl sein Bart dichter war als je zuvor, entging Freya sein verlogenes Lächeln nicht. Es brachte die Haut um seine Augen zum Knittern.

Dieser elende Drecksack! Was bildete er sich ein? Glaubte er wirklich, er konnte wieder in ihr Leben treten und so tun, als wäre nichts gewesen?

Ja, das tat er. Denn er war König Andreus. Für ihn hatte nichts Folgen oder Konsequenzen.

»Ist alles in Ordnung, Prinzessin?«, fragte ein Dienstmädchen.

Sie schluckte schwer. Der Geschmack von Galle erfüllte ihren Mund. Dennoch nickte sie und setzte sich erneut in Bewegung, ihren Blick unerbittlich auf ihren Vater gerichtet, denn sie wollte keine Schwäche zeigen. Sie ermahnte sich, dass dieses Gefühl in ihrem Magen keine Furcht war, sondern Wut.

»Du siehst bezaubernd aus«, sagte Elroy, als sie vor ihn trat. Er griff nach ihrer Hand und hauchte ihr einen zarten Kuss auf die Knöchel. Ohne ihre Finger loszulassen, führte er sie an ihren Platz und half ihr, sich zu setzen. Nach außen hin schien er wie der wahr gewordene Traum eines Prinzen, aber Freya wusste, dass er dieses Getue genauso sehr hasste wie sie. Gewiss wäre er gerade lieber an Bord seines Schiffes, um von dort aus auf das Meer zu blicken.

»Prinz Deèglan hat recht«, schaltete sich ihre Mutter ein, die ein steifes Lächeln zur Schau trug, als würde man sie mit einem Messer im Rücken dazu zwingen. »Sie sieht wirklich hinreißend aus, nicht wahr?«

Die Frage richtete sie an Freyas Vater, der noch immer neben seinem Platz stand. Seine Ausstrahlung bedrohlicher als die Anwesenheit einer Elva, ließ er seinen Blick über Freya gleiten.

Sie erschauderte und fragte sich, was geschehen würde, wenn sie ihm ein Buttermesser ins Auge rammte. »Ja, wirklich liebreizend. Das Kleid steht ihr ausgezeichnet.«

In diesem Moment war Freya beinahe dankbar für ihre Stummheit. So blieb ihr zumindest erspart, diesem Mann für sein Kompliment zu danken. Elroy rückte ihren Stuhl zurecht, bevor er sich neben sie setzte. »Ich bin froh, dich endlich wiederzusehen, mein Liebling. Ich habe dich vermisst.«

Freya hob amüsiert die Mundwinkel. Er hatte das Gehabe eines verliebten Prinzen wirklich perfektioniert, was vermuten ließ, dass er genauso gut wie sie wusste, dass jede ihrer Bewegungen beobachtet wurde.

Ihnen wurde Wein eingeschenkt, und Freya erlaubte sich, nach dem Glas zu greifen, da das Getränk aus demselben Trog kam wie jene ihrer Eltern. Außerdem konnte sie sich nicht vorstellen, dass ihr Vater sie unter Drogen setzen ließ, wenn sie später für Elroy da sein sollte.

»Auf meine zauberhafte Tochter, Prinzessin Freya, und ihren Gemahl, Prinz Deèglan«, sagte ihr Vater mit erhobenem Kelch. »Ich wünsche euch von Herzen alles Gute und hoffe, dass der holprige Pfad dieser Verbindung sich von heute an glätten möge, auf dass ihr beide ein gesundes und langes Leben führen werdet.«

Sie prosteten einander zu.

»Prinz Deèglan, wie war Euer Besuch an der Akademie?«, fragte König Andreus, nachdem er seinen Becher abgestellt hatte. Natürlich erkundigte er sich nicht nach ihrem Befinden, wie es jeder besorgte Vater getan hätte. Nein, auch jetzt drehte sich alles nur darum, sich bei Elroy einzuschmeicheln.

Freya war nicht entgangen, dass man ihr weder Stift noch Papier an die Seite gelegt hatte, als würde man nicht wünschen, dass sie an den Gesprächen teilnahm. Von ihr wurden nur zwei Dinge erwartet. Sie sollte hübsch aussehen und Elroy die ganze

Nacht über Lust verschaffen, damit er am nächsten Morgen freudetrunken ihrem Vater seine Armee zusicherte. Aber das konnten sie vergessen!

»Es war sehr beeindruckend«, antwortete Elroy, während vor ihm ein Teller mit Glosche abgestellt wurde. Darunter kamen gedämpfte Bohnen, Kartoffeln und gebratener Fisch zum Vorschein. »Es ist offensichtlich, dass Ihr weder Kosten noch Mühen scheut, um die Sicherheit Eures Landes zu gewährleisten.«

Andreus lächelte. »Das habt Ihr richtig erkannt. Aus diesem Grund lasse ich derzeit zwei weitere Akademien bauen, die bereits kurz vor der Fertigstellung sind. Anschließend werde ich ein Gesetz erlassen, das alle tüchtigen Männer im Alter von sechzehn bis zwanzig Jahren verpflichtet, dort für drei oder vier Vollmonde zu lernen.«

Freya presste die Lippen aufeinander und starrte auf ihren Teller. Der Appetit war ihr vergangen, dafür hatte die Anwesenheit ihres Vaters gesorgt. Dass er ausgerechnet dieses Thema wählte, war reine Provokation und eine Darstellung von Macht. Er redete über einen Krieg, um ihr zu zeigen, dass ihre Drohungen in der Bibliothek ihn nicht eingeschüchtert und von seinem Vorhaben abgebracht hatten.

Elroy schob sich eine Bohne in den Mund. »Das ist eine sehr kluge Entscheidung.«

»Danke, vielleicht können wir morgen unser Gespräch der vergangenen Woche fortführen, dann erläutere ich Euch meine Pläne genauer.«

»Gern, aber ich glaube nicht, dass ich die nächsten Tage Zeit dafür erübrigen kann.«

Ein Schatten huschte über das Gesicht von König Andreus. »Was habt Ihr die nächsten Tage vor?«

»Zeit mit meiner Gemahlin zu verbringen«, antwortete Elroy. Er griff nach ihrer Hand, die er erneut an seinen Mund führte. Dabei stieß er ein genüssliches Brummen aus, als könnte er es nicht erwarten, später auch den Rest ihres Körpers zu kosten, während dieser Gedanke bei Freya Gänsehaust auslöste. Sie wusste, dass Elroy sie nicht liebte, aber er war nun mal ein Mann mit Bedürfnissen und sie die einzige Frau, an der er diese befriedigen durfte.

König Andreus setzte ein falsches Grinsen auf, aber zumindest Freya vermochte den Zorn in seinen blauen Augen auflodern zu sehen. Niemand wagte es, ihren Vater zu versetzen, und dass Elroy es gerade getan hatte, verschaffte ihr ein Gefühl der Genugtuung.

Schmunzelnd nippte sie an ihrem Wein. Doch als ahnte ihr Vater, was ihr durch den Kopf ging, sah er zu ihr. Über die Länge des Tisches hinweg starrten sie einander an. Eisern bohrte sich dabei sein Blick in ihren. Es war jener Blick, mit dem er sie auch in der Bibliothek bedacht hatte, als die Gardisten sie gepackt und in die Knie gezwungen hatten. Sie hatte gekämpft und geschrien, aber in den Katakomben hatte sie niemand gehört. Einer hatte sich rittlings auf sie gesetzt, während ein anderer seine behandschuhten Finger in ihren Mund geschoben und ihren Kiefer auseinandergezwungen hatte. Weitere Männer hatten ihre Arme und Beine festgehalten. Doch es war nicht ihre Stärke gewesen, die Freya das Gefühl gegeben hatte, hilflos zu sein, sondern die Grausamkeit ihres Vaters. Seelenruhig hatte er zugesehen, wie man seiner Tochter die Zunge aus dem Mund gezogen und abgetrennt hatte. Sein finsterer Blick war das Letzte gewesen, was Freya gesehen hatte, bevor der Schmerz und der Blutverlust sie in die Ohnmacht getrieben hatten. Und nun saß er mit ihr an einem Tisch, als wäre nichts gewesen. Wie konnte er nur so kalt und herzlos sein?

Freya hielt es keine Sekunde länger mit ihm in einem Raum aus. Bei allem, was heilig war, sie wollte nicht einmal im selben Schloss sein wie er. Doch wenn sie jetzt einfach ging und sich erneut seinem Willen widersetzte, bestand die Gefahr, dass man sie unter Zwang zurück in den Schlaf versetzte. Das konnte Freya nicht riskieren.

Ihre einzige Möglichkeit, dieser Folter zu entgehen, war Elroy. Wenn er darum bat, mit ihr allein zu sein, konnte Andreus ihm diesen Wunsch nicht verwehren. Aber wie konnte sie Elroy das begreiflich machen ohne die Werkzeuge, die sie nun zum Kommunizieren brauchte?

Freya kam ein Gedanke, der ihr nicht gefiel, da er sie genau dorthin brachte, wohin sie nicht wollte: in Elroys Bett. Doch wenn sie die Wahl hatte zwischen dem Schlafgemach des Piraten und der Anwesenheit ihres Vaters, würde sie ohne jeden Zweifel Ersteres wählen, weshalb sie ihre nächste Tat wenig Überwindung kostete. Sie zog ihre Hand aus Elroys zurück, doch anstatt sie auf ihrem Schoß zu falten, wie es sich für eine Dame gehörte, legte sie sie auf Elroys Oberschenkel.

Er starrte sie an.

Sie erwiderte seinen Blick, bevor sie langsam in Richtung Tür sah.

Elroy schüttelte leicht den Kopf.

Bitte, formte sie tonlos mit den Lippen.

»Später«, flüsterte Elroy, sodass nur sie es hören konnte.

Freya schüttelte den Kopf und ließ ihre Finger weiter emporgleiten.

Elroy stieß ein Zischen aus.

»Prinz Deèglan, ist alles in Ordnung?«, fragte ihre Mutter besorgt.

Er lächelte schwerfällig und packte Freyas Hand mit der seinen, um sie davon abzuhalten, ihn in Anwesenheit ihrer Eltern weiter zu berühren. »Ja, alles bestens, aber leider müssen Freya und ich uns verabschieden. Ich bedanke mich für die Einladung, das Essen war köstlich.«

Ihre noch vollen Teller straften seine Worte Lügen, dennoch erhob sich Elroy eilig von seinem Platz und zog Freya mit sich, bevor ihre Eltern etwas erwidern konnten. Dass er in seiner Hose eine offensichtliche Beule hatte, untermalte die Dringlichkeit seiner Worte. Freya sah, wie ein paar Gardisten schmunzelten, als sie an ihnen vorbei aus dem Speisesaal eilten. Yale löste sich von seinem Posten vor dem Saal und folgte ihnen. Auf ihrem Weg durch das Schloss sprachen sie kein Wort, bis sie schließlich Elroys Schlafgemach erreichten.

»Du wartest hier«, befahl Elroy an Yale gewandt. »Wenn in einer halben Stunde niemand kommt, um nach Freya und mir zu sehen, kannst du gehen, aber bleib im Schloss. Verstanden?«

»Schade, und ich dachte, ich dürfte euch zuschauen.«

Elroy knurrte. »Verstanden?«

Yale wurde ernst. »Natürlich, Captain.«

Elroy nickte und zerrte Freya in sein Schlafgemach. Die Tür fiel hinter ihnen ins Schloss. Er sperrte ab und wirbelte zu ihr herum. Einen Herzschlag lang fürchtete Freya, er könnte sich auf sie stürzen und ihr die Kleider vom Leib reißen, nachdem sie ihn in eine bedrängende Lage gebracht hatte.

Doch Elroy rührte sich nicht vom Fleck. Fassungslos starrte er sie an. »Was sollte das?«, fauchte er.

Freya erwiderte seinen Blick.

Er blinzelte, dann stieß er ein Seufzen aus, und die Anspannung wich aus seinen Schultern. »Tut mir leid. Ich muss mich erst daran gewöhnen, dass du nicht mehr … du weißt schon. Aber ehrlich, was sollte das? Ich weiß deine Bemühungen als Ehefrau zu schätzen, aber das war weder der richtige Ort noch die richtige Zeit dafür, es sei denn, du wolltest mich in Anwesenheit deiner Eltern bloßstellen.«

Freya schüttelte den Kopf und sah sich in dem Zimmer um. Elroy hatte einen der größten Räume im Schloss bekommen, mit einem Balkon, der zu den Gärten hin ausgerichtet war. Es war bereits dunkel, und die Lichter der Stadt waren durch die Spiegelung des Glases nur zu erahnen.

Freya trat an den großen Tisch heran, den Elroy vor die Fenster geschoben hatte. Er war beladen mit Papier, bunten Stiften und allerlei anderen Dingen. Sie entdeckte einen Kompass und Geräte zum Ausmessen und Zeichnen von Formen. Mehrere zusammengerollte Schriften lagen auf dem Tisch und eine kleine Schatulle mit goldenen Talern, in die ein Emblem eingestanzt war. Ein kunstvoll geschwungenes M.

Stirnrunzelnd wandte sie sich an Elroy, der ihrem Blick gekonnt auswich.

Sie schnappte sich einen Stift und ein Stück Papier und hielt ihm den Zettel vor die Nase. Er blinzelte und las, was sie geschrieben hatte.

Du fälschst Karten von Morthimer?

Elroy lachte. »Und da dachte ich, du wärst klug.«

Ich bin klug!

»Offenbar nicht so klug, wie du dachtest, wenn du noch nicht draufgekommen bist, dass ich Morthimer bin. Ich dachte, das wüsstest du längst.«

Du lügst.

»Warum sollte ich lügen?«

Gold?

»Glaub mir, davon habe ich in Séakis genug«, erwiderte er und lief an ihr vorbei zu dem Teewagen, auf dem Rum und andere Spirituosen standen. Er füllte zwei Gläser und reichte Freya eines davon. »Aber du hast mich sicherlich nicht in Anwesenheit deiner Eltern angefasst, um über meine Karten zu reden, nicht wahr?«

Erneut schüttelte Freya den Kopf und stellte das Glas ab. Sie war gewillt, dem Piraten alles zu erzählen, was er wissen wollte – und noch mehr. Sie spürte keine Treue mehr ihrem Vater oder den Draedons gegenüber. Ab jetzt kämpfte sie nur noch für sich, ihre Freiheit und das Volk, das es nicht verdient hatte, durch die Machtgier des Königs unterzugehen. Wie immer Elroy sich verhielt, sein Verrat könnte nicht mehr schmerzen als der ihrer Eltern.

Ich habe mir meine Zunge nicht abgebissen.

»Das habe ich mir schon gedacht«, sagte Elroy. Bedauern schwang in seiner Stimme mit. »Was ist geschehen?«

Ihre Hände zitterten vor Wut, während sie schrieb: *Mein Vater hat sie rausschneiden lassen.*

Entsetzt starrte Elroy sie an. »König Andreus?«

Sie nickte.

»Dieser Bastard!«, fluchte Elroy. »Du bist seine Tochter! Kein Wunder, dass du nicht mit ihm an einem Tisch sitzen wolltest. Ich an deiner Stelle hätte ihm vermutlich ein Messer ins Auge gerammt.«

Unweigerlich musste Freya schmunzeln. *Ich habe darüber nachgedacht.*

»Warum hat er das getan?«, fragte Elroy und leerte sein Glas.

Freya zögerte kurz, bevor sie ihr wohl größtes Geheimnis neben der Magie aufs Papier bannte. *Damit ich niemandem sage, was ich in Nihalos über meinen Bruder herausgefunden habe.*

»Ich dachte, er sei tot.«

Freya schüttelte den Kopf. *Talon lebt. Er ist Prinz Kheeran.*

»Der Unseelie-Prinz?«, fragte Elroy. Er wirkte neugierig, aber nicht überrascht, obwohl er diese Wendung trotz all seiner Gewitztheit unmöglich hatte erahnen können.

Sie nickte. *Kheeran wurde als Säugling aus dem Schloss der Unseelie entführt und auf diese Seite der Mauer gebracht. Andreus hat ihn gefunden und als seinen Sohn ausgegeben, weil er seinen Thron lieber an ein männliches Findelkind übergeben hätte als an mich. Er wusste nicht, dass Talon ein Fae ist.*

»Das ist eine spannende Wendung«, stellte Elroy fest. Er schien nicht böse zu sein, dass sie ihn damals belogen hatte. Ungefragt griff er nach Freyas noch gefülltem Glas und setzte sich damit auf das Bett, das mit samtig roten Laken bezogen war. »Aber warum solltest du das erzählen? Was hättest du davon?«

Es gefiel Freya nicht, dennoch folgte sie Elroy zu seinem Bett. *Wie du sicherlich weißt, will mein Vater in den Krieg ziehen, und ich habe ihm gedroht, dass ich es dem Volk erzähle.*

»Wenn das rauskäme, würden gewiss viele den Kriegsdienst verweigern«, stellte Elroy fest.

Freya nickte abermals. *Hat er mit dir über den Krieg gesprochen?*

»Nicht direkt, aber er hat sich mehrfach nach meiner Armee erkundigt. Er ist ziemlich durchschaubar.«

Was wollte er wissen?

»Wie schnell ich sie nach Lavarus bringen kann.«

Was hast du ihm gesagt?

»Keine Angst, ich habe gar nichts gesagt. Ich habe kein Interesse, meine Leute in einen Krieg gegen Fae zu schicken. Das ist mir nicht einmal das Geheimnis der Unsterblichkeit wert, obwohl ich sicher bin, dass dein Vater es mir für ein paar Tausend Mann verraten würde.«

Freya betrachtete Elroy. Sie waren seit ihrem Kennenlernen auf dem Schwarzmarkt vor ein paar Monaten weit gekommen. Damals hatte sie ihn für einen dahergelaufenen Piraten gehalten, heute war er ihr Ehemann. Ein absurder Gedanke, aber ein Teil von ihr war froh, dass es ihn getroffen hatte und nicht Melvyn oder einen anderen dahergelaufenen Tölpel. Elroy war vielleicht ein egozentrischer Betrüger, aber sein Herz saß am rechten Fleck. Sie nahm ein neues Stück Papier vom Schreibtisch und setzte sich neben Elroy. Neugierig spähte er über ihre Schulter, um zu sehen, was sie zu sagen hatte.

Ich kann dir helfen, unsterblich zu werden.

Erstaunt sah Elroy auf. »Ich dachte, du wüsstest nicht, wie das geht.«

Ich weiß es auch nicht, aber im Tempel von Weidar gibt es eine geheime Bibliothek, in der mein Vater Schriften über die Magie und die Fae aufbewahrt. Dort wirst du sicherlich fündig.

»Woher weißt du von der Bibliothek?«

Die Alchemisten haben mir davon erzählt. Ich sollte dort einbrechen, um ein Buch zu klauen. Ich hatte es fast geschafft, als mein Vater mich überrascht hat. Und … Sie schrieb den Satz nicht zu Ende, sondern vollführte eine hackende Bewegung mit ihrer Hand.

»Warum erzählst du mir das? Was hält mich deiner Meinung nach davon ab, dich deinem Vater zu überlassen und noch heute Nacht zu dieser Bibliothek aufzubrechen?«

Nichts, aber du wirst das nicht tun.

»Wieso nicht?«

Weil du ein guter Mann bist.

Elroy lachte bitter. »Bin ich nicht.«

Doch.

»Dein Freund Larkin, dem ich nach eurem Techtelmechtel einen Besuch abgestattet habe, würde dir da widersprechen.«

Die Farbe wich aus Freyas Gesicht, und Angst stieg in ihr auf. Hatte sie sich in Elroy geirrt, so wie einst in ihrem Vater? Fest umklammerte sie den Stift in ihrer Hand, sodass ihre Schrift krakelig wurde. *Was hast du ihm angetan?*

»Nichts. Ich habe ihm angeboten, die Finger von dir zu lassen, wenn er mir verrät, wie ich unsterblich werde«, sagte Elroy und streckte seine Hand nach ihr aus. Sie hielt den Atem an, als er ihr Gesicht streichelte und eine ihrer blonden Locken um seinen Finger wickelte. »Die Tatsache, dass ich hier bin, zeigt, wofür er sich entschieden hat. Ich habe ihm erzählt, was ich plane, dir anzutun. Wie hart ich dich rannehmen werde, bis du ihn vergisst und unter Lustschmerz nur noch meinen Namen schreist.«

Freya schluckte schwer. Sie wollte ihren Blick abwenden, doch sie weigerte sich, diese Art von Schwäche zu zeigen. *Wirst du mir wehtun?*

»Nein.« Elroy ließ ihr Haar los. Er stand auf, um sich noch ein Glas Rum einzuschenken, und kehrte dann zu ihr zurück. »Ich habe kein Interesse daran, mit einer Frau zu schlafen, die mich nicht will. Dafür bin ich mir selbst viel zu schade. Wenn du deine Meinung also nicht änderst, hast du von mir nichts zu befürchten.«

Warum hast du mir das erzählt?

»Weil ich hoffe, dass du diesem unsterblichen Drecksack das Herz brichst. Er hat sich für sein Geheimnis und gegen dich entschieden, obwohl du ihm deine Unschuld geschenkt hast. Er sollte dich vergöttern, nicht die Mauer und dieses lächerliche Abkommen. Ich an deiner Stelle würde mich von diesem Kerl fernhalten.«

Das hast du nicht zu entscheiden. Du kennst Larkin nicht.

»Er ist ein fantastischer Lügner, es ist wohl besser, dass ich ihn nicht kenne. Aber zurück zum Ursprung dieses Gesprächs. Warum erzählst du mir das? Soll ich deinen Vater für dich umbringen lassen?«

Das könntest du?

»Natürlich. Ich kann ihn auf jede erdenkliche Art sterben lassen, falls du Wünsche hast.«

Nein, ich will ihn nicht töten. Noch nicht.

Es wäre gelogen zu behaupten, sie hätte noch nicht daran gedacht. Doch wenn ihr Vater jetzt verstarb, obwohl er sich bester Gesundheit erfreute, würde der Verdacht sofort auf sie fallen. Roland und mindestens eine Handvoll anderer Gardisten wussten, was er ihr angetan hatte. Und wenn er ums Leben kam, würde diese Tat nach Rache rufen. Nein, sie würde erst einmal untertauchen und sich in aller Ruhe einen Plan zurechtlegen, um den Krieg zu verhindern. Ohne Elroys Armee wagte nicht einmal Andreus, sofort in die Schlacht zu ziehen, was ihr Zeit verschaffte.

Du musst mir helfen, aus dem Palast zu fliehen, notierte Freya, bemüht, den Zorn auf ihren Vater für eine Weile zu verdrängen. Sie würde ihre Rache bekommen. Ich kann hier nicht länger bleiben. Und ich muss zu Moira. Mein Vater weiß von ihr. Ich muss sie warnen, falls es dafür nicht schon zu spät ist.

»Das ist alles? Ich dachte, du würdest mich darum bitten, dir zu helfen, deinen Vater zu stürzen.«

Freya schmunzelte. *Alles zu seiner Zeit.*

Sie durfte nicht vorschnell handeln. Sollte sie ihren Vater töten und als Königsmörderin verurteilt werden, gab es keine Gewissheit dafür, dass der Thronerbe besser wäre und klüger handelte als er. Womöglich würde es sogar zu einem Krieg zwischen den Bürgern und Adelshäusern kommen. Da ihr Vater keine Geschwister besaß, ebenso wenig wie sie, gab es keinen unmittelbaren Thronerben. Und sie wollte nicht ein Elend gegen ein anderes eintauschen.

Zuerst musste sie mit Kheeran sprechen. Er kannte Andreus und seine Strategien besser als sie, womöglich fiel ihm etwas ein, um seine Pläne zu vereiteln und ihn zur Vernunft zu bringen. Sollten alle Pläne scheitern, blieb ihr noch immer der Ausweg, ihn zu töten. Doch wenn Andreus starb, würde das nicht durch einen von Elroys Leuten geschehen, sondern durch ihre Hand.

10. Kapitel – Kheeran

– Nebelwald –

»Halt still und trink das«, befahl Kheeran streng. Auffordernd hielt er Ceylan das Fläschchen mit dem Gegengift vor die Nase. Fluchend nahm sie es ihm aus der Hand und stürzte den bitter schmeckenden Inhalt, von dem er selbst schon des Öfteren gekostet hatte, hinunter.

Angewidert verzog Ceylan die Lippen. »Mach schnell, dann können wir weiterreiten.«

Kheeran spähte gen Himmel, um nach dem Stand der Sonne zu sehen, doch durch das üppige Dickicht des Nebelwaldes konnte er kaum etwas erkennen. Hochgewachsene Bäume mit dicken Stämmen und vollem Blattwerk versperrten ihm den Blick. »Wir werden heute ohnehin nicht mehr weit kommen. Es wird bald Nacht.«

»Aber ein paar Meilen schaffen wir noch, wenn du dich beeilst«, erwiderte Ceylan entschlossen und spähte über ihre Schulter hinweg zu ihm. Sie saßen auf einem umgekippten Baumstumpf. Die Leichen der Elva, die versucht hatten, sie zu töten, lagen nur wenige Schritte entfernt im Gebüsch. Der säuerliche Geruch ihres schwarzen Blutes hing in der Luft, was Anlass genug sein sollte, sich zu beeilen.

»Du bist diejenige, die nicht aufhören kann zu zappeln«, tadelte Kheeran sie, die Stimme gesenkt, um keine weiteren Elva anzulocken. Er war ohnehin nicht sicher, ob Ceylan und er allein waren. Seit sie den Wald betreten hatten, hatte er das stetige Gefühl, beobachtet zu werden.

»Mach einfach.«

Er senkte seinen Blick auf die Wunde an Ceylans Schulter. Sie blutete, und das Fleisch war wund und rot. Eine dunkle Elva-Kralle steckte darin und erzeugte weiße Bläschen aus Eiter. Er wollte Ceylan nicht wehtun, aber sie hatte recht: Je schneller sie es hinter sich brachten, umso schneller könnte sich die Wunde schließen. Allerdings war er kein Heiler und hatte keine Ahnung von dem, was er tat.

»Jetzt mach schon«, sagte Ceylan. Dunkle Blutspritzer bedeckten ihr Gesicht, und ihr Haar war vom Kampf völlig zerzaust, zumal die Elva ihr einige Büschel ausgerissen hatten. Sie versuchte, tapfer zu sein, aber ihr war anzuhören, dass die Verletzung und das Gift sie unruhig machten. »Mach es so wie ich damals, nachdem dieser Assassine dir einen Pfeil durch die Schulter gebohrt hat. Ein Ruck und raus, schnell und schmerzlos.«

Kheeran schnaubte. »Das war damals alles andere als schmerzlos.«

»Ich halte das …«

Ceylan brach ab, als er die Kralle ohne Vorwarnung in einer fließenden Bewegung aus der Wunde zog. Sie biss sich auf die Unterlippe, um die Schmerzenslaute zurückzuhalten, doch Tränen waren ihr in die Augen geschossen und sie war binnen eines Herzschlages ziemlich blass geworden.

»Beim König«, ächzte sie atemlos. Schweiß stand auf ihrer Stirn. »Du hättest mich warnen können.«

»So wie du bis drei gezählt hast?«, fragte Kheeran und warf die Kralle zu den Leichen ins Gebüsch. Ceylan hatte damals behauptet, bis drei zu zählen, ehe sie den Pfeil aus seiner Schulter entfernte, hatte aber die Zahlen eins und zwei einfach übersprungen, was ihm einen ziemlichen Schreck eingejagt hatte.

Ceylan schnalzte mit der Zunge und reichte ihm das Verbandszeug, das Sibeal ihnen mit auf den Weg gegeben hatte. Sie waren bei Anbruch der Dämmerung losgezogen, um die Mauer und das Niemandsland aufzusuchen, obwohl Kheeran auch zehn Tage nach seinem Erwachen mit den Folgen seiner Verbrennungen und der wochenlangen Ohnmacht zu kämpfen hatte. Er war schneller erschöpft als zuvor, und wenn er sich zu hastig bewegte, wurde ihm schwindelig. Zudem war seine Erinnerung nicht zurückgekehrt. Ceylan hatte ihm inzwischen mehrere Male erzählt, was geschehen war, aber es blitzten stets nur bruchstückartige Bilder in seinem Verstand auf. Allmählich fragte er sich, ob er sich jemals an diesen Tag zurückerinnern würde oder ob er für immer auf Ceylans Worte würde vertrauen müssen.

Sibeal und Rhyland hatten beteuert, dass sie noch bleiben und Kheeran sich auskurieren könnte, aber sie hatten ihre Gastfreundschaft lang genug ausgenutzt. Wie Ceylan angemerkt hatte, brachten sie sie mit jedem neuen Tag mehr in Gefahr, denn es war nur eine Frage der Zeit, bis irgendein Fae sie bemerkte und den Palastwachen meldete. Dann würde man nicht nur sie, sondern auch Sibeal und Rhyland hinrichten lassen, und das wollte keiner von ihnen verantworten.

»Besser kann ich es leider nicht«, sagte Kheeran und betrachtete den schief sitzenden Verband.

»Das wird reichen.« Unter Schmerzen schlüpfte Ceylan wieder in die Jacke, in welche die Elva ein klaffendes Loch gerissen hatte. Doch viel mehr Kleidung hatten sie nicht dabei, da sie mit leichtem Gepäck reisten, um schnell voranzukommen und mehr Platz für Waffen zu haben. Da Ceylan seine Magie blockierte, waren sie auf ihre Schwertkünste angewiesen, weshalb eine verletzte Schulter umso ärgerlicher war. Aber irgendwie würden sie es lebend aus dem Wald schaffen, daran musste Kheeran glauben.

Er packte alles zusammen, während Ceylan sich auf ihr Pferd hievte. Rhyland hatte ihnen zwei Stuten besorgt, die er einem Bauern zum Spottpreis abgekauft hatte, was sich deutlich zeigte. Es waren klapprige Tiere, die schon einige Jahre auf dem Buckel hatten und nervös hin und her tänzelten, da sie nicht für den Kampf geschaffen waren. Sie taten Kheeran leid, aber ihnen blieb keine andere Wahl, als sie zügig voranzutreiben, um dem Nebelwald zu entkommen.

Er war gerade dabei, die Tasche mit den Arzneien an seinem Sattel zu befestigen, als er plötzlich das Klackern von aufeinanderschlagenden Zähnen hinter sich hörte. Ein Schauder kroch über seinen Rücken. Zitternd wirbelte er herum und blickte geradewegs in die dunklen Augen einer Elva, die aus den Büschen hervortrat. Sie ging auf vier Pfoten, geschmeidig wie eine Raubkatze, aber sie hatte lange Ohren, die an einen Hasen erinnerten, und eine ebenso spitze Schnauze. Zwei Reißzähne ragten ihr eine Handbreit aus dem Maul, aus dem schwarzer Speichel tropfte – oder war das Blut?

Die klackernden Geräusche wurden lauter.

»Ich hasse diese Mistviecher«, knurrte Ceylan, die wieder von ihrer Stute herunterklettern wollte, das Schwert bereits in der Hand ihres unverletzten Armes. Diese Frau war durch und durch eine Kriegerin. Vermutlich würde sie noch kämpfen, wenn man ihre Gliedmaßen abtrennte.

»Verschwinde«, befahl Kheeran und zückte sein eigenes Schwert, während die Elva unaufhaltsam näher kam. Sie griff noch nicht an, sondern kostete ihre Angst und Unsicherheit aus. Es kam ihm vor, als würden sich diese Kreaturen von den negativen Gefühlen ihrer Opfer nähren wie von ihrem Fleisch und Blut.

»Kheeran, du bist noch …«

»Geh! Dann kann ich meine Magie wirken«, unterbrach er Ceylan. Sie hatte sich um die Elva zuvor gekümmert, doch diese gehörte ihm. Er war vielleicht nicht ganz der Alte, aber er war auch nicht länger der geschwächte Mann, als der er vor knapp zehn Tagen erwacht war.

Zu seiner Erleichterung zettelte Ceylan keinen Streit an. Sie warf ihm einen letzten besorgten Blick zu, dann packte sie die Zügel und galoppierte davon. Die Elva machte einen Satz nach vorn, um ihr zu folgen, aber Kheeran stellte sich ihr in den Weg.

Die Klinge seines wassergebundenen Schwerts glänzte wie Kristall in den Lichtpunkten, welche die dichten Baumkronen durchbrachen.

Mit einem Fauchen sprang die Elva ihn an, bereit, seinen Körper mit ihren Klauen zu zerreißen. Er machte einen Satz zur Seite und trieb sein Schwert in die Richtung der Kreatur. Sie wich ihm aus und begann ihn immer näher zu umkreisen, wie eine Schlange, die sich um ihre Beute wickelte, um ihr langsam, aber stetig die Luft abzuwürgen.

Kheeran drehte sich mit der Elva und wartete darauf, dass das vertraute Prickeln seiner Magie zurückkehrte. Ceylan war ihm in den letzten Tagen nicht von der Seite gewichen, weshalb er sie seit Wochen nicht mehr gespürt hatte. Ihre Gabe, die Kräfte der Fae zu blockieren, wurde stärker. Ohne seine Magie fühlte er sich leichter und befreiter – menschlicher, doch nun sehnte er sich nach ihrer Rückkehr.

»Komm schon«, murmelte er zu sich selbst, als die Elva zu ihrem nächsten Angriff überging. Er trat beiseite, doch dieses Mal blieb sein Fuß an einer der gigantischen Wurzeln hängen, die den gesamten Nebelwald durchzogen. Er stolperte, verlor das Gleichgewicht und ging hart zu Boden. Ein Ast bohrte sich zwischen seine Rippen. Instinktiv keuchte er auf, doch er verdrängte den Schmerz.

Die Elva war nun direkt über ihm. Ihr warmer, nach Verwesung stinkender Atem streifte sein Gesicht. Unverfroren starrte er in die Augen seines Gegners, als er das Kribbeln seiner Magie spürte. Fremd und vertraut zugleich erfasste es seinen Körper, strömte durch seine Adern und erlaubte ihm, die Natur um ihn herum auf völlig neue Weise zu spüren. Auf einmal fühlte er die Erdschichten tief unter sich, die Knochen, Wurzeln und Steine, die sie durchzogen. Und er konnte die Wolken riechen, das Wasser, das die Pflanzen speicherten, und das Blut, das lebendig durch den Körper der Elva pulsierte.

Wäre er talentierter im Umgang mit seiner Magie gewesen, könnte er danach tasten und die Elva nach seinem Willen kontrollieren, aber dafür mangelte es ihm an Begabung und Übung. Stattdessen lenkte er seine Konzentration auf die Erde unter ihm, was nicht leicht war, denn mit seiner Magie war auch die Kraft der Elva zurückgekehrt. Mit ihr tastete sie nach seinem Geist.

Schmerz explodierte in seinem Kopf, während die Elva tiefer in seinen Verstand vordrang. Kheeran biss die Zähne zusammen und versuchte sich nicht von seinem Vorhaben abbringen zu lassen. Doch es war schwer, gegen das Zerren in seinem Kopf anzukämpfen. Es war, als wollte die Elva seine grausamsten Erinnerungen hervorkehren. Schlagartig musste er an Riordan denken, den Fae, den er mit seinem eigenen Gift zum Tode verurteilt hatte, und an den leblosen Körper seiner Mutter. Er dachte auch an den Moment, an dem er Freya und seiner alten Heimat entrissen worden war.

Er schrie auf, als die Elva eine Erinnerung hervorzerrte, die er tief vergraben hatte. Es war die an jenen Tag, an dem er seine Schönheit an die Flammen verloren und um ein Haar sein Leben gelassen hatte. Er spürte die Hitze. Hörte die Schreie. Und er sah Ceylan. Ihre Tränen und den Dolch in ihren Händen. Zitternd streckte sie ihm die Waffe entgegen.

Du musst mich töten. Ihre Worte hallten so klar durch seinen Verstand, als würde sie neben ihm stehen und sie ihm in diesem Augenblick ins Ohr flüstern. Sie hatte ihn niemals töten, sondern retten wollen. *Es ist deine einzige Möglichkeit.*

Kheeran schüttelte den Kopf. *Ich sterbe lieber mit dir, als dich zu verletzen.*

Die Wächterin hob ihren Dolch, bereit, sich selbst das Leben zu nehmen. Doch er hatte sie nicht gehen lassen können, ohne sie zumindest ein einziges Mal in seinem Leben geküsst zu haben. Die Erinnerung an ihre verzweifelte Umarmung und ihren noch verzweifelteren Kuss kehrte zu ihm zurück. Ihre weichen, nach Tränen schmeckenden Lippen. Wieso hatte sie ihm davon nichts erzählt?

Und dann kehrte die Erinnerung an die Flammen zurück. Ceylan hatte ihn durch das Inferno geführt, und voller Bewunderung hatte er beobachtet, wie das Feuer mit ihrer Haut verschmolzen war, ohne sie zu verletzen. Er hingegen hatte Qualen gelitten wie nie zuvor, während die Flammen ihm die Haut von den Knochen gebrannt hatten. Doch er hatte keinen Laut von sich gegeben, aus Angst, Ceylan könnte ihren Marsch in die Sicherheit beenden. Erst als sie den Flammen entkommen waren, hatte er es gewagt zu sprechen.

Keine Sorge, mir geht es gut.

Japsend tauchte Kheeran aus der Erinnerung auf. Er hörte die Elva schnurren, die sich an seinem Schmerz erfreute. Denn was er gesehen hatte, war um einiges grausamer, als was Ceylan erzählt hatte. Kein Wunder, dass sein Verstand ihn zum Vergessen gezwungen hatte. Doch jetzt waren die Bilder zurück – klar und deutlich.

Ihm blieb allerdings keine Zeit, sich damit zu befassen, denn nun, da sich die Elva an seinem Schmerz genährt hatte, wollte sie sein Fleisch. Er lenkte seine Aufmerksamkeit wieder auf die Erde unter ihm, fühlte ihre Beschaffenheit. Ihre jahrtausendealte Herkunft. Ihre Energie, die eins mit ihm wurde.

Die Elva fletschte die Zähne. Sie sprang auf ihn zu, ihr Maul weit aufgerissen. Im selben Moment schloss er seine Hand zu einer Faust, und ein spitzer Stalagmit schoss aus dem Boden. Er rammte sich in den Leib der Elva und riss sie einige Fuß in die Höhe. Aufgespießt sackte ihr Körper leblos auf dem Gestein zusammen, und schwarzes Blut bahnte sich einen Weg hinab.

Kheeran entwich ein erleichtertes Seufzen. Das war knapp gewesen. Benommen rappelte er sich auf die Beine, sein Schwert noch in der Hand. In seinen Schläfen pochte es heftig, und sein Rücken schmerzte von dem Sturz.

Ungeschickt humpelte er zu seinem Pferd. Das Tier war aufgeregt, und es dauerte eine Weile, bis er es so weit beruhigt hatte, dass er aufsteigen konnte, ohne abgeworfen zu werden. Er folgte dem Trampelpfad, den Ceylan hinterlassen hatte. Dass er ihr näher kam, bemerkte er an dem Schwinden seiner Magie, und widerwillig musste er sich eingestehen, dass er sie ein wenig vermisst hatte.

Er durchbrach das Dickicht und trat auf eine freie Fläche, auf der ein Tempel aus hellem Gestein errichtet war. Unzählige dieser Gebetsstätten durchzogen den Nebelwald, um den Göttern zu huldigen und Reisenden Schutz vor den Elva zu gewähren. Ceylan, die auf einem Felsen neben dem Tempel gesessen hatte, sprang auf die Beine, als sie ihn erblickte, und kam auf ihn zu.

»Endlich! Ich dachte bereits, ich muss zurück, um deinen königlichen Hintern zu retten.«

»Mein Hintern ist nicht mehr königlich, schon vergessen?«, erwiderte er und sprang von seinem Pferd. Seinen Blick senkte er auf Ceylan, die ihn genau musterte, wie um zu prüfen, ob er unversehrt war. Ihre Lippen waren leicht geöffnet. Lippen, die er geküsst hatte und die er gern wieder küssen würde.

»Wollen wir hier unser Lager aufschlagen?«, fragte er, um sich selbst auf andere Gedanken zu bringen. Was er wollte, spielte keine Rolle. Es musste einen Grund geben, weshalb Ceylan den Kuss in ihren Erzählungen verschwiegen hatte. Gewiss bereute sie es, ihm – einem Fae – so nah gekommen zu sein, denn unter gewöhnlichen Umständen hätte sie dies niemals zugelassen. Angst und Verzweiflung hatten sie damals angetrieben, und er täte ihr und sich selbst vermutlich einen Gefallen, wenn er behauptete, keine Erinnerung an diesen Tag zu haben. Auch wenn er nichts davon jemals wieder vergessen würde. Nicht zuletzt, weil sein eigenes Spiegelbild ihn für den Rest seines Lebens daran erinnern würde.

11. Kapitel – Ceylan

– Nebelwald –

»Warte, ich helfe dir.«

Kheeran nahm ihr die zusammengerollte Decke aus der Hand und rollte sie zwischen einer Statue von Yule und einem leeren Podest auf dem Boden aus. Es schien, als hätte man an dieser Stelle die Statue einer fünften Gottheit entfernt.

Kheeran hatte ihr erklärt, dass dies nicht nur eine Gebets-, sondern auch Zufluchtsstätte für Reisende war. Sie hatten die Türen geschlossen, um die Elva auszusperren, und ein Feuer entzündet, um sich für die Nacht warm zu halten, wobei der Rauch durch eine kleine Öffnung im Dach des Tempels zog.

»Das hätte ich allein geschafft«, sagte Ceylan, auch wenn sie wusste, dass es nicht danach ausgesehen hatte. Der Schmerz hatte zwar nachgelassen, und die Wunde an ihrer Schulter heilte gut, dennoch fühlte sich ihr Arm schwer und ungelenk an, was sich in ihren Bewegungen zeigte.

Kheeran richtete sich auf. »Ich weiß, aber ich helfe dir gern.«

Ceylan schnaubte. Es störte sie nicht, dass der Fae ihr seine Hilfe anbot, und es widerstrebte ihr nicht länger, diese anzunehmen. In diesem Land, in dem sie nicht sein wollte und ihn niemand haben wollte, hatten sie einander schon oft unter die Arme gegriffen. Was sie jedoch störte, war ihr eigenes Versagen. Sie waren noch keinen Tag im Nebelwald, und sie hatte sich bereits von einer Elva erwischen lassen. Sie war besser als das. Zumindest wäre sie das, hätte sie noch ihre Mond-Sichel-Messer. Beim König, wie sehr sie diese Waffen vermisste! Sie würde nahezu alles tun, um sie zurückzubekommen.

»Ruh dich aus«, sagte Kheeran. »Du hast dich so lang um mich gekümmert, jetzt bin ich dran.«

Dem konnte sie nichts entgegensetzen. Sie sah zu den Pferden, die sie im Tempel eingesperrt hatten, damit sie bei Nacht nicht von Elva geholt wurden, bevor sie sich ans Feuer setzte und Kheeran über die Flammen hinweg beobachtete. Noch vor wenigen Tagen hatte sie angenommen, es würde Wochen dauern, bevor sie ihre Reise an die Mauer antreten konnten. Doch der Prinz hatte sich nach seinem Erwachen schneller erholt als erwartet. Ein Fremder würde seine körperliche Verfassung vermutlich nicht infrage stellen. Nur wer Kheeran zuvor gekannt hatte, merkte bei genauerem Hinsehen, dass seine Bewegungen hölzerner waren als früher. Damit war er jedoch noch immer flinker und geschickter als die meisten Menschen.

»Ist etwas?«, fragte Kheeran, der sein eigenes Bett richtete.

Ertappt sah Ceylan in die Flammen. »Nein, was soll sein?«

»Du hast mich angestarrt.«

»Hab ich nicht«, stritt sie ab, tastete nach ihrer Tasche und holte eines der Brote hervor, die Sibeal ihnen mitgegeben hatte. Es war mit einer Paste aus matschigen Bohnen bestrichen.

Aus dem Augenwinkel sah Ceylan, wie sich Kheeran ihr gegenüber an das Feuer setzte, wobei er sich weiter weg von den Flammen niederließ als nötig. Als hätte sein Körper instinktiv Angst vor der Hitze, obwohl er sich nicht an den Tag in Bryoks Freudenhaus erinnerte. »Ist es wegen der Narbe?«

Erstaunt hob sie den Kopf. »Nein!«

»Sie stört dich also nicht?«

Ceylan schüttelte den Kopf. »Dich?«

Er zuckte mit den Schultern. »Nicht wirklich.«

»Du musst nicht lügen.«

»Ich lüge nicht«, sagte Kheeran und schlang die Arme um seine Knie. Sein Blick war auf die Flammen gerichtet, dennoch hatte Ceylan das Gefühl, von ihm beobachtet zu werden. »Ich bin nicht so oberflächlich, wie du denkst. Ich weiß, dass viele Fae sich etwas auf ihr Aussehen einbilden, aber in einer Welt, in der alle schön sind, bedeutet Schönheit nichts.«

»Und deswegen bist du lieber hässlich?«

Er lachte trocken. »Das habe ich nicht gesagt.«

Ceylan biss von ihrem Brot ab, ohne sich von Kheeran abzuwenden. Die Schönheit, die er bei ihrem ersten Treffen an der Mauer zur Schau getragen hatte, war erloschen, sein langes, glänzendes Haar kurz und stumpf, seine Kleidung dreckig und schlicht. Sein Gesicht war nicht mehr makellos, aber in ihren Augen war der Kheeran, der nun vor ihr saß, um einiges schöner als der Fae-Prinz von damals. Dieser Kheeran hatte gelitten und gelebt und den Mut besessen, für sich selbst einzustehen, auch wenn das bedeutete, Macht und Reichtum hinter sich zu lassen. Er hatte Größe bewiesen und gezeigt, dass das Herz eines Kämpfers in seiner Brust schlug. Wenn sie ihn betrachtete, sah sie nicht seine Narben, sondern Stärke und Entschlossenheit. Zwei Eigenschaften, die sie weitaus mehr schätzte als Schönheit.

Ceylan räusperte sich. »Du bist übrigens nicht hässlich.«

Kheeran neigte den Kopf. »Bin ich nicht?«

»Nein, du bist jetzt nur etwas weniger perfekt.«

Er lachte. Es war ein bitterer Klang, der von den Wänden des Tempels aufgefangen und zurückgeworfen wurde. »Schön, dass du so denkst, aber ich war nie perfekt.«

»Wegen deiner Ohren?«, fragte sie vorsichtig, da er die abgeschnittenen Enden stets unter geschmückten Aufsätzen versteckt hatte. Und anscheinend lag sie mit dieser Vermutung richtig.

Kheeran antwortete nicht sofort. Er hielt kurz inne, bevor er knapp nickte.

Sie schob den letzten Bissen Brot in ihren Mund und zog die Beine an ihren Körper, um ihre Arme darum zu legen, sodass ihre Haltung Kheerans ähnelte. »Was ist mit ihnen geschehen?«

»Du würdest es mir nicht glauben.«

»Sicher? An diesem Punkt bin ich bereit, dir fast alles zu glauben.«

»Auch, dass ich Talon bin?«

Ceylan runzelte die Stirn. Hatte sie ihn richtig verstanden? Talon wie in Prinz Talon? Talon Draedon, Sohn von König Andreus und Königin Erinna? Sie rechnete damit, dass Kheeran jeden Augenblick zu lachen begann und sich über ihren verwirrten Gesichtsausdruck lustig machte. Doch er lachte nicht, sondern betrachtete sie mit ernstem Blick, während die Flammen weiche Schatten auf sein Gesicht malten.

Das Knistern des Feuers war für einige Sekunden das einzige Geräusch zwischen ihnen. Ceylan wartete auf eine Erklärung, aber sie wollte nicht wie eine Närrin dastehen, also hielt sie sich zurück und harrte in Kheerans Schweigen aus, bis er bereit war, seine Worte zu erläutern.

»Ich wurde vor achtzehn Jahren in Nihalos als Sohn von König Nevan und Königin Zarina geboren«, begann er zu erzählen, die Stimme gesenkt, obwohl niemand hier war, der sie belauschen könnte. »Wenige Wochen nach meiner Geburt wurde ich entführt. Meine Entführer haben mir die Ohren gestutzt, mich auf die andere Seite der Mauer gebracht und in den Wäldern zurückgelassen. König Andreus war zu dieser Zeit auf der Jagd im Dornenwald. Er hat mich gefunden und mit auf sein Schloss genommen.«

»Wieso hat er das getan?«, fragte Ceylan, denn König Andreus war kein gütiger Mann. Es sah ihm nicht ähnlich, sich eines Findelkindes anzunehmen.

»Königin Erinna hat vor achtzehn Jahren ebenfalls ein Kind zur Welt gebracht – Freya. Und du weißt sicherlich, wie die Adelshäuser und das Volk zu Thronerbinnen stehen.«

Ceylan nickte. Sie war nicht sonderlich bewandert in der Geschichte des Reichs, aber selbst sie wusste, dass in der Vergangenheit viele Prinzessinnen auf unerklärliche Weise ums Leben gekommen waren. Manche waren bereits als Säuglinge gestorben, andere waren in der Kindheit von einer Krankheit dahingerafft worden. Doch seltsamerweise waren ihre Brüder von diesen vermeintlichen Krankheiten stets verschont geblieben.

»König Andreus hat mich auf den Namen Talon getauft und als seinen Erstgeborenen ausgegeben, um Freyas Leben zu verschonen, bis die Fae mich gefunden und zu meinen wahren Eltern zurückgebracht haben.«

Ceylan wartete, ob Kheeran noch etwas zu sagen hatte, aber er schwieg. »Du hast recht, es fällt mir tatsächlich schwer, das zu glauben«, sagte sie und lehnte sich vor, um das magische Feuer zu berühren, das sie nicht verletzen konnte. Warm umtanzten die Flammen ihre Haut, ohne sie zu verbrennen. Was Kheeran da von sich gab, hörte sich an wie eine Schauergeschichte, welche man in Thobria erzählte, um Kinder zu erschrecken. »Aber ich tue es.«

Erstaunt hob Kheeran die Augenbrauen. »Wirklich?«

Sie nickte, denn er hatte keinen Grund zu lügen. Außerdem erklärte das, weshalb Freya und er befreundet waren, zumal sie sich vor seiner gescheiterten Krönung angeblich nie getroffen hatten. Und auch die zeitliche Abfolge stimmte. Kheeran war nach seiner Geburt entführt und erst nach elf Jahren wiedergefunden worden. Talon hingegen war mit elf Jahren verschwunden und nie nach Amaruné zurückgekehrt. Dass ausgerechnet König Andreus ihn als Säugling gefunden hatte, war ein großer Zufall, andererseits geschahen immer wieder Dinge, die undenkbar schienen, vor allem, wenn Fae involviert waren.

»Wusste König Andreus, dass du ein Fae bist?«

»Selbstverständlich nicht, oder glaubst du ernsthaft, er hätte mich am Leben gelassen?«

Ceylan schüttelte den Kopf. Der König hasste die Fae, genauso wie sein Volk es tat und wie sie es früher getan hatte. »Aber Freya wusste es, oder? Zumindest schien sie sich nicht daran zu stören, dass du ein Unseelie bist.«

Die Erwähnung von Freya ließ Kheeran lächeln. »Nein, sie wusste es auch nicht. Sie kam nach Melidrian, um mein menschliches Ich zu finden. Im Gegensatz zu unseren Eltern und dem Volk hat sie nicht an meinen Tod geglaubt und nach mir gesucht – bis sie mich gefunden und die Wahrheit erfahren hat.«

»Das muss ein ziemlicher Schreck für sie gewesen sein.«

»Vermutlich war ihre Freude, mich wiederzusehen, größer«, sagte Kheeran und zu dem Lächeln auf seinen Lippen gesellte sich ein liebevoller Ausdruck in seinen Augen. Es war nicht zu übersehen, dass Freya ihm viel bedeutete, obwohl die letzten sieben Jahre sie getrennt hatten. »Freya stört sich nicht daran, dass ich ein Fae bin. Sie ist anders als ihr Vater. Ich glaube, ihr würdet euch gut verstehen.«

Ceylan schnaubte und zog ihre Hand aus dem Feuer zurück. »Das glaube ich nicht.«

»Du hast auch nie gedacht, dass du mich eines Tages magst.«

»Wer hat gesagt, dass ich dich mag?«

»Niemand. Aber manchmal zeigen Taten mehr, als Worte sagen.« Kheeran verzog die Lippen zu einem warmen Lächeln.

Ceylan stockte der Atem, und ihr Herzschlag beschleunigte sich. Sie umklammerte ihre Beine fester, um sich nichts anmerken zu lassen. Sie wollte so nicht für den Fae-Prinz fühlen, aber ihrem Herzen war egal, was ihr Verstand dachte. Allein in ihrem Zimmer bei Sibeal hatte sie Stunden damit verbracht, sich einzureden, dass sie Kheerans Kuss nur aus Angst und Verzweiflung erwidert hatte, angetrieben von dem Wunsch, nicht allein zu sterben. Aber tief in ihrem Inneren wusste sie, dass das eine Lüge war, die sie sich selbst erzählte, um sich zu schützen. Kheeran war vielleicht nicht so grausam wie viele andere Fae, aber er war ein Unseelie, und daran würde sich niemals etwas ändern.

»Ich glaube, wir sollten besser schlafen gehen«, sagte Ceylan, um ihren eigenen Gefühlen auszuweichen, und stand von ihrem Platz am Feuer auf. »Morgen wird ein anstrengender Tag, und wir sollten mit den ersten Sonnenstrahlen weiterreiten.«

Kheeran sah zu ihr hoch. Das Licht der Flammen spiegelte sich in seinen blauen Augen, die in seinem vernarbten Gesicht noch heller und stechender wirkten. »Ich hätte nicht erwartet, dass du mein Geständnis so einfach hinnehmen würdest.«

Ceylan hob die Schultern. »Dass du Talon warst, ist mir ziemlich gleichgültig, denn die königliche Familie bedeutet mir nichts. Die Draedons sind überheblich, und es ist anmaßend von ihnen, sich als Götter feiern zu lassen. König Andreus gibt sich als ein Mann des Volkes, aber er war nie für mich da. Er hat mir nicht geholfen, als ich tagein, tagaus allein, ohne Eltern, auf der Straße ums Überleben gekämpft habe. Also ja, für mich ist es unerheblich, ob du Talon warst. Ich habe dich damals nicht angebetet und tue es heute auch nicht.«

Kheerans Mundwinkel zuckten. »Alles andere hätte mich enttäuscht.«

Ceylan brummte und wandte sich ab, um dem verführerischen Zug seiner Lippen zu entgehen. Sie lief zu dem Eimer mit Wasser, den sie an einem nahe liegenden Bach befüllt hatten, um sich das Gesicht zu waschen. Die Pferde schnaubten, wie um ihr eine gute Nacht zu wünschen, bevor sie sich auf ihre Decke legte und versuchte, es sich gemütlich zu machen, sofern das auf einem steinernen Boden möglich war.

Sie hörte, wie Kheeran sich nur zwei Armlängen von ihr entfernt ebenfalls schlafen legte. Auf einmal wurde es ganz ruhig im Tempel, doch es war eine laute Stille. Das Feuer knisterte mit seinen letzten Atemzügen. Kalter Wind zog durch die Ritzen im Gemäuer des Tempels, und von außen drangen die Geräusche wilder Elva an ihr Ohr. Sie hörte ihr Fauchen und Heulen und ihre Rufe, die manchmal klangen wie menschliche Schreie, um ihre Beute anzulocken.

Ceylan erschauderte und klammerte sich an den Gedanken, die Mauer bald zu erreichen. Sie waren nur ein paar Tagesritte vom Niemandsland entfernt, und egal, wie viele Elva sich ihnen in den Weg stellten, sie würde an die Mauer zurückkehren. Es fühlte sich an wie eine Ewigkeit, seit sie die anderen Wächter und Novizen gesehen hatte, und sie konnte es nicht erwarten, sich in einem Übungsduell zu beweisen.

12. Kapitel – Leigh

– Nihalos –

Eine mehrere Fuß hohe Statue inmitten des Festplatzes zeigte Aldren und Valeska Hand in Hand. Sie war nicht zu übersehen und überragte auf ihrem Podest sogar den Tempel, der nach Kheerans gescheiterter Krönung wieder aufgebaut worden war. Gardisten flankierten die Stufen zu dem Heiligtum, und eine Mauer war zwischen sie und das Fußvolk gezogen worden, sodass niemand dem neu vermählten Königspaar zu nahe kommen konnte.

Hunderte, vielleicht Tausende Unseelie und sogar Seelie hatten sich auf dem einst zerstörten Platz versammelt, um das Königspaar zu bewundern. Jubel erklang aus den Reihen der Fae. Die meisten schienen sich über die Vermählung zu freuen, und das vermutlich nicht zuletzt, weil der Handel nun wieder im vollen Gange war. Kolonnen von Kutschen, mit Waren aus Daaria beladen, rollten in die Stadt und brachten Feuer-Talente, edle Stoffe und andere Güter mit sich.

Doch nicht alle Fae waren voll Freude für Aldren und Valeska, immer wieder erklangen Beschimpfungen. Jedes Wort des Aufstands wurde von den Gardisten im Keim erstickt.

In einen dicken Mantel gehüllt, die Kapuze tief ins Gesicht gezogen, beobachtete Leigh, wie die Wachen einen Fae abführten, der Aldren für seine Vermählung als Verräter an den Unseelie beschimpfte. Er kämpfte gegen die Gardisten, hatte diesen aber nichts entgegenzusetzen. Leighs Gefühl sagte ihm, dass niemand diesen Mann wiedersehen würde. Aldren regierte mit eiserner Faust, aber vermutlich war diese Strenge unablässig, wenn er nicht die Kontrolle über sein Volk verlieren wollte. Die schlimmsten Aufstände waren vorbei, zurückgeblieben waren nur Angst und Verwüstung, aber vermutlich brauchte es nicht viel, um abermals das Feuer der Rebellion zu entfachen, das zurzeit eine brennende Glut war.

Leigh beobachtete noch immer den Fae, als sich das Getuschel, Gemurmel und Gedränge plötzlich verdichtete. Er richtete seinen Blick auf den Tempel. Bewegung war in die Gardisten gekommen. Musik setzte ein, und mehrere von Schimmeln gezogene Kutschen rollten an die Gebetsstätte heran. Leigh streckte den Hals, aber er war zu weit entfernt, um etwas zu erkennen. Er war bereits vor dem Morgengrauen aufgestanden, um einen guten Platz am Tempel zu ergattern, in der Hoffnung, Aldrens Aufmerksamkeit auf sich zu ziehen. Er wollte noch immer mit dem Unseelie reden, doch an den Gardisten, die das Schloss bewachten, war kein Vorbeikommen, und er wollte seinen Kopf nicht riskieren, in dem er ungebeten eindrang. Das war es nicht wert.

»Siehst du sie schon?«, erkundigte sich Weylin, der nicht von seiner Seite wich, obwohl das Gedränge sie mehrfach beinahe auseinandergerissen hätte.

»Nein, noch nicht«, antwortete Leigh, erstaunt darüber, dass der Halbling darauf bestanden hatte, ihn zu den Feierlichkeiten zu begleiten, obwohl er Aldren auf diese Weise gefährlich nahe kam. Doch Weylin hatte sich nicht davon abbringen lassen. Leigh vermutete, dass es etwas mit Valeska zu tun hatte, schließlich war er in Daaria aufgewachsen, und somit war sie auch seine Königin. Dass sie mit dem Thronerben beider Völker schwanger war, war durchaus etwas Besonderes.

Das Gejohle wurde noch lauter, als Aldren und Valeska die Stufen des Tempels erklommen. Aldren trug eine hellblaue, mit goldenen Stickereien verzierte Uniform. Sein blondes Haar fiel ihm glatt über die Schultern, und die darin eingeflochtenen Ringe aus Gold blitzten im Schein der Sonne. Valeska hingegen trug ein dunkles Kleid, das an flüssige Lava erinnerte. Es war aus roten, orangefarbenen und schwarzen Stoffen geschneidert, und ihr lockiges Haar wellte sich um ihre Brüste. Es war so lang, dass die Spitzen ihren gewölbten Bauch berührten, der sich unter dem Kleid deutlich abzeichnete. Es bestand kein Zweifel daran, dass diese Empfängnis bereits vor der Vermählung stattgefunden hatte. War das der Grund für die überstürzte Hochzeit?

Hand in Hand blieben die beiden vor dem Eingang des Tempels stehen, winkten der Menge und ließen sich von dieser feiern. Der Jubel dauerte lang an und wurde von Aldren angefacht, als dieser eine Hand auf Valeskas Bauch legte. Die Königin wirkte ein wenig angespannt, aber das konnte ihr niemand verdenken. Schließlich war sie in Nihalos eine Seelie unter Unseelie, und es gab keine Gewissheit, wie das Volk auf sie reagierte, aber dem Jauchzen nach zu urteilen, musste sie sich keine Sorgen um ihre Stellung machen.

Mit einer einzigen Handbewegung brachte Aldren den Platz zum Verstummen. Erhobenen Hauptes sah er auf sein Volk hinab, ein gefälliges Lächeln auf den Lippen, das Leigh eine Gänsehaut bescherte. Er hatte ein solches Lächeln nie zuvor auf dem Gesicht des gutmütigen Unseelie gesehen.

»Mein Volk«, setzte Aldren an. Seine Stimme wurde von Luftmagie über den gesamten Platz getragen. »Meine Gemahlin, Königin Valeska, und ich danken euch für dieses warme Willkommen. Es fühlt sich gut an, wieder in meiner Heimat und der schönsten Stadt des Landes zu sein.«

Die Unseelie brachen erneut in Jubel aus, während das Lächeln auf Valeskas Gesicht steifer wurde.

»Die letzten Wochen und Monate waren nicht leicht für unser Volk. Wir mussten nicht nur Abschied von unserem geliebten König Nevan und seiner Frau, Königin Zarina, nehmen. Wir erfuhren auch von dem Verrat ihres Sohnes, ihr eigen Fleisch und Blut. Prinz Kheeran ist eine Schande, aber nun ist er tot, und wir sind frei von seinem Verrat, seinen Lügen und seiner Unfähigkeit.«

Lautes Klatschen erklang, doch Leigh drehte sich der Magen um. Er konnte nicht glauben, was Aldren von sich gab. Er hatte Kheeran geliebt, nicht nur als Prinz und König, sondern auch als Freund und Mann. Warum behandelte er ihn wie den Feind? War es eine Strategie, um das Volk auf seine Seite zu ziehen, indem er sagte, was die meisten hören wollten?

»Doch nicht nur Prinz Kheeran hat Verrat an der Krone begangen, auch der Rat war und ist unterwandert von Betrügern und Verrätern«, fuhr Aldren fort. Empörte Aufrufe gingen durch die Menge. »Denn Kheeran verheimlichte euch, dass sein Vater, König Nevan, nicht friedlich entschlafen ist, sondern von seiner eigenen Beraterin – Onora – vergiftet wurde. Und es war nicht die Wächterin Ceylan Alarion, welche den Mord an Königin Zarina begangen hat!«

Ein Raunen ging durch die Menge, und Unruhe brach aus. Leigh spürte, wie sich Weylin neben ihm versteifte. Unsicher sah der Halbling sich um, als suchte er nach einer Möglichkeit zur Flucht, sollte sein Name fallen. Leigh griff nach seiner Hand, um ihn festzuhalten. Warum sollte Aldren ihm die Schuld geben, wenn er in Ceylan bereits den perfekten Sündenbock hatte?

»Wie sich herausgestellt hat, war der Mord an Zarina ein abgekartetes Spiel des Rats. Dieser wollte das Königshaus stürzen, um die vollkommene Macht zu erlangen. Aber das lasse ich nicht zu, weshalb ich sämtliche Mitglieder des Rats zum Tod durch Enthauptung verurteile – mit sofortiger Vollstreckung. Verräter haben nichts in unseren Reihen zu suchen!«

Aldrens Blick zuckte zum Rand des Tempels, wo sich die Ratsmitglieder versammelt hatten, um ihm den Rücken zu stärken. Nun waren ihre Gesichter voller Panik, als zwei Dutzend Gardisten aus den Schatten des Tempels auf sie zutraten, um dem Befehl ihres Regenten Folge zu leisten.

»Nein!«, rief Gemhá, eines der jüngeren Ratsmitglieder, als ein Gardist sie packte.

Aldren und Valeska traten beiseite. Ein schwerer Block wurde vor den Eingang des Tempels getragen. Das Holz war von dem Blut etlicher Jahre dunkel verfärbt. Die Fae auf dem Platz, die Aldren bedingungslos glaubten, jubelten, als Gemhá nach vorn gezerrt wurde. Um ihr Leben kämpfend, sträubte sie sich gegen die Gardisten, aber man hatte ihr jene Fesseln angelegt wie Weylin im Kerker, die seine Magie unterbunden hatten. Tränen rannen über ihr Gesicht, als man sie auf die Knie zwang. Mithilfe von Luftmagie wurde ihr Kopf auf den Holzblock gedrückt. Sie beteuerte ihre Unschuld und bettelte noch um ihr Leben, als die Axt des vermummten Scharfrichters auf sie hinabsauste und ihre Worte zum Verstummen brachte.

Ihr Leichnam wurde weggebracht und Ratsmitglied Eachna wurde als Nächstes vorgeführt, gefolgt von Wárdt, der erst kürzlich als Kommandant der königlichen Garde eingesetzt worden war.

»Aldren lügt«, sagte Weylin und sprach damit aus, was beide wussten.

Leigh nickte. Er konnte sich nur nicht erklären, warum Aldren das tat. Was hatte er vom Tod der Ratsmitglieder? Als Regent und baldiger König konnte er den Rat besetzen, wie er wollte, und seine Hilfe annehmen oder nicht. Er war zu nichts gezwungen. Warum wählte er diesen Weg? Die einzige Erklärung war die Demonstration von Macht. Er wollte vermeiden, dass sein Volk ihm entglitt, so wie es bei Kheeran geschehen war.

Die Hinrichtungen dauerten nur wenige Minuten, anschließend wurde der Holzblock entfernt, und zwei Fae reinigten mithilfe ihrer Wassermagie die Stufen des Tempels, damit Aldren nicht in den Sud aus Blut, Urin und anderen Körperflüssigkeiten treten musste. Nachdem alles beseitigt war, nahm er seinen Posten vor dem Tempel wieder ein, sein Blick erhaben und selbstgefällig. Leigh verstand nicht, wie Aldren so gewissenlos handeln konnte. Das passte nicht zu seinem Bild von dem Unseelie, den er des Öfteren in den königlichen Gärten beim Vögelfüttern angetroffen hatte.

»Nun, da der Palast von sämtlichen Verrätern befreit wurde, ist es an der Zeit, nach vorn zu blicken und neue Wege zu bestreiten. Mit mir als eurem König, Valeska als eurer Königin – und mit unserem Sohn, eurem Prinzen!«, feuerte Aldren die Fae auf dem Platz an, die bei der Erwähnung des ungeborenen Kindes in solch unbändige Freude ausbrachen, als wären sie gerade nicht Zeugen mehrerer Hinrichtungen geworden.

»Als König habe ich mir das Ziel gesetzt, dieses Land und sein Volk voranzubringen und in ein neues Zeitalter zu führen. Ein Zeitalter voll Ruhm und Reichtum. Ein Zeitalter ohne Grenzen. Und ein Zeitalter, in dem jeder Fae ein König im eigenen Land ist, ohne Mauern, die uns zurückhalten.«

Laute Worte des Zuspruches kamen von den Fae – Seelie wie Unseelie, während Leigh flau im Magen wurde.

»Aus diesem Grund habe ich eine Entscheidung getroffen. Es war keine leichte, aber zum Wohl unserer Kinder und Enkel und all der Generationen an Fae, die nach uns kommen, musste sie getroffen werden«, sagte Aldren mit stolzgeschwellter Brust. »Wir, Seelie und Unseelie, werden gemeinsam in den Krieg ziehen, um einzufordern, was uns zusteht. Mit vereinten Streitkräften werden wir Thobria einnehmen. Denn ich kann nicht länger zusehen, wie die Menschen das Land, das uns gehören sollte, ausbeuten. Mit ihren Erfindungen, ihren Hochschulen und ihrem König, der die Erde ihrer Schätze beraubt, während sie zugleich unser Heiligstes – die Magie – verteufeln und uns mit den Elva hier einsperren, die jeden Tag mehr und mehr Opfer fordern! Lavarus gehört den Fae, und es ist an der Zeit, die Mauer niederzureißen und die Menschen in ihre Verdammnis zu schicken. Ich lasse mir das nicht länger gefallen!«

Leigh erstarrte und hatte das Gefühl, man würde ihm mit Magie die Luft aus der Lunge ziehen.

Krieg. Aldren hatte den Menschen gerade den Krieg erklärt. Nach tausendjährigem Frieden plante er, das Abkommen zu brechen und die Mauer, welche jenen Frieden wahrte, einzureißen, um Thobria für sich zu beanspruchen. Und die Fae feierten ihn dafür. Überall um Leigh herum klatschten Fae in die Hände, jubelten und stampften mit den Füßen auf den Boden, als wären sie bereit, augenblicklich in den Kampf zu marschieren.

Das war ein schlechter Scherz, oder? War das der Grund, weshalb Aldren den Rat hatte hinrichten lassen, damit es niemanden gab, der ihm widersprach? Mit diesem Vorgehen hatte er zumindest viele kritische Stimmen sehr leise werden lassen, aus Angst vor der eigenen Hinrichtung.

»Das … das kann er nicht machen«, stammelte Weylin.

»Er kann«, sagte Leigh benommen. Er wusste nicht, ob die Fae den Krieg gewinnen könnten. Das letzte Mal war ihnen das trotz ihrer Magie nicht gelungen. Aber unabhängig davon, wer als Sieger aus dem Kampf hervorginge, würde es viele Opfer geben – auf allen Seiten. Und es wären die Wächter, die zuerst fallen würden.

Leigh packte Weylins Hand fester und zerrte den Halbling hinter sich her, hinaus aus der jubelnden Masse, die es kaum erwarten konnte, die Erde mit Blut zu tränken.

»Wo gehen wir hin?«, fragte Weylin.

Leigh sah über seine Schulter in Richtung Aldren, der die Hände gen Himmel erhoben hatte, als würde er die Götter um ihren Segen für die Schlacht bitten. »An die Mauer. Wir müssen die anderen warnen.«

13. Kapitel – Larkin

– Auf dem Schwarzmarkt –

Larkin durchschritt die Wand aus Nebel. Im einen Moment herrschte vollkommene Stille, im nächsten war die Luft erfüllt von heiteren Stimmen, Gelächter und Musik. Er spähte über seine Schulter und beobachtete, wie der graue Rauch sich schlängelte und wand, ohne die magische Barriere, die den Markt verschleierte, zu durchbrechen. Doch nur wer wusste, wonach er suchte, konnte den Markt finden.

Er liebte diesen Ort. Hatte ihn immer geliebt. Früher hatte er den Wächtern eine Auszeit von ihrer Arbeit an der Mauer erlaubt. Heute erinnerte er ihn an Freyas erstauntes Gesicht. Sie hatte ausgesehen wie ein ausgehungertes Kind an einem reich gedeckten Tisch, als sie durch die Reihen der bunten Stände geschritten waren. Ihre Augen hatten gestrahlt. Es war das erste Mal nach ihrer Flucht aus Amaruné gewesen, dass Larkin sie wirklich glücklich und frei erlebt hatte. Er wünschte, sie wäre jetzt bei ihm anstatt bei diesem Prinzen-Piraten-Bastard, aber daran konnte er nichts ändern.

Er betrat den Markt mit seinen farbenfrohen Ständen und hellen Lichtern. Der Duft gerösteter Maronen und Mandeln stieg ihm in die Nase, und obwohl er erst kürzlich eine volle Mahlzeit in einer Taverne in Askane zu sich genommen hatte, knurrte sein Magen beim Anblick der Köstlichkeiten. Doch er wollte keine Zeit verschwenden. Stattdessen steuerte er geradewegs das Waffenzelt an.

Siegesklinge – kein Umtausch, kein Tauschhandel. Der goldene Schriftzug hob sich klar von der blutroten Farbe des Zeltes ab. Larkin schob das Tuch beiseite, das den Eingang verhängte.

Augenblicklich wurde der Duft der süßen Speisen von dem herben Geruch von Waffenöl und Leder abgelöst.

Enoon, der hinter der Theke ein Schwert polierte, blickte auf. Er wirkte erfreut, ihn zu sehen. »Field Marshal Welborn!«

»Seid gegrüßt, Enoon«, sagte Larkin. »Ich bin kein Field Marshal mehr.«

»Einmal Field Marshal, immer Field Marshal«, sagte Enoon mit einer wegwerfenden Handbewegung.

Larkin trat an den Vitrinen mit den teuren Waffen vorbei an die Theke. Khoury und er hatten dem Waffenzelt jedes Mal einen Besuch abgestattet, wenn sie auf dem Markt gewesen waren. Zwar wurde ihnen im Niemandsland alles zur Verfügung gestellt, was sie brauchten, von Schwertern über Dolche und Bögen, aber Enoons besondere Schmuckstücke hatten sie sich trotzdem gern angesehen.

»Wo habt Ihr Eure hübsche Begleitung vom letzten Mal gelassen?«

Er war sich sicher, dass Enoon die Prinzessin bei ihrem gemeinsamen Besuch erkannt hatte, aber ihren Namen damals wie heute aus Respekt nicht in den Mund nahm. »Sie ist leider verhindert.«

»Bedauerlich.«

Larkin lächelte wehmütig. »In der Tat.«

»Wie kann ich Euch dieses Mal behilflich sein?«, fragte Enoon und wechselte zum Geschäftlichen. Er deutete auf die Auslage, seine Hände schwielig und vernarbt von der Arbeit mit den Waffen. »Sucht Ihr ein neues Schwert?«

»Nein, ich bin auf der Suche nach Yara. Man sagte mir, Ihr könntet mir helfen.«

Enoon hob die Brauen. »Yara?«

»Eurem Tonfall entnehme ich, dass Ihr sie kennt.«

»Ja, sie gehört zu jenen Leuten, denen dieser Markt gehört.«

Ein Ruck fuhr durch Larkin hindurch. Yara war eine Dunkelgängerin? Er hatte nicht damit gerechnet, aber es überraschte ihn auch nicht, das zu hören. Nicht selten waren es die Dunkelgänger, die im Hintergrund die Fäden zogen, wenn in diesem Land ein Mord, ein Raub oder dergleichen geschah. Sie waren über das ganze Land verteilt, wenn nicht sogar eine schlimmere Seuche als die Pockenkrankheit.

»Und wo finde ich Yara?«

»Kommt mit«, sagte der Waffenschmied und deutete Larkin an, ihm zu folgen. Sie verließen die *Siegesklinge* und mischten sich in das heitere Durcheinander des Marktes. Es waren heute ungewöhnlich viele Fae anwesend. Nicht so viele, dass man sie an jeder Ecke entdeckte, aber vier oder fünf hatte Larkin bereits bemerkt. Mit Enoon zog er an zwei weiteren vorbei und erhaschte ein paar Gesprächsfetzen.

»Ich halte das für einen Fehler.«

»Ein Fehler wäre es, nichts zu unternehmen. Unsere Völker sind stark wie nie.«

»Im Krieg vor tausend Jahren hat uns das Bündnis der Völker auch nicht geholfen.«

»Aber damals waren es zwei Königshäuser, die einander misstraut haben. Aldren und Valeska …«

Larkin war zu weit entfernt, um den Rest zu hören. Er drehte sich noch einmal nach den beiden Unseelie um. Sie wirkten nachdenklich, besorgt. Etwas an ihrem Gespräch gefiel ihm nicht. Er konnte nicht sagen, was es war, aber bevor er dem auf den Grund gehen konnte, musste er mit Yara sprechen. Er hatte nicht so lang nach ihr gesucht, um sich jetzt von dem Geplänkel zweier Fae ablenken zu lassen.

»Hier sind wir«, sagte Enoon und blieb vor einem schwarzen Zelt stehen. Davor stand ein finster aussehender Kerl mit einer Waffe am Gürtel, wie Larkin sie nie zuvor gesehen hatte. Sie bestand aus einem dünnen Rohr, das die Länge seines Unterarms maß, und ein Griff war daran befestigt. Sie besaß weder

Klinge noch Spitze, weshalb ein Blick nicht genügte, damit er die Funktionsweise verstand. Es musste sich um eine neuartige Waffe der Dunkelgänger handeln, vermutlich aus Übersee nach Thobria geschmuggelt. Der Mann legte seine Hand darauf, als Enoon und er vor ihm zum Stehen kamen.

»Dieser Mann ist hier, um mit Yara zu sprechen«, sagte Enoon zu der Wache.

»Yara empfängt …«

»Er kann herein!«, rief eine weibliche Stimme aus dem Zelt und schnitt dem Mann das Wort ab. Larkin runzelte die Stirn. Der Stoff hatte die Worte gedämpft, dennoch kam ihm die Stimme vertraut vor. Er bedankte sich bei Enoon und schob sich an der mürrisch aussehenden Wache vorbei in das Zelt.

Im Inneren roch es angenehm nach Kerzen und verbrannten Kräutern. Bett und Kleiderschrank standen in einer Ecke, ein großes Regal aus massivem Holz in der anderen, bestückt mit wertvollen Sammlergegenständen. Dazwischen befand sich ein Schreibtisch, hinter dem eine Frau saß, die ihn mit einem schelmischen Grinsen betrachtete.

»Soll das ein Scherz sein?«, fragte Larkin. Sie trug dieselbe Kleidung wie am Abend zuvor in der Schenke, nur ihr rotes Haar hatte sie zu einem Zopf geflochten. Schriftrollen und Pläne lagen vor ihr auf dem Tisch ausgebreitet, und hinter ihrem Rücken hing ein Sammelsurium an Schwertern, die nicht aussahen wie Waffen, sondern wie Dekoration. »Du bist Yara?«

»Ja, die bin ich.«

»Warum hast du mir das nicht gesagt?«

»Mir war nicht danach, in der Schenke zu reden. Die Wände dort haben Ohren.«

»Woher wusstest du, dass ich dich suche?«

»Die Wirtin hat es mich wissen lassen«, antwortete Yara und schob ein paar Pläne beiseite, um die Füße auf ihrem Tisch abzulegen. »Bei meiner Arbeit kommt es öfter vor, dass nach mir gesucht wird. Oft sind es Leute, von denen ich nicht gefunden werden will. Die Wirte in Askane werden dafür bezahlt, nicht über uns zu reden und uns zu verraten, wenn jemand nach uns fragt. So können wir selbst wählen, mit wem wir reden. Wie der Zufall es wollte, war ich an diesem Abend in der Schenke. Du hattest Glück.«

Er verengte die Augen. Ihm gefiel ihr gönnerhafter Tonfall nicht. »Ich hätte dich auch so gefunden.«

Sie lächelte unbeeindruckt. »Setz dich, Larkin.«

Natürlich kannte sie ihn. Die Dunkelgänger wussten gern, wer sich auf ihrem Markt herumtrieb, und als ehemaliger Field Marshal war er keine unbedeutende Persönlichkeit für den Markt, schließlich existierte dieser nur dank der Gunst der Wächter. Aber er war sicher, Yara vor dem gestrigen Abend nie gegenübergestanden zu haben. Sie war deutlich jünger als ihre Schwester Keva und musste praktisch ein Kind gewesen sein, als Larkin inhaftiert worden war. Fünfzehn, vielleicht sechzehn Jahre.

Larkin trat vor den Tisch und setzte sich auf den angebotenen Stuhl.

»Warum hast du nach mir gesucht?«, fragte Yara ohne Umschweife.

»Kennst du einen Henrik aus Rigwall?«

»Was ist mit ihm?«

»Er ist tot.«

Yaras harte, selbstgefällige Miene bröckelte, und ihre Stimme wurde ebenso brüchig. »Was?«

»Er wurde ermordet. Sein Bruder Korwan hat mir davon erzählt.«

Langsam nahm Yara ihre Füße vom Tisch, ihr Gesicht von Schmerz gezeichnet. Es stimmte also, was Henrik in das Tagebuch geschrieben hatte. Die beiden hatten einander geliebt. »Deswegen habe ich keine Briefe mehr erhalten. Ich dachte …«

Yara brach ab, und ihr Blick suchte seinen. »Warum bist du hier? Glaubst du, ich hätte ihn getötet?«

»Nein, dich trifft keine Schuld, aber die Umstände seines Todes haben meine Aufmerksamkeit erregt. Mir erschließt sich nicht, warum er sterben musste. Er war nicht wohlhabend. Die Mörder haben zwar sein Haus durchsucht, aber sie haben nichts mitgenommen, mit Ausnahme einiger Tagebuchseiten. Aus dem Buch habe ich auch deinen Namen. Er hat dort von dir und Weidar und einer Wahrheit geschrieben, die er seinem Bruder nicht offenbaren kann. Ich habe gehofft, du kannst mir mehr sagen.«

Yara holte zitternd Luft. Tränen schimmerten in ihren Augen, dennoch wirkte sie erstaunlich beherrscht. Vermutlich ein Talent, das man bei den Dunkelgängern mit der Zeit entwickelte. »Henrik war ebenfalls ein Dunkelgänger. Meine Schwester Keva – ich nehme an, du hast in Zweihorn mit ihr gesprochen – und sein Bruder wussten davon nichts. Wir sind durch Zufall in diese Welt hineingeraten und haben darin einander gefunden. Doch er wollte Rigwall wegen Korwans Spielsucht nicht verlassen. Wir haben uns regelmäßig in Weidar getroffen. Auf diese Weise konnte ich nicht nur ihn, sondern auch meine Schwester sehen.«

Larkin nickte. »Hatte er Feinde?«

Yara lachte bitter. »Er war ein Dunkelgänger, natürlich hatte er Feinde, aber er gehörte zu den Anständigeren von uns. Er war dafür verantwortlich, Diebesgut zu versetzen, sodass es keine Aufmerksamkeit erregte.«

»Du weißt also nicht, wer seine Mörder sind?«

»Nein, aber ich vermute, dass Henrik nicht ihr einziges Opfer ist.«

»Was meinst du?«

Yara lehnte sich über den Tisch hinweg zu ihm. »Kann ich dir vertrauen?«

Larkin musste an sich halten, um nicht laut zu schnauben. »Du weißt, wer ich bin und was ich angeblich getan habe. Was denkst du?«

Yara zögerte kurz, ehe sie zu sprechen begann. »Jemand tötet Dunkelgänger. Wir wissen nicht, wer es ist, aber wir haben bereits eine Menge Männer und Frauen verloren, die über ganz Thobria verteilt waren. Sie kamen nicht bei Aufträgen ums Leben, sondern in ihren eigenen vier Wänden. Die meisten wurden vor ihrem Tod gefoltert, aber nicht alle. Wir vermuten, dass jemand etwas über uns herausfinden möchte.«

»Hast du eine Ahnung, was das sein könnte?«

Yara nickte. »Die Aufenthaltsorte weiterer Dunkelgänger. Man will uns auslöschen. Aus diesem Grund sind die Wirte und Seeleute in Askane auch angewiesen, unsere Namen nicht weiterzugeben. Ich will nicht als Nächstes an der Reihe sein.«

Nachdenklich rieb Larkin über sein unrasiertes Kinn. Jemand versuchte also, die Dunkelgänger auszulöschen. Das grenzte die Liste der möglichen Täter ein, denn es gab nur wenige Gruppierungen, die in der Lage wären, das Kartell der Dunkelgänger zu zerschlagen, und es wagen würden, dies zu versuchen. »Kann es sein, dass die königliche Garde dafür verantwortlich ist?«, fragte Larkin.

»Ausgeschlossen.«

»Wie kannst du dir da so sicher sein?« Die Dunkelgänger müssten Andreus ein ziemlicher Dorn im Auge sein, immerhin bedienten sie sich seit Jahrzehnten an den Kammern, die seine Taschen füllten.

Yara schnaubte. »Man beißt nicht die Hand, die einen füttert.«

»Was soll das heißen?«

»Andreus und die Dunkelgänger arbeiten zusammen.«

Larkins Augen weiteten sich. »Was?!«

»Seit Andreus den Thron bestiegen hat, wirtschaftet er seine

Schatzkammern runter mit dem Bau dieser teuren Tempel und Akademien für seine Krieger. Thobria hat zehnfach mehr Soldaten als vor zwanzig Jahren, und es werden weitere Akademien gebaut. Das kostet Geld. Geld, das er nicht einfach von seinem Volk einfordern kann. Also übernehmen wir das. Fünf Prozent dessen, was wir ergaunern, dürfen wir behalten, zudem hat Andreus seine Gardisten zurückgepfiffen. Warum, glaubst du, wurden in den letzten fünfzehn Jahren so wenig Dunkelgänger verurteilt?«

Larkin biss die Zähne zusammen. Wie hatte er diesen Mann jemals vergöttern können? An der Mauer war er blind gewesen, aber die Reise seit seiner Flucht aus dem Kerker hatte ihm die Augen geöffnet. So viel Leid und Unrecht er unter der Führung von Andreus schon gesehen hatte, es gab immer mehr zu entdecken, noch mehr dunkle Winkel, noch mehr versteckte Gassen der Grausamkeit und Ungerechtigkeit. Wie konnte der König in die Taschen der Dunkelgänger spielen und sie gewähren lassen, während Dörfer wie Rigwall darum kämpften, im Winter nicht zu verhungern?

»Danke, dass du so offen gesprochen hast«, sagte Larkin. Die Worte kamen ihm nur schwer über die Lippen.

»Können wir weiterhin auf deine Unterstützung hoffen?«

Larkin nickte. Er verabscheute die Dunkelgänger und ihre Taten, aber sie zu ermorden, war nicht rechtens. Vor allem, wenn nicht der König dahintersteckte, sondern eine andere Verbrechergruppe, käme man durch den Mord an den Dunkelgängern nur vom Regen in die Traufe. »Ich werde mein Bestes …«

Der Rest seines Satzes wurde von einem ohrenbetäubenden Knall verschluckt. Die dünnen Wände des Zeltes erzitterten, und das metallene Gerüst klapperte, als ein zweiter Knall ertönte. Näher. Lauter.

Yara sprang von ihrem Stuhl auf. »Was ist das?«

»Explosionen«, antwortete Larkin. Ihm war dieser Klang erschreckend vertraut, denn er hatte ihn erst vor wenigen Monaten auf der Krönung von Prinz Kheeran gehört. Aus der Ferne hatten Freya und er beobachtet, wie der Platz um den Tempel herum in Flammen aufging. Die Schreie waren in der ganzen Stadt zu hören gewesen. Es waren die gleichen Schreie und Rufe, die jetzt auch über den Markt hallten.

Der Vorhang zu Yaras Zelt wurde aufgerissen. Larkin packte sein Schwert, doch es war nur der Mann mit der merkwürdigen Waffe. Panik stand ihm ins Gesicht geschrieben. »Wir werden angegriffen.«

14. Kapitel – Ceylan

– Niemandsland –

»Ich glaube, ich habe noch nie etwas Schöneres gesehen.«

Kheeran stieß ein trockenes, leicht verzweifelt klingendes Lachen aus. Ceylan hörte es nicht nur, sondern fühlte es auch mit ihrem Herzen, wenn sie daran dachte, was sie durchgestanden hatten, um hier anzukommen. »Ich würde dir gern widersprechen, aber du hast recht.«

Vor ihnen erhob sich die Mauer, welche die Länder voneinander trennte, und ließ die Spitzen der Bäume weit unter sich zurück. Sie war vor über tausend Jahren von den Seelie aus dem Gestein der Vulkanhöhe erbaut worden und überragte die Schlösser aller drei Königshäuser. Auf der menschlichen Seite war die Mauer dunkel und verwittert, doch auf der südlichen Seite, die zu Melidrian gehörte, versuchten Ranken das Mauerwerk zu erklimmen. Ceylan hätte am liebsten eine Hand ausgestreckt, um die großen Blätter zu berühren, doch ihre Arme hatte sie fest um Kheerans Taille geschlungen. Seit zwei Tagen teilten sie sich ein Pferd, denn ihre Stute war tot. Es war bei einem Angriff der Elva geschehen, bei dem sie um ein Haar selbst ums Leben gekommen wären. Nur knapp waren sie dem Tod entgangen, doch hatten die Elva das Pferd erwischt. Seine Verletzungen waren so verheerend gewesen, dass ihnen nichts anderes übrig geblieben war, als dem Tier einen Gnadenstoß zu versetzen, um es von seinen Qualen zu erlösen.

»Dann lassen wir die Wächter mal wissen, dass wir da sind«, sagte Kheeran und stieg aus dem Sattel. Ceylan rutschte ebenfalls vom Rücken des Pferdes, das sie lang genug getragen hatte, und hielt es an den Zügeln fest, während sie Kheeran beobachtete, der sich der Mauer näherte. Sie hätte einfach gebrüllt, in der Hoffnung, dass ein Wächter sie hörte, doch Kheeran schien zu wissen, was zu tun war. Er trat seitlich an das Tor heran.

Sie kniff die Augen zusammen und erkannte ein schwarzes Metallrohr, das die Mauer entlang nach oben fast vollständig mit dem dunklen Basalt verschmolz. Kheeran legte seine Lippen daran, und es hörte sich an, als würde er hineinblasen wie in ein Horn. Einen Augenblick später vernahm Ceylan tatsächlich Bewegung auf der Mauer. Sie hob den Kopf und glaubte, zwei Wächter am oberen Rand zu sehen, die mit Ferngläsern auf sie herabspähten.

Ein Flattern breitete sich in Ceylans Brust aus. Sie war erfüllt von Vorfreude und Aufregung. Monatelang hatte sie sich an diesen Ort zurückgesehnt, aber nun, da sie hier war, beschlichen sie auch Angst und Sorge. Was, wenn die Wächter sie nicht zurücknahmen? Offiziell war sie immer noch für den Tod von Kheerans Mutter verantwortlich, und sie hatte Leigh zurückgelassen. Seit er Nihalos verlassen hatte, um Weylin nachzujagen, war kein Tag vergangen, an dem sie nicht an den Wächter gedacht hatte. Sie wusste nicht, wo er war, was er machte und ob er noch lebte. Die Stadt der Unseelie ohne ihn zu verlassen, hatte ihr das Herz gebrochen, denn sie hatte Leigh vieles zu verdanken. Doch ihr war keine andere Wahl geblieben, um Kheeran und sich selbst zu retten. Zumal sie nicht mit Gewissheit sagen konnte, ob Leigh jemals aus dem Nebelwald zurückkehren würde, auch wenn sie sich das von ganzem Herzen wünschte.

Dumpfe Glockenschläge rissen Ceylan aus ihren Gedanken. Sie wusste, was diese bedeuteten. Sie hatte sie gehört, als Kheeran mit Aldren und den beiden Seelie das erste Mal an die Mauer gekommen war. Die Glocke alarmierte die Wächter, damit sich diese für die Öffnung des Tores bereit machten. Hitze stieg in Ceylan auf, und sie klammerte sich fest an die Zügel des Pferdes. Nur wenige Fuß trennten sie von Thobria.

Kheeran kam zu ihr zurück, als das Tor sich öffnete. Ächzend und knarzend wurde das massive Gestein nach oben gekurbelt und gab Stück für Stück den Blick auf die Wächter frei. Ceylan hielt den Atem an und spürte, wie auch Kheeran sich neben ihr anspannte. Unruhig scharrte sogar ihr Pferd mit den Hufen.

Endlich erkannte sie die Wächter, die kampfbereit mit gezückten Waffen auf der anderen Seite der Mauer standen. Ein Lächeln trat auf Ceylans Lippen, als sie Khoury Tombell erblickte. Niemals hätte sie erwartet, dass der mürrische Field Marshal, der sie zuerst nicht an der Mauer hatte haben wollen, ihr eines Tages eine solche Reaktion entlockte. Er war noch genauso groß wie in ihrer Erinnerung, mit lockigem braunem Haar und einer Narbe, die seine Augenbraue durchzog.

Unmittelbar hinter ihm standen General Klifford, Colonel Farrow, Captain Remhall und Lieutenant Glade, die Ceylan nicht so gut kannte. Aber sie entdeckte auch Lennon Seaton, Ivar Estham, Fergus McPhee und den immer hungrigen Bríon Pardrey, welche ebenfalls in Nihalos gewesen waren, aber bereits vor Wochen mit dem Field Marshal zurückgereist waren. Sie erkannte auch einige der anderen Novizen unter den Wächtern. Sie waren alle deutlich kräftiger als bei ihrem Abschied. Das Training hatte ihre Schultern breiter und ihre Muskeln härter werden lassen.

Beim König, traten da gerade Tränen in ihre Augen?

Sie blinzelte die Feuchtigkeit eilig davon und straffte ihre Schultern.

»Ja, da holen mich die Elva. Novizin Alarion.« Khourys tiefe Stimme grollte über den Platz und brachte die anderen Wächter dazu, ihre Waffen zu senken. Er machte einen Schritt auf sie zu und streckte ihr die Hand entgegen. Was hatte sie erwartet? Eine Umarmung?

Sie grüßten einander, ehe Tombell zurückwich und sie von Kopf bis Fuß betrachtete. Sie hatte seit Tagen in keinen Spiegel mehr geblickt und konnte nur erahnen, wie grauenhaft sie aussehen musste. Dreck klebte an ihrer Haut, schwarzes Blut benetzte ihre Kleidung, und trotz der kühlen Temperaturen roch sie ihren eigenen Schweiß.

»Wie geht es dir?«

Was sollte sie nur auf diese Frage antworten? »Ich lebe.«

Khoury lachte. »Und ob du das tust. Um ehrlich zu sein, habe ich nicht damit gerechnet, dich wiederzusehen. Ich war mir sicher, dass die Fae dich hinrichten lassen. Aber anscheinend hat Leigh gute Arbeit geleistet«, sagte Tombell, sah sich nach dem Wächter um und runzelte die Stirn, als er nur Kheeran erblickte. »Wo ist Leigh?«

Ceylans Magen zog sich zusammen. »Ich … ich weiß es nicht.«

Khourys Blick verfinsterte sich. »Wie kannst du das nicht wissen?«

Die Anklage und Schuldzuweisung in Tombells Worten waren nicht zu überhören. Beschämt senkte Ceylan den Kopf. Sie wusste, sie hätte Leigh niemals gehen lassen dürfen, aber hinter Gittern hatte sie nichts tun können, um ihn aufzuhalten. Er war wild entschlossen gewesen, dem Halbling nachzujagen.

»Das ist eine lange Geschichte«, antwortete Kheeran an ihrer Stelle, als ihr Schweigen zu lang andauerte, und zog damit die Aufmerksamkeit des Field Marshals auf sich.

Khoury trat an ihn heran. »Und wer seid Ihr?«

Es wunderte Ceylan nicht, dass Tombell ihn nicht erkannte. Er hatte Kheeran nur ein paarmal gesehen, und er war nicht mehr mit dem Fae von damals zu vergleichen, mit seinen stumpfen Ohren, dem kurzen Haar und der Narbe, welche wie eine Maske auf seinem Gesicht saß. Kheeran verzog die Lippen zu seinem schiefen Lächeln, doch das Funkeln in seinen Augen war noch das gleiche wie damals. »Seit meiner Krönung … meiner gescheiterten Krönung ist viel geschehen.«

Der Field Marshal guckte verdutzt drein. »Prinz Kheeran?«

»Nur noch Kheeran.«

Tombell sah von ihm zu Ceylan und wieder zu dem ehemaligen Fae-Prinzen. »Verzeihung. Ich habe Euch gar nicht wiedererkannt. Ihr habt Euch sehr verändert, seit wir uns das letzte Mal gesehen haben. Was ist geschehen?«

»Wie bereits gesagt, das ist eine lange Geschichte, die wir euch mit etwas Essen am Feuer erzählen. Aber zuerst würden wir uns gern waschen und ein wenig ausruhen, wir haben einen langen Ritt hinter uns.«

»Selbstverständlich«, erwiderte Tombell. »Wir haben derzeit keine freien Zimmer, aber Ihr könnt Euch in dem von Captain Fourash einquartieren. Ich bringe Euch hin. Folgt mir.«

Ceylan verdrehte die Augen. Hätte sie diese Anfrage an den Field Marshal gestellt, hätte er sie ausgelacht, zur Strafe fünf Runden über den Platz laufen lassen und sie währenddessen besagte Geschichte erzählen lassen. Aber Kheeran schlug er die Bitte selbstverständlich nicht ab.

»Schön, dass du wieder da bist«, hörte Ceylan jemanden von der Seite sagen. Bríon.

Sie lächelte. »Es ist schön, wieder hier zu sein.«

Er griff nach den Zügeln ihres Pferdes. »Lass mich dir das abnehmen. Ich bring es in den Stall.«

»Danke!« Ceylan nickte ihm zu und heftete sich an Kheerans Fersen, der mit dem Field Marshal über den Platz in Richtung der Schlafsäle lief. Sie ließ ihren Blick umherschweifen. Es war, als wäre sie nie weg gewesen. Sie hörte das Klirren von Schwertern, die in Übungskämpfen gegeneinander erhoben wurden. Wächter patrouillierten auf der Mauer und spielten Karten, um sich die Zeit zu vertreiben. In der Ferne brannte ein Feuer, und der Geruch des Eintopfes, der ihnen am Abend vorgesetzt werden würde, lag in der Luft.

Sie konnte nicht fassen, dass sie es wahrhaftig ins Niemandsland geschafft hatten. Wie oft hatte sie in den letzten Monaten daran gezweifelt? Jetzt über diesen gefrorenen Boden zu gehen, fühlte sich an, wie über Wolken zu laufen – leicht und befreiend. Das erste Mal seit Wochen musste sie nicht auf der Hut vor Gardisten, Elva oder Flammen sein.

Sie erreichten die Hütten, in denen die Wächter untergebracht waren. Vorbei an den Schlafsälen für die Novizen und einfachen Wächter, führte Tombell Kheeran zu Leighs Zimmer. Ceylan erinnerte sich noch genau daran, wie sie nach dem Brand im Dorf und der Vergiftung durch die Elva in seinem Bett aufgewacht war. Damals hatte Leigh gesagt, sie könne von Glück reden, dass sie am Leben war. Heute fragte sie sich, ob mehr als Glück dahintergesteckt hatte. Womöglich hatte sie die Vergiftung auf dieselbe Art überlebt wie den Angriff des Faes, der sie im Kerker hatte töten wollen.

Tombell drückte die Tür auf. »Ich lasse Euch frische Kleidung bringen. Die Waschräume befinden sich im hinteren Gebäude. Folgt einfach dem Gang, sie sind nicht zu übersehen. Ceylan, dein Bett im Schlafsaal ist noch frei. Eine neue Uniform und Waffen warten in der Kiste davor auf dich.«

Ceylan nickte enttäuscht. Sie hatte gehofft, zumindest für eine Nacht ein Einzelzimmer zugewiesen zu bekommen, um sich in Ruhe von den Strapazen zu erholen, aber vielleicht war es so besser. Da sie zurück war, musste sie sich wieder an den Alltag und das Leben einer Novizin gewöhnen. Schlimmer als das Verlies in Kheerans Schloss war der Schlafsaal nicht.

»Ich gebe euch zwei Stunden, bis zur Dämmerung, um euch zu erholen. Dann erzählt ihr mir beim Essen, was geschehen ist«, sagte der Field Marshal, und dieses Mal war es ein Befehl, der sich auch an Kheeran richtete. Er nickte ihnen zum Abschied zu und marschierte davon, die Anspannung in seinen Schultern war nicht zu übersehen. Vermutlich machte er sich Sorgen um Leigh. Er hatte oft so getan, als würde der Wächter ihm auf die

Nerven gehen, und die beiden hatten ihre Meinungsverschiedenheiten gehabt, aber Ceylan wusste, dass sie einander sehr nahestanden.

»Du kannst gern bei mir schlafen«, bot Kheeran an, als der Field Marshal außer Hörweite war.

»Danke, aber ich misch mich lieber unter die anderen Novizen.«

»Sicher?«

Sie nickte. Wenn sie sich jetzt mit Kheeran in einem Zimmer verschanzte, warf das nur noch mehr Fragen und Spekulationen auf. Besser, sie stellte sich ihnen sofort und brachte es hinter sich, als das Unvermeidliche hinauszuzögern. Sie verabschiedete sich von Kheeran und machte sich auf den Weg zu den Schlafsälen. Sie hatte Glück, die Räumlichkeiten waren leer, die anderen waren vermutlich beim Training oder gingen ihren Pflichten nach.

Im Saal roch es nach muffigen Füßen und getrocknetem Männerschweiß. Keine angenehme Mischung, aber Ceylan ignorierte den Gestank. Sie sammelte ihre neue Uniform ein und machte sich auf den Weg zu einem Waschraum. Deutlich hörbar klopfte sie an. Zweimal. Dreimal. Viermal. Erst nach dem vierten Mal, als sie keine Antwort bekam, schlüpfte sie hinein. Sie schob den Riegel vor und entledigte sich ihrer Kleidung, die man eigentlich nur verbrennen konnte.

Ceylan stellte sich unter einen der Hähne, die von der Decke hingen, und drehte ihn auf. Das auf sie herabplätschernde Wasser war nicht warm, aber zumindest auch nicht eiskalt. Sie wusch den Dreck ab, der bereits auf ihrer Haut juckte, bevor sie sich abtrocknete und in ihre neue Uniform schlüpfte. Die alte Kleidung entsorgte sie auf dem Weg zurück zum Schlafsaal, in dem sich zu ihrem Leidwesen inzwischen einige Novizen eingefunden hatten. Schon aus der Ferne hörte sie ihre Stimmen, ihr Gelächter und das Geräusch von Kleidung, die nach einem langen Trainingstag abgelegt wurde. Diesen Teil ihrer Ausbildung hatte sie gewiss nicht vermisst.

Mit erhobenem Haupt trat sie in den Saal. Augenblicklich wurde sie von den ersten Novizen entdeckt, deren Gespräche verstummten. Nach und nach verklangen sämtliche Stimmen im Raum, bis es auf einmal ganz still war und man nur noch das Geräusch von Ceylans Schritten hören konnte. Die Blicke brannten auf ihrer Haut, wie zuvor der Dreck gejuckt hatte.

Plötzlich trat einer der Novizen vor. Er hatte kurz geschorenes braunes Haar und betrachtete sie mit einer ernsten Miene, die auf jemand anderen vielleicht einschüchternd gewirkt hätte. Ceylan ließ sich davon nicht beirren. Störrisch erwiderte sie seinen Blick. »Novize Sunwins«, grüßte sie mit einem Nicken.

»Novizin Alarion«, sagte Ethen, der keine Sekunde länger ernst bleiben konnte. Seine Mundwinkel zuckten, und ein breites Lächeln brach auf seinem Gesicht hervor. Mit ausgebreiteten Armen kam er auf sie zu und nahm sie in einer festen Umarmung gefangen, bei der ihre Füße den Kontakt zum Boden verloren.

Sie lachte. Immerhin ein Mensch an dieser Mauer freute sich, sie wiederzusehen.

»Willkommen zurück!« Ethen setzte sie wieder ab.

»Danke, es tut gut, wieder hier zu sein. Was hab ich verpasst?«

»Nichts, wir trainieren und schlafen. Das ist alles.«

»Das Training sieht man«, bemerkte Ceylan mit einem vielsagenden Blick auf Ethens Oberkörper. Er hatte sein Hemd aufgeknöpft, und die definierten Muskeln waren deutlich zu sehen. Zwar hatte er als Sohn eines Bauern durch die Feldarbeit immer zu den kräftigeren Rekruten gehört, doch seine Statur war in den letzten Wochen noch beeindruckender geworden.

Leichte Röte schlich sich auf Ethens Wangen. »Aber vermutlich bist du noch immer besser als ich.«

»Das lässt sich herausfinden.«

Ethen lachte. »Morgen. Du trainierst doch noch mit uns, oder?«

»Natürlich. Warum sollte ich das nicht?« Zwar hatte sie mit dem Field Marshal nicht darüber gesprochen, aber sie plante ihr Training so schnell wie möglich aufzunehmen. Immerhin hatte sie einiges nachzuholen. Zwar hatte Leigh sie während seiner Besuche im Kerker in der Theorie unterrichtet, aber die Praxis war auf der Strecke geblieben.

»Ich weiß nicht …« Verlegen zuckte Ethen mit den Schultern und schob die Hände in die Taschen seiner Hose. Es waren raue Hände mit deutlich hervortretenden Adern. »Immerhin bist du mit Prinz Kheeran hier.«

Sie runzelte die Stirn. »Was hat das eine mit dem anderen zu tun?«

»Was unser großer Junge damit sagen will«, erklang eine Stimme hinter ihr, bevor Ethen sich erklären konnte. Ceylan drehte sich um und war nicht überrascht, Derrin Armwon zu sehen, der mit langen Schritten auf sie zukam, das blonde Haar zurückgekämmt. »Wir dachten alle, du wärst jetzt Kheerans Bückstück.«

Ceylan verengte die Augen. Keine Minute. Es hatte keine Minute gedauert, und sie wünschte sich wie damals, einen Dolch in den Magen des adeligen Schnösels zu rammen. Das waren gute Zeiten gewesen.

»Was? Hat es dir die Sprache verschlagen?« Derrin lachte dreckig, und seine ekelhaften Freunde stimmten ein.

Ceylan ballte die Hände zu Fäusten und holte tief Luft. In ihren Gedanken zählte sie bis zehn. Sie würde sich nicht provozieren lassen. Früher hatte sie sich oft genug reizen und in Schwierigkeiten bringen lassen, aber diese Zeiten waren vorbei. »Was Kheeran und ich treiben, geht dich nichts an«, erwiderte sie stattdessen mit freundlicher Stimme. »Ich frage dich schließlich auch nicht, welche von Selbsthass getriebene Kreatur ein armseliges Würstchen wie dich ranlässt.«

Derrin spannte den Kiefer an. »Du gibst also zu, eine Fae-Hure zu sein?«

»Lieber eine Fae-Hure statt ein Taugenichts wie du.« Sie lächelte und marschierte an Derrin vorbei aus dem Saal, wobei sie ihn kräftig mit ihrer Schulter anrempelte. Alte Gewohnheiten starben wohl doch nicht so schnell, aber immerhin hatte sie den Bastard dieses Mal nicht erstochen. Das war ein Fortschritt.

Ceylan trat ins Freie. Das war es wohl mit ihrer Erholung vor dem Abendessen. Unter den neugierigen Blicken der anderen Wächter lief sie über den Platz und wünschte sich, Leigh wäre hier. Neben Ethen war er ihr immer wie ihr einziger Verbündeter erschienen, wobei das nicht stimmte. Es gab zumindest einen weiteren Wächter, dem sie blind ihr Leben anvertrauen könnte.

Es dauerte eine Weile, aber schließlich fand sie Gothar am Lager. Er war dabei, Vorräte aus einer Kutsche des Königs in die Vorratskammer zu hieven. Seine gekrümmte Haltung hatte sich geglättet, und er schien nicht länger auf den Gehstock angewiesen zu sein, wie damals, als Ceylan das Niemandsland verlassen hatte.

»Wie ich sehe, hast du dich von dem Elva-Angriff erholt.«

Gothar, der gerade einen Sack Mehl auf seine Schulter gewuchtet hatte, blickte auf, und ein Lächeln trat bei ihrem Anblick auf seine Lippen. »Wen haben wir denn da? Die verschollene Wächterin.«

Sie lächelte, froh darüber, dass er sich bester Gesundheit erfreute. »Du siehst gut aus.«

»Danke. Ich würde das Kompliment ja gern zurückgeben, aber ich will dich nicht anlügen.«

Ceylan schnaubte. »Du würdest auch scheiße aussehen nach allem, was ich durchgestanden habe.«

Gothar schleppte den Mehlsack vom Wagen in die Kammer. »Willst du darüber reden?«

Sie schnappte sich eine Kiste mit Gemüse und Obst und folgte ihm. »Nein, erzähl mir lieber, was ich verpasst habe. Ethen meinte, es wäre alles beim Alten, aber das kann ich nicht glauben. Ich war ziemlich lang weg.«

Gothar schürzte die Lippen. »Um ehrlich zu sein, hat Ethen recht. Hier ist alles beim Alten. Es gab noch ein paar Elva-Angriffe. Die Biester sind ziemlich aggressiv, aber sonst …« Er zuckte mit den Schultern. »Allerdings sind in Amaruné ein paar spannende Sachen geschehen. Prinzessin Freya hat geheiratet.«

Überrascht horchte Ceylan auf. »Was? Wen?«

»Prinz Deèglan. Er ist der Sohn der séakischen Kaiserin.«

»Wann war das?«

»Ich glaube, vor einem Monat.«

»Das ging aber schnell«, bemerkte Ceylan. Zumindest hatte die Prinzessin während ihrer Zeit am Hof der Unseelie nichts von einer Verlobung erzählt. Oder es hatte die Fae so wenig interessiert, dass das Gerede nie bis zur ihr durchgedrungen war. Bei Gelegenheit würde sie Kheeran danach fragen. Gewiss hätte seine *Schwester* von ihrem Verlobten erzählt.

»Ja, König Andreus hat keine Zeit verschwendet«, sagte Gothar und stapfte zur Kutsche zurück. »Es gibt Gerüchte, dass er die Armee des Prinzen für einen Angriff auf Melidrian nutzen möchte.«

Ceylan hielt in der Bewegung inne. Ein Angriff auf Melidrian? Ein erneuter Krieg? Der letzte war auf beiden Seiten so verheerend gewesen, dass in letzter Minute das Abkommen entstanden war, bevor sie sich gegenseitig ausgelöscht hätten. Was hatte sich geändert?

»Mach dir keine Sorgen«, fuhr Gothar fort, dem ihr bedrückter Gesichtsausdruck nicht entgangen war. »Es gab in den letzten Jahrzehnten immer wieder Gerüchte um Krieg, aber bisher hat sich keines bewahrheitet. Selbst wenn es stimmt, gibt es nichts, was wir dagegen unternehmen können, außer zu versuchen, seine Armee aufzuhalten.«

Das stimmte, dennoch behagte der Gedanke Ceylan nicht. Krieg war niemals eine gute Idee und bot auch keine Lösung. Vor allem, wenn man bedachte, wie unberechenbar die Zustände in Melidrian, vor allem in Nihalos, waren. Natürlich wusste der König davon nichts. Vielleicht wäre es auch besser, wenn er nichts davon erfuhr. Er könnte den Machtwechsel in Nihalos fälschlicherweise für eine Schwäche halten, aber Ceylan hatte das Gefühl, dass genau das Gegenteil der Fall war. Wer immer dieser Fae war, der nun auf dem Thron saß und Valeska geheiratet hatte, er war unbarmherzig, gewissenlos und bereit, über Leichen zu gehen.

»Hör auf, dir den Kopf über Dinge zu zerbrechen, die noch gar nicht geschehen sind. Bisher ist das nur Gerede. Selbst wenn Andreus einen Krieg anzetteln will, er weiß, dass er ohne Deèglans Armee nicht gewinnen kann, und was der Prinz will, ist eine ganz andere Sache. Vermutlich wird er sich die nächsten Monate ordentlich mit der Prinzessin vergnügen.«

Hoffentlich behielt Gothar mit dieser Vermutung recht. Ceylan half ihm, die Kutsche mit den Vorräten zu leeren, bis es endlich Zeit fürs Abendessen wurde. Sie war drauf und dran zu verhungern. Der Speisesaal war voll, und die Wächter fleuchten wie Ameisen umher auf der Suche nach einem Platz.

Ceylan sah sich nach Kheeran um. Zuerst konnte sie ihn nirgendwo entdecken, bis sie ihn am Tisch des Field Marshals bemerkte. Ihre Schritte gerieten ins Stolpern. Er war kaum wiederzuerkennen, denn er hatte seine dreckige Kleidung abgelegt und trug stattdessen die dunkle Uniform der Wächter. Schwarz stand ihm gut.

»Seid gegrüßt«, sagte Ceylan und setzte sich neben Kheeran. Sie spürte die neidischen Blicke der anderen Novizen auf sich, denn für gewöhnlich war es ihnen nicht erlaubt, am Tisch des Field Marshals zu sitzen.

»Und? Konntest du dich ein wenig ausruhen?«, fragte Kheeran.

Sie schüttelte den Kopf und griff nach dem Brot, das auf dem Tisch bereitstand. Ihre Schalen waren noch leer. »Nein, ich war einen alten Freund besuchen. Zum Schlafen ist später noch Zeit.«

Es war Kheeran anzusehen, dass er ihre Entscheidung nicht guthieß, aber er sagte nichts und schnappte sich ebenfalls eine Scheibe Brot. Sie lauschten dem Field Marshal und den anderen höhergestellten Wächtern, die die Ereignisse des Tages zusammenfassten, als das Essen gebracht wurde. Jeder bekam genau zwei Kellen Eintopf. Ceylan knurrte der Magen. Das Essen roch köstlich nach herben Gewürzen und Fett. Trotz der Vorräte, die Sibeal ihnen mitgegeben hatte, fühlte sie sich nach den letzten Tagen im Nebelwald ausgehungert.

Gierig begannen sie und die Männer um sie herum zu essen – nur einer nicht. Kheeran. Mit gerümpfter Nase betrachtete er den Eintopf, in dem große Kartoffel- und Fleischbrocken schwammen. Zögerlich griff er nach seinem Löffel und rührte in der dickflüssigen Suppe herum, als hätte man ihm eine Schale voll Gülle vorgesetzt.

»Stimmt etwas mit dem Eintopf nicht?«, fragte der Field Marshal.

Ein verkrampftes Lächeln trat auf Kheerans Lippen. »Nein, alles bestens.«

Ceylan schnaubte über diese Lüge. »Er isst kein Fleisch.«

»Oh«, entkam es Tombell. »Natürlich. Wir können …«

»Nein, schon in Ordnung. Ich werde mich daran gewöhnen«, unterbrach Kheeran den Field Marshal, obwohl ihm sein Widerstreben deutlich anzusehen war. Er wirkte gar ein wenig blass um die Nase.

»Sicher?«, hakte Tombell nach.

Kheeran nickte, der angewiderte Zug um seine Lippen sagte aber etwas anderes aus, als er sich den Löffel in den Mund schob. Er kaute langsam und ausgiebig, als würde man ihn zwingen, ein Stück altes Leder zu essen. Das war ja nicht zu ertragen …

Ceylan legte ihren Löffel ab, schnappte sich Kheerans Schüssel und stand auf. »Ich bin gleich zurück.«

»Du musst nicht …«

Mit einem strengen Blick brachte sie Kheeran zum Schweigen und marschierte in die Küche, wobei sie die Blicke der anderen Wächter in ihrem Rücken spürte. Von irgendwoher hörte sie Derrins geflüstertes »Bückstück«. Sie krallte die Finger fester um die Schale, lief aber unbeirrt weiter, auch wenn sie große Lust gehabt hätte, den Inhalt über seinem Kopf zu entleeren. Wenige Minuten später kehrte sie mit einem Teller Obst an den Tisch zurück, den sie Kheeran vor die Nase stellte.

Er wirkte erleichtert. »Danke!«

»Iss«, befahl sie und machte sich wieder über ihren eigenen Eintopf her. Nachdem sie wochenlang nur Obst, Gemüse und Bohnen gegessen hatte, fühlte es sich herrlich an, das deftige Essen ihrer Kindheit zu kosten. Doch lang konnte sie nicht in dem Genuss und den damit verbundenen Erinnerungen schwelgen, denn bereits nach ein paar Bissen räusperte sich der Field Marshal und bedachte sie mit einem auffordernden Blick.

»Also, was ist in Melidrian geschehen?«

Ceylan sah zu Kheeran. Er nickte ihr zu, also begann sie zu reden, und er ergänzte, was sie vergaß oder nicht wissen konnte. Sie erzählten von Weylins Ausbruch, Leighs Entscheidung, ihm zu folgen, den Aufständen, Onoras Ermordung, dem Angriff auf Ceylan und ihrer daraus resultierenden Flucht. Der Field Marshal hörte ihnen geduldig zu, während sich der Speisesaal um sie herum leerte und sich ein Wächter nach dem anderen verabschiedete, um seinen Pflichten nachzugehen. Kheeran erklärte, warum er die Krone an Aldren abgegeben hatte, und schließlich erzählten sie vom Feuer, ihrer Zeit bei Sibeal und ihrem Verdacht, dass Aldren – der nicht Aldren war – es gelegt hatte, um seine Position als Regent über Nihalos zu stärken.

»Das sind ziemlich schwere Anschuldigungen«, sagte Tombell.

Ceylan nickte. »Dessen sind wir uns bewusst, aber er ist der Einzige, der einen Grund hatte, so etwas zu tun.«

Der Field Marshal trank einen Schluck aus seinem Becher und schien das Gesagte auf sich wirken zu lassen. »Danke, dass Ihr so offen mit mir gesprochen habt. Was in Nihalos vor sich geht, gibt mir zu denken. Ich hatte sehr gehofft, dass unter Eurer Herrschaft die Bindung zwischen Menschen und Fae wachsen kann, aber ich verstehe Eure Beweggründe, die Krone abzugeben«, sagte Tombell schließlich an Kheeran gewandt.

Dummes Geschwätz, dachte Ceylan und kam auf das Wesentliche zu sprechen. »Was werden wir tun?«

»Wir?« Der Field Marshal lachte trocken. »*Wir* – du und ich – werden gar nichts tun. Kheeran steht es frei, um sein Land und seine Krone zu kämpfen, aber wir sind Wächter. Wir sind keinem Königshaus unterstellt und dienen allein dem Abkommen. Was die Fae treiben, geht uns nichts an.«

»Aber Aldren …«

»Das spielt keine Rolle«, unterbrach Tombell sie streng. »Es freut mich, dass du deine Vorbehalte Prinz Kheeran gegenüber beseitigen konntest, und dein Wunsch zu helfen ist ehrenwert, aber wir Wächter sind nicht die königliche Garde. Das Abkommen steht und fällt mit unserer Neutralität, daher danke ich euch für eure ausführliche Erklärung, und Kheeran ist eingeladen, an der Mauer zu bleiben, solange er sich nicht vom Stützpunkt wegbewegt. Aber das ist alles, was ich an Unterstützung bieten kann.«

»Aldren ist eine Bedrohung!«, beteuerte Ceylan.

Tombell schüttelte den Kopf, als wäre sie ein ungehorsames Kind. »Für wen?«

Sie biss sich auf die Zunge, denn der Field Marshal hatte recht. Aldren war keine unmittelbare Bedrohung für das Abkommen und die Menschen, dennoch gefiel ihr der Gedanke nicht, ihn ungeschoren davonkommen zu lassen. Er war gefährlich. Noch mehr als die Elva, die regelmäßig die Mauer überwanden. Denn er war skrupellos, genauso unberechenbar, und als König über die vereinten Fae besaß er mehr Macht als jeder andere seit dem Abkommen.

»Ihr solltet schlafen gehen. Heute war ein langer Tag, und ich möchte, dass du dein Training umgehend aufnimmst. Du hast einiges nachzuholen«, sagte Khoury und erhob sich von seinem Platz. Ceylan konnte nicht fassen, dass das Gespräch einfach so beendet war, aber sie kannte den Field Marshal gut genug, um zu wissen, dass er sich heute nicht mehr von ihren Argumenten würde umstimmen lassen. Dennoch konnte sie ihn nicht einfach davonziehen lassen.

»Khoury?«

Der Field Marshal drehte sich zu ihr um. »Ja?«

»Da wäre noch eine andere Sache.«

Er hob die Augenbrauen. »Noch mehr?«

Sie nickte.

»Kann das warten?«

»Nein, es ist wichtig.«

Mit einem Seufzen setzte sich der Field Marshal wieder. Abwartend sah er sie an, doch auf einmal fehlten ihr die Worte. Es war leichter gewesen, mit ihm über Aldren zu sprechen als über ihre eigenen Fähigkeiten. Hilfe suchend zuckte Ceylans Blick zu Kheeran, der ihr ein kleines, ermutigendes Lächeln schenkte.

Sie holte tief Luft. »Ist es Wächtern möglich, die Magie der Fae zu blockieren?«

»Wie meinst du das?«

»Seit einer Weile können Fae in meiner Gegenwart keine Elementarmagie mehr wirken.«

Khoury furchte die Stirn. »Das ist Unsinn.«

»Es ist die Wahrheit«, beteuerte Ceylan.

Zweifelnd sah der Field Marshal zu Kheeran.

»Es stimmt«, sagte dieser. »Ceylan blockiert meine Magie, weshalb ich auch keine Luft und kein Wasser bändigen konnte, als wir in den Flammen gefangen waren. Sie hat meine Fähigkeiten unterdrückt.«

»Und wie seid ihr dann dem Feuer entkommen?«, fragte er, noch immer skeptisch.

»Ich weiß es nicht … nicht wirklich«, gestand Ceylan mit Blick auf ihre unversehrten Hände. »Als die Flammen uns erreicht haben, hat das Feuer mich nicht verbrannt, sondern es war, als würden die Flammen in mich eindringen. Ihre Hitze ist in meine Haut gesickert wie Wasser in trockenen Boden. Ich habe die Flammen in mir aufgenommen und uns so einen Weg nach draußen gebahnt.«

Tombell grummelte etwas Unverständliches und rieb sich das Kinn. »Davon kam mir noch nichts zu Ohren.«

Das war nicht das, was Ceylan hatte hören wollen. Sie hatte auf Antworten gehofft, denn so vorteilhaft diese Gabe in ihrer Tätigkeit als Wächterin auch war, das Unwissen darum verunsicherte sie. Sie war so oder so anders als die restlichen Wächter, dabei wollte sie nur dazugehören. »Ich kann doch nicht die Einzige sein.«

»Es sieht aber ganz danach aus«, erwiderte Tombell mit nachdenklicher Miene.

»Hängt es damit zusammen, dass ich eine Frau bin? Vielleicht entwickeln Frauen diese Gabe, wenn sie zu Wächterinnen werden. Dann könntet ihr es gar nicht wissen, immerhin bin ich die erste.« Es war ein Gedanke, der ihr schon zuvor gekommen war.

»Das wäre möglich, aber äußerst unwahrscheinlich. Warum sollten Frauen anders als Männer auf Magie reagieren? Wenn dem so wäre, müssten sich männliche und weibliche Fae in ihren Fähigkeiten unterscheiden, genauso wie Alchemisten und Alchemistinnen«, antwortete der Field Marshal und sah noch einmal zu Kheeran. »Und Ihr könnt wirklich keine Magie wirken?«

»Nein.«

»Könnt Ihr es probieren?«

Obwohl Kheeran genauso gut wie Ceylan wissen musste, dass es nicht klappen würde, tat er Tombell den Gefallen. Er hob seine Hand, scheinbar bemüht, das Wasser in ihrem Becher zu beschwören, doch nichts rührte sich, weshalb sein angestrengter Blick lächerlich wirkte.

»Es geht nicht«, sagte Kheeran nach ein paar Sekunden und senkte den Arm. »Es ist, als wäre meine Magie weg. So war es auch im Nebelwald. Erst nachdem Ceylan sich von mir entfernt hat, konnte ich sie wirken.«

»Das ist sehr befremdlich«, sagte der Field Marshal, der ihnen erst jetzt ohne Vorbehalte zu glauben schien. »Ich werde mit ein paar anderen Wächtern reden und mich erkundigen, aber mir ist in all den Jahrhunderten kein Wächter mit einer solchen Gabe unter die Augen gekommen. Es wäre also besser, wenn du den anderen Novizen erst einmal nichts von dieser Fähigkeit erzählst.«

Ceylan nickte, denn das hatte sie ohnehin nicht vorgehabt. Sie hoffte jedoch inständig, dass der Field Marshal etwas herausfand. Dieser verabschiedete sich für die Nacht, und sie blieben allein im Saal zurück. Es war erschreckend ruhig in dem großen Raum, während es in Ceylans Gedanken unheimlich laut war.

»Das waren zwei ziemlich sinnlose Gespräche«, stellte Kheeran mit trockener Stimme fest.

Sie wandte sich ihm zu. »Was wirst du jetzt tun?«

»In Bezug auf was?«

»Aldren.«

»Ich weiß es noch nicht«, gestand Kheeran mit müdem Blick.

»Wir finden schon eine Lösung.«

Kheeran hob die Brauen. »Das heißt, du hilfst mir?«

Sie nickte.

»Aber der Field Marshal hat es dir untersagt.«

»Ich weiß, aber ich war nie gut darin, Befehle zu befolgen«, sagte sie mit einem Lächeln. Aldren war vielleicht kein Problem der Wächter, aber nachdem er versucht hatte, sie umzubringen, war es eine persönliche Angelegenheit. Sie konnte den Anschlag auf ihr Leben nicht einfach hinnehmen.

Kheeran erwiderte ihr Lächeln. »Danke!«

»Dank mir nicht zu früh, noch habe ich nichts getan.«

»Das stimmt nicht. Du hast mehr für mich getan als jeder andere«, hielt Kheeran dagegen, und sein Lächeln wurde wärmer und sanfter.

Plötzlich war da seine Hand auf ihrem Gesicht. Federleicht strich er eine Strähne ihres Haars zurück, wobei seine Finger hauchzart ihre Wange streiften. Ein eigenartiges Ziehen breitete sich in ihrer Brust aus. Erinnerungen an ihren Kuss stiegen in ihr auf. Ihr wurde ganz warm, und da war diese Sehnsucht, dieser Wunsch, sich nach vorn zu lehnen, um Kheerans Lippen erneut mit ihren zu vereinen …

Erschrocken von ihren eigenen Gedanken sprang Ceylan auf die Beine. »Wir sollten schlafen gehen«, sagte sie hastig. »Wie der Field Marshal gesagt hat, heute war ein langer Tag, und ich sollte mich ausruhen, wenn ich morgen beim Training mithalten möchte.«

Kheeran wirkte verdutzt, widersprach allerdings nicht. Sie machte sich auf den Weg zum Schlafsaal, während Kheeran den Weg zu Leighs Zimmer einschlug. Der Raum war erfüllt von den Stimmen und dem Gelächter der Novizen, die sich wegen der kalten Temperaturen offenbar alle im Saal aufhielten. Kurz überlegte Ceylan umzukehren und erst zurückzukommen, wenn das Licht bereits erloschen war, aber sie wollte Idioten wie Derrin keine solche Macht über sich geben. Also betrat sie den Saal und ging zu ihrem Bett. Einige Novizen schliefen bereits, andere lasen oder schrieben Briefe, und wieder andere spielten Karten oder unterhielten sich.

Vor ihrer Pritsche blieb Ceylan stehen. Sie zögerte kurz, ehe sie ihre Uniform ablegte, bis sie nur noch ein dünnes Hemd und ihre Unterkleidung trug. Die Blicke der anderen brannten auf ihrer Haut. Sie faltete ihre Uniform und kletterte anschließend in ihr Bett.

»Was, das war's schon?«, fragte einer der Novizen. Ausnahmsweise war es nicht Derrin, der sie anstachelte, aber das machte es nicht besser. Es zeigte nur, dass sie alle gleich waren. Ceylan zog ihre Decke weiter hoch und umklammerte den dünnen Stoff so fest sie konnte.

»Ich dachte, wir bekommen endlich mehr zu sehen«, brüllte ein anderer.

»Ja, sei nicht so schüchtern«, stieg ein weiterer mit ein. Die Männer lachten.

»Soll ich dir beim Ausziehen helfen?«, fragte ein weiterer Novize. Oder war es gar einer der bereits ausgebildeten Wächter? Ceylan konnte es nicht mit Sicherheit sagen. Was sie allerdings wusste, war, dass ihr Herz viel zu schnell schlug, ihre Hände zu feucht waren und ihr Dolch nicht ausreichend, um eine ganze Horde Wächter abzuhalten, sollten sie in der Nacht über sie herfallen.

»Lasst sie in Ruhe«, befahl Ethen. »Sie ist keine Nutte, sondern eine von uns.«

»Nein, ist sie nicht«, kam es nun doch von Derrin. »Sie ist eine Fae-Hure.«

»Ich an deiner Stelle würde die Klappe nicht so weit aufreißen, andernfalls bleibt vielleicht bald wieder ein Dolch in deinem Magen stecken. Das willst du doch nicht, oder?«

»Drohst du mir?«

»Nein, ich warne dich nur als besorgter Kamerad.«

Ceylan konnte Derrin nicht sehen, aber sich sein wütendes Gesicht vorstellen. Zu ihrer Erleichterung hielten die anderen nach Ethens Warnung die Klappe. Kurze Zeit später wurde das

Licht im Saal gelöscht. Sie schloss die Augen und hoffte, schnell einzuschlafen, um endlich etwas wohlverdiente Ruhe zu bekommen. Es fühlte sich an, als hätte sie seit Tagen kein Auge mehr zugemacht, obwohl Kheeran und sie immer abwechselnd Wache gehalten hatten.

Doch anders als erhofft, schlief sie nicht umgehend ein, denn sie war noch immer auf der Hut. Nicht vor den Elva, aber vor den Männern, mit denen sie den Saal teilte. Diese stellten eine fast genauso große Gefahr dar. Ihre Muskeln waren angespannt, und sie lauschte auf jedes Geräusch – und davon gab es viele. Von allen Seiten erklangen Husten, Schnaufen, Röcheln und Schnarchen.

Genervt rollte Ceylan sich herum und legte eine Hand auf ihr Ohr, um die Geräusche auszusperren. Doch es gelang ihr nicht. Einige Betten entfernt redeten zwei Wächter noch miteinander, und sie hörte auch ein tiefes Stöhnen, als würde sich einer selbst befriedigen. Unweigerlich fragte sie sich, ob dieser an sie dachte. Bei dieser Vorstellung wurde ihr übel.

Sie würde hier keinen Schlaf finden. Die Angst, mit unerwünschten Händen auf ihrem Körper aufzuwachen, war zu groß. Sie schlug ihre Decke zurück und kletterte aus dem Bett.

»Wohin gehst du?« Die Frage kam von Ethen.

»Ich hol mir nur etwas zu trinken«, log sie und schlich langsam durch den Raum, der nur vom fahlen Licht der Monde beleuchtet wurde. Deutlich spürte sie die Blicke der Wächter auf sich, doch sie ignorierte sie. Auf dem Gang, der von Petroleumlampen erhellt wurde, beschleunigte sie ihre Schritte. Eine leise Stimme in ihrem Kopf fragte sie, ob es nicht klüger wäre, umzudrehen, um die Nacht auf einem Baum zu verbringen. Immerhin hatte sie jahrelang unter freiem Himmel geschlafen. Allerdings hatte sie damals auch nicht die Möglichkeit auf ein warmes Bett gehabt, anders als heute.

Ceylan erreichte Leighs Zimmer. Sie hob die Hand, um anzuklopfen, als die Tür bereits aufschwang und sie Kheeran gegenüberstand. Er blickte auf sie herab, den Schein einer Kerze im Rücken. Sein Hemd hatte er bereits abgelegt, und sie hatte einen ungehinderten Blick auf seinen freien Oberkörper. Mitten auf seiner Brust saß das Dreieck für das Element Feuer, das er sich während seiner Krönung in die Haut geritzt hatte. Darunter saß dasselbe Symbol gespiegelt für das Element Wasser.

Doch das waren nicht länger seine einzigen Narben. Ebenso wie sein Gesicht vom Feuer gezeichnet war, war es auch seine linke Körperhälfte. Die geschmolzene und verheilte Haut zog sich in unförmigen Wirbeln über seine Brust. Sie hatte diese Narben in ihrer Zeit bei Sibeal bereits des Öfteren gesehen, aber das machte ihren Anblick nicht leichter. Sie hasste Aldren – oder wer immer er war – für das, was er Kheeran angetan hatte.

Er machte einen Schritt beiseite. »Komm rein.«

Sie ging an ihm vorbei ins Zimmer. »Hast du mich erwartet?«

Kheeran schloss die Tür und trat neben sie. »Ich wusste, dass du kommst.«

»Woher?«

»Ich habe gerade mit meiner Magie geübt, und dann ist das geschehen …« Er deutete auf eine Wasserpfütze auf dem Boden und lachte leise. »Da wusste ich, dass du kommst. Was ich allerdings nicht weiß, ist, warum du hier bist.«

Sie blickte zu ihm auf. Orangegelbes Licht flackerte über seine Gesichtszüge, die ihr inzwischen so vertraut waren, dass sie keinen Hass, kein Misstrauen und auch keine Verachtung verspürte, wenn sie Kheeran ansah. Er war ein Fae, aber auch ihr Freund. »Darf ich hier schlafen?«

Etwas blitzte in Kheerans Augen auf. »Wolltest du dich nicht unter die anderen Novizen mischen?«

»Vergiss die anderen Novizen« sagte Ceylan und setzte sich auf das Bett. Sie hielt eine Sekunde inne, aber als Kheeran keine

Anstalten machte, sie zu vertreiben, schlüpfte sie unter die Decke. Sie war bis auf die Knochen erschöpft.

Einen Moment verharrte Kheeran an Ort und Stelle, dann machte er sich auf den Weg durch den Raum, um eine Kerze nach der anderen zu löschen, bis Dunkelheit sie umschloss.

In der Finsternis legte er sich neben sie. Leighs Bett war nicht groß, und es schien unmöglich, sich unter der Decke nicht zu berühren, dennoch versuchte Ceylan Abstand zu wahren. Die Grenzen zwischen ihnen waren in letzter Zeit gefährlich verwischt. Doch unter Kheerans Gewicht wölbte sich die Pritsche in seine Richtung und brachte sie einander unwillkürlich näher. Sie spürte die Hitze seines Körpers, und sein Atem erklang viel zu dicht an ihrem Ohr. Sie erschauderte und wandte ihm den Rücken zu. Doch sein Blick kribbelte in ihrem Nacken, und sie merkte jede noch so kleine Bewegung seines Körpers.

In Sibeals Hütte hatte sie oft neben ihm gelegen, aber das war anders gewesen. Damals war er sich ihrer Anwesenheit nicht bewusst gewesen. Nun jedoch nahm er sie wahr, was dazu führte, dass Ceylan sich selbst auch bewusster wahrnahm. Aber vielleicht lag das nur an dem dummen Gerede der anderen Wächter …

Plötzlich schlang Kheeran einen starken Arm um ihre Mitte und drängte seine warme Brust gegen ihren Rücken. Sie erstarrte, blieb aber liegen. Ihr früheres Ich wäre aufgesprungen und hätte Kheeran mit einem Dolch kastriert. Einem Dolch, den sie nicht dabeihatte, denn der Gedanke, zu ihm zu gehen, hatte sich im Vergleich zu der Aussicht, im Schlafsaal zu bleiben, so sicher angefühlt, dass sie nicht einmal daran gedacht hatte, die Waffe mitzubringen.

»Entspann dich«, murmelte er an ihrem Ohr. »Du bist sicher.«

Er zog sie noch enger an sich. Sie fühlte, wie er sein Gesicht in ihren Haaren vergrub und einen tiefen, ruhigen Atemzug nahm – noch einen und noch einen.

Sie achtete nicht länger auf das Flattern in ihrer Brust, all ihre Aufmerksamkeit lag auf Kheeran, bis seine Ruhe auch auf sie überging und ihre Augenlider schwerer wurden. Ein Teil von ihr, der nicht in den Armen eines Fae einschlafen wollte, kämpfte dagegen an. Doch der andere, größere Teil vertraute Kheeran, und sie driftete in einen tiefen, traumlosen Schlaf.

15. Kapitel – Kheeran

– Niemandsland –

Mit halb gesenkten Lidern beobachtete Kheeran, wie Ceylan ihre Uniform anlegte. Dies war bereits die dritte Nacht, die sie in seinem Bett verbracht hatte, und der zweite Morgen, an dem er ihr beim Ankleiden zusah. Die Art und Weise, wie sie ihre Uniform anlegte, hatte beinahe etwas Andächtiges. Mit aller Vorsicht schnürte sie das lederne Bruststück, das dafür geschaffen war, Klingen und Klauen von ihrem Herzen fernzuhalten, als könnte es unter ihren Fingerspitzen zerbrechen.

»Warum bist du schon wach?«, fragte Kheeran, seine Stimme schlaftrunken.

Ceylan blickte auf. Schuld und Reue flackerten über ihre Gesichtszüge. Schnell verschwand diese Regung wieder, aber nicht schnell genug, dass er sie übersah. »Ich muss zum Training.«

»Die Sonne ist nicht einmal aufgegangen.«

»Ich will die Waffen vorbereiten.«

Kheeran richtete sich auf, die Decke rutschte von seiner nackten Brust. »Hat Tombell dir das aufgetragen?«

»Nein.«

Er verzog die Lippen. Ceylan war jeden Morgen die erste und jeden Abend die letzte Novizin auf dem Platz. Sie schuftete doppelt so viel und kämpfte mindestens fünffach besser als die meisten, dennoch bekam sie nur den Bruchteil der Anerkennung. »Du musst dem Field Marshal und diesen Männern nichts beweisen, du bist eine großartige Wächterin.«

»Danke, aber du irrst dich. Schlaf weiter.« Sie griff nach dem Schwert, das neben der Tür gelehnt hatte, doch anstatt es an ihrem Gürtel zu befestigen, betrachtete sie die Waffe wie einen schimmeligen Apfel.

Kheeran schwang die Beine über die Bettkante. »Stimmt etwas nicht?«

»Ich vermisse nur meine Mond-Sichel-Messer«, antwortete sie und schnürte das wassergebundene Schwert an ihren Gürtel. »Ich hab sie vor Ewigkeiten auf einem Markt in Amaruné erstanden. Seitdem haben sie mir unzählige Male das Leben gerettet, aber ich habe sie im Kampf gegen eine Elva verloren.«

»Das tut mir leid. Gute Waffen sind schwer zu finden.«

Ceylan lächelte enttäuscht und trat ohne ein weiteres Wort aus dem Zimmer. Ein Knoten aus Wut formte sich in Kheerans Magen. Er mochte es, sein Bett mit ihr zu teilen. Er liebte das Gefühl ihres warmen, weichen Körpers neben seinem und die Tatsache, dass ihr wunderschönes Gesicht das Erste war, was er am Morgen sehen durfte. Er war jedoch weder blind noch taub, und was er über aller Maßen hasste, waren die abscheulichen Wörter, welche die anderen Wächter Ceylan gegenüber in den Mund nahmen. Nur weil sie lieber bei ihm schlief als in einem stinkenden Saal voller Wächter, die in ihr nichts weiter sahen als ein Stück Fleisch, obwohl sie die meisten ohne Mühe kastrieren könnte.

Am vergangenen Abend hatte er Ceylan gefragt, ob es sie nicht störte, so von den Wächtern behandelt zu werden. Sie hatte mit den Schultern gezuckt und beteuert, dass sie sich bereits vor ihrer Reise nach Nihalos ähnliche Beschimpfungen hatte anhören müssen, was es nicht besser machte. Am liebsten hätte Kheeran etwas gegen diese Männer unternommen, aber er war sicher, dass es Ceylan nicht gefallen würde, wenn er ihre Kämpfe für sie ausfocht. Also hielt er sich zurück, auch wenn es schwer war.

Regungslos blieb er auf dem Bett sitzen und wartete, bis er die Rückkehr seiner Magie spürte. Er hob seine Hand und beschwor das Wasser aus dem Trog, nur um nachzusehen, ob seine Kraft noch Wirkung zeigte. Anschließend legte er seine Wächteruniform an und ging in den Speisesaal. Er holte sich frisches Obst und eine Schüssel Haferbrei, bevor er sich allein an einen Tisch setzte, wobei jede seiner Bewegungen von den anwesenden Wächtern beobachtet wurde.

Er schenkte ihnen keine Beachtung und dachte stattdessen nach, was er wegen Aldren unternehmen sollte. Bisher war er ratlos. Aldren war nicht nur der Regent über die Unseelie, der mit der nächsten Wintersonnenwende zum König werden würde, er war dank Valeska bereits König der Seelie und damit der wohl mächtigste Mann Melidrians. Ein Gespräch würde nichts bringen, und auch sonst verfügte Kheeran über keine Mittel, Aldren zu stellen. Dafür bräuchte er die Hilfe der Garde oder seiner Wächter, und auf beides konnte er nicht hoffen. Höchstens wenn er es schaffte zu beweisen, dass Aldren nicht länger der war, für den ihn alle hielten. Doch wie sollte er das beweisen? Aldren würde gewiss kein Geständnis ablegen und ihn vermutlich umgehend hinrichten lassen, sollte er ihm unter die Augen kommen.

Vielleicht hatte der Field Marshal recht, und es wäre das Beste, nichts zu unternehmen. Immerhin hatte Aldren sich nichts zuschulden kommen lassen, abgesehen von seiner geplanten Ermordung. Aber das bedeutete nicht, dass er seinem Volk ein schlechter König war, und Kheeran war bei den Wächtern in Sicherheit. Mit etwas Zeit könnte er Tombell vielleicht überzeugen, ihn als Novizen aufzunehmen.

Über all das nachzudenken, bescherte Kheeran Kopfschmerzen, aber zu seinem Glück musste er weder heute noch morgen eine Entscheidung fällen.

Er verließ den Speisesaal und betrat den Hof vor der Mauer. Sein Blick glitt an dem Koloss aus Stein empor. Er erinnerte sich noch genau an seinen ersten Besuch im Niemandsland. Damals war er den Wächtern als Prinz Talon vorgestellt worden, und an der Seite von König Andreus hatte man ihm den Stützpunkt gezeigt. Er war so stolz gewesen, endlich die Mauer zu besuchen. Sein Herz hatte heftig gepocht, und seine Haut hatte gekribbelt, als würde er seine Hand in einen Eimer Eiswasser tauchen. Damals hatte er das auf seine Aufregung geschoben, heute wusste er, dass dieses Kribbeln ein Anzeichen seiner Magie gewesen war, die er in Amaruné verloren hatte. So nah an Melidrian war sie zum Leben erwacht und hatte die Unseelie zu ihm geführt.

Er schritt über den Platz, um ihn herum Wächter, die geschäftig ihren Pflichten nachkamen. Er entdeckte Ceylan unter ihnen. Sie war nicht mehr allein. Ethen war bei ihr, genauso wie ein Dutzend weiterer Wächter. Das Training hatte begonnen. Sie kämpften in Paaren gegeneinander, und Captain Remhall schritt durch die Reihen, um ihre Haltung zu verbessern. Er erreichte gerade Ethen und Ceylan, studierte die beiden einen Moment, dann sagte er etwas zu Ethen, bevor er Ceylan im stillen Lob zunickte und zu den nächsten Novizen weiterzog. Kheeran lächelte stolz.

»Prinz Kheeran«, erklang die tiefe Stimme des Field Marshals neben ihm.

»Nur Kheeran.«

»Verzeihung, Macht der Gewohnheit.« Tombell lächelte und wandte seine Aufmerksamkeit den Novizen zu. Die Hände hinter dem Rücken verschränkt, beobachtete er die Übungskämpfe. »Ich habe gehört, Ceylan hat die Nacht wieder in Eurem Bett verbracht.«

Er schielte zum Field Marshal. »Ist das eine Frage?«

»Nein, aber was immer ihr in diesem Zimmer treibt … es ist ein Fehler.«

Kheeran ballte die Hände zu Fäusten. Er schätzte Tombell. Der Field Marshal war ein guter Mann, und es war offensichtlich, dass ihm das Wohl seiner Männer am Herzen lag, doch was sich hinter verschlossener Tür zwischen Ceylan und ihm abspielte, hatte ihn nicht zu interessieren. Vor allem nicht, wenn er gekommen war, um sie zu verurteilen. »Wir treiben gar nichts«, antwortete Kheeran dennoch, weil er wusste, dass Ceylan wollen würde, dass er das sagte. »Wir schlafen.«

Der Field Marshal hob seine vernarbte Augenbraue. »Und das soll ich Euch glauben?«

»Warum sollte ich Euch belügen?«

Tombell wandte sich ihm zu. Anders als bei den anderen Wächtern lag in seinem Blick keine Furcht und auch keine Verachtung. Er begegnete Kheeran auf Augenhöhe. »Wenn sie bei Euch nur Schlaf findet, warum verbringt sie die Nacht nicht in ihrem eigenen Bett?«

»Vielleicht, weil sie in ihrem eigenen Bett von Männern umgeben ist, die sie als Hure beschimpfen.«

»Aber nur, weil sie die Nächte bei Euch verbringt.«

»Nein, das hat nichts mit mir zu tun. Eure Männer verhalten sich so, seit sie an die Mauer gekommen ist.«

Tombell sah wieder zu den Novizen, und obwohl Kheeran es nicht mit Gewissheit sagen konnte, vermutete er, dass der Field Marshal Ceylan beobachtete. »Kann man es ihnen verdenken? Ceylan ist eine schöne Frau.«

»Was wollt Ihr damit sagen?«, fragte Kheeran. »Dass sie an den Beleidigungen selbst schuld ist?«

»Nein, aber sie hat gewusst, worauf sie sich einlässt.«

»Sie nimmt den Spott und die Beleidigungen hin, weil sie anderenfalls nicht hier sein könnte, aber das bedeutet nicht, dass sie gezwungen sein sollte, es zu ertragen. Es liegt in Eurer Verantwortung, Eure Wächter nicht nur zu fähigen Kriegern, sondern auch zu guten Männern zu erziehen. Kein Mann in meiner Garde hätte sich jemals erlaubt, so respektlos mit einer Gardistin umzugehen.«

Tombells Mundwinkel zuckten. »Aber wir sind Menschen, keine Fae.«

»Ihr seid vor allem Wächter, und das Verhalten Eurer Männer schadet Ceylan und damit der Verteidigung des Niemandslandes. Denkt darüber nach«, sagte Kheeran. Es waren seine letzten Worte an den Field Marshal, bevor er sich abwandte und davonmarschierte, um sich eine Beschäftigung zu suchen. Hoffentlich bekam Ceylan nicht Wind von diesem Gespräch, denn vermutlich war das genau die Art von Einmischung, die ihren Zorn auf ihn ziehen würde. Aber so tapfer und mutig Ceylan im Kampf war, und so schlagfertig sie sich den anderen Novizen gegenüber verhielt, ihr Respekt vor Tombell und die Furcht, verbannt zu werden, hielten sie davon ab, die Wahrheit zu sprechen. Denn dies war das einzige Zuhause, das sie kannte.

▽

Trotz der Kälte tropfte Kheeran Schweiß von der Stirn. Er holte mit dem Beil aus und hackte den Holzblock in zwei Teile. Er hätte seine Magie nutzen können, um das Holz zu zerkleinern, ein scharfer Windstoß oder eine Eisklinge hätten die Arbeit auch verrichtet, aber er genoss die körperliche Ertüchtigung. Sie half ihm, seine Gedanken zu sortieren. Das Gespräch mit dem Field Marshal ging ihm nicht mehr aus dem Kopf und er musste immerzu an Aldren denken. Nicht nur an den machthungrigen Herrscher, der aus ihm geworden war, sondern auch an seinen Freund. Er dachte wehmütig an ihre gemeinsame Zeit zurück und fragte sich, wann Aldren aufgehört hatte, er selbst zu sein. War es nach seiner Krönung gewesen? Davor? Er musste an eines ihrer letzten Gespräche denken und daran, wie Aldren ihn ermutigt hatte, seinen Platz auf dem Thron aufzugeben.

Du kannst die Krone jederzeit ablegen, hatte er gesagt. Damals hatte sich Kheeran von seinem besten Freund verstanden gefühlt. Heute fragte er sich, ob das nur eiskaltes Kalkül gewesen war, um ihn aus dem Weg zu schaffen.

Ein bitterer Geschmack legte sich auf seine Zunge, und er

stellte den nächsten Holzblock bereit, als plötzlich eine andere Erinnerung in ihm aufkeimte, die von der Asche verschüttet worden war. Genauso wie der Kuss mit Ceylan kehrte sie zu ihm zurück. Aldren und er, wie sie in dessen Zimmer standen. Aldren, der einwilligte, den Thron zu besteigen. Ein leerer Vogelkäfig. Und die Dunkelgänger …

Ein Ruck fuhr durch Kheerans Körper. Beim König! Er musste sofort Ceylan sprechen. Er holte mit dem Beil aus, sodass die Klinge im Holzblock stecken blieb. Dann rannte er auf den Platz, aber die Novizen waren verschwunden. Die Sonne stand hoch am Firmament, weshalb ihn seine Schritte als Nächstes in den voll besetzten Speisesaal trugen. Hektisch sah er sich nach Ceylan um. Er konnte sie nirgendwo entdecken, aber dafür Ethen.

»Wo ist Ceylan?«, fragte er ohne jede Begrüßung.

Ethen sah von seinem Teller auf. »Ich glaube, sie wollte zu den Waschräumen.«

»Danke!« Kheeran verließ den Saal in Richtung der beheizten Hütte. Dampf stieg aus dem Schornstein. Er schob die Tür auf, hielt aber in letzter Sekunde inne. »Ceylan? Bist du da drin?«

Er bekam keine Antwort.

»Ceylan?«

»Was ist?«

Er wirbelte herum. Sie stand hinter ihm. Das schwarze Haar fiel ihr offen über die Schultern, und Dreck klebte an ihrer Wange, als wäre sie während des Trainings des Öfteren auf dem Boden gelandet. Ihre Uniform hatte sie abgelegt, sodass sie nur noch ein schwarzes Hemd und eine ebenso dunkle Leinenhose trug. In ihren Händen hielt sie ein Badetuch.

»Du bist eine Dunkelgängerin.«

Sie blinzelte. »Was?«

Er trat einen Schritt auf sie zu. Sein Herz pochte heftig. Trotz des schweißtreibenden Trainings roch sie noch immer unheimlich gut. »Ich erinnere mich wieder. Ich habe Aldren nach deiner Gabe gefragt, und er meinte, er hätte einmal eine Abhandlung darüber gelesen, dass sogenannte Dunkelgänger diese Fähigkeit besitzen. Er wollte mit dir darüber reden, deswegen sind wir zu dir gegangen.«

Kheeran wusste nicht, womit er gerechnet hatte, aber ganz gewiss nicht mit dem enttäuschten Lächeln, das auf Ceylans Lippen trat. »Es tut mir leid, dir das sagen zu müssen, aber Aldren hat dich angelogen.«

»Woher willst du das wissen?«

Ceylan trat an ihm vorbei auf die Hütte zu. »Weil jeder die Dunkelgänger kennt. Sie sind eine kriminelle Bande und keine … was auch immer. Nicht das, was ich bin. Sie sind Mörder, Diebe und Vergewaltiger, und die einzige Gabe, die sie besitzen, ist das Verbreiten von Angst und Schrecken in Melidrian.«

Kheeran runzelte die Stirn. Enttäuschung breitete sich in ihm aus, aber er erinnerte sich auch daran, dass ihm der Name schon im Gespräch mit Aldren vertraut vorgekommen war. Das erklärte den Grund. Gewiss hatte er ihn während seiner Zeit als Talon zu hören bekommen. »Er klang so überzeugend.«

»Er hat dich vermutlich mit diesem Wissen gefüttert, damit du ihn zu mir bringst.«

»Wahrscheinlich hast du recht.« Er ließ den Kopf in den Nacken fallen. Über ihm schob sich eine Wolkendecke vor die Sonne, und Schatten legten sich über das Niemandsland. »Ich bin so dumm und naiv.«

»Bist du nicht. Du glaubst eben an das Gute im Menschen … und in den Fae.«

»Und was macht mich das? Naiv.«

»Nein, bewundernswert. Ich wünschte, ich wäre mehr wie du. Weißt du, wie anstrengend es ist, wenn man jedem einzelnen Menschen misstraut? Immer auf der Hut ist und nur darauf wartet, verraten oder verletzt zu werden?«

Er blickte zu ihr. »Redest du von den Novizen?«

Bevor Ceylan antworten konnte, erklang ein lauter Glockenschlag, der über den gesamten Stützpunkt hallte. Dem Schlag folgten Rufe der Wächter. Aufgebracht hallten ihre Stimmen und ihre schnellen Schritte durch die Luft, als sie alarmiert über den Platz rannten.

»Werden wir angegriffen?«, fragte Kheeran.

Ceylan schüttelte den Kopf. »Nein, bei einem Angriff verstummt die Glocke nicht nach einem Schlag.«

»Was ist es dann?«

»Ich bin nicht sicher, aber es könnte sein, dass wir Besuch von der anderen Seite der Mauer bekommen«, antwortete sie, die Anspannung in ihrer Stimme war nicht zu überhören.

»Glaubst du, Aldren ist uns gefolgt?«

Ceylan suchte seinen Blick. »Das finden wir gleich heraus.«

Sie stürmten nicht mit den anderen Wächtern auf den Platz und vor das Tor, sondern hielten sich im Hintergrund, wohl wissend, dass sie in die Wälder fliehen müssten, sollte Aldren hergekommen sein.

Angespannt hielt er den Atem an, als der Field Marshal den Befehl erteilte, das Tor zu öffnen. Langsam wurde der schwere Stein nach oben gekurbelt und gab den Blick auf die Ankömmlinge frei. Neben ihm entfuhr Ceylan ein wimmernder Laut, und da erkannte auch er, dass es nicht Aldren war, der auf der anderen Seite der Mauer wartete – sondern Leigh. Selbst auf die Entfernung erkannte Kheeran die Erleichterung auf dem Gesicht des Wächters, als dieser seine Kameraden erblickte. Doch Leigh war nicht allein gekommen. Ein Mann war bei ihm, und Kheeran erstarrte, als er diesen erkannte. An der Seite des Wächters stand der Halbling, der nicht nur versucht hatte, sein Leben zu nehmen, sondern der laut Ceylan seine Mutter auf dem Gewissen hatte.

Was machte er hier?

16. Kapitel – Ceylan

– Niemandsland –

Ceylan beobachtete, wie Leigh und der Halbling durch das Tor traten. Die Wächter ließen ihre Waffen sinken, und Tombell trat vor. Er reichte Leigh die Hand, doch dieser schüttelte sie nicht, sondern packte den Field Marshal und zog ihn in eine feste Umarmung, gegen die sich Tombell nicht sträubte. Ein paar Sekunden hielten die Männer einander fest, ehe sie sich voneinander lösten. Worte wurden gewechselt, die Ceylan nicht verstand, zu laut rauschte das Blut in ihren Ohren. Denn ihre Freude darüber, Leigh wohlauf zu sehen, wurde von ihrem Hass auf den Halbling überschattet. Doch es musste einen Grund geben, weshalb Leigh ihn an die Mauer gebracht hatte. Vielleicht wollte er ihr seine Hinrichtung überlassen, dafür, dass sie Wochen im Kerker der Unseelie verbracht hatte. Dagegen hätte sie nichts einzuwenden und Kheeran vermutlich genauso wenig.

»Was macht der Halbling hier?«, kam es von Kheeran.

»Ich weiß es nicht, aber wir werden es herausfinden«, sagte Ceylan. Sie verließ ihr Versteck und marschierte mit erhobenem Haupt über den Platz. Als die anderen Wächter sie bemerkten, traten sie beiseite und gaben freiwillig den Weg zu Leigh frei – kluge Männer.

»Wir müssen einen Krisenrat einberufen«, hörte Ceylan Leigh sagen. »Und wir sollten umgehend den König und die Garde benachrichtigen. Ich weiß nicht, wie viel Zeit uns bleibt.«

»Wir sollten das in Ruhe besprechen und keine voreiligen Schlüsse ziehen«, erwiderte der Field Marshal.

»Khoury, es ist …« Leigh verstummte abrupt, als sein Blick auf Ceylan fiel. Sie konnte förmlich beobachten, wie Angst,

Anspannung und Sorge aus seinem Körper wichen. Einen Moment sah er sie nur an, dann setzte er sich in Bewegung, schob sich an Tombell vorbei, und bevor sie wusste, wie ihr geschah, fand sie sich in seinen Armen wieder. Fester als Ethen drückte er sie an sich und vergrub die Nase in ihrem Haar. Er stank nach Schweiß, Blut und Dreck, ein Geruch, der Ceylan erschreckend vertraut geworden war. Dennoch erwiderte sie die Umarmung, und für einen Moment vergaß sie den Halbling, der sie beinah das Leben gekostet hätte.

»Du lebst«, nuschelte Leigh an ihrem Hals.

Sie lächelte. »Und du auch.«

Leigh gab sie frei, wich aber nicht zurück, sodass sie den Kopf heben musste, um den Wächter anzusehen. Sie hatte nicht erwartet, noch einmal in diese blassen Augen zu blicken, die ihr binnen weniger Monate so vertraut geworden waren. »Wir waren in Nihalos, dort hat man uns gesagt, du seist tot.«

»Wäre ich auch, hätte Kheeran mir nicht zur Flucht verholfen.«

Leighs Blick wurde trüb. »Was mit dem Prinzen geschehen ist, tut mir leid.«

Hinter Ceylans Rücken erklang ein Räuspern, das Leighs Aufmerksamkeit auf sich zog.

Verwirrt starrte er den vernarbten Mann an, der sie unterbrochen hatte, bis es ihm langsam zu dämmern schien. »Kheeran?«, fragte er ungläubig und trat einen Schritt auf den Prinzen zu.

Dieser lächelte schief. »Seid gegrüßt, Leigh!«

»Was ist mit dir geschehen?«

»Das ist eine lange Geschichte.«

Leigh schüttelte verständnislos den Kopf und musterte Kheerans vernarbtes Gesicht. In den Monaten bei Sibeal hatte sich Ceylan so sehr an diesen Anblick gewöhnt, dass sie keinen Gedanken mehr an seine Narben verschwendete. »Wieso denken sie in Nihalos, du seist tot?«

»Weil sie das glauben sollen«, antwortete Ceylan an Kheerans

Stelle und trat an die Männer heran. Dabei war sie sich der Blicke der anderen Wächter und des Halblings nur allzu bewusst.

Eine Falte trat auf Leighs Stirn. »Warum?«

Kheeran schmunzelte. »Auch das ist eine lange Geschichte.«

»Mir scheint, als hättet ihr alle lange Geschichten zu erzählen«, sagte der Field Marshal und trat an sie heran. Seine Hand landete auf Leighs Schulter. »Wir treffen uns in einer Stunde im Raum für die Besprechungen, und dann reden wir. Kheeran ist gerade in deinem Zimmer untergebracht, Leigh, aber wir finden einen anderen Schlafplatz für dich.«

»Und was ist mit Weylin?«, fragte Leigh.

Alle wandten die Köpfe in Richtung des Halblings, der sich bisher ruhig verhalten hatte. Ceylan ballte die Hände zu Fäusten. Endlich stand sie diesem Bastard Angesicht zu Angesicht gegenüber, ohne Gitter, die sie voneinander trennten. Im Gang des Palastes hatte er sie überrascht und überwältigt, aber das würde nicht noch einmal passieren. Sie verfluchte sich dafür, dass sie gerade auf dem Weg zu den Waschräumen gewesen war und ihr Schwert nicht bei sich trug. Hätte sie ihre Klinge bei sich, würde sie Weylin hier und jetzt ein Ende bereiten, denn er hatte es nicht verdient, eine Sekunde länger zu leben.

»Er soll auch ein Zimmer bekommen«, antwortete Tombell auf Leighs Frage.

Ceylan erstarrte. Der Halbling gehörte in einen Kerker – oder auf das Schafott, aber gewiss nicht in eines der wenigen Einzelzimmer an der Mauer. Ihr Blick zuckte zu Leigh, doch dieser wirkte mit der Entscheidung des Field Marshals einverstanden.

Was zum König? Das ergab keinen Sinn. Der Halbling war ein Mörder! Dennoch hielt Ceylan inne und würgte die Worte, die ihr auf der Zunge lagen, hinunter. Sie vertraute Leighs Einschätzung, daher wollte sie ihm die Chance geben, sich zu erklären, bevor sie dem Field Marshal erzählte, was der Halbling sich alles zuschulden hatte kommen lassen.

»Wir sehen uns in einer Stunde«, sagte Tombell und marschierte davon. Im Gehen rieb er sich über die Stirn, als bereiteten ihm die sich überschlagenden Ereignisse der letzten Tage Kopfschmerzen. Die anderen Wächter verweilten noch ein paar Herzschläge, bevor auch sie loszogen, um erneut ihre Posten zu beziehen. Ein paar grüßten Leigh im Vorbeigehen, aber keiner blieb stehen. Nur Ceylan und Kheeran verharrten.

Ceylans Körper bebte vor Anspannung, und sie hatte die Hände so fest zusammengeballt, dass ihre Nägel sichelförmige Abdrücke in ihrer Haut hinterließen. Elender Halbling. Sie hatte sich geschworen, ihn zu töten, sollte sie ihm je ohne Gitterstäbe zwischen ihnen gegenüberstehen. Am liebsten hätte sie ihm die Augen ausgekratzt, aber Leigh stellte sich zwischen sie, als könnte er ihre Gedanken lesen. Beschwichtigend hob er die Hände. »Du hast sicherlich viele Fragen.«

»Ich habe nur eine: Warum ist er hier?«

»Können wir das in Ruhe besprechen?«

»Ich gehe nirgendwo mit ihm hin.«

»Ceylan, bitte«, flehte Leigh mit sanftem Blick, und da wusste sie, dass sie ihm jeden Wunsch erfüllen würde. Leigh stand auf ihrer Seite, hatte immer dort gestanden. Vom ersten Tag an hatte er sie unterstützt wie kein anderer. Er war für sie in Nihalos geblieben und hatte sein Leben aufs Spiel gesetzt, um dem Halbling zu folgen und ihren Namen reinzuwaschen.

»Einverstanden, aber ich tue das nur für dich.«

Er lächelte milde. »Danke!«

Ceylan sah zu Kheeran. Dieser nickte ihr zu, und gemeinsam mit Weylin und Leigh machten sie sich auf den Weg zu dessen Zimmer. So hatte sie sich das Wiedersehen mit Leigh gewiss nicht vorgestellt, dennoch war sie dankbar, dass er lebendig zurückgekommen war. So blieb ihr die Möglichkeit, ihre Schuld zu begleichen. Außerdem war das Niemandsland ohne ihn ein weitaus trostloserer Ort.

Kheeran verriegelte die Tür, und für ein paar Atemzüge war das Pfeifen des Windes, der sich durch die Ritzen im Holz presste, das einzige Geräusch im Zimmer, das mit vier Leuten darin deutlich kleiner wirkte. Vielleicht lag das auch nur an der Anspannung, die den Raum erfüllte. Kheeran setzte sich auf das Bett, Leigh stellte sich vor den Kamin und Weylin in die Ecke, die am weitesten von Ceylan entfernt war, als hätte er Angst vor ihr. Die sollte er auch haben. Sie verschränkte die Arme vor der Brust. »Also, warum hast du ihn hergebracht?«

Leigh seufzte. »Weil er unschuldig ist.«

»Er hat also nicht meine Mutter umgebracht und versucht, mich zu töten?«, fragte Kheeran. Ceylan bewunderte ihn für seine Ruhe und Gelassenheit, aber vermutlich war es das, was einen Prinzen von Leuten wie ihr unterschied.

»Doch, aber so einfach ist es nicht«, sagte Leigh und sah zu Weylin, der bisher kein Wort gesprochen hatte. Die beiden wechselten einen vielsagenden Blick, der Ceylan nicht gefiel. »Er hat all diese Dinge nicht aus freien Stücken getan, sondern wurde dazu gezwungen. Er ist ein Blutsklave.«

Kheeran sog scharf die Luft ein.

Ceylan hingegen rührte sich nicht. Sie hatte dieses Wort noch nie gehört. »Was bedeutet das?«

»Blutsklaven sind arme Schweine, die durch Blutmagie verflucht wurden«, antwortete Kheeran, ohne den Halbling aus den Augen zu lassen. »Sie sind durch einen Fluch an einen Herrn oder eine Herrin gebunden, können nicht anders, als Befehle auszuführen. Blutschwüre sind seit der Zeit vor dem Krieg verboten. Sie sind erniedrigend.«

Leigh nickte. »Weylin kann nicht darüber reden, aber ich gehe davon aus, dass er deshalb deine Mutter getötet hat und dass dieselbe Person, die ihm dies befohlen hat, auch deinen Tod wollte. Ihn zu töten, würde bedeuten, dieses Wissen mit ihm sterben zu lassen. Deswegen sind wir hier.«

»Aber er kann nicht über seine Taten sprechen?«, hakte Ceylan nach.

»Nein.«

»Das macht ihn ziemlich wertlos.«

»Er ist nicht wertlos!«, protestierte Leigh und trat an den Halbling heran, wie um ihn in Schutz zu nehmen.

Sie schüttelte den Kopf. »Verflucht oder nicht, er ist dennoch ein Mörder.«

»Er ist aber auch ein Opfer.«

Ceylan konnte nicht glauben, was sie da hörte. Leigh hatte sein eigenes Leben riskiert, um den Halbling einzufangen und ihn seiner gerechten Strafe zuzuführen, und nun wollte er, dass sein Leben verschont wurde? »Warum verteidigst du ihn?«

»Weil er mein Freund ist.«

Sie schnaubte. »Ach ja, wie lang kennt ihr euch? Einen Monat? Zwei?«

»Spielt das eine Rolle? Wir kannten uns nur ein paar Tage, als ich entschieden habe, dir zu helfen. Und bereits ein paar Wochen später bin ich freiwillig mit dir in Nihalos geblieben. Unsere Freundschaft zweifelst du doch auch nicht an, oder?«

Verlegen senkte Ceylan den Blick. »Nein.«

»Weylin und ich haben einander das Leben gerettet. Ich vertraue ihm.«

»Ich ihm aber nicht.«

Leighs blasse Augen wurden schmal. »Das ist deine Entscheidung, aber das gibt dir nicht das Recht, über Weylin zu richten.«

»Was sagst du dazu?«, fragte Ceylan an Kheeran gewandt. Er hatte bisher ebenso geschwiegen wie der Halbling, dabei war es seine Mutter, die ihr Leben gelassen hatte.

»Ich weiß nicht mehr, was ich denken soll«, sagte Kheeran und kniff sich mit Daumen und Zeigefinger in die Nasenwurzel, als plagte ihn ein ähnlicher Kopfschmerz wie Tombell. »Außerdem habe ich derzeit wenig Vertrauen in mein Bauchgefühl. Mein bester Freund hat versucht, uns umzubringen.«

Leighs Augen wurden groß. »Aldren?«

Kheeran nickte. »Er hat unser Versteck niedergebrannt.«

»Sie behaupten, ihr wärt Verräter«, sagte Leigh.

»Na und?«, zischte Ceylan, ohne den Halbling aus den Augen zu lassen. »Sie sagen auch, wir seien tot.«

Leigh ließ sich von ihrer schroffen Art nicht aus der Ruhe bringen. »Wie seid ihr entkommen?«

Eigentlich wollte Ceylan jetzt nicht darüber reden. Sie war noch nicht fertig mit dem Halbling, aber vielleicht würde das, was sie zu sagen hatte, in irgendeiner Weise Leighs Meinung ändern. Also erzählte sie ihm dasselbe, was sie Tombell gesagt hatte. Kheeran bestätigte, dass er keine Magie in ihrer Nähe wirken konnte, und der Halbling versuchte die Luft im Raum zu beherrschen, mit der Erkenntnis, ebenfalls seiner Magie beraubt worden zu sein.

»Erstaunlich«, murmelte Leigh, die Stirn nachdenklich in Falten gelegt.

»Hast du davon schon einmal gehört?«, fragte Kheeran.

Er schüttelte den Kopf. »Nein, noch nie.«

»Könnten die Dunkelgänger etwas damit zu tun haben?«

Die Falten auf Leighs Stirn wurden tiefer. »Wie kommst du darauf?«

»Aldren hat sie erwähnt, als ich ihn gefragt habe.«

»Die Dunkelgänger sind Verbrecher.«

»Das habe ich auch gesagt«, erwiderte Ceylan. Zumindest in dieser Hinsicht schien Leigh bei Verstand zu sein, und er musste es wissen. Er hatte einst zu den Dunkelgängern gehört. »Aber genug der Ablenkung. Wir waren noch nicht fertig … Der Halbling.«

»Weylin«, verbesserte Leigh sie. »Was ist mit ihm?«

»Warum hast du ihn hergebracht?«

Leigh, der ihrer Geschichte offen gelauscht hatte, nahm wieder eine abwehrende Haltung ein, die Ceylan nicht verstand. Warum war ihm der Halbling so wichtig? Es konnte doch nicht daran liegen, dass sie in Melidrian einander das Leben gerettet haben, oder?

»Vermutlich aus demselben Grund, weshalb du Kheeran mitgebracht hast«, antwortete er.

»Kheeran ist hier, weil er in Nihalos nicht mehr sicher ist.«

»Und Weylin ist es auch nicht. Sobald ich ihn aus den Augen lasse, wird der Fluch ihn zurück zu seinem Herrn oder seiner Herrin führen. Ich habe ihm versprochen, dabei zu helfen, den Fluch zu brechen. Dann kann er uns alles erzählen.«

»Weißt du, wie das geht? Den Fluch zu brechen?«

»Nein, noch nicht.«

Ceylan schnaubte und warf die Hände in die Luft. »Großartig …«

»Warum bist du so verbittert?«

Sie erstarrte in der Bewegung und betrachtete Leigh finster. »Wie sollte ich es nicht sein?«, fragte sie, ihre Stimme schärfer als die Klinge der Waffe an seinem Gürtel. »Wegen diesem Drecksack saß ich wochenlang im Kerker der Unseelie, musste in einen Eimer scheißen und essen, was die Schweine nicht fressen wollten. Jeden Morgen bin ich mit der Angst aufgewacht, dass dies der Tag ist, an dem ich hingerichtet werde. Ich wurde von zwei Gardisten angegriffen, erstochen und dachte, ich würde sterben. Und das alles seinetwegen. Verzeih mir, wenn ich *verbittert* bin, aber er ist mitschuldig an der schlimmsten Zeit meines Lebens.«

Ihre Stimme war mit jedem Wort lauter geworden, und es hätte sie nicht gewundert, wenn ihr Ausbruch einige neugierige Wächter anlockte. Kaum einer wusste, was in Melidrian geschehen war. Gerüchte machten die Runde, einige entsprachen der Wahrheit und gaben wieder, was Ceylan und Kheeran Tombell erzählt hatten, andere wiederum waren frei erfunden.

»Ich verstehe das«, sagte Leigh, sein Tonfall unerträglich ruhig. »Aber Weylin hatte es auch nicht leicht. Und er braucht unsere Hilfe.«

»Das ist mir egal.«

»Mir aber nicht.«

»Vielleicht sollten wir abstimmen. Wer ist dafür, den Halbling zu töten?« Sie hob ihre Hand und war sicher, dass Kheeran ihrem Beispiel folgen würde. Der Halbling hatte nicht nur seine Mutter getötet, sondern auch versucht, ihn umzubringen. Doch Kheerans Hand ging nicht in die Höhe, verlegen wich er Ceylans Blick aus.

»Ernsthaft?«

»Ich glaube, er hat eine Chance verdient, sich zu erklären.«

Fassungslos starrte sie ihn an. »Wie kannst du das sagen? Er hat deine Mutter erstochen!«

»Das haben sie von dir auch behauptet, und ich habe dich am Leben gelassen.«

»Weil ich unschuldig bin!«, blaffte sie.

»Aber das ist er vielleicht auch«, erwiderte Kheeran, der inzwischen unruhig an der Wand lehnte. »Wenn ihn wahrhaftig ein Blutschwur dazu gezwungen hat, trifft ihn keine Schuld. Du hast keine Ahnung, wie mächtig dieser Fluch ist. Er hat keinen eigenen Willen mehr, was immer sein Herr oder seine Herrin will, muss er tun. Sein Körper gehört nicht mehr ihm, und wenn Leigh sagt, dass man ihm vertrauen kann, tue ich das.«

Entgeistert schüttelte sie den Kopf. Hatten Kheeran und Leigh den Verstand verloren? Sie alle hatten den Halbling tot sehen wollen. Aber nun wollten sie ihn beschützen, ihm helfen, ihn retten.

»Bitte, Ceylan«, sagte Leigh und trat einen Schritt auf sie zu. Seine einst beruhigende Nähe missfiel Ceylan, dennoch wich sie nicht zurück. »Ich verlange nicht, dass du Weylin traust. Hasse ihn, so sehr du willst, aber bitte … bitte vertrau mir. Habe ich je etwas getan, das dich an mir zweifeln lässt?«

Sie presste die Lippen aufeinander. »Nein.«

»Dann bitte zweifle auch jetzt nicht. Gib mir Zeit. Und wenn Weylin frei von der Seele sprechen kann und du noch immer seinen Tod willst, könnten wir noch einmal über alles sprechen. Aber wenn du ihn jetzt tötest, würdest du einen gefesselten Mann hinrichten. Das ist nicht gerecht.«

Das Leben ist nicht gerecht, ging es Ceylan durch den Kopf. Nichts von allem, was in den letzten Monaten geschehen war, war gerecht. Es war nicht gerecht gewesen, sie nach Nihalos zu schicken. Und es war auch nicht gerecht gewesen, sie einzukerkern, anzugreifen und zu versuchen, sie niederzubrennen. Sie war gewiss nicht unschuldig, aber sie war ein guter Mensch.

Aber was, wenn Weylin das auch ist?

Nein, denn er war kein Mensch. Er war ein Halbling!

Und Kheeran ist ein Fae. Ihm vertraust du.

Beim König, sie hatte sich noch nie so ratlos und zerrissen gefühlt. Sie hasste die Fae, aber sie liebte Kheeran.

Was? Nein, sie liebte Kheeran nicht, sie schätzte ihn. Und sie vertraute Leigh, aber nicht dem Halbling. Es war zum Haareausraufen. Aber was blieb ihr anderes übrig, als den Halbling am Leben zu lassen? Sie wünschte, Leigh würde sich auf ihre Seite stellen, aber sie würde gewiss nicht hinter seinem Rücken handeln. So viel war sie ihm schuldig, denn sie wollte ihn auch nicht als Freund verlieren.

»Einverstanden, ich lasse ihn leben. Aber das tue ich nur für dich.«

Leigh lächelte. »Das reicht mir.«

Ceylan nickte und marschierte ohne ein weiteres Wort aus dem Zimmer. Sie brauchte bis zum Treffen mit dem Field Marshal Zeit für sich, denn sie hatte das Gefühl, dass gerade alles dabei war auseinanderzubrechen.

17. Kapitel – Larkin

– Auf dem Schwarzmarkt –

Der Schwarzmarkt existierte nicht mehr. Nur noch Schutt und Asche waren von der einstigen Zufluchtsstätte für Fae, Wächter und Alchemisten übrig. Larkins Augen brannten und Tränen, die der Rauch hineingetrieben hatte, liefen über seine Wangen. Er blinzelte. Es war nur eine kleine Bewegung, dennoch rieselte Staub aus seinen Wimpern und Haaren. Er stand inmitten eines Schlachtfeldes, wie er es seit Jahren nicht mehr gesehen hatte. Nicht einmal die Verwüstung, welche die gescheiterte Krönung im Herzen von Nihalos zurückgelassen hatte, reichte an das Bild heran, das sich ihm nun offenbarte.

Die Kämpfe waren vorbei. Der Staub legte sich. Die Feuer, die keinen brennbaren Untergrund mehr fanden, schwanden. Und der Rauch und der Geruch der unzähligen verkohlten Leichen wurden vom Wind davongetragen.

Larkin schluckte. Seine Kehle war trocken. Sein Schwert feucht vom schwarzen Blut seiner Gegner. Elva. Zuerst waren da die Explosionen gewesen, welche die ersten Feuer entzündet hatten, gefolgt von den vermummten Männern, die mit Waffen über den Markt hergefallen waren. Ihnen hätte man die Stirn bieten können, doch dann kamen die Kreaturen. In Schwärmen, wie Larkin es nie zuvor gesehen hatte, waren sie vom Himmel gestürzt und hatten alles getötet, was sich bewegte.

Die Schreie der Leute hatten sich in Larkins Verstand gebrannt. Er hörte sie auch jetzt noch, obwohl es nur vollkommene Stille gab. Scheinbar hatte niemand überlebt – nur er. Das konnte nicht sein. Es musste andere geben!

Langsam ließ er seinen Blick umhergleiten. Er war umzingelt

von Zerstörung. Die Formen der Zelte waren nur noch zu erahnen, und eine graue Decke aus Asche hatte sich über alles gelegt. Sie wurde nur von dem orangeroten Licht vereinzelter Feuer durchbrochen.

Larkin trat von dem Haufen, auf dem er stand, und ging neben Yara in die Knie. Seite an Seite hatten sie gegen die Elva gekämpft, aber es hatte sie nicht gerettet. Eine der Bestien hatte ihre Klauen in ihren Brustkorb geschlagen und ihr die Organe aus der Brust gerissen.

»Ruhe in Frieden«, murmelte Larkin. Er überlegte, seinen Mantel auszuziehen, um Yara damit zu bedecken, aber was sollte das bringen? Es gab nicht genug Mäntel, nicht genug Decken und nicht genug Stoff auf diesem Markt, um all die Toten zu bedecken. Diese Erkenntnis verstärkte das hohle Gefühl in seiner Brust, und sein Magen zog sich zusammen. Was sollte er jetzt tun?

Eine leise Stimme in seinem Kopf sagte ihm, dass er verschwinden sollte, solange er konnte, denn dieser Kampf hatte auch ihn an seine Grenzen getrieben. Sein Körper schmerzte. Seine Kleidung war zerfetzt, und er spürte das Pochen unzähliger Wunden, die zu heilen versuchten, während sein Blut noch auf seiner Haut trocknete. Aber wie könnte er dem Tod so vieler Unschuldiger den Rücken kehren?

Für ihn bestand kein Zweifel daran, dass dieser Angriff nicht dem Markt, sondern den Dunkelgängern gegolten hatte, die er beherbergte. Vermutlich steckten dieselben Leute dahinter, die für die Morde verantwortlich waren. Aber wie hatten sie den Markt gefunden, und noch viel wichtiger, wie war es ihnen gelungen, über die Elva zu befehlen? Das konnte kein Zufall sein. Unmöglich. Er hatte noch nie so viele Elva gesehen, die ein und dasselbe Ziel angriffen. Gelegentlich taten sie sich in Rudeln zusammen, um über Dörfer herzufallen, aber eine solche Menge? Es mussten mindestens Hunderte dieser knochigen, fliegenden

Kreaturen gewesen sein, die sich mit ihren spitzen Schnäbeln und scharfen Klauen aus dem Himmel auf sie gestürzt hatten.

Stöhnend richtete Larkin sich auf. Sein Knie schmerzte und er fühlte ein Stechen in der Seite, wo eine Elva ihn erwischt und ihm einige Rippen gebrochen hatte. Er legte eine Hand auf die Stelle, während er sich schwer atmend über die Trümmerhaufen kämpfte, um nachzusehen, ob noch irgendjemand lebte. Später würde er vielleicht nach Hinweisen suchen, aber das hatte Zeit.

»Ist jemand hier?«, rief er über den Platz, seine Stimme kratzig von all dem Rauch, den er eingeatmet hatte. Er begann zu husten, und für einen Moment wurde ihm schwarz vor Augen. Er geriet ins Schwanken, konnte sein Gleichgewicht aber halten, denn er hatte bei den Wächtern gelernt, gegen den Schmerz und die Schwäche seines menschlichen Körpers anzukämpfen, die nur noch in seinem Kopf existierte.

Er brüllte erneut.

Niemand antwortete.

Er lief weiter, obwohl alles in ihm danach schrie, dass er sich hinsetzen und ausruhen sollte, aber an Schlaf war nicht zu denken. Er wollte sich nicht vorstellen, in was für einem Albtraum er sich wiederfinden würde, wenn das bereits seine Wirklichkeit war. Er stieg über den Leichnam einer Elva hinweg, die ihn aus ihren großen, leblosen Augen anstarrte.

Wie konnten sie über euch befehlen?

Diese Frage ließ Larkin nicht los und machte ihm Angst. Mehr Angst, als er sich eingestehen wollte. Wenn es einmal geschehen war, konnte es wieder geschehen. Und diese Elva waren noch klein und harmlos im Vergleich zu jenen Ungeheuern, welche sich in den Schatten Melidrians verbargen.

Plötzlich hörte Larkin ein Stöhnen. Es war leise, nicht mehr als das Knistern von Laub im Wind, aber es war da. Reglos blieb er stehen und lauschte, aus welcher Richtung das Geräusch kam.

Er folgte dem gequälten Laut zum Körper eines Mannes, der unter der Leiche eines anderen begraben lag.

Larkin schob den Toten beiseite und kniete sich neben den Lebenden in die Asche. Ein bitterer Geschmack legte sich auf seine Zunge, als er die Kleidung des Mannes sah. Er gehörte nicht zu ihnen, sondern hatte auf der Seite der Angreifer gekämpft. Seine Lider flatterten, als könnte er jede Sekunde das Bewusstsein verlieren. Ein Dolch steckte in seinem Magen, und wenn die Wunde nicht bald versorgt wurde, würde er sterben. Larkin hatte gute Lust, diesem Bastard seine eigene Klinge in den Schädel zu rammen, aber das hieße, eine Möglichkeit, Antworten zu bekommen, zu vergeuden.

Fluchend machte sich Larkin daran, die Wunde mit dem wenigen zu versorgen, was ihm zur Verfügung stand. Er hatte Ähnliches schon etliche Male für seine Brüder an der Mauer getan. Manche hatten überlebt, andere nicht. Mit gekonnten Bewegungen entfernte er den Dolch, reinigte die Wunde, und mithilfe der Klinge und eines Feuers brannte er die Blutung aus. Der Mann schrie auf und verlor das Bewusstsein, was im Moment vielleicht nicht das Schlechteste war. Seine Haut war blass und seine Lippen verfärbt. Es käme einem Wunder gleich, wenn er die nächsten Stunden überlebte, aber darum machte sich Larkin keine Sorgen. Er hatte nicht vor, das Leben des Mannes zu retten, sondern nur zu verlängern, um Antworten zu erhalten.

Nachdem er die Wunde, so gut er konnte, versorgt hatte, hob er den Mann auf und trug ihn über den Markt zu den Bäumen. Die Nebelwand, die den Markt einst geschützt hatte, war verschwunden, ihre Magie erloschen. Er lehnte den Mann an einen Baum. Sein Kopf kippte zur Seite weg, wodurch sein langes schwarzes Haar verrutschte. Larkin sog scharf die Luft ein. Der Mann war ein Halbling, denn die spitze Form seiner Ohren war unverkennbar.

Trotz seines ohnmächtigen Zustandes fesselte Larkin ihn, bevor er sich auf die Suche nach Wasser und weiteren Überlebenden machte. Unter eingestürzten Zelten fand er einige Wasserschläuche, jedoch keinen weiteren Überlebenden. Sie waren alle tot, viele vom Sprengstoff erwischt worden, aber viele auch erstochen oder von den Elva gerissen.

Mit dem Wasser im Arm kehrte Larkin zurück zu dem Halbling. Er trank ein paar gierige Schlucke, um den bitteren, staubigen Geschmack von seiner Zunge zu spülen, bevor er den Rest der Flüssigkeit über den Kopf des Halblings schüttete. Instinktiv zuckte der zusammen, kurz bevor er flatternd seine Lider öffnete. Er hatte dunkelbraune Augen, die vom Rauch rot geschwollen waren, und eine Platzwunde, die jener an Larkins Stirn ähnelte.

Benommen sah sich der Halbling um, doch Larkin war ihm so nah, dass er ihm mit seinen breiten Schultern die Sicht auf das Schlachtfeld vollkommen verwehrte.

»Wer bist du?«, fragte Larkin.

Der Halbling blinzelte, vermutlich in dem Versuch, seinen Blick auf Larkin zu konzentrieren. »Wo …« Seine Stimme brach ab, und er wurde von einem Hustenanfall geschüttelt. Sein Gesicht verzerrte sich vor Schmerz, und als er das nächste Mal den Kopf hob, klebte Blut an seinem Mund.

Der macht es nicht mehr lang, dachte Larkin, nahm einen der Wasserschläuche und führte ihn an die Lippen des Halblings. Er trank vorsichtig und bedacht. Jeder Schluck schien Schmerzen durch seinen Körper zu jagen. Um ein Haar hätte Larkin etwas wie Mitleid empfunden, hätte dieser Mann nicht mit seinen Kameraden Dutzende Menschen und Fae ausgelöscht.

»Wie ist dein Name?«, erkundigte sich Larkin abermals.

»Odell.« Die Antwort kam zu schnell, um eine Lüge zu sein.

»Warum haben du und deine Männer den Markt angegriffen?«

»Wir hatten …« Er begann erneut zu husten. »… keine Wahl.«

Larkin hob die Brauen. »Wieso nicht?«

»Er hat gedroht, sie alle zu töten.«

»Wen zu töten?«

»Unsere Familien in Le…« Odell begann, Blut zu spucken. Larkin richtete ihn weiter auf und nahm ihm die Fesseln ab, denn weit würde er in diesem Zustand ohnehin nicht kommen.

»Deine Familie in Levátt?«, hakte Larkin nach.

Odell nickte.

»Und wer will sie töten?«

»Ich weiß es nicht«, antwortete Odell. Er röchelte, aber seine Stimme klang entschlossen, als würde er seine letzte Kraft aufwenden, um Larkin das mitzuteilen. »Er sieht aus wie ein … ein Unseelie. Er hat Macht über die Elva.«

Larkin furchte die Stirn. »Du meinst, er kann ihnen Befehle erteilen?«

Odell nickte.

Er hatte noch nie von einer solchen Fähigkeit gehört. Es gab Fae, die mit einer Gabe zur Welt kamen. Sie konnten ungewöhnlich gut musizieren, die kunstvollsten Bilder erschaffen, und angeblich vermochte eine von Valeskas Beraterinnen sogar in die Zukunft zu schauen, aber selbst diese Gabe erschien nichtig im Vergleich zu jener, über die Elva zu befehlen. Kein Fae besaß solche Macht. Dennoch hatte Larkin keinen Zweifel daran, dass Odell die Wahrheit sprach. Er hatte den Elva-Schwarm schließlich mit eigenen Augen gesehen.

Er blickte in das bleiche Gesicht des Halblings. Seine Lider hingen auf halbmast. Er musste seine nächsten Fragen geschickt wählen, denn den schweren, rasselnden Atemzügen nach zu urteilen, blieb ihm nicht mehr viel Zeit. »Aber warum der Markt?«

Odell schluckte. »Dunkelgänger …«

Er sprach nicht weiter.

»Was ist mit ihnen?«

»Tö…töten«, ächzte Odell und schnappte nach Luft. Seine Augenlider flatterten, und ein letztes Mal traf sein verzweifelter Blick auf Larkins, bevor seine Augen leer und starr wurden und die rasselnden Geräusche seiner Atmung für immer verstummten.

Seufzend richtete sich Larkin auf und blickte auf den toten Halbling hinab. Was er gesagt hatte, ergab keinen Sinn. Warum sollte ein Unseelie Dunkelgänger töten? Er konnte sich nicht vorstellen, dass sie mit ihren kriminellen Tätigkeiten bis nach Melidrian vorgedrungen waren.

Andererseits hatten Yara und die anderen für König Andreus gearbeitet, womöglich hatte er seine Finger im Spiel. Waren sie im Auftrag des Königs über die Grenze gegangen, um Fae auszubeuten? Das würde bedeuten, dass Andreus die ganze Zeit über gegen das Abkommen verstoßen hatte, was den Wächtern nicht nur einen Grund, sondern auch das Recht geben würde, ihn zu bestrafen. Damit würde er seinen Anspruch auf den Thron verlieren, was zu Unruhe im Land führen würde, womöglich sogar zu Aufständen.

Aber das war ohnehin zu weit gedacht, denn für eine Festnahme des Königs bräuchte es mehr Beweise als seine Vermutung, basierend auf den Worten eines toten Halblings. Die einzige Möglichkeit, diesen Verdacht zu bestätigen, wäre, mit einen Dunkelgänger zu sprechen. Aber wo fand er einen solchen, nun, da der Markt zerstört war?

18. Kapitel – Elroy

– Amaruné –

Elroy ließ die Spitzen von Freyas blondem Haar durch seine Finger gleiten, um ein Bild der Vertrautheit zu zeichnen. Sie waren ein jung vermähltes Paar, verliebt und auf der Suche nach Zweisamkeit.

Freya schenkte ihm ein Lächeln, das so warm und liebevoll war, dass es selbst ihn beinah zu überzeugen vermochte. Doch es war ebenso eine Lüge wie ihre Ausrede in der Küche, dass sie Vorräte für einen langen, romantischen Ausritt bräuchten. Wobei, darin steckte sogar ein Funke Wahrheit. Sie planten einen Ausritt, nur würde dieser sie nicht zum Fuß des Schatzgebirges bringen, sondern an Bord der *Helenia*.

Elroy erschauderte vor Freude darüber, sein geliebtes Schiff bald wiederzusehen. Es war zu lang her, seit er das letzte Mal einen Fuß auf das Deck gesetzt hatte. Er vermisste das sanfte Schaukeln, das Flattern der Segel im Wind und das Brechen der Wellen am Bug, aber lang musste er sich nicht mehr gedulden.

»Was soll ich dem König erzählen, wenn ihr nicht zurückkommt?«, fragte Yale, der gemeinsam mit Rae, Freya und ihm im Hof des Schlosses darauf wartete, dass die Pferde aus dem Stall gebracht wurden. Es war ein frischer Frühlingsmorgen, und der Tau glitzerte im Schein der aufgehenden Sonne, die die letzten Schatten der Nacht vertrieb.

»Keine Ahnung«, antwortete Elroy und wickelte erneut eine blonde Strähne um seinen Finger, um kein Aufsehen zu erregen – zumindest keines der unangenehmen Art. Freya ließ ihn gewähren, denn sie hatte ebenfalls begriffen, dass sie vertrauenswürdiger wirkten, je verliebter sie aussahen. »Sag ihm, dass es séakische Tradition ist, nach der Hochzeit für eine Weile ohne Ankündigung in See zu stechen.«

Yale schnaubte. »Und das wird er glauben?«

»Vermutlich nicht, aber er wird es hinnehmen, um mich nicht zu verstimmen.« Elroy zuckte mit den Schultern, denn er genoss das vollste Vertrauen des Königs. Er durfte am Hof tun und lassen, was immer er wollte. Ein Zustand, der sehr nach seinem Gefallen war und den er schon zwei-, dreimal ausgenutzt hatte. Er hatte verlangt, Trauben ohne ihre dünne Schale zu essen und eine Wand im Schloss zu bemalen. Beide Wünsche waren ihm von Andreus erfüllt worden. Er hatte beim Anblick des scheußlichen, teils obszönen Gemäldes nicht einmal mit der Wimper gezuckt. Denn er tat wirklich alles, um in seiner Gunst zu steigen und seinen Zuspruch für den Krieg zu bekommen.

Darauf konnte er lange warten. Elroy scheute vor keiner Kneipenschlägerei zurück, und ein gutes, gerechtes Duell zwischen zwei Kriegern eignete sich hervorragend, um Wetten darauf abzuschließen, aber an einem Krieg wollte er sich nicht beteiligen. Diesen Preis war nicht einmal die Unsterblichkeit wert. Und er war bereit, viel dafür zu bezahlen, schließlich hatte er sich sogar darauf eingelassen, Freya zu heiraten – oder zumindest ihre Doppelgängerin, wie er im Nachhinein erfahren hatte. Er hatte versucht, diesen Umstand zu nutzen, um die Unsterblichkeit von Andreus zu erpressen, aber der König hatte sich nicht darauf einlassen wollen. Er würde sich mit nicht weniger als Elroys Truppen zufriedengeben, und das kam nicht infrage. Er würde sich die Unsterblichkeit nicht mit dem Leben Unschuldiger erkaufen.

Ein Bursche aus dem Stall brachte drei gesattelte Pferde. Er half Freya und Rae in die Sättel und wünschte ihnen anschließend einen guten Ausritt. Es waren schöne Tiere mit glänzendem Fell und erhabenen Hälsen, und es war beinah schade, dass sie sie am Hafen zurücklassen müssten.

»Wisst ihr schon, wann ihr zurück seid?«, erkundigte sich Yale und fuhr mit der Hand durch sein Haar. An Bord der *Helenia* hatte er seinen Schädel fast täglich geschoren, angeblich um das Meer besser zu fühlen, doch seit er sich am Hof als Gardist der séakischen Garde ausgab, wuchs seine zottelige Mähne ungehindert, und eine Pracht aus wilden Locken rahmte sein Gesicht.

»Nein, noch nicht, aber drei Wochen werden es gewiss sein«, antwortete Elroy. »Ich will, dass du und die anderen hier in Amaruné so lange die Stellung haltet und vor allem den König im Auge behaltet. Was immer er tut und sagt, ich will es nach meiner Rückkehr wissen. Verstanden?«

Yale nickte ergeben, obwohl er sich vermutlich ebenso sehr wie Elroy zurück aufs Meer sehnte.

Sie verabschiedeten sich und machten sich auf zum fünften Ring, um Moira zu sehen, bevor sie sich auf den Weg nach Nihalos begaben. Gemütlich, um keinen Verdacht zu schöpfen, ritten sie über den Hof und führten die Pferde durch die von Mauern umzäunten Gärten.

»Mein Leben liegt in Eurer Hand. Meine Zukunft in Eurem Tun. Bewahret mich vor dem Unheil und behütet mich vor den Fae …«, erklang es von der anderen Seite der Mauer. Wann immer Elroy am Rande der Gärten entlangspazierte, hörte er die Gläubigen der Königsreligion diese Worte beten. Er hatte seit Helenias Ableben viele Orte besucht, viele Kulturen gesehen und Religionen kennengelernt. Sein eigener Glaube war mit ihrem Tod zerschlagen worden, aber bisher hatte er sich kein Urteil über andere Religionen erlaubt. Und auch jetzt verurteilte er diese Menschen nicht, aber er verstand sie nicht. Andreus war ein Mensch. Ein Mann wie er. Es war nichts Göttliches an ihm, und sein Wunsch nach Macht und Reichtum trieb sein Volk in den Ruin. Dennoch verstummten ihre Gebete nicht. Nein, sie schienen sogar von Tag zu Tag lauter zu werden.

»Lehret mich und formt mich. Schützet mich und wachet über mich. Ihr seid das Mächtige. Ihr seid die Kraft. Eure Gnade ehrt mich. Und Eures Lobes bin ich nicht würdig. Mein Leben liegt in Eurer Hand…«, wiederholte sich der Vers. Es war nur eines von vielen Gebeten, die Elroy im Laufe der letzten Wochen gehört hatte.

Vor dem verschlossenen Tor blieben sie stehen, aber es brauchte nur eine Handbewegung Freyas, und die Gardisten kurbelten es nach oben. Seit Andreus ihr die Zunge rausgeschnitten hatte, behandelte er sie nicht mehr wie eine Gefangene, als müsste er eine stumme Frau nicht fürchten. Wie sehr er sich irrte, erkannte Elroy an Freyas entschlossenen Gesichtszügen. Sie blickte starr geradeaus und schenkte den Gläubigen, die sie umschwärmten wie Fische einen Brotkrumen, keine Beachtung. Jeder versuchte, einen Blick oder gar eine Berührung zu erhaschen, aber bevor das geschah, wurden die Leute von Gardisten zurückgedrängt.

Ungehindert setzten sie ihren Weg durch den ersten Ring fort. Sie kamen am *Königlich* und zahlreichen anderen erhabenen Geschäften vorbei, deren Waren den wohlhabendsten Bürgern der Stadt vorbehalten waren. Trotz des schlichten Umhangs, den Freya trug, blieb sie auch von ihnen nicht unbemerkt. Die Leute hielten inne, und während einige ein Gebet anstimmten, begannen andere zu tuscheln.

»Das arme Ding kann nicht mehr sprechen.«

»Ein Wunder, dass der Prinz bei ihr bleibt.«

»Kann sie denn noch Töne von sich geben?«

»Ich glaube, ich an ihrer Stelle würde mir das Leben nehmen.«

»Und ich würde mir das Leben nehmen, wenn ich ein Gesicht wie deines hätte«, murmelte Elroy und sah zu Freya. Doch sie lachte nicht über seine Bemerkung, sondern packte die Zügel ihres Pferdes fester, um das Tier schneller voranzutreiben, denn sie konnte diesen Leuten nicht einmal mehr den Befehl geben zu schweigen. Vor der Markthalle blieben sie stehen. Elroy befahl Rae, am vereinbarten Treffpunkt zu warten, während sie Moira aufsuchten, denn sie konnten nicht mit ihren Pferden vor der heruntergekommenen Hütte der Alchemistin auftauchen. Das hätte ungewollte Aufmerksamkeit erregt, und schließlich ging es Freya darum, die alte Frau vor ihrem Vater zu warnen, bevor sie erneut die Stadt verließ.

In der Markthalle roch es nach edlen Parfümen, teuren Gewürzen und köstlichen Speisen. Trotz der frühen Uhrzeit war der Markt gut besucht, und es war leicht, in der Menge unterzutauchen. Eine Weile irrten Freya und er durch die Reihen an Geschäften, bis sie das Gefühl hatten, unbemerkt zu sein. Blitzschnell schlüpften sie durch eine andere Tür ins Freie. Freya zog sich die Kapuze in die Stirn, und auch Elroy ließ seine Uniform unter einem Gewand aus unförmigem braunem Stoff verschwinden. Er griff in seine Tasche und zog einen Beutel mit Datteln hervor.

Freya warf ihm einen finsteren Blick zu.

»Willst du eine?«

Sie schüttelte enttäuscht den Kopf.

»Was? Ich hatte Hunger«, rechtfertigte er sich und schob sich eine Frucht in den Mund. Er hatte sie im Vorbeigehen einem Händler stibitzt. Zwar hatte er nicht vorgehabt, etwas zu stehlen, aber bei all den Waren hatte er seine Finger nicht bei sich behalten können. Er vermisste dieses Leben, all dieser Anstand am Hof ermüdete ihn.

Er griff in seine andere Manteltasche. »Ich habe auch etwas für Moira.«

Freya runzelte die Stirn und nahm ihm das Säckchen aus der Hand.

»Wolfsbann«, sagte er. »Das hast du ihr das letzte Mal mitgebracht.«

Die Prinzessin betrachtete ihn mit gerümpfter Nase, aber er hatte keine Ahnung, was sie damit sagen wollte. War sie böse auf ihn? Waren es die falschen Kräuter? Oder waren sie nicht mehr gut? Er hatte keine Ahnung, aber im Gehen konnte Freya nicht schreiben, und keiner von ihnen wollte stehen bleiben. Sie ließen den ersten und schließlich den zweiten Ring hinter sich. Im dritten waren die Häuser deutlich kleiner, standen gedrängter, und die Menschen wirkten weniger heiter und ausgelaugter vom Leben. Im vierten Ring schwängerte der Gestank des Abwassers die Luft, da hier die Kanäle fehlten, mit denen der König die ersten Ringe hatte untertunneln lassen. Unrat lag auf den unebenen, von Schlaglöchern durchzogenen Straßen, und Ratten huschten auf der Suche nach Fressen durch die Gassen. Mit jedem weiteren Schritt wurde das Elend schlimmer, bis sie den fünften Ring und Moiras Hütte erreichten. In dieser Gegend wirkte es, als hätte der Krieg längst gewütet. Dächer waren zerstört, Fenster gesplittert, und Türen hingen schief in ihren Angeln, als hätte man wieder und wieder dagegengetreten.

Moiras Hütte sah nicht weniger schäbig aus. Niemand würde vermuten, dass hier eine mächtige Alchemistin hauste. Zumindest glaubte Elroy, dass Moira eine gewisse Macht innewohnte, wenn sie Freyas Meisterin war. Bei ihrem letzten Besuch war die Hütte von skelettartigen Sträuchern umgeben gewesen, nun blühten daran saftige Knospen, die es nicht vermochten, diesem Ort Schönheit zu verleihen.

Freya klopfte an.

Schritte erklangen, bevor die Tür geöffnet wurde und Moira in den Rahmen trat. Die alte Frau hatte ein gekrümmtes Kreuz und dünnes Haar, das mehr dunkelgrau als schwarz und zudem von hellen Strähnen durchzogen war. Ihre Augen weiteten sich. »Mädchen, was machst du hier?«

Freya lächelte Moira an.

»Dürfen wir reinkommen?«, fragte Elroy vermittelnd.

Der Blick der Alchemistin zuckte zu ihm. Sie musterte ihn misstrauisch und ließ nicht erkennen, ob sie sich daran erinnerte, ihn beim letzten Mal in der Kälte stehen gelassen zu haben, mit nichts weiter als einer Decke. Die Temperaturen waren nun wärmer, dennoch wollte Elroy nicht wie ein Hund vor der Hütte bleiben. Im Gegensatz zu damals kannten mittlerweile auch mehr Leute sein Gesicht.

Er verschränkte die Arme vor der Brust. »Ich werde nicht wieder hier draußen warten.«

Moira verengte ihre von Falten umrahmten Augen. Doch bevor die alte Hexe etwas sagen konnte, griff Freya nach ihrer dürren, sehnigen Hand und bedachte sie mit einem wehmütigen Blick. Moira seufzte schwer und trat beiseite, um sie hereinzulassen. Niemand konnte einem stummen Mädchen eine Bitte abschlagen.

Im Inneren der Hütte war es mollig warm. Ein Feuer brannte im Kamin, und darüber hing eine Kanne Tee, was den herrlichen Duft von Kräutern erklärte. Viel mehr war in der bescheidenen Behausung nicht zu sehen. Es gab noch eine kleine Kochnische, einen Tisch und eine wackelig aussehende Pritsche. Das wohl Gemütlichste in der Hütte war ein fleckiger, zerrupfter Teppich über dem morschen Holz.

»Tee?«, fragte Moira.

Freya schüttelte den Kopf.

»Wir sind nur kurz zu Besuch«, erklärte Elroy. Sie hatten keine Zeit zu verlieren. Er war sicher, dass Freyas Vater für heute vertröstet war und es Yale gelang, ihnen mit geschickten Ausreden Zeit zu verschaffen, dennoch war es besser, nichts zu riskieren.

Sie setzten sich an den klapprigen Tisch, und Freya holte sogleich ihre Schreibutensilien hervor.

»Es stimmt also, du hast deine Zunge verloren?«, fragte Moira.

»Ihr Vater hat sie rausschneiden lassen«, sagte Elroy, um Zeit zu sparen.

Moiras Augen wurden groß. »König Andreus?«

Freya nickte.

»Warum hat er das getan?«

Freya warf Elroy einen flehenden Blick zu. Er unterdrückte ein Seufzen, denn er war nicht nach Thobria gekommen, um das Sprachrohr für die Prinzessin zu sein. Dennoch erzählte er Moira alles, wovon Freya ihm berichtet hatte. Am Ende dieser Reise wartete hoffentlich die Unsterblichkeit auf ihn, aber die geheime Bibliothek klang vielversprechend. Und anders als dieser Larkin konnten ihm Bücher kein Wissen vorenthalten. Er konnte immer noch nicht glauben, dass er ihm das Geheimnis nicht verraten hatte. Dieser verdammte Wächter besaß mehr Ehre und Pflichtgefühl in seinem kleinen Finger als die meisten in ihrem gesamten Körper. Eine Tatsache, die Elroy um ein Haar hätte bewundern können.

Nachdem Elroy Moira alles erzählt hatte, standen Tränen in den Augen der Alchemistin. Sie hatte Freyas Hände ergriffen, dennoch war das Beben ihrer Finger nicht zu übersehen. »Mädchen, das tut mir von Herzen leid. Ich wusste, dass dein Vater kein ehrenwerter Mann ist, aber das…« Sie schüttelte den Kopf und beendete den Satz nicht. Ihre ohnehin kratzige Stimme klang durch die unvergossenen Tränen hindurch noch rauer.

Freya, deren Augen ebenfalls glasig glänzten, entzog Moira ihre Hände und begann zu schreiben.

Meine Stimme ist verloren, daran lässt sich nichts ändern, aber der Krieg noch nicht.

»Ihr wollt versuchen, ihn zu verhindern«, schlussfolgerte Moira.

Freya nickte.

»Was habt ihr vor?«

»Wir reisen nach Nihalos, um mit Kheeran zu sprechen«, antwortete Elroy und wunderte sich einmal mehr, wie selbstverständlich dieses *wir* geworden war, obwohl er das nicht wollte. Es gab Freya und ihr Land sowie ihn und sein Schiff und zwischen ihnen nur seinen Wunsch nach der Unsterblichkeit. Zumindest war das die Trennung in seinem Kopf, aber in seinem Herzen war mehr. Er mochte Thobria und die Menschen hier. Er liebte den Schwarzmarkt und wie sehr den Leuten seine Karten gefielen. Ihn faszinierten die Magie und Freya. Sie war nicht nur ein Mittel zum Zweck, sondern eine Freundin. »Wir hoffen, dass er uns hilft, Andreus' Pläne zu vereiteln.«

Freya nickte zustimmend und schrieb: *Es tut mir leid, dass ich das Buch, das ihr wolltet, nicht aus der Bibliothek stehlen konnte, aber hattet ihr die Möglichkeit, mir eine feuergeschmiedete Waffe zu besorgen? Ich brauche sie dringend.*

Moira schüttelte den Kopf. »Tut mir leid, noch nicht.«

Freya nickte und warf ihm einen wissenden Blick zu. Sie hatten bereits darüber gesprochen. Freya wollte unbedingt eine magische Waffe, um in Nihalos Schutz vor den Elva zu haben. Elroy wusste nicht, ob die Prinzessin mit einem Schwert umgehen konnte, aber ihn störte es nicht, in Askane haltzumachen. Dort könnte seine Mannschaft die Vorräte aufstocken, und vielleicht liefen sie auf dem Markt einem Fae in die Arme, den sie bestechen konnten, sie nach Nihalos zu begleiten.

Stumm bedeutete Elroy Freya, dass er sie verstanden hatte, bevor sie sich wieder Moira zuwandte und etwas aufschrieb. Für ein paar Sekunden waren das Knistern des Feuers und das Kratzen ihres Stiftes die einzigen Geräusche in der Hütte. *Ich bin aber nicht nur wegen der Waffe hier, sondern auch, um dich und die anderen zu warnen.*

»Warnen?« Entgeistert sah Moira sie an. »Wovor?«

Meinem Vater. Er weiß von meiner Magie und dass du mich unterrichtet hast. Du bist hier nicht mehr sicher.

Angst trat in Moiras Augen. »Er … er weiß davon?«

Sie nickte.

»Wieso bin ich dann noch am Leben?«

Strategie. Er wartet mit deiner Hinrichtung, bis sie die meiste Wirkung für ihn entfaltet.

Moira schluckte. »Das ist widerwärtig.«

So ist mein Vater. Du musst fliehen. Und die anderen auch.

»Aber wohin soll ich gehen? Diese Hütte ist mein Zuhause.«

Ich weiß, schrieb Freya und bedachte Moira mit einem traurigen Blick. Sie griff in die Tasche ihres Umhangs, holte erst das Päckchen mit den gestohlenen Kräutern hervor und anschließend ein schwer aussehendes Säckchen, vermutlich prall gefüllt mit Gold. Sie schob es Moira zu, die einen Blick hineinwarf. Ihre Augen wurden groß beim Anblick all der Münzen. *Für ein neues Leben.*

Tränen traten in Moiras Augen. »Danke, ich werde es mit den anderen teilen.«

Freya stand von ihrem Platz auf und breitete die Arme aus, eine stumme Aufforderung. Moira erhob sich ebenfalls von ihrem Stuhl und umarmte Freya fest. Vermutlich wussten beide, dass dies ein Abschied auf Lebenszeit war. Einige Sekunden hielten die Frauen einander fest, bevor Moira Freya losließ und ihr Gesicht mit beiden Händen umfasste. »Ich bin stolz auf dich, Freya. Ich hätte mir keine bessere Schülerin wünschen können.«

Elroy beobachtete, wie sich eine Träne aus Freyas Augen löste.

Moira trat zurück und wandte sich an Elroy. Eindringlich sah sie ihn an. »Und du, pass gut auf sie auf.«

»Ich glaube, Freya kann sehr gut auf sich selbst aufpassen«, erwiderte Elroy und erhob sich von dem klapprigen Stuhl. Auch er griff in seine Tasche und holte den Rest der gestohlenen Datteln hervor, die er wie eine Opfergabe zu den Kräutern und den Münzen auf den Tisch legte. »Wir müssen jetzt los.«

»Ich wünsche euch eine gute Reise.«

Elroy öffnete die Tür, aber Freya rührte sich nicht sofort. Sie verweilte noch zwei, drei Sekunden an Ort und Stelle, wie um sich das Gesicht der alten Frau ein letztes Mal einzuprägen. Erst danach setzte sie sich in Bewegung.

Sie verließen die Hütte und machten sich auf den Weg zu dem Treffpunkt im dritten Ring, den sie mit Rae vereinbart hatten, um von dort aus zum westlich gelegenen Hafen zu reiten, wo die *Helenia* auf sie wartete.

Ich komme nach Hause, dachte Elroy und beschleunigte seine Schritte.

19. Kapitel – Leigh

– Niemandsland –

Dumpfe Glockenschläge hallten über den Platz, als das Tor nach Melidrian geöffnet wurde. Aus der Ferne beobachtete Leigh, wie ein Dutzend Wächter, darunter auch General Klifford, auf ihren Pferden hindurchgaloppierten, auf dem Weg nach Nihalos. Sie hatten ein Schreiben des Field Marshals bei sich, das Aldren an das Abkommen erinnerte und ihn aufforderte, jegliche kriegerischen Handlungen zu unterlassen.

In einem Gespräch, das mehrere Stunden bis tief in die Nacht gedauert hatte, hatten Weylin und er Khoury, Ceylan, Kheeran und einigen anderen höherrangigen Wächtern von Aldrens Plänen erzählt. Sie hatten alles offengelegt, und immer wieder hatte man ihnen Fragen gestellt, um jedes Missverständnis auszuschließen. Aber all das war kein Missverständnis. Aldren wollte Krieg.

Leigh hatte es zuerst auch nicht glauben wollen, aber er hatte es mit eigenen Ohren gehört. Kheerans und Ceylans Erzählungen hatten ihn darin bestärkt, dass Aldren nicht der Mann war, für den ihn alle hielten – wortwörtlich, denn Kheeran war fest davon überzeugt, dass der machtgierige Unseelie auf seinem Thron nicht sein bester Freund war. Daraufhin hatte Ceylan ungehalten den anderen von Weylins Fluch erzählt und in den Raum gestellt, ob nicht auch Aldren einem solchen unterliegen könnte, aber das war mehr als unwahrscheinlich. Aldren war kein Halbling, nicht einmal ein gewöhnlicher Fae, sondern von Adel, mit der Gabe, nicht nur über ein, sondern über beide Elemente der Unseelie zu befehlen, und zudem ein geschulter Krieger. Es bräuchte eine äußerst mächtige Fae, um ihn durch einen

Blutschwur zu fesseln, so mächtig, dass Kheeran keine Fae an seinem Hof hatte nennen können, welcher er dies zutraute.

Zuletzt hatte Khoury dieses Geschwätz unterbunden, denn es war gleichgültig, woher Aldrens Absichten kamen. Für die Wächter zählte das Abkommen, das es zu schützen galt. Neben den Männern, die Aldren nun aufsuchten, wurde die Mauer aufgerüstet und auf einen möglichen Kampf vorbereitet. Zudem waren zwei Reiter auf dem Weg nach Amaruné, um König Andreus auf die Gefahr eines Angriffs hinzuweisen. Solange die Fae die Mauer nicht überwanden, durfte er zwar nicht eingreifen, aber sollte jeder Versuch scheitern, Aldren aufzuhalten, war ihm genügend Zeit gegeben, sich auf die Verteidigung seines Landes vorzubereiten.

Schritte erklangen neben Leigh und brachen neben dem Baumstamm ab, auf dem er saß. Er hob den Blick von dem bereits wieder geschlossenen Tor und entdeckte Khoury. Der Field Marshal hatte seinen schwarzen Mantel mit dem weißen Pelzbesatz abgelegt, und sein lockiges braunes Haar wirkte zerzauster als an gewöhnlichen Tagen, als wäre er etliche Male mit der Hand hindurchgefahren.

»Darf ich mich setzen?«

Leigh nickte.

Khoury nahm Platz, die Ellenbogen auf den Knien abgestützt, aber er sagte nichts. Für eine kleine Ewigkeit schwiegen sie und genossen diesen Moment der Stille, denn einen solchen hatte es nicht mehr gegeben, seit er vor drei Tagen an die Mauer gekommen war. Seither waren ihre Tage gefüllt mit Gesprächen und hektischen Vorbereitungen, da noch keiner von ihnen einen Angriff auf die Mauer miterlebt hatte. Ja, hin und wieder wurde diese von Elva überwunden, aber die Mauer selbst hatte keinen Krieg gesehen.

»Ceylan und Kheeran haben mich gewarnt.«

Leigh blickte auf. »Was?«

»Bei ihrer Ankunft haben sie mich vor Aldren gewarnt. Aber ich habe nicht auf sie gehört und gesagt, die Fae müssen das unter sich ausmachen. Und jetzt will er in den Krieg.«

»Das konntest du nicht wissen.«

»Larkin hätte es gewusst.«

»Das kannst du nicht mit Sicherheit sagen. Auch er hat Fehler begangen.«

»Was ist, wenn es jetzt zu spät ist?«, fragte Khoury.

»Ist es nicht. Ceylan und ich haben uns in Nihalos nur um Haaresbreite verpasst. Wie viele Tage sind sie vor uns hier eingetroffen? Zwei? Drei? Selbst wenn du unmittelbar Leute losgeschickt hättest, hätte das wenig verändert. Entweder lässt sich Aldren umstimmen oder nicht. Ein paar Tage ändern nichts daran.«

»Glaubst du, er wird sich umstimmen lassen?«

Leigh presste die Lippen aufeinander. Zögerte. Er wollte Khoury keinen Kummer bereiten, aber die Wahrheit zu beschönigen, würde nur für den Moment Erleichterung bringen, im Nachhinein aber mehr Schaden anrichten. »Nein. Ich weiß nicht, was mit Aldren ist. Ob er ausgetauscht wurde, wie Kheeran meint, oder ob er die ganze Zeit ein falsches Spiel gespielt hat. Aber der Mann, den ich auf diesem Platz gesehen habe, wirkte entschlossen.«

Khoury schloss für einen Moment angestrengt die Augen. »Das wird verheerend.«

Leigh nickte. Im besten Fall starben die Wächter. Im schlechtesten Tausende von Unschuldigen. Für das Volk bestand noch Hoffnung, aber nicht für die Wächter, und das war zu spüren. Die Stimmung am Stützpunkt war betrübt. Alle schienen leiser, ruhiger und in sich gekehrter, als würden sie sich in Gedanken bereits von dieser Welt verabschieden. Viele hatten ein langes Leben geführt und waren bereit für dieses Schicksal, so bereit, wie man sein konnte. Aber vor allem unter den jungen Wächtern und Novizen herrschte Angst.

»Du solltest ein Fest ausrichten«, sagte Leigh.

Khoury hob den Kopf. »Was?«

»Ein letztes Fest.« Bei diesen Worten wurde Leighs Kehle eng, dennoch zwang er sich weiterzusprechen. »Gib ihnen die Möglichkeit, sich ausgelassen voneinander zu verabschieden.«

»Ich glaube nicht, dass dafür Zeit ist.«

»Vermutlich nicht, aber für manche Dinge sollte man sich Zeit nehmen.«

Nachdenklich ließ Khoury seinen Blick über den Platz schweifen und beobachtete seine Männer, die Kisten voll Waffen und Säcke voll Vorräte trugen. Schließlich nickte er. »Du hast recht. Sie haben ein paar schöne letzte Augenblicke verdient. Würdest du dich um das Fest kümmern?«

Leigh schüttelte den Kopf. »Um ehrlich zu sein, wollte ich dich um etwas anderes bitten.«

»Worum?«

»Um die Erlaubnis, die Mauer zu verlassen.«

Khoury runzelte die Stirn. »Wieso?«

»Ich möchte Kheeran fortbringen.« *Und Weylin,* aber Letzteren erwähnte er nicht, denn der Halbling hatte keinen Wert für diesen Krieg, sondern nur für ihn allein. »Er ist der rechtmäßige Thronerbe, und solange Aldren nicht von den Göttern anerkannt wurde, behält er seinen Anspruch auf die Krone. Wenn jemand Aldren stürzen kann, dann er.«

»Aber er war bei seinem Volk nicht sehr beliebt.«

»Nein, aber das war, bevor Aldren zum Kriegstreiber wurde«, argumentierte Leigh. »Gewiss gibt es unter den Fae auch einige, die Aldren nicht wollen und Kheeran mit offenen Armen empfangen würden. Aber das geht nur, wenn er überlebt. Wir sollten ihn schützen und nicht als Kanonenfutter verheizen.«

Erneut breitete sich nachdenkliches Schweigen aus.

»Wohin würdest du ihn bringen?«

»Das würde ich lieber nicht sagen, solltet ihr gefangen und gefoltert werden.«

Khoury nickte und stieß ein Seufzen aus. »Einverstanden, ich erlaube es dir.«

»Danke! Ich nehme auch den Halbling mit. Er ist ohnehin keine große Hilfe. Ceylan ebenfalls.«

»Warum Ceylan? Sie ist eine Novizin.«

»Ja, aber sie hat die letzten Wochen in Nihalos verbracht. Ihr fehlt es an Übung, und ihre Gabe erscheint mir unberechenbar. Außerdem bezweifle ich, dass Kheeran das Niemandsland ohne sie verlässt. Denkst du nicht?«

Khoury schnaubte. »Er hat wirklich einen Narren an ihr gefressen.«

»Kann man es ihm verdenken? Sie ist hübsch, tapfer, ehrlich und nicht auf den Mund gefallen.«

»Klingt ganz nach deinem Geschmack. Schade für dich, dass sie keinen Schwanz zwischen den Beinen hat.«

Leigh schnalzte mit der Zunge. »Keine Sorge, es gibt genug Schwänze für mich.«

»Wie den des Halblings?«

Er riss den Kopf herum. »Was? Wie kommst du darauf?«

Khoury lachte. »Leigh, wie lang sind wir befreundet? Achtzig Jahre? Ich kenne dich und bin nicht blind. Ich sehe doch, mit was für einem Blick du Weylin anschaust. Außerdem ist er genau die Art Mann, an der du immer Gefallen findest. Groß und stark, mit dunklen Haaren und dunklen Augen. Und etwas geheimnisvoll.«

»Dir ist klar, dass du dich gerade selbst beschrieben hast?«, feixte Leigh.

»Ich würde mich nicht als geheimnisvoll bezeichnen.«

»Stimmt, aber falls es dich tröstet: Wärst du nicht so ein großer Trottel, könnte ich dich trotzdem gut finden.«

»Besser nicht, ich würde dir nur das Herz brechen.«

Leigh schmunzelte und verpasste Khoury einen sanften Stoß gegen die Schulter. Sie blieben noch eine Weile nebeneinandersitzen und beobachteten das Treiben, bis ein Wächter kam, um Khoury zu holen. Sie verabschiedeten sich, und Leigh ließ ihn wissen, dass er plante, die Mauer mit den anderen bei Anbruch der nächsten Dämmerung zu verlassen. Er wollte keine Zeit verschwenden und machte sich unmittelbar auf den Weg zu Weylin, um ihm von seinen Plänen mitzuteilen.

Der Halbling hatte ein Zimmer nur zwei Türen von seinem entfernt zugewiesen bekommen. Leigh trat an die geschlossene Tür heran, als er die sanften Klänge einer Laute hörte. Er kannte diese Melodie, damals gespielt auf einer Harfe in einem Geschäft in Nihalos. Auf der Laute klang das Lied anders, aber noch immer traurig und schwermütig.

»Die Wellen aus Schmerz, sie tragen mich
hinaus auf ein Meer, weit weg von dir.
Ich rufe dich, doch du hörst mich nicht.
Ich greife nach dir, doch du siehst mich nicht.
Die Wellen aus Schmerz zerschlagen mich.«

Gänsehaut überzog Leighs Arme bei dem Klang von Weylins Stimme. Sie war kraftvoll und zart zugleich und wunderschön, auf eine schaurige Art und Weise. Sie erinnerte Leigh an erfrorene Blumen und im Eis eingeschlossene Schmetterlinge. Sie war nicht gewaltig wie ein Vulkan, aber magisch in ihrer Ruhe. Reglos verweilte er vor der Tür, doch Weylins Gesang war verstummt, ebenso wie der Klang seiner Laute.

Plötzlich wurde die Tür aufgezogen, und Weylin stand ihm gegenüber. Sein Haar war feucht und wirkte noch dunkler als sonst. Seine Augen waren im Halbschatten des Ganges beinahe schwarz. Er trug keine Schuhe, aber die Uniform eines Wächters, die man ihm zur Verfügung gestellt hatte, da seine eigene Kleidung von der Reise dreckig und zerschlissen gewesen war. »Willst du nicht reinkommen?«

Leigh räusperte sich. »Tut mir leid, ich wollte dich nicht belauschen.«

Weylin verzog die Lippen. Es war nur die Andeutung eines Lächelns. »Du darfst mich jederzeit belauschen.«

Er trat einen Schritt beiseite und ließ Leigh in das schwach beleuchtete Zimmer. Es war ein karger Raum mit nichts als einer Pritsche und einem Schreibtisch, auf dem sich leere Teller stapelten.

»Wo hast du die Laute her?«, fragte Leigh mit Blick auf das Instrument, das auf dem Bett lag.

»Ich habe einen Wächter damit gesehen und gefragt, ob ich sie mir leihen kann.«

»Du spielst wirklich gut.«

Verlegen senkte Weylin das Haupt. »Danke!«

Leigh schritt durch den Raum und trat an das Fenster heran, das sich zum Dornenwald öffnete. Am Rand des Waldes standen die Bäume weit auseinander und waren nur dünn gewachsen, da die Mauer sie oft der Sonne beraubte, doch mit jedem Fuß wurden die Bäume dicker und dichter. »Ich möchte dich wegbringen.«

»Wohin?«

Er wandte sich wieder zu Weylin um, der sich zu der Laute auf die Pritsche gesetzt hatte, als würde er es nicht ertragen, dem Instrument fern zu sein. Ob er dessen Besitzer mit Gold bestechen könnte, sie an Weylin abzutreten? »Auf den magischen Schwarzmarkt in Askane. Dort bist du sicher.«

»Vor wem? Ceylan?«

Leigh schüttelte den Kopf. »Nein, sie wird dir nichts tun.«

»Da bin ich mir nicht so sicher.«

»Sie ist manchmal aufbrausend, aber du kannst ihr vertrauen.«

Weylin gab einen Laut von sich, der Leigh wissen ließ, dass er das anzweifelte, aber er musste ihm nicht glauben. Ihm genügte es, dass sowohl Weylin als auch Ceylan ihm vertrauten. Und er war sich mit absoluter Sicherheit gewiss, dass die beiden einander nicht anrührten, solange es ihn gab.

»Ich weiß nicht, wer dein Meister ist«, sagte Leigh. »Und um ehrlich zu sein, bin ich mir nicht sicher, ob es nicht womöglich Aldren ist. Vielleicht war das, was während der Krönung geschehen ist, eine Täuschung. Er hat dir befohlen, Kheeran zu töten und ihn zu verletzen, sodass der Verdacht nicht auf ihn fällt.«

Ein schmerzerfüllter Ausdruck trat auf Weylins Gesicht. Es war der Fluch, der ihm untersagte, auf Leighs Vermutung einzugehen. Es war erstaunlich kluge Magie, die er nicht ganz zu durchschauen vermochte. In vielen Dingen konnte Weylin frei sprechen, in anderen nicht. Und noch hatte er nicht versucht zu fliehen, um zu seinem Meister zurückzukehren, aber Leigh ahnte, dass es nur eine Frage der Zeit wäre, bis dies geschah. Denn wer auch immer es war, denjenigen würde Weylin nicht einfach gehen lassen.

»Falls ich mit meinem Verdacht richtigliege, möchte ich nicht, dass du hier bist, sollte Aldren mit seinen Truppen an die Mauer kommen«, fuhr Leigh fort und setzte sich neben Weylin auf die Pritsche, deren altes Holz unter ihrem Gewicht bedrohlich knackte. »Außerdem will ich mein Versprechen halten. Und ich kenne keinen Ort, an dem sich mehr kluge Köpfe versammeln, die dir helfen könnten, als auf dem Schwarzmarkt.«

Weylin nickte ohne Widerstand. »Wann brechen wir auf?«

»Morgen bei Sonnenaufgang.«

▽

»Wir brauchen noch mehr Steine!«, brüllte Ceylan und deutete auf eines der Geschosse, das genutzt werden würde, um Aldrens Soldaten ein Vorankommen möglichst schwer zu machen. Sie hatte das schwarze Haar zu einem schweren Zopf geflochten, aus dem sich bereits etliche Strähnen gelöst hatten. Schweiß stand auf ihrer Stirn, und sie wirkte erschöpft, doch der Blick aus ihren dunklen Augen war wachsam. Sie stellte sich den Vorbereitungen auf den Krieg ohne Furcht, und wenn die Zeit es erlaubte, würde eines Tages eine hervorragende Wächterin aus ihr werden. Vielleicht würde sie sogar der erste weibliche Field Marshal, doch dafür musste sie überleben, und die Mauer und das Abkommen mussten den Krieg überdauern.

Leigh trat neben sie. Ceylan sah auf, wandte den Blick aber sofort wieder ab. »Was willst du?«

Sie hatten seit ihrem Streit um Weylin nicht mehr gesprochen, zumindest nicht ohne die Anwesenheit anderer Wächter. All ihre Gespräche hatten sich um Aldren gedreht und die Bedrohung, die von ihm ausging. »Kann ich mit dir reden?«

»Geht es um den Halbling?«, fragte Ceylan, ohne ihn anzusehen.

Leigh beobachtete, wie ein paar Novizen weitere Steine heranschafften. Dafür, dass sie über Ceylan spotteten, waren sie ihr ziemlich gefügig. »Ja, und um Kheeran.«

Der Name des ehemaligen Prinzen ließ Ceylan aufhorchen. Sie sah sich um und bedeutete Leigh, ihr ein paar Schritte zu folgen, damit sie abseits der Vorbereitungen reden konnten. Dort verschränkte sie die Arme vor der Brust. »Was ist mit Kheeran?«

»Er ist an der Mauer nicht sicher.«

Sie seufzte. »Ich weiß, Aldren wird versuchen, ihn zu töten.«

»Wir werden ihn wegbringen und verstecken.«

Ceylan nickte. »Wann?«

»Morgen bei Sonnenaufgang.«

»Ich werde mich später von ihm verabschieden«, sagte Ceylan gleichgültig, aber Leigh kannte die Wächterin mittlerweile gut genug, um zu erkennen, dass sie ihre wahren Gefühle dahinter zu verbergen versuchte. Sie wollte sich nicht von Kheeran verabschieden müssen, und das musste sie auch nicht.

»Das ist nicht nötig«, sagte Leigh. »Du kommst mit uns.«

Ceylan blinzelte. »Warum?«

»Weil ich deine Hilfe brauche«, log er, denn er wusste, sie würde ihn niemals begleiten, wenn er ihr offenbarte, sie sei seiner Meinung nach nicht bereit für einen Krieg. Ihr Verstand war es vielleicht, und was in Nihalos geschehen war, hatte sie über sich hinauswachsen lassen, aber sie war nicht in Form für einen Kampf gegen Fae und Elva. »Wir müssen Kheeran beschützen. Sein Überleben ist nun wichtiger denn je. Und ich weiß, dass er dir vertraut.«

»Was ist mit den anderen? Ich will sie nicht im Stich lassen.«

»Das tust du nicht. Du bist ihnen und dem Abkommen die größte Hilfe, wenn du mit mir kommst.«

Ceylan zögerte, die Lippen nachdenklich aufeinandergepresst, doch schließlich nickte sie. Leigh wäre beinahe ein erleichtertes Seufzen entfleucht. »Einverstanden. Ich helfe noch mit den Steinen, dann bereite ich alles vor.«

»Danke!« Er machte auf dem Absatz kehrt, um Kheeran in seine Pläne einzuweihen, nun, da Ceylan ihm zugesichert hatte, dass sie sie begleiten würde. Doch ihre Stimme ließ ihn noch einmal innehalten.

»Leigh?«

Er drehte sich um. »Ja?«

Sie seufzte und senkte verlegen den Blick auf ihre von Dreck und Matsch verschmierten Stiefel. »Es tut mir leid, wie unser Wiedersehen verlaufen ist. Ich bin froh, dass es dir gut geht. Ich verdanke dir alles, was ich habe. Mein Leben. Meine Uniform. Ich wüsste nicht, wer ich ohne dich wäre.«

»Du wärst immer noch du, und deine Uniform hast du dir ganz allein verdient.«

Sie lächelte schwach, doch in ihren Augen blieb es dunkel. »Was ich damit sagen will, ist, dass du mein vollstes Vertrauen genießt. Was immer du tust und wofür auch immer du dich entscheidest. Ich bin dir treu, auch wenn das bedeutet, dass ich den Halbling dulden muss.«

»Weylin ist kein schlechter Mann.«

»Wie kannst du dir so sicher sein?«

»Glaub mir, ich bin in meinem Leben genug schlechten Männern begegnet, um diese zu erkennen.«

»Ich will nur nicht, dass so etwas wie mit Kheerans Mutter noch einmal geschieht.«

»Das wird es nicht. Nicht, wenn es uns gelingt, seinen Fluch zu brechen.«

»Und wenn nicht?«, fragte Ceylan zögerlich.

Daran wollte Leigh nicht denken, aber er wusste, dass diese Möglichkeit bestand und Weylin in den Händen seines Meisters zu einer Waffe gegen sie werden konnte. »Dann töte ich ihn, aber so weit kommt es hoffentlich nicht.«

20. Kapitel – Freya

– Thobria –

Freya reckte ihr Gesicht der Sonne entgegen. Die letzte Wärme des Tages kribbelte auf ihrer Haut, und aus dem Norden wehte eine kühle Brise über das Deck, welche ihr den Geruch des Meeres in die Nase trieb. Sie seufzte zufrieden und wünschte sich, sie könnte sich vom Wind und den Wellen weitertreiben lassen. Doch das war nicht möglich, wenn sie ihr Land und ihr Volk nicht im Stich lassen wollte. Sie konnte nicht zulassen, dass Kheeran ihrem Vater ins offene Messer lief, sobald der beschloss, dass er nicht länger warten konnte und ohne Elroys Leute in den Krieg zog. Denn dass er das früher oder später tun würde, stand außer Frage.

»Du hast einen Sonnenbrand auf der Stirn.«

Freya öffnete die Augen und schirmte sie mit ihrer Hand ab. Sie erkannte Rae. Unaufgefordert setzte sich die Frau neben Freya an die Reling und hielt ihr einen Teller mit Essen entgegen. Offenbar war Rae nicht entgangen, dass sie die letzten beiden Mahlzeiten hatte ausfallen lassen, aber ihr Magen war ein Knoten aus Angst und Sorge, sobald sie sich erlaubte, an ihre Situation zu denken.

»Du musst etwas essen.«

Sie schüttelte den Kopf.

»Bitte, nur ein paar Bissen.«

Freya seufzte und nahm den Teller mit dem Brot an sich. Es war dick mit Butter beschmiert, und daneben lagen mehrere Stücke Käse und Weintrauben. Sie schob sich eine Traube in den Mund. Sie schmeckten herrlich süß, aber genießen konnte sie den Geschmack nicht.

Rae schwieg, während Freya aß. Zuerst protestierte ihr Magen gegen die Nahrung, doch nach ein paar Bissen akzeptierte er sie, und Freya leerte den Teller, bis nichts mehr übrig war. Sie zog eines der Papiere, die sie nun stets bei sich trug, aus einer Tasche ihrer Hose.

Danke!

Rae hatte ihr Gesicht der Sonne zugewandt, die ihrer braunen Haut einen bronzenen Schimmer verlieh und die goldenen Ringe in ihren Ohren zum Funkeln brachte. »Nichts zu danken.«

Wann gehst du zurück nach Séakis?

»Ich weiß noch nicht«, antwortete Rae und schielte in ihre Richtung. »Willst du mich loswerden?«

Freya schüttelte heftig den Kopf und griff nach der Hand der anderen Frau. Sie drückte sie fest und sah ihr dabei in die Augen. Inzwischen wusste sie, dass Rae es gewesen war, die Elroy verraten hatte, wo er Larkin in Weidar fand. Sie hatte gehofft, die Hochzeit verhindern zu können, wenn sie Elroy half, das Geheimnis der Unsterblichkeit zu erfahren, bevor sie im Tempel vor den Altar traten. Ihr Plan war an Larkins Ehrgefühl gescheitert, aber Freya war ihr nicht böse. Sie hatte Larkin zwar verraten, aber sie hatte ihr auch geholfen, aus dem Palast zu entkommen und den Suchzauber zu wirken. Dafür war sie ihr unendlich dankbar. Denn in den kalten Nächten auf See war die Erinnerung an Larkin das Einzige, was sie wärmte.

Rae lächelte. »Das freut mich.«

Freya zog ihre Hand nicht zurück. Es war traurig, aber das erste Mal seit achtzehn Jahren hatte sie das Gefühl, eine Freundin zu haben. Die anderen Mädchen und Frauen am Hof hatten sie nie sonderlich gemocht. Sie hatte ihre Zeit immer mit Kheeran verbracht, und nach seinem Verschwinden hatte sie sich oft allein gefühlt, aber nun war sie das nicht mehr. Rae hatte ihr in den letzten Tagen viel erzählt, über Séakis, ihre Familie und ihre verstorbene Schwester, nach der Elroys Schiff benannt war. Und sie hatte sich entschuldigt für ihr grobes Verhalten am Anfang, aber auch das nahm Freya ihr nicht übel. Sie hatte nur Befehle ausgeführt und versucht, Elroy vor einem Fehler zu bewahren. Doch dafür war es nun zu spät, weshalb sie nichts mehr in Lavarus hielt. Dennoch war sie geblieben, um zu helfen.

»Rae, du Verräterin!«, rief Elroy. Sie sahen auf. Er kam auf sie zu, ein Grinsen im Gesicht, den Blick auf ihre miteinander verwobenen Finger geheftet, und blieb vor ihnen stehen. »Versuchst du etwa, meine Gemahlin zu verführen?«

»Würde ich es versuchen, läge sie längst in meinem Bett.«

Elroy lachte. »Worüber habt ihr geredet?«

»Darüber, was für ein schlechter Liebhaber du bist.«

»Das könnt ihr überhaupt nicht beurteilen.«

»Helenia hat darüber des Öfteren geklagt.«

Elroy schnappte empört nach Luft. »Eine Verräterin *und* eine Lügnerin.«

»Stimmt, sie hätte niemals schlecht über dich geredet«, sagte Rae mit einem wehmütigen Lächeln. Auch über Elroys Gesicht legte sich ein Schatten, der es Freya noch schwerer zu begreifen machte, warum er so besessen von der Unsterblichkeit war. Warum wollte er den Schmerz über den Verlust Helenias Hunderte Jahre lang ertragen, wenn er sie bereits in dreißig, vierzig oder fünfzig Jahren wiedersehen könnte?

Sie setzte den Stift aufs Papier, um genau das zu fragen. Doch bevor sie das erste Wort schreiben konnte, sprang Elroy auf. »Ich bin nur gekommen, um euch zu sagen, dass wir in weniger als einer Stunde in Askane anlegen. Packt eure Sachen, der Schwarzmarkt wartet.«

△

Der Hafen von Askane sah noch genauso aus wie in Freyas Erinnerung. Schiffe und Boote, wohin das Auge blickte. Stege voller Menschen und Stände, an denen frischer Fisch verkauft wurde.

Die Sonne war dabei unterzugehen, und die letzten Fischer holten ihre Netze ein. Sie erinnerte sich daran, wie sich Larkin damals über den Geruch beklagt hatte und wie ungern er die *Segelnde Schenke* betreten hatte. Heute wusste sie, dass nicht ausschließlich Elroy, sondern seine Seekrankheit für seine finsteren Blicke verantwortlich gewesen war. Die Erinnerung löste ein schmerzhaftes Ziehen in Freyas Brust aus, das sie schnell verdrängte.

»Ihr bleibt hier und kümmert euch um die *Helenia*. Füllt die Vorräte auf und schrubbt das Deck mal ordentlich«, sagte Elroy an seine geschrumpfte Mannschaft gerichtet. »Freya, Rae und ich werden dem Markt einen Besuch abstatten und kommen so schnell wie möglich zurück. Solange ich weg bin, hat Braxton das Sagen.«

»Aye, aye, Captain!«, riefen die Männer im Einklang.

Sie stiegen von dem Schiff auf den Steg, an dem sie angelegt hatten. Die Kapuzen ihrer Mäntel tief ins Gesicht gezogen, damit sie nicht erkannt wurden, huschten sie zu den Kutschen, die am Hafen Askanes bereitstanden, um die angereisten Kaufleute durch die Stadt und das Land zu kutschieren.

Der Kutscher öffnete ihnen die Tür. Freya stieg hinter Rae in das Gefährt, während Elroy dem Mann ein Silberstück in die Hand drückte und ihn wissen ließ, wohin er sie bringen sollte. Eine Falte bildete sich zwischen seinen Augenbrauen, aber er stellte ihren Wunsch nicht infrage. Kurze Zeit später setzte sich die Kutsche in Bewegung und polterte über die unebenen Wege. In der Stadt wurden die Straßen ebener und sie weniger durchgerüttelt. Freya schob sich die Kapuze aus dem Gesicht und betrachtete die vorbeiziehende Stadt. Anders als in Amaruné war der Frühling hier bereits eingekehrt. Knospen hingen nicht nur vereinzelt an den Bäumen, sondern zartes Grün säumte die Äste. Die Türen der Läden standen offen, um die frische Frühlingsluft hereinzubitten, und die ersten Blumenbeete wurden bereits bepflanzt.

Plötzlich wurde die Kutsche langsamer und kam zum Stehen, obwohl sie ihren Bestimmungsort noch nicht erreicht hatten. Freya ließ den Vorhang zufallen und sah Elroy mit gerunzelter Stirn an. Er verstand ihre unausgesprochene Frage, auch ohne dass sie sie aufschrieb: *Warum halten wir an?*

»Vielleicht ist die Straße blockiert.« Er drehte sich auf der Sitzbank um und schob das kleine Fenster auf, das Gästen der Kutsche erlaubte, mit dem Fahrer zu sprechen. Doch dieser war bereits in die Unterhaltung mit einem anderen Mann vertieft. Freya sah ihn nicht, hörte aber seine kratzige Stimme.

»Wer sitzt in Eurer Kutsche?«, fragte der Fremde.

»Drei Reisende«, antwortete der Kutscher.

»Sind sie mit einem Schiff gekommen?«

»Ja, mein Herr.«

»Das kostet drei Kupfermünzen.«

»Das letzte Mal musste ich nur eine bezahlen.«

»Die Preise wurden auf einen Tolar pro Person erhöht.«

»Aber ich bekomme nur fünf Kupfermünzen bezahlt.«

»Dann holen wir uns das Geld von Euren Gästen.«

Elroy wandte sich an Freya. »Das sind die Männer deines Vaters.«

Kaum hatte er die Worte ausgesprochen, wurde die Kutschentür geöffnet. Eilig zog sich Freya die Kapuze in die Stirn. Zu ihrem Glück war ihr Haar geflochten, und anstatt eines prachtvollen Kleides trug sie eine schlichte Hose. Das allein machte sie vermutlich für viele Einwohner Thobrias unsichtbar, solange ihr Vater nicht wieder mit Plakaten und Flugblättern nach ihr suchen ließ.

Der Fahrer warf ihnen einen entschuldigenden Blick zu, als er auch schon von einem breitschultrigen Mann in der dunkelblauen Uniform der Garde beiseitegeschoben wurde. »Seid gegrüßt. Euer Kutscher besitzt nicht das nötige Geld, um Eure Weiterreise zu bezahlen. Wenn Ihr ins Landesinnere wollt, kostet das einen Tolar pro Kopf, die umgehend zu entrichten sind.«

Elroy bezahlte das Geld ohne einen widerspenstigen Ton, obwohl ihm sein Missfallen anzusehen war. Der Gardist nickte zufrieden und schloss die Tür, ohne einen von ihnen erkannt zu haben. Kurz darauf setzte sich die Kutsche in Bewegung.

Freya zog Papier und Stift hervor. *Was war das?*

»Wegzoll«, antwortete Elroy. »Das verlangt dein Vater seit Kurzem in allen großen Städten. In Amaruné, Askane, Evardir, Weidar und ein paar anderen. Jeder, der die Stadt verlässt oder reinwill, muss bezahlen.«

Jeder?

»Ja.«

Was ist mit den Bauern und Händlern?

»Wie gesagt: jeder.«

Freya runzelte die Stirn. Das konnte ihr Vater nicht machen. Die Bauern und Händler mussten die Städte ständig verlassen, um neue Ware heranzuschaffen und ihre Felder zu pflegen. Er konnte ihnen nicht jedes Mal eine Kupfermünze abknöpfen, zusätzlich zu den Steuern, die er bereits verlangte. Doch den Leuten blieb keine andere Wahl, wenn sie nicht alles verlieren wollten. *Das ist nicht gerecht.*

Elroy schnaubte. »Liebes, dein Vater hat dir die Zunge rausgeschnitten. Du solltest besser als jeder andere wissen, dass König Andreus kein gerechter Mann ist, sondern ein machtgieriger Drecksack, der für seinen geplanten Krieg so viel Geld wie möglich heranschafft. Warum also es nicht den Leuten aus der Tasche ziehen, die man später ohnehin an der Front verheizt?«

Freya schluckte. Ihr Vater schien wirklich alles daranzusetzen, möglichst bald in Melidrian einzumarschieren. Und das bereitete ihr Angst. Vielleicht hatte sie die Situation falsch eingeschätzt, und ihr blieb nicht so viel Zeit wie gedacht, um seine Pläne zu durchkreuzen.

Sollte sie ihr Vorhaben, Kheeran aufzusuchen, noch einmal überdenken? Was, wenn er die Bedrohung als so unmittelbar wahrnahm, dass er beschloss, selbst anzugreifen? Dieser Gedanke war ihr bisher nicht gekommen, denn ihr Bruder war eine sanfte, gutmütige Seele. Leid und Schmerz zu erzeugen, war das Letzte, was Kheeran im Sinn hatte, aber was, wenn ihr Vater ihm keine andere Wahl ließ?

Nein, selbst unter diesen Umständen wäre es besser, ihn zu warnen und mit ihm zu reden. Er könnte sich und sein Volk darauf vorbereiten, und gemeinsam könnten sie ein Vorgehen erarbeiten, um dem möglichen Krieg ein schnelles Ende zu bereiten. Um Leben zu retten. Der letzte Krieg hätte die Bevölkerung auf beiden Seiten beinah gänzlich ausgelöscht, wäre nicht in letzter Minute das Abkommen geschlossen worden. Es hatte Jahrhunderte gebraucht, um sich von diesen Verlusten zu erholen.

Die Kutsche kam erneut zum Stehen, was Freya aus ihren Gedanken holte. Sie spitzte aus dem Fenster, in der Erwartung einer weiteren Straßensperre, als sie erkannte, dass sie mitten im Nirgendwo waren. Ihr Blick reichte nicht weit, denn die Sonne war untergegangen. Das Licht der Laterne an der Kutsche verlor sich in der Dunkelheit, und das Licht der Monde wurde von den Bäumen ausgesperrt, die sich dicht an dicht drängten. Die Ängste und Sorgen, die seit Tagen in Freyas Brust hausten, machten Platz für ein erfreutes Kribbeln bei der Vorstellung, bald über den Markt zu schlendern und der Magie endlich wieder nah zu sein.

Die Tür wurde geöffnet. Kalter Wind fegte herein. Verunsicherung spiegelte sich auf dem Gesicht des Mannes, als er sie der Reihe nach ansah, wobei die Kapuzen nur wenig von ihren Gesichtern preisgaben. Sein Blick blieb an Elroy hängen. »Seid Ihr sicher, dass Ihr hierher wolltet?«

»Wir sind genau richtig.«

Er stieg aus und half zuerst Rae, anschließend Freya aus dem Wagen. Der beißende Geruch von Rauch lag in der Luft. Der Kutscher reichte ihnen ihre Beutel und fuhr mit einem letzten besorgten Blick davon. Sie verweilten an Ort und Stelle, bis das Poltern der Räder kaum zu hören war. Erst dann wagte es Freya, nach dem Talent an ihrem Hals zu greifen. Sie ließ die gläserne Perle platzen und befreite die darin eingesperrte Flamme. Freudig tanzte das Feuer in ihrer Hand.

Rae sagte nichts, aber ihr erstaunter Blick brachte Freya zum Lächeln. Sie hatte ihr von ihrer Magie erzählt, aber es war das erste Mal, dass Rae sie erlebte.

Elroy führte sie in den Wald, wobei Freya dankbar war, ihn an ihrer Seite zu haben, denn sie wüsste nicht, ob sie den Weg zum Markt allein gefunden hätte. Der Geruch von Rauch wurde mit jedem Schritt stärker und war durchsetzt von einem Gestank, den Freya kannte, aber nicht zuordnen konnte. Sie begann durch den Mund zu atmen.

»Ist das der Markt, der so stinkt?«, fragte Rae.

»Nein, er ist magisch abgeriegelt. Weder Gerüche noch Laute dringen nach außen«, antwortete Elroy.

In den Büschen neben ihnen raschelte es, und Freya zuckte zusammen, als der Igel, der darin hauste, die Flucht ergriff. Sie wusste, dass sie hier keine Elva zu fürchten hatte, doch auch nach all den Monaten war ihr die Begegnung mit den Kreaturen im Nebelwald noch gut im Gedächtnis, was einer der Gründe war, weshalb sie Melidrian nicht ohne ein feuergebundenes Schwert betreten wollte. Und vielleicht fanden sie einen Fae, der sich bereit erklärte, sie nach Nihalos zu bringen, wenn sie ihm die Lage erklärten.

Elroys Schritte wurden langsamer, als sich die Bäume lichteten. Freyas Herzschlag beschleunigte sich, und sie glaubte, das Kribbeln der Magie bereits zu spüren. Erwartungsvoll traten sie in das Grau, das sie am Ende des Waldes grüßte. Doch es war keine Wand aus Nebel, die sie an einen heiteren, bunten Ort brachte, sondern ein Feld aus Asche, das sich vor ihnen auftat. Der Markt … er war fort!

21. Kapitel – Larkin

– Auf dem Schwarzmarkt –

Larkin kauerte über dem verbrannten Papier und versuchte den wenigen leserlichen Worten eine Bedeutung zuzuordnen. Es waren die Schriften aus Yaras Zelt, die er aus dem Schutt befreit hatte, in der Hoffnung, einen Hinweis auf weitere Dunkelgänger oder sogar die Verschwörung mit König Andreus zu finden. Doch bisher hatte er weder das eine noch das andere entdeckt.

Frustriert blickte Larkin auf gen Himmel. Es war eine sternenklare Nacht, in der die Monde so hell leuchteten, dass er das Licht des Feuers vermutlich nicht gebraucht hätte. Allerdings genoss er die Wärme, die es ihm spendete, da der kalte Wind aus dem Norden nun ungehindert über den zerstörten Marktplatz hinwegfegte und Staub und Asche über das Land verteilte.

Er wollte längst nicht mehr hier sein, aber er war geblieben, in der Hoffnung, dass Dunkelgänger früher oder später vorbeikämen, um nach dem Markt zu sehen. Bisher war das nicht geschehen. Er würde noch zwei Nächte verweilen, bevor er weiterzog, um der Mauer einen Besuch abzustatten. Vermutlich wäre es klüger, sich von seinem früheren Stützpunkt fernzuhalten, aber wenn ihm jemand helfen konnte, die Dunkelgänger aufzuspüren, war es dieser Taugenichts von Leigh Fourash. Er hatte vor seiner Zeit an der Mauer selbst als Dieb für Dunkelgänger gearbeitet. Seitdem waren viele Jahrzehnte vergangen, und die meisten Männer und Frauen, mit denen Leigh zusammengearbeitet hatte, waren vermutlich längst tot, aber er war der einzige Anhaltspunkt, der Larkin geblieben war.

Larkin packte das verbrannte Papier unter einen Stein, damit es vom Wind nicht davongetragen wurde, als er plötzlich ein Geräusch vernahm, das nicht hierhergehörte. Angespannt lauschte er in die Nacht hinein und erkannte Stimmen. Ein Mann und eine Frau, doch sie waren nicht allein. Eine dritte, schweigsame Person war bei ihnen. Seine geschärften Sinne vernahmen ihre Schritte. Waren das Dunkelgänger oder Besucher des Marktes, die noch nicht von dem Unglück erfahren hatten?

Er griff nach seinem Schwert und folgte den Stimmen.

»Ich verstehe das nicht«, sagte der Mann.

»Sieht aus, als hätte es einen Kampf gegeben. Dort drüben liegt jemand, der erstochen wurde«, erwiderte die Frau mit demselben Akzent, nur dass er bei ihr stärker durchdrang. Sie wirkten ratlos und verunsichert. Larkin schob das Schwert in die Scheide an seinem Gürtel, um ihnen keine Angst einzujagen.

»Wer ist da?«, rief er den Stimmen entgegen.

Die Stimmen verstummten.

»Was ist?«, fragte der Mann einen Moment später. Die Frage schien nicht an Larkin gerichtet zu sein, aber er bekam auch keine Antwort, als sich plötzlich schnelle Schritte geradewegs auf ihn zubewegten. Aus Gewohnheit legte er seine Hand doch wieder auf den Griff seiner Waffe, als auf dem Hügel eines Trümmerhaufens eine zierliche Gestalt erschien.

Larkins Finger fielen von dem Schwert. Er blinzelte. Träumte er? Sie trug einen einfachen Umhang und eine schlichte Hose, ihr Gesicht lag im Halbschatten der Nacht und der Monde, dennoch erkannte er sie. Er würde sie überall erkennen. Freya …

Was machte sie hier?

Ungeachtet dieser Frage wurden seine Schritte schneller. Ohne den Blick voneinander zu lösen, rannten sie aufeinander zu. Am Fuße des Trümmerhaufens, inmitten von Schutt und Asche, warf sich die Frau, die selbst die dunkelsten Nächte in seinen Gedanken erhellte, an seinen Hals. Larkin schlang seine Arme fest um Freya. Geradezu schmerzhaft klammerte sie sich an ihn. Ihre Finger drückten in seine Schultern, aber er ließ nicht von ihr ab. Stattdessen presste er sie noch fester an sich und vergrub sein Gesicht an ihrem Hals. Tief inhalierte er ihren Duft, und nicht einmal der Gestank des Verderbens, der das Schlachtfeld noch nicht ganz verlassen hatte, konnte darüber hinwegtäuschen, wie süß und lieblich sie roch.

»Freya.« Er wusste nicht, warum, aber er musste ihren Namen sagen, um sich zu vergewissern, dass sie wirklich bei ihm war. Sie schluchzte glücklich und nickte, und er hatte das Gefühl, das Herz, das ihm aus der Brust gesprungen war, endlich wieder in den Armen zu halten. Denn das war Freya. Sein Herz. Sein Ein und Alles. In einer Welt, in der ihm nichts mehr geblieben war, war sie das Einzige, was ihn vom Nichts trennte.

Er lockerte seine Umarmung, obwohl er weit davon entfernt war, Freya loszulassen. Sie blickte zu ihm auf, und kurz darauf trafen ihre Münder ungehalten aufeinander.

Er verstand nicht, was sie hier machte. Noch weniger begriff er, wie sie überhaupt hier sein konnte, aber das war ihm gleich. Der salzige Geschmack ihrer Freudentränen vermischte sich auf seinen Lippen mit ihrem eigenen süßen Aroma, das Larkin seit jener Nacht in Weidar jeden Tag vermisst hatte. Eine schmerzhafte Enge breitete sich in seiner Hose aus. Er wollte Freya in sein Bett zerren und jede Stelle ihres Körpers küssen, um sie die Zeit vergessen zu lassen, die sie voneinander getrennt gewesen waren. Er würde sie nicht mehr gehen lassen. Nie wieder.

Er nahm seinen Mund von ihrem und blickte in ihr Gesicht, das er mit beiden Händen umfasste. Ihre Lippen standen leicht offen. Ihre Wangen waren gerötet und die Monde ließen die Tränen auf ihren Wangen wie Diamanten glänzen. Sie war so wunderschön, dass es ihm das Herz zusammenzog und er nicht anders konnte, als einen weiteren Kuss zu stehlen.

»Ich wusste, dass wir uns wiedersehen würden«, murmelte er an ihren Lippen. Sein Verstand hatte oft daran gezweifelt, aber sein Herz hatte nicht zugelassen, dass er die Hoffnung aufgab.

Freyas und seine Geschichte war noch nicht vorbei, trotz all der Widrigkeiten zwischen ihnen.

Freya legte ihre Hände, die so viel kleiner und zarter waren, auf seine und lächelte ihn an. Er konnte sich nicht daran erinnern, jemals in seinem Leben auf diese Weise angesehen worden zu sein. Diese Erkenntnis brachte ihn selbst zum Lächeln, und Freyas Mundwinkel hoben sich noch etwas weiter, als machte es sie glücklich, ihn glücklich zu sehen. Doch sie sagte nichts.

Er strich mit den Daumen über ihre Wange. »Was machst du hier?«

Freyas Lächeln wurde schmaler, und sie schmiegte sich in seine Berührung, als fürchtete sie, ihre Antwort könnte ihn dazu bringen, von ihr abzulassen. Wortlos erwiderte sie seinen Blick, als er erkannte, dass es nicht länger Freudentränen waren, die sich einen Weg über ihr Gesicht bahnten. Kummer hatte ihre Freude abgelöst. Larkins Magen zog sich zusammen, mehr noch als beim Anblick der Leichen.

Er schluckte. »Was ist geschehen?«

»König Andreus hat ihr die Zunge rausgeschnitten.«

Die Frage wurde nicht von Freya beantwortet, sondern von einer der Stimmen, denen er gefolgt war. Aus der Nähe erkannte er sie als Elroys. Er blickte auf und entdeckte den Piraten nur ein paar Fuß entfernt auf dem Trümmerhaufen. Doch er empfand weder Wut noch Verachtung beim Anblick des Mannes, der in Weidar versucht hatte, ihn zu erpressen, sondern nur Ratlosigkeit.

»Was hast du gesagt?«

»Freya kann nicht mehr sprechen. Ihr Vater hat ihr die Zunge rausschneiden lassen.«

Fassungslos wanderte Larkins Blick zu Freya. Stumme Tränen rollten über ihr Gesicht. »Stimmt das?«

Sie nickte und kniff die Augen zusammen, als schämte sie sich. Aber sie war nicht diejenige, die das tun sollte, sondern

König Andreus! Die letzten Monate hatten Larkin deutlich gezeigt, dass der König nicht der gnädige Gott war, für den er ihn all die Jahre gehalten hatte. Inzwischen schien er nicht einmal mehr göttlich, sondern wie ein in Menschenhaut gekleidetes Monster. Wie konnte er seiner eigenen Tochter das antun? Er musste doch wissen, wie sehr Freya das Reden liebte.

Wörter sind nicht begrenzt. Ihr könnt davon so viele benutzen, wie Ihr wollt, ohne dass sie Euch ausgehen.

Doch nun waren ihr die Wörter ausgegangen, und diese Erkenntnis schürte in ihm einen noch nie da gewesenen Hass auf König Andreus. Sein Ziehvater, der Priester in einem königlichen Tempel gewesen war, würde ihn für diese Gottlosigkeit rügen, aber das war Larkin gleich, denn er liebte Freya mehr als seinen Glauben. Er beugte sich vor und legte seine Stirn an ihre. »Ich werde ihn töten für das, was er dir angetan hat.«

»Das habe ich ihr auch schon angeboten«, kam es von Elroy. »Aber sie will nicht.«

Larkin sah ihr fest in die Augen. »Wieso nicht?«

Der Wunsch, ihm zu antworten, stand ihr in die Augen geschrieben, aber sie konnte nicht.

Die Frau an Elroys Seite, der Larkin bisher keine Beachtung geschenkt hatte, trat nach vorn. Sie hatte langes schwarzes Haar und dunkle Haut ähnlich der Elroys. Ebenso wie der Pirat trug sie eine rotbraune Uniform mit goldenen Akzenten. Sie sah jedoch nicht aus wie ein Mitglied seiner Mannschaft, was erahnen ließ, dass sie im Dienst des séakischen Kaiserreichs stand. »Wir kennen uns noch nicht. Mein Name ist Raeiah Turanij und ich bin Prinz Deèglan unterstellt. Mir scheint, als gäbe es viel zu besprechen. Gibt es vielleicht einen anderen Ort, an dem wir das in Ruhe tun können?«

Larkin nickte. Er ergriff Freyas Hand und führte sie zu seinem bescheidenen Lager. Es hatte ihn einen ganzen Tag gekostet, Brauchbares aus den Trümmern zu bergen. Aber er war fündig geworden, sodass er nicht nur ein Dach über dem Kopf hatte, das ihn vor Regen schützte, sondern auch genug Nahrung für einige Tage. Und auch ein paar andere Dinge hatte er aus der Asche ziehen können. Er reichte Elroy, Raeiah und Freya je eine Decke, als sie sich um sein Lagerfeuer setzten. Dann warf er Holzscheite hinein, um es größer und heller brennen zu lassen.

Elroy ergriff als Erster das Wort und deutete auf das Schlachtfeld in ihrem Rücken. »Was ist geschehen?«

»Der Markt wurde vor wenigen Tagen angegriffen.«

»Von wem?«

»Halblingen und Elva.«

»Gemeinsam? Ich dachte, diese Kreaturen sind unzähmbar.«

»Das dachte ich auch«, sagte Larkin mit einem schweren Seufzen. »Ich konnte einen der Halblinge befragen, bevor er starb. Er meinte, sie seien von einem Unseelie gezwungen worden, die Dunkelgänger auszulöschen. Und er ist auch derjenige, der über die Elva befehligt.«

»Das ist ungeheuerlich.«

Larkin nickte. »Ich vermute, dass die Halblinge auch schon zuvor Dunkelgänger getötet haben und ich unwissentlich ihrer Spur gefolgt bin.«

Inzwischen vermutete Larkin, dass die aus Henriks Tagebuch entfernten Seiten Hinweise auf den Markt oder weitere Dunkelgänger enthalten hatten und deswegen von den Halblingen mitgenommen worden waren. Er erzählte Elroy, Raeiah und Freya genau das und noch mehr. Er berichtete auch, dass die Dunkelgänger in Verbindung zum Königshaus standen und in dessen Namen Leute beraubten.

»Tut mir leid, aber dein Vater …«

Bastard! Freya hielt ein Notizbuch in die Höhe, auf dem das Wort gut zu lesen war.

Larkin lachte. Es freute ihn, zu sehen, dass die Prinzessin ihren Kampfgeist im Gegensatz zu ihrer Stimme nicht verloren hatte. »Ja, das ist er, aber was ich sagen wollte, war, dass er sehr gierig ist. Ich habe auf meiner Reise einige Dörfler getroffen, und alle klagen über dasselbe. Dass der König mehr und mehr Steuern einzieht, aber wofür er sie braucht, konnte mir niemand sagen. Die Rede ist von baufälligen Tempeln, aber an diesen wird nichts gemacht. Ihr wisst nicht zufällig, wofür er all das Geld benötigt?«

»Leider wissen wir das zu gut«, sagte Elroy, der seine Hände am Feuer wärmte. »Er plant einen Krieg gegen die Fae, um Melidrian zurückzuerobern. Als Freya das erfahren hat, hat sie ihm gedroht, Kheerans Geheimnis zu offenbaren, damit das Volk seinen Glauben an ihn verliert.«

Ein Krieg. Natürlich. Warum war er nicht selbst darauf gekommen? Nach allem, was er über Andreus erfahren hatte, wunderte es ihn nicht, dass ausgerechnet er das Abkommen brechen wollte. »Hat er dir aus diesem Grund die Zunge entfernt?«, fragte Larkin und sah auf Freya hinab. Sie saß neben ihm, den Kopf an seine Schulter gelehnt. »Damit du niemandem davon erzählen kannst?«

Sie nickte.

»Andreus hat verkünden lassen, sie hätte sich die Zunge bei einem Unfall selbst abgebissen«, sagte Raeiah.

Er konnte nicht fassen, dass ihm das erst jetzt zu Ohren kam. Andererseits hatte er viel Zeit in den Wäldern verbracht und in kleinen Dörfern ausgeholfen, in denen es keine Anschlagtafeln gab, da ohnehin niemand lesen konnte. Dies war eine Fähigkeit, welche den Adeligen und der neuen Mittelschicht Amarunés vorbehalten war. Was vermutlich der einzige Grund war, weshalb Andreus Freya ihre Finger gelassen hatte, denn selbst wenn sie ihr Geständnis aufschrieb, gab es nur wenige, die es entziffern könnten. Und jene standen ohnehin auf Andreus' Seite, da sie mit einem Krieg am meisten Gewinn erzielten.

»Und wann soll dieser Krieg beginnen?«, fragte Larkin.

»Das wissen wir nicht.« Wieder war es Elroy, der antwortete. »Er scheint es eilig zu haben, aber er hat darauf spekuliert, dass ich ihm meine Armee zur Verfügung stelle – was ich nicht tue. Dadurch haben wir Zeit gewonnen. Wir sind auf den Markt gekommen, um uns auszurüsten. Anschließend wollten wir nach Nihalos reisen, um Kheeran zu sprechen. Freya meinte, er könnte uns helfen.«

»Das halte ich für einen Fehler.«

Freya hob den Kopf von seiner Schulter und sah ihn mit zusammengezogenen Augenbrauen an. Sie hatte ein so ausdrucksstarkes Gesicht, und am liebsten hätte er seine Hand in ihren Nacken geschoben, um sie erneut an sich zu ziehen und zu küssen, aber jetzt war nicht die Zeit dafür.

»Kheeran zu warnen, könnte helfen, die Kämpfe einzudämmen, aber verhindern würde es sie nicht. Es wäre klüger, mit Khoury – Field Marshal Tombell – zu sprechen. Es ist die Aufgabe der Wächter, das Abkommen zu schützen. Sie haben das Wort von König Nechtan dem Dritten auf ihrer Seite und die Erlaubnis, wenn nötig mit Gewalt gegen das Königshaus vorzugehen, das dagegen verstoßen will.«

Das wusste ich nicht, schrieb Freya auf.

»Bisher war ein Einschreiten der Wächter in diesem Ausmaß auch nie nötig.«

»Du würdest uns also raten, an die Mauer zu gehen?«, fragte Elroy. Er schien offen für diesen Vorschlag.

Larkin nickte. »Ich wollte ohnehin in den nächsten Tagen an den Stützpunkt reisen, um Khoury von diesem Unseelie und seinen Elva zu erzählen. Denn wenn ein Fae tatsächlich diese Macht besitzt, ist er eine große Gefahr. Immer wieder fliegen Elva über die Mauer, aber nur vereinzelt und nie in Schwärmen. Sollte dies häufiger geschehen, ist kein Ort mehr sicher. Vor allem jene im Norden, welche die Wächter nicht beschützen können, sind in großer Gefahr.«

Wir sollten Kheeran dennoch warnen.

»Das sehe ich auch so«, pflichtete Raeiah ihr bei.

»Wenn wir Khoury unser Anliegen vortragen, stellt er uns gewiss Männer an die Seite, die uns nach Nihalos begleiten. So wäre die Reise sicherer«, merkte Larkin an, denn die Vorstellung, allein auf drei Sterbliche aufzupassen, behagte ihm nicht. Zwar wusste er, dass Freya nicht hilflos war, aber ihre Magie war zu schwach, um gegen die Elva zu bestehen, und es bräuchte nur einen Kratzer, um sie handlungsunfähig zu machen wie damals. Er hatte sie den ganzen Weg bis nach Nihalos getragen.

Aber wir verlieren Zeit.

»Das stimmt, aber der Wächter hat recht«, sagte Elroy. Nach dem Ausgang ihres letzten Treffens erstaunte es Larkin, dass dieser ihm zustimmte. »Zudem kann es nicht schaden, mehr Leute einzuweihen, denn wenn uns etwas zustößt, stirbt das Wissen um Andreus' Pläne mit uns. Und damit ist niemandem geholfen. Kheeran kann warten.«

Nachdenklich schürzte Freya die Lippen, doch Elroys Worte schienen sie zu überzeugen. Sie nickte.

»Gut, dann ist das geklärt«, sagte Elroy und erhob sich von seinem Platz am Lagerfeuer.

»Wo willst du hin?«, fragte Raeiah.

»Pissen. Außerdem bekomme ich Kopfschmerzen von diesem Gerede. Wofür habe ich Séakis verlassen, wenn ich mich hier mit politischem Gefasel auseinandersetzen muss?« Er schüttelte den Kopf und machte sich auf den Weg in die Dunkelheit des Waldes.

Raeiah sprang auf die Beine. »Ich komme mit!«

»Du willst mir beim Pinkeln zugucken?«

»Nein, ich will dich beschützen, sollten hier weitere Elva lauern.«

Elroy schnaubte. »Ich kann auf mich selbst aufpassen.«

»Gut, dann passt du eben auf mich auf.« Sie lächelte verbissen, packte Elroys Arm und zog ihn hinter sich in den Wald, wobei sie sich noch einmal nach Freya umdrehte. Die beiden wechselten einen Blick, den Larkin nur als wissend bezeichnen konnte. Und da begriff er, dass Raeiah Elroy begleitete, um ihnen einen Moment allein zu schenken.

Er lächelte. »Sie scheint nett zu sein.«

Das ist sie.

Larkin sah von der Stelle, an der Raeiah mit Elroy verschwunden war, zu Freya. »Behandelt er dich gut?«

Elroy?

»Ja.«

Sie nickte. *Er ist ein guter Mann, auch wenn er das abstreitet.*

»Ich würde das auch abstreiten«, sagte Larkin, denn er konnte Freya das Gespräch zwischen ihnen nicht verschweigen. Sie hatte ein Recht, alles zu erfahren, zumal es um sie ging. »Er hat mich in Weidar aufgesucht, nachdem du mein Zimmer verlassen hast.«

Er hat mir davon erzählt.

Larkin schluckte trocken. »Und hat er dich …?«

Freya schüttelte den Kopf. *Du bist der Einzige.*

Er verstand nicht, wie vier Worte es vermochten, ein solches Glücksgefühl in ihm auszulösen, nach allem, was er in der letzten Stunde erfahren hatte, aber sie taten es. »Ich hoffe, du kannst mir verzeihen. Ich war in meinem Leben nie so versucht, das Versprechen um mein Stillschweigen zu brechen.«

Es gibt nichts zu verzeihen. Du hast das Richtige getan. Freya sah ihm fest in die Augen, als sie ihm zeigte, was sie in ihr Buch geschrieben hatte. Erleichterung flutete Larkin. Er wüsste nicht, was er getan hätte, hätte Elroy sich wahrhaftig an Freya vergriffen.

Nein, das stimmte nicht, vermutlich hätte er ihm den Schwanz abgehackt, aber zum Glück blieb ihnen beiden das erspart. Denn nur er wusste, wie sich Freya anfühlte und wie sie klang, wenn sie sich vor Lust und Sehnsucht nicht mehr retten konnte.

Sie legte ihren Stift und das schmale, in Leder gebundene Buch beiseite und kletterte auf seinen Schoß. Sanft strich sie über seine Wange. Es war ein Zeichen der Vergebung. Larkin hatte nicht einmal gewusst, dass er es brauchte.

Dankbar sah er Freya an. »Ich habe dich vermisst.«

Sie griff nach seiner Hand und drückte sie an ihr Herz. Er vermutete, dass das bedeutete, sie hatte ihn auch vermisst, und obwohl er es nicht für möglich gehalten hätte, ließ das seine eigenen Gefühle nur noch weiterwachsen. Er beugte sich vor, um erneut von ihren süßen Lippen zu kosten. Der kleine Laut, der ihrer Kehle entwich, ließ die schmerzhafte Enge in seiner Hose zurückkehren. Die Versuchung war groß, Freya auf die Decken zu ziehen, die sein Bett waren, aber vermutlich kehrten Elroy und Raeiah bald zurück, und zudem hatte Freya eine lange Reise hinter sich. Sie war gewiss erschöpft.

Er nahm seinen Mund von ihrem. »Wir sollten eure Schlafplätze für die Nacht richten.«

Freya löste sich von ihm, um in ihr Notizbuch zu schreiben. *Kann ich bei dir schlafen?*

Er nickte, auch wenn er daran zweifelte, in diesem Zustand ein Auge zuzubekommen. Aber er verzichtete gern auf Schlaf, wenn er dafür die Prinzessin in den Armen halten konnte.

Sie erhoben sich vom Feuer und machten sich daran, das Lager vorzubereiten. Elroy und Raeiah kamen zurück, und sie beschlossen, sich bei Sonnenaufgang zu Fuß auf den Weg zum Stützpunkt zu machen, auch wenn das länger dauern würde, als eine Kutsche in Askane zu nehmen. Doch sich in eine solch große Stadt zu begeben, barg immer die Gefahr, erkannt zu werden. Ein Wagnis, das sie lieber nicht eingehen wollten.

△

Larkin öffnete die Augen. Er war wahrhaftig eingeschlafen. Sein Blick wanderte zu der schlummernden Gestalt in seinen Armen.

Freya hatte die Augen geschlossen und den Mund leicht geöffnet. Ihren Zopf hatte sie gelöst, sodass sich ihr blondes Haar in Locken über seinen Mantel ergoss, den sie als Kissen nutzte. Sein Herz schwoll bei diesem Anblick an, während sich sein Magen zugleich verkrampfte. Er konnte noch immer nicht begreifen, wie Andreus ihr das hatte antun können. Und würde dies vermutlich nie tun.

Plötzlich hörte Larkin ein Knacken wie von Ästen, die unter Stiefeln brachen. Dieses Geräusch hatte ihn geweckt. Suchend sah er sich um und entdeckte Elroy, der das Lager verließ. Musste er schon wieder pinkeln oder hatte er andere Pläne?

Larkin würde es herausfinden. Umsichtig, damit er sie nicht weckte, nahm er seine Hand von Freyas Taille, schnappte sich sein Schwert und stand auf, um Elroy zu folgen. Er verschwand nicht in den Wäldern, sondern lief über den verkohlten Platz. Die Asche wirkte im Schein der Monde beinahe wie Schnee, nur ließ dieser ihn nicht äußerlich, sondern innerlich frieren.

Inmitten des Marktes blieb Elroy stehen. Larkin schloss zu ihm auf, bis sie Schulter an Schulter standen und auf die Verwüstung und Zerstörung hinausstarrten. Er hatte versucht, die Leichen zu vergraben, da ein Feuer zu viel Aufmerksamkeit auf den Markt gezogen hätte, der nicht länger von Magie geschützt wurde. Doch nun, da er sich umsah, entdeckte er immer mehr Tote, die ihm entgangen waren.

Larkin brach als Erster das Schweigen. »Danke, dass du sie zu mir zurückgebracht hast.«

Elroy stieß ein Schnauben aus, seinen Blick noch immer auf die verbrannte Erde gerichtet. »Ich habe sie nicht zu dir zurückgebracht. Sie ist keine verlorene Taschenuhr. Ich habe sie auf den Markt begleitet. Dass du hier bist, ist nur ein Zufall.«

»Dennoch danke ich dir, auch dafür, dass du sie nicht angerührt hast.«

»Ich weiß, du kannst mich nicht leiden«, sagte Elroy. Seine

Augen wirkten bei Nacht beinah vollkommen schwarz wie die einer Elva. »Aber ich bin nicht der Bösewicht in dieser Geschichte.«

»Das wird sich noch herausstellen.«

Er schüttelte den Kopf. »Ich will nur die Unsterblichkeit, nichts weiter.«

»Warum?«, fragte Larkin. Sein langes Leben war Segen und Fluch zugleich. Während er dankbar war, lang genug auf dieser Welt zu verweilen, um einige seiner Brüder und Freya kennenzulernen, verabscheute er die Erinnerung an all die Menschen, die er in seinem Leben hatte gehen lassen müssen. Und wenn das Schicksal ihm keine Gnade zeigte, würde er mit ansehen müssen, wie auch Freya vor ihm ging.

Elroy spähte über seine Schulter in Richtung des Lagers, wie um sich zu vergewissern, dass die Frauen sie nicht belauschten. »Vor einigen Jahren war ich mit Raes Schwester verlobt, Helenia. Sie war klug, wissbegierig und hatte ein Herz aus Gold. Manchmal erinnert mich Freya an sie. Wir wollten nach unserer Vermählung gemeinsam die Welt umsegeln, aber sie wurde krank und verstarb, bevor sie Séakis auch nur einmal verlassen konnte. Mein Schiff trägt ihren Namen. So ist sie immer bei mir, und bevor ich diese Welt verlasse, möchte ich jeden Winkel erkunden, damit ich Helenia davon erzählen kann, wenn wir uns wiedersehen.«

Larkin hatte das alles nicht gewusst, doch im Gegensatz zu vielen anderen Dingen, die Elroy von sich gab, zweifelte er diese Erzählung nicht an. Seiner Stimme wohnte ein Schmerz inne, der zu roh war, um gespielt zu sein. »Das tut mir leid.«

»Ich brauche mehr Zeit, denn diese Welt ist groß. Versteh mich nicht falsch, ich habe schon mehr gesehen als die meisten Menschen in ihrem ganzen Leben, aber es kommt mir so vor, als habe ich bisher nur ein einziges Sandkorn einer gigantischen Wüste entdeckt. Ich will Helenia nicht nur von diesem Sandkorn erzählen können.« Er hielt inne, und das erste Mal seit Beginn ihres Gesprächs wandte er sich Larkin zu. »Verstehst du jetzt, warum ich unsterblich werden will?«

Er nickte, denn endlich begriff er, dass es keine Gier war, von der Elroy getrieben wurde, sondern Schuld. Der Schuld, am Leben zu sein. Der Schuld eines unerfüllten Versprechens. Er kettete sich selbst an diese Welt, obwohl Larkin sicher war, dass Helenia Elroy auch ohne all dieses Wissen mit offenen Armen im Ewigen Frieden willkommen heißen würde. Sofern sie ihn genauso sehr geliebt hatte wie er sie.

»Aber du wirst mir das Geheimnis dennoch nicht verraten«, sagte Elroy. Es war keine Frage.

»Ich kann nicht, aber ich hoffe, dass du es findest, wenn es das ist, was deiner Seele Frieden bringt.«

Elroy verzog die Lippen zu einem wehmütigen Lächeln. »Und was bringt deiner Seele Frieden?«

Freya.

»Das weiß ich noch nicht«, antwortete er, als er das Traben von Pferden hörte. Elroy schien es auch wahrzunehmen, denn noch im selben Moment drehte er sich in die Richtung. Larkin griff nach seinem Schwert. Wortlos näherte er sich den Ankömmlingen. Elroy schlich ihm nach. Die Silhouetten zweier Pferde hoben sich von der Dunkelheit ab. Die Reiter – es waren vier – waren auf der Hut. Sie ritten langsam, mit gezückten Waffen, als wären sie auf einen Angriff vorbereitet.

Im Schein der Monde erkannte Larkin einen von Brandnarben entstellten Mann auf einem der Rösser. Die Person hinter ihm konnte er nicht ausmachen, dafür sehr wohl den anderen Reiter. Er hatte ungewöhnlich blondes, beinah weißes Haar, das mit dem Licht der Monde zu verschmelzen schien. Er hatte in seinem Leben bisher nur einen einzigen Menschen mit einer solchen Haarfarbe getroffen …

»Das kann nicht sein«, murmelte Larkin.

»Du kennst sie?«, fragte Elroy.

Er nickte und steckte seine Waffe weg.

Elroys Hand hingegen schwebte weiterhin über der séakischen Viper an seinem Gürtel.

Larkin näherte sich den Pferden, die langsamer wurden und schließlich stehen blieben. Drei Männer und eine Frau stiegen ab. Nun erkannte er auch die beiden anderen Reiter. Hinter dem vernarbten Mann hatte die Novizin Ceylan Alarion gesessen, und Leigh hatte jenen Halbling im Schlepptau, der Prinz Kheeran zu töten versucht hatte. Larkins Muskeln spannten sich an. Was machte er hier?

»Was ist hier geschehen?«, fragte Leigh ohne ein Wort des Grußes.

»Wer seid ihr?«, erkundigte sich Elroy, ohne auf Leighs Worte einzugehen.

Ceylan hob die Brauen und musterte Elroy von Kopf bis Fuß. Dabei hielt sie sich dicht bei dem verbrannten Mann mit dem kurzen blonden Haar. Aus der Nähe betrachtet kam er Larkin vertraut vor, dennoch konnte er sein Gesicht nicht zuordnen. »Sag uns erst, wer du bist«, verlangte Ceylan zu wissen.

Elroy lachte. »Wer ich bin, hängt davon ab, wer ihr seid.«

»Das ist Ceylan Alarion, eine Novizin an der Mauer«, antwortete Larkin, der keine Lust auf diese Spielchen hatte. Er deutete auf Leigh. »Und das ist Wächter Fourash.«

»Captain Leigh Fourash«, verbesserte er ihn.

»Und er …« Larkin zeigte auf den Halbling. »… ist ein Verbrecher.«

»Dann scheint er mein Mann zu sein. Ich bin Elroy. Captain Elroy, Pirat und Freidenker«, äffte er Leigh nach, was ihn in Larkins Gunst steigen ließ. Er trat auf den Halbling zu und reichte ihm seine Hand.

Mit einem unsicheren Blick in Leighs Richtung ergriff der Halbling sie. »Weylin.«

Elroy grinste ihn an, bevor er sich dem vernarbten Mann zuwandte. »Und du bist?«

»Kheeran.«

Überrascht fuhr Larkin herum und starrte ungläubig den von Narben gezeichneten Mann an. Tatsächlich, es war Prinz Kheeran! Seine Statur war dieselbe, ebenso wie seine Stimme, und auch seine Art, sich zu bewegen, glich der des Unseelie-Prinzen. Doch seine frühere Schönheit war vom Feuer zerfressen worden. Sein fehlendes Haar gewährte einen Blick auf seine Ohren, deren Spitzen fehlten. Freya hatte ihm erzählt, dass sie abgeschnitten worden waren.

Elroy neigte den Kopf. »Prinz Kheeran?«

Er nickte. »Den Titel habe ich abgelegt.«

»Aber du bist Freyas Bruder. Talon, nicht wahr?«

Kheeran blinzelte, überrascht davon, dass ein Fremder dies wusste. Mit derselben Verunsicherung, mit welcher der Halbling zuvor Leigh bedacht hatte, sah Kheeran nun zu Ceylan, bevor er nickte. »Ja, der bin ich. Woher weißt du davon?«

»Freya hat es mir erzählt.«

»Du … du kennst Freya?«

Ein schelmisches Grinsen trat auf Elroys Gesicht. »Ich bin ihr Gemahl.«

Kheerans Augen wurden groß. »Du bist mit Freya verheiratet?«

»Ja, das bin ich.«

Ungläubig wanderte Kheerans Blick zu Larkin. »Stimmt das?«

Er nickte widerwillig. Es missfiel ihm, dies zuzugeben, obwohl er wusste, dass Freyas Herz für ihn schlug.

»Wie geht es ihr?«, fragte Kheeran.

Elroy antwortete: »Das kannst du sie selbst fragen. Sie ist im Lager.«

»Freya ist hier?«

»Moment!«, rief Leigh und brachte das Gespräch zum Verstummen. Er sah Elroy an. »Warum sagst du, dass Kheeran Freyas Bruder ist? Er ist nicht Talon.«

»Tut mir leid«, kam es von Ceylan. Ihre Lippen waren verzogen. »Wir sind noch nicht dazu gekommen, es dir zu sagen.«

Leigh furchte die Stirn. »Es stimmt also?«

Sie nickte trotz des verständnislosen Ausdrucks in ihren Augen. Larkin fühlte das, denn er verstand gerade auch nicht, was vor sich ging. Warum waren sie hier? Und warum hatte Kheeran nicht nur seinen Titel abgelegt, sondern reiste mit dem Mörder seiner Mutter? Aus welchem Grund wirkte der Halbling nicht überrascht von dem Wissen, dass Talon und Kheeran ein und dieselbe Person waren? War es ihm gleichgültig, oder hatte er bereits davon gewusst? Aber wer hätte es ihm sagen sollen?

»Ich erzähle dir gern später, was es mit Kheeran und Talon auf sich hat«, sagte Ceylan, die Hände in die Hüfte gestemmt. »Aber zuerst will ich hören, was geschehen ist. Und warum seid ihr hier?«

»Dasselbe würde ich über euch auch gern wissen«, sagte Larkin.

»Es scheint, als würden viele Geschichten darauf warten, erzählt zu werden«, kam es von dem Halbling, dessen Blick unentwegt auf Larkin ruhte, als fürchtete er, er könnte jeden Augenblick sein Schwert ziehen und sich damit auf ihn stürzen. »Vielleicht sollten wir zuerst in das Lager gehen, von dem ihr gesprochen habt.«

22. Kapitel – Freya

– Auf dem Schwarzmarkt –

Schritte holten Freya aus dem Schlaf. Sie blinzelte in den Nachthimmel und bemerkte sogleich, dass Larkins wärmender Körper fehlte, denn kühle Luft streifte ihren Rücken. Hatte sie ihr Wiedersehen womöglich nur herbeigeträumt? Nein, denn sie schmeckte ihn noch immer auf ihren Lippen, und sein Duft hing in dem Stoff des Mantels unter ihrem Kopf. Wo war er?

Mit einem Gähnen, da ihr die Müdigkeit noch in den Knochen steckte, richtete sie sich auf und sah sich nach Larkin um. Sein Unterschlupf besaß keine Wände, sodass sie einen ungehinderten Blick auf den niedergebrannten Markt hatte. Inzwischen nahm sie den Geruch der Asche kaum mehr wahr.

Sie entdeckte Larkin. Seine Schritte und seine breiten Schultern erkannte sie selbst in der Dunkelheit. Doch er war nicht allein. Elroy und vier weitere Menschen sowie zwei Pferde waren bei ihm.

»Kennst du sie?«

Die Frage kam von Rae. Sie war anscheinend ebenfalls wach geworden und aus ihren Decken an Freyas Seite gekrochen, eine Viper bei sich, um sie im Fall eines Angriffs zu verteidigen. Freya legte ihre Hand auf Raes und schob die Waffe hinunter, als Zeichen dafür, dass keine Gefahr drohte. Denn wenn Larkin diesen Menschen genug vertraute, um sie zu ihrem Lager zu führen, tat sie das auch.

Einer der Männer schob sich an Larkin vorbei und beschleunigte seine Schritte, bis er den Wächter und die anderen hinter sich ließ. Wer war dieser Mann? Schnurstracks kam er auf sie zumarschiert, was Freya veranlasste, genauer hinzusehen, auch wenn es ihr das fahle Zwielicht der Monde nicht leicht machte. Er hatte helles Haar, und seine linke Gesichtshälfte war von unebener, wulstiger Haut überzogen. Dennoch kannte sie dieses Gesicht. Sie richtete sich auf, noch unsicher, wer der Mann war, als ein Blick in seine klaren blauen Augen es ihr verriet. Ihr Herz stockte. Das konnte nicht sein …

Kheeran?

Beim König, er war es! Ein Lächeln brachte die Narben auf seinem Gesicht zum Knittern. Er überbrückte den Abstand zwischen ihnen und schloss sie fest in die Arme, was jeden Zweifel auslöschte. Ihre Augen mochten Kheeran zuerst nicht wiedererkannt haben, aber das Gefühl seiner wärmenden Umarmung war ihr vertraut.

»Du bist es wirklich«, nuschelte er in ihr Haar.

Sie nickte, auch wenn sie das alles nicht begriff. Was machte Kheeran hier? Wieso war er nicht in Nihalos? Warum trug er die Uniform der unsterblichen Wächter? Und was war mit seinem wunderschönen Gesicht und seinen Haaren geschehen? Trotz dieser Fragen erlaubte sie sich einen Moment der Stille und Geborgenheit, die sie auch nach all der Zeit in Kheerans Nähe verspürte. Er streichelte ihr durch das Haar und drückte einen Kuss auf ihre Stirn.

»Ich bin froh, dass es dir gut geht. Ich habe in Nihalos auf deinen Brief gewartet.«

Freya krallte die Finger in seinen Mantel. Sie hatte versprochen, ihm zu schreiben, aber die Vermählung und die wachsamen Augen ihres Vaters hatten ihr nicht erlaubt, ihm eine Nachricht zukommen zu lassen. *Es tut mir leid, dass du dich meinetwegen gesorgt hast,* ging es ihr durch den Kopf, aber sie hatte keine Möglichkeit, die Worte auszusprechen, die ihr auf der Seele brannten.

»Kheeran.« Larkin war hervorgetreten. »Es gibt da etwas über Freya, das du wissen musst.«

Sein Blick ruhte auf ihr. »Und was?«

»Ihr wurde die Zunge entfernt. Sie kann nicht mehr sprechen.«

Freya kniff die Augen zusammen, als Larkin an ihrer Stelle antwortete, denn sie ertrug den Schmerz auf Kheerans Gesicht nicht.

»Wer hat ihr das angetan?«, fragte er mit vor Wut rauer Stimme. Seine Hände lagen noch immer fest auf Freyas Schultern.

»Euer Vater.«

Kheeran schluckte hörbar. »Warum?«

Freya suchte Larkins Blick und schüttelte kaum merklich den Kopf. Denn sie wollte nicht, dass er Kheeran antwortete. Er sollte nicht wissen, dass sein Geheimnis die Schuld trug. Hätte sie Andreus nicht gedroht zu offenbaren, dass er Talon war, hätte sie ihre Zunge vermutlich behalten. Dennoch wollte sie nicht, dass er sich deswegen Vorwürfe machte, denn wie sie Kheeran kannte, würde er dies tun, obwohl er zum Zeitpunkt des Geschehens Meilen entfernt in seinem Palast in Nihalos gesessen hatte.

»Wir sollten uns alle erst einmal setzen«, sagte Larkin, der ihre stumme Bitte verstanden hatte.

Sie schenkte ihm ein dankbares Lächeln.

Larkin und der Wächter Leigh, den Freya am Hof der Unseelie flüchtig getroffen hatte, erweckten das erloschene Lagerfeuer wieder zum Leben. Rae setzte einen Kessel mit heißem Wasser und Kräutern auf, die sie mitgebracht hatten, um Tee zu kochen. Obwohl der Frühling schon eingekehrt war, herrschten bei Nacht noch eisige Temperaturen, die Freyas Zähne zum Klappern brachten. Sie schlang Larkins Mantel enger um sich und beobachtete das Treiben, während Kheeran neben ihr saß. Er war in Begleitung der Wächterin, die beschuldigt worden war, seine Mutter ermordet zu haben, und auch der Halbling Weylin, der zuerst Aldren und Kheeran und anschließend Larkin angegriffen hatte, war bei ihnen. Sie verstand nicht, weshalb sie mit ihm reisten, aber sie war sicher, es bald zu erfahren.

Sie versammelten sich um das Feuer herum und gossen den Tee in verschiedenste Gefäße, die sie unversehrt zwischen den Trümmern des Marktes gefunden hatten. Kheeran saß zu Freyas Rechten, und unmittelbar neben ihm hockte Ceylan, während Weylin und Leigh auf Abstand blieben, genauso wie Rae, die Elroy an ihrer Seite hatte. Larkin nahm links von ihr Platz. Die Stimmung war angespannt, und niemand sagte etwas, als wären sie alle überwältigt von der Fülle der unausgesprochenen Worte. Freya beneidete sie um das Schweigen, das sie wählten.

Plötzlich begann Kheeran zu lachen. Es war ein kleiner Laut, fast wie ein Husten, das er zu unterdrücken versuchte, doch es gelang ihm nicht. Und sein Lachen wurde lauter. Warm und herzlich hallte es durch die Nacht und vertrieb nicht nur die Vögel, die verängstigt aus den Bäumen flogen, sondern auch die Schwere des Moments.

»Was ist so witzig?«, fragte Ceylan.

Er schüttelte den Kopf. »Nichts? Alles? Ich habe in den letzten Jahren kaum etwas mehr herbeigesehnt, als wieder in Thobria zu sein, an der Seite meiner Schwester. Befreit von meinen Pflichten und ohne Magie, die mein Leben zerstört hat. Mein Wunsch wurde erfüllt.«

Ceylan schnaubte. »Dein Wunsch hat dich betrogen, in Anbetracht der Lage, in der wir uns befinden.«

»Und was für eine Lage ist das?«, fragte Larkin.

Kheeran holte tief Luft. »Wir stehen kurz vor einem Krieg.«

Larkins Augenbrauen wanderten in die Höhe. »Ihr wisst bereits davon?«

»Ja«, antwortete Leigh. »Weylin und ich waren bei der Bekanntgabe.«

Ein Ruck fuhr durch Freyas Körper. Bekanntgabe? Sie hatte geahnt, dass ihr Vater keine Zeit verschwenden wollte, aber sie hatte nicht erwartet, dass er den Krieg bereits verkündete. Damit blieb ihnen weniger Zeit als erwartet, und offenbar konnte Kheeran ihnen nicht länger helfen. Wer war an seiner Stelle König?

»Wann war diese Bekanntgabe?«, erkundigte sich Elroy, der über die Entwicklung ebenso wenig erfreut wirkte wie Freya selbst. »Wir sind erst seit ein paar Tagen nicht mehr in Amaruné.«

Verwundert sah Leigh ihn an. »Amaruné? Wir meinen Aldrens Bekanntgabe in Nihalos.«

»Du hast deine Krone an Aldren abgegeben?« Diese Frage kam von Larkin.

»Ja, und wie es scheint, war das ein Fehler«, antwortete Kheeran. Sein Lachen war verstummt und die Erinnerung daran aus seinen Gesichtszügen gewichen. Bedauernd starrte er in die Flammen, welche die Narben in seinem Gesicht rot leuchten ließen. »Er hat versucht, uns umzubringen, aber dank Ceylan konnten wir dem Tod entkommen und ins Niemandsland fliehen.«

Freya berührte Kheeran an der Schulter, damit er sie ansah, und schrieb etwas auf. Sie hasste es, dass alle um sie herum auf ihre langsamen Hände warten mussten, während die Zeit drängte. *Hast du daher die Narben?*

Er nickte. »Wir waren in einem unterirdischen Versteck. Ich dachte, ich könnte ihm vertrauen. Er hat Ceylan, mich und Dutzend andere dort eingesperrt und anschließend alles niedergebrannt.« Kheerans Stimme zitterte bei der Erinnerung an den Verrat, und Freya ergriff seine Hand, die sich kalt anfühlte. »Nur Ceylans Gabe hat uns davor gerettet, in dem magischen Feuer zu verbrennen.«

Larkin sah zu Kheeran. »Was für eine Gabe?«

»Magie zu unterbinden«, antwortete Ceylan, wobei ihr Blick starr in den Wald gerichtet war. Sie vermied es bewusst, Larkin anzusehen. Freya spürte die Anspannung zwischen ihnen, konnte sie sich jedoch nicht erklären, da die beiden sich im Schloss in Nihalos nur kurz getroffen hatten. »Ich habe diese Fähigkeit in Melidrian entdeckt und versuche herauszufinden, was es damit auf sich hat. Doch solange ich in der Nähe bin, können Fae keine Elementarmagie wirken. Das war einer der Gründe, auf den Markt zu kommen. Wir haben gehofft, mehr darüber in Erfahrung zu bringen.«

»Was uns wieder zu der Frage führt, was hier geschehen ist«, sagte Leigh.

Larkin nickte und erzählte Leigh und den anderen, was er erst wenige Stunden zuvor auch ihnen berichtet hatte. Vom Mord an Henrik, Yara, den Dunkelgängern, den Halblingen und deren Elva und dem geheimnisvollen Unseelie, der angeblich die Macht besaß, über sie zu befehligen. Die anderen klebten an seinen Lippen und stellten nur gelegentlich Fragen. Auch sie schienen nicht glauben zu können, was sie vernahmen.

»Habt ihr schon einmal von einer solchen Gabe gehört?«, fragte Larkin an Kheeran gewandt.

Er schüttelte den Kopf. »Nein, noch nie.«

Larkin richtete sich an Weylin. »Und was ist mit dir?«

»Nein. Ich hatte in meinem Leben mit vielen mächtigen Fae zu tun, einige davon besaßen eine Gabe wie ich, aber die Macht, über Elva zu herrschen, ist mir nie untergekommen.«

»Du besitzt auch eine Gabe?«

»Sie ist ziemlich wertlos …«

»Sag das nicht«, schnitt Leigh ihm das Wort ab. »Dein Talent für Musik ist etwas Besonderes.«

»Ich kann ja versuchen, ein Lied zu schreiben, das Aldren milde stimmt«, spottete Weylin mit einem bitteren Unterton. Der Halbling sprach über sich auf dieselbe Art, wie Freya über ihren Vater dachte. Offenkundig trug Weylin viel Hass in sich, der sich vor allem gegen ihn selbst richtete.

»Eure Magie wurde euch von den Göttern verliehen, nicht

wahr?«, fragte Elroy, der das Gespräch schweigend belauscht hatte. Freya war nicht sicher, wie sein weiteres Vorgehen sein würde. Er hatte sein Versprechen gehalten und sie zwar nicht nach Nihalos, aber zu Kheeran gebracht.

Weylin antwortete: »Ja, von Yule, Ostara, Litha und Mabon.«

»Und Gaben wie deine Musik, von welchem Gott stammen diese?«

»Das weiß niemand mit Gewissheit. Es gibt Legenden und Geschichten, aber mehr nicht. In manchen heißt es, dass Fae, die zur Winter- oder Sommersonnenwende zur Welt kommen, mit einem Talent beschenkt werden, andere sagen, diese Gaben wurden von Cernunnos, dem Gott des Todes, verteilt. Wieder andere glauben, dass jene Fae die Lieblinge der Götter sind.«

Elroy furchte die Stirn. »Und was glaubst du?«

»Gar nichts.«

»Diese Spekulationen bringen uns nicht weiter«, unterbrach Larkin das Gespräch. Er war in seine leitende Rolle als Field Marshal zurückgefallen, als wäre keine Zeit vergangen. »Außerdem spielt es keine Rolle, woher dieser Unseelie seine Macht hat, wichtig ist nur, dass er sie besitzt und zu einer Bedrohung werden könnte.«

»Da hast du recht«, pflichtete Kheeran Larkin bei. »Allerdings erscheint es mir, als hätten wir weitaus größere Sorgen als einen einzelnen Unseelie. Sollten wir nicht darüber beraten, dass Aldren plant, in den Krieg zu ziehen, und euren Worten nach König Andreus Ähnliches vorhat?«

Freya nickte, aber Larkin übernahm das Sprechen. »Er beteuert, dass unser Land arm an Schätzen ist und untergeht, wenn kein Land gewonnen wird. Er baut seit Monaten an neuen Akademien.«

»Er kann so viele Akademien bauen, wie er will, diesen Krieg kann er nicht gewinnen«, sagte Kheeran.

»Mit meiner Armee könnte er das.«

Alle Blicke wanderten zu Elroy.

»Seit wann haben Piraten eine Armee?«, fragte Ceylan.

»Elroy ist nicht einfach ein Pirat, sondern Kaiserin Atessas erstgeborener Sohn, Prinz Deèglan Armandt«, kam es von Rae, die ihre Schultern gestrafft hatte, als hätte man ihr eingebläut, nur mit gerader Haltung über das Kaiserreich zu sprechen. »Das macht ihn zum Anführer der séakischen Streitmächte.«

Kheeran bedachte Elroy mit einem Stirnrunzeln. »Du bist Prinz Deèglan?«

»Du klingst überrascht, dabei weißt du besser als jeder andere, wie es ist, ein Doppelleben zu führen.«

»Nur habe ich mir meines nicht ausgesucht.«

Elroy zuckte gleichmütig mit den Schultern. »Wie dem auch sei, ich habe es Freya bereits gesagt und beteuere es gern noch einmal. König Andreus wird keinen einzigen meiner Soldaten zu Gesicht bekommen. Das ist nicht mein Krieg, und ich lasse nicht zu, dass Leute aus meinem Volk dafür sterben.«

Es war das erste Mal, dass Freya bewusst wahrnahm, wie Elroy von *seinem* Volk sprach. Bisher hatte er es stets nur das *séakische* Volk oder das Volk seiner Mutter genannt. Anscheinend war das auch Rae nicht entgangen, denn ein feines Lächeln umspielte ihre Lippen, doch sie sagte nichts.

»Das schiebt zumindest einen Angriff der Menschen auf«, schlussfolgerte Leigh.

Kheeran nickte. »Nur bringt das nichts, wenn Aldren seine Truppen einmarschieren lässt.«

»Wir haben also auf beiden Seiten der Mauer nach Krieg dürstende Könige sitzen«, fasste Ceylan zusammen.

Freyas Magen zog sich bei diesen Worten zusammen. Sie hatte Hoffnung gehabt, König Andreus mit Kheerans Hilfe von einem Krieg abbringen zu können. Aber wenn auch Aldren diesen herbeisehnte, gab es kaum eine Möglichkeit, ihn abzuwenden. Allerdings existierte in Melidrian ein weiteres Königshaus.

Sie tippte Kheeran abermals an und zeigte ihm ihr Notizbuch. *Was ist mit Valeska?*

»Was soll mit ihr sein?«

Könnte sie den Krieg verhindern? Die Königin der Seelie war ihre letzte Hoffnung. Womöglich konnte sie Aldren zur Besinnung bringen, denn wenn die Mauer erst einmal fiel, war auch ihr Reich in Gefahr. Und wenn Aldren noch einen Schritt weiter ging, könnte er versuchen, Daaria zu erobern.

Bedauernd schüttelte Kheeran den Kopf. »Sie könnte, aber sie wird es nicht.«

»Aldren und Valeska sind vermählt«, erklärte Weylin ausdruckslos.

Verblüfft sah Freya Kheeran an. *Aldren mag keine Frauen.*

Ein trauriges Lächeln erschien auf seinen Lippen. »Ich weiß, aber nicht alle Ehen werden aus Liebe geschlossen«, sagte er, wobei sein Blick wissend von ihr zu Elroy und schließlich zu Larkin wanderte, der so dicht neben ihr saß, dass sich ihre Beine berührten.

»Ich verbessere: Wir haben zwei Könige und eine Königin, und sie alle wollen einen Krieg, der Tausenden von Unschuldigen das Leben kosten wird«, sagte Ceylan. Sie klang erschöpft. Müde von der Ausweglosigkeit der Lage, dennoch reckte sie das Kinn in die Höhe. »Wie wollen wir das verhindern?«

23. Kapitel – Ceylan

– Auf dem Schwarzmarkt –

»Wir werden gar nichts verhindern«, kam es von Leigh. Er hatte die Arme um seine angewinkelten Beine geschlungen, und sein Gesicht hatte einen harten Ausdruck angenommen. »Was die anderen machen, ist mir gleichgültig, aber wir halten an unserem Plan fest, Kheeran und Weylin in Sicherheit zu bringen.«

Ein geringschätziges Schnauben erklang links von Ceylan.

Leighs Augen wurden schmal, als er zu Larkin sah. »Möchtest du etwas sagen?«

»Nein, aber du bist noch immer der Alte.«

»Was soll das heißen?«

Der ehemalige Field Marshal schüttelte den Kopf wie ein Bauer, der von der Ernte enttäuscht war. »Du warst immer uneinsichtig und selbstsüchtig.«

»Was hat Selbstsucht damit zu tun?«, fragte Leigh. Seine Stimme nahm einen scharfen, missbilligenden Klang an, den Ceylan ihm nicht verdenken konnte. »Ich will nur nicht, dass meinen Freunden etwas zustößt.«

»Du sagst es. *Deinen* Freunden. Alle anderen sind dir gleichgültig.«

»Du kennst mich nicht.«

»Oh, ich kenne dich sehr wohl, Leigh.«

»Nein, denn du hast dir nie die Mühe gemacht, mich kennenzulernen«, zischte Leigh und erhob sich von seinem Platz, sodass er über Larkin und dem Feuer aufragte, dessen Schatten wild über seine Gesichtszüge flackerten. »Vom ersten Tag an, als ich an die Mauer kam, hast du mich verurteilt und auf mich herabgeblickt. Mich dafür verabscheut, dass ich einst für die Dunkelgänger gearbeitet habe.«

»Na und? Du bist ein Dieb.«

»Und du ein gottesfürchtiger Trottel, der einen Kriegstreiber anbetet.«

Ruckartig richtete Larkin sich auf. Ceylan sah aus dem Augenwinkel, wie die Prinzessin die Hand hob, um ihn festzuhalten, aber ihre zarten Finger vermochten es nicht, Larkin zurückzuhalten. »Ich bete niemanden mehr an.«

»Beruhigt euch«, sagte Kheeran, der angespannt zwischen den beiden Männern hin- und herblickte, als erwartete er einen Faustkampf. »Wir sitzen alle im selben Boot.«

»Lieber ertrinke ich, als mit dem in einem Boot zu sitzen«, fauchte Leigh.

»Kheeran hat recht«, schaltete sich Ceylan ein, so gern sie Leigh auch dabei zusehen würde, wie er Larkins Gesicht grün und blau prügelte. »Ich mag Larkin auch nicht, aber einander anzufeinden, bringt uns nicht weiter. Wir sollten unsere nächsten Schritte überlegen, egal ob gemeinsam oder nicht.«

Leigh presste die Lippen aufeinander. »Ich halte an unserem Plan fest.«

»Was war euer Plan?«, erkundigte sich Elroy.

»Weylin und Kheeran auf dem Schwarzmarkt zu verstecken«, antwortete Leigh gezügelter. »Aldren darf nicht erfahren, dass Kheeran am Leben ist. Er ist der rechtmäßige Thronerbe, und bis Aldren von den Göttern anerkannt wird, hat Kheeran das Recht, seine Krone zurückzufordern. Er wird das verhindern wollen.«

»Aber den Schwarzmarkt gibt es nicht mehr«, bemerkte Larkin.

»Das sehe ich, Welborn, aber dies war nicht das einzige Versteck der Dunkelgänger. Khoury und die anderen Wächter wissen von Aldrens Plänen. Sie haben bereits Männer nach Nihalos geschickt und rüsten die Mauer für einen Angriff.«

»Und was gedachtet ihr zu unternehmen?«, fragte Larkin.

»Wir wollten an die Mauer, um die Wächter vor Aldren zu warnen, und anschließend zu Kheeran, damit er uns hilft, die Pläne des Königs zu durchkreuzen, aber anscheinend seid ihr uns zuvorgekommen«, erklärte Leigh.

»Ihr könnt euch uns gern anschließen. Bei den Dunkelgängern ist Freya sicher«, warf Kheeran ein.

Die Prinzessin schüttelte den Kopf und schrieb etwas in ihr Notizbuch. Ceylan hasste es, dass sie offenbar die Einzige in der Runde war, die nicht lesen konnte. Zwar hatte sie ihre Fähigkeit in den letzten Monaten geschult, aber ein flüchtiger Blick genügte nicht, um Freyas Worte zu entziffern.

»Was für eine Bibliothek?«, fragte Kheeran mit zusammengezogenen Brauen.

Hektisch schrieb Freya erneut etwas auf. Sie war anders, als Ceylan sie sich vorgestellt hatte. In ihrem Kopf war Freya ein verzogenes, selbstsüchtiges Gör gewesen. Sie hatte viele wenig schmeichelhafte Geschichten über sie gehört, denen sie anstandslos Glauben geschenkt hatte, schließlich war sie Andreus' Tochter. Und von diesem hatte Ceylan nie eine hohe Meinung gehabt. Aber Freya schien anders. Offenkundig sorgte sie sich um ihr Volk, sonst wäre sie nicht hier, und sie war mutig genug gewesen, ihrem Vater die Stirn zu bieten. Anders konnte sich Ceylan den Verlust ihrer Zunge nicht erklären. Sie musste etwas zu sagen gehabt haben, was dem König ganz und gar nicht gefiel, sonst wäre er diesen Schritt nicht gegangen.

Freya zeigte Kheeran abermals ihr Notizbuch.

Ceylan legte ihre Hand auf Kheerans Arm. Er blickte auf und schien umgehend zu verstehen, was sie wollte. Er räusperte sich und begann vorzulesen. »Unter dem Tempel in Weidar liegt eine geheime Bibliothek mit magischen Schriften aus dem letzten Krieg. Er will den Krieg mit diesem Wissen und Elroys Armee gewinnen. Wir sollten herausfinden, was in den Büchern steht.«

Kheeran gab Freya ihr Buch zurück. »Das ist ein guter Gedanke. Womöglich finden wird dort etwas über diesen Unseelie heraus, der über die Elva befiehlt, und spüren ihn auf.«

»Ich dachte, er sollte nicht unsere größte Sorge sein«, warf Ceylan verständnislos ein.

»Vielleicht doch«, erwiderte Kheeran und rieb gedankenverloren über die verbrannte Seite seines Gesichts. »Larkin hat erzählt, dass die Dunkelgänger für König Andreus arbeiten und helfen, das Geld für seine Armee einzutreiben. Jene Armee, gegen die Aldren in den Krieg ziehen möchte. Nun werden besagte Dunkelgänger von einem Unseelie ausgelöscht, der über Elva befehligen kann. Und rein zufällig wurde Nihalos in letzter Zeit vermehrt von Elva angegriffen. Ich hatte viele Gründe, die Krone abzugeben, aber einer der Auslöser war ein Angriff der Elva, bei dem einige Fae ums Leben gekommen sind.«

»Und du glaubst nicht, dass das ein Zufall ist«, schlussfolgerte Ceylan.

»Nein, und da ist noch etwas …«

»Und was?«, fragte Leigh.

»Kurz bevor Aldren versucht hat, Ceylan und mich zu töten, hat er behauptet, sie sei eine Dunkelgängerin. Ich weiß, dass sie nicht zu dieser kriminellen Bande gehört, aber warum hat er ausgerechnet das gesagt? Mir scheint, als würde alles auf merkwürdige Art zusammenhängen. Deswegen sollten wir die Sache womöglich doch nicht so schnell abschreiben.«

Ceylan dachte über Kheerans Worte nach, und auch wenn es ihr nicht gefiel, mit dieser Bande in Verbindung gebracht zu werden, musste sie sich eingestehen, dass er womöglich an etwas dran war. »Ich finde, Kheeran und Freya haben recht. Wir sollten dem in der Bibliothek nachgehen.«

»Dann schließt du dich uns an«, sagte Larkin.

»Nein, das wäre Zeitverschwendung. Ich kann nicht lesen und wäre in einer Bibliothek wohl keine große Hilfe.«

»Du kannst lesen«, warf Kheeran ein.

Ceylan lächelte. »Aber nicht schnell genug. Ich glaube, meine Talente sind an anderer Stelle nützlicher.«

»Du gehst auf keinen Fall zurück an die Mauer, um zu kämpfen«, kam es von Leigh. Sie erkannte den scharfen Ton in seiner Stimme. Es war jener, den er immer anschlug, wenn er als Captain zu ihr sprach. Sie ahnte, warum er sie von der Mauer fernhalten wollte: Sie war nicht gut genug. Diese Erkenntnis schmerzte, aber er hatte recht. Ihr fehlten Monate des Trainings, die sie in Melidrian verbracht hatte.

»Das wollte ich auch nicht vorschlagen. Ich würde gern wie geplant nach den Dunkelgängern suchen. Wie Leigh sagte, müssen wir auch Kheeran vor Aldren verstecken. Er ist die größte Gefahr für seinen Anspruch auf den Thron. Und vielleicht können uns die Dunkelgänger verraten, warum es Aldren auf sie abgesehen hat.«

Leigh nickte, zufrieden mit ihrem Vorschlag. »Dann gehen Kheeran, Weylin, Ceylan und ich zu den Dunkelgängern. Larkin, ich nehme an, du begleitest Freya zur Bibliothek?«

»Und ich auch.« Die Worte kamen von Weylin.

Leigh riss den Kopf herum. »Was? Warum?«

Weylin verzog das Gesicht wie unter Schmerzen. Es war nur eine feine Regung, aber inzwischen erkannte Ceylan, dass der Fluch seine Wirkung zeigte. »Du weißt, warum. Womöglich steht in den Büchern etwas, das mir hilft.« *Und damit auch euch.* Er sagte die Worte nicht, aber Ceylan hörte sie. Sie hatte keine Ahnung, was es war, aber der Halbling wusste etwas. Etwas Wichtiges, aber der Schwur hielt ihn davon ab, es auszusprechen.

»Ich halte das für keine gute Idee«, sagte Larkin, der wohl das erste Mal in seinem Leben einer Meinung mit Leigh war.

»Bitte«, sagte Weylin. »Ich mache euch keinen Ärger.«

Larkin presste die Lippen aufeinander. Freya hielt ihm ihr Notizbuch vor die Augen. Er las, was sie geschrieben hatte, und der Zug um seine Lippen verhärtete sich, als würde er sich nicht gerade darüber freuen. »Er hat versucht, Kheeran zu töten, und uns angegriffen.«

Erneut schrieb Freya etwas auf, das sie nur Larkin zu lesen gab.

Er schnaubte. »Du bist ein zu guter Mensch.«

Freya lächelte, und er seufzte, als könnte er ihr keinen Wunsch abschlagen. »Von mir aus, der Halbling kann mit in die Bibliothek. Es schadet sicherlich nicht, mit einem zweiten Kämpfer zu reisen.«

Weylin nickte. »Danke! Ihr werdet das nicht bereuen.«

Ceylan blickte zu Leigh. Er versuchte, seine Gefühle zu verbergen, indem er in das Lagerfeuer starrte, doch sie durchschaute seine Gleichgültigkeit. Es missfiel ihm, den Halbling gehen zu lassen. Sie wusste nicht, was die beiden miteinander erlebt hatten, aber seit Weylins Ausbruch aus dem Kerker war eine Freundschaft zwischen ihnen entstanden, die sich ihrem Verständnis entzog. Andererseits vermochte sie nicht einmal ihre eigene Bindung zu Kheeran zu verstehen.

»Damit ist es beschlossen. Ceylan, Leigh und Kheeran suchen die Dunkelgänger auf. Weylin, Freya und ich gehen in die Bibliothek. Was ist mit euch?« Die Frage richtete sich an Prinz Deèglan – Elroy – und seine Begleiterin Rae. Ceylan wusste nicht, was sie von den beiden halten sollte. Sie waren schwer zu durchschauen, und ihr war nicht klar, warum der séakische Prinz Freya geheiratet hatte, wenn nicht aus Liebe. Und warum setzte er sich mit ihr in einen Haufen Asche, wenn er genauso gut in einem kuscheligen Bett in seiner Heimat oder auf seinem Schiff sein könnte?

»Ich komme mit in die Bibliothek«, sagte Elroy.

»Nein, tut er nicht«, kam es von Rae.

»Das hast du nicht zu entscheiden«, ermahnte er sie mit scharfer Stimme.

Sie schüttelte den Kopf und wechselte in eine andere Sprache, die Ceylan nicht verstand – vermutlich Séakisch. Hitzig redete sie auf Elroy ein, der ihr ebenso inbrünstig antwortete. Ihre Augen wurden schmal, sein Kopf rot. Ihre Stimmen erhoben sich über die Ruhe der Nacht.

Irgendwann sprang Elroy von seinem Platz auf und marschierte davon. Rae stieß ein schweres Seufzen aus und eilte ihm nach, woraufhin sie ihren Streit ein paar Fuß entfernt fortsetzten. Die Worte, die ihre Zungen verließen, klangen scharf. Obwohl Ceylan nichts verstand, war sie sicher, dass auch die ein oder andere Beleidigung darunter war.

»Sind die beiden ein Paar?«, fragte Kheeran.

Freya schüttelte den Kopf.

Er grunzte. »Sie hören sich wie eines an.«

Die Prinzessin schrieb etwas auf. Ceylan konnte es nicht lesen, aber was immer dort stand, ließ Kheeran so deutlich erröten, dass sie es selbst im Schein der Flammen zu sehen vermochte. Er schüttelte den Kopf. »Nein, so ist das nicht.«

Freya zeigte Kheeran eine neue Notiz.

»Ja, das tue ich.«

Die Prinzessin grinste von einem Ohr zum anderen, wobei ihr Blick zu Ceylan wanderte.

Ein schweres Gewicht legte sich in ihren Magen. »Redet ihr über mich?«

»Nein«, antwortete Kheeran, während Freya heftig nickte.

Sie verengte die Augen, aber bevor sie verlangen konnte, Freyas Notizbuch zu sehen, um in ihrer eigenen Geschwindigkeit nachzulesen, kamen Elroy und Rae zurück an das Lagerfeuer gestapft. Ihre Mienen waren finster und ihre Blicke vom Streit erhitzt. Wortlos hockte sich Elroy zurück auf den umgekippten Baumstumpf.

Erwartungsvoll wurden die beiden von allen angesehen.

»Und, wen werdet ihr begleiten?«

»Niemanden«, antwortete Elroy mit einem Seufzen, und ein Teil der Wut wich aus seinem Gesicht. »Ich gehe zurück nach Amaruné, sammle meine Mannschaft ein und verschwinde. Ich bin vielleicht bereit, mein Leben auf der Suche nach der Unsterblichkeit zu opfern, aber das kann ich von meinen Männern nicht verlangen. Mit zwei solch wankelmütigen Königen auf dem Thron ist es das Wagnis nicht wert.«

Darauf war der Prinz aus? Auf die Unsterblichkeit der Wächter?

Larkin nickte. »Eine sehr erwachsene Entscheidung.«

Elroy brummte, als hätte er seine Wahl eher widerwillig getroffen. Ceylan hingegen hätte sich genauso entschieden. Hätte sie eine Wahl, würde sie auch verschwinden, aber das konnte sie nicht, denn in Thobria lagen ihre Wurzeln. Und sie verband mit diesem Land viele Erinnerungen, gute wie schlechte. Sie konnte ihm nicht den Rücken kehren, genauso wenig wie all den Menschen, die ihre Hilfe brauchten, weil sie sich selbst nicht helfen konnten wie ihre Eltern. Sie wollte für diese Leute da sein, um zu verhindern, dass weitere Kinder das gleiche Schicksal ereilte wie sie.

Auch wenn sie dafür mit einem ehemaligen Dieb, einem Halbling, einem Unseelie, einer Prinzessin und einem verräterischen Wächter zusammenarbeiten musste.

24. Kapitel – Kheeran

– Auf dem Schwarzmarkt –

Kheeran wusch sein Gesicht mit dem Wasser aus einem unbeschädigten Schlauch, den Larkin unter den Trümmern des Marktes gefunden hatte. Er wollte das staubige Gefühl der Asche loswerden, die der Wind über ihr Lager getragen und die sich auf seiner Haut abgesetzt hatte. Sie alle hatten eine kurze Nacht hinter sich, und der nächste Morgen war zu früh angebrochen. Seine Glieder schmerzten, sein Kopf pochte, und seine Narbe spannte unangenehm, als würde die Nähe zu dem verbrannten Markt sie verärgern.

Er hatte noch nicht verdaut, was hier geschehen war und was er in der vergangenen Nacht zu hören bekommen hatte. Ein Unseelie, der über Elva befehligte. Halblinge, die Dunkelgänger töteten. Und ein König, der seiner eigenen Tochter die Zunge rausschneiden ließ. Ihn beunruhigte all das und noch mehr. Doch den größten Schmerz empfand er für Freya. Er hatte nur seine Schönheit verloren, sie etwas viel Wichtigeres.

Er verschloss den Wasserschlauch und sah sich nach Freya um. Sie hatten noch keine Gelegenheit gehabt zu reden, und ihnen blieb wenig Zeit. Larkin und Ceylan sattelten bereits die Pferde. Er entdeckte Freya an dem verglimmenden Feuer im Lager. Sie schnitzte lustlos an einem Apfel herum, über ihren Schultern lag Larkins Mantel, den sie kein einziges Mal aus der Hand gegeben hatte.

Im Gehen wischte Kheeran die nassen Hände an seiner Hose ab. Freya blickte auf, als sie ihn hörte, und ein feines Lächeln trat auf ihre Lippen, als er sich neben sie setzte. Umgehend gab sie ihm den Apfel, um nach ihrem Notizbuch zu greifen.

Habe ich Ceylan gestern verärgert?

Er schnaubte. »Sie ist immer verärgert, mach dir nichts draus.«

Ich nehme an, sie hat deine Mutter nicht ermordet?

Die Frage erstaunte Kheeran, bis ihm bewusst wurde, dass Freya nicht wusste, was seit der Krönung in Nihalos geschehen war. Damals hatte er sie umgehend nach Hause geschickt, aus Angst vor den Aufständen. »Nein, hat sie nicht. Sie beteuert, dass Weylin es getan hat, aber noch wissen wir das nicht.«

Freya runzelte die Stirn. *Fragt ihn?*

»So leicht ist das nicht«, antwortete Kheeran und griff nach seinem eigenen Dolch, um ein Stück des Apfels abzuschneiden, das er Freya reichte. »Weylin ist mit einem Fluch belegt. Einem Blutschwur. Diese Art der Magie ist eigentlich verboten, sie bindet ihn an einen Meister, dessen Wort Gesetz für ihn ist. Er muss tun, was immer er oder sie von ihm verlangt – ohne Ausnahme. Leigh sucht eine Möglichkeit, den Fluch zu brechen, damit Weylin erzählen kann, wer sein Meister ist.«

Freya schob sich den letzten Bissen Apfel in den Mund, um die Hände frei zu haben. *Wie furchtbar! Stell dir vor, du müsstest so einem Mann wie Vater willenlos gehorchen. Das wäre grauenhaft!*

Er nickte. »Vater war in den letzten Monaten nicht sehr gut zu dir.«

Sie verdrehte die Augen.

»Du hast mir noch immer nicht erzählt, was genau geschehen ist.«

Weil es nicht wichtig ist.

Er spürte, dass Freya ihm etwas verheimlichte, aber er drängte nicht, denn er wollte nicht, dass sich ihre Wege im Streit trennten. Vielmehr wollte er die Zeit genießen, die ihm mit ihr blieb. Sie hatten zwar einen Plan ausgearbeitet, wie sich ihre Gruppen später wiederfinden würden, aber niemand wusste, wie viel Zeit bis dahin verstrich. Er konnte sich nur auf das Hier und Jetzt verlassen.

»Darf ich fragen, wie es zu der Vermählung mit Elroy kam? Er erscheint mir … vielseitig.«

Freyas Blick suchte Elroy, der am Rande des Waldes einmal mehr mit Rae zu streiten schien. Am Hof in Amaruné hatte er Séakisch gelernt. Er kannte die Grundlagen der Sprache, aber in den letzten sieben Jahren war ihm viel entfallen, weshalb er nur Bruchstücke verstand. Immer wieder ging es um eine Helenia, wobei diese entweder ein Schiff, eine Frau oder beides war. Er war sich nicht sicher.

Freya schrieb nur einen Satz auf. *Elroy ist Morthimer.*

»Der verrückte Kartenmacher?«

Sie nickte.

Aus irgendeinem Grund überraschte ihn das nicht, vielleicht, weil es zwischen allem, was er in den letzten Wochen erfahren hatte, das Unschuldigste, Normalste war. »Aber das ist nicht der Grund, weshalb du ihn geheiratet hast, nicht wahr? Hat Vater diese Ehe arrangiert?«

Er schnitt ein weiteres Stück von seinem Apfel ab und aß es, während Freya schrieb.

Vater hat zugestimmt, aber Elroy selbst hat ihn aufgesucht. Er möchte unsterblich werden, und Larkin will ihm das Geheimnis nicht verraten. Er dachte, über diesen Weg würde er es herausfinden.

»Ich könnte es ihm sagen.«

Du kennst das Geheimnis?

»Natürlich. Ich habe schon einigen Wächtern zur Unsterblichkeit verholfen«, sagte Kheeran, allerdings würde er Elroy nichts verraten. Ebenso wie die Wächter, König Andreus und all die anderen Eingeweihten hatte er versprochen, es nicht weiterzutragen, sowohl zum Schutz der Menschen als auch der Fae.

Verlegen biss sich Freya auf die Unterlippe und setzte an,

etwas aufzuschreiben. Doch kaum hatte sie den ersten Strich gezogen, schüttelte sie den Kopf, wie um ihre Gedanken zu verscheuchen.

Kheeran legte seine Hand auf ihre. »Was ist? Du kannst mir alles sagen.«

Ihre Lippen zuckten, und sie schrieb: *Ich kann gar nichts sagen.*

»Du weißt, wie das gemeint war.«

Sie nickte schmunzelnd, was Kheeran glücklicher machte, als er in Worte fassen konnte. Andreus hatte ihr vielleicht ihre Stimme genommen, aber nicht ihren Mut und alles andere, was Freya ausmachte. Sie schien sogar noch stärker und entschlossener als bei ihrem letzten Treffen. Vielleicht weil sie nun nicht mehr zwischen den Seiten stand, sondern wusste, für welche sie kämpfte.

Ihr Grinsen wurde kleiner und verschwand schließlich, als sie über ihre Schulter spähte, wie um sich zu vergewissern, dass niemand hinter ihr stand, der heimlich ihre nächsten Worte las. *Wenn ich dich bitten würde, mich unsterblich zu machen, würdest du es tun?*

Kheeran zog die Brauen hoch. »Ist das dein Ernst?«

Sie nickte.

»Hat diese Frage etwas mit einem gewissen unsterblichen Wächter zu tun?« Er zupfte an Larkins Mantel, der aus so viel Stoff bestand, dass Freya darin förmlich zu ertrinken schien.

Sie zögerte, nickte dann jedoch erneut. *Ich liebe ihn.*

»Und liebt er dich auch?«

Ich glaube schon.

Bei ihrem ersten Kennenlernen war Larkin Kheeran noch sehr hörig und gottesfürchtig erschienen. Er hatte Freya gehorcht wie ihm damals seine Garde. Doch seit ihrem Abschied in Nihalos hatte sich viel verändert. Larkin hatte sich verändert. Er war noch immer ein Krieger, aber er hatte diese anerzogene

Rechtschaffenheit abgelegt, die Kheeran bei den Gläubigen der Königsreligion verabscheute.

»Wenn du mich von ganzem Herzen darum bittest, würde ich es tun«, sagte Kheeran mit gesenkter Stimme, da er Freya ebenso wie Ceylan keinen Wunsch abschlagen konnte. »Aber jetzt ist nicht die Zeit dafür. Zuerst müssen wir einen Krieg verhindern, und wenn du dann immer noch unsterblich werden möchtest und Larkin einverstanden ist, sehen wir weiter.«

Dieses Versprechen schien Freya genug zu sein. Sie schlang die Arme um seinen Hals, und er drückte sie fest an sich. In ihren Armen verspürte er mehr Geborgenheit als jemals in Nihalos. Freya war vielleicht nicht von seinem Blut, aber in den Jahren, die sie gemeinsam verbracht hatten, war sie ein Teil seiner Seele geworden. Weder Raum noch Zeit konnten daran etwas ändern. »Ich hab dich lieb«, flüsterte Kheeran in ihr Haar.

Sie nickte und drückte ihn fester an sich.

Hoffentlich würden sie sich bald wiedersehen.

25. Kapitel – Ceylan

– Auf dem Schwarzmarkt –

Ceylan streichelte über die Nüstern des Pferdes und rückte das Zaumzeug zurecht. Das Tier gab einen zufriedenen Laut von sich und schnüffelte ihr Gesicht ab, wie um die Liebkosung zurückzugeben. Sie lächelte, denn sie mochte das Tier und hoffte, dass Kheeran, Leigh und sie es mitnahmen. Das andere Pferd würde Freya, Larkin und Weylin begleiten. Sie zog eine Möhre, die eigentlich für sie gedacht war, aus dem Beutel am Sattel und gab sie dem Pferd, das bereit für die Abreise war – genauso wie sie.

Die anderen zögerten die Abreise und den damit verbundenen Abschied hinaus. In Gruppen hatten sie die Köpfe zusammengesteckt und unterhielten sich. Nur sie war allein. Kheeran hatte sich zu Freya gesetzt, und Leigh konnte sich seit dem Aufstehen kaum von dem Halbling losreißen. Früher hätte sie das nicht gestört. Sie war es gewohnt gewesen, allein durch die Straßen Thobrias zu ziehen, aber die Freundschaft zu Leigh und die Nähe zu Kheeran hatten sie verändert. Sie wusste nicht, ob ihr das gefiel.

Sie freute sich für Kheeran, und obwohl sie Leighs Zuneigung für den Halbling nicht verstand, gönnte sie auch ihm sein Glück. Doch die beiden mit anderen zu sehen, erzeugte in ihrer Brust ein dumpfes Echo. Sie fühlte sich ausgeschlossen und einsam. Das Gefühl mochte sie nicht, denn es machte sie verletzlich. Und sie hasste es, verletzlich zu sein. Dennoch konnte sie sich nicht dagegen wehren, und ein Teil von ihr wollte das auch nicht. So kühl die Einsamkeit war, so angenehm waren die Gespräche mit Leigh, und so warm und behaglich war die Nähe zu Kheeran.

Beim König, die Zeit in Nihalos hatte sie wirklich weich werden lassen.

Sie vertrieb diesen Gedanken und fütterte auch dem anderen Pferd eine Möhre, als sie Schritte hinter sich hörte. Doch natürlich wurde sie ausgerechnet von der Person aufgesucht, der sie die Einsamkeit vorziehen würde. Larkin blieb neben dem anderen Pferd – *ihrem* Pferd – stehen und streichelte dessen Mähne. Der Wächter hatte seinen Mantel der Prinzessin überlassen und trug nur ein dünnes Hemd, das nichts von seinen breiten Schultern und seiner muskulösen Statur verbarg.

»Können wir reden?«

»Mir wäre es lieber, dies nicht zu tun.«

Larkins Mundwinkel zuckten, als hätte sie gescherzt. Doch der Schalk verschwand kurz darauf aus seinem Gesicht, und ein sanfter, gar mitleidiger Ausdruck trat in seine Augen. Er missfiel Ceylan durch und durch. »Es tut mir leid, dass ich deine Familie nicht habe retten können.«

»Ich weiß nicht, wovon du redest.«

»Du hast mich vom ersten Moment an gehasst. Khoury meinte damals, es liege daran, dass du die Fae verabscheust und nicht in Nihalos sein möchtest. Später dachte ich, es läge an Leigh, der wenig Gutes über mich zu sagen hat, aber gestern ist es mir eingefallen. Bellmare.«

Der Klang des Namens ihrer alten Heimat jagte Ceylan einen Schauder über den Rücken. Dass Larkin sich daran erinnerte, sollte sie nicht überraschen, schließlich hatte ihn dieser Vorfall in den Kerker des Königs gebracht, dennoch war sie erstaunt. Sie hatte ihm nie davon erzählt. Hatte Leigh, das alte Waschweib, darüber getratscht?

»Du siehst aus wie deine Mutter.«

Ceylan riss den Kopf in die Höhe. »Du … du hast meine Mutter gesehen?«

Er nickte. »Du siehst ihr ähnlich.«

Das hatten die anderen Dorfbewohner auch stets gesagt, aber das ließ sie Larkin nicht wissen. Stattdessen verfiel sie wieder in Schweigen und wartete darauf, was der Wächter zu sagen hatte. Er war gewiss nicht gekommen, um ihr nur von der Ähnlichkeit zu ihrer Mutter zu erzählen.

»Ich bereue jeden Tag, was in Bellmare geschehen ist. Und das nicht nur wegen der Folgen, die der Angriff für mich hatte. Denn ich habe die Strafe des Königs verdient. Nicht nur wegen der Herzöge, die ums Leben gekommen sind, sondern weil ich einen Fehler begangen habe«, sagte Larkin, wobei sein Blick unentwegt auf ihr ruhte. Seine Augen waren von unterschiedlichen Brauntönen. »Ich habe den Angriff unterschätzt und einigen meiner Männer befohlen, an der Mauer zurückzubleiben, obwohl wir sie im Dorf gebraucht hätten. Aber das konnte ich zuvor nicht wissen. Es war eine Fehleinschätzung, und mir ist bewusst, dass wir mit mehr Wächtern vermutlich mehr Leben hätten retten können.«

»Mehr Leben?« Sie lachte laut. »Ihr habt nur ein einziges Leben gerettet. Meines. Und nicht einmal das. Nein, ich habe mich selbst gerettet, indem ich mich außerhalb des Dorfes versteckt habe.«

Larkin schüttelte den Kopf. »Das stimmt nicht. Gut ein Dutzend Männer und Frauen haben überlebt.«

Ceylans Augen weiteten sich. »Du lügst!«

»Warum sollte ich lügen?«

»Leigh hat gesagt, dass niemand überlebt hat.«

»Leigh irrt sich«, beteuerte Larkin und trat näher an sie heran. »Vielleicht wurde er im Angriff verletzt und erinnert sich nicht, oder er hat im Anschluss getrunken, aber du warst nicht die Einzige. Das Dorf war allerdings so zerstört, dass die Leute nicht bleiben konnten. Khoury und zwei andere Männer haben sie mit einem Säckchen voll Gold nach Askane gebracht.«

Ein Kloß bildete sich in Ceylans Hals. Sie konnte nicht glauben, was sie da hörte. All die Jahre hatte sie geglaubt, dass alle, die sie gekannt hatte, in den Feuern und Kämpfen ums Leben gekommen waren. »Du sagtest, ich sähe meiner Mutter ähnlich, war sie …?«

»Nein.« Larkin schüttelte bedauernd den Kopf, bevor sie den Satz beenden konnte. »Sie war nicht unter den Überlebenden. Und dein Vater auch nicht. Ich habe die beiden in eurer Hütte gefunden. Sie waren von einer Elva in die Ecke gedrängt worden. Dein Vater war bereits tot, deine Mutter lebte noch. Ich habe die Elva getötet, aber ihr war nicht mehr zu helfen.«

»Also hast du sie zum Sterben zurückgelassen?« Ceylan erkannte ihre Stimme kaum wieder. Sie war zittrig und gebrochen. Tränen brannten in ihren Augen. Sie hasste es, dass Larkin diese sah, aber sie konnte sich nicht abwenden – noch nicht. Sie musste erfahren, was mit ihrer Mutter geschehen war.

Larkin schluckte. »Nein, ich habe sie getötet.«

»Du hast was?«

»Du kannst darüber denken, wie du willst, aber deine Mutter hat gelitten, und ohne mein Zutun hätte sie vermutlich noch zwei, drei oder vielleicht mehr Stunden röchelnd neben dem Leichnam deines Vaters gelegen, bis das Gift der Elva sie getötet hätte«, sagte Larkin mit fester Stimme. »Ich habe ihr einen Gefallen getan. Das macht meinen Fehler zwar nicht wieder gut, aber ich wollte, dass du das weißt. Es tut mir leid.«

Ceylan ballte die Hände zu Fäusten. »Deine Entschuldigung kannst du dir in den Arsch schieben.«

Larkin sagte nichts.

»Und ich werde dir nicht verzeihen – niemals«, fauchte sie. Inzwischen liefen die Tränen ungehindert über ihr Gesicht, doch sie war zu wütend, um sich zu schämen. »Deinetwegen ist meine Familie tot.«

»Ich weiß, und diese Schuld wird mich für den Rest meines noch sehr langen Lebens begleiten.«

»Gut. Ich hoffe, es tut weh.« Mit diesen Worten wandte sich Ceylan ab und marschierte davon. Sie wusste nicht, wohin, aber sie ertrug den Anblick des Wächters keine Sekunde länger. Und während ihr Herz vor Trauer welk wurde wie eine verdurstende Blume nach dem Sommer, glühte in ihrem Magen dieselbe alte Wut wie seit Jahren.

Larkins Worte änderten nichts. Ihre Eltern waren noch immer tot. Und sie war auf der Straße aufgewachsen. Doch dass Larkin sich erinnerte und ebenso litt, verschaffte ihr eine Genugtuung, die den Schmerz erträglicher machte.

26. Kapitel – Leigh

– Auf dem Schwarzmarkt –

Leigh stieg über die Trümmer des Schwarzmarktes. Er hasste das Feuer und den Geruch der Zerstörung, welche die Flammen zurückließen. Dies war der Gestank des Todes. Seit sie angekommen waren, versuchte er durch den Mund zu atmen, aber Staub und Asche hatten einen fahlen Geschmack auf seiner Zunge hinterlassen. Ein Teil von ihm konnte es kaum erwarten, diesen Ort zu verlassen, während ein anderer, der fast schwerer wog, diesen Moment hinauszögern wollte.

Auf einem der eingestürzten Zelte blieb Leigh neben Weylin stehen. Reglos betrachtete er die Zerstörung. Hier und dort entdeckte man noch Körper, die aus dem Schutt ragten. Es erinnerte Leigh daran, dass dies nicht nur ein Schlachtfeld, sondern auch ein Massengrab war, wie es bald viele in Thobria und Melidrian geben würde, sollte es ihnen nicht gelingen, Andreus und Aldren aufzuhalten.

»Ich kann nicht glauben, dass Halblinge das getan haben«, sagte Weylin. Das kinnlange schwarze Haar wehte sanft im Wind, umspielte seine markanten Gesichtszüge und legte die Narbe an seinem Hals frei. Sie war unebener verheilt als jene Brandmale, die Kheerans Gesicht zeichneten.

Leigh schüttelte den Kopf. »Das waren keine Halblinge, das waren Mörder.«

»Mörder wie ich.«

Es war das erste Mal, dass Leigh ihn so etwas sagen hörte, da der Blutschwur es ihm unmöglich machte, über seine Taten zu sprechen. Was nur bedeuten konnte, dass er auch Morde begangen hatte, die nicht im Auftrag seines Meisters oder seiner Meisterin geschehen waren. »Ich glaube, jeder der hier Anwesenden ist ein Mörder, abgesehen von Prinzessin Freya. An ihren Händen klebt wohl noch kein Blut, aber wer weiß das schon.«

Weylin wandte sich ihm zu. Sein Blick wirkte verloren. »Danke, dass du versuchst, das Gute in mir zu sehen.«

Leigh schüttelte den Kopf. »Du irrst dich, ich muss es nicht versuchen. Ich sehe es längst.«

»Wie kannst du das sagen?«

»Ich kann es, weil du bist wie ich«, antwortete er und trat, ohne es zu beabsichtigen, näher an Weylin heran. Er konnte sich dieser Wirkung nicht entziehen. Es war wie mit Magie, die ihresgleichen suchte. Genauso suchte er nach Weylin, denn sein Schmerz glich dem seinen.

Er schnaubte. »Ich bin nicht wie du. Du bist gut.«

»Nein, bin ich nicht.«

»Ceylan denkt das auch.«

»Ceylan weiß nichts von all den Dingen, die ich getan oder erlaubt habe«, sagte Leigh. Das erste Mal seit Jahren zwang er sich, die Erinnerungen an seine Zeit als Dunkelgänger zuzulassen, obwohl er sie am liebsten verdrängte. Er müsste sich ihnen ohnehin stellen, sobald er den Fuß in ein Versteck setzte. Denn eine Vergangenheit wie seine ließ einen nie vollständig los. »Ich war ein guter Mann, bis ich Edan kennengelernt habe.«

»War er ein Dunkelgänger?«

Leigh lachte. »Beim König, nein. Er war freundlich und liebenswert und hat mir gezeigt, dass die Gefühle, für die mich einige im Dorf vermutlich gern hingerichtet hätten, nicht falsch sind. Er hat mich geliebt und ich ihn – bedingungslos. Selbst an Tagen, an denen ich ihn gehasst habe, habe ich ihn geliebt. Mehr als alles andere. Mehr als mein Leben. Viele im Dorf haben diese Liebe nicht verstanden und eines Tages wurde Edan vergiftet. Als Sohn eines Apothekers habe ich die Zeichen des Giftes erkannt und versucht, ihn zu retten. Es ist mir gelungen, die

Wirksamkeit des Giftes zu mildern, aber der Schaden war bereits zu groß. Edan war krank. Wurde immer kränker. Und ich war schuld an diesem Zustand.«

Leighs Stimme brach. Es war das erste Mal, dass er diese Geschichte erzählte. Einst hatte er Leute gekannt, welche von Edans Schicksal wussten, weil sie es hautnah miterlebt hatten, aber diese Menschen, wie sein Vater, waren längst zu Rauch und Asche geworden. Und die letzten achtzig Jahre hatte er die Last dieses Wissens auf seinen eigenen Schultern getragen.

»Es war nicht deine Schuld«, sagte Weylin. »Du wolltest nur helfen.«

»Ihm wäre es besser ergangen, hätte ich ihm nicht geholfen. Doch ich war zu selbstsüchtig, um ihn gehen zu lassen, also habe ich all mein Geld für Medizin ausgegeben, die nichts half. Und als ich nichts mehr hatte, habe ich begonnen zu stehlen, um die Kräuter zu bezahlen, die seinen Zustand nicht verbesserten, aber erträglicher machten, bis er schließlich starb.«

Er würde diesen letzten Moment mit Edan niemals vergessen. Trotz allem, was er ihm angetan hatte, hatte Liebe aus seinem Blick gesprochen. Er hatte ihm keine Vorwürfe gemacht und ihm vergeben, was er sich selbst niemals würde vergeben können. Niemals. Und auf gewisse Art und Weise hatte er verdient, was darauf gefolgt war.

»Allerdings habe ich während meiner Diebeszüge in die Tasche des falschen Mannes gegriffen. Er war ein Dunkelgänger, und kurz nach Edans Tod fand er mich und wollte sein Geld zurück, doch ich hatte es längst ausgegeben. Also hat er mich rekrutiert, und ich wurde zu einem Lakaien der Dunkelgänger. Zuerst waren es nur kleine Überfälle. Auf überfüllten Märkten und während Reden des Königs habe ich Taschen und Beutel mitgehen lassen. Doch mein Talent blieb nicht ungesehen, und ich wurde gezwungen, in Villen und Häuser adeliger, reicher Bürger einzubrechen. Die ersten drei Male ging alles gut. Unbemerkt ging ich rein und raus. Doch beim vierten Mal traf ich auf einen Mann, kaum älter als Ceylan heute. Er hat um sein Leben gebettelt, aber ich wusste, dass ich ihn nicht am Leben lassen kann, nicht, wenn ich nicht selbst am Galgen enden wollte. Also habe ich ihn getötet. Er war der Erste, aber nicht der Letzte. Es sind mit den Jahren so viele geworden, dass ich mich nicht einmal an all ihre Gesichter erinnere.«

»Das tut mir leid«, sagte Weylin.

Leigh schüttelte den Kopf. »Ich will dein Mitleid nicht, aber was ich dir sagen will, ist, dass ich nicht immer der Mann war, den du heute siehst. Ich habe Dinge getan, die ich niemals hätte tun dürfen. Und ich war nicht durch einen Blutschwur gebunden. Ich hätte jederzeit aufhören und die Schuld mit meinem eigenen Leben bezahlen können, aber ich habe es nicht getan, weil ich ein selbstsüchtiger Feigling war.«

»Du bist kein …«

»Ich weiß«, unterbrach Leigh ihn, bevor er den Satz beenden konnte. »So bin ich nicht mehr. Ich habe mich geändert, nachdem ich in einer Schenke am Rande des Niemandslandes den damaligen Field Marshal bestohlen habe. Damals habe ich ihn nicht als Wächter erkannt, heute frage ich mich, wie ich es habe übersehen können. Er hat mich beim Klauen erwischt, und obwohl er mich an Ort und Stelle hätte töten können, wollte er wissen, weshalb ich ihn bestehle. Ich habe ihm erzählt, dass ich Schulden bei den Dunkelgängern habe, doch anstatt mich für mein Vergehen zu bestrafen, hat er mich zur Rekrutierung an die Mauer eingeladen. Er meinte, meine Schulden auf ehrliche Weise abzuzahlen würde länger dauern, aber als Wächter bliebe mir mehr Zeit, außerdem würde ich ihren Schutz genießen. Ich war das Stehlen und Morden leid, also bin ich seinem Ruf gefolgt.«

»Das war eine kluge Entscheidung.«

Leigh hob die Hand und schob eine der dunklen Haarsträhnen, die Weylin ins Gesicht fielen, hinter sein Ohr. Doch zog er seine Finger anschließend nicht zurück, sondern ließ sie an seinen Hals gleiten, bis seine Handfläche das hässliche Feuermal verdeckte. »Ich konnte zu dem Mann werden, der ich heute bin, weil mir jemand die Möglichkeit dazu geschenkt hat. Und nun möchte ich sie dir geben. Denn ich sehe, wie du wirklich bist, auch wenn du es selbst nicht mehr erkennst.«

Weylin kniff die Augen zusammen, und ein gequälter Ausdruck trat auf sein Gesicht. Leigh wusste nicht, ob ihn der Blutschwur leiden ließ oder seine schonungslos ehrlichen Worte, denn manchmal tat die Wahrheit weh, auch wenn sie etwas Gutes war. Doch Weylin hatte offenbar Jahrzehnte seines Lebens damit verbracht, sich einzureden, er sei ein wertloser Bösewicht, sodass er blind für eine andere Wirklichkeit war. Leigh verstand das gut, denn er hatte sich damals genauso gefühlt.

Es hatte eine Weile gedauert, hinter die Maske des Halblings zu blicken, doch nun sah er ihn klar und deutlich. Und er sah ihn nicht nur, sondern hatte ihn auch gehört, in den Melodien seiner Lieder und in den Zeilen seiner Texte. Der Halbling war wirklich ein Goldstück, eines, das verloren gegangen und von Stiefeln und Hufen in den Dreck getreten worden war. Schäbig und glanzlos hatte er es gefunden, aber all der Dreck machte es nicht weniger wertlos. Es brauchte nur etwas Aufmerksamkeit, bevor es wieder glänzen konnte.

»Weylin«, flüsterte Leigh seinen Namen und streichelte mit dem Daumen über seine Wange.

Er öffnete die Augen. Der Schmerz darin war hässlich, aber Weylin war wunderschön. Leigh lehnte sich ihm entgegen, bis seine Lippen die des Halblings berührten. Weylin wich zurück, aber nicht wie ein Mann, der nicht geküsst werden wollte, sondern wie jemand, der nicht mit einem Kuss gerechnet hatte. Erneut beugte sich Leigh langsam vor und ließ Weylin dabei alle Zeit der Welt, vor ihm zurückzuweichen. Aber er tat es nicht.

Sanft legte Leigh seinen Mund auf den des Halblings und küsste ihn, wie er seit Jahren niemanden mehr geküsst hatte. Weylin schmeckte nach Sonne und Regen und etwas Dunklerem – Asche. Doch das erste Mal seit ihrer Ankunft auf dem Markt störte sich Leigh nicht an diesem Geschmack, sondern hieß ihn willkommen. Er zog Weylin enger an sich, bis sich ihre Körper aneinanderdrängten wie ihre Münder. Trotz der kühlen Morgenluft stieg Hitze in Leigh auf. Eine Hitze, die ihn dazu antreiben wollte, sich seiner Kleidung zu entledigen.

Keuchend unterbrach er den Kuss, bevor sein Verlangen seinen Verstand übermannen konnte. Weylin atmete ebenfalls schwer, seine Augen trüb und glasig, seine Lippen von ihrem hitzigen Kuss errötet. Beim König, Leigh wollte ihn nicht gehen lassen, aber er musste. Auch wenn es ihm nicht gefiel, er wusste, dass die Bibliothek sein bester Weg in die Freiheit war.

Leigh streichelte Weylin ein letztes Mal über das Gesicht, bevor er ihn losließ und einen Schritt zurücktrat. Die Kälte, die ihn erfasste, ließ ihn erzittern, und er wünschte sich, sie hätten mehr Zeit, aber die Pferde waren bereits gesattelt und warteten auf sie. »Versprich mir, dass du auf dich aufpasst.«

Weylin sagte nichts und nickte nur, als hätte es ihm die Sprache verschlagen.

Leigh lächelte. »Bis bald und sei vorsichtig.«

»Du auch«, erwiderte Weylin mit dünner Stimme.

Am liebsten hätte Leigh ihn noch einmal in den Arm genommen. Aber er wusste nicht, ob er die Willenskraft aufbringen könnte, ihn wieder loszulassen. Also ballte er die Hände zu Fäusten und zwang sich dazu, Weylin den Rücken zu kehren, obwohl es das Letzte war, was er wollte.

27. Kapitel – Freya

– Auf dem Schwarzmarkt –

Die Pferde waren gesattelt und scharrten ungeduldig mit den Hufen über die verbrannte Erde. Freya hatte sich von Kheeran verabschiedet, wobei es ihr schwergefallen war, die Tränen zurückzuhalten. Als sich ihre Wege nach der Krönung getrennt hatten, hatte sie nicht geweint, aber damals war eine Vermählung mit Melvyn DeFelice das Schlimmste gewesen, was sie sich hatte vorstellen können. Wie naiv, denn das Heute war um einiges schlimmer. Und das Morgen, was ihr so lang völlig selbstverständlich erschienen war, barg keine Gewissheit mehr. Aldren könnte jeden Tag angreifen oder die Männer ihres Vaters könnten sie einfangen und hinrichten. Sollte er sie abermals in seiner Bibliothek erwischen, würde sie nicht nur ihre Zunge lassen. Doch daran wollte Freya nicht denken, anderenfalls würde sie ihr Vorhaben nur infrage stellen.

Larkin, Kheeran, Ceylan, Weylin und Leigh hatten sich bereits um die Pferde herum versammelt, während Elroy und Rae noch im Lager saßen. Freya konnte nicht gehen, ohne sich von den beiden zu verabschieden. Sie hatte sich darauf verlassen, dass Elroy sie zur Bibliothek begleitete, um sich das Wissen der Unsterblichkeit anzueignen. Dass er es nicht tat, erstaunte sie in hohem Maße, und sie wünschte sich, sie hätte im Séakisch-Unterricht besser aufgepasst. Dann hätte sie dem Streit zwischen Rae und ihm womöglich folgen können.

Sie trat an das Lager heran.

Elroy blickte von seinem Becher auf, stellte ihn beiseite und erhob sich, ein schmales Lächeln im Gesicht, das seine Augen nicht erreichte. Freya fühlte das. Sie hätte nicht erwartet, dass es eines Tages so schmerzen würde, den Piraten gehen zu lassen. Er war eigen, verwegen und undurchschaubar, aber er war auch ihr Freund.

Bist du sicher, dass du nicht mit zur Bibliothek willst?

Freya zeigte ihm die Frage, die sie zuvor aufgeschrieben hatte.

»Ich will mit in die Bibliothek, aber meine Männer haben diesen Krieg nicht verdient«, antwortete Elroy. Der Zwiespalt war ihm deutlich anzumerken, umso mehr schätzte sie, dass er sich für seine Leute entschied. Das zeigte einmal mehr, was für eine Art Mann er wirklich war.

Wann werde ich dich wiedersehen?

Sein Lächeln wurde offener, ehrlich. »Du wirst mich doch nicht etwa vermissen?«

Natürlich werde ich das – euch beide. Sie sah von Elroy zu Rae, bevor sie weiterschrieb: *Ich weiß, ihr hattet eure eigenen Motive, aber ich kann euch nicht genug für eure Hilfe danken. Ohne euch wäre ich heute nicht hier. Und könnte nicht helfen, diesen Krieg zu verhindern.*

Zwar wäre sie ohne Elroy nie in Weidar gelandet und hätte nicht ihre Zunge verloren, aber sie hätte auch nicht von dem Krieg erfahren. Unwissenheit würde dieses Land nicht schützen, daher war sie froh, wie es gekommen war, auch wenn sie dafür die Sprachfähigkeit hatte verlieren müssen. Es schien ihr ein kleines Opfer, wenn es ihnen im Gegenzug gelang, Thobria und Melidrian zu retten.

»Ich hoffe, ihr werdet Erfolg haben«, kam es von Rae.

Elroy nickte. »Und wir sehen uns schon bald wieder. Ich räume vielleicht das Feld, aber ich gebe nicht auf, und sobald Ruhe in eurem Land herrscht, komme ich vorbei, um das Geheimnis abzuholen. Vielleicht bist du dann Königin.«

Freya schnaubte. Auch daran wollte sie lieber nicht denken.

Elroy breitete die Arme zum Abschied aus. Sie erwiderte die Geste und trat anschließend an Rae heran. Es kam ihr vor wie gestern, als die andere Frau wie eine Naturgewalt in den Tanzsaal gefegt war. Damals hatte sie kein gutes Haar an Freya, Amaruné und Thobria gelassen, doch heute schien der Abschied auch ihr nicht leichtzufallen.

»Es tut mir leid, dass wir euch im Stich lassen müssen.«

Freya schüttelte den Kopf. Sie machte den beiden keine Vorwürfe. Elroy war vielleicht ihr Gemahl, dennoch war er diesem Land nichts schuldig. Und es gäbe ohnehin nichts, was Rae und er tun könnten, was sie und die anderen nicht auch schafften. Vermutlich war es sogar klüger, in kleinen Gruppen zu reisen, um sich flinker und hoffentlich unbemerkt von den Gardisten ihres Vaters zu bewegen.

»Ich werde versuchen, meine Männer unbemerkt aus dem Schloss zu holen, um dir möglichst viel Zeit zu verschaffen, bis dein Vater merkt, dass du nicht mehr mit mir reist«, sagte Elroy und sah zu den anderen, die bereits ungeduldig auf sie warteten. Der Morgen schritt zu schnell voran.

Schweren Herzens wich sie zurück.

Elroy neigte den Kopf. »Wir sehen uns bald wieder, Prinzessin Freya.«

Freya nickte. Sie wandte ihnen den Rücken zu, damit sie die Tränen nicht sahen, die in ihren Augen brannten, und lief zu den gesattelten Pferden. Larkin schenkte ihr ein schmales Lächeln, das es jedoch nicht vermochte, ihr die Ängste und Sorgen zu nehmen, die in ihrer Brust tobten. Denn die Reise, die sie jetzt antraten, würde über das Schicksal eines ganzen Landes entscheiden.

Teil II

28. Kapitel – Kheeran

– Osmonde –

Vier Städte.

Dreizehn tote Dunkelgänger.

Das war das Ergebnis ihrer bisherigen Reise. Die Halblinge, die auf Befehl des Unseelies töteten, waren fähig und schnell. Larkin war sich sicher gewesen, dass kein Halbling der Schlacht auf dem Schwarzmarkt entkommen war, aber offenbar waren jene auf dem Markt nicht die Einzigen gewesen, die ihr Unwesen in Thobria trieben. Was durchaus möglich war, denn im Gegensatz zu den Unseelie und Seelie waren Halblinge nicht immer auf den ersten Blick zu erkennen. Ihre Schönheit war von menschlichen Makeln durchzogen und ihre Magie nur schwach ausgeprägt. Nicht einmal die spitzen Ohren waren jedem gegeben, sodass Halblinge äußerlich vollkommen mit Menschen verschmelzen konnten. Was bedeutete, dass sie vorsichtig sein mussten, denn keinesfalls sollten die verbliebenen Halblinge Wind davon bekommen, dass ihnen jemand auf der Spur war. Im besten Fall würde es sie vertreiben, im schlimmsten stiftete es sie zu überstürzten und unüberlegten Taten an. Bei ihrem derzeitigen Glück wäre es wohl Letzteres.

»Könntest du aufhören zu summen?«, fragte Ceylan an Leigh gewandt.

Das sanfte Brummen, das seinen Lippen entwich, war neben dem Zwitschern der Vögel und dem leisen Rascheln im Unterholz das einzige Geräusch, das sie in den letzten Minuten begleitet hatte. Bereits seit Tagen marschierten sie durch den Dornenwald, sodass sie einander inzwischen wenig zu sagen hatten. Sie hatten sich über alles ausgetauscht, was in Nihalos geschehen war, und Leigh hatte ihnen von dem zerstörten Dorf der Halblinge erzählt, das er Larkin und den anderen gegenüber nicht erwähnt hatte. Außerdem hatte er ihm unzählige Fragen über seine Vergangenheit als Talon gestellt.

Leigh, der ihr Pferd an den Zügeln führte, sah auf. »Gefällt es dir nicht?«

»Nein.«

»Ich finde es schön«, warf Kheeran ein und erntete dafür einen bitteren Blick von Ceylan.

»Ihr musstet euch diese vermaledeite Melodie auch nicht Tag für Tag im Kerker anhören, während ihr in einen Eimer geschissen habt«, sagte sie und machte einen Bogen um einen auf dem Weg verendeten Hasen. Fliegen umschwirrten seinen leblosen Körper. »Ich wäre dir also sehr verbunden, wenn du damit aufhören könntest.«

Leigh presste die Lippen aufeinander und nickte. Der Wächter schien Schuldgefühle Ceylan gegenüber zu hegen, die Kheeran nicht nachvollziehen konnte. Schließlich war er derjenige gewesen, der sie in das Verlies hatte sperren lassen, weil er zu feige gewesen war, sich dem Rat zu stellen. Er war so naiv und blauäugig gewesen, und mehr und mehr verstand er, weshalb die Unseelie ihn nicht auf dem Thron hatten sehen wollen. Wie konnte er ein Volk regieren, wenn er es nicht einmal wagte, seinen Beratern die Stirn zu bieten? Gewiss hätte Ceylans Freispruch für Unruhe gesorgt, aber es wäre seine Aufgabe gewesen, diese Entwicklung mit einem Machtwort zu unterbinden.

Das war von Beginn an sein Problem gewesen: seine Unsicherheit. Sie hatte sich auf das Volk übertragen wie ein Lauffeuer. Warum sollte es auf seine Entscheidungen vertrauen, wenn er das nicht einmal selbst tat?

»Wir sind bald da«, sagte Ceylan und riss Kheeran damit aus seinen Gedanken.

Er blickte auf und entdeckte das verwitterte Schild, das schief an einem Pfosten hing. Demnach waren sie nicht mehr weit von Osmonde entfernt, einem kleinen Dorf östlich von Amaruné und eine ihrer letzten Anlaufstellen. Viele Dunkelgänger, die Leigh einst gekannt hatte, waren bereits tot.

»Warst du schon einmal in Osmonde?«, fragte Leigh.

Kheeran schmunzelte. »Nein, genauso wenig wie in all den anderen Dörfern. Nur weil ich in Thobria aufgewachsen bin, bedeutet das nicht, dass ich jede noch so winzige Gemeinde besucht habe. Um ehrlich zu sein, habe ich Amaruné ziemlich selten verlassen, mit Ausnahme von meinem Besuch an der Mauer. Wir haben manchmal Ausflüge nach Limell oder an den Fuß des Schatzgebirges unternommen, aber mehr nicht.«

»Klingt langweilig«, sagte Ceylan.

»Es war nicht langweilig«, erwiderte Kheeran mit einem Frösteln. Sie waren weit nördlich der Mauer, und während in Askane der Frühling bereits Einzug gehalten hatte, war es in dieser Region des Landes noch deutlich kühler. In den Nächten war der Wind schneidend kalt, und auch den Tag über vermochte die Sonne kaum aufzutauen, was in der Dunkelheit gefroren war. »Mit Freya ist es das niemals. Im Sommer haben wir stundenlang Verstecken in den Gärten gespielt, und im Winter haben wir uns einen Spaß daraus gemacht, die Geheimgänge im Schloss zu erkunden. Einmal haben wir uns so lang zwischen den Wänden versteckt, dass man glaubte, wir wären entführt worden.«

Leigh lächelte. »Klingt, als hättet ihr euch nahegestanden.«

»Sie war der Dreh- und Angelpunkt meiner kleinen Welt.«

»Es ist wirklich grauenhaft, was Andreus ihr angetan hat.«

Bei diesen Worten verflüchtigten sich all die schönen Erinnerungen, und zurück kehrte die dunkle Wirklichkeit, in der sie lebten. Kheeran nickte, sagte aber nichts dazu. Inzwischen war allen bewusst, was für ein Ungeheuer König Andreus war.

»Sie ist weniger hochnäsig, als ich erwartet habe«, kam es überraschend von Ceylan.

»Nicht alle Adeligen sind hochnäsig.«

»Nein, aber die meisten.«

»Du scheinst ja viele zu kennen.«

»Sehr viele«, antwortete sie neckisch. »Und am schlimmsten ist dieser unsägliche Unseelie-Prinz.«

Kheeran schmunzelte. »Das habe ich auch gehört. Er soll ziemlich eingebildet sein.«

»Ja, vor allem, was sein Aussehen betrifft.«

»Ich habe gehört, man kann ihn im Kampf mit einem Spiegel besiegen.«

Sie nickte eifrig. »Ich auch. Angeblich betrachtet er sich selbst wie ein dummer Vogel.«

»Wie einfältig von ihm.«

»Sehr einfältig«, bestätigte Ceylan. Sie sah ihn mit einem heiteren Blick an und verzog ihre Lippen zu einem Lächeln, das gewiss nicht verführerisch sein sollte, aber genauso auf Kheeran wirkte. Seit sie den Stützpunkt an der Mauer verlassen hatten, schliefen sie zu seinem Bedauern getrennt voneinander. Er vermisste die Wärme ihres Körpers und das Gefühl ihrer weichen Kurven und harten Muskeln. Sie wirkten auf ihn ebenso betörend wie alles andere an ihr. Und in jeder Nacht stellte er sich vor, wie es wäre, sie zu packen und an sich zu ziehen, um erneut von ihren Lippen zu kosten, denn dieser Kuss in den Flammen war nicht genug gewesen.

Sie erreichten Osmonde mit den letzten Sonnenstrahlen. Es war ein winziges Dorf, das nicht mehr als ein Dutzend Hütten umfasste. Die meisten waren klein und heruntergekommen, und der strenge Geruch von Rindern lag in der Luft. Es war kein Ort, an dem Kheeran einen Dunkelgänger vermutet hätte, andererseits musste Jakodi inzwischen um die sechzig sein und hatte somit die Tage seiner Diebeszüge längst hinter sich gelassen.

Es gab in der kleinen Ortschaft keine Taverne oder Schenke, was bedeutete, dass ihnen wieder eine Nacht unter freiem Himmel bevorstand. Aber aus einem der größeren Häuser drangen heitere Stimmen. Vermutlich versammelten sich dort die Dorfbewohner nach getaner Arbeit.

Sie banden ihr Pferd an einem Pfosten vor dem Haus an und entfernten ihre Taschen vom Sattel.

»Wir sollten umgehend zu Jakodi aufbrechen«, sagte Leigh.

Ceylan warf sich ihren Beutel über die Schulter. »Weißt du, wo er lebt?«

»Ja, wir haben vor Jahren seine Eltern besucht, nachdem … als wir in der Nähe waren«, beendete Leigh seinen Satz ungelenk. Ceylan hatte während der letzten Tage versucht, mehr über Leighs Vergangenheit bei den Dunkelgängern in Erfahrung zu bringen, aber der Wächter hatte sich bedeckt gehalten und nur wenig verraten. Dass Schulden ihn in die Arme der Dunkelgänger getrieben hatten, die er mittlerweile beglichen hatte. Und er behauptete, vor allem als Dieb gearbeitet zu haben. Unausgesprochene Ausnahmen klangen zwischen seinen Worten mit, was Kheeran vermuten ließ, dass er im Namen der Dunkelgänger auch getötet hatte.

Leigh führte sie zu einem Haus unter einer großen Esche. Licht brannte im Inneren, und obwohl der Geruch der Rinder, die auf den Feldern neben dem Dorf gehalten wurden, allgegenwärtig war, stieg Kheeran ein köstlicher Duft in die Nase. Ceylan und er blieben einige Fuß entfernt unter der Esche stehen, als Leigh anklopfte, denn sie wussten, wie bedrohlich sie mit ihren dunklen Uniformen und den magiegeschmiedeten Schwertern wirken konnten.

Eine Frau mit aschblondem Haar öffnete zaghaft die Tür. »Guten Abend, mein Herr!«

»Seid gegrüßt«, erwiderte Leigh mit einem Lächeln. »Mein Name ist Leigh Fourash. Könnte ich mit Jakodi sprechen?«

Die Brauen der Frau wanderten in die Höhe. »Ihr kanntet meinen Großvater?«

»Er weilt nicht mehr unter uns?«, erkundigte sich Leigh, ohne auf die Frage der Frau einzugehen.

Bedauernd schüttelte sie den Kopf. »Nein, er ist bereits vor fünf Jahren in den Ewigen Frieden gegangen.«

»Verdammt!«, zischte Ceylan, und auch Kheeran musste ein Seufzen unterdrücken.

Leigh zeigte sich betroffener. »Das tut mir leid. Euer Großvater und ich haben einst zusammengearbeitet.«

»Ihr seid ein unsterblicher Wächter, nicht wahr?«

Leigh nickte. »Ja, aber zuvor war ich wie Jakodi … ein fahrender Händler.«

»Er hat seine Arbeit immer geliebt.«

»Das kann ich ihm nicht verdenken, man hat viel vom Land gesehen.«

Ein wehmütiges Lächeln trat auf die Lippen der Frau, aber sie sagte nichts weiter.

Leigh räusperte sich. »Danke, dass Ihr mit mir gesprochen habt.«

Die Frau verabschiedete sich und schloss die Tür. Mit einem zermürbten Gesichtsausdruck wandte sich Leigh ihnen zu.

Ceylan trat vor. »Warum hast du sie nicht nach den Dunkelgängern gefragt?«

»Weil sie offensichtlich nichts von Jakodis Arbeit bei diesen wusste. Fahrender Händler«, spottete er. »Das war seine Ausrede dafür, warum er oft tage- oder gar wochenlang nicht bei seiner Familie sein konnte. Wüsste seine Enkelin Bescheid, hätte sie sich anders verhalten.«

»Und was machen wir jetzt?«, fragte Ceylan mit verschränkten Armen.

»Jetzt«, sagte Leigh und legte ihr einen Arm um die Schultern, »schauen wir, ob wir hier etwas Warmes zu essen bekommen. Es ist schon spät, und wir sollten unser Lager aufschlagen. Alles andere kann bis morgen warten.«

Ceylan schüttelte Leighs Arm ab. »Kann es das wirklich? Der Krieg …«

»Nicht so laut«, schnitt Leigh ihr das Wort ab und blickte sich um, um nachzusehen, ob jemand sie belauscht hatte. Kheeran konnte niemanden ausmachen und Leigh offenbar auch nicht, denn er wandte sich wieder Ceylan zu. »Ich weiß, dass die Zeit drängt, aber wie bereits gesagt: Es ist spät, und nur weil Schlafentzug uns nicht umbringt, heißt das nicht, dass wir ihn herausfordern sollten. Außerdem müssen Aldrens Truppen auch schlafen. Wir stärken uns, und morgen brechen wir in aller Frühe nach Amaruné auf.«

Kheerans Augen wurden groß. »Amaruné?«

Leigh nickte. »Ich hatte gehofft, das umgehen zu können, aber ohne Jakodi bleibt uns nichts anderes übrig. In Amaruné kenne ich noch zwei, drei Dunkelgänger, vorausgesetzt, sie sind am Leben. Sollten sie es nicht sein, müssen wir ein anderes Versteck für dich finden, am besten weit oben im Norden.«

Kheeran nickte abwesend, denn in Gedanken war er bereits in Amaruné, seiner alten Heimat. Die Heimat seiner Kindheit. Seine schönsten Erinnerungen waren von dieser Stadt und dem Schloss geprägt. Ob es all die Geschäfte noch gab, die er damals mit seiner Mutter und Freya besucht hatte? Er würde es so gern herausfinden, aber vermutlich blieb ihnen dafür keine Zeit. Außerdem wollte er kein Wagnis eingehen. Er sah zwar nicht mehr aus wie der Junge von früher oder wie der Mann, der er einst gewesen war. Die Narben hatten sein Erscheinungsbild vollkommen verändert, aber wenn ihn jemand wiedererkennen konnte, dann waren es die Einwohner Amarunés.

Leigh, Ceylan und er liefen zurück zu ihrem Pferd und dem Haus mit heiteren Stimmen. Leigh klopfte an, und kurz darauf öffnete ihnen ein fülliger Mann die Tür. Das Hemd spannte so über seiner Wampe, dass es einem Wunder glich, dass die Knöpfe es noch zusammenhielten.

»Seid gegrüßt«, sagte Leigh. »Wir sind Reisende und haben uns gefragt, ob wir hier Speis und Trank bekommen.«

Der Mann musterte sie. Die Stimmen im Raum waren leise geworden, und Kheeran war sicher, dass die anderen versuchten, einen Blick auf sie zu erhaschen. Doch der Mann war zu groß und versperrte die Tür vollständig. »Ja, ihr könnt etwas zu essen bekommen, aber einen Schlafplatz können wir euch nicht bieten.«

Leigh nickte. »Den brauchen wir nicht.«

Der Mann trat beiseite und ließ sie hinein. Anscheinend war das sein Haus, das zum Treffpunkt des Dorfes geworden war. Der Besitzer war eindeutig wohlhabend, das erkannte Kheeran an der Einrichtung. Es gab Regale mit Büchern und Vasen voll Blumen. Die Tische, an denen er das halbe Dorf zu beherbergen schien, waren nicht klapprig und schief, sondern wirkten, als wären sie erst im Lauf des letzten Jahres geschreinert worden.

Die Leute betrachteten sie neugierig. Kheeran erfasste auf den ersten Blick elf von ihnen. Die Frauen saßen getrennt von den Männern und unterhielten sich, während ihre Gatten Karten spielten. Es waren auch zwei Kinder unter ihnen, die mit Strohpuppen auf dem Boden spielten.

»Woher kommt ihr?«, fragte der Mann.

»Aus dem Niemandsland. Wir sind Wächter.«

Sein Blick wanderte von Leigh zu ihm und blieb schließlich an Ceylan hängen. Kheeran gefiel nicht, wie der Mann sie von Kopf bis Fuß musterte, denn trotz ihres üppigen Mantels, der jede Kurve ihres Körpers versteckte, war sie noch eine schöne Frau. »Ihr seid Ceylan Alarion, nicht wahr?«

Ceylans Augenbrauen schossen in die Höhe. »Woher kennt Ihr meinen Namen?«

»Angus hat ihn uns in einem seiner Briefe verraten.«

Kheeran sagte dieser Name nichts, Ceylan hingegen schon.

»Ihr kennt Angus?«, fragte sie erstaunt.

»Guter Junge. Er ist in Osmonde aufgewachsen.«

»Das wusste ich nicht«, sagte Leigh.

Der Mann nickte. »Und was bringt drei Wächter nach Osmonde? Ich hoffe, es hat nichts mit Angus zu tun?«

»Nein, nein. Er ist ein vorbildlicher Novize«, antwortete Leigh. »Wir sind auf der Durchreise.«

Der Mann fragte nicht nach und deutete auf einen leeren Tisch. Sie mussten auf dem Weg den spielenden Kindern ausweichen, stellten ihre Taschen ab und nahmen Platz, während der Mann loszog, um etwas zu essen zu bringen.

»Was für ein Zufall«, sagte Leigh und streifte sich den Mantel von den Schultern.

»Wer ist Angus?«, fragte Kheeran.

»Ein Novize, der mit Ceylan an die Mauer gekommen ist.«

»Ich frage mich, was er in seinen Briefen über mich geschrieben hat«, grübelte sie.

»Offenbar nichts Schlechtes«, sagte Kheeran. Bereits kurze Zeit später brachte ihnen der Mann drei Teller, beladen mit gestampften Kartoffeln und Krügen voll Bier. Kheeran mochte den Geschmack von Bier nicht, aber er wollte nicht undankbar erscheinen. Zudem schmeckte der Kartoffelstampf ziemlich gut.

Eine Weile aßen sie schweigend, und nach einigen Minuten widmeten sich die anderen wieder ihren Gesprächen und dem Kartenspiel. Nur hin und wieder wanderten neugierige Blicke in ihre Richtung.

»Glaubt ihr, die anderen sind bereits in der Bibliothek?«, fragte Ceylan schließlich.

»Schwer zu sagen, aber sie müssten auf jeden Fall in Weidar sein«, antwortete Kheeran. Ob und wie sie in die Bibliothek kämen, würde sich herausstellen, wenn sie den Tempel erreichten. Es war nicht ausgeschlossen, dass Andreus weitere Gardisten zum Schutz der Bibliothek abgestellt hatte, nun, da Freya von ihrer Existenz wusste. Andererseits zöge das auch Aufmerksamkeit auf den Tempel.

»Ich hoffe, Weylin geht es gut«, sagte Leigh gedankenverloren.

»Du machst dir viele Sorgen um den Halbling«, stellte Kheeran fest. Er hatte die Natur ihrer Beziehung noch nicht vollständig durchschaut. Leigh hatte vernünftige Gründe, dem Halbling zu helfen, und sollte wahrhaftig der Blutschwur ihn gezwungen haben, seine Mutter zu töten und ihn anzugreifen, traf ihn keine Schuld. Doch sein Bauchgefühl sagte ihm, dass der Wächter nicht nur vernunftgemäße Gründe hatte, Weylin zu unterstützen.

»Selbstverständlich mache ich mir Sorgen. Er war noch nie in Thobria, und ich vertraue Welborn nicht.«

»Was ist dein Problem mit Larkin?«, fragte Kheeran. Einen kurzen Augenblick auf dem Schwarzmarkt hatte er befürchtet, die Wächter könnten aufeinander losgehen.

»Er ist ein eingebildeter Schnösel«, sagte Leigh.

»Er hat meine Mutter getötet«, fügte Ceylan hinzu, den Mund voller Kartoffelbrei.

Kheeran riss den Kopf herum. »Was?«

Leigh wirkte ebenso erstaunt.

»Nicht mit böswilligen Absichten. Er hat mir auf dem Markt erzählt, dass er sie mit einem Gnadenstoß von der tödlichen Wunde einer Elva erlöst hat«, erklärte Ceylan und trank einen großen Schluck aus ihrem Krug. »Und er hat gesagt, dass ich nicht die Einzige bin, die Bellmare überlebt hat.«

Leigh runzelte die Stirn. »Das wusste ich nicht.«

»Es waren nicht viele, und meine Eltern waren leider nicht darunter. Er hat sie nach Askane bringen lassen.«

»Wirst du sie suchen gehen?«, fragte Kheeran, der sich allmählich zusammenreimen konnte, was in Ceylans Vergangenheit geschehen war. Es erstaunte ihn nicht und erklärte viel.

Ihren Wunsch, eine Wächterin zu werden. Ihren Hass gegen die Fae und Elva. Und ihr Leben auf der Straße.

Sie schüttelte den Kopf. »Was soll das bringen? Bellmare ist dennoch zerstört, und ich habe sie seit Jahren nicht gesehen. Außerdem bin ich jetzt eine Wächterin, die Mauer ist mein Zuhause.« Ihre Stimme klang gleichgültig, aber ihre um den Griff des Kruges geballte Hand zeigte etwas anderes.

Kheeran hätte am liebsten danach gegriffen und ihre Finger fest mit seinen umschlossen. Doch da dies nicht infrage kam, führte er das Gespräch zum Thema zurück. »Freya scheint Larkin sehr zugetan zu sein. Die beiden stehen sich offensichtlich sehr nah.«

Ceylan schnaubte. »Das ist eine nette Beschreibung dafür, dass sie die Beine für ihn breitmacht.«

Kheeran verschluckte sich an seinem Bier und begann lautstark zu husten. »So was kannst du nicht sagen!«

»Was?« Sie zuckte mit den Schultern. »Es ist die Wahrheit.«

»Das kannst du nicht wissen.«

»Glaub mir, ich weiß, wie eine verliebte Frau aussieht, die bereit ist, alles für einen Mann zu geben.«

»Woher?«

»Weil …« Sie stockte und presste die Lippen aufeinander. »Ich weiß es einfach!«

Leigh grinste. »Weil du selbst einmal eine solche Frau warst?«

»Nein!«, protestierte Ceylan, wobei sich ihre Wangen auf eine Art röteten, die Kheeran daran zweifeln ließ, dass sie die Wahrheit sprach. Sie war also schon einmal verliebt gewesen. Vielleicht in Leigh? Oder einen anderen Wächter? Oder in einen Mann vor ihrer Zeit an der Mauer? »Ich … ich liebe nur meine Eltern und meine Mond-Sichel-Messer. Und beides habe ich verloren, weshalb ich nie wieder etwas oder jemanden lieben werde.«

»Das ist schade«, sagte Leigh mit einem wissenden Lächeln, wobei sein Blick zu Kheeran zuckte.

»Leigh Fourash?«

Sie alle sahen auf.

Ein Mann war zu ihnen an den Tisch getreten – ein junger Mann, fast noch ein Kind. Er hatte dichtes schwarzes Haar und ein schmales Gesicht, das seinen kindlichen Zügen nicht ganz entwachsen war. Unruhig zupfte er an dem Saum seines Hemdes.

Leigh hob die Brauen. »Ja?«

Der Ankömmling sah in die Runde, wobei sein Blick ein paar Herzschläge zu lang an Kheerans Narben hängen blieb. Er störte sich nicht daran, aber er müsste sich erst noch daran gewöhnen, denn jeder längere Blick ließ ihn fürchten, dass er erkannt wurde. »Darf ich mich setzen?«, fragte der Junge verunsichert.

»Das hängt davon ab, wer du bist.«

»Mein Name ist Gable. Ich bin Jakodis Urenkel.«

Erstaunt hob Leigh die Brauen und schob den freien Stuhl an ihrem Tisch mit seinem Stiefel zurück. »Sprich!«

Der Junge räusperte sich. »Meine Mutter hat mir eben erzählt, dass Ihr nach ihm gefragt habt.«

Leigh nickte.

Unruhig sah sich der Junge um, bevor er sich über den Tisch lehnte, sodass der Stoff seines viel zu großen Hemdes um ein Haar auf Leighs Teller gelandet wäre. »Ihr seid einer von ihnen, nicht wahr?«, fragte er so leise, dass niemand außer ihnen es hören konnte.

»Nicht mehr«, erwiderte Leigh. Es bestand kein Zweifel daran, dass er über die Dunkelgänger sprach. »Inzwischen bin ich ein Wächter, aber ich muss dringend mit einem von ihnen sprechen, und ich hatte gehofft, Jakodi könnte mir helfen. Gehörst du auch zu ihnen?«

Gable schüttelte den Kopf.

»Und was willst du von uns, wenn du kein Dunkelgänger bist?«, fragte Ceylan.

»Mein Urgroßvater hat mir sein Geheimnis vor Jahren verraten. Meine Mutter weiß davon nichts, aber ich kann euch helfen, die anderen zu finden.«

Leigh neigte den Kopf. »Wie?«

»Mein Urgroßvater hat mir die vor seinem Tod gegeben.« Gable griff in die Tasche seiner geflickten Hose, der er im Gegensatz zu seinem Hemd längst entwachsen war, und zog eine schwarze Münze hervor, wie Kheeran sie nie gesehen hatte. Leigh hingegen gab einen erstaunten Laut von sich.

»Du weißt, was das ist?«, erkundigte sich Ceylan.

»Natürlich.« Er nahm Gable die Münze aus der Hand. Sie war matt und glanzlos wie das Fell einer Elva. »Jeder Dunkelgänger trägt eine solche Münze bei sich. Sie sind ein Erkennungsmerkmal und können an Familie und Freunde vergeben werden. Sie dienen den anderen Dunkelgängern als Beweis, dass du vertrauenswürdig bist.«

Gable nickte. »Mein Urgroßvater sagte, dass ich, wenn ich einmal in Schwierigkeiten stecke, mit dieser Münze nach Evardir gehen soll. Er meinte, dort gäbe es einen Laden, der *Der geschmückte Geier* genannt wird. Ich solle dort nach einem Hilarius Witze fragen. Er würde mir helfen.«

Kheeran sah zu Leigh, aber dieser Name schien nichts in ihm hervorzurufen.

»Bist du sicher, dass du uns diese Münze überlassen willst?«, fragte der Wächter stattdessen.

Gable nickte. »Ich brauche sie nicht. Ich vertraue diesen Männern und Frauen ohnehin nicht.«

Leigh schmunzelte. »Das ist sehr klug von dir. Können wir dich für diese Münze entlohnen?«

»Ihr könnt, aber ihr müsst nicht.«

Leigh griff in einen Beutel am Gürtel seiner Hose und zog drei Goldstücke hervor, die er Gable reichte. Seine Augen wurden groß, denn in diesen ländlichen Gegenden brauchte es nicht selten anderthalb Jahre, um nur einen Dukaten zu verdienen. Die Wächter hingegen wurden damit überschüttet.

»Danke, mein Herr!« Schnell steckte der Junge das Geld ein und stand von seinem Stuhl auf. Er wollte bereits gehen, als er noch einmal innehielt. »Bitte verratet Hilarius nicht, dass ich euch von ihm erzählt habe.«

»Das werden wir nicht. Versprochen«, sagte Leigh.

Gable eilte davon.

Leigh drehte die schwarze Münze zwischen seinen Fingern.

»Darf ich mal sehen?«, fragte Ceylan, nahm sie ihm ab und drehte und wendete die wertlose Münze. Nichts an ihr schien ungewöhnlich, allerdings musste sie aus einem besonderen Material sein, das es erschwerte, sie zu fälschen.

»Das bedeutet, wir gehen nicht nach Amaruné«, sagte Kheeran. Es war keine Frage, sondern eine Feststellung, die ein enttäuschtes Ziehen in seiner Brust auslöste, aber vermutlich war es so besser. Er hatte keine Zeit, sich seiner Vergangenheit zu stellen.

»Nein«, erwiderte Leigh und nahm Ceylan die Münze wieder ab. Er warf sie in die Luft, fing sie auf und ließ sie anschließend in einer Tasche seines Mantels verschwinden. »Wie es scheint, geht es als Nächstes in die eisige Stadt.«

29. Kapitel – Freya

– Weidar –

Kaum ein anderer Ort auf dieser Welt löste in Freya einen so großen Zwiespalt aus wie Weidar. Die Stadt, die im Volksmund auch Zweihorn genannt wurde, wegen der Berge, die wie Hörner aus dem Boden ragten, erzeugte in ihrer Brust ein Wechselspiel der Gefühle. Hier hatte sie in den letzten Monaten sowohl die schönsten als auch schlimmsten Stunden ihres Lebens verbracht. Ihr wurde warm ums Herz, wenn sie an Larkin dachte, seine Küsse und Berührungen und das Gefühl seines Körpers auf und in ihrem. Doch ihr wurde eisig kalt bei dem Gedanken an das Gespräch mit ihrem Vater und an die Gardisten, die sie gewaltsam zu Boden gedrückt hatten, um sie ihrer Zunge – ihrer Stimme – zu berauben.

Was Roland und die anderen Männer wohl mit dieser getan hatten?

Gewiss hatten sie sie nicht auf dem Boden der Bibliothek zurückgelassen. Hatten sie sie verbrannt? Im Fluss entsorgt? Oder gar Hunden zum Fraß vorgeworfen, damit sie niemals gefunden wurde? Freya erschauderte bei dieser Vorstellung und zog ihren Umhang fester um sich, obwohl es in Weidar nicht kalt war. Neben dem ältesten Tempel des Landes und dem Schloss besaß die Stadt heiße Quellen. Menschen aus ganz Thobria reisten nach Zweihorn, um ihren verstorbenen Königen in den Katakomben zu huldigen und anschließend in den Quellen zu baden, welche die Stadt von unten erwärmten. Schnee war nur in der Ferne auf den Spitzen des Schatzgebirges zu erkennen.

Freya schluckte und widmete sich in Gedanken dem, was sie hoffentlich würde retten können – ihr Land und Volk. Ihr war noch immer unbegreiflich, wie Aldren und ihr Vater zeitgleich planen konnten, in den Krieg zu ziehen. Während von Aldrens Machenschaften in Thobria noch nichts zu spüren war, waren die Anzeichen aufseiten ihres Vaters bereits wahrzunehmen. Kaum sichtbare Vorboten, die sich langsam, aber stetig in den Alltag der Bevölkerung schlichen. Aushänge an den Anschlagbrettern, die junge Männer mit Gold lockten und aufforderten, Akademien beizutreten. Aufträge für Waffenschmiede sowie zusätzliche Gardisten an jeder Ecke, die sie geschickt umgehen mussten, wobei sich Weylin als überaus nützlich erwies. Er hatte ein gutes Gespür für die Männer ihres Vaters und lenkte sie durch die Gassen der schlafenden Stadt bis zum Fuß des großen Horns, auf dessen Spitze der Tempel saß.

»Und du bist sicher, dass du nicht hier auf uns warten willst?«, fragte Larkin.

Freya nickte. Sie wusste, dass sie für Larkin und Weylin ein Klotz am Bein war. Sie war ein Mensch. Schwach, langsam und zerbrechlich, mit schmerzenden Füßen und Gliedern, die zu schnell müde wurden. Deshalb hatte sie die meiste Zeit auf dem Pferd gesessen. Doch so grauenhaft die Erinnerungen an die Bibliothek waren und wie hilflos sie sich auch gefühlt hatte, sie wollte sich diese Gelegenheit, mehr über sich und ihre Magie herauszufinden, nicht nehmen lassen. Das schien Larkin zu begreifen. Er nickte und band ihr Pferd fest, das sie zurücklassen mussten, um den Berg möglichst unbemerkt zu erklimmen.

Feuerschalen verliefen entlang des sich schlängelnden Pfades, wobei sie stets am Rand des Weges liefen, um notfalls Schutz im Schatten der knochigen, mit Bittbriefen behangenen Bäume zu finden. Mit jedem Schritt wurde die Luft dünner und kälter. Weiße Atemwölkchen verließen Freyas zitternde Lippen. Larkin und Weylin hingegen schienen sich an der wachsenden Kälte, je weiter sie sich von den heißen Quellen entfernten, nicht zu stören. Je näher sie dem Tempel kamen, umso mehr Zettel hingen an den Zweigen der Bäume. Im Vorbeigehen riss Weylin einen ab und entfaltete ihn.

Freya verpasste ihm einen leichten Stoß.

»Was?«, fragte er empört.

»Die gehören nicht dir«, antwortete Larkin an Freyas Stelle. »Sie sind für den König gedacht.«

»Als würde der sie lesen.« Er entfaltete das Stück Papier und begann vorzulesen, seine Stimme zu einem Flüstern gesenkt, das sich im Rauschen des Windes verlor. »Verehrter König, mein Herrscher und Gott, wir ersuchen Eure Gnade und Euren Rat. Mein Mann ist diesen Sommer erkrankt. Er konnte nicht mehr auf die Felder und hat seine Arbeit verloren. Wir haben kein Geld und die Vorräte aufgebraucht. Unsere vierjährige Tochter weint. Sie hat Hunger, aber wir haben ihr nichts mehr zu geben. Bitte, helft uns!«

Weylin schnaubte, knüllte das Papier zusammen und warf es unter Freyas missmutigem Blick achtlos an den Rand des Weges. Sie verachtete ihren Vater und wusste, dass er diesen Menschen niemals geholfen hätte, aber diese Zettel waren ein Zeichen ihrer Hoffnung. Hoffnung, die man ihnen nicht nehmen sollte, denn sie war alles, was vielen geblieben war. Aber all das konnte Freya Weylin nicht sagen, nicht ohne stehen zu bleiben, und dafür hatten sie es zu eilig. Ihr Plan sah vor, Weidar mit Anbruch der Dämmerung bereits wieder verlassen zu haben, bevor die Gardisten ihres Vaters ausgetauscht wurden.

Der Wald vor ihnen lichtete sich, und sie gingen im Schatten in Deckung. Mehrere Gardisten, die bei Freyas letztem Besuch nicht anwesend gewesen waren, bewachten den Eingang des Tempels, der von fünf massiven Säulen gestützt wurde. Tagsüber versammelten sich hier unzählige Gläubige aus ganz Thobria, um König Andreus und ihrer Familie zu huldigen, doch um diese Zeit, unter der Decke eines sternenklaren Nachthimmels, war der Hof verlassen. Freya erinnerte sich noch genau an die

Ehrfurcht, die sie bei ihrem letzten Besuch verspürt hatte. In Gegenwart des massiven Tempels und all seiner Schätze hatte sie sich klein und unbedeutend gefühlt. Klein fühlte sie sich noch immer, aber nicht länger unbedeutend, denn sie wusste, dass das, was Weylin, Larkin und sie gleich tun würden, von Bedeutung war und die Geschichte ihres Landes umschreiben würde.

Wie gehen wir vor?

Freya hielt ihr Notizbuch in die Höhe. Ihre Schrift, die mit jedem Tag unordentlicher schien, wäre für einen Menschen im Halbschatten vermutlich kaum zu lesen gewesen, doch Larkin und Weylin entzifferten die Worte mit nur einem flüchtigen Blick.

»Wir erledigen die Männer deines Vaters«, antwortete Weylin wachsam.

»Du willst sie töten?«, fragte Larkin.

»Hast du einen besseren Plan?«, hakte Weylin nach.

Larkin furchte die Stirn und nahm sich einen Moment, um nachzudenken, schüttelte dann aber den Kopf. Freya gefiel es nicht, die Männer zu töten, die vermutlich auch nur hier waren, um Geld für ihre Familien zu verdienen, aber sie sah keine andere Möglichkeit, unbemerkt in den Tempel zu kommen. Die Gefahr, dass ihr Vater von ihrer Anwesenheit Wind bekam, war zu groß.

Freya schrieb in ihr Notizbuch. *Es muss sein.*

Weylin nickte. »Ich kümmere mich um die Wachen.«

»Wie?«

»Das seht ihr gleich«, antwortete Weylin mit einem fast hochmütigen Lächeln, und bevor Larkin oder sie dagegenhalten konnten, verschwand er im Dickicht. Freya war bereits von Larkins Wendigkeit erstaunt gewesen. Für einen Mann seiner Größe vermochte er sich ausgesprochen schnell und leise zu bewegen. Doch Weylins Talent, mit den Schatten zu verschmelzen, war ohnegleichen. Er bewegte sich beinah lautlos, aber dennoch flink, sodass man im Gebüsch vielleicht ein Eichhörnchen erwartete, aber gewiss keinen bewaffneten Mann.

Freya versuchte Weylin mit dem Blick zu folgen, doch seine Bewegungen waren zu schnell und sie verlor ihn in der Dunkelheit, bis sie plötzlich eine Regung aus dem Augenwinkel wahrnahm. Eine der Wachen war lautlos zu Boden gegangen. Bereits einen Moment später folgte die zweite. Es schien, als würden die Männer ihr Leben ohne jeden Grund aushauchen.

Die verbliebenen drei Gardisten nahmen Kenntnis von dem Geschehen. Alarmiert zückten sie ihre Schwerter, als bereits der Dritte im Bunde zusammensackte. Freya wusste, dass Weylin ein Auftragsmörder war, aber mit eigenen Augen zu sehen, wie flink und mühelos er die Männer ausschaltete, ließ sie erschaudern. In diesem Moment war sie heilfroh, dass Weylin nun auf ihrer Seite stand und seine Waffen nicht länger gegen sie richtete.

»Angeber«, murmelte Larkin, als der vierte Gardist fiel.

Selbst aus der Entfernung erkannte Freya die Angst in den Augen des letzten Mannes, der nicht wusste, wie ihm und seinen Kameraden geschah. Mit furchtsamem Blick sah er sich um, unfähig, den Schatten kommen zu sehen, der auch ihn zu Fall brachte. Eine Lache aus Blut formte sich unter seinem Körper, über dem nun Weylin aufragte. Er ging in die Knie, um seinen blutigen Dolch an der Uniform des Gardisten sauber zu wischen, bevor er sich aufrichtete und ihnen mit einem Kopfnicken bedeutete, ihm in den Tempel zu folgen. Ohne abzuwarten, erklomm er die Stufen zum Heiligtum, sodass ihnen keine andere Wahl blieb, als ihm zu folgen.

Freya sah zu Larkin. Seine Muskeln waren angespannt, und sie stellte fest, dass sich weder Ehrfurcht noch Vergötterung in seinem Blick widerspiegelten, sondern Verachtung und Hass. Freya konnte sich vorstellen, dass es für ihn nicht leicht war, an einem Ort wie diesem zu sein, nachdem sein Glaube an die königliche Familie von ihrem Vater zerschlagen worden war.

Sie lösten sich aus ihrem Versteck und eilten vorbei an den toten Gardisten zum Eingang des Tempels, als Freyas Schritte unwillkürlich langsamer wurden. Sie wollte keine Angst verspüren, keine Unsicherheit, doch die Furcht, die ihr Verstand zu bekämpfen versuchte, übernahm ihren Körper, als erinnerte er sich auf seine ganz eigene Art an das, was hier geschehen war. Ihre Hände wurden feucht, als sie die große Halle im Inneren des Tempels betrat. Trotz der unzähligen Kerzen im Raum zitterte Freya, und Atemwölkchen stiegen zwischen ihren Lippen empor. Sie erinnerte sich daran, dass bei ihrem letzten Besuch eine einsame Frau auf einer Bank gesessen und gebetet hatte, doch heute war der Tempel vollkommen verwaist. Womöglich hatte ihr Vater befohlen, ihn zu räumen, damit niemand die Arbeit seiner Gardisten störte. Das einzige Geräusch war das Echo von Weylins Schritten, denn sie war wie Larkin stehen geblieben.

Sie schluckte und schmeckte ungeweinte Tränen, die in ihrer Kehle brannten.

Besorgt sah Larkin sie an, und als sein Blick auf ihren traf, hatte sie das Gefühl, dass er all die Worte hörte, die in ihrem Verstand ruhten, aber nicht gesagt werden konnten. Er griff nach ihrer Hand.

»Du schaffst das«, flüsterte Larkin, seine Stimme klang ruhig und überzeugend. Kein Funke Unsicherheit oder Zweifel lag darin. Er glaubte, was er sagte, und wie um das zu bestätigen, drückte er Freyas Hand. Sanft zog er sie in Richtung der Statue von König Nechtan dem Dritten, die sich am Ende des Ganges hinter einem Altar erhob und in deren Sockel eine Treppe in die Katakomben eingelassen war. Die Priester sorgten sonst dafür, dass sie nur von der königlichen Familie betreten wurden.

Der Geruch von Rauch und Ölen wurde stärker, je näher sie dem Altar und der Statue kam, die erhaben im Schein der Kerzen über den Bänken der Gläubigen thronte. Mit erhobenem

Haupt trat Freya daneben und wechselte einen Blick mit Larkin und Weylin, bevor sie die Führung übernahm, da sie als Einzige den Weg zur Bibliothek kannte.

Wortlos stiegen sie die Stufen in die Katakomben hinab. Ihr Weg wurde rechts und links von Fackeln gesäumt, die Licht in die Dunkelheit brachten. Wie bei ihrem ersten Besuch nahm Freya eine an sich, da es immer dunkler wurde.

»Ich habe es mir hier netter vorgestellt«, murmelte Weylin mit Blick auf eine gigantische schwarze Spinne, die sich an der Wand entlanghangelte.

Freya nickte. Ihr gefiel dieser Ort auch nicht mit seinen schiefen Wänden, der niedrigen Decke und dem moderigen Geruch, der sie an das Verlies erinnerte, aus dem sie Larkin befreit hatte. Er pflanzte ihr das beklemmende Gefühl in die Brust, sie wäre hier unten eingesperrt, zusammen mit all den armen Seelen, deren letzte Ruhestätte dieser Ort war. Immer wieder zweigten weitere Wege vom Gang ab, aber Freya wusste, dass diese Sackgassen waren, die zu den Urnen ihrer Ahnen führten.

Die Luft wurde feuchter, je tiefer sie in die Katakomben vordrangen, als Freya plötzlich von hinten gepackt und zurückgezerrt wurde. Ein Laut entwich ihrer Kehle, als Weylin eine Hand über ihren Mund legte. Er hielt sie fest und drückte sie hart gegen eine Wand. Langsam nahm er seine Hand von ihrem Mund, um ihr zu bedeuten, still zu sein. Aus dem Augenwinkel bemerkte Freya, dass Larkin einen mahnenden Schritt auf den Halbling zumachte, jedoch erstarrte, als ein Husten erklang.

»Gardist«, formte Weylin tonlos mit den Lippen.

Freya war nicht überrascht. Natürlich hatte ihr Vater auch innerhalb der Katakomben mehr Gardisten zum Schutz der Bibliothek abgestellt. Aber glücklicherweise musste sie sich dieser Herausforderung nicht allein stellen, sondern hatte zwei erfahrene Krieger an ihrer Seite.

Weylin zückte erneut seinen Dolch, bereit, die Wache auszuschalten, und ehe sie sichs versah, huschte er um die Ecke. Zaghaft beobachtete sie, wie er sich still und heimlich an den Gardisten anschlich. Pfeilschnell packte er den Mann von hinten, und bevor dieser einen Laut von sich geben konnte, rammte er ihm seine Klinge in die Kehle. Mit einem fast tonlosen Gurgeln sackte der Mann in Weylins Armen zusammen. Wachsam sah der Halbling sich um, bevor er die Leiche in ihre Richtung zerrte, um sie vor den neugierigen Blicken anderer Gardisten zu verstecken. Freya bemühte sich, nicht zu genau hinzusehen, dennoch entging ihr nicht, dass der Tote beinahe noch ein Junge war. Schuldgefühle und Übelkeit stiegen in ihr auf, aber ihr blieb keine Zeit, dem Beachtung zu schenken.

»Ich bin gleich zurück«, sagte Weylin und verschwand ohne weitere Erklärung, um ihnen den Weg freizukämpfen. Obwohl Freya mittlerweile mit eigenen Augen gesehen hatte, was für ein hervorragender Kämpfer er war, erstaunte es sie, wie willig er sein Leben riskierte, um ihnen zu helfen. Ja, er hatte eigene Gründe, die Bibliothek aufzusuchen, dennoch sollte er die ganze Drecksarbeit nicht allein erledigen müssen.

Freya berührte Larkin am Arm, der immer noch wachsam über ihr aufragte, und deutete ihm mit einem Nicken an, Weylin beizustehen. Unsicher wanderte Larkins Blick von ihr in die Richtung, in der Weylin verschwunden war. »Der Halbling kommt allein klar«, sagte er, ohne sich zu rühren.

Freya presste die Lippen aufeinander. Sie hatte keinen Zweifel daran, dass Weylin auf sich aufpassen konnte, aber nur weil er allein zurechtkam, bedeutete das nicht, dass er auch allein sein musste. Schließlich war er nun Teil ihrer Gruppe, und trotz ihres schwierigen ersten Kennenlernens nach Kheerans gescheiterter Krönung wollte Freya nicht, dass dem Halbling etwas zustieß. Er schien Leigh wichtig zu sein, der eine starke Verbindung zu Ceylan und somit auch zu Kheeran hatte, was es Freya unmöglich machte, Gleichgültigkeit dem Halbling gegenüber zu verspüren.

Eilig zog sie ihr Notizbuch hervor. *Hilf ihm, bitte!*

»Und wer passt dann auf dich auf?«

Freya verdrehte die Augen und zückte den Dolch, den sie unter ihrem Umhang versteckt hatte. Sie wollte Larkin nur zeigen, dass sie auf sich selbst aufpassen konnte, aber anscheinend glaubte er, dass sie bereit war, sich mit Weylin in den Kampf zu stürzen.

»Bleib«, befahl er und zog sein feuergebundenes Schwert aus der Scheide, um ihrer Bitte Folge zu leisten. Ohne ein weiteres Wort eilte er Weylin zu Hilfe. Seine Schritte verklangen tiefer in den Katakomben, und kurz darauf erklangen die ersten Kampfgeräusche, dicht gefolgt von Rufen und Schreien. Erst als diese verstummten, wagte sich Freya aus ihrem Versteck. Sie folgte der Spur aus leblosen Körpern bis zu der verschlossenen Tür, die sie in die Bibliothek führte. Seite an Seite standen Weylin und Larkin davor, um sie herum die Leichen jener Männer, welche den Durchgang bewacht hatten. Freya hielt ihren Blick fest auf die Tür gerichtet, als sie an den Gardisten vorbeischritt, mit denen Larkin und Weylin kurzen Prozess gemacht hatten.

Weylin stieg über eine Leiche hinweg zur Tür und rüttelte daran, doch das Schloss gab nicht nach. Sein schwarzes Haar war vom Kampf zerzaust, und ein paar Spritzer Blut klebten an seiner Wange, die ihn allerdings nicht zu stören schienen. »Ihr habt nicht zufällig einen Schlüssel?«

Freya schüttelte den Kopf.

»Lass mich das machen«, erwiderte Larkin und schob Weylin beiseite. Mit brachialer Gewalt warf er sich gegen die Tür, die seiner übermenschlichen Stärke nichts entgegenzusetzen hatte. Das Holz knackte, und die Angeln gaben geräuschvoll nach, als die Tür nach innen aufflog. Dahinter herrschte Dunkelheit, bis Freya ihre Fackel in die Halterung neben dem Eingang schob. Ein dumpfer Knall war zu hören, und kurz darauf entzündeten sich etliche Lichter und erhellten den Raum, in dem es nach Staub und altem Papier roch.

Freya hielt den Atem an, und dieselben Gefühle, die sie bereits beim Eintritt in den Tempel verspürt hatte, stürzten erneut auf sie ein und paarten sich mit den grausamen Erinnerungen, die sie täglich heimsuchten. Ihr Blick schweifte umher, sie betrachtete die massiven Holzregale, in denen sich Schriftrollen und Bücher stapelten, deren lederne Einbände rissig und ausgebleicht waren. Doch all das Wissen über die Magie schaffte es dieses Mal nicht, ihren Blick zu halten. Er wanderte zu einem dunklen Fleck auf dem steinernen Boden. Das Blut war geronnen und hatte eine braune Farbe angenommen, dennoch war es unverkennbar. An dieser Stelle hatten die Gardisten sie zu Boden gedrängt und ihre Zunge rausgeschnitten.

Ein Beben lief durch Freyas Körper, und Übelkeit wallte in ihr auf. Plötzlich war sie sich des Stumpfes in ihrem Mund überdeutlich bewusst, und auf einmal waren da Schmerzen, wo keine mehr sein konnten. Die Wunde in ihrem Mund war längst verheilt, aber ihr Körper hielt an dem Leid fest.

»Wir sollten uns aufteilen«, sagte Weylin und brach die Spannung.

Freya nickte entschlossen und riss ihren Blick von dem blutigen Fleck los. Was geschehen war, war geschehen. Sie konnte nichts mehr an ihrem Schmerz ändern, aber sie konnte verhindern, dass ihr Vater anderen Menschen gar noch schlimmeren zufügte.

30. Kapitel – Weylin

– Weidar –

Brennender Schmerz zog sich von Weylins Nacken aus in seinen Kopf. Er hielt inne, um über die glühende Stelle zu streichen, die ihn seit Jahren zu Valeskas Sklaven machte. Keine Kräuter und keine Salbe dieser Welt vermochten es, dem Schmerz Einhalt zu gebieten, welchen der Blutschwur brachte, wenn er sich gegen die Befehle seiner Herrin auflehnte.

Die meisten von Valeskas Anordnungen waren eindeutig und ließen Weylin keinen Spielraum. Doch andere Befehle waren nachlässig formuliert und boten Freiraum, wo keiner sein sollte – wie vor achtzehn Jahren, als sie befohlen hatte, Kheeran *aus dem Weg zu räumen,* anstatt ihm das Leben zu nehmen. Ebenso wie damals brannte auch heute seine Narbe, doch sein Wille, sich von Valeska loszusagen, war in diesem Augenblick größer als die körperliche Pein. Zwar hatte sie ihm verboten, den Fluch zu brechen, aber sie hatte ihm nicht untersagt, nachzulesen, wie dies möglich war.

Weylin nahm einen tiefen Atemzug der abgestandenen Luft, bevor er den Blick wieder auf das hölzerne Regal vor sich richtete. Die geheime Bibliothek von Freyas Vater war wirklich beeindruckend. Der Menge nach zu urteilen, musste es eine beinahe lückenlose Sammlung magischer Schriften sein, die im Krieg aus Melidrian entwendet worden waren.

Der Schmerz trübte Weylins Blick, und er musste mehrfach blinzeln, bevor er die Titel lesen konnte, die trotz des fehlenden Sonnenlichts in der Bibliothek bereits verblasst waren.

Dunkelmagie: Ein stilles Handbuch

Geheimnisse der Monde

Rituale zur Unendlichkeit
Schattenschwüre und Nachtgebete

Der letzte Titel erregte Weylins Aufmerksamkeit. Er hielt inne, um nach dem Buch zu greifen, als er die roten Punkte bemerkte, die seinen Handrücken sprenkelten. Sein Magen zog sich beim Anblick des Blutes zusammen, denn es war nicht sein eigenes, sondern gehörte einem der unschuldigen Männer, die er auf seinem Weg in die Bibliothek kaltblütig ermordet hatte. Ihm war keine andere Wahl geblieben, doch dieses Wissen machte es nicht leichter, zumal er diesen Mord nicht Valeska zuschreiben konnte. Die Wachen auszuschalten, war seine Entscheidung gewesen, und damit klebte ihr Blut nicht nur an seinen Händen, sondern auch an seiner Seele. Die Schatten dieser Männer würden ihn für immer begleiten.

Mit zittrigen Fingern wischte Weylin das Blut an seiner geliehenen Wächteruniform ab, bevor er das Buch aus dem Regal zog. Das Papier war von den Jahrhunderten vergilbt und die Schrift war ausgeblichen, dennoch gelang es Weylin, die meisten Wörter zu entziffern. Er blätterte durch die Seiten, erkannte jedoch schnell, dass das Buch weniger vielversprechend war als sein Titel. Es handelte nicht von Flüchen, sondern von Cernunnos, dem Gott des Todes. *Schattenschwüre und Nachtgebete* war ihm und seinen Kräften gewidmet und gab seinen Anhängern Anweisungen, wie sie ihm zu huldigen hatten.

Frustriert schob Weylin das Werk zurück und warf einen Blick auf das Schild, das am Regal angebracht war. Die gesamte Bibliothek war zur Orientierung mit Zeichen versehen. Weylin zog das Pergament aus seiner Tasche, das er am Eingang mitgenommen hatte. Es war ein Verzeichnis der Bibliothek und entschlüsselte die Zeichen, die sonst keinerlei Sinn ergeben hätten. Er verglich die Symbole mit jenen am Regal, damit er seine kostbare Zeit nicht damit verschwendete, an falscher Stelle zu suchen. Die Zeichen stimmten jedoch überein.

Er steckte das Pergament weg, als ein Geräusch hinter ihm erklang. Er spähte über seine Schulter und entdeckte Freya, die ein Buch hatte fallen lassen. Gemeinsam mit Larkin durchforstete sie die Regale nach Büchern, die helfen konnten, einen Krieg zu verhindern und möglicherweise auch einen Hinweis darauf gaben, weshalb Freya als Mensch in der Lage war, eine magiegeschmiedete Waffe zu berühren. Dies sollte nicht einmal Alchemisten möglich sein.

Im Gegensatz zu Weylin nahmen Larkin und die Prinzessin sich nicht die Zeit, die Bücher zu lesen, sondern warfen alle Titel, die ihr Interesse weckten, in Larkins Beutel, um sich später in Ruhe mit ihrem Inhalt vertraut zu machen.

Weylin wandte den beiden den Rücken zu und widmete sich wieder den Büchern in dem Bereich für dunkle Magie. Bis zum heutigen Tag war ihm nicht bewusst gewesen, wie viele verschiedene Arten von Flüchen und Schwüren es gab. Er entdeckte immer neue Wege, wie man Menschen und Fae gleichermaßen mit Magie foltern konnte, aber über seinen Blutschwur fand er nichts. Er wurde unruhig, denn die Zeit lief ihnen davon wie der Sand durch eine Sanduhr.

Er umrundete ein Regal, das ausschließlich Cernunnos gewidmet war, und führte seine Suche an anderer Stelle fort. Sein Blick fiel auf ein Buch mit dem Titel *Der Untergang der Magie*. Es war weit hergeholt, dennoch griff er nach dem Werk mit dem rissigen Ledereinband. Der Rücken war gebrochen, und einige Seiten hatten sich aus der Leimung gelöst. Vorsichtig schlug Weylin das Buch auf, dennoch segelte Papier zu Boden. Er stieß einen Fluch aus, sammelte die Seiten ein und ging zu einem der Tische, um das Buch abzulegen. Bedächtig blätterte er zum Verzeichnis am Anfang. Sein Blick zuckte über die Seite, doch nach den letzten ernüchternden Funden hegte er wenig Hoffnung, bis eine Überschrift sein Interesse weckte: *Das Bannen und Brechen von Flüchen*.

Sein Herzschlag beschleunigte sich, und mit fahrigen Fingern blätterte er das Buch durch. Doch genau an der Stelle, wo der Eintrag zu finden sein sollte, klaffte eine Lücke. Weylin sah im Verzeichnis nach, ob er sich nicht verlesen hatte, aber das hatte er nicht.

Es war, als wollte das Schicksal nicht, dass er seinen Fluch brach. Vielleicht war er dazu bestimmt, sein Leben als Valeskas Sklave zu fristen. Diese Gedanken schlugen wie eine schwarze Welle über ihm zusammen und feuerten das Zittern in seinen Händen an. Fieberhaft durchblätterte er das Buch, um nachzusehen, ob sich die Seiten nur gelöst hatten und an anderer Stelle saßen, aber er konnte sie nicht finden.

Bei den Elva, das durfte nicht sein!

Frustriert fegte er das Buch vom Tisch. Besäße er Feuer-Magie, hätte er es in Flammen aufgehen lassen. Mit einem dumpfen Schlag ging das Buch zu Boden. Lose Blätter flogen in die Luft und segelten umher wie Laub im Wind. Eine schwere Hoffnungslosigkeit legte sich auf seinen Magen, denn mehr und mehr befürchtete er, dass diese Bibliothek ihm trotz ihres Umfangs kein Wissen zu bieten hatte.

»Ich hoffe, du räumst das auf«, erklang Larkins Stimme.

Er blickte zu dem Wächter auf, der einen Beutel voll Bücher geschultert hatte. »Wieso?«

»Weil sie sonst wissen, dass wir da waren.«

Weylin schnaubte. »Ich glaube, die zwanzig toten Gardisten sind Hinweis genug.«

»Bitte!«, sagte Larkin, aber dieses eine Wort war alles, nur keine Bitte. Es war ein Befehl und eine Ermahnung. Obwohl sich alles in Weylin dagegen sträubte, dem Wächter zu gehorchen, der Leigh so offensichtlich verabscheute, ging er in die Hocke, um das Buch aufzuheben. Er wollte nur seine Freiheit. Eilig schob er die losen Blätter zurück in den Einband, als er unvermittelt eine der verloren geglaubten Seiten entdeckte. Er musste sie zuvor übersehen haben. Er holte tief Luft und begann zu lesen …

Laut der Beschreibung gehörten Flüche zur mächtigsten Form der Magie, und nur Fae, die von den Göttern reich beschenkt worden waren, konnten diese wirken. Anschließend wurden verschiedene Arten von Flüchen aufgeschlüsselt. Die meisten dienten nur einem Zweck und verloren ihre Wirkung, sobald sie diesen erfüllten. Andere wiederum hielten ein ganzes Leben an, folgten aber nur einem Befehl. Sie entstellten Gesichter und raubten das Seh- oder Hörvermögen. Als grausamster aller Flüche galt jedoch der Blutschwur, da er einen nicht nur körperlich, sondern auch seelisch knechtete. Das war nichts Neues für Weylin. Er drehte die Seite um, aber ihm offenbarte sich kein neues Wissen, bis er das Ende erreichte.

Die meisten Blutsklaven erfahren Freiheit erst im Tod, nur sogenannte Fluchbrecher können sie zu Lebzeiten von ihrer Last befreien. Es existieren jedoch nur wenige Dunkelgänger, die in der Kunst des Fluchbrechens unterrichtet sind und über ausreichend Macht und Wissen verfügen, um …

An dieser Stelle brach der Absatz ab und wurde auf der nächsten Seite fortgeführt – einer Seite, die Weylin fehlte. Sein Herz raste, und er hätte alles dafür getan, weiterlesen zu können, aber bereits diese wenigen Sätze veränderten alles.

Es existieren jedoch nur wenige Dunkelgänger, die in der Kunst des Fluchbrechens unterrichtet sind …

Dunkelgänger.

Sein Blick blieb an diesem Wort hängen, während seine Gedanken zu Leigh wanderten. Einst hatte er für die Dunkelgänger gearbeitet, doch er hatte nie durchscheinen lassen, dass diese mit der Magie verbandelt waren oder gar Flüche brechen konnten. Hätte Leigh dies geahnt, hätte er ihm gewiss davon erzählt, denn was für einen Grund sollte der Wächter haben, ihm dies zu verheimlichen, nachdem er versprochen hatte, ihm zu helfen? Weylin kam kein Grund in den Sinn, vor allem nicht, wenn er an ihren Abschied dachte und den Kuss, den er auch Tage später noch auf seinen Lippen kribbeln zu spüren glaubte. Auch wenn er sich nicht erlaubte, in der Erinnerung daran zu versinken, um diesem Moment der Nähe nicht zu viel Gewicht zu verleihen. Für den Augenblick mochten Leigh und er auf derselben Seite stehen, aber sie hatten keine gemeinsame Zukunft, unabhängig davon, ob es ihm gelang, den Fluch zu brechen. Es war besser, seine Gefühle für Leigh unter dem Hass, den er für Valeska empfand, zu begraben, und nicht darüber nachzudenken.

»Weylin?«

Er blickte von der losen Seite auf. »Ja?«

»Wir müssen los«, sagte Larkin. Ein zweiter Beutel voll Bücher, den Weylin würde tragen müssen, lag zu seinen Füßen, und auch die Prinzessin hatte eine Tasche geschultert. Ihr blondes Haar war zerzaust, und ihre blauen Augen leuchteten vor Aufregung, während ihre Schultern vor Anspannung gestrafft waren.

»Gebt mir noch fünf Minuten«, bat Weylin.

Larkin nickte.

Er sprang auf die Beine und zog das Pergament hervor. Gewiss gab es in der Bibliothek noch mehr über die Dunkelgänger zu finden, und er wollte alles wissen. Wer waren sie? Woher kamen sie? Besaßen sie tatsächlich die Macht, ihn aus Valeskas Fängen zu retten?

Könnte Leigh ihn zu einem Dunkelgänger führen, der mächtig genug war, ihn aus diesem gitterlosen Gefängnis zu befreien?

31. Kapitel – Freya

– Weidar –

Freya nahm an dem Lagerfeuer Platz, das Larkin entzündet hatte, und holte das erste Buch aus einem der prall gefüllten Beutel. Sie hatten sich im Dickicht des Dornenwaldes ein Versteck gesucht, fernab von Dörfern und Straßen, mitten im Nirgendwo. Dennoch zuckte Freya bei jedem noch so kleinen Laut zusammen. Obwohl sie die Bibliothek und Weidar längst hinter sich gelassen hatten, bebte sie innerlich noch immer. Weylin hatte sich bei ihrer Flucht aus der Stadt ein weiteres Mal als nützlich erwiesen und sie so geschickt durch die Gassen und Straßen geführt, dass sie ohne Zwischenfälle hatten fliehen können. Inzwischen wimmelte es in Weidar vermutlich von Gardisten ihres Vaters. Die Leichen, die sie zurückgelassen hatten, waren gewiss gefunden worden. Und wenn Andreus' Männer nicht auf den Kopf gefallen waren, wussten sie, wer hinter dem Einbruch in die Bibliothek steckte, denn es gab wenige Menschen, die über diese im Bilde waren.

Freya schauderte leicht bei dem Gedanken an ihren Vater. Sollte er sie in die Finger bekommen, würde er ihr ohne Zweifel Schlimmeres antun, als ihr nur die Zunge herauszuschneiden, eine Vorstellung, die sie in den letzten Tagen des Öfteren heimgesucht hatte.

Sie zwang diese Gedanken zurück und lenkte ihre Aufmerksamkeit auf das Buch vor ihr. Jetzt war nicht die Zeit, sich in Angst und Sorgen zu verlieren. Sie musste weiterforschen, denn sollte es eine Möglichkeit geben, den bevorstehenden Krieg zu verhindern, würde sich ihnen diese hoffentlich in den Büchern offenbaren. Schließlich war Wissen Macht.

Und sosehr Freya die blutigen Bilder nachhingen, wie sie an die Bücher gelangt waren, sosehr freute sie sich darauf, mehr über die Magie und die Alchemie zu erfahren. Sie hatte schon vier dieser Bücher gelesen, jene Bände, die Moira in ihrem Keller versteckte. In ihren Beuteln jedoch befanden sich mehrere Dutzend Schriften, die darauf warteten, studiert zu werden.

»Hast du Hunger?«, fragte Larkin und legte ein weiteres Holzscheit ins Feuer, bevor er sich neben sie setzte.

Sie schüttelte den Kopf und blickte in die tanzenden, leise knisternden Flammen. Die Wärme tat ihr gut und trocknete ihre Kleidung, die von dem Regenguss, der sie vorhin überrascht hatte, noch feucht war. Zum Glück hatte der Frühling bereits Einzug gehalten, sodass die Nacht nicht allzu kalt werden sollte. Freyas Blick glitt zum dunkler werdenden Himmel. Sobald es finster war, müssten sie die Flammen löschen, um keine unnötige Aufmerksamkeit auf sich zu ziehen. Aus diesem Grund wollte sie ihre Zeit auch nicht mit Essen verschwenden.

»Mich fragst du nicht?«, erkundigte sich Weylin. Er hatte sich ebenfalls ans Feuer gesetzt, um seine Kleidung zu trocknen.

Mit hochgezogenen Brauen sah Larkin zum Halbling. »Hast du Hunger?«

»Nein.«

Freya schmunzelte, doch das Lächeln wich aus ihrem Gesicht, als sie plötzlich ein Rascheln hinter sich hörte. Sie zuckte zusammen und spähte über ihre Schulter. Doch das Geräusch stammte nicht von einem Gardisten, sondern von einem Vogel, der sich von ihrer Anwesenheit gestört fühlte. Freya fuhr mit der Hand über den Einband des Buches auf ihrem Schoß und versuchte, ihre flatternden Nerven zu beruhigen. Sie war furchtbar angespannt und schreckhaft. Und sie hoffte, dass sie in dieser Nacht überhaupt Schlaf finden würde. Ihre Muskeln und Glieder waren von dem langen Marsch durch das Land schwer wie Blei, aber ihr Geist kämpfte noch mit den Eindrücken der letzten Stunden.

Larkin, dem ihre Anspannung nicht entgangen war, legte eine Hand auf ihren Rücken. Ihr dicker Mantel ließ sie kaum etwas spüren, dennoch löste diese kleine Geste eine wohlige Wärme und ein Gefühl der Sicherheit in ihr aus. Das Lächeln kehrte auf ihr Gesicht zurück, als sie den Wächter ansah. Seine Nähe gab ihr die Ruhe, die sie brauchte, um zu lesen.

Larkin und sie hatten in der Bibliothek keine Zeit damit verschwendet, die Bücher zu sichten. Sie hatten alles eingesteckt, was ihre Aufmerksamkeit erregt hatte. Erst jetzt befassten sie sich mit dem Inhalt. Doch zu Freyas Bedauern eröffnete sich ihr in dieser ersten Lektüre kein weltveränderndes Wissen. In dem Buch ging es um die Anfänge des Krieges, aufgeschrieben aus der Sicht der Fae, deren Details für Freya neu waren, ihr aber wenig verrieten, was sie nicht wusste. Die Menschen gaben den Fae die Schuld und die Fae ihnen. Es war eine alte Leier. Enthalten waren auch einige Abhandlungen über das strategische Vorgehen der Fae in der Schlacht. Dies war kein Wissen, aus dem sie schöpfen konnten, aber da es sich in ihrem Besitz befand, konnte ihr Vater zumindest nicht mehr darauf zurückgreifen – ein erleichternder Gedanke.

Freya klappte das Buch zu.

»Und? Hast du etwas Spannendes gefunden?«, fragte Larkin neben ihr.

Sie blickte auf, bemerkte dann allerdings, dass er nicht mit ihr, sondern mit Weylin sprach. Der Halbling hatte den Kopf gesenkt und betrachtete eingehend ein paar lose Pergamentseiten, als könnte er mehr Geheimnisse erfahren, wenn er sie nur lang genug anschaute. Nun jedoch sah er zu Larkin auf. Schatten tanzten um sein Gesicht. Er nickte. »Ja, Dunkelgänger sind nicht nur für Verbrechen gut.«

Larkin runzelte die Stirn. »Was meinst du?«

»Hier steht, dass einige Dunkelgänger in der Kunst des Fluchbrechens unterrichtet sind, aber mehr konnte ich nicht herausfinden«, antwortete Weylin mit einem wehmütigen Blick zu dem Beutel mit all den Büchern, die er nicht gelesen hatte.

»Davon habe ich noch nie gehört.«

Weylin hob die Schultern. »Offenbar ein weiteres Geheimnis eures Königs.«

Larkin wirkte nicht überzeugt. »Was ist mit Leigh?«

»Was soll mit ihm sein?«

»Er hätte es wissen müssen.«

Erneut glaubte Freya, einen Schatten über Weylins Gesichtszüge huschen zu sehen. Der Wächter lag dem Halbling sehr am Herzen, das hatte sie schon zuvor bemerkt. »Leigh war nur ein einfacher Dieb.«

»Er war kein *einfacher Dieb,* er war ein Dunkelgänger.«

»Nicht aus freien Stücken.«

»Man hat immer eine Wahl«, erwiderte Larkin.

Der Zug um Weylins Lippen wurde streng, sein Blick hart. »Nein, nicht immer.«

Freya wandte sich von dem Gespräch ab und nahm ein neues Buch zur Hand, denn was die Männer beredeten, hatte nichts mit ihr oder diesem Krieg zu tun. Sie betrachtete das Werk in ihren Händen und stellte fest, dass es *Die Abschrift des schwarzen Elements* war, jenes Buch, das sie für Moira und ihren Zirkel hatte stehlen sollen. Sie wusste, dass sie darin keine Hinweise finden würde. Dennoch konnte sie dem Drang, es zu lesen, nicht widerstehen, auch wenn das trüber werdende Licht es ihr schwer machte, die Worte in verblasster Tinte zu entziffern.

Im ersten Kapitel wurde erläutert, was die Alchemie war und in welcher Verbindung sie zur Natur stand. Die Rede war von den Monden, Sternen und weiteren, mit bloßen Augen nicht sichtbaren Himmelskörpern, von deren Existenz Freya nichts geahnt hatte. Auch der Ursprung der Fae-Magie aus der Anderswelt wurde erklärt.

Am liebsten hätte Freya das Buch nicht mehr aus der Hand

gegeben, aber ihre Neugierde musste sie hintanstellen. Im Moment war es wichtiger, herauszufinden, wie sie einen Krieg verhindern konnten und was es mit dem geheimnisvollen Unseelie auf sich hatte.

Freya legte das Buch zur Seite und spähte zu Larkin, dessen Unterhaltung mit Weylin bereits vor einigen Minuten verstummt war. Nun las er ebenfalls in einem Buch. Sein Gesicht wirkte angespannt, und er bewegte tonlos die Lippen, während er die Worte entzifferte. Freyas Herzschlag beschleunigte sich, und unwillkürlich musste sie lächeln, weil sein Anblick sie mit so viel Zuneigung und Liebe erfüllte. Dieser Mann gab ihr mehr, als sie je zu träumen gewagt hatte, und es machte sie überaus glücklich, ihn während dieser schweren Zeit an ihrer Seite zu haben – und hoffentlich auch darüber hinaus, sofern sie die nächsten Wochen und Monate überlebten.

Larkin bemerkte, wie sie ihn musterte, und sah von dem Buch auf. »Hast du etwas gefunden?«

Ja, das hatte sie, aber nicht in dem Buch. Wagemutig lehnte sich Freya vor und legte ihre Hand auf Larkins Nacken, um ihn an sich zu ziehen. Sanft drückte sie ihre Lippen auf seine. Erst hielt er die Luft an, doch im nächsten Moment wurde sein Mund weicher. Er kam ihr entgegen und erwiderte die Geste mit einer Zärtlichkeit, die man ihm nicht ansah. Sanft schlang er einen Arm um sie, um sie noch näher an sich zu ziehen, was ihren Kuss an Hitze gewinnen ließ und in Freya den Wunsch weckte, sie wären in einer Herberge und nicht mitten im Nirgendwo.

Weylin räusperte sich. »Soll ich euch vielleicht für ein paar Minuten allein lassen?«

Freya löste sich von Larkin, der einen enttäuschten Laut von sich gab. Mit leicht geröteten Wangen schüttelte sie den Kopf und wandte sich wieder ihrem Buch zu, um nicht erneut in Versuchung zu geraten, und auch der Wächter nahm seine Studien auf.

Schweigen senkte sich über das Lagerfeuer, und eine ganze Weile waren nur das Knistern des Holzes und das Zirpen der Insekten zu hören, ehe Larkin die Stille brach. »Ich glaube, ich habe etwas gefunden. In diesem Buch sind mehrere Kapitel, die sich mit besonderen Talenten der Fae befassen. Es ist auch die Rede von Fae, die in die Zukunft schauen und ihre Gestalt wandeln können.«

Weylin horchte auf, und etwas flackerte in seinen Augen, das Freya nicht genauer deuten konnte. Sie wusste, dass der Halbling eine Begabung für Musik hatte, aber es schien mehr dahinterzustecken. Offenbar wollte er nicht darüber reden, denn er senkte den Blick auf die losen Blätter in seiner Hand und murmelte: »Wir müssen bald das Feuer löschen.«

Larkin nickte. »Ja, wir haben noch eine lange Reise vor uns.«

Ihr Plan sah vor, dass sie den Stützpunkt an der Mauer aufsuchten, um dort auf Leigh zu warten, der sie zu den Dunkelgängern in ein sicheres Versteck bringen würde.

Freya nahm sich ein neues Buch – das letzte für heute – und blätterte es durch. Sie las schneller und überflog einige Absätze, um so viel wie möglich durchzugehen. Doch erneut offenbarte sich ihr kein brauchbares Wissen, auch wenn es interessant war, über ihre Familie zur Zeit König Nechtan des Drittens zu lesen. Sie spürte, wie Frust in ihr aufstieg und Sorge, dass sie die falschen Bücher gestohlen hatten. Hätten sie doch nur mehr Zeit in der Bibliothek gehabt!

Enttäuscht und ein wenig entmutigt klappte sie das Buch zu, wobei sich eine lockere Seite löste. Sie segelte zu Boden und wäre um ein Haar im Feuer gelandet, doch gerade rechtzeitig konnte Larkin sie auffangen. Er reichte sie ihr. Dankbar lächelte sie ihn an. Sie wollte das Papier zurück in das Buch stecken, als sie erkannte, was es war: ein Stammbaum der Draedons. Was an sich nichts Ungewöhnliches gewesen wäre, stünde König Nechtan der Dritte an der Spitze der Ahnentafel. Aber das war nicht der Fall.

Es war ein älterer, weiter zurückreichender Stammbaum, wie Freya ihn nie zuvor gesehen hatte. Angeblich waren diese Aufzeichnungen im Krieg zerstört worden – eine weitere Lüge.

Mit angehaltenem Atem lehnte sich Freya näher an das Feuer, um besser sehen zu können. Mit einem Blick erfasste sie die Namen von Nechtans Eltern und erstarrte. Das … das konnte nicht sein. Unmöglich! Ihr Herz setzte einen Schlag aus, und ihr Mund klappte auf.

»Freya?« Larkin beugte sich zu ihr.

Sie hob den Finger, um ihn zum Schweigen zu bringen, bevor sie ein zweites, drittes und viertes Mal las, was auf der Seite stand. Sie irrte sich nicht. Es war auf das Papier geschrieben – schwarz auf weiß. Es zog ihr den Magen zusammen, und Angst und Erleichterung stieben gleichzeitig in ihr auf. Das erklärte so vieles!

Freya schluckte und hob den Kopf. Larkin betrachtete sie mit gerunzelter Stirn. Um es ihm zu erklären, deutete sie auf den Namen, der alles veränderte.

Er nahm ihr das Blatt ab und studierte es ebenfalls einige Sekunden lang, dann wurden seine Augen groß. »Das kann nicht sein«, raunte er.

»Was ist?«, frage Weylin.

»Das ist … beim König!«

Weylins Blick zuckte zu Freya, aber sie konnte ihm nicht antworten.

»König Nechtan … seine Mutter war eine Fae. Eine Seelie.«

»Zeig her!« Weylin riss Larkin den Stammbaum aus der Hand. »Wie ist das möglich?«

»Wenn ein Mann und eine Frau …«, setzte Larkin spöttisch an, doch Weylin unterbrach ihn.

»Ich weiß, *wie* das passiert, aber … bei den Elva, das ist unglaublich. Ein Halbling an der Spitze eines Königshauses! Das gab es noch nie … oder anscheinend schon.«

Larkin sah zu Freya. »Das könnte dein Talent für Feuermagie erklären.«

Sie nickte benommen und griff nach ihrem Notizbuch, denn derselbe Gedanke war ihr auch gekommen. Sie war alles andere als ein Halbling, die Magie in ihrem Blut musste durch die letzten Jahrhunderte ziemlich verwässert worden sein, aber Magie zog Magie an, und ihre Nähe zu Kheeran und ihr Besuch in Melidrian mussten etwas in ihr geweckt haben, was all die Jahrzehnte geschlummert hatte. *Meine Familie hat den Thron nur dank der Angst vor den Fae bestiegen. Sie haben Nechtans Abstammung vertuscht, um nicht gestürzt zu werden.*

»Wüsste das Volk, dass Faeblut in den Adern deines Vaters fließt, würde es die Menschen zutiefst erschüttern. Andreus wäre dann der Feind an der Spitze«, sagte Larkin.

Freya nickte. Eine solche Offenbarung würde alles verändern und den Menschen zeigen, was für ein Mann ihr Vater war. All die Leute, welche die Draedons anbeteten, würden endlich erkennen, dass sie keine Götter waren, sondern Lügner, die sich ihre Macht mit falschen Worten erschlichen hatten.

32. Kapitel – Ceylan

– Evardir –

Evardir wurde seinem Beinamen gerecht. Die eisige Stadt. Kalter Wind pfiff durch die Straßen und verursachte ein schmerzhaftes Stechen an jenen Stellen am Körper, die nicht von einer dicken Schicht Stoff geschützt wurden.

Ceylan hob die Schultern, um den hellen Pelz näher an ihr Gesicht zu bringen. Der Mantel, den sie von den Wächtern bekommen hatte, war der schönste und dickste, den sie je besessen hatte. Bis vor wenigen Stunden hatte sie nicht geglaubt, dass es eine Kälte gab, die seine Wärme durchdringen konnte, aber sie hatte sich geirrt. Sie fror wie seit Jahren nicht mehr. Ihr Körper war taub, und ihre Glieder konnte sie nicht mehr fühlen. Mit jedem Schritt musste sie sich ermahnen, diesen Empfindungen keine zu große Bedeutung beizumessen. Obwohl es sich anfühlte, als würde sie erfrieren, drohte ihr keine Gefahr. Sie war eine unsterbliche Wächterin, und die Magie schützte ihren Körper, auch wenn es sich nicht danach anfühlte.

Ceylan blinzelte, um die Tränen loszuwerden, die der kalte Wind in ihre Augen getrieben hatte, und sah sich um. Sie war nie in Evardir gewesen. Die nördlichste Stadt des Landes, die sie je besucht hatte, war Amaruné gewesen, denn alles, was dahinterlag, war ihr bedeutungslos erschienen. Und die hier herrschende Kälte ließ sie ihre Entscheidung nicht bereuen, auch wenn sie sich eingestehen musste, dass der Stadt eine gewisse Schönheit innewohnte.

Trotz des Frosts stand die Sonne am blauen Himmel und zauberte ein Funkeln in den Schnee, der unter ihren Füßen knirschte und wie eine Decke auf den Dächern der Stadt ruhte. Tannen und andere Nadelbäume, die robust genug waren, dem andauernden Winter standzuhalten, wuchsen zwischen den Hütten, aus deren Kaminen warmer Rauch aufstieg. Ihr Grün hauchte der weißen Landschaft Leben ein. Es war ein ruhiges, einträchtiges Bild, das sich Ceylan zeigte, was nicht zuletzt daran lag, dass sie nirgendwo die Männer des Königs ausmachen konnte.

Dennoch zog sie die Hässlichkeit anderer Städte dieser Schönheit vor. Schönheit ernährte einen nicht im Winter und half einem auch nicht in den Schlaf, wenn die Zähne vor Kälte aufeinanderschlugen. Wieso jemand hier freiwillig lebte, war Ceylan unerklärlich, trotzdem begegneten ihnen immer wieder Einheimische, in dicke braune Mäntel gekleidet, die ihre Gestalten verhüllten und sie wie unförmige Kartoffeln aussehen ließen. Ihre Gesichter waren hinter Tüchern und unter Mützen versteckt.

»Verzeihung«, sagte Leigh und sprach eine der unförmigen Kartoffeln an. Es war nicht zu erkennen, ob sich hinter dem Berg aus Stoff und Pelz ein Mann oder eine Frau verbarg. Die Person, die einen Korb Nüsse bei sich trug, blieb stehen, sagte aber nichts. »Könnt Ihr uns verraten, wo wir den *Geschmückten Geier* finden?«

»Folgt der Straße bis zum Fleischer, geht dann rechts. Ihr könnt es nicht verfehlen«, antwortete ein Mann. Seine Stimme klang nur gedämpft durch das Tuch.

Leigh bedankte sich, und sie setzten ihren Weg fort.

»Soll ich das Pferd nehmen?«, fragte Ceylan mit Blick zu Kheeran.

»Gern. Ich kann meine Finger nicht mehr spüren.« Die Hand, mit der er die Zügel gehalten hatte, hatte eine blasse Färbung angenommen, und seine Finger rührten sich kaum, als Ceylan ihm den Lederriemen abnahm. Seine Haut war eisig. Als Unseelie war er diese Kälte nicht gewohnt, denn der Winter in Nihalos entsprach dem Sommer in Evardir.

Bevor Ceylan wusste, was sie tat, nahm sie die Zügel in die

linke Hand und griff mit ihrer rechten nach Kheerans. Fest schloss sie ihre Finger um seine. Zwar waren ihre eigenen Hände nicht viel wärmer, aber zumindest hingen sie nicht wie leblose Eiszapfen an ihrem Körper. Ihre verflochtenen Finger schob sie zusammen in die Tasche ihres Mantels. Kheeran sah sie erstaunt an.

»Sag nichts«, ermahnte sie ihn, den Blick geradeaus gerichtet, denn sie konnte sich jetzt nicht damit auseinandersetzen, was diese Geste zu bedeuten hatte. Das bevorstehende Treffen mit den Dunkelgängern nahm ihre Gedanken vollständig ein. Sie wusste nicht, was sie zu erwarten hatte oder was sich aus dieser Zusammenkunft ergeben würde. Doch nach allem, was sie auf dem Schwarzmarkt gehört hatte, stand außer Frage, dass die Dunkelgänger eine Verbindung zu dem Geschehen hatten. Offenbar bestand auch eine Verknüpfung zwischen ihnen und ihrer Gabe, auch wenn sie sich dafür keine Erklärung hatte zusammenreimen können.

Sie folgten dem eingeschneiten Weg bis zum *Geschmückten Geier.* Es war ein wunderschönes Gebäude aus massivem, dunklem Holz. Im Gegensatz zu den anderen Hütten hatte dieses Haus ein flaches Dach, das rechts und links von zwei kleinen Türmen abgeschlossen wurde. Auf jedem hockte ein Geier und blickte in die Ferne. Der rechte hatte eine Krone auf dem Kopf, der andere hielt ein Zepter. Beide reckten voller Stolz ihre Hälse in den Himmel und wirkten genauso erhaben wie das gesamte Gebäude. An der Vorderseite des Hauses verliefen zwei große Fensterfronten, in denen edle Kleider und Hemden angeboten wurden. Ein kleines Vordach war mit Laternen geschmückt, die allerdings nicht brannten. Nachts bot es sicherlich ein imposantes Bild.

»Sieht edel aus«, sagte Ceylan und musterte das Haus.

»Und geschlossen«, meinte Kheeran und deutete auf ein Holzschild vor der massiven Tür, auf dem stand, dass es erst gegen Mittag öffnen würde.

Leigh ließ sich davon nicht beeindrucken. Er trat näher und nutzte einen der Türklopfer, der aussah wie die Kralle eines Vogels. Sie lauschten einen Moment. Als sich nichts regte, klopfte Leigh ein zweites Mal mit mehr Nachdruck.

Ceylan spähte durch ein Fenster. Leider versperrte ein schwerer Samtvorhang den Blick hinein. Sie musterte kurz das Kleid, das hinter der Scheibe auf einer Puppe drapiert war. Es war dunkelblau, bestand aus mehreren dicken Stoffschichten, die in einem ausfallenden und sperrigen Rock endeten. Um die Brust waren funkelnde Steine aufgestickt, die sich in gezackten Linien Richtung Taille bewegten. Die Schultern blieben frei, aber es gehörte ein passender Schal dazu, mit dem man sich bedecken konnte. Es war schön, ohne Frage, aber Ceylan konnte sich beim besten Willen nicht vorstellen, wie dieses Monstrum von Kleid bequem sein sollte. Oder warm halten könnte in diesen eisigen Temperaturen.

Kheeran sah ebenfalls zum Fenster. »Das würde dir bestimmt gut stehen.«

»Nur über meine Leiche quetsche ich mich da hinein«, gab sie zurück und löste sich von dem Anblick, um nach Leigh zu sehen, der ein drittes Mal anklopfte.

»Ja, ich habe es gehört!«, erklang plötzlich eine zornige Frauenstimme aus dem Inneren, kurz bevor die Tür mit viel Schwung aufgerissen wurde. »Könnt Ihr nicht lesen?«

Ceylan und Kheeran stellten sich neben Leigh. Die Frau schien um die vierzig, ihre braunen Haare hatte sie zu einem strengen Zopf zusammengebunden. Sie trug ein dunkelgrünes, edles Kleid, nicht so pompös wie jenes im Schaufenster. Die Frau musterte die Gruppe misstrauisch und versperrte die Tür mit ihrem Körper.

»Wir suchen Hilarius Witze«, sagte Leigh, der sich von ihrer pampigen Art nicht einschüchtern ließ.

»Der ist nicht da.« Die Frau wollte die Tür bereits wieder

schließen, als Leigh rasch einen Fuß auf die Schwelle stellte und die Münze hervorzog, die sie von Gable bekommen hatten. Er hielt sie der Frau vor die Nase. Ihre Augen weiteten sich vor Erstaunen.

»Ist Hilarius nun zu sprechen?«, fragte Leigh.

Die Frau schürzte die Lippen, und Ceylan glaubte schon, dass sie abwiegeln würde. Stattdessen schnappte sie sich die Münze und winkte sie ins Innere des Ladens. Innen war der *Geschmückte Geier* genauso schön wie von außen. Rechts warteten edle Hemden und Hosen auf interessierte Kunden, sorgfältig nach Farben sortiert, links gab es weitere Kleider, Röcke und Blusen für die Damen. An der hinteren Wand glitzerte Schmuck, wie ihn sich nur der Adel und reiche Kaufleute leisten konnten. Ceylan hatte nie derartigen Prunk und Protz gesehen. Alles schrie nach Wohlstand und Reichtum. Dies war kein Ort, an dem sie Dunkelgänger vermutet hätte.

Kheeran gab ein wohliges Seufzen von sich. Er nahm seine Hand aus Ceylans Manteltasche und wirkte bereits viel entspannter, da er nicht mehr der Witterung ausgesetzt war. Er bemerkte, wie sie ihn musterte, und lächelte sie an, während er den Schnee von seinen Schuhen klopfte. Unwillkürlich beschleunigte sich ihr Herzschlag, wie so oft in den letzten Tagen, wenn er sie auf diese Weise angesehen hatte.

Ceylan schluckte trocken, und auf einmal fiel es ihr ziemlich schwer, nicht an den Moment im Feuer und den Kuss zu denken, den sie im Flammeninferno geteilt hatten. Die alte Ceylan hätte sich selbst für diese Gefühle einem Fae gegenüber abgrundtief gehasst. Die gegenwärtige Ceylan war jedoch vor allem durcheinander, da sie nicht wusste, wie sie mit dem Flattern in ihrer Brust umgehen sollte, das von Tag zu Tag stärker wurde.

»Hier entlang«, sagte die Frau und rollte einen großen Läufer zur Seite. Zum Vorschein kam eine in den Boden eingelassene Falltür. Sie griff nach einem eisernen Ring und hob die Tür ohne

Mühe an. Sie quietschte leise. Darunter stand eine Holzleiter, die in ein dunkles Loch hinabführte. Ceylan spähte in die Tiefe. Sie warf ihren beiden Begleitern einen fragenden Blick zu, aber Leigh zögerte nicht, der Frau zu folgen, die sich in der Zwischenzeit einen Pelzmantel übergestreift hatte.

»Dann mal los«, sagte Kheeran und deutete Ceylan an, sie möge vorausgehen. Sie kletterte die Leiter hinab und fand sich in einem schmalen Gang wieder, der sie an Bryoks Freudenhaus erinnerte, das ebenfalls unterirdisch gelegen gewesen war. Allerdings schien es hier weder Glücksspiel noch Tänzer zu geben, nur feuchte Wände und muffigen Geruch.

Die Frau nahm eine Laterne an der Wand aus ihrer Halterung und setzte sich in Bewegung, noch bevor Kheerans Füße den Boden berührten. Der Schein ihrer Lampe warf tanzende Schatten an die niedrige Decke, und eine Weile gab es nichts zur Orientierung als das unruhige Flackern vor ihr.

Ceylan blickte über ihre Schulter zu Kheeran. Er erwiderte ihren verwunderten Blick, quittierte diesen jedoch lediglich mit einem Schulterzucken, und auch Leigh wirkte unbekümmert. Ceylan hingegen fühlte sich überhaupt nicht wohl dabei, dieser Fremden zu folgen. Zwar fürchtete sie die Frau nicht, da sie sie in einem Kampf jederzeit besiegen könnte, aber dass sie mit den Dunkelgängern verbandelt war, machte sie in Ceylans Augen wenig vertrauenswürdig. Hoffentlich führte sie sie nicht in eine Falle, sondern wirklich zu Hilarius Witze.

»Wie ist Euer Name?«, fragte Leigh, der mit der Frau gleichauf ging.

»Mairéad.«

»Und Ihr seid eine Dunkelgängerin?«

Mairéad nickte. »In fünfter Generation.«

Stolz, den Ceylan nicht nachvollziehen konnte, schwang in ihrer Stimme mit, obwohl nichts Ehrenhaftes oder gar Bewundernswertes daran war, eine Diebin oder Mörderin zu sein.

Zugegeben, Ceylan war beides, aber weder das eine noch das andere hatte sie getan, um sich zu bereichern. Sie hatte es getan, um zu überleben.

»Ist Hilarius Euer Anführer?«, hakte Leigh nach. Doch dieses Mal zögerte Mairéad, als wäre sie nicht sicher, wie viel sie verraten durfte. Ein Moment der Stille entstand, den Leigh allerdings nicht lang andauern ließ. »Ich habe früher für die Dunkelgänger gearbeitet, bevor ich mich den Wächtern angeschlossen habe. Ich war als Dieb für Simidh tätig.«

Ceylan sah Mairéads Gesicht nicht, nur ihren Hinterkopf, dennoch verriet ihr etwas an der Haltung der Frau, dass ihr dieser Name durchaus vertraut war. »Ich kenne Simidh nur aus Erzählungen«, bestätigte sie die Vermutung. »Aber er ist verstorben, lange bevor ich auf diese Welt gekommen bin. Wie alt seid Ihr?«

»Hundertsechs.«

»Ihr seht jung aus.«

Leigh lachte leise. »Das ist ein Vorteil der Unsterblichkeit.«

Der Gang vor ihnen änderte seine Richtung nicht, aber verlief leicht bergauf, bis am Ende ein Licht erschien. Begaben sie sich wieder ins Freie? Es sah ganz danach aus. Der unterirdische Gang hatte sie geschickt aus dem *Geschmückten Geier* geleitet, sodass ihnen niemand folgen konnte. Kheeran erschauderte und rückte näher an Ceylan, als die Kälte sie erneut in ihre eisige Umarmung zog. Sie traten ins Freie, um sie herum skelettartige Bäume, deren Äste vom Frost in die Tiefe gedrückt wurden.

Mairéad stapfte weiter durch den Schnee, der fast bis zu ihren Knien reichte. Sie waren noch in der Stadt, aber diese Gegend wirkte weitaus verlassener. Der Wind blies kälter, und Ceylan hatte Probleme zu blinzeln, weil es so frostig war. Sie schlang die Arme um ihre Mitte, um dem Zittern ihres Körpers Einhalt zu gebieten, und bemühte sich, flach zu atmen, da die Kälte ein Stechen in ihrer Lunge erzeugte. Warum hatte sich Hilarius Witze ausgerechnet in dieser Stadt niederlassen müssen, die nur aus Eis, Schnee und Frost zu bestehen schien?

Ihr Marsch führte sie bis an den Rand der Stadt am Fuß eines Berges, um dessen Spitze sich Wolken verfangen hatten.

»Da sind wir«, verkündigte Mairéad und deutete auf eine schäbige, aus morschen Brettern zusammengenagelte Holztür, die in das Gestein eingelassen war. Sie kramte einen Schlüssel hervor und entriegelte das eiserne Schloss, das von der Witterung so verrostet war, dass Ceylan es vermutlich mit bloßen Händen hätte aufbrechen können.

Mairéad öffnete die Tür und schritt erneut voran. Der Durchgang war niedrig, sodass Leigh und Kheeran die Köpfe einziehen mussten.

Unmittelbar hinter der Tür standen zwei in schwarze Kluft gekleidete Männer. Dolche hingen an ihren Gürteln, und Feindseligkeit ruhte in ihren Augen, als sie die Neuankömmlinge betrachteten.

»Wer ist das?«, fragte einer. Ceylan fiel auf, dass er den Kopf leicht schräg hielt, als könnte er nur auf einem Auge sehen. Seine Waffe trug er dennoch selbstbewusst.

»Sie wollen mit Hilarius sprechen«, antwortete Mairéad, die sich nie nach ihren Namen erkundigt hatte. »Jakodis Enkel hat sie zu uns geschickt.«

»Gable? Wie geht's dem kleinen Scheißer?«

Ceylan hob überrascht die Brauen. Woher kannten diese Männer Gable? Er hatte beteuert, kein Dunkelgänger zu sein.

»Er sah gesund aus«, antwortete Leigh kurz angebunden, mit neugierigem Blick entlang des Weges, der tiefer in den Berg führte. Mairéad schien ebenfalls nicht auf ein Schwätzchen aus zu sein. Vermutlich wollte sie so schnell wie möglich zurück in ihren Laden. Ceylan behielt die zwei Männer noch eine Weile im Auge, um sicherzustellen, dass sie ihnen nicht in den Rücken fielen. Erst nachdem sie ein gutes Stück weit von den beiden entfernt waren, richtete sie ihren Blick wieder geradeaus. Sie hörte Stimmen im Inneren des Berges, aber das Gestein dämpfte den Klang und erschuf ein Echo, das es Ceylan unmöglich machte zu bestimmen, wie nah diese Menschen ihnen waren. Sicher wusste sie nur, dass es sich um weitere Dunkelgänger handelte. Trotz der Kälte legte sie instinktiv die Hand auf den Griff ihres Schwertes, um sich im Fall eines Angriffs schnell verteidigen zu können.

Der Weg verlief abwärts in den Berg hinein. Die Luft war dünn und eisig trotz der Fackeln, die alle Fuß lang angebracht worden waren. Atemwölkchen formten sich vor ihren Lippen und verloren sich im Nichts. Sie schlotterte, aber nicht so sehr wie Kheeran. Er hatte den Kopf eingezogen, den Kragen seines Mantels aufgestellt und rieb bibbernd die Hände aneinander. Nur Leigh zeigte sich bisher unbeeindruckt, aber er hatte bereits Jahrzehnte als Wächter hinter sich, in denen er gelernt hatte, die Empfindungen seines Körpers auszublenden.

Sie liefen langsam, um auf dem frostigen Boden nicht auszurutschen. Aber nicht nur das Gestein unter ihren Füßen war gefroren, auch die Wände waren von einer dünnen Eisschicht überzogen, die im Licht der Fackeln bläulich schimmerte. Es wirkte beinahe, als hätte jemand die Monde eingefangen und darin eingesperrt.

Ceylan atmete tief ein, bereute es aber sogleich, denn die Luft war derart schneidend, dass sie in ihrer Lunge brannte. Der schmale Pfad, dem sie folgten, wuchs in die Breite und öffnete sich in die Höhe, bis die Decke mindestens sechzig Fuß über ihren Köpfen lag. Dies war jedoch nicht das Erstaunlichste, denn die imposante Höhle mitten im Berg bestand aus mehr als nur Fels und Gestein.

»Ist … ist das ein Dorf?«, fragte Kheeran verwundert.

Ceylan nickte sprachlos.

In der Mitte des Platzes hingen gleich drei Kochtöpfe über

einer großen Feuerstelle. Eine Frau kümmerte sich um das Essen, während zwei Kinder um sie herum Fangen spielten. Ceylan zählte insgesamt fünfzehn Leute. Einige standen beisammen und unterhielten sich, andere wiederum arbeiteten an den Unterkünften, die sich entlang der Höhlenwand befanden. Die Hütten waren aus den unterschiedlichsten Holzlatten zusammengeschustert, als Füllmaterial dienten Fell und Moos. Die kleinen Fenster waren nur mit Stoff verhangen. Und überall standen einladend die Türen offen, als würde niemand fürchten, bestohlen zu werden, was Ceylan als leichtsinnig erschien. Schließlich befanden sie sich unter Dieben.

Achtsam gingen sie weiter und folgten Mairéad in das Dorf. Mittlerweile hatten die Leute sie bemerkt und bedachten sie mit neugierigen Blicken. Ceylan beobachtete, wie einige vorsichtig nach Waffen tasteten, und sie war versucht, dasselbe zu tun, aber sie wollte niemanden provozieren. Sie waren nicht hier, um Ärger zu suchen, sondern um Antworten zu erhalten.

Mairéad führte sie über den Platz, vorbei an der Feuerstelle mit dem köstlich duftenden Essen, zu einer der größeren Hütten, deren Tür geschlossen war. Misstrauisch behielt Ceylan die Leute im Auge. Sie war sich der neugierigen Blicke nur allzu bewusst.

»Hier wohnt Hilarius«, erklärte Mairéad und klopfte an.

Dieses Mal dauerte es nicht lang, bis die Tür geöffnet wurde und sie einem älteren Mann gegenüberstanden. Ceylan schätzte ihn auf Mitte sechzig, seine grauen Haare waren hinten etwas länger als vorn. Sein Blick war wachsam und klar, nicht getrübt vom Alter. Trotz seiner schmalen Schultern und gebrechlich aussehenden Hände war dieser Mann nicht zu unterschätzen. Etwas an seiner Haltung verriet Ceylan, dass er kämpfen konnte, sollte es nötig sein. Eine Narbe verlief entlang seines Kiefers, sodass an dieser Stelle kein Bart mehr wuchs. Er zog den dunklen Mantel ein Stück enger um sich und sah von Mairéad zu ihnen.

»Ja?«, fragte er mit rauchiger Stimme.

»Du hast Besuch. Jakodi hat sie geschickt.«

»Jakodi ist tot.«

»Aber sie haben seine Münze.«

Hilarius' Blick verfinsterte sich. »Wer seid ihr?«

»Mein Name ist Leigh. Und das sind Ceylan und Kheeran.«

»Er war früher ein Dunkelgänger«, fügte Mairéad hinzu, wie um sich zu rechtfertigen, Hilarius' Ruhe gestört zu haben. Ein kurzes Flackern durchzog dessen Augen, bevor er ihr mit einem Nicken bedeutete, dass sie gehen konnte. Sofort zog sich Mairéad zurück und ließ sie mit dem Anführer allein.

»Ein ehemaliger Dunkelgänger, der zum Wächter wurde«, sagte Hilarius mürrisch, nachdem Mairéad verschwunden war. Noch machte er keine Anstalten, sie in seine Hütte zu lassen. »Was wollt ihr hier?«

Leigh räusperte sich. »Wir sind auf der Suche nach Antworten.«

»Auf welche Fragen?«

»Wollen wir dafür reingehen?«, hakte Leigh nach und spähte über seine Schulter hinweg zu den Dunkelgängern im Dorf, die sie noch immer neugierig beobachteten.

Hilarius zögerte, nickte dann jedoch und winkte sie in seine Hütte. Sie traten über die Schwelle, allerdings war es im Inneren nur wenig wärmer als draußen. Anscheinend hatten sich die Bewohner dieser Stadt dermaßen an die Kälte gewöhnt, dass sie nicht mehr wussten, wie sich richtige Wärme anfühlte.

Ceylan verschränkte die Arme vor der Brust, um sich warm zu halten, während Kheeran neben ihr sichtlich erschauderte, was auch Hilarius nicht entging. Dieser lief zu der kleinen Feuerstelle im hinteren Teil des Raumes. Die Flammen waren nicht sonderlich groß, dennoch hatten sie das Eis von der Wand geschmolzen. Er schmiss einige Holzscheite hinein und sah einen Moment zu, wie sich das Feuer auf seine neue Nahrung stürzte, wobei die Flammen glühende Schatten auf sein Gesicht warfen.

Ceylan blickte sich in der Behausung um. Sie kam keiner Adelsvilla gleich, aber es war offensichtlich, dass Hilarius gut von seinem ergaunerten Geld lebte. Die Hütte besaß ein gemütlich aussehendes Bett, auf dem weich wirkende Felle lagen. Es gab einen edel anmutenden Tisch aus dunklem Holz, auf dem sich mehrere, in Leder eingeschlagene Bücher stapelten. Eine Möglichkeit zum Kochen war nicht vorhanden, aber vermutlich war das Essen, das auf dem Platz zubereitet wurde, für alle hier lebenden Dunkelgänger. Einen Ort, um seine Notdurft zu verrichten, konnte Ceylan nicht ausmachen. Gewiss lag dieser nicht in der Hütte, denn in der Behausung roch es alles andere als unangenehm. Der Duft von Rauch und getrocknetem Obst lag in der Luft.

»Also«, sagte Hilarius und setzte sich an den Tisch. »Was sind das für Fragen, die euch beschäftigen, auf die nur ich euch Antworten liefern kann?«

Leigh wartete auf keine Einladung, sondern nahm ebenfalls Platz. »Kheeran ist ein Unseelie.«

Hilarius sah zu Kheeran, wobei sein Blick unschicklich lang an der Narbe hängen blieb, die sein Gesicht entstellte. Er schien nicht überrascht, einen Unseelie in seiner Hütte zu sehen. Vermutlich war er auf dem Schwarzmarkt schon einigen begegnet. »Ziemlich hässlich für einen Fae.«

»Und Ihr habt ein ziemlich loses Mundwerk für einen alten Sack«, konterte Ceylan.

Kheeran schnaubte amüsiert. »Er hat doch recht.«

»Es ist dennoch kein Grund, unhöflich zu werden.«

»Du warst früher auch sehr unhöflich zu mir.«

»Ja, früher.«

»Du hast mich erst letzte Woche …«

»Seid still!«, befahl Leigh in dem ruppigen Tonfall, den er für gewöhnlich für die Novizen an der Mauer aufsparte, aber unter den Dunkelgängern zu sein, schien ihn dünnhäutiger zu machen, als er bisher hatte durchscheinen lassen. »Ihr könnt euch von mir aus später zanken und im Bett versöhnen, aber zuerst klären wir, wofür wir Hunderte von Meilen geritten sind.«

Ceylan spürte, wie ihr die Hitze in die Wangen schoss. Sie zog den Kopf ein und nickte, und auch Kheeran zeigte sich demütig.

Leigh seufzte. »Worauf ich hinauswollte: Kheeran ist ein Fae, ein Unseelie, und verfügt über die Kraft, über Wasser und Erde zu befehligen«, erklärte er Hilarius und ließ dabei aus, dass Kheeran auch die Fähigkeit erworben hatte, über die Luft zu herrschen.

»Ich weiß, wozu Unseelie in der Lage sind«, erwiderte Hilarius ungeduldig.

»Zumindest wenn keine Dunkelgänger in der Nähe sind«, fügte Leigh hinzu.

Hilarius' Augen wurden schmal. »Was willst du damit sagen?«

»Das weißt du ganz genau, nicht wahr?«

Hilarius starrte sie an. Mit jedem Herzschlag, den er schwieg, wurde deutlicher, dass er etwas wusste. Es gefiel Ceylan nicht. Sie wollte Antworten, aber der Gedanke, dass Aldren recht hatte und sie auf irgendeine Weise mit den Dunkelgängern in Zusammenhang stand, behagte ihr nicht.

»Wer hat euch davon erzählt?«, fragte Hilarius.

»Niemand«, log Ceylan, bevor Leigh etwas erwidern konnte. Hilarius musste nicht von Kheerans Gespräch mit Aldren erfahren – noch nicht. Noch misstraute sie dem Dunkelgänger zu stark, um alles in die Waagschale zu legen. »Aber ich besitze die Gabe, seine Magie zu unterdrücken. Uns wurde zugetragen, dass die Dunkelgänger mit diesem Umstand vertraut sind.«

Hilarius zog die Brauen zusammen, öffnete den Mund, schloss ihn jedoch gleich wieder, bevor er schließlich erneut zum Sprechen ansetzte. »Und warum reisen zwei Wächter und ein hässlicher Fae bis hoch in den Norden, um mit mir darüber zu reden?«

»Weil wir keine Dunkelgänger finden konnten«, antwortete Leigh. »Wir hatten gehofft, sie auf dem Schwarzmarkt anzutreffen, aber du weißt mit Sicherheit bereits, was dort geschehen ist, nicht wahr?«

Die Antwort stand Hilarius ins Gesicht geschrieben. Ein dunkler Schatten legte sich über seine Augen, und ein Schmerz, den Ceylan nicht erwartet hatte, trübte seinen Blick. »Ich habe keine Ahnung, was geschehen ist, aber die Folgen sind mir bekannt. Mein Schwiegersohn kam auf dem Markt ums Leben.«

»Das tut mir leid zu hören«, sagte Kheeran und schien es trotz Hilarius' Beleidigung ehrlich zu meinen. »Vielleicht können wir einander helfen. Du verrätst uns, was es mit Ceylans Gabe und den Dunkelgängern auf sich hat, und wir erzählen dir im Gegenzug alles, was wir über den Angriff auf den Schwarzmarkt wissen.«

»Ihr wart bei dem Angriff dabei?«

»Nein, aber ein befreundeter Wächter konnte mit einem der Angreifer reden«, antwortete Leigh und schob tonlos den Stuhl neben seinem unter dem Tisch hervor, eine klare Aufforderung an Ceylan und Kheeran, sich ebenfalls zu setzen.

Hilarius presste die Lippen aufeinander und beobachtete, wie sie Platz nahmen. Erst als sie ihm gegenübersaßen, fuhr er fort: »Einverstanden, ich erzähle euch, was ich weiß. Aber zuerst möchte ich eure Geschichte hören.«

Leigh nickte und berichtete von ihrer Ankunft auf dem zerstörten Schwarzmarkt und allem, was sie von Larkin über die Elva, den mysteriösen Unseelie und die Halblinge erfahren hatten. Hilarius' Gesicht verdüsterte sich mit jedem Wort, vor allem, als er begriff, dass Halblinge für die zahlreichen Morde an Dunkelgängern verantwortlich waren.

»Warum haben sie es auf uns abgesehen?«, fragte er. Seine

Stimme klang wie ein wütendes Fauchen. Doch in seinen Augen stand nicht nur Zorn, sondern auch Schmerz, als würde er aus tiefstem Herzen über den Verlust seiner Kameraden trauern.

»Das wissen wir nicht, aber wir hoffen, es von dir zu erfahren«, antwortete Leigh.

»Woher soll ich das wissen?«

»Wie bereits gesagt, scheint es einen Unseelie zu geben, der in der Lage ist, über die Elva zu befehligen, und der großes Interesse daran hat, dich und deinesgleichen tot zu sehen. Ceylans Gabe steht ebenfalls mit euch in Verbindung. Das kann kein Zufall sein.«

Hilarius' Nasenflügel blähten sich auf.

»Sprich«, forderte Ceylan ihn auf. Sie verstand, weshalb dem alten Herrn die Worte fehlten. Sie hatte dem Gehörten damals auch kaum getraut, aber sie war nicht hergekommen, um den Dunkelgängern das Händchen zu halten. Sie wollte Antworten. Sie wollte verstehen, was mit ihr nicht stimmte und warum sie eine Gabe besaß, die kein anderer Wächter vor ihr je gehabt hatte.

Hilarius seufzte und erhob sich von seinem Stuhl. »Folg mir.«

»Wohin?«, fragte Ceylan.

Der Dunkelgänger warf ihr einen Blick zu, der zu sagen schien: *Das siehst du gleich.* Obwohl Ceylan Hilarius kein bisschen vertraute, setzte sie sich in Bewegung. Leigh und Kheeran folgten. Schweigend durchquerten sie das kleine Dorf, bis sie an einer größeren Hütte ankamen. Sie ähnelte auf den ersten Blick Hilarius', doch bei genauerer Betrachtung erkannte sie, dass das Holz morscher war und das Gestein schiefer saß.

Hilarius trat, ohne anzuklopfen, ein und bedeutete ihnen, ihm zu folgen. »Großmutter?«, rief er in die Hütte hinein.

»Ich bin hier, du musst nicht schreien«, antwortete eine krächzende Stimme, die am Ende des Satzes so dünn wurde, dass sie beinahe versagte. Sie gehörte zu einer Frau, die die besten Jahre ihres Lebens hinter sich gelassen hatte. Hilarius' Großmutter war alt – uralt – mit schütterem grauem Haar und einer ledrigen Haut, die wirkte, als könnte sie von ihrem hageren Skelett rutschen. Eines ihrer Augen war blind, das andere von einem stechenden Blau. Es erinnerte Ceylan an das Eis, das die Wände außerhalb dieser Hütte überzog.

Hilarius trat an die alte Frau heran, die auf einem von zwei Stühlen vor dem Kamin saß. Auf ihrem Schoß lag ein so dickes Buch, dass Ceylan sich fragte, wie sie es mit ihren dürren Handgelenken überhaupt anhob. »Das ist Estrid, meine Großmutter. Ihr solltet euch mit ihr unterhalten.«

Estrid sah von ihrem Enkel zu ihnen. »Warum sollte ich mit diesen Fremden reden?«

»Ceylan gehört zu uns.«

»Nein, tu ich nicht. Ich bin keine Verbrecherin.« *Nicht mehr.*

Hilarius schien sich von ihren Worten nicht gekränkt zu fühlen, sondern überging ihre Bemerkung. »Sie besitzt die alte Gabe – wie du.«

Diese Aussage weckte Estrids Aufmerksamkeit, und das erste Mal, seit Ceylan die Hütte betreten hatte, hatte sie das Gefühl, von der alten Frau wirklich gesehen zu werden. Eindringlich wanderte ihr Blick entlang ihres Körpers, als suchte sie nach einem Hinweis, der Hilarius' Aussage unterstützte.

»Koch uns einen Tee«, befahl Estrid an ihren Enkel gerichtet, ohne Ceylan aus den Augen zu lassen. Dieser zögerte nicht, nahm den Teekessel vom Kaminsims und verließ die Hütte, um Wasser zu holen. Estrid deutete auf den freien Stuhl, der ihr gegenüberstand. »Setz dich.«

Die Einladung galt offensichtlich Ceylan. Sie zögerte kurz, bevor sie Platz nahm. Leigh lehnte sich an die Wand, während Kheeran sich neben Ceylan stellte, um ihr Beistand zu leisten. Sie war dankbar dafür, denn sie wusste nicht, ob das, was Estrid zu sagen hatte, ihr gefallen würde.

»Die Dunkelgänger waren nicht immer das, was sie heute sind«, sagte Estrid, wobei ihre Zunge so schwach war, dass Ceylan schwerlich heraushörte, wann das eine Wort endete und das nächste begann. »Früher standen wir im Dienst der königlichen Familie.«

»Aber das tut ihr heute auch noch«, warf Ceylan ein. »Ihr besteckt Andreus und macht euch für ihn die Hände schmutzig, damit seine Gardisten wegschauen, wenn ihr Leute bestehlt.«

Estrid wirkte nicht erstaunt, aber vermutlich überraschte einen in diesem Alter nur wenig. »Wer hat euch von unserer Vereinbarung mit dem König erzählt?«

»Das ist nicht von Belang«, sagte Leigh. »Erzählt bitte weiter.«

Hilarius kam zurück und befestigte den gefüllten Teekessel über dem Kaminfeuer. Fast augenblicklich wurde die Luft vom Duft frischer Kräuter erfüllt. Estrid beobachtete ihren Enkel und sprach erst weiter, als er seinen Platz hinter ihrem Stuhl eingenommen hatte. »Wie bereits gesagt, die Dunkelgänger standen einst im Dienst der königlichen Familie. Wir waren das, was die Wächter heute sind, eine Abwehr gegen Fae und Elva. Denn wahrhaftige Dunkelgänger wie ich sind gefeit vor Magie. Wir besitzen die Fähigkeit, sie zu bändigen und uns zu eigen zu machen, wenn wir geschickt im Umgang mit unserer Gabe sind.« Bei diesen Worten schien Estrids Stimme kräftiger zu werden und ihre Brust vor Stolz anzuschwellen.

»Was meinst du mit *wahrhaftige* Dunkelgänger?«, fragte Ceylan, die bis an den Rand ihres Stuhls gerutscht war, um jedes Wort aufzusaugen.

»Dunkelgänger, die als solche geboren wurden. Wir bekommen diese Fähigkeit nicht verliehen wie Wächter, sondern kommen mit ganz eigener Magie zur Welt wie die Fae mit ihrer Elementarmagie. Wir sind ihr Gegenstück.«

»Du bist eine dieser Dunkelgängerinnen?«, erkundigte sich Leigh.

Estrid nickte.

»Und dein Enkel?«

»Hat meine Gabe bedauerlicherweise nicht geerbt, ebenso wenig wie meine Kinder«, antwortete Estrid und tätschelte träge Hilarius' Hand, die auf ihrer Schulter lag. »Die Gabe der Dunkelgänger ist in den letzten Jahrhunderten sehr selten geworden und beinah ausgestorben. Vermutlich ist sie verkümmert, da in diesem Land keine Magie mehr existiert.«

Ceylan schüttelte den Kopf. Sie konnte nicht glauben, was sie hörte. Sprach Estrid die Wahrheit, oder führte die alte Frau sie an der Nase herum? Nein, ihr Blick war ehrlich, und ihre Worte klangen voll aufrichtigen Bedauerns, als trauerte sie dieser alten Zeit und den wahrhaftigen Dunkelgängern nach.

»Meine Familie gehörte nicht zu den Dunkelgängern«, hörte Ceylan sich sagen.

»Sie waren vielleicht kein Mitglied dieser Bande, aber sie waren Dunkelgänger«, erklärte nun Hilarius, wie um seiner Großmutter eine Pause zu gönnen. »Nachdem der Krieg beendet und der Friedensvertrag unterzeichnet worden war, wurde überlegt, ob die Dunkelgänger an der Mauer dienen sollen. Die Fae waren dagegen, da wir im Krieg an der Seite der Menschen gekämpft haben, also nahmen die Wächter unseren Posten ein.«

Davon hatte Ceylan nie gehört, und Kheerans und Leighs erstaunten Blicken nach zu urteilen, kam es auch ihnen das erste Mal zu Ohren. Offenbar hatten Andreus und seine Vorfahren alles darangesetzt, das Volk dieses Wissen vergessen zu lassen.

»Von einem Tag auf den anderen wurden die Dunkelgänger aus dem Dienst der königlichen Familie entlassen, denn wir waren wertlos«, fuhr Hilarius fort. »Unsere Fähigkeit war nicht länger von Nutzen, da es keine Fae mehr auf dieser Seite der Mauer gab. Wut, Geldnot und das Gefühl, hintergangen worden zu sein, haben viele Dunkelgänger in die Kriminalität getrieben. Sie waren vom König und ihrem eigenen Land hintergangen worden, nachdem sie jahrzehntelang ihr Leben dafür riskiert hatten.«

Hilarius' Worte klangen bitter und verletzt. Erschöpft rieb er sich über das Gesicht.

»Heute sehen die Leute in uns nichts weiter als gewöhnliche Kriminelle. Nur wenige wissen von unserer ursprünglichen Bestimmung. Der Unterdrückung und Kontrolle der Magie. Eine Waffe gegen die Fae.« Hilarius blickte Ceylan an, und der eiskalte Schauer, der sie dieses Mal durchfuhr, hatte nichts mit der witterungsbedingten Kälte zu tun. »Offenbar haben deine Vorfahren ebenfalls zu den Dunkelgängern gehört, nur haben sie einen anderen Weg eingeschlagen als viele von uns.«

»Ich … ich bin also eine Dunkelgängerin?«, flüsterte Ceylan ungläubig.

Estrid nickte.

»Aber … ich bin … wie kann ich eine Wächterin sein?« Dunkelgängerin und Wächterin – nach allem, was Ceylan gehört hatte, erschien ihr dies wie ein Widerspruch. Denn wie konnte sie von Kheeran Magie verliehen bekommen haben, wenn ihr Körper dazu geschaffen war, ihr zu trotzen?

»Ganz einfach, Liebes, du bist keine«, antwortete Estrid.

»Aber als ich verwandelt wurde, habe ich etwas gespürt. Ich kann besser hören und sehen, und … ich kämpfe seitdem auch viel besser!«

»Ja, weil dies alles Fähigkeiten sind, die auch wir Dunkelgänger besitzen. Deine geschärften Sinne kommen nicht davon, dass du eine Wächterin bist, sondern weil du die Magie um dich herum absorbierst und dir zu eigen machst. Ich vermute, deine vermeintliche Verwandlung war das erste Mal, dass du wahrhaftig mit Magie in Berührung gekommen bist. Das hat etwas in dir erweckt.«

»Das kann nicht stimmen«, sagte Ceylan.

»Was denkst du, wie alt ich bin?«

Ceylan betrachtete die Frau, die aussah, als hätte sie schon vor langer Zeit in den Ewigen Frieden eintreten müssen. »Siebzig?«, riet sie verunsichert, denn sie war nur selten Leuten in einem solch hohen Alter begegnet. Es war meistens den Adeligen vorbehalten, denn auf der Straße raffte einen früher oder später eine Krankheit oder der Winter dahin, wenn man nicht zuvor ermordet wurde.

Estrids Mundwinkel zuckten. »Ich bin hundertzweiundsiebzig.«

Ceylan weitete die Augen. »Wie ist das möglich?«

»Magie. Wie auch die Wächter lässt sie mich langsamer altern. Du kannst mir also glauben.«

Ceylan presste die Lippen aufeinander. Sie wusste, dass Magie dazu in der Lage war, und was Estrid sagte, mochte stimmen, jedoch traf es nicht auf sie selbst zu! Unmittelbar nach ihrer Verwandlung war sie nicht in der Lage gewesen, irgendetwas zu unterdrücken.

»Nachdem wir alle zu Wächtern gemacht wurden, hat es ein Fest gegeben. Dort haben zwei Seelie in meiner Nähe Feuermagie gewirkt. Erinnert ihr euch? Sie haben Skulpturen aus Feuer geformt, um die Wächter zu unterhalten, und das ohne jegliche Probleme, obwohl ich in der Nähe war.«

Leigh und Kheeran nickten.

»Deine Gabe ist an diesem Tag erwacht. Es kostet Zeit und Übung, sie beherrschen zu lernen. Es ist ähnlich wie bei Fae. Geschärfte Sinne, Wundheilung, all diese Dinge geschehen von selbst, ohne dass du Einfluss darauf nimmst, sobald du Zugang zur Magie hast. Es ist wie das Atmen. Du inhalierst die Luft, und dein Körper arbeitet damit. Andere Fähigkeiten wie das Unterbinden der Magie erlangt man mit viel Geduld und Übung. Meine Gabe, der Magie zu trotzen, hat sich das erste Mal gezeigt, als mich vor über hundertfünfzig Jahren ein Fae auf dem Schwarzmarkt angegriffen hat, weil er glaubte, ich hätte ihm etwas gestohlen. Wäre dies nicht geschehen, hätte ich wohl nie von meiner Gabe erfahren.«

»Die Gardisten«, raunte Kheeran.

Ceylan nickte. »Ich saß eine Weile im Verlies in Nihalos. Dort haben mich zwei Fae angegriffen, einer hat mich mit einer magischen Waffe erstochen. Ich dachte, ich würde sterben …«

»Ah, eine Nahtoderfahrung«, sagte Hilarius. »Das ist ein wahrhaftig starker Auslöser.«

»Ich … ich weiß nicht, was ich davon halten soll«, murmelte Ceylan.

»Was meintet Ihr, als Ihr vorhin sagtet, dass Dunkelgänger sich die Magie der Fae zu eigen machen können?«, fragte Kheeran. Sein besorgter Blick ruhte unentwegt auf ihr.

»In erster Linie ist es Dunkelgängern möglich, die Elementarmagie der Fae zu unterbinden, aber wir können diese auch in uns aufnehmen und für uns nutzen. Sofern wir darin unterrichtet wurden, was in den letzten Jahrhunderten nicht möglich war.«

»Das ist das, was du mit dem Feuer getan hast«, sagte Kheeran und sah von Estrid zu Ceylan und wieder zu der alten Dunkelgängerin. »Sie hat mein Leben gerettet, als wir in einem magischen Feuer eingeschlossen waren. Die Flammen sind einfach in ihre Haut eingedrungen und ins Nichts verschwunden.«

»Beeindruckend«, murmelte Estrid. »Du besitzt Talent.«

Talent, auf das ich scheiße, dachte Ceylan und musste gegen die aufkommende Enge in ihrer Brust anschlucken. Sie hatte immer nur Wächterin sein wollen. Und trotz der Zankereien und Beleidigungen einiger Wächter hatte sie, seit ihre Eltern verstorben waren, das erste Mal in ihrem Leben das Gefühl, irgendwohin zu gehören. In Nihalos hatte sie alles darangesetzt, zurück nach Hause zu kommen – an die Mauer. Doch wenn sie keine Wächterin war, war das Niemandsland nicht ihr Zuhause und Leigh und die anderen nicht ihre Brüder. Dieser Gedanke ließ eine unerwünschte Enge in ihrer Kehle wachsen. Sie schluckte schwer und wollte all das nicht wahrhaben. Aber was Hilarius und Estrid erzählten, ergab Sinn und beantwortete all die Fragen, die sie sich im Lauf der letzten Wochen gestellt hatte.

»Vielleicht solltet ihr euch Zeit nehmen, das zu verdauen«, sagte Hilarius und trat hinter dem Stuhl seiner Großmutter hervor. »Ihr seid herzlich in unserem Dorf willkommen. Es ist mir immer eine Freude, Dunkelgänger der alten Zunft kennenzulernen. Ihr dürft so lange bleiben, wie ihr wollt, solange ihr bereit seid, mit anzupacken.«

Kheeran blickte verunsichert drein. »Und mit ›anpacken‹ meinst du …«

Hilarius lachte. »Nicht das, was du denkst. Ihr könnt beim Zubereiten der Mahlzeiten helfen oder Feuerholz sammeln, wo auch immer eure Hilfe gebraucht wird.«

»Ich kann leider nur eine Nacht bleiben«, sagte Leigh und stieß sich von der Wand ab. »Ich muss zurück an die Mauer, Freunde warten dort auf mich.«

»Soll ich dich begleiten?«, fragte Ceylan. Der Gedanke, mit Kheeran bei den Dunkelgängern zu bleiben, gefiel ihr nun noch weniger als zuvor. Denn es fühlte sich an, als würde Leigh sie hier zurücklassen, inmitten jener Kriminellen, vor denen er vor Jahrzehnten geflohen war.

»Nein, du bleibst bei Kheeran. Ich komme zurück, so schnell ich kann.«

Ceylan nickte, denn was blieb ihr für eine andere Wahl?

33. Kapitel – Larkin

– Niemandsland –

Larkin spähte in den klaren blauen Himmel und atmete tief die frühlingshafte Luft ein, während Freya auf dem Pferd neben ihm ritt. Weylin ging einige Schritte vor ihnen. Es war ein angenehm milder Tag im Vergleich zur eisigen Nacht. Eine sanfte Brise wehte, und die warmen Sonnenstrahlen prickelten auf seiner Haut.

Unter anderen Umständen hätte er diese kleine Wanderung genossen, doch mit jedem Schritt, den sie taten, wuchs seine Anspannung. Denn heute war der Tag, an dem sie die Mauer erreichten. Wie würde es sein, an seinen alten Stützpunkt zurückzukehren? Würden die anderen Wächter ihn mit offenen Armen empfangen oder zu den Elva wünschen?

Larkin hoffte auf Ersteres. Vor seiner Inhaftierung hatte er alles mit diesen Männern geteilt, und über die Jahrzehnte waren sie zu seinen Brüdern geworden, auch wenn sie kein Blut teilten. Er wusste nicht, was er tun würde, sollten seine Brüder ihm mit Hass und Verachtung begegnen. Auch scheute er vor dem Wiedersehen mit Khoury zurück. Während der Vorbereitungen zu Kheerans Krönung hatte er dem neuen Field Marshal erzählt, dass er vom König mit der Aufgabe bedacht worden war, Freya nach Nihalos zu begleiten. Eine Lüge – wie sich auch Khoury vermutlich mittlerweile bewusst war –, die ihm jederzeit zum Verhängnis werden konnte, sollte Khoury entscheiden, die königliche Garde über seine Anwesenheit in Kenntnis zu setzen.

Larkin wurde aus seinen Gedanken gerissen, als Weylin plötzlich anfing zu singen.

»*Die Wellen aus Schmerz,*

Sie tragen mich hinaus auf ein Meer,
Weit weg von dir.«
Er lauschte der klaren und eindringlichen Stimme.
»*Ich rufe dich, doch du hörst mich nicht.«*

Trotz der Wärme kroch Larkin bei diesen Worten eine Gänsehaut die Arme empor. Er konnte sich nicht erinnern, je eine derart schöne Stimme gehört zu haben.

»*Ich greife nach dir, doch du siehst mich nicht.*
Die Wellen aus Schmerz zerschlagen mich.«

Larkin lauschte Weylins Gesang, der ihm erlaubte, seine Sorgen für den Moment zu vergessen, trotz der Schwere, welche dem Lied innewohnte. Weylin wiederholte die Strophen und textete neue hinzu, ehe er eine andere Melodie anstimmte. Vers für Vers und Wort für Wort löste sich die Anspannung in Larkin, bis er beinahe etwas wie Leichtigkeit verspürte.

Eine Berührung an seiner Schulter ließ ihn zu Freya aufblicken. Sie lächelte ihn an und nickte in Weylins Richtung.

»Mir gefällt der Gesang auch«, sagte er und fragte sich, ob Weylins Stimme auf Freya eine ähnlich beruhigende Wirkung hatte wie auf ihn. Denn ihm war nicht entgangen, wie angespannt die Prinzessin war, seit sie Weidar vor vier Tagen verlassen hatten. Sie zuckte bei jedem noch so kleinen Geräusch zusammen und sah sich ständig furchtsam um, als bangte sie, dass sie von den Männern ihres Vaters verfolgt wurden. Keine unberechtigte Angst, denn gewiss hatten der König und seine Soldaten sich längst zusammengereimt, wer sich gewaltsam Zugang zur geheimen Bibliothek verschafft hatte.

»Wir sind bald da«, sagte Larkin, als der Weg eine Kurve beschrieb. Obwohl er sich dem Stützpunkt seit Jahren nicht genähert hatte, kannte er noch jeden Baum und jede Abzweigung. Seine Seele erinnerte sich an alles.

Freya schrieb etwas in ihr Notizbuch, was sich auf dem Pferd als schwierig herausstellte. Ihre Handschrift war schief und krakelig, dennoch konnte Larkin die Worte entziffern. *Ich hoffe, dass die Wächter nicht meinen Vater alarmieren.*

Das hoffe ich auch, dachte Larkin, aber er wollte Freyas Sorge nicht anheizen. »Das werden sie nicht«, versicherte er ihr mit einem hoffentlich überzeugenden Lächeln.

Sie verzog das Gesicht. Anscheinend glaubte sie ihm nicht. Mit besorgtem Gesichtsausdruck setzte sie den Stift an, doch sie hielt inne, als er eine Hand auf ihr Knie legte. Sanft drückte er zu, und ein Lächeln stahl sich auf Freyas Lippen, das sein eigenes wärmer werden ließ. Er liebte diese Frau mehr, als er je mit Worten ausdrücken konnte, und er würde alles tun, um diese Liebe zu schützen. »Vertrau mir. Sie sind keine Verräter. Und falls doch, verschwinden wir von dort. Ich lasse nicht zu, dass man uns wieder trennt. Versprochen.«

Freya ließ die Luft aus ihrer Lunge entweichen und nickte. Larkin spürte, dass sie nach wie vor besorgt war, aber das würde hoffentlich vergehen, sobald sie an der Mauer eintrafen. Ebenso wie seine eigenen Bedenken, für die er sich beinahe schämte. Die Wächter waren raue Kerle, ohne Frage, aber loyal bis in die Fingerspitzen.

Plötzlich verstummte Weylins Gesang, der sie in den letzten Minuten begleitet hatte. Abrupt war der Halbling stehen geblieben, und Larkin erkannte, warum. Sie hatten die Mauer erreicht.

Er schluckte schwer. Vor ihnen erstreckte sich der Wall, dem er einst Treue geschworen hatte und den er widerwillig hatte zurücklassen müssen. Die Mauer sah noch genauso aus wie in seiner Erinnerung. Sie war nicht schön, ein Koloss aus schwarzem, verwittertem Gestein, dennoch genoss Larkin ihren Anblick. Denn die Mauer war mehr als nur eine Barriere zwischen den Ländern für ihn, sie war ein Ort, dem er einst sein Leben gewidmet hatte. Er hatte ihr mit Leib und Seele gedient.

Langsam gingen sie weiter, der Wald um sie herum dünnte aus, bis sie den Platz betraten, der den Stützpunkt bildete.

Kampfgeräusche drangen an Larkins Ohr. Schwerter, die auf Schwerter schlugen, Männer, die einander anfeuerten und anstachelten. Rufe, Stöhnen, Metallklirren. Diese Geräusche gehörten für Larkin genauso zur Mauer wie das eintönige Essen und die harten Pritschen in den großen Schlafsälen, die er zum Glück bereits vor Jahren hinter sich hatte lassen können.

»Sie bereiten sich auf den Kampf vor«, sagte Weylin. Er deutete auf eine Gruppe junger Wächter, die im Innenhof gegeneinander antraten. Schonungslos sausten ihre Klingen aufeinander nieder. Die Übungskämpfe zwischen den Wächtern waren immer ernst gewesen, aber diesen Kämpfen wohnte eine Verbissenheit inne, die Larkin neu war. Sie wussten, dass der Krieg hart werden würde und sie all ihre Kraft und all ihr Können brauchten, um ihn zu überstehen.

Freya zügelte das Pferd und stieg ab, um den Rest des Weges mit Larkin und Weylin zu Fuß zu gehen. Kaum hatte sie festen Boden unter den Füßen, griff sie nach seiner Hand. Ihre Haut war kühl, ihre Finger feucht vom Angstschweiß. Er erwiderte den Druck ihrer Hand und hoffte, ihr mit dieser Geste Mut geben zu können.

Sie überquerten den Platz. Jene Wächter, die keine Übungskämpfe austrugen, schliffen eifrig die Waffen, während andere die Hütten mit Gestein und Sandsäcken sicherten und Vorräte herbeischafften. Dabei unterhielten sich die Männer mit leisen, gesenkten Stimmen. Niemand lachte oder scherzte oder tanzte auf irgendeine Weise aus der Reihe. Der Druck des bevorstehenden Kampfes lag schwer in der Luft und löste in Larkin kalte Schauer aus, denen selbst das warme Sonnenlicht nichts entgegenzusetzen hatte.

Die Männer waren so in ihre Vorbereitungen und eigenen Gedanken versunken, dass es eine Weile brauchte, bis Freya, Weylin und er bemerkt wurden. Er kannte viele Gesichter, die ihnen entgegenblickten, aber auch einige Neulinge waren unter ihnen. Gedämpftes Gemurmel setzte ein, aber niemand wagte es, die Stille zu brechen, bis …

»Ja, da holen mich die Elva«, dröhnte eine tiefe Stimme über den Platz. »Larkin Welborn!«

Er hielt inne und drehte sich in die Richtung der Stimme. Ein Lächeln zuckte an seinen Mundwinkeln, als er Khoury entdeckte. Er hatte sich seit ihrem Wiedersehen am Hof der Unseelie kaum verändert. Sein lockiges braunes Haar war ein Stück gewachsen, und der bevorstehende Krieg hatte Sorge in seinen Blick gebracht, aber er wirkte stark und entschlossen wie eh und je. Mit großen Schritten kam Khoury auf ihn zu.

»Sei gegrüßt, alter Freund«, sagte Larkin trotz der Unsicherheit in seiner Brust.

Wortlos starrte Khoury ihn an.

Angespannt hielt Larkin die Luft an, bis der andere Mann ihn unerwartet in eine herzliche Umarmung zog. Einen Moment war Larkin wie erstarrt, bevor er die Geste voller Dank erwiderte, auch wenn er dafür Freyas Hand loslassen musste.

Er klopfte ihm auf die Schulter. »Es freut mich, dich wiederzusehen, Larkin.«

»Ich bin auch froh, dich wohlauf zu sehen.«

Khoury löste sich von ihm und betrachtete ihn einen Moment wie ein stolzer Vater, dabei war Larkin der Ältere. Doch bereits einen Herzschlag später wanderte sein Blick von ihm zu Weylin und … seine Augen wurden schmal, und er hob die vernarbte Augenbraue. »Prinzessin Freya?«

Sie lächelte zaghaft und nickte zum Gruß.

Verwundert sah Khoury zurück zu Larkin. Eine unausgesprochene Frage lag in seinen Augen, jedoch kein Unmut. Entweder war das Wissen um Freyas erneutes Verschwinden aus dem Schloss noch nicht bis ins Niemandsland vorgedrungen, oder es war ihm mit Aussicht auf den bevorstehenden Krieg gleichgültig.

»Das ist eine sehr lange Geschichte«, antwortete Larkin auf die stumme Frage. Er würde Khoury alles erklären, aber nicht vor so vielen Zuhörern.

Khoury schnaubte und klopfte Larkin auf die Schulter. »An lange Geschichten bin ich inzwischen gewöhnt, mein Freund. Ich habe in letzter Zeit sehr viele davon gehört und freue mich darauf, auch deine zu vernehmen.«

»Dann erzähle ich sie dir gern beim Abendessen«, erwiderte Larkin und spähte über seine Schulter zu Freya und Weylin, bevor er sich wieder Khoury zuwandte. »Wir hatten gehofft, dass wir für eine Weile an der Mauer bleiben können. Wir warten auf Leigh.«

»Natürlich. Ihr seid hier immer willkommen.« Khoury winkte einen seiner Männer heran und bat diesen, sie zu ihren Zimmern zu geleiten. Jeder bekam ein eigenes, auch wenn Larkin sich liebend gern eins mit Freya geteilt hätte. Aber sie war trotz allem eine verheiratete Frau. Und es schickte sich nicht, ein Bett mit ihr zu teilen, auch wenn man ihm seine Gefühle für die Prinzessin vermutlich vom Gesicht ablesen konnte.

Sie folgten dem Wächter quer über den Hof, während sich ein anderer um ihr Pferd kümmerte. Freya sah dem Tier wehmütig nach, und Larkin schenkte ihr einen aufmunternden Blick. Er hoffte inständig, dass sich die Prinzessin im Schutz der Mauer entspannen konnte, sofern das in diesen Zeiten möglich war.

»Wir haben nicht mit königlichem Besuch gerechnet«, sagte der Wächter, dessen Namen Larkin nicht kannte. Er war entweder neu im Niemandsland oder stammte von einem der anderen Stützpunkte, die entlang der Mauer verliefen. »Daher ist keins der freien Zimmer in einem angemessenen Zustand, aber wir werden uns darum kümmern.«

Freya schüttelte den Kopf.

Larkin übersetzte. »Das wird nicht nötig sein.«

Der Wächter hob die Brauen. »Es bereitet uns keine Mühe.«

Lügner, dachte Larkin. »Bereitet Euch besser auf den Krieg vor, das ist dienlicher.«

Darauf erwiderte der Wächter nichts mehr.

Schweigend und begleitet von neugierigen Blicken liefen sie über den Platz bis zu den Hütten, in denen die Wächter hausten. Bereits kurze Zeit später fand sich Larkin in seinem Zimmer wieder, das zu seiner Erleichterung unmittelbar neben Freyas lag. So konnte er ihr schnell zu Hilfe kommen, sollte dies erforderlich sein. Weylin hingegen hatte man in Leighs Raum gebracht.

Mit einem Seufzen streifte Larkin die Stiefel von seinen Füßen. Er hatte mit den Jahren gelernt, Schmerz keine Beachtung zu schenken, dennoch merkte er, wie geschunden seine Sohlen von dem tagelangen Marsch waren. Er ließ sich auf das Bett fallen und schob die Hände unter seinen Kopf, den Blick an die Decke gerichtet.

Hier war er also … zurück an der Mauer, unter alten Kameraden, an dem Ort, den er geschworen hatte zu schützen. Wie würde sein Leben wohl aussehen, hätte er den Angriff auf Bellmare verhindert oder wären keine Adeligen zu Gast im Dorf gewesen? Vermutlich hätte Andreus ihn nicht festnehmen lassen, und er wäre noch immer Field Marshal.

Oder du wärst tot, schlich sich ein Gedanke ein, aber daran wollte er nicht denken. Ebenso wenig wie an den Umstand, dass er Freya wohl niemals kennengelernt hätte, hätte er die letzten zehn Jahre an der Mauer anstatt im Verlies verbracht. Zehn Jahre in Dunkelheit, zwischen Angst und Hoffnungslosigkeit gefangen, schienen ihm ein hoher Preis für das Lächeln einer Frau, aber wenn jemand all dieses Leid wert war, dann Freya.

Was sie wohl gerade machte? Er stützte sich mit den Ellenbogen auf der Matratze ab und sah zu der Wand, die sie trennte. Kurz überlegte er, Freya aufzusuchen, entschied sich aber dagegen. Wenn sie nur im Ansatz so erschöpft war wie er, hatte sie etwas Ruhe dringend nötig. Larkin ließ sich zurück auf die Pritsche fallen, die unter seinem Gewicht knirschte, und schloss die Augen …

△

Zwei Stunden später fand sich Larkin mit Freya und Weylin an der großen Tafel im Speisesaal wieder. Neben Khoury hatten sich weitere Wächter an dem Tisch eingefunden, jedoch waren sie keine einfachen Krieger, sondern besetzten jene höheren Posten, die er selbst ihnen zugewiesen hatte. Er war es gewesen, der Sloan zum General ernannt und aus Glade einen Leutnant gemacht hatte. Dorin und Farrow hatten ihre Dienstgrade nicht ihm zu verdanken, aber auch an ihrer Seite hatte Larkin Jahrzehnte über gekämpft.

Über einem Teller warmen Eintopfs erzählte Larkin ausführlich, was sie an die Mauer gebracht hatte. Er berichtete vom Fall des Schwarzmarktes, dem Angriff der Halblinge und offenbarte, dass König Andreus die kriminellen Machenschaften der Dunkelgänger nutzte. Er erzählte auch von seinem Treffen mit Leigh, Weylin, Kheeran, Ceylan und Freya. Elroy und Rae ließ er außen vor, denn er hätte die Wächter in Elroys wahre Identität einweihen müssen, und diese tat nichts zur Sache. Der Pirat war fort, und so feige Larkin seine Flucht nach Séakis auch fand, er konnte ihn verstehen. Außerdem war er froh darüber, dass Freyas Gemahl aus dem Weg war, denn er hasste die Vorstellung von ihr mit einem anderen Mann.

Khoury lauschte geduldig. Larkin spürte, wie die Anspannung des Field Marshals wuchs, vor allem, als er ihm Andreus' Pläne offenbarte, ebenfalls in den Krieg zu ziehen. Er erlaubte es sich auch, Khoury in die Existenz der geheimen Bibliothek einzuweihen. Was er ihm jedoch verschwieg, war die Tatsache, dass Freya von den Seelie abstammte, denn dies war ein Geheimnis, das mit Vorsicht zu genießen war. Kurz vor ihrer Ankunft an der

Mauer hatte Freya Weylin und ihn darum gebeten, dieses Wissen erst einmal für sich zu behalten, denn es war zu mächtig, um blind auf die Welt losgelassen zu werden. Sie wollte zuerst mit Kheeran darüber sprechen. Er war jahrelang von Andreus und später von König Nevan ausgebildet worden. Wenn jemand sich mit Machtspielen auskannte, dann er. Er würde ihnen hoffentlich sagen können, wie sie am besten mit diesem Wissen umgingen.

»Und nun sind wir hier und warten auf Leigh«, beendete Larkin seine Erzählung und trank einen Schluck aus seinem Krug, denn sein Mund war nach all dem Gerede ausgedörrt. Er war es nicht gewohnt, so lange und viel zu sprechen.

Khoury seufzte und starrte wortlos in seinen leeren Weinbecher.

Larkin schielte hinüber zu Freya, die neben ihm saß und die ganze Zeit unruhig auf der Bank hin- und hergerutscht war. All das Erlebte noch einmal zu hören, hatte sie anscheinend aufgewühlt. Er griff unter dem Tisch nach ihrer Hand und beschrieb kleine Kreise mit seinem Daumen auf ihrer Haut. Das schien sie ein wenig zu beruhigen. Sie hielt inne und schenkte ihm ein Lächeln, das jedoch wich, als Khoury zu reden begann.

»Unglaublich«, nuschelte der Field Marshal. »Wir sind eingekesselt von zwei Königen, die das jeweils andere Land in Schutt und Asche legen wollen.«

Dorin nickte. »Ich dachte, schlimmer kann es nicht mehr kommen.«

»Da bist du nicht der Einzige«, erwiderte Sloan, der sich großzügig etwas von dem Wein einschenkte, der aus Melidrian stammte. Von gewöhnlichem Wein wurden Wächter nicht betrunken, aber dieser Abend rief förmlich nach einem Besäufnis. Dennoch hielt sich Larkin vom Alkohol fern, denn er brauchte einen klaren Verstand, um auf Freya aufzupassen.

»Wie denkt Ihr darüber?«, fragte Khoury, den Blick auf die Prinzessin gerichtet.

Sie schluckte sichtlich und zückte ihren Notizblock, als Larkin bereits das Wort ergriff. »Freya ist gegen einen Krieg. Das ist einer der Gründe, weshalb sie aus dem Palast geflohen ist. Sie wollte zu Kheeran, um ihn zu warnen, als sie von Aldren erfahren hat.«

Freya nickte zustimmend.

»Und was ist mit eurem Gemahl … Prinz Deèglan. Wo ist er?«

Larkin senkte den Blick. So viel zu seinem Versuch, Elroy aus der Angelegenheit herauszuhalten, nachdem er sich wie ein Feigling verkrümelt hatte.

Er stattet seiner Familie einen Besuch ab, schrieb Freya.

»Wird er mit einer Armee zurückkommen? Falls ja, können wir die Mauer mit eigenen Händen einreißen, denn dann ist der Kampf bereits verloren«, stellte Glade fest. Natürlich wussten sie von Deèglans Streitmacht, die für ihre Größe vermutlich auf der ganzen Welt bekannt war.

Freya schüttelte den Kopf. *Er unterstützt meinen Vater nicht.*

»Das ist gut zu wissen«, murmelte Khoury.

»Und was habt ihr vor?«, fragte nun Farrow, der Freya auf eine Art betrachtete, die Larkin nicht gefiel. Er war ein hervorragender Krieger, einer der besten. Jedoch hatte er immer eine Schwäche für junge, schöne Frauen gehabt. »Wollt ihr euch mit Leigh und den anderen verstecken, bis die Schlacht ausgefochten ist?« Seine Worte klangen wie eine Anschuldigung.

»Was wäre so schlimm daran?«, fragte Larkin gereizt. Er ließ seinen Blick über die Anwesenden schweifen. Seit er geendet hatte, lag eine Schwere in der Luft, wie er sie selten gespürt hatte. »Ich bin kein Wächter mehr. Weylin ist ein Halbling, und Freya … Ihre einzige Aufgabe ist es, zu überleben.«

»So war das nicht gemeint«, entschuldigte sich Khoury an Farrows Stelle. »Wir sind nur alle angespannt und ratlos. Ich habe Männer nach Nihalos gesandt, um mit Aldren zu verhandeln, und werde auch Leute zu König Andreus schicken, aber …«

Er brach ab und stieß abermals ein tiefes Seufzen aus. »Wenn es zu einem Krieg kommt, wird dieser für alle Seiten fatal enden. Ich verstehe nicht, wieso Aldren und Andreus das, was sie haben, aufs Spiel setzen.«

Larkin wusste es. Freya wusste es. Und auch Khoury wusste es, wenn er ehrlich mit sich selbst war: Macht. Diese Männer gierten danach wie ein Ertrinkender nach dem nächsten Atemzug. Andreus wollte durch Melidrians Bodenschätze seine Macht behalten, und Aldrens Wunsch nach Macht wurde von seinem Hass auf die Menschen befeuert, welche das Land in seinen Augen nicht verdient hatten. Beide Männer waren zu stur und blind, zu erkennen, dass der Schaden, den das Land nehmen würde, den Preis nicht wert war.

Sie redeten noch eine Weile über Aldren, Andreus und vor allem den Krieg. Darüber, was geschehen würde, sollte das Niemandsland fallen. Ihre Stimmen waren die einzigen im Saal, der sich schon vor Stunden geleert hatte. Doch ihr Gespräch führte sie nirgendwohin, bis Khoury beschloss, dass es Zeit wurde, die Versammlung zu beenden. Worte würden dieses Land nicht retten. Taten waren erforderlich, aber diese sollten nicht überstürzt stattfinden, und es war bereits zu spät, um schwerwiegende Entscheidungen zu treffen. Die Wächter und Weylin verabschiedeten sich in ihre Schlafgemächer, und auch Larkin und Freya machten sich Hand in Hand auf den Weg zu ihren Räumlichkeiten.

Es war still geworden. Die meisten Männer waren in ihre Betten gekrochen, nur wenige hielten die Stellung und patrouillierten entlang der Mauer. Larkin hatte diese Momente kurz vor dem Schlafengehen immer geliebt. Wenn das Tagwerk vollbracht und der Körper müde war, hatte er sich mit sich selbst im Einklang gefühlt.

Schweigend, dem Gespräch nachhängend, erreichten sie den Korridor, in dem ihre Zimmer lagen. Vor Freyas Tür blieben sie stehen. Die Prinzessin griff nach dem Knauf, öffnete die Tür jedoch nicht, sondern betrachtete ihn. Er hatte gehofft, dass die Anspannung auf Freyas Zügen weichen würde, nun, da sie vorerst vor den Männern ihres Vaters sicher waren, doch die Unterredung mit Khoury und den anderen hatte die Sorgen tiefer in ihr Gesicht gegraben.

»Alles wird gut«, sagte Larkin. Er wusste dies nicht mit Gewissheit, aber er konnte nicht anders, als diese Worte zu sagen. Er würde alles tun, um Freya einen ruhigen Schlaf zu bescheren. Sanft nahm er ihre zierlichen Hände in seine, schloss sie fest in seine Finger ein und hauchte einen Kuss auf ihre Haut. »Schlaf gut, Freya.«

Sie hob das Kinn. Er hatte inzwischen so gut gelernt, ihre Körpersprache zu deuten, dass er wusste, dies war eine Aufforderung zu weiteren Küssen. Er würde nichts lieber tun, als ihr mit seinen Lippen den Verstand zu rauben und ihr die ganze Nacht zu zeigen, wie sehr er sie begehrte, aber es war weder der richtige Ort noch die richtige Zeit dafür. Sie brauchten ihren Schlaf, und die Wände waren dünn.

»Mach dir keine Sorgen«, versicherte er ihr erneut, weil das alles war, was er tun konnte. »Wir werden diesen Krieg verhindern, und falls nicht, können wir immer noch nach Séakis zu Elroy fliehen. Er nimmt uns sicher auf.«

Freya verdrehte die Augen und gab ihm einen sanften Klaps gegen die Brust. Dabei legte sich ein Lächeln auf ihre Lippen, das so entzückend war, dass er sich doch zu einem richtigen Kuss hinreißen ließ. Er zog Freya an sich und versiegelte ihren Mund mit seinem. Sie seufzte an seinen Lippen und schlang ihre Arme um seinen Nacken. Für einen Moment stand die Zeit still, gefangen in einem vollendeten Augenblick, sodass es Larkin schwerfiel, sich von ihr zu lösen.

»Ruh dich aus und sammle deine Kraft«, murmelte er an ihrem Mund. »Du wirst sie brauchen.«

Freya nickte. In ihren Augen stand die Enttäuschung darüber, dass sie diese Nacht allein verbringen musste.

Ein anderes Mal, dachte Larkin und wartete, bis sie in ihrem Raum verschwunden war. Erst als er das leise Klicken des Schlosses hörte, wandte er sich ab, doch anstatt in sein Zimmer zu gehen, lief er den Weg zurück, den sie gekommen waren. Ihm war noch nicht nach Schlafen zumute.

Abermals schritt er über den Platz Richtung Mauer, bis er unmittelbar vor dieser stand. Er legte den Kopf in den Nacken, und sein Blick wanderte gen Himmel, wo er mit der Nacht und den Sternen verschmolz.

Vor der Hütte neben dem Tor saßen drei Wächter, die Karten spielten. Larkin nickte ihnen zu, bevor er an der Hütte vorbeitrat, um die Treppen zu erklimmen, welche an der Mauer emporführten. Es waren Hunderte von Stufen. Die kalte Nachtluft wehte ihm ins Gesicht und wurde peitschender, je höher er stieg.

Mit einem Ächzen nahm Larkin die letzte Stufe und betrat den Mauerteil, der sich fünfhundert Fuß über den Grund erhob. Er hatte gewusst, dass die Aussicht atemberaubend war, dennoch war er überwältigt von der Schönheit, die sich ihm offenbarte. In seinem Rücken lag Thobria, das Land der Menschen, zwischen den Spitzen der Bäume hindurch sah er die Lichter und den Rauch kleinerer Dörfer, die sich unweit des Niemandslandes befanden. Und vor ihm erstreckte sich Melidrian, das Reich der Fae. Nihalos und Daaria waren zu weit entfernt, als dass er die Städte hätte erblicken können, doch der Nebelwald für sich war bereits betörend genug mit seinen gewaltigen Bäumen und faszinierenden Schlingpflanzen.

Trotz der Anspannung, die zwischen diesen Ländern in der Luft lag, spürte Larkin Ruhe und Frieden bei dem Anblick. Das Hier und Jetzt war nur ein kleiner Moment in der Zeit, und was immer in den nächsten Monaten geschah, es würde immer ein Morgen geben. Und wenn ihn seine Vergangenheit eines gelehrt hatte, dann, dass Licht nicht ohne Dunkelheit existieren konnte. Und dass er stark genug war, diese Dunkelheit zu bewältigen. Er hatte in seinem Leben schon oft am Abgrund gestanden, aber bisher war es ihm immer gelungen, die Dunkelheit zu überwinden und dabei über sich hinauszuwachsen.

Ein Geräusch hinter Larkin ließ seine Gedanken verstummen. Er musste sich nicht umdrehen, um nachzusehen, wer ihm auf die Mauer gefolgt war. Er erkannte Khoury am Klang seiner Schritte. Schweigend stellte sich der Field Marshal neben ihn und ließ seinen Blick über das schlafende Land gleiten.

»Wie geht es dir?«, brach Larkin schließlich die Stille. Seine Stimme war gesenkt und sanft. Er sprach nun nicht als Wächter zu Khoury, sondern als sein Freund.

Khoury seufzte lang und tief. Das Geräusch schnitt tief in Larkins Brust. »Es überfordert mich«, antwortete Khoury. Es schien ihm eine Qual, dies zugeben zu müssen, doch es ehrte Larkin, dass er bereit war, eine solche Schwäche in seiner Nähe zu zeigen. »Diese Welt. Dieser Krieg. Alles …«

Larkin nickte.

»All die Jahre, die ich schon lebe, konnten mich nicht auf einen Moment wie diesen vorbereiten«, sprach Khoury weiter, den Blick unbeirrt in die Ferne gerichtet. »Sollte ich versagen, wird die Mauer fallen. Und mit ihr all die Männer, die jeden Tag unter diesen Dächern schlafen und mir mit ihrem Leben vertrauen.«

»Du wirst nicht versagen, dafür bist du viel zu besonnen.«

Khoury schüttelte den Kopf.

»Du bist ein großartiger Field Marshal.«

»Das kannst du nicht wissen. Du warst nicht hier.«

»Nein, aber ich kenne dich. Ich weiß, was du zu leisten imstande bist, und ich weiß, dass du diese Männer hervorragend anführen wirst«, erwiderte Larkin mit derselben Überzeugung, mit der er Freya erzählt hatte, dass alles gut werden würde. »Und wer weiß, vielleicht kommt es gar nicht zum Krieg. Vielleicht können die Wächter, die du ausgesandt hast, Aldren und Andreus umstimmen.«

»Glaubst du das wirklich?«

Larkin atmete tief ein und hielt die Luft an. Er wusste es nicht, wollte diese Hoffnung aber nicht begraben. »Selbst wenn wir kämpfen müssen: König Andreus ist keine Gefahr. Ohne Prinz Deèglans Armee hat seine Streitmacht uns Wächtern nichts entgegenzusetzen. Und Aldren … auch er ist verwundbar. Es wird schwerer werden, ihn zu besiegen, aber auch seine Armee ist nicht allmächtig. Fae und Elva können getötet werden.«

Khoury presste die Lippen zusammen und hielt seinen Blick auf einen Punkt in der Ferne gerichtet. Er sagte nichts, und gemeinsam verfielen sie in Schweigen. Es war für Larkin offensichtlich, dass Khoury mit seinen Sorgen, Gedanken und Ängsten zu kämpfen hatte, doch er zweifelte nicht an seinem alten Freund. Er erlitt gerade einen Moment der Schwäche, aber das machte ihn nicht schwach. Er würde zu seiner alten Stärke zurückfinden.

Nach einer gefühlten Ewigkeit räusperte sich Khoury, sagte aber nichts.

Erwartungsvoll hob Larkin die Augenbrauen.

»Also, du und die Prinzessin …«

Larkins Mundwinkel begann zu zucken, sodass er nichts weiter sagen musste. Dieses Aufflackern von Freude verriet Khoury bereits alles.

Er schnaubte amüsiert. »Ist sie nicht etwas jung für dich?«

Larkin lachte. »Vielleicht, aber ich bin auch zu alt für alle anderen.« Denn im Gegensatz zu Freya war er unsterblich, eine Tatsache, über die er lieber nicht allzu viel nachdenken wollte. Zumal Zeit ohnehin etwas Abstraktes war und niemandem ein Morgen gewiss. Alles deutete darauf hin, dass er Freya überleben würde, aber ebenso gut könnte er noch heute sterben. Dann würde sie ihn überdauern. Wieso sich also darum Sorgen machen?

»Da hast du recht«, sagte Khoury und stützte sich auf die Brüstung. »Sie ist anders, als ich sie mir vorgestellt habe.«

»Wer? Freya?«

Er nickte.

»Wie hast du sie dir vorgestellt?«

Khoury zuckte mit den Schultern. »Blasierter.«

Nun war es Larkin, der amüsiert schnaubte. »Freya ist vieles, aber das nicht.«

»Das bemerke ich allmählich auch«, erwiderte Khoury. »Wirklich tragisch, was mit ihrer Zunge passiert ist. Tatsächlich ist meinem Neffen etwas Ähnliches geschehen. Hab ich dir je davon erzählt?«

Larkin schüttelte den Kopf. Sie hatten über vieles geredet, so vieles, dass es unmöglich war, sich jahrzehntelang an alles zu erinnern.

»Er war Dachdecker und ist bei der Arbeit von einem Haus gestürzt. Dabei hat er sich einen Teil der Zunge abgebissen. Er konnte noch reden, aber beim König … man konnte ihn kaum verstehen.«

»Es war kein Unfall.«

Khoury runzelte die Stirn. »Was?«

»Bei Freya. Es war kein Unfall. Ihr Vater hat sie ihr rausschneiden lassen«, sagte Larkin, weil es ihm unmöglich schien, die Wahrheit zurückzuhalten. »Er wollte sie zum Schweigen bringen, weil er fürchtete, sie könnte das Volk gegen ihn aufwiegeln.« Allein diese wenigen Worte reichten aus, um das Gefühl der Wut in Larkin anzuheizen.

Fassungslos starrte Khoury ihn an. »Das ist …«

»… ungeheuerlich?«, beendete Larkin den Satz.

Der Field Marshal nickte. »Das arme Mädchen.«

Larkin brummte zustimmend. »Ich werde ihre Stimme vermissen. Sie hat es geliebt zu reden. Weißt du, was eines der ersten Dinge war, die sie zu mir gesagt hat?«

Abwartend sah Khoury ihn an.

»Wörter sind nicht begrenzt. Ihr könnt davon so viele benutzen, wie Ihr wollt, ohne dass sie Euch ausgehen«, zitierte Larkin und dachte wehmütig an diesen Tag in Limell zurück. »Wenn ich könnte, würde ich ihr meine Zunge geben.«

»Eine merkwürdige Vorstellung.«

Larkin schmunzelte. »Du weißt, wie ich es meine.«

Khoury nickte. »Aber sie schlägt sich auch ohne Zunge gut.«

Das stimmte. Sie lernte schnell, aber das würde ihr nicht helfen, vom Volk gehört zu werden. Ein Großteil der Bevölkerung konnte nicht lesen, und somit würden sie Freyas Worten kein Gehör schenken, sodass sie für Andreus und all seine Geheimnisse keine Gefahr darstellte. Allerdings unterschätzte der König seine Tochter. Sie hatte keine Stimme, aber Freunde, die ihr halfen und ihr glaubten.

»Es ist schon spät«, sagte Khoury und stieß sich von der Brüstung ab. »Ich gehe schlafen.«

Larkin nickte. »Ich glaube, ich werde noch eine Weile hierbleiben.«

Khoury klopfte ihm auf die Schulter und wollte bereits gehen, als er noch einmal innehielt. Sein Blick suchte Larkins. »Ich bin froh, dass ihr hier seid. Bleibt, solange ihr wollt, und lasst mich wissen, wenn ihr etwas benötigt.«

»Das werden wir«, erwiderte Larkin und verspürte dabei eine Dankbarkeit, die sich nicht in Worte fassen ließ. An die Mauer zurückzukehren, war die richtige Entscheidung gewesen.

34. Kapitel – Freya

– Niemandsland –

Freya zog sich die Kapuze ihres Mantels über den Kopf, als sie die Hütte der Wächter verließ. Es nieselte an diesem Morgen, aber die Luft war warm und duftete nach Frühling, was sie dazu verlockt hatte, das ihr zugeteilte Schlafgemach für einen Spaziergang zu verlassen. Viel länger hätte sie es in dem kleinen Raum auch nicht ausgehalten. Sie hatte diesen in den letzten vier Tagen kaum verlassen und all ihre Zeit damit verbracht, in den Büchern zu lesen. Die Texte waren schwer verständlich, und sie kam nur langsam voran.

Nach all der Aufregung während ihrer Reise hatte sie sich auf diese Ruhe gefreut und sich sehnsuchtsvoll an die Zeit zurückerinnert, während der sie tatenlos im Schloss in Amaruné herumgesessen hatte. Doch die letzten Monate hatten ihren Geist in Alarmbereitschaft versetzt, und nun kam es ihr vor, als könnte sie nicht mehr innehalten. Wenn sie zu lang still saß, kribbelten ihre Beine und Arme, und sie musste sich bewegen. Es war ein merkwürdiger Zustand und ein noch eigenartigeres Gefühl, das Freya nicht behagte.

Larkin hingegen hatte sich problemlos eingelebt, als hätte es seine Zeit im Kerker nie gegeben. Er war in seinem Element, das merkte Freya jedem seiner Blicke und jeder seiner Gesten an, die er für die Männer übrig hatte. Larkin scherzte, redete und kämpfte mit den Wächtern und saß manchmal stundenlang oben auf der Mauer und blickte übers Land. Freya hatte schon mehrfach überlegt, ihm zu folgen, doch die Hunderten von Treppenstufen hatten sie bisher davon abgehalten.

Freya trat unter dem Dachvorsprung hervor und drehte den

Kopf vom Wind weg. Feiner Sprühregen nebelte sie ein, dennoch setzte sie sich in Bewegung. Ihre Schuhe schmatzten im Matsch, der sich bereits gebildet hatte. Der Dreck spritzte ihre Waden hoch.

Sie kam an einigen Wächtern vorbei, die sie zwar grüßten, aber wie gewohnt nichts weiter sagten. Freya konnte nicht benennen, ob diese Verschwiegenheit daher rührte, dass sie Andreus' Tochter oder eine Frau war. Von diesen gab es ohne Ceylan keine an der Mauer. Erst gestern hatte Farrow sie beim Essen länger als nötig angesehen. Sie kannte diese Art von Blick und wusste genau, über was er fantasierte, wenn er sie mit halb gesenkten Lidern betrachtete. Ohne Larkin an ihrer Seite hätte sie sich womöglich Sorgen gemacht, doch unter seiner Aufsicht war sie sicher vor den Trieben der Männer. Dennoch wünschte sich Freya, sie wäre nicht so … hilflos. Sollte einer der Männer es wagen, sich in Larkins Abwesenheit an ihr zu vergreifen, würde ihre Magie, anders bei betrunkenen Trotteln, nicht ausreichen, um sie in die Flucht zu schlagen.

Freya schritt wachsam über den Hof, als zarte Klänge an ihr Ohr drangen. Sie wusste sofort, von wem die Musik stammte. Sie hatte in den letzten Tagen kaum Zeit mit Weylin verbracht. Der Halbling hatte sich zurückgezogen, aber Freya hatte ihn in stillen Ecken sitzen und musizieren sehen. Es war offensichtlich, dass Weylin nichts mit den anderen Wächtern zu tun haben wollte und nur auf Leighs Rückkehr wartete.

Gedankenverloren zupfte Weylin an seiner Laute herum. Die Musik war wunderschön, sanft und beruhigend. Sie schien diesem unwirklichen Ort und dieser schrecklichen Zeit zu trotzen und mit ihrer Magie einen Hauch Frieden in die Herzen aller zu zaubern.

Freya entdeckte Weylin am Rande des Platzes. Unter einem Baum hatte er ein Lagerfeuer entzündet und spielte voller Hingabe. Seine Augen waren geschlossen. Er wirkte vollkommen in die Musik versunken, doch mittlerweile wusste sie, dass er seine Umgebung dennoch wahrnahm.

Freya setzte sich neben ihn auf einen kleinen Baumstumpf. Weylin unterbrach sein Spiel nicht, blinzelte aber kurz, wie um sie wissen zu lassen, dass er sich ihrer Anwesenheit bewusst war. Freya lächelte ihn zaghaft an, zog die Beine an und stützte den Kopf auf ihren Knien ab. Feine Regentropfen fingen sich in ihren Wimpern, als sie ihren Blick erneut über den Hof schweifen ließ. Sie entdeckte fünf Wächter, die sich auf einen Übungskampf vorbereiteten. Vier der Männer trugen Schwerter, der fünfte hielt einen Speer in der Hand. Er war der Mittelpunkt der Gruppe und wurde von den anderen umkreist. Er wirkte hoch konzentriert und angespannt, während er von den Wächtern langsam eingekesselt wurde.

Selbst aus der Entfernung spürte Freya, wie die Anspannung kurz vor dem Kampf stieg, auch wenn dieser nur der Übung galt. Diese Männer nahmen ihre Aufgabe ernst. Es war ein Abwägen und Abwarten, noch wagte keiner den ersten Schritt.

Bis es auf einmal losging. Als hätte es ein tonloses Signal gegeben, gingen sie aufeinander los. Die vier Schwertträger stürzten sich auf den mit dem Speer, der sich unerwartet flink zur Wehr setzte. Er nutzte seine Waffe, die viel zu lang wirkte, unglaublich geschickt und schlug dem ersten Angreifer die Beine unter dem Körper weg. Die anderen attackierten ihn ebenfalls, aber er fuhr bereits herum und stach mit der Spitze seines Speers zu. Der Nächste ging zu Boden, aber dort blieb er nicht liegen. Sofort kam er wieder auf die Füße, trotz der Wunde an seiner Schulter. Die Wächter trainierten nicht mit Holzstäben, sondern mit echten Waffen. Waffen, die anderen den Tod brachten, doch diese Männer waren zäher, stärker und robuster als gewöhnliche Menschen. Dafür bewunderte Freya sie.

Der Wächter, der zuerst gestürzt war, kam ebenfalls auf die Beine. Davon ließ sich der Speerträger nicht beirren, schonungslos kämpfte er weiter, als würde sein Leben hiervon abhängen.

So stark. So tapfer. So mutig … Scheinbar unbesiegbar. Doch Freya wusste, dass dies ein Irrglaube war. Diese Männer waren vielleicht der Garde ihres Vaters überlegen, aber nicht Aldrens, vor allem, wenn den Fae Elva zur Seite standen. Diese düsteren Kreaturen waren nicht zu unterschätzen mit ihrer Gabe, in den Verstand ihrer Feinde einzudringen.

Freya beobachtete den Kampf eine Weile, ehe ihr Blick wieder zu den Flammen wanderte. Zwar hörte sie das Ächzen der Männer und Klirren der Schwerter, aber die Geräusche rückten in den Hintergrund und verschmolzen mit Weylins Musik. Nicht zum ersten Mal fragte sich Freya, wie ihr Schicksal wohl verlaufen wäre, hätte sie sich nicht dazu entschlossen, nach ihrem Bruder zu suchen.

Hätte sie dennoch erkannt, was für ein Monster ihr Vater war? Wüsste sie von dem Krieg? Hätte sie ihre Zunge verloren, oder wäre sie noch in der Lage zu sprechen? An vielen Tagen störte sie der Stumpf in ihrem Mund nicht mehr. Sie hatte sich daran gewöhnt und damit abgefunden, dass sie alles aufschreiben musste. Larkin war mittlerweile ein Meister darin geworden, ihre Gesten zu deuten, und oft verständigten sie sich nur über kleine Zeichen miteinander. Es fühlte sich an, als entwickelten sie eine eigene Sprache, die ohne Töne auskam und die niemand außer ihnen verstand … und das gefiel ihr. Denn auf absurde Art und Weise fühlte sie sich noch tiefer mit Larkin verbunden.

»Glaubst du, die anderen haben die Dunkelgänger gefunden?«, fragte Weylin plötzlich. Erst da bemerkte Freya, dass er aufgehört hatte zu spielen und sie ansah.

Sie richtete sich auf und nahm das Notizbuch aus ihrem Mantel. *Ich hoffe es.*

Er nickte und rieb sich über den Nacken, eine Geste, die Freya schon des Öfteren wahrgenommen hatte, als säße dort eine unliebsame Erinnerung, die er wegwischen wollte.

»Hoffentlich kommt er bald«, sagte Weylin, den Blick gen Himmel gerichtet.

Freya lächelte. *Leigh wird sicher in Kürze eintreffen.*

Der Halbling seufzte leise und sah wieder auf seine Laute.

Sie erinnerte sich an ihren Abend nach dem Einbruch in der Bibliothek und daran, wie aufgeregt Weylin bei seiner Entdeckung über die Dunkelgänger gewesen war. Zuerst hatte sie dies nicht verstanden, bis er offenbart hatte, dass es sich bei den Dunkelgängern einst um außergewöhnliche Krieger gehandelt hatte, ähnlich den Wächtern. Warum hatte ihr Vater ihr nie davon erzählt? Oder Roland? Sie fragte sich, wie viele Geheimnisse die Bibliothek noch verbarg. Nach wie vor fiel es ihr schwer, zu glauben, dass sie von den Seelie abstammte und Fae-Blut in ihren Adern floss, obwohl sich ihre Macht nicht abstreiten ließ, seit sie in der Lage gewesen war, ein feuergebundenes Schwert zu führen. Auch wenn sie manchmal daran zweifelte, schließlich war dies nur ein einziges Mal geschehen. Sie hatte mit Elroy auf den Markt gehen wollen, um eine jener magischen Waffen zu besorgen. Eine Waffe, mit der sie sich in Melidrian hätte verteidigen können und …

Freya richtete sich abrupt auf. Warum hatte sie daran nicht früher gedacht?

Weylin sah sie an. »Was ist los?«

Sie schüttelte den Kopf.

»Freya?«, mahnte er. Sorge schwang in seiner Stimme mit, doch sie winkte ab und eilte über den Platz zurück in die Richtung, aus der sie gekommen war. Sie lief an der Gruppe Männer vorbei, die sie beobachtet hatte, und wich einem Karren aus, der Vorräte für das Lager brachte. In ihrer Eile musste Freya aufpassen, nicht hinzufallen. Zwar hatte der Regen aufgehört, aber der Boden war noch rutschig. Doch getrieben von ihrer Idee verlangsamte sie ihr Tempo nicht. Wieso war ihr dieser Einfall nicht früher gekommen?

Suchend sah sich Freya auf dem weitläufigen Platz um. Sie entdeckte weitere Gruppen kämpfender Männer – Larkin war unter ihnen. Erneut geriet sie ins Straucheln, aber dieses Mal war nicht der Schlamm unter ihren Füßen schuld, sondern das Schauspiel vor ihren Augen.

Larkin befand sich in einem Duell mit Farrow, einen Dolch in der Hand. Er hatte sein Hemd ausgezogen und atmete schwer. Seine Haut glänzte feucht, ob vom Schweiß oder dem Regen, vermochte Freya nicht zu sagen, aber es war ein Anblick, den sie nicht so schnell vergessen würde. Seine Muskeln waren bis aufs Äußerste angespannt, und er war mit Schlamm und Blut gleichermaßen überzogen. Freya schluckte. Larkin wirkte stark und unbesiegbar, ein Koloss, der sich jedem Sturm entgegenstellte und alles niederwalzte. In diesem Moment fiel es ihr schwer, diesen Mann mit jenem in Verbindung zu bringen, der sie in Weidar so sanft berührt hatte.

Aber auch Farrow war auf seine Art beeindruckend. Er kämpfte mit einer mächtigen Streitaxt. Seine Bewegungen waren kraftvoll, wenn auch nicht ganz so elegant wie Larkins. Farrow attackierte Larkin ein weiteres Mal, doch dieser wich dem Schlag mit einem geschmeidigen Ausfallschritt aus. Im selben Zug setzte er mit seiner Klinge einen Hieb von links, den sein Gegner abwehrte.

Larkin nutzte seinen Schwung, machte eine Rolle vorwärts und kam so hinter Farrow. Er fuhr herum und schlug nach Larkin. Dieser wich ihm aus, und noch in derselben Bewegung gelang es Larkin, seinem Angreifer den Oberarm aufzuschlitzen. Farrow stieß ein scharfes Zischen aus, ließ sich davon aber nicht ablenken und attackierte Larkin mit seiner Axt. Freya zuckte zusammen, denn um eine Haaresbreite hätte die Klinge Larkin erwischt, doch dieser hatte alles im Griff und rammte Farrow seine Faust in den Bauch. Beide Männer gerieten kurz ins Straucheln, aber Larkin hielt dagegen und presste den Gegner gegen einen Stapel Kisten.

Freya wagte kaum, den Kampf zu stören, doch sie musste mit Larkin sprechen. Sie trat einen Schritt vor, und dies war der Moment, in dem Larkin sie bemerkte. Es war nur ein flüchtiger Augenblick der Ablenkung, den der andere Wächter jedoch nutzte. Brutal rammte er Larkin den Griff seiner Axt in den Magen.

Dieser schnappte nach Luft, wich zurück und stach erneut mit seiner kurzen Klinge zu, die sich tief in Farrows Schulter bohrte. Blut quoll aus der Wunde, die einem gewöhnlichen Menschen vermutlich den Tod gebracht hätte. Farrow verzog das Gesicht und ließ seine Axt fallen. Ihr Gefühl sagte Freya, dass er noch hätte weiterkämpfen können, wäre dies tatsächlich ein Duell auf Leben und Tod, doch anscheinend hielt er es für das Beste, die Übung zu beenden.

Larkin lächelte triumphierend und zog den Dolch aus der Schulter seines ehemaligen Kameraden. »Ich sagte doch, dass ich dich mit einer kleineren Waffe besiegen kann.«

»Ist gut, du Angeber«, erwiderte Farrow und legte eine Hand auf die Wunde an seiner Schulter. Blut tropfte zwischen seinen Fingern auf den Boden. Freya schüttelte den Kopf, weil die Männer so rabiat miteinander umgingen.

Sloan, der den Kampf ebenso wie sie beobachtet hatte, klopfte Larkin auf den Rücken. »Schön zu sehen, dass du nichts verlernt hast. Ich dachte schon, du wärst langsamer geworden.«

Larkin hob das Messer, täuschte einen Hieb an, doch Sloan wich mit einem breiten Grinsen zurück. Larkin stimmte mit ein. »Heute Mittag zeige ich dir, wie langsam ich bin.«

»Ich freu mich drauf.«

Larkin reichte Sloan seine Waffen, bevor er auf Freya zukam. Im Gehen schnappte er sich das Hemd, das er auf einem Fass abgelegt hatte, und streifte es sich über. Freya folgte jeder seiner Bewegungen und hoffte, dass es ihr an diesem Abend gelingen würde, Larkin in ihr Schlafgemach zu locken. Jede Nacht begleitete er sie bis zu ihrer Tür und verabschiedete sie mit einem Kuss, aber die Schwelle hatte er zu ihrem Bedauern bisher nicht übertreten.

»Freya«, sagte Larkin. »Was machst du hier? Gibt es ein Problem?«

Sie schüttelte den Kopf und deutete auf Farrow und Sloan, die sie beobachteten.

Er blickte kurz über seine Schulter hinweg zurück und zog fragend die Augenbrauen zusammen. »Was ist mit den beiden?«

Freya zückte ihren Stift und schrieb: *Ich will lernen zu kämpfen.*

Larkin starrte sie an. »Ich soll dir das Kämpfen beibringen?«

Sie nickte.

»Das kommt nicht infrage.«

Wieso nicht?

»Du kannst nicht kämpfen.«

Sie runzelte die Stirn. *Weil ich eine Frau bin?*

»Nein, du bist zu … zu zart.«

Ohne zu zögern, boxte sie Larkin gegen die Brust, aber er zuckte nicht einmal zusammen. Und beim König, sie wünschte sich, sie könnte ihn anschreien, doch ihr blieb nichts anderes übrig, als wütend ihren Stift zu zücken. *Bin ich nicht! Ich will lernen, mich zu verteidigen!*

»Ich werde dich verteidigen.«

Ich habe dich in Nihalos vor Weylin gerettet, schrieb sie auf. Sie verstand, was Larkin sagte, und wäre ihr Leben ein anderes, würde ihr nichts ferner liegen, als zu einer Waffe zu greifen, aber die Umstände hatten sich geändert.

Larkin seufzte lang und tief. Dann rieb er sich den Schweiß von der Stirn und ließ seinen Blick über den Platz schweifen.

Überall wurde trainiert oder sich anderweitig auf den Krieg vorbereitet. Jeder hatte eine Aufgabe, jeder war damit beschäftigt, sich zu stärken. Jeder außer Freya. Sie wollte und konnte nicht tatenlos herumsitzen.

Es ist mir ernst, Larkin. Wir stehen vor einem Krieg.

»Es wäre mir lieber, wenn du dich raushältst.«

Ich will mich nicht einmischen. Ich will nur vorbereitet sein.

Larkin mahlte mit dem Kiefer, und Freya packte seinen Arm. Seine Muskeln waren steinhart unter ihrem Griff. Bittend sah sie ihn an, denn für sie bestand im Grunde keine andere Möglichkeit. Sie konnte sich nicht ständig darauf verlassen, dass jemand da war, der auf sie aufpasste und sie rettete. Sie musste die Dinge selbst in die Hand nehmen, und ihr alchemistisches Können reichte bei Weitem nicht aus, um sich zu verteidigen.

»Na gut«, sagte er schließlich. Die Worte wurden erneut von einem tiefen Seufzen begleitet. »Aber ich bin der Einzige, der dich unterrichten wird.«

△

Larkin hielt sein Wort. Am nächsten Tag verließ Freya ihr Schlafgemach in die Uniform eines Wächters gehüllt, um den Umgang mit dem Schwert zu erlernen. Er hatte darauf bestanden, dass sie die Uniform trug, da die Kleidung robuster war als jene, die Freya bisher getragen hatte. Der dicke Stoff und das eingearbeitete Leder würden sie hoffentlich vor Verletzungen schützen. Hemd und Hose waren für sie umgenäht worden, da kein Wächter vor ihr je so klein und schmal gewesen war, dennoch war die Arbeit makellos. Freya war nicht das erste Mal erstaunt darüber, wie eigenständig die Wächter waren.

»Bist du bereit?«, fragte Larkin, der bereits auf sie wartete.

Freya schluckte gegen die Trockenheit in ihrem Mund an. Offenbar hatte sich herumgesprochen, dass sie den Umgang mit dem Schwert erlernen wollte, denn Larkin war nicht der Einzige, der auf sie wartete. Farrow, Sloan und Dorin waren bei ihm, und Freya spürte, dass die Aufmerksamkeit weiterer Wächter auf ihr ruhte. Die Blicke der anderen Männer machten sie unruhig, denn sie wollte sich vor ihnen keine Blöße geben. Dennoch nickte sie.

»Gut, dann fangen wir an«, sagte Larkin. »Ich werde nur einen Holzstock führen, aber ich möchte, dass du mit einem richtigen Schwert kämpfst, um dich an das Gewicht der Waffe zu gewöhnen. Halte dich nicht zurück.«

Freya nickte erneut, auch wenn ihr der Gedanke, Larkin zu verletzen, missfiel. Aber er hatte recht. Sie musste nicht nur lernen zu kämpfen, sondern auch, eine tödliche Waffe zu führen. Dennoch fühlte sie, wie ihre Hände kalt und feucht wurden.

Als spürte Larkin ihre Bedenken, schenkte er ihr ein aufmunterndes Lächeln, bevor er in die Kiste mit den Übungsschwertern griff, die für alle Wächter bereitstand. Er wählte eine feuergebundene Waffe, deren Klinge so schwarz war, dass sich kein Licht in ihr spiegelte. Er hielt vorsichtig das Blatt des Schwertes, sodass Freya den lederummantelten Griff umfassen konnte.

»Larkin!«, brüllte plötzlich einer der anderen Wächter, Panik in seiner Stimme.

Sie erstarrten und wandten sich an Farrow.

»Das ist die falsche Waffe!«

Larkin schüttelte den Kopf. »Nein, ist es nicht.«

Fragend sahen sie ihn an. Freya wäre es lieber gewesen, sie hätten keine Zuschauer. Schon unter gewöhnlichen Umständen fühlte sie sich nicht wohl dabei, von den Männern beobachtet zu werden, aber nun würden sie ein Geheimnis erfahren, das neben ihr und Larkin nur wenige Menschen kannten. Dennoch griff sie nach dem Schwert. Ihre Finger hatten das Heft kaum berührt, da fühlte sie bereits die kribbelnde Wärme der Magie, die ihren Körper liebkoste, ähnlich der Sonne an einem strahlenden Frühlingstag.

Ein Raunen ging durch die Reihen der Wächter, und Freya sah aus dem Augenwinkel, wie Sloan einen Schritt vortrat, um ihr das Schwert aus der Hand zu reißen. Doch Larkins mahnender Blick hielt ihn zurück. Er selbst hatte die hölzerne Attrappe genommen.

»Wir fangen langsam an«, sagte Larkin. »Zuerst will ich, dass du deine Waffe fühlst.«

Freya nickte und wog das Schwert sanft in ihrer Hand hin und her. Es war eine kleine, zierlichere Waffe, die in Larkins Griff beinahe zerbrechlich ausgesehen hatte, doch Freya spürte ihr Gewicht deutlich. Es zog an ihrem Handgelenk, und es dauerte einige Augenblicke, bis sie sich an die Schwere gewöhnt hatte, sodass sie das Schwert gleichmäßig hin und her bewegen konnte. Gewiss würde ihr Arm nach den Übungen schmerzen.

»Beim König, wie ist das möglich?«, hörte Freya einen der Wächter raunen. Weitere Männer hatten sich zu der kleinen Gruppe gesellt, die sie beobachteten.

Stolz blitzte in Larkins Augen auf, aber er gab den Wächtern keine Antwort, vermutlich weil dies nur zu einer Flut weiterer Fragen geführt hätte. Sein Blick ruhte unentwegt auf ihr und der Waffe in ihrer Hand. Noch fühlte sich die Waffe fremdartig an, und sie konnte sich nicht vorstellen, damit auf jemanden einzustechen, aber dieses Gefühl würde sich hoffentlich im Laufe des Trainings lösen.

»Du musst den Griff ein wenig höher fassen«, erklärte Larkin und zeigte ihr, wie er seine Attrappe hielt. »Den Daumen kannst du einklappen oder leicht nach oben halten, was für dich einfacher ist. Die andere Hand schließt unterhalb an. Die Handhaltung ändert sich während des Kämpfens, aber dazu kommen wir später.«

Sie korrigierte ihren Griff und machte ein paar Übungshiebe, aber Larkin hielt sie auf.

»Langsam. Du musst erst lernen, richtig zu stehen.« Er trat

dicht an sie heran, und in ihrem Nacken breitete sich ein Kribbeln aus. Sie liebte es, wenn Larkin sie berührte, egal aus welchem Anlass. Seine Finger legte er sacht an ihre Schultern, dann tippte er ihren Knöchel mit dem Fuß an, damit sie sich breitbeiniger aufstellte. »Finde erst deinen Schwerpunkt. Teste aus, wo und wie du am besten stehst. Lehn dich nach vorn, nach hinten, zur Seite. Nimm die Waffe dabei mit. Du hast jetzt ein zusätzliches Gewicht an dir, das musst du ausbalancieren.«

Sie nickte abermals und hob das Schwert an. Freya merkte, wie die Anspannung der letzten Tage und Wochen von ihr abfiel. Auf einmal trat so vieles in den Hintergrund, was sie belastet hatte. Nicht nur der Kummer um den Krieg und ihr Land, sondern auch die Wut auf ihren Vater und die Sorge um Kheeran, Larkin und all die anderen, die ihr in den letzten Monaten ans Herz gewachsen waren. Dieses Training war mehr für sie, als nur zu lernen, wie sie kämpfte. Es war ein weiterer Schritt in ihre Unabhängigkeit. Weg von der Schwäche und hin zur Stärke.

»Das sieht gut aus«, lobte Larkin und verbesserte ihre Haltung noch ein wenig. »Jetzt fühle in deinen Stand hinein. Beim Kämpfen hast du ein führendes Bein und ein folgendes Bein. So, wie du stehst, ist das rechte das führende. Beide hältst du allerdings gebeugt, und du musst aufpassen, immer im Gleichgewicht zu bleiben.«

Freya machte einen Schritt vor und einen zurück, während Larkin erklärte, auf was sie zu achten hatte. Sie nahmen auch das Schwert dazu und glichen es ihren Bewegungen an. Es war wie ein Tanz, der zwar etwas holprig und ungelenk wirkte, aber sie gab sich alle Mühe, Larkins Anweisungen zu befolgen.

»Gut, jetzt ahme meine Bewegungen nach«, sagte dieser und stellte sich vor sie. Er hob ebenfalls seine Waffe, griff sie jedoch nicht an.

Freya nahm eine Bewegung aus dem Augenwinkel wahr und folgte dieser mit ihrem Blick, aber es war nur Sloan, der sich abgewandt hatte, vermutlich um einer anderen Aufgabe nachzugehen.

»Konzentrier dich«, tadelte Larkin sie. »Lass deinen Gegner nie aus den Augen.«

Freya rügte sich für ihre Unachtsamkeit und richtete ihre Aufmerksamkeit wieder auf Larkin, um ihm zu folgen, vor und zurück und zur Seite. Nach ein paar Minuten zitterten bereits ihre Arme, weil sie es nicht gewohnt war, ein Gewicht derart lang zu halten, und auch die Beinarbeit machte ihr zu schaffen. Larkin hingegen schwitzte nicht einmal und lächelte sie aufmunternd an.

»Dreh die Waffe«, sagte er und hob seine eigene an. »Halte sie hoch und stich von oben her zu. Es gibt verschiedene Angriffswinkel, und wir werden alle durchgehen, aber für heute konzentrieren wir uns darauf.«

Sie nickte, hob das Schwert über ihren Kopf und machte einen Schritt vor, wie er es ihr gezeigt hatte. Larkin wich ihr mit Leichtigkeit aus, und Freya kam sich im Vergleich zu ihm unendlich langsam und schwerfällig vor.

»Gut, gleich noch mal.«

Sie wiederholten die Bewegung ein zweites, drittes, viertes Mal. Freya traf Larkin mit keinem ihrer Hiebe, obwohl er sich nicht übermäßig schnell bewegte. Bei den Wächtern und auch bei den Gardisten ihres Vaters in den Akademien hatte das Führen eines Schwertes so leicht ausgesehen, aber sie hatte sich geirrt. Das Brennen in ihren Muskeln zeigte deutlich, dass sie noch einen langen Weg vor sich hatte.

»Und von vorn«, wies Larkin sie erneut an.

Freya verlor langsam das Gefühl für Zeit und Umgebung. Es existierten nur noch sie und der Wächter und diese Waffe. Sie gab sich diesem Moment hin, legte alles an Kraft und Konzentration in die Übungen, bis ihr der Schweiß den Nacken hinunterrann und ihr Körper bebte.

»Das war gut«, hörte sie Larkin irgendwann sagen und hielt inne. Sie blinzelte, richtete sich auf und ließ das Schwert sinken. Freya fühlte sich ausgelaugt und müde. Sie hatte nicht den Eindruck, dass sie irgendetwas gut gemacht hatte, und verzog das Gesicht.

»Das meine ich ernst«, beteuerte Larkin. Er legte seine Hände an ihre Schultern und knetete sanft die Anspannung weg. »Für den ersten Tag war das großartig. Du hast Talent.«

Sie blickte ihn an. Liebe und Stolz spiegelten sich in seinen Augen, und vielleicht waren seine Worte ehrlich gemeint. Freya rang sich ein Lächeln ab, das Larkin erwiderte.

»Für heute machen wir Schluss. Du musst dich ausruhen.«

Sie nickte. Auch wenn ihr Geist gern mehr gelernt hätte, ihr Körper war an seine Grenzen gekommen.

Freya betrachtete Larkin. Selbst nach Stunden war er nicht einmal verschwitzt. Das musste der reinste Spaziergang für ihn gewesen sein. Sie tippte gegen seine Brust, die sich nur leicht hob und senkte, während sie laut keuchend vor ihm stand.

Er lachte leise und zog sie an sich, trotz der Wächter, die sie beobachteten. Was diese wohl über sie dachten? Larkin und sie bemühten sich in der Anwesenheit der anderen, ihre Gefühle füreinander nicht allzu offen zur Schau zu stellen. Doch Freya war sich gewiss, dass jeder ahnte, dass sie einander mehr bedeuteten.

»Du raubst mir auf ganz andere Art den Atem«, flüsterte er in ihr Ohr.

Sie drückte sich näher an ihn und sog tief seine Wärme ein. Nur zu gern wäre sie mit ihm allein, um ihn auf eine ganz andere Art zum Kochen zu bringen.

Larkin räusperte sich, als hätte er ihre Gedanken gehört, und löste sich von ihr.

Freya zupfte an ihrem Hemd, rümpfte die Nase und sah bittend zu Larkin auf.

Er nickte. In den letzten Tagen hatte er Schmiere gestanden, während sie sich wusch, damit kein Wächter in Versuchung kam, ihr zu folgen. Freya holte saubere Kleidung aus ihrem Zimmer, bevor sie mit Larkin zu den Waschräumen ging. Er sah nach, ob diese leer waren, ehe Freya sie betrat. Warmer Dampf lag in der Luft, was ihr zeigte, dass erst kürzlich jemand hier gewesen sein musste.

»Ich warte draußen«, sagte Larkin mit einem steifen Lächeln. Freya war ihm dankbar dafür, auch wenn es eine ganz andere Art der Folter war, sich in seiner Nähe auszuziehen. Als stünde sie mit knurrendem Magen vor einem prall gefüllten Bankett, ohne eine Speise kosten zu dürfen.

Sie erwiderte Larkins Lächeln, und nachdem dieser die Tür geschlossen hatte, entledigte sie sich ihrer verschwitzten und verschmutzten Kleidung. Das erhitzte Wasser fühlte sich angenehm auf ihrer Haut an und war eine Wohltat für ihre angespannten Muskeln. Sie konnte sich nicht daran erinnern, sich jemals zuvor körperlich so verausgabt zu haben, aber es war ein gutes Gefühl und sie glücklich. Ein Zustand, den sie eine Weile nicht mehr gespürt hatte. Und sie freute sich bereits auf den nächsten Tag, wenn sie wieder zum Schwert greifen konnte.

35. Kapitel – Leigh

– Thobria –

Leigh stieß ein erleichtertes Seufzen aus, als Orillon in Sicht kam. Seine Muskeln schmerzten von dem langen Ritt, und er freute sich, endlich vom Pferd absteigen zu können. Er war im letzten Monat mehr gereist als in den Jahren zuvor, und allmählich machte es ihn mürbe. Wenigstens war das Wetter angenehmer geworden, und er hatte die eisigen Temperaturen Evardirs hinter sich lassen können.

Mittlerweile war es sogar so warm, dass er seinen Mantel ablegen und die Ärmel seines Hemdes hatte hochrollen können. Er genoss den blumigen Duft, den die Natur ihm schenkte. Die Sonne kitzelte auf seiner Haut, die Vögel zwitscherten, als stünde kein Krieg vor der Tür, der bald das Land in Blut tränken würde.

Dies war wohl einer der letzten unbeschwerten Momente, die Leigh hatte, und er wollte ihn auskosten, denn er würde lange davon zehren müssen. Und er schien nicht der Einzige zu sein, der die drohende Gefahr spürte. Ihm war die getrübte Stimmung der Bürger auf seiner Reise nicht entgangen. Statt der freudigen Gesichter, die ihn üblicherweise empfingen, erspähte er besorgte Mienen und aufgeregtes Wuseln. Obwohl König Andreus seine Kriegspläne noch nicht verkündet hatte und die Menschen auch von Aldren nichts wussten, waren sie angespannt.

Viele blickten ihm argwöhnisch nach, als warteten sie nur darauf, dass er vom Pferd sprang und einen Streit anfing. Ebenso misstrauisch folgten Leigh die Blicke der königlichen Gardisten. Es war nicht das erste Mal, dass dies geschah, seit er Evardir verlassen hatte, um an die Mauer zurückzukehren, und er fühlte sich an die Zeit erinnert, in der er für die Dunkelgänger gearbeitet hatte. Die Tage und Nächte nach seinen ersten Diebeszügen hatte er kaum ein Auge zugemacht, aus Angst, die Gardisten würden seine Hütte stürmen und ihn festnehmen. Jedes Geräusch, jedes Quietschen der Dielen, jedes Pfeifen im Kamin und jedes Knacken seiner Pritsche hatte ihn aufhorchen lassen. Es hatte Wochen gebraucht, bis es ihm gelungen war, diese Angst abzulegen und ruhig zu schlafen. Zwar verspürte er in diesem Moment keine Furcht, aber seine Muskeln waren angespannt, und er fragte sich, ob die Männer des Königs vermuteten, dass er nicht nur ein Wächter auf dem Weg zurück an die Mauer war, sondern ein Verräter.

Leigh richtete seine Aufmerksamkeit wieder auf den Pfad und überlegte, ob er noch heute den Weg ins Niemandsland zurücklegen sollte. Jedoch war es schon spät geworden und die Sonne hinter dem Horizont verschwunden. Zudem schmerzte sein Hintern vom Ritt, und sein Nacken war unerträglich steif. Er wusste, dass er diese unangenehmen Gefühle aushalten konnte, aber nur weil er es konnte, bedeutete das nicht, dass er es wollte.

Es wäre deutlich angenehmer, in Orillon zu übernachten und am Morgen ausgeruht weiterzureiten. Außerdem hatte er Hunger, und auch das Pferd könnte eine Rast vertragen. Leigh tätschelte den Hals des Tieres und steuerte eine der Tavernen an, die etwas abseits lagen. Es war keine ansehnliche Unterkunft, nur eine Bretterbude mit einem Schild vor der Tür, dass ein Zimmer frei war. Für Leigh genügte es, und er könnte diese Nacht auf einer Pritsche statt im Freien verbringen.

Er band sein Pferd fest, sammelte seine Sachen ein und trat ins Innere. Fünf Köpfe wandten sich ihm zu, und sämtliche Gespräche verstummten. Zermürbte Gesichter beobachteten jeden seiner Schritte. Er nickte der Wirtin zu, die zwei Krüge Bier an einen Tisch trug. Sie erwiderte die Geste, und das schien für alle das Zeichen zu sein, dass er willkommen und kein Feind war. Die Unterhaltungen um ihn herum setzten ein, und er wartete geduldig an der Theke, bis die Wirtin zu ihm kam.

»Ich bräuchte eine Unterkunft für die Nacht, ein Abendessen und Heu für mein Pferd«, sagte Leigh und legte im selben Atemzug ein paar Münzen auf den Tresen.

Die Wirtin wischte sich die Hände an der schmutzigen Schürze ab und zeigte mit einem dürren Finger auf einen freien Tisch. Die Frau wirkte alt und vom Leben gebeugt, aber sie schien ihre Taverne im Griff zu haben. Leigh setzte sich an den ihm zugewiesenen Platz und bekam von ihr ein Stück trockenes Brot und einen Krug mit verwässertem Bier aufgetischt. Er beschwerte sich jedoch nicht, denn die letzten Tage hatte er nur warmes Wasser und ab und an gepökeltes Fleisch zu sich genommen. Während er aß und trank, sah er sich in der Taverne um, welche die beste Zeit eindeutig hinter sich hatte.

»Er plant etwas, warum sonst sollte er all seine Gardisten zusammenziehen?«, hörte Leigh einen der Männer am Nebentisch sagen. Mit gekrümmten Schultern hing er über seinem Bierkrug, die Nase gerötet, die Augen trüb vom Alkohol. »Beldres Sohn wurde letzte Woche eingezogen. Der Junge kann nicht mal einen Sack Mehl heben, und nun wollen sie, dass er lernt, ein Schwert zu führen? Da ist etwas im Argen.«

Der Mann gegenüber der Suff-Nase nickte beipflichtend. »Das kannst du laut sagen. Ich habe gehört, dass unsere verehrte Prinzessin das Land verlassen hat. Angeblich um die Familie ihres Gemahls in Séakis zu besuchen, aber wenn du mich fragst, wollte der König sie aus dem Land schaffen, bevor es hier hässlich wird.«

»Noch hässlicher als ohnehin?«, warf die Wirtin ein und gesellte sich zu den Männern, eine knochige Hand in die Hüfte gestützt. »Die halbe Stadt fällt auseinander, aber unsere Steuergelder verschwinden im Nirgendwo.«

»Nicht im Nirgendwo, sondern in den Akademien.«

»Wofür hat seine Tochter diesen Prinzen geheiratet? Der hat doch eine Armee.«

Suff-Nase zuckte mit den Schultern und Leigh senkte den Blick auf sein Abendbrot. Es war nicht das erste Mal, dass er ein solches Gespräch belauschte. Von Evardir nach Orillon, in jedem Dorf und in jeder Schenke waren ihm Worte wie diese zu Ohren gekommen. König Andreus hielt sein Volk abseits der Adeligen vielleicht für Narren, aber das waren sie nicht. Sie sahen die Gardisten mit eigenen Augen, hörten die Gerüchte und fühlten die stetig steigenden Steuern in der Leere ihrer Mägen, und es gab nichts, was Leigh dagegen hätte unternehmen können. Er wollte Thobria ebenso wenig untergehen sehen wie Melidrian, aber an diesem Punkt wusste er nicht, ob sie noch etwas ausrichten konnten, um einen Krieg zwischen Andreus und Aldren zu verhindern.

Natürlich konnten sie mit beiden Männern reden, und wenn Freyas und Larkins Suche in der geheimen Bibliothek erfolgreich gewesen war, hatten sie ein Druckmittel gegen den menschlichen König in der Hand. Aber reichte dieses aus, um einen Aufmarsch der Armeen zu vereiteln?

Leigh holte tief Luft. Diese Gedanken machten ihn träge, und auf einmal zog die Müdigkeit mit aller Macht an ihm. Er sollte sich lieber hinlegen, anstatt sich Sorgen zu machen und dem Dorfklatsch betrunkener Männer zu lauschen.

Leigh trank sein Bier leer, gähnte herzhaft und erhob sich. Seine Glieder sehnten sich nach Ruhe, bevor er morgen den Rest des Weges zurücklegte. Mit einem Nicken verabschiedete er sich von der Wirtin und lief die knarzenden Stufen empor, die zu seinem schäbigen Zimmer führten.

Seine Anwesenheit scheuchte eine Spinne auf, die gerade ein Netz im Türrahmen webte. Eilig huschte das Tier davon und verschwand in einer Kerbe zwischen den Holzdielen. Leigh schloss die Tür hinter sich und entzündete zwei Talgkerzen, die an der Wand hingen. Eine einsame Pritsche stand in der Mitte des Raumes, und das kleine Fenster war von einem alten, mottenzerfressenen Vorhang verdeckt. Das Pfeifen des Windes, der sich durch die Ritzen presste, war zu hören. Im Winter musste es eisig in dem Zimmer sein, aber da es eine milde Nacht war, störte er sich nicht an der eindringenden Luft.

Leigh streifte seine Kleidung ab, ließ sich auf die harte Pritsche fallen. Obwohl seine Augenlider schwer und sein Körper erschöpft waren, wollte der Schlaf ihn nicht holen. Das Gespräch, das er auf seiner Reise mit immer anderen Worten so oft gehört hatte, geisterte durch seinen Kopf. Doch nicht nur die Angst vor einem Krieg hielt ihn wach, auch der Gedanke an Weylin beraubte ihn seines Schlafs. Es kam ihm vor, als wäre es gestern gewesen, dass er die warmen Lippen des Halblings auf seinen gespürt hatte, dabei lag diese Erinnerung schon über einen Monat zurück. Morgen würde er ihn endlich wiedersehen. Diese Vorstellung erfüllte ihn mit einer Aufregung, die nicht bitter und kalt war, sondern zärtlich und warm. Weylin gab Leigh ein Gefühl der Geborgenheit, wie er es seit seiner Zeit mit Edan nicht mehr verspürt hatte.

Leigh schloss die Augen und ließ sich in diese wohlige Empfindung sinken, bis der Schlaf ihn schließlich holte.

Am nächsten Morgen spürte er seine steifen Glieder noch immer deutlich, und vermutlich würde es eine ganze Weile dauern, bis er die Strapazen dieses Hin und Hers überwunden hatte, aber zumindest fühlte er sich im Kopf klarer und erholter.

Rasch sammelte er seine wenigen Habseligkeiten ein und trat hinaus in den jungen Morgen. Die Sonne stand noch tief, jedoch gab sie bereits das Versprechen auf einen warmen Tag. Leigh umrundete die Hütte. In den heruntergekommenen Stallungen dahinter war sein Pferd untergebracht. Er bedankte sich bei dem Burschen, der sich um das Tier gekümmert hatte, und sattelte auf, bereit, Orillon zu verlassen. Bis zur Mauer war es nicht mehr weit, und er wollte dieses letzte Stück Weg so schnell wie möglich hinter sich bringen. Denn er freute sich auf Weylin, Larkin und Freya und auch auf Khoury und die anderen Männer, die in den letzten Jahrzehnten zu seiner Familie geworden waren.

Nicht mehr lang.

Leigh setzte sich in Bewegung. Trotz der frühen Morgenstunde gingen viele Dorfbewohner ihrem Tagwerk nach, doch sie alle unterbrachen ihre Arbeit in seiner Gegenwart. Misstrauisch beäugten sie jeden seiner Schritte, als wäre er für das Leid verantwortlich, das Andreus über sie brachte. Leigh bemühte sich, den giftigen Blicken keine Aufmerksamkeit zu schenken.

Er verließ Orillon und bog auf einen der ausgetretenen Pfade, als etwas einen mächtigen Schatten trotz des klaren Himmels über ihn warf. Sein Pferd scheute. Leigh legte den Kopf in den Nacken – und erstarrte.

»Beim König …«, raunte er und erschauderte, als er den massigen schwarzen Vogel erblickte, der über ihm schwebte. Er war gewaltig. Jeder Flügel maß die Höhe eines ausgewachsenen Mannes. Dies war kein gewöhnliches Tier. Nein, dies war ein Ungeheuer.

Eine Elva.

Die Kreatur stieß ein Krächzen aus, das Leigh in Mark und Bein fuhr. Er presste die Lippen aufeinander und trat seinem Pferd in die Flanken, um es anzutreiben. Er musste an die Mauer, um die anderen zu warnen, denn diese Elva war mehr als eine Bedrohung für die Bevölkerung Thobrias.

Sie war ein Vorbote.

36. Kapitel – Weylin

– Niemandsland –

Mit seiner Laute unter dem Arm schlenderte Weylin über den großen Platz, auf der Suche nach einem ruhigen Fleck, um ungestört der Musik zu frönen. In den vergangenen Tagen war es zunehmend schwerer geworden, Stille zu finden, denn die Wächter bereiteten sich auf den Krieg vor. Sie trainierten wie die Besessenen und erbauten vor der Mauer weitere Wälle aus Sandsäcken als Befestigungslinie. Ständig wurde er verscheucht, und allmählich gingen ihm die Plätze aus, an denen er konzentriert für sich allein sein konnte.

Zwar wurde seine Musik im Alltag von den Wächtern geschätzt, aber diese Wertschätzung war mit der wachsenden Anspannung verschwunden. Es lag eine Schwere in der Luft, die nicht mal Weylin mit seinen ruhigen Klängen zu vertreiben vermochte. Ihm lag nichts ferner, als das Training, das für das Überleben dieser Männer wichtig war, zu stören. Er wäre schon längst ein Stück in den Wald oder in ein umliegendes Dorf geritten und hätte dort gespielt, aber er wollte auf keinen Fall verpassen, wenn Leigh zurückkehrte. Jeden Morgen hoffte er, dass heute der Tag sein würde. Nicht nur, weil er den Wächter wiedersehen wollte, sondern auch, weil er ihn zu den Dunkelgängern bringen würde, jenen Menschen, die laut der Bücher in Andreus' Bibliothek in der Lage waren, den Blutschwur zu brechen. Der Fluch drängte ihn dazu, nach Daaria zurückzukehren und seine Herrin aufzusuchen. Noch konnte er dem Zwang widerstehen, aber es war nur eine Frage der Zeit, bis ihn der Fluch einholte. Anderenfalls hätte er bereits vor Jahrzehnten vor Valeska fliehen können.

»Nimm den Arm mehr mit«, hörte Weylin Larkin rufen.

Er blickte sich um und entdeckte den Wächter mit Freya. Seit die Prinzessin ihr Training aufgenommen hatte, übten die beiden jeden Tag. Manchmal beobachtete Weylin sie dabei, und er musste zugeben, dass sich Freya durchaus geschickt anstellte, auch wenn es noch viel zu lernen gab. Sie musste geschmeidiger in der Hüfte werden und verinnerlichen, ihr Gewicht mehr in ihre Hiebe zu lenken, statt es vorher zurückzunehmen. Dann hätte sie eine gute Grundlage.

Die schwerste Prüfung stand ihr allerdings noch bevor: ein echter Kampf. Die Prinzessin konnte so viel üben, wie sie wollte, und in der Theorie die beste Schwertmeisterin werden, aber wenn es hart auf hart kam, zählte mehr als nur Können. Weylin hatte bereits einige Lehrmeister gesehen, die im Angesicht der Feinde nicht in der Lage gewesen waren, zu kämpfen.

Auf einen lebenden Gegner einzustechen, mit der Bereitschaft, ihn zu töten, und zu wissen, dass man selbst sterben könnte, veränderte alles. Am Ende überlebte nicht immer der mit dem meisten Talent, sondern der Skrupelloseste. Ob Freya dazugehörte, musste sich noch zeigen. Gestern hatte sie es immerhin geschafft, Larkin eine kleine Schnittwunde an der Schulter zuzufügen. Und in Nihalos hatte sie auch nicht gezögert, auf ihn einzustechen, was ein gutes Zeichen war.

»Ja, genau so«, sagte der Wächter in diesem Moment und umkreiste sie. Freya behielt ihn fest im Blick. Sie hatte das Schwert über den Kopf gehoben und zielte mit der Spitze auf ihn. »Jetzt mehr Gewicht ins vordere Bein, Luft holen und zustechen.«

Freya tat genau das. Larkin wich jedoch aus und wehrte ihren Hieb ab, woraufhin sie mit einem Konter reagierte. Er nickte und wirkte sichtlich zufrieden mit seiner Schülerin. Weylin schmunzelte und applaudierte Freya. Er hatte zwar wenig Zeit allein mit ihr verbracht, aber er mochte sie. Sie war nicht das verzogene Prinzesschen, für das er sie zuerst gehalten hatte, und ganz anders als Valeska und die anderen Adeligen, mit denen er es je zu tun gehabt hatte. Sie war nicht herablassend und begegnete Larkin, den Wächtern und auch ihm auf Augenhöhe, obwohl sie in der Gesellschaft nicht nur ein paar Stufen, sondern eine ganze Treppe über ihnen thronte.

»Mehr aus der Hüfte raus«, rief Larkin. »Nein, du musst von der anderen Seite kommen.«

Kaum hatte Larkin das gesagt, schlug er Freya das Schwert aus den Fingern und hielt ihr seine hölzerne Übungswaffe an die Kehle. Sie hatte verloren. Freya schnaubte frustriert und warf die Arme in die Luft. Larkin ließ die Waffe sinken, trat zu ihr und legte ihr tröstend eine Hand auf die Schulter. Obwohl alle Anwesenden wussten, dass der ehemalige Field Marshal und die Prinzessin mehr füreinander waren als Lehrer und Schüler, vermieden die beiden es, sich in der Gegenwart der Wächter zu nahe zu kommen.

»Du warst nur ein wenig zu langsam, aber du wirst schneller«, beteuerte Larkin.

Freya presste die Lippen zusammen und blickte frustriert auf das Schwert am Boden. Sie massierte ihren Arm und ließ die Schulter kreisen.

»Es wird Zeit für eine Pause«, sagte Larkin. Freya schüttelte den Kopf, aber er wiegelte sofort ab. »Denk dran, was du mir versprochen hast: Du hörst auf das, was ich sage, auch wenn es dir nicht gefällt.«

Sie kniff die Augen zusammen und gab ihm einen Klaps auf die Brust. Larkin lächelte sie milde an, hob ihr Schwert auf und stellte es zurück zu den Klingen, die zu Übungszwecken genutzt wurden.

»Wie wäre es, wenn du Freya ablöst, Weylin?«, fragte Farrow herausfordernd. Der Colonel stand mit Sloan etwas abseits und sah, wie so oft, Larkin und Freya beim Kämpfen zu. Die beiden waren nach wie vor eine Attraktion an der Mauer, und oft scharrten sich Wächter um sie, bis Khoury alle davonjagte, damit sie sich um ihre Aufgaben kümmerten.

Farrow trat näher und verschränkte die Arme vor der Brust. Weylin war schon aufgefallen, dass er Larkin und Freya am häufigsten beobachtete. Dabei fixierte er besonders gern die Prinzessin und hielt den Blick länger auf ihr als nötig. »Ein kleiner Kampf zwischen Larkin und dir?«

»Verzichte. Danke!«, sagte Weylin und wollte gehen, aber Sloan stellte sich ihm in den Weg.

»Ich finde, das ist eine gute Idee. Ich habe dich noch nie kämpfen sehen, nur spielen.« Sloan deutete auf die Laute, die Weylin unter den Arm geklemmt hielt.

»Ich kämpfe nur, wenn es unausweichlich ist.« Was hoffentlich nicht mehr oft vorkommen würde. Diese letzten, ruhigen Tage an der Mauer hatten ihm bewusst gemacht, wie sehr er das Töten hasste. Er tat es, wenn Valeska ihn zwang, hätte er aber eine Wahl, würde er nie mehr eine Waffe anfassen. Er wäre zufrieden damit, nur noch zu musizieren. Er wandte sich erneut zum Gehen, aber die beiden Männer versperrten ihm den Weg. Weylin sah aus dem Augenwinkel Larkin näher kommen.

»Alles in Ordnung?«, fragte er.

»Ja, wir finden nur, dass der Halbling sich nützlich machen sollte. Wir können jede kämpfende Hand brauchen.«

Larkin verschränkte die Arme vor der Brust und blickte Weylin an. Nun gesellte sich auch Freya zu ihnen und wischte sich den Schweiß von der Stirn. Sie atmete schwer, aber seit den letzten Tagen wirkte sie ausdauernder.

»Wie sieht es aus, Larkin?«, fragte Farrow. »Du und der Halbling. Mal sehen, was er draufhat.«

»Ich weiß bereits, was er draufhat. Weylin ist ein hervorragender Kämpfer.«

Weylin sah ihn erstaunt an, weil er solch lobende Worte nicht aus Larkins Mund erwartet hätte.

»Ein Kampf«, sagte Sloan und suchte bereits eine passende Waffe für Weylin aus. »Dann kannst du wieder auf deiner Klampfe spielen.«

Er presste die Lippen zusammen und sah zu Larkin, der die Stirn runzelte, aber nicht so wirkte, als wollte er diesen Vorschlag ablehnen. Er überließ ihm die Entscheidung.

Weylin seufzte. Seit Tagen merkte er, wie ihn die anderen Wächter ansahen und zu warten schienen, dass er sich nützlich machte. Sehnsüchtig strich er über seine Laute und stellte sie neben einer Kiste ab, in der die Übungswaffen aufbewahrt wurden. Ein Kampf, danach hätte er seine Ruhe. Im besten Fall käme Leigh bald zurück, dann müsste er niemandem etwas beweisen, aber wer wusste schon, wie lang das noch dauerte? Weylin hatte keine Lust, sich jeden Tag dieses Geschwätz anzuhören.

Ein Kampf, und ich kann wieder spielen.

Sobald dieser Krieg vorbei war und sein Fluch gebrochen, würde Weylin sich ausgiebig mit der Musik beschäftigen. Er würde von morgens bis abends musizieren. Sich mehr Instrumente kaufen, eigene Lieder komponieren. Er freute sich auf den Moment, an dem seine Hände kein Blut mehr vergießen mussten, sondern nur noch Musik erschaffen durften.

Larkin reichte ihm eine nicht magiegeschmiedete Klinge. Er umschloss den Griff des Schwertes und nahm sich einen Moment, um sich mit der Waffe vertraut zu machen. Er war nicht aufgewärmt, im Gegensatz zu Larkin, aber das war er gewohnt. In einem echten Kampf hatte er selten Zeit, sich vorzubereiten. Farrow und Sloan klatschten in die Hände und freuten sich über das bevorstehende Duell. Weitere Wächter gesellten sich dazu, und nach wenigen Minuten hatte sich eine Traube um sie gebildet.

Weylin ließ das Schwert durch die Luft sausen und lockerte seine Schulter. Als er das letzte Mal gegen Larkin gekämpft hatte, waren sie Feinde gewesen. Er hatte versucht, Kheeran auf Valeskas Befehl hin bei seiner Krönung zu töten. Larkin hatte ihn aufgehalten. So vieles war seither geschehen, und Weylins Leben hatte sich in eine Richtung verändert, die er nie für möglich gehalten hätte.

»Wollt ihr euch nur anhimmeln oder kämpfen?«, rief Sloan.

Farrow lachte.

Weylin knurrte leise, begab sich in Kampfstellung und fixierte Larkin. Der Wächter war größer und stärker als er selbst, aber das störte ihn nicht. Er hatte in seinem Leben gegen so viele scheinbar mächtigere Gegner gekämpft und wusste, wie er das ausgleichen konnte. Er behielt Larkin genau im Blick, achtete auf jede noch so kleine Bewegung.

Auch Larkin fixierte ihn, als würde er abwägen, wie er ihn am besten überwältigte. Wenn sich zwei fast ebenbürtige Männer gegenübertraten, konnte sich ein Kampf ziehen. Oft entschied ein Detail über Sieg oder Niederlage. Wer wäre wendiger? Wer könnte besser erahnen, was der andere vorhatte? Auf wessen Seite stand das Glück?

Weylin ließ die Luft aus der Lunge entweichen, und dann ging es los.

Larkin bewegte sich so schnell und geschmeidig, dass Weylin der erste Hieb um ein Haar entgangen wäre. Gekonnt wich er zur Seite aus, und Larkin stach ins Leere. Er selbst nutzte den Schwung, wirbelte herum und wollte Larkin von hinten angreifen, aber der Wächter sah es kommen und duckte sich rechtzeitig. Ein weiteres Mal hieb er auf Weylin ein. Er machte einen Satz zurück, hob die Klinge und streifte Larkin damit an der Schulter. Dieser gab ein überraschtes Zischen von sich, doch er ließ sich nicht davon ablenken und fuhr auch mit seinem Schwert herum.

Die beiden Männer schenkten einander nichts, und Weylin merkte nach kurzer Zeit, wie seine Muskeln brannten und sein Herz raste. Sein gesamter Körper stellte sich von einem Moment auf den anderen um. Wo er eben noch ruhig und entspannt auf seiner Laute hatte spielen wollen, war er nun völlig im Kampf versunken. Jede seiner Zellen richtete sich auf Larkin aus, was dazu führte, dass er dem Wächter immer einen kleinen Schritt voraus war. Larkin brachte ihn zwar ordentlich ins Schwitzen, und Weylin war sich nicht sicher, wie lang er dieses Tempo halten konnte, aber noch war er im Vorteil wie während ihres Kampfes in Nihalos.

Er duckte sich erneut, sprang zur Seite und über ein paar Kisten hinweg. Larkin erahnte das Manöver allerdings und schnitt ihm den Weg ab. Im letzten Moment hob Weylin seine Waffe und wehrte ihn ab. Larkin drückte mit seinem Schwert gegen das seine und schob ihn ein kleines Stück zurück. Er keuchte, fest blickte Larkin ihm in die Augen und verlagerte sein Gewicht nach vorn. Der Wächter wusste, dass in einem direkten Kampf Weylin der Verlierer sein würde. Doch Larkin hatte offenbar vergessen, wie heimtückisch er sein konnte. Weylin holte mit seinem Fuß aus, und kurz keimte Freude in Larkins Gesicht auf, als er glaubte, das Wettstemmen gewonnen zu haben. Doch in diesem Moment verpasste Weylin ihm einen heftigen Tritt gegen das Schienbein. Der Wächter zuckte, was Weylin genügend Spielraum ließ, zur Seite auszuweichen. Mit einem geschmeidigen Sprung kam er hinter Larkin, doch der fuhr bereits herum und hob die Waffe von Neuem.

»Gar nicht mal schlecht, Halbling«, rief Farrow.

Larkin drängte Weylin zurück in die Mitte. Ihm rann der Schweiß über die Stirn, auch Larkin atmete schwerer. Sie gaben sich einen Moment der Pause, umrundeten einander von Neuem und wägten ein weiteres Mal ab, wer wie zuerst angreifen sollte.

Weylin machte den Zug.

Er sprang vor, und Larkin verlor für den Bruchteil einer Sekunde das Gleichgewicht. Weylin nutzte das und zog ihm mit dem Bein den Boden unter den Füßen weg. Er wollte gerade zustechen, als Larkin sich geschickt abrollte. Doch bevor er aufstehen konnte, war Weylin über ihm und rammte sein Schwert in Larkins Seite. Er schrie vor Schmerz, und für einen Augenblick flackerte Schuld in Weylin auf, denn auch wenn Larkin durch ihn heute gewiss nicht den Tod finden würde, war die Pein wahrhaftig.

Weylin zog die Klinge raus und wollte zum nächsten Hieb ausholen, um dem Kampf ein Ende zu bereiten, als er aus dem Augenwinkel eine vertraute Bewegung wahrnahm. Eigentlich ließ er sich während eines Duells nie ablenken. Er wusste, wie tödlich dies sein konnte, aber in diesem Fall war es anders. Denn er wartete seit Tagen auf diesen Augenblick.

Leigh war zurück!

Der Wächter ritt geradewegs auf die Menge zu. Weylin sah zu ihm. Larkin ließ diese Sekunde der Unachtsamkeit nicht ungenutzt verstreichen und griff an. Er warf sich nach vorn und riss Weylin zu Boden.

Hart schlug er mit dem Kopf auf. Er blinzelte irritiert, und im nächsten Moment hockte Larkin auf ihm und hielt ihm die Klinge an die Kehle.

Weylin stöhnte, ließ die Muskeln locker und nickte, um Larkin zu zeigen, dass er dessen Sieg anerkannte. Farrow und die anderen Wächter jubelten und riefen Larkins Name, aber der wirkte eher erschöpft als zufrieden.

»War ein guter Kampf, Halbling. Du hättest mich fast gehabt.«

»Ja.« Weylin schalt sich für seine Unaufmerksamkeit. Wäre dies ein echter Kampf gewesen, hätte ihn das den Kopf kosten können.

Larkin richtete sich auf und reichte Weylin die Hand, um ihm hochzuhelfen. Er nahm sie dankend an, wobei er bereits wieder nach Leigh suchte. Dieser war inzwischen im Herzen des Lagers angekommen und stieg von seinem Pferd. Er sah erschöpft aus, dunkle Ringe lagen unter seinen Augen, und sein blasses Haar war vom Wind zerzaust.

Ein kleiner Kreis aus Wächtern hatte sich bereits um ihn gebildet. Er schien in einem ernsten Tonfall mit ihnen zu reden und ihnen über irgendetwas Bericht zu erstatten. Zwei Wächter lösten sich daraufhin aus der Traube und marschierten eilig Richtung Mauer davon.

Danach wurde die Stimmung entspannter. Leigh begrüßte den Rest mit einem Lächeln und einem freundschaftlichen Schulterklopfen. Ihm wurde ein herzliches Willkommen zuteil, das deutlich zeigte, wie sehr seine Kameraden ihn schätzten. Doch trotz der Distanz zwischen ihnen entging Weylin nicht, dass auch Leigh immer wieder in seine Richtung blickte. Plötzlich flatterte sein Herz nicht länger wegen des Kampfes, und ein nervöses Ziehen rumorte in seinem Magen. Weylin konnte sich nicht mehr daran erinnern, wann er das letzte Mal für jemanden so empfunden hatte. Er war sich nicht einmal sicher, ob er so etwas gefühlt hatte. Eine Mischung aus Freude, Nervosität und Verlangen.

Er biss sich auf die Unterlippe und musste unweigerlich an jenen letzten intimen Moment mit Leigh zurückdenken, als sie sich auf dem Schwarzmarkt getrennt hatten. Obwohl der Kuss gut einen Monat zurücklag, spürte Weylin Leighs Lippen noch immer. Und wenn er sich konzentrierte, nahm er die Wärme wahr, die Leigh in ihm hinterlassen hatte. Das sanfte Kribbeln auf seiner Haut und das Brennen in seinem Herzen.

»Weylin.«

Er blinzelte und entdeckte, dass Leigh sich während seiner Tagträume von den anderen Wächtern hatte losreißen können und nun vor ihm stand. Weylin schluckte trocken und rieb die Fingerkuppen aneinander. Alles in ihm schrie danach, Leigh an sich zu ziehen und diese Vertrautheit heraufzubeschwören, die sie zuletzt geteilt hatten, aber unter den Blicken der anderen Wächter hielt er sich zurück. Und auch Leigh wirkte plötzlich angespannt und verunsichert. Weylin hätte schwören können, die gleiche Freude und das Verlangen, das auch er verspürte, in Leighs Augen zu erkennen, doch keiner war bereit, dieser Sehnsucht Ausdruck zu verleihen.

»Sind Kheeran und Ceylan in Sicherheit?«, fragte plötzlich Larkin. Weylin hatte fast vergessen, dass der Wächter neben ihm stand.

Leigh räusperte sich und widmete seine Aufmerksamkeit Larkin, wobei es ihm schwerzufallen schien, seinen Blick von Weylin zu lösen. »Ja, sind sie. Es war nicht leicht, die Dunkelgänger aufzuspüren, aber wir wurden in Evardir fündig. Sie warten dort auf uns.«

Larkin runzelte die Stirn. »Evardir?«

Leigh nickte. »Ja, irgendwelche Einwände?«

»Nein, es ist nur … Das ist meine alte Heimat«, antwortete Larkin.

Freya, die sich in der Zwischenzeit zu ihnen gesellt hatte, berührte Larkins Unterarm, um seine Aufmerksamkeit auf sich zu ziehen. Sie reichte ihm einen Zettel, den er nur flüchtig mit dem Blick streifte, bevor er wieder Leigh ansah. »Konntet ihr mehr über Ceylans Gabe herausfinden?«

Leigh lachte, ein Laut, der durch Weylins gesamten Körper vibrierte. »Ja, wir haben die Antworten gefunden, nach denen wir gesucht haben, aber wenn es euch nicht stört, würde ich mich gern ausruhen, bevor ich alles erzähle. Die Reise war anstrengend.«

Leigh winkte zwei Novizen heran und machte damit deutlich, was er eigentlich sagen wollte: Dies war nicht der richtige Ort, um ihr Anliegen zu besprechen. Sie hatten zu viele Zuhörer, und das Wissen um die Dunkelgänger war keins, was geteilt werden sollte. Leigh bat die beiden angehenden Wächter, sich um sein Pferd zu kümmern. Die jungen Männer nickten eifrig und machten sich an die Arbeit.

Langsam löste sich die Gruppe auf. Das Spannendste war vorüber, und die Wächter widmeten sich wieder den Vorbereitungen auf einen möglichen Angriff. Farrow klopfte Leigh erneut auf die Schulter und beteuerte, wie sehr er sich freue, dass er zurück war, bevor sich auch er seiner Arbeit widmete.

Freya griff nach Larkins Hand, und für einen Moment schien sie etwas abzuwägen. Sie musterte erst Leigh, dann Weylin, und ein leichtes Lächeln trat auf ihre Lippen. Aber es verschwand so schnell, dass Weylin nicht sicher war, was es zu bedeuten hatte. Anschließend zupfte sie an Larkins Hemd und deutete mit einem Nicken in Richtung des Waschraums, den Larkin für sie stets bewachte.

»Wir reden nachher«, sagte dieser an Leigh gewandt.

Leigh nickte, und die beiden machten sich auf den Weg. Nun waren nur noch Weylin und er übrig. Unruhig trat Weylin von einem Fuß auf den anderen. In ihm toste ein Sturm an Gefühlen. Er war verwirrt, gleichermaßen spürte er Sicherheit, wie er sie trotz der drohenden Gefahr durch Aldren lang nicht mehr verspürt hatte. Erneut rieb er die Fingerkuppen aneinander und hielt sich fast gewaltsam davon ab, sie an Leighs Wange zu legen.

»Ich …« *… bin froh, dass du wieder da bist,* dachte Weylin. Doch die Worte blieben in seiner Kehle stecken. Es gab so viel, was er Leigh sagen wollte, aber nicht konnte, denn er war es nicht gewohnt, über solche Dinge zu sprechen.

»Kommst du mit?«, fragte Leigh mit einem Lächeln.

»Mit? Wohin?«

»In mein Zimmer, dort können wir ungestört … reden.« Er deutete mit einem Nicken in Richtung der Behausung. Weylin schluckte schwer, setzte sich jedoch wortlos in Bewegung. Beinahe jeder Schritt wurde von einem Gruß an Leigh begleitet. Er grüßte zurück, blieb aber nicht einmal stehen, als könnte er es nicht erwarten, mit Weylin allein zu sein. Von diesem Gedanken wurde die Hitze in seinem Magen weiter angefacht.

Sie erreichten das Zimmer, in dem Weylin seine Nächte verbrachte. Leigh trat ein, und Weylin schloss die Tür hinter sich. Benommen lehnte er sich an das alte Holz. Wie war es möglich, dass er seine Lieder voll Selbstbewusstsein einer Horde Wächter vorspielen konnte, sich aber in diesem Augenblick fühlte wie ein Laie, der nie ein Instrument in den Händen gehalten hatte?

Er räusperte sich, wobei er sich vor innerer Unruhe beinahe an seiner eigenen Spucke verschluckte. »Also wegen der Dunkelgänger … Ich hab etwas Interessantes herausgefunden.«

»Wir auch«, sagte Leigh. »Wir haben Hilarius Witze und seine Großmutter Estrid getroffen. Sie hatten viel Spannendes über die Dunkelgänger zu erzählen.«

»Und was?«, fragte Weylin mit kratziger Kehle. In den letzten Tagen hatte er alles über die Dunkelgänger gelesen, was es in den Büchern aus der Bibliothek zu finden gab. Doch in diesem Augenblick interessierte ihn nicht länger die Diebesbande. All seine Aufmerksamkeit galt Leigh und der Art, wie sich das dunkle Hemd über seiner starken Brust spannte, wie er seine schmalgliedrigen Finger fester um den Stoff des Mantels legte.

»Die Dunkelgänger waren nicht immer Verbrecher«, antwortete Leigh.

»Waren sie nicht?«

Er schüttelte den Kopf, legte seinen Mantel auf den Hocker in der Ecke und begann sein verdrecktes Hemd aufzuknöpfen. »Nein, einst haben sie den Menschen als Krieger gegen die Fae gedient.«

Weylins Blick folgte Leighs Fingern, welche Stück für Stück mehr nackte Haut entblößten. Er hatte den Wächter schon des Öfteren entkleidet gesehen, aber nun, da er wusste, wie Leighs Lippen schmeckten, konnte er nicht aufhören, sich zu fragen, welchen Genuss der Rest seines Körpers bringen würde. »Das … das muss lang her sein.«

»Ein Jahrtausend«, antwortete Leigh und streifte sich das Hemd von den Schultern. »Sie besaßen dieselbe Gabe wie Ceylan.

Sie konnten die Magie der Fae unterbinden. Ein Talent, das nach dem Bau der Mauer jedoch nicht länger von Belang war, daher wurden sie aus dem Dienst entlassen.«

Weylin verschränkte die Arme vor der Brust und lauschte Leighs Erzählung, wobei es ihm schwerfiel, den Worten zu folgen. Leigh legte nach dem Hemd auch seine Schuhe und seine Hose ab, um sie gegen Sauberes zu tauschen, dennoch blieb Weylin bei diesem Anblick kurz vor Sehnsucht das Herz stehen.

»Das heißt, Ceylan könnte Kheerans Magie für sich nutzen?«, fragte Weylin

Leigh nickte. »Zumindest sobald sie es erlernt.«

Weylin fuhr mit der Hand über seine Narbe, die warm in seinem Nacken aufloderte, als könnte sie seine Gedanken hören. War dies die Magie, welche die Dunkelgänger zu Fluchbrechern machte? Konnten sie ihm den Blutschwur auf diese Weise abnehmen?

Er schloss die Augen und gab sich für einen Moment der Vorstellung seiner Freiheit hin. Endlich könnte er seine eigenen Entscheidungen treffen. Sein eigenes Leben führen. Er müsste nie wieder in Valeskas Namen töten. Diese Vorstellung war so fremd und wunderbar zugleich, dass sie einen Schauder durch seinen Körper jagte.

Plötzlich vernahm Weylin eine Veränderung im Raum. Blinzelnd öffnete er die Augen und erkannte, dass Leigh vor ihn getreten war. Er stand nun dicht bei ihm und betrachtete ihn, dabei umspielte ein sanftes, gar liebevolles Lächeln seine Lippen. Weylin lief es heiß den Rücken hinunter. Er verlagerte sein Gewicht von einem Fuß auf den anderen und erwiderte zaghaft Leighs Lächeln.

Die Mundwinkel des Wächters zuckten weiter in die Höhe. »Soll ich dir ein weiteres Geheimnis über meine Reise verraten?«

Weylin nickte.

Leigh atmete tief ein und hob vorsichtig eine Hand. Behutsam strich er über Weylins Wange. Die Berührung war sanft wie eine Brise, dennoch löste sie in Weylin einen Sturm aus. »Ich habe dich jeden einzelnen Tag vermisst.«

Er wusste nicht, was er darauf erwidern sollte. Leigh kam ihm noch näher. Ihm wurde leicht schwindelig, und Nervosität kochte von Neuem in ihm hoch. Er hielt die Luft an, blickte auf Leighs Mund, der so verlockend und verführerisch wirkte.

»Sag mir, dass du mich auch vermisst hast«, verlangte Leigh.

Er schluckte trocken. »Ich … ich habe dich auch vermisst.«

Leigh lächelte zufrieden. Seine Finger wanderten tiefer, streiften die handförmige Narbe an seinem Hals und glitten von dort aus in seinen Nacken. Gänsehaut kroch über Weylins Körper, und er konnte nicht anders, als die Luft anzuhalten, während Leigh ihn langsam, aber bestimmt an sich zog, bis ihre Lippen einander berührten. Weylin entfuhr ein leises Keuchen. Leigh sich auf diese Art hinzugeben, fühlte sich völlig natürlich an. Es brauchte keine Magie. Keinen Fluch. Keinen Zwang. Es verlangte ihn nach dem Wächter, ebenso sehr wie nach der Musik.

Leigh umschloss Weylins Nacken fester, drängte sich ihm entgegen. Sie versanken in ihrem Kuss und ihrer gegenseitigen Nähe. Die Zeit schien mit ihnen den Atem anzuhalten. Weylin klammerte sich an Leighs Hemd fest, zerknüllte den Stoff zwischen seinen Fingern und gab sich seinem Verlangen hin. Er wollte mehr von Leigh spüren. Mehr erkunden und sich tiefer mit ihm fallen lassen.

Leigh schien es ähnlich zu ergehen, denn auf einmal löste er seine Finger aus Weylins Nacken und ließ sie an seinem Körper hinabgleiten, bis sie den Saum seines Hemdes berührten und anhoben. Ein kühler Luftzug streifte seine Haut, und im nächsten Moment war das störende Stück Stoff aus dem Weg.

Weylin stöhnte auf, als Leigh seine Hände über seine nackte Brust wandern ließ. Sanft, aber bestimmt drängte der Wächter ihn in Richtung der Pritsche. Unaufhörlich küssten sie einander. Leidenschaftlicher. Inniger. Verlangender als je zuvor.

Gemeinsam sanken sie auf die Pritsche. Leigh rollte sich auf ihn, beschwerte Weylin auf eine schützende und angenehme Art. Er packte Leigh fester und küsste ihn feurig, weil er mehr, nein, *alles* von ihm brauchte.

Für eine Unendlichkeit erforschten sie einander, und in Weylin steigerte sich die Lust mit jeder einzelnen Berührung von Leighs Lippen oder Fingern, die sich langsam, aber stetig einen Weg abwärts bahnten. Genüsslich streichelte Leigh über seine harten Bauchmuskeln bis zum Bund seiner Hose und darüber hinaus. Gierig umfasste er die Beule, die unter dem Stoff herangewachsen war. Weylin keuchte auf und biss sich auf die Unterlippe. Er hatte ein solch tiefes Verlangen nie verspürt.

Er blinzelte und blickte in Leighs Gesicht, das dicht über seinem schwebte. Eifrig rieb er über Weylins Härte und ließ ihn eine Lust verspüren, wie er sie nie hatte kennenlernen dürfen. Dennoch war es mehr als bloße Begierde, die sie antrieb. Ein tieferes, zärtlicheres Gefühl befeuerte ihn, das Valeska ihn nie hatte spüren lassen. Ihr hatte sich Weylin nur hingegeben, weil sie ihm keine andere Wahl gelassen hatte, nicht weil es ihn nach ihr verlangt hatte. Ganz im Gegenteil. Er dachte mit Ekel an die Zeit zurück, als er ein Kind mit ihr gezeugt hatte. Ein Kind, das in diesen Tagen in ihr heranwuchs und bald das Licht der Welt erblicken würde.

Weylin kniff die Augen zusammen, doch es war bereits zu spät. Die Wärme, die Leigh ihn hatte fühlen lassen, war von dem bloßen Gedanken an Valeska und das Ungeborene durch eine eisige Kälte ersetzt worden.

Von Leigh blieb diese Veränderung nicht unbemerkt. Seine Bewegungen verlangsamten sich, ehe sie zum Erliegen kamen. »Zu viel?«, fragte er zögerlich und nahm seine Hand von seinem Glied.

Sosehr sich Weylin auch für die Dinge schämte, zu denen Valeska ihn getrieben hatte, so wünschte er sich, Leigh davon erzählen zu können, auf dass keine Geheimnisse mehr zwischen ihnen standen. Doch allein die Vorstellung, ehrlich über alles zu sprechen, jagte einen sengenden Schmerz durch seine Narbe. Er rang sich ein Lächeln ab, das über den Schmerz hinwegtäuschen sollte. »Nein, alles gut.«

Leigh wirkte nicht überzeugt. »Sicher?«

»Ja, es ist nur …« Weylin richtete sich auf und schob Leigh sanft zurück. »Ich sollte mich wieder an die Arbeit machen und unsere Abreise nach Evardir vorbereiten.«

»Weylin …«

»Es ist schön, dass du wieder da bist.« Er erhob sich rasch von der Pritsche, schnappte sich sein Hemd und zog es in einer fließenden Bewegung über. »Ruh dich aus, du musst erschöpft sein, und morgen geht es schließlich zurück nach Evardir, nicht wahr?«

Die Liege knarzte, als Leigh sich ebenfalls aufrichtete. Weylin musste nicht zurückschauen, er spürte den fragenden Blick in seinem Rücken.

»Wir sehen uns beim Abendessen«, brachte er hervor, dann verließ er das Zimmer und die Vertrautheit, die sich so gut angefühlt hatte. Er war noch nicht bereit, sich auf Leigh einzulassen. Zu gegenwärtig und lebendig waren die Erinnerungen an Valeska, die in seinem Verstand eingesperrt waren. Doch wenn alles nach Plan lief und die Dunkelgänger wahrhaftig Fluchbrecher waren, würde er sich von diesen Bildern des Grauens hoffentlich bald befreien können.

37. Kapitel – Freya

– Niemandsland –

Freya reichte Larkin einen Laib Brot, den er sorgsam in ein Tuch einwickelte und in den Sack mit den Vorräten steckte. Sie hatten sich in die Küche zurückgezogen, um alles für die morgige Abreise nach Evardir vorzubereiten. Bei den Dunkelgängern wäre Freya hoffentlich vor ihrem Vater und dessen Männern sicher. Ihr graute zwar vor einem Ritt quer durchs Land, bei dem sie aufpassen musste, nicht erkannt zu werden, aber sie freute sich, Kheeran wiederzusehen. Er war nicht Talon, den sie geglaubt hatte, in Nihalos vorzufinden, aber er war dennoch ihr Bruder, und nach allem, was Freya erfahren hatte, verbanden sie mehr als nur Jahre der Geschwisterliebe. Sie konnte es kaum erwarten, ihm von ihrer Abstammung zu erzählen.

Larkin zurrte den Beutel mit einer Schnur zu und nickte. »Ich denke, wir haben alles, was wir brauchen.«

Freya nahm ihren Notizblock heraus. *Freust du dich auf deine alte Heimat?*

Larkin zögerte, ehe er ihr antwortete. »Ich weiß es nicht. Ich habe die eisige Stadt früher sehr geliebt. Sie erinnert mich an meine Mutter, aber ich war seit Jahrzehnten nicht mehr dort und in den letzten Jahren war die Mauer mein Zuhause. Es ist, als würde Evardir zu einem früheren Leben gehören.«

Sie nickte und versuchte, sich vorzustellen, wie es ihr in Larkins Haut ergehen würde. Sein Leben erschien ihr manchmal so unnahbar. Er hatte so viel gesehen, so viel durchlebt und so viele Erinnerungen gesammelt. Wenn sie auf diese letzten Wochen und Monate zurückblickte, war sie bereits völlig überfordert, und es würde sie Jahre kosten, die sie vielleicht nicht mehr hatte, alles zu verarbeiten. Wie war es dann erst für ihn, wenn er noch tausend mehr Erlebnisse zu bewältigen hatte?

Freya nahm zwei Äpfel und steckte sie in einen kleineren Beutel, den sie bei sich tragen wollte, bevor sie ihre nächste Frage aufschrieb: *Wirst du mich weiter im Schwertkampf unterrichten?*

Larkin seufzte leise. Vermutlich hatte er gehofft, dass sie das Thema ruhen lassen würde, aber das hatte sie nicht vor. Sie waren so weit gekommen und machten täglich Fortschritte. »Das werde ich, aber nur weil ich weiß, dass ich es dir nicht ausreden kann. Auf der Reise wird dies jedoch schwierig sein. Wir sollten das Training also für die Zeit ruhen lassen.«

Freya nickte. Das war ihr genug.

»Fertig?«, fragte Larkin.

Sie nickte erneut, doch bevor Larkin nach den Beuteln greifen konnte, um sie hinauszutragen, stellte sie sich auf die Zehenspitzen, um einen Kuss von seinen Lippen zu stehlen. Sie wollte diesen Augenblick der ungestörten Zweisamkeit nicht ungenutzt verstreichen lassen. Seit sie das Niemandsland erreicht hatten, zeigte sich Larkin zurückhaltend wie zur Zeit ihrer Anfänge. Vermutlich wollte er nicht, dass seine Brüder schlecht von ihm dachten, doch ihr Körper sehnte sich nach seinen Fingern und seinen Lippen. Die wenigen flüchtigen Küsse, die er ihr an der Mauer geschenkt hatte, reichten nicht mehr aus.

Larkin brummte voller Genuss an ihrem Mund und vertiefte den Kuss. Fest schlang er einen Arm um ihre Taille, um sie an sich zu ziehen. Freya liebte das Gefühl, wenn sich sein Körper gegen ihren drängte. Sie legte ihre Arme um seinen Hals, als plötzlich laute Glockenschläge ertönten. Dröhnend hallten sie durch das Niemandsland und in Freyas Ohren, sodass sie das Gefühl hatte, der Boden unter ihren Füßen vibrierte.

Larkin erstarrte. Er wich zurück, und ein Ausdruck des Grauens zeichnete sich auf seinem Gesicht ab, ließ seine Lippen, die eben noch so sanft gewesen waren, hart werden und verdüsterte seine Augen.

Was ist los?, gestikulierte Freya mit ihren Händen.

»Das ist der Alarm, aber sicherlich ist nichts passiert«, sagte er, wobei seine Worte wenig überzeugend klangen. »Warte hier. Ich sehe nach.«

Bevor sie etwas erwidern konnte, stürzte er zur Tür und hinaus ins Freie.

Freya zögerte einen Herzschlag, bevor sie sich in Bewegung setzte, um selbst nachzusehen, was die lauten Schläge zu bedeuten hatten. Mit weichen Knien trat sie an die Tür heran, die Larkin offen hatte stehen lassen, und spähte auf den Platz hinaus. Chaos war ausgebrochen.

Die alarmierten Rufe der Wächter mischten sich unter die Glockenschläge, aber da waren noch weitere Geräusche. Schrille, markerschütternde Schreie, die keiner menschlichen Kehle entsprangen.

Elva.

Freya blickte panisch gen Himmel, und sämtliches Blut wich aus ihrem Gesicht. Rund zwanzig schwarze Kreaturen flogen über die Mauer hinweg. Es waren gigantische, vogelartige Tiere mit ledernen Flügeln. Ihre federbesetzten Leiber schimmerten in der aufgehenden Sonne wie aus Öl gegossen, und mit ihren gelben Augen fixierten sie ihre Beute.

Freya zog den Kopf ein, als könnte sie das vor diesen schrecklichen Wesen schützen. Drei kleinere Elva lösten sich aus der Gruppe und schossen im Sinkflug zu Boden. Instinktiv wich Freya zurück, aber sie war nicht Ziel des Angriffs.

Eine Elva bog nach links ab und visierte einen Wächter an, der sich gerade eine Waffe holte und sich verteidigen wollte. Er war jedoch zu langsam. Die Kreatur erreichte ihn, krallte sich in seinen Nacken und rammte ihren spitzen Schnabel in seinen Hals. Blut spritzte. Der Mann schrie auf und taumelte rückwärts.

Mit rudernden Armen versuchte er die Elva von seinem Rücken zu zerren.

Zwei weitere Wächter legten Pfeile an und schossen auf das Untier, doch es ließ sich nicht abschütteln, biss fester zu und riss dem Mann die Kehle auf. Freya wandte sich ab, doch das Bild hatte sich bereits in ihren Verstand eingebrannt. Galle stieg in ihr hoch, und als sie einen weiteren Blick in die Richtung der Kreatur wagte, sah sie nur, wie sich die Elva von dem leblosen Körper abstieß und ihre Beute desinteressiert zurückließ.

»Ich hab dir doch gesagt, du sollst drinnen warten!«, brüllte Larkin über den Lärm der Kämpfe hinweg, die auf dem Platz ausgebrochen waren. Fast schmerzhaft packte er ihr Handgelenk und zerrte sie mit sich. Sie geriet ins Taumeln, weil er sie so schnell herumriss, doch ihr war es möglich, das Gleichgewicht zu halten. Mit flinken Schritten und ohne Fragen zu stellen, folgte sie Larkin, der sie durch das Gerangel zerrte. Wohin Freya auch sah, erkannte sie rotes und schwarzes Blut.

Ein Speer sauste durch die Luft. Freya bekam aus dem Augenwinkel mit, wie eine Elva aufgespießt wurde. Sie kreischte auf und stürzte zu Boden. Leider verschaffte dieses Manöver den Wächtern wenig Erleichterung, denn weitere Elva überflogen die Mauer und griffen an. Freya beobachtete, wie ein Mann auf die Knie sank, schrie und sich an die Stirn fasste. Obwohl dort keine Wunde klaffte, schien er unerträgliche Schmerzen zu erleiden.

Sie drangen in seinen Geist ein.

Blut rann aus seiner Nase und seinen Augen, und im nächsten Moment kippte er zu Boden. Zwei Elva nutzten diese Schwäche und stürzten sich auf ihn. Eine verbiss sich in seinem Nacken, die andere in seiner Seite. Freya hörte das Brechen von Knochen und das Schmatzen des Fleisches, als die Elva mit ihren Krallen quer über den Rücken ihres Opfers kratzten. Angewidert wandte sie sich ab, während drei andere Wächter versuchten, ihrem längst gefallenen Kameraden zu helfen und die Elva von seiner Leiche zu verscheuchen.

»Sieh nicht hin!«, schrie Larkin über die Kampfgeräusche hinweg, der verzweifelt bemüht war, Freya aus der Gefahrenzone zu zerren. Eine tiefe Angst breitete sich in ihren Eingeweiden aus. Diese Kreaturen waren übermenschlich und schienen unbesiegbar. Immer mehr kamen über die Mauer und schossen im Sinkflug auf die Wächter nieder.

Larkin schob sie weiter und weiter, bis sie endlich die Schlafgemächer erreichten. Er riss die Tür auf und zerrte sie ins Innere.

»Du bleibst hier. Dieses Mal wirklich, verstanden?« Er wandte sich zum Gehen, aber Freya packte seinen Arm und schüttelte den Kopf. »Ich weiß, du willst helfen, aber du bist nicht bereit, gegen diese Kreaturen zu kämpfen.«

Sie biss sich auf die Lippen und hätte so gern widersprochen, aber Larkin hatte recht. Sie beherrschte einige Grundmanöver mit dem Schwert. Nie im Leben reichte das gegen die Elva aus, die dort draußen Dutzende erfahrene Krieger in den Tod trieben. Freya würde ihr Leben verlieren, schneller, als sie eine Waffe heben konnte.

Sie zeigte auf Larkin und nach draußen. *Was ist mit dir?*, wollte sie damit sagen.

»Ich komme wieder, versprochen, aber ich muss helfen.«

Freya öffnete den Mund, schüttelte sich und vergrub ihre Finger in Larkins Hemd. Sie wollte nicht, dass er rausging, doch sie wusste genauso gut wie Larkin selbst, dass er sich nicht würde aufhalten lassen. Er konnte etwas bewirken und Leben retten, daher würde er sich nicht mit ihr verstecken.

»Wir schaffen das«, versicherte er ihr und küsste sie rasch auf die Stirn. Freya spürte die Verzweiflung und die Sorge hinter dieser Geste. Er löste sich von ihr und verzog die Lippen zu einem sanften Lächeln, bevor er ihr den Rücken zuwandte und sich in die Schlacht stürzte. Mit einem schmerzhaften Ziehen in der Brust, weil es sich anfühlte, als hätte Freya soeben ihr Herz in den Kampf geschickt, schloss sie die Tür ihres Zimmers, in dem sie hoffentlich vorerst sicher war.

Freya setzte sich auf ihre Pritsche und zog die Beine an den Oberkörper. Ihre Hände zitterten, und Angstschweiß ließ ihren Rücken feucht werden. Sie versuchte, nicht auf die Geräusche außerhalb ihres Zimmers zu lauschen, doch die Wände waren dünn, und sie hörte alles.

Die Schmerzensschreie der Wächter.

Die triumphierenden Laute der Elva.

Das Röcheln der Sterbenden.

38. Kapitel – Larkin

– Niemandsland –

Larkin warf einen letzten Blick in Richtung Freyas verschlossener Tür, ehe er sich wieder dem Kampf zuwandte. Er musste seinen Brüdern helfen, obwohl er lieber bei der Prinzessin geblieben wäre, um sie zu schützen. Sollte ihr etwas zustoßen, müsste er sich auch sein eigenes Leben nehmen, denn die Vorstellung, in einer Welt zu existieren, in der Freya nicht mehr bei ihm war, war für ihn unerträglich.

Er schob seine düsteren Gedanken mit aller Macht beiseite und zwang seine Aufmerksamkeit auf das Geschehen. Er konnte Freya nur helfen, wenn er sich voll und ganz seiner Pflicht widmete. Larkin stürzte los, verließ die Unterkunft und rannte über den Platz, sein feuergebundenes Schwert hoch erhoben. Er warf sich mitten ins Kampfgetümmel. Schreie, Rufe und weitere Glockenschläge ertönten, wie es schien, wurden alle Stützpunkte entlang der Mauer angegriffen. Einen Angriff dieses Ausmaßes hatte es noch nie gegeben, und das erste Mal seit vielen Jahren verspürte er ernsthafte Sorge um das Niemandsland.

Doch ihm blieb keine Zeit, sich in dieser Sorge zu verlieren, denn mehr Elva stürzten vom Himmel und schnappten sich einen Mann nach dem anderen. Brutal schlugen sie ihre Krallen und Klauen in die Körper. Schmerzensschreie hallten über den Platz und verschmolzen mit dem Läuten der Glocken zu einem Klagelied, das Larkin noch lange in den Ohren widerhallen würde. Doch er ließ sich von dem Lied nicht einlullen, sondern kämpfte weiter.

Mit erhobenem Schwert näherte er sich einer Elva. Es war ein großes Tier mit einer Flügelspannweite von mindestens dreizehn Fuß. Sie hockte auf einer Leiche und hackte auf den Hinterkopf des Mannes ein, als würde es ihr Freude bereiten. Blut und Teile seines Schädelknochens waren über den Boden verteilt. Die Elva riss den knochigen Kopf hoch und funkelte Larkin aus tiefschwarzen und vor Gier lodernden Augen an. Sie streckte ihren langen, dürren Hals durch, an dem ein paar Federn ausgerupft waren, schüttelte sich und stürzte sich im nächsten Moment auf ihn.

Larkin riss seine Waffe hoch, als die Elva ihre Klauen hob, um ihn zu packen. Er wollte auf sie einschlagen, doch der Winkel stimmte nicht, und er hatte keine Möglichkeit, sie zu erwischen. Wendig sprang er zur Seite, rollte sich ab und kam rechts von der Elva zum Stehen. Wütend kreischte das Tier auf und fuhr herum, um mit seinen Flügeln nach ihm zu schlagen, aber es war durch die Länge schwerfällig. Die Elva mochte sich gut in der Luft bewegen können, auf dem Boden wirkte sie geradezu träge.

Larkin zögerte keine Sekunde und rammte das Schwert in das ledrige Fleisch ihres Flügels. Erneut stieß sie einen markerschütternden Schrei aus, und kurz darauf verspürte er einen heftigen Druck in seinem Schädel. Wirre Bilder explodierten in seinem Gehirn. Er roch ranzige Butter und schmeckte Blut, das nicht da war. Die Elva drang in seinen Verstand ein!

Er kniff die Augen zusammen und versuchte, den Eindringling aus seinen Gedanken zu schieben, aber es wollte ihm nicht gelingen. Der Druck wurde zunehmend stärker, und er hatte das Gefühl, sein Schädel würde in zwei Hälften geteilt. Tränen schossen ihm in die Augen, und sein Magen verkrampfte sich. Er geriet ins Taumeln, und fast hätte er sein Schwert fallen lassen, aber er wehrte sich mit aller Macht gegen das Eindringen der Elva. Seine Sicht verschwamm, und der Gestank wurde derart übermächtig, dass Larkin würgen musste.

Er biss hart die Zähne aufeinander und machte einen weiteren Satz nach vorn, statt vor der Kreatur zu fliehen, wie es ein vernünftiger Mann getan hätte. Offenbar hatte auch die Elva nicht mit Widerstand gerechnet. Larkin nutzte diesen Augenblick der Überraschung und trieb sein Schwert in die Bestie.

Die Elva warf den Kopf in die Luft, und das Drücken in Larkins Schädel ließ ein wenig nach. Er wollte zu einem zweiten Hieb ausholen, doch die Elva rammte ihm den Schnabel in die Brust. Larkin schwankte zurück und verlor kurz das Gleichgewicht, aber das jahrzehntelange Training hatte ihn wendig werden lassen. Geschickt kam er sofort wieder auf die Füße.

Er fuhr ein weiteres Mal herum, doch die Elva war schon bei ihm. Erneut jagte ein unbarmherziger Schmerz durch seinen Schädel, schlimmer als beim ersten Mal. Larkin knickte ein und schrie vor Pein. Er bebte und zitterte am ganzen Körper. Kalter Schweiß rann ihm den Nacken hinunter, während in seinem Kopf etwas zu explodieren schien. Auf einmal konnte er nicht mehr klar sehen und nur noch den gigantischen Schatten dieses Untiers über sich ausmachen.

Die Elva holte mit ihren blutverschmierten Klauen aus, um Larkins Leid ein Ende zu bereiten. Sein Verstand war von ihrem Eindringen so zermürbt, dass ein Teil von ihm fast bereit war, den ewigen Frieden anzunehmen, doch ein anderer Teil konnte nicht aufhören, an Freya zu denken.

Ich komme wieder.

Das Versprechen, das er ihr gegeben hatte, hallte durch seinen Verstand, durchdrang den Schmerz und erlaubte ihm, sein Schwert zu heben. Er musste kämpfen, musste weitermachen, musste überleben, denn er würde dieses Versprechen nicht brechen.

Mit letzter Willenskraft sprang er zurück auf die Beine, die Elva schoss ebenfalls auf ihn zu. Kurz bevor sie aufeinandertrafen, ließ sich Larkin zu Boden fallen. Er schlitterte über die feuchte, blutgetränkte Erde und blieb schließlich unter dem Leib der Kreatur liegen. Sie holte aus, um ihn zu zerquetschen, doch im letzten Moment stieß er sein Schwert in die Höhe und riss den gesamten Unterleib der Elva auf.

Schwarzes Blut quoll aus der Wunde und tropfte auf ihn nieder. Er schloss Augen und Lippen, drehte sich weg, dennoch bekam er einen ganzen Schwall ab. Es stank bestialisch. Die Elva kreischte ohrenbetäubend, dann schwankte sie und klappte neben ihm zusammen. Eine Woge der Erleichterung waberte durch Larkins Schädel, als der Einfluss der Elva endlich gebrochen war.

Er schob die Leiche beiseite und wollte aufstehen, als bereits die nächste Kreatur auf ihn zustürzte.

»Beim König«, keuchte er und brachte sich in Position, um ihren Angriff abzuwehren. Die Elva fixierte ihn und er sie. Ihre Blicke trafen aufeinander, als plötzlich ein Speer durch die Luft flog und sich in den Flügel der Kreatur bohrte. Sie schrie auf und stürzte zu Boden, geradewegs in eine Gruppe Wächter, die sich auf die Elva warfen, um ihr ein schnelles Ende zu bereiten.

Larkin fuhr herum und sah sich nach dem Speerwerfer um. Es war Dorin. Der Captain nickte und kam auf ihn zugerannt, damit sie Seite an Seite weiterkämpfen konnten, als sich plötzlich ein dunkler Schatten über ihn legte.

»Pass auf!«, schrie Larkin, aber da war es bereits zu spät. Eine Elva hatte sich im Sinkflug auf Dorin gestürzt. Ihre Klauen umschlossen seinen Schädel und brachen ihm mit einem Ruck das Genick. Larkin unterdrückte einen Schrei und konnte nur zusehen, wie sein alter Freund zu Boden ging. Es war ein schneller, schmerzloser Tod. Geradezu gnädig. Doch das änderte nichts an der Wut, die in Larkin erwachte.

Mit einem Fluch auf den Lippen blickte er der Elva nach, die wieder in den Himmel aufgestiegen war. Sie machte in der Luft kehrt und setzte zu einem weiteren Angriff an. Larkin sah ein letztes Mal auf Dorin, schluckte all seine Wut und Trauer hinunter und rannte los. Die Elva kreischte, verfolgte ihn kurz, ließ sich dann aber ablenken, als sie von einem Pfeil getroffen wurde. Larkin blickte herum und nickte Sloan dankbar zu, der auf das Tier geschossen hatte.

»Ich will hoch auf die Mauer«, rief Larkin ihm zu.

»Wir geben dir Rückendeckung«, erwiderte Sloan und winkte drei Wächter zu sich. Larkin ließ seinen Blick ein letztes Mal über den Platz schweifen, bevor er in Richtung der Mauer losrannte. Sloan und die anderen Wächter kämpften an seiner Seite und töteten jene Elva, die versuchten, ihn von seinem Weg abzubringen. Larkin hatte keine Ahnung, wie viele es mittlerweile waren.

Endlich erreichte Larkin die Stufen, welche die Mauer emporführten. Eilig, immer zwei auf einmal nehmend, hechtete er die Treppe nach oben, während ihm die anderen von unten Rückendeckung gaben. Schon nach wenigen Metern keuchte er schwer, nicht nur vor Anstrengung, sondern auch vor Aufregung und Angst, aber er zwang sich voran. Doch er kam nicht so schnell an die Spitze wie erhofft, denn immer wieder musste er innehalten, um sich zu verteidigen.

Mittlerweile war er so weit oben, dass er einen guten Blick über den Kampf hatte. Was er sah, erschreckte ihn. Viele Männer waren gefallen und die Reihen der Wächter deutlich ausgedünnt, aber auch die Elva hatten sichtlichen Schaden erlitten. Es sah außerdem aus, als würden die Kreaturen nicht mehr ganz so heftig zuschlagen wie zu Beginn des Kampfes.

Wurden sie müde?

Hoffnung keimte in Larkin auf und beflügelte ihn, die verbleibenden Stufen zu erklimmen. Keuchend erreichte er das obere Ende der Mauer, auf der bereits Khoury stand. Sein gelocktes Haar wurde vom Wind hin und her gepeitscht, doch sein Blick war stählern in die Ferne gerichtet.

Wortlos stellte sich Larkin neben ihn und erstarrte. Er hatte mit vielem gerechnet, doch was er sah, ließ ihm das Blut in den Adern gefrieren. Ein eiskalter Schauder durchfuhr ihn, und er musste sich an der Brüstung abstützen, andernfalls hätte ihn seine aufwallende Panik womöglich zu Boden gerissen.

Hatte er eben wahrhaftig noch Hoffnung besessen und geglaubt, sie könnten die Elva besiegen? Er hatte sich geirrt. Fatal geirrt. Hunderte dieser Kreaturen lauerten jenseits der Mauer. Sie hockten auf den Bäumen und schienen nur darauf zu warten, endlich zuschlagen zu können. Larkin erkannte eine wogende Masse aus schwarzen Leibern, die sich zu einem gewaltigen Schlag bereit machte. Nie in seinem Leben hatte er derart viele Elva auf einem Fleck gesehen.

»Wenn du als früherer Field Marshal einen Ratschlag für mich hast, wäre jetzt der richtige Moment, ihn mir mitzuteilen«, sagte Khoury mit Blick auf die Elva.

»Ich wünschte, ich hätte einen Rat«, erwiderte Larkin und schluckte trocken. Diese Übermacht war zu gewaltig, zu tödlich. Das konnte nur das Werk jener Unseelie sein, welche die Elva auf den Schwarzmarkt gehetzt hatte. Eigenständig würden sie sich niemals derart formieren und gemeinsam die Mauer angreifen.

»Was geht da vor sich?«, fragte Khoury plötzlich und lehnte sich über die Brüstung der Mauer nach vorn. Bewegung war in die Elva gekommen. Sie teilten sich und formten eine Schneise, während sich Schatten aus den Bäumen des Nebelwaldes erhoben. Einen Moment lang dachte Larkin, es wären weitere Elva, aber es waren Fae – Seelie wie Unseelie.

Eine Armee.

Sie waren eine wandelnde Mauer aus dunklen, bedrohlichen Gestalten, die sich aus dem Wald erhoben und eine gewaltige Front bildeten, wie Larkin sie nie gesehen hatte. Krieg hatte für ihn nur in Erzählungen existiert. Wie viele Krieger waren das? Es erschien ihm unmöglich, ihre Zahl zu überblicken, da die Bäume ihm den Blick versperrten, aber es waren viele – verdammt viele.

»Beim König …« Larkin blinzelte heftig, als könnte er so das

Bild verdrängen, doch weder die Fae noch die Elva verschwanden. Er konnte nicht glauben, dass er so naiv gewesen war, zu denken, sie hätten Zeit.

Zeit, sich vorzubereiten.

Zeit, zu planen.

Zeit, die Unschuldigen zu schützen.

Und Zeit, die Katastrophe abzuwenden.

Er und die anderen Wächter hatten sich geirrt. Der Krieg war da und klopfte an ihre Tür.

Eine einzelne dunkle Gestalt löste sich aus der Menge und ritt gemächlich auf die Mauer zu. Es war ein in Schwarz gekleideter Reiter, der erhaben und majestätisch auf seinem Pferd thronte. Unbekümmert, als befände er sich auf einem netten Ausritt, näherte er sich dem Tor.

Larkin hielt die Luft an, und für einen Moment schien sogar das Kampfgetümmel hinter ihm leiser zu werden. All seine Sinne richteten sich auf den Mann vor ihm und das, was er ankündigte: Unheil. Krieg. Tod.

Seine Rüstung schimmerte in der Mittagssonne wie polierter Obsidian. Der Reiter trug einen dunklen Helm, der sein Gesicht vollkommen bedeckte, an dem schwarze Hörner angebracht waren, die an das Geweih eines Hirsches erinnerten. Nie in seinem Leben hatte Larkin eine solche Uniform bei den Fae gesehen.

Einige Fuß vor dem Tor blieb der Reiter stehen. Dank seiner geschärften Sinne nahm Larkin den Fae trotz der Höhe deutlich wahr. Und was er spürte, gefiel ihm nicht. Er konnte das Gefühl, das ihn beschlich, nicht genau benennen, aber der Anblick dieses verhüllten Reiters sorgte dafür, dass sich die Härchen in seinem Nacken aufstellten. Er fühlte sich wie in den Sekunden vor einer Hinrichtung. Er wusste, dass etwas Grauenhaftes passieren würde, und seine Gedärme zogen sich vor Anspannung zusammen, dennoch konnte er den Blick nicht abwenden.

Unentwegt starrte er den Reiter an, der nun seinen Helm abnahm. Blondes Haar und zarte, vertraute Gesichtszüge kamen zum Vorschein. Aldren. Larkin war nicht überrascht, ihn zu sehen, doch der Mann, der vor der Mauer stand, hatte nichts mehr mit dem freundlichen Unseelie gemeinsam, der Kheeran so treu gedient hatte.

Kheeran hatte in ihren Gesprächen beteuert, dass Aldren nicht länger er selbst war. Larkin hatte diesen Worten wenig Beachtung geschenkt und sie als das wirre Gerede eines Mannes abgetan, der nicht wahrhaben wollte, betrogen worden zu sein, aber offenbar hatte er sich getäuscht. Aldren hatte sich verändert – nicht äußerlich, doch die Art, wie er sich unter den Blicken der Elva bewegte und so selbstverständlich die Armee führte, zeigte dies deutlich.

»Öffnet das Tor!«, brüllte Aldren. Seine Stimme war kräftig und schneidend wie die Krallen jener Elva, die ihm dienten.

Khoury versteifte sich und presste die Lippen fest aufeinander. Larkin wusste, dass sein Freund sich niemals auf Aldrens Forderung einlassen würde, egal wie viele Elva er schickte. Sie würden kämpfen, bis der letzte Mann fiel. Das war ihr Schwur, und es war das, was der Vertrag von ihnen verlangte.

Ja, von ihnen, aber nicht länger von dir. Nimm Freya und verschwinde.

Die Stimme in seinem Kopf hatte recht. Er sollte sich Freya schnappen und sie so weit wie möglich von der Mauer wegbringen. In ihrem Zimmer mochte sie vor den Elva sicher sein, jedoch nicht vor Aldren und seinen Soldaten.

»Öffnet das Tor!«, befahl der Unseelie erneut. Während sein vorheriger Befehl ruhig, gar gelassen geklungen hatte, so schwang nun Wut in seiner Stimme mit, als würde es ihn in Raserei versetzen, dass die Wächter sich ihm nicht freiwillig unterwarfen.

Khoury löste sich von der Brüstung und wandte sich Thobria

und seinen Männern zu. »Haltet die Stellung! Tötet die Elva und sichert das Tor. Sie dürfen nicht auf diese Seite der Mauer kommen!«

Trotz des Geruchs des Todes, der bereits die Luft schwängerte, und der Angst, die so schwer wog, dass Larkin sie auf seinen Schultern spürte, setzten sich die Wächter in Bewegung und brachten sich in Position, das Tor zu verteidigen, sollte Aldren versuchen durchzustoßen. Eine Woge des Stolzes erfasste Larkin, und beinahe wünschte er sich, er könnte bis zuletzt an der Seite jener Männer kämpfen. Doch er musste sich um Freya kümmern.

»Ihr lasst mir keine andere Wahl«, sagte Aldren und blickte in Richtung zweier Unseelie, die hinter ihm standen. Die Kriegerinnen stiegen von ihren Pferden ab. Weitere Fae traten aus dem Wald hervor, aber sie waren nicht allein. Vier Männer, die Larkin nur zu gut kannte, waren bei ihnen. Es waren jene Wächter, die Khoury ausgesandt hatte, um Aldren an den Friedensvertrag zu erinnern, darunter auch General Klifford.

Die Männer taumelten und waren offensichtlich am Ende ihrer Kräfte. Ihre Hände waren auf dem Rücken gefesselt, ihre Kleidung zerschlissen, als wären sie Teile des Weges hinter den Pferden hergeschleift worden. Einer hatte einen tiefen Schnitt an seiner Wange, das Blut war ihm über den Hals und sein Hemd getropft und hatte sich mit dem Dreck vermischt.

Aldren hob den Kopf und spähte die Mauer empor. Für einen Moment glaubte Larkin, direkt in die Augen des Fae zu blicken. Ein gefälliges Lächeln zeichnete sich auf Aldrens Lippen ab. Dann hob der Unseelie die Hand und ließ sie hinabsausen. Ein Signal. Ohne weitere Vorwarnung trat eine der Kriegerinnen an den Wächter heran und durchtrennte diesem mit einem Messer die Kehle. Blut spritzte aus der Wunde, ehe der Mann in sich zusammenklappte und röchelnd zu Boden ging. Einen solchen Schnitt steckte selbst ein Wächter nicht weg, vor allem nicht, wenn er mit einer magischen Klinge zugefügt wurde. Eine rote Lache breitete sich um den sterbenden Leib aus.

Khoury sog scharf die Luft ein, und Larkin schloss für einen Moment die Augen. Die Drohung war unmissverständlich. Aldren würde einen Mann nach dem anderen hinrichten, wenn seine Forderung nicht erfüllt wurde.

»Öffnet das Tor!«, befahl er ein drittes Mal.

Die Kriegerin machte bereits einen Schritt auf den nächsten Wächter zu.

Larkin setzte sich in Bewegung. Ihm blieb keine andere Wahl. Er bangte nicht um sein Leben. Dieses war wertlos, aber nicht Freyas! Sein Herz raste, und er wurde einzig von dem Gedanken an ihr Wohlergehen getrieben. Eilig stürmte er die Stufen hinab und ließ Khoury allein zurück.

Vereinzelt wurde er von Elva angegriffen, doch die meisten waren damit beschäftigt, jene Wächter zu zerpflücken, die das Tor schützten.

»Mehr Männer hierher!«, hörte er Farrow rufen, als er den Platz erreichte, der von Blut, rot wie schwarz, getränkt war. Der Gestank war übermächtig, und Larkin hatte das Gefühl, von allem um sich herum erschlagen zu werden. Er entdeckte mehrere verletzte Wächter, die Schutz suchend über den Boden krabbelten, aber er hatte keine Zeit, ihnen zu helfen.

Larkin strebte auf die Hütten zu. Jedoch kam er nicht so schnell voran, wie er wollte. Immer wieder wurde er von Elva aufgehalten. Schritt für Schritt erkämpfte er sich den Weg zu Freya. Er stieg über Leichen hinweg und fällte alle Elva, die es wagten, ihm in die Quere zu kommen. Sein Schwert war eine Verlängerung seines Arms, und obwohl er genau sah, was um ihn herum geschah, nahm er nichts davon wirklich wahr. All seine Sinne waren auf Freya ausgerichtet, die in diesem Augenblick unerträglich fern wirkte, obgleich sie nur ein paar Dutzend Fuß entfernt in ihrem Zimmer saß.

Keuchend kam Larkin schließlich vor der Behausung zum Stehen. Er atmete schwer, sein Herz raste, und er fühlte, wie es feucht von seinem Gesicht tropfte – Blut. Sein eigenes und das der Elva, die leblos zu seinen Füßen lagen. Er wollte die Tür öffnen, als ihn ein Vibrieren im Boden innehalten ließ.

Was war das? So etwas hatte er noch nie gespürt. Als würde jemand im Untergrund eine Glocke schlagen, fuhr ihm das Geräusch durch Mark und Bein und war beinahe schlimmer als das Krächzen der Elva. Woher kam es? Larkin hielt inne und blickte sich um. Die Kämpfe waren erstarrt. Sämtliche Wächter schienen stillzustehen, und auch die Elva hatten andächtig innegehalten.

Der Boden erzitterte erneut, und ein Knacken war zu hören wie das Brechen von Eis, nur lauter, drängender – bedrohlicher. Endlich erkannte Larkin, woher es kam: von der Mauer selbst. Sie bekam Risse!

»Unmöglich«, raunte Larkin.

Felsbrocken, zuerst klein, dann größer, lösten sich aus dem kolossalen Bauwerk und stürzten zu Boden. Er blinzelte, aber die Risse verschwanden nicht, sondern dehnten sich aus und wanderten in alle Richtungen über das Gestein. Wie eine Krankheit breitete sich der Zerfall über die Mauer aus, die seit Jahrtausenden jedem Angriff standgehalten hatte.

»Achtung!«, schrie jemand, als ein größerer Felsbrocken herabstürzte. Eine Elva kam nicht rechtzeitig von der Stelle und wurde noch im Flug zu Boden gerissen. Wächter hechteten zur Seite, um nicht ebenfalls von dem Geschoss erschlagen zu werden.

Larkin stieß ein Zischen aus und stürzte in die Behausung. Freya musste so schnell wie möglich fort. Er hatte keine Ahnung, wie lange Aldren und die anderen Unseelie brauchen würden, um die Mauer mit ihrer Erdmagie zum Einsturz zu bringen, aber er vermutete, dass ihnen nicht mehr viel Zeit blieb. Panisch riss er die Tür zu Freyas Zimmer auf. Sie stand vor dem Fenster und folgte dem Spektakel mit offenem Mund.

»Wir müssen sofort weg!«, brüllte Larkin.

Hinter ihm brodelte es erneut, und das Brechen von Gestein wurde lauter. Er spähte aus dem Fenster, und es zerriss ihn genauso wie dieses uralte Mauerwerk, dem er jahrelang gedient hatte. Der Lärm war ohrenbetäubend. Das Kreischen der Elva mischte sich mit den Rufen der Wächter. Der Teil der Brüstung, auf dem er eben gestanden hatte, stürzte zu Boden.

Khoury.

Er wurde mit in die Tiefe gerissen. Larkin erkannte nicht, was mit seinem ältesten Freund geschah, denn eine gigantische Staubwolke aus Dreck stob vom Boden auf und verschluckte alles. Sie schob sich über den Platz wie eine Welle über das Meer. Fassungslos starte Larkin auf das Loch in der Mauer, die von weiteren Elva überflogen wurde.

Unerwartet spürte er eine Berührung an seiner Hand. Freya. Sie hatte ihn gepackt und drückte seine Finger mit mehr Kraft, als er für möglich gehalten hätte. Ihre Augen waren geweitet, ihr Blick von Angst und Schrecken erfüllt. Sie fürchtete sich.

Diese Erkenntnis löste Larkins Starre. Er musste stark sein, wenn nicht für sich selbst, dann für Freya. Denn in diesem Moment wurde ihm erneut mit aller Klarheit bewusst, dass er alles tun würde, um sie zu schützen. Und er musste dafür sorgen, dass sie dieser Zerstörung entkam. Sie war keine Wächterin, aber sollte Aldren sie in die Finger bekommen, würde er sie genauso wenig entkommen lassen. Sie musste überleben, koste es, was es wolle, und wenn es nötig war, würde er ihr Leben über das seine stellen!

39. Kapitel – Weylin

– Niemandsland –

Weylin zerrte sein Schwert aus dem Leib einer toten Elva und wischte das schwarze Blut an seinem Hosenbein ab. Ihm stand der Schweiß im Nacken, und das Hemd klebte an seinem Körper, dennoch kämpfte er unerbittlich weiter. Was blieb ihm für eine andere Möglichkeit? Kämpfen oder sterben. Eine andere Wahl gab es nicht, und nun, da er wusste, wie Valeskas Fluch zu brechen war, setzte er alles daran, lang genug zu überleben, um aus diesem Wunsch Wirklichkeit zu machen.

Ein lautes Krachen erklang über seinem Kopf. Instinktiv sprang er zur Seite, um einem herabfallenden Felsbrocken auszuweichen. Seine Augen tränten vom Staub. In seinen Ohren dröhnten die Schreie der Wächter, und die Luft war geschwängert von dem Gestank von Angst, Schweiß und Blut. Das alles geschah viel zu schnell. Erst der Angriff der Elva, dann der Fall der Mauer. Weylin hätte nie für möglich gehalten, dass dieses Bauwerk eingenommen werden konnte, doch nun sah er es mit eigenen Augen. Dieser jahrtausendealte Schutz brach in sich zusammen.

Er eilte voran und versuchte, sich inmitten des Chaos zu orientieren. Elva stürzten noch immer vom Himmel herab und fielen über ihre Opfer her, jedoch schienen ihre Angriffe schwächer zu werden. Womöglich trübten all der Staub und Dreck auch ihre Sicht.

Weylin rammte sein Schwert in den Leib einer weiteren Elva. Schmatzend zog er die Klinge hervor und umrundete den Leichnam.

Endlich hatte er sich einen Weg aus der Staubwolke gekämpft.

Blinzelnd sah er sich um – und stockte. Das Loch in der Mauer war noch nicht sonderlich groß, aber die ersten Soldaten drängten bereits durch die Öffnung. Nicht alle Fae stürzten sich unmittelbar in den Kampf. Einige Unseelie blieben stehen und nutzten ihre Erdmagie, um den Durchbruch für den Rest der Armee zu vergrößern. Wie viele Männer Aldren wohl besaß?

Jedoch waren die Fae-Krieger nicht die einzige Bedrohung. Weitere flügellose Elva marschierten an der Seite der Fae in das Land ein. Blindlings sprangen die Kreaturen in den Kampf und attackierten alles, was sie in ihre Klauen bekamen. Ein Novize, den Weylin nicht beim Namen kannte, wurde von einer Elva, die an einen Büffel erinnerte, zu Boden gerissen. Das Biest musste mindestens das fünffache Gewicht des jungen Mannes haben. Wie im Rausch verbiss sich die Elva in seinen Hals, bevor sie mit ihrem Huf auf seinen Magen stieg und mit ihrer schieren Masse seine Organe herausquetschte.

Weylin presste die Lippen fest aufeinander, spannte seine Muskeln an und stürzte sich mit erhobener Klinge in den Kampf. All die Jahre, die er für Valeska getötet hatte, hatten ihn auf diesen Augenblick vorbereitet. Er musste nicht nachdenken, sein Körper handelte wie von selbst.

Er köpfte eine der kleineren Elva. Die Kreatur gab einen gurgelnden Laut von sich, dann fiel sie leblos zu Boden. Weylin schloss sich den Männern an, die sich neu formierten und die eindringenden Elva zurückschlugen. Doch dies war keine Frage des Gewinnens mehr. Es ging nur noch darum, Zeit zu schinden, welche die Menschen hoffentlich nutzten, um sich in Sicherheit zu bringen.

Weylin tötete eine weitere Elva, als ein Trupp Seelie durch die Öffnung in der Mauer in das Niemandsland eindrang. Sie schlugen mit Feuerpeitschen auf die Wächter ein, die Schutz hinter ihren Schildern suchten. Weylin sprang zur Seite, weil er beinahe selbst von einem Hieb getroffen worden wäre.

Glade, der neben ihm kämpfte, hatte weniger Glück. Er wurde von einer Peitsche zu Boden gerissen, und seine Uniform fing Feuer. Lichterloh stand er in Flammen. Schreiend wälzte er sich auf der Erde umher, doch da es sich um magisches Feuer handelte, war es nicht leicht zu ersticken. Nur das heilende Wasser einer Unseelie hätte Glade retten können, aber dafür war es bereits zu spät. Der süßliche Gestank seiner verkohlten Haut erfüllte die Luft, und es sengte ihm sämtliche Haare weg. Er schrie vor Schmerzen, wälzte sich in schierer Verzweiflung. Seine Bewegungen wurden immer langsamer, bis er sich schließlich nicht mehr rührte und verstummte.

Tut mir leid, dachte Weylin, der umherhechtete, um sich nicht von den Feuerpeitschen erwischen zu lassen. Geschickt wich er einer weiteren lodernden Zunge aus, dennoch spürte er, wie ihre Hitze gegen seine Haut schlug. Er warf sich auf den Boden, rollte herum und trieb dem Seelie, der ihn angegriffen hatte, seine Klinge in den Magen. Dessen grüne Augen weiteten sich vor Schreck, bevor seine Peitsche in Rauch aufging.

Weylin zog sein Schwert zurück und blickte sich um. Panisch suchte er den Platz ab. Wo war Leigh? Seit Beginn des Angriffs hatte er den Wächter nicht mehr gesehen, aber er musste unbedingt wissen, ob es ihm gut ging. Er wollte sich gerade wieder in Bewegung setzen, als ihn ein stechender Schmerz in die Knie zwang. Tränen schossen ihm in die Augen und trübten seine Sicht, noch mehr als Rauch und Staub. Blinzelnd sah er an sich hinab und erkannte, dass ein luftgebundener Dolch in seiner Seite steckte.

Weylin keuchte auf und zog die Waffe aus seinem Körper. Blut quoll hervor, und er wurde von einem schlagartigen Schwindel erfasst, den er mit aller Gewalt beiseiteschob. Wenn er jetzt das Bewusstsein verlor, war er tot. Er schleuderte die Waffe weg und rappelte sich auf. Die Wunde schmerzte, war aber nicht tödlich. Es war vor allem die Erschöpfung des andauernden Kampfes, die ihm allmählich zu schaffen machte. Suchend sah er sich nach seinem Angreifer um und entdeckte einen Mann, der ihm nicht fremd war. Abban.

Der Seelie arbeitete in der *Libelle*, jener Schenke in Daaria, in der Weylin seit Ewigkeiten ein Zimmer gemietet hatte. Sie hatten selten miteinander gesprochen, hatten einander jedoch jeden Abend gegrüßt. Es kam Weylin so vor, als wäre es eine Ewigkeit her, dennoch löste Abbans Anblick in ihm eine eigenartige Schwermütigkeit aus. Zwar hatte er sich den Seelie nie zugehörig gefühlt, aber er hatte Daaria stets geliebt. Dort lagen seine Wurzeln, und nun kämpfte er gegen das Volk seines Vaters. Jene Leute, die ihn aufgenommen hatten, als seine Mutter es nicht gekonnt hatte.

»Verschwinde, Abban«, mahnte Weylin. Er wollte nicht gegen den Wirt kämpfen, zumal dieser keine Chance gegen ihn hatte und durch ihn nur den Tod finden würde.

Abban runzelte die Stirn. »Kennen wir uns?«

Er erinnert sich nicht an mich.

Die Erkenntnis rauschte genauso kalt durch Weylins Adern wie die Eisgeschosse, welche die Unseelie in diesem Moment über die Mauer schleuderten. Doch Abbans Worte zeigten ihm deutlich, dass er auf der richtigen Seite kämpfte.

Er gehörte nicht mehr nach Daaria und auch nicht länger zu den Seelie, obwohl deren Blut durch seine Adern floss. Er gehörte hierher. Zu den Leuten, die ihn auf dieser Reise begleitet hatten. Zu jenen Menschen, die ihn nicht vergaßen. Und er gehörte zu Leigh, dem einzigen Mann, der ihm das Gefühl gab, mehr zu sein als ein mordender Schatten.

Weylin klammerte sich an diesen Gedanken wie an sein Schwert. Er stieß einen entschlossenen Schrei aus und stürzte sich in den Kampf, um Abban zu töten und all jene Fae, die ihm sein neu gefundenes Leben entreißen wollten.

40. Kapitel – Larkin

– Niemandsland –

»Steh auf!« Larkin zerrte Freya mitsamt ihrem Beutel voller Bücher in die Höhe. Er hatte sie unsanft zur Seite gestoßen, um sie vor dem Angriff einer Elva zu beschützen. Er hatte nicht so grob zu ihr sein wollen, aber die Umstände ließen ihm keine andere Wahl. Sie hatte sich den Ellbogen bei dem Sturz aufgeschrammt, und gewiss würde sie blaue Flecken davontragen, doch zumindest war sie am Leben.

Freya nickte ihm zu und gab ihm auf diese Weise zu verstehen, dass sie in Ordnung war. Er erwiderte die Geste, zerrte sein Schwert aus dem Leib der toten Elva und führte Freya weiter über das Schlachtfeld, das mit leblosen Körpern gepflastert war. Seine Ohren klingelten vom Lärm des Kampfes, und durch den aufgewirbelten Staub konnte er kaum etwas erkennen, aber falls nötig würde er den Weg zu den Stallungen auch blind finden.

Zielstrebig steuerte er auf die Behausung der Pferde zu, als ihm ein Mann vor die Füße sprang. Larkin holte mit seinem Schwert aus, bis er in letzter Sekunde erkannte, dass der Krieger vor ihm kein Fae war, sondern ein Wächter: Farrow, der das schwarze Blut einer Elva von seiner Klinge wischte. Sein Haar war zerzaust, und an seiner Wange klaffte ein widerlicher Schnitt, so tief, dass er ihm vermutlich bis in die Mundhöhle reichte.

»Ich hasse diese Viecher«, knurrte Farrow.

Larkin schenkte ihm keine Beachtung, sondern setzte seinen Weg fort. Doch Farrow blieb nicht zurück. Stattdessen folgte er ihnen und half ihm, sich zu den Stallungen durchzuschlagen. Sie wussten, dass die Schlacht verloren war. Immer weitere Fae und Elva drängten durch die Öffnung in der Mauer. Zwar wurden ihre Angriffe durch das herumliegende Geröll ausgebremst, aber ewig würden die Wächter sie nicht aufhalten können. Dafür war die Überzahl zu mächtig.

»Achtung!«, schrie Farrow, als zwei große Feuerbälle ihren Weg kreuzten. Sie setzten einen Teil der Sandsäcke, die als Barriere dienten, in Brand.

Larkin zerrte Freya zurück und schirmte sie mit seinem Körper ab. Die Hitze der Flammen schlug ihm ins Gesicht, und er spürte förmlich, wie es die Spitzen seiner Haare versengte. Hinter ihm begann Freya zu husten, während Farrow sich bereits nach dem Seelie umsah, der die Geschosse geschleudert hatte.

»Lauft, bevor alles niederbrennt!«, befahl Farrow und stürzte sich auf den Fae.

Larkin zögerte nicht, doch anstatt Freya weiter durch das Inferno zu führen, schmiss er sich die Prinzessin über die Schulter und stürmte los. Erschrocken keuchte Freya auf, aber sie wehrte sich nicht.

Hinter sich hörte Larkin Farrows Kampfschrei. Er hatte zuletzt wenig für den anderen Mann übriggehabt, da er Freya des Öfteren mit unpassend gierigem Blick betrachtet hatte, doch in diesem Augenblick war er ihm unendlich dankbar für seine Hilfe. Auch wenn er vermutlich nie die Gelegenheit bekommen würde, diesen Dank auszusprechen.

Larkin schlug einen Haken um die brennenden Sandsäcke und stürzte auf die Stallungen zu. Schon von Weitem war das aufgeregte Wiehern und Scharren der Pferde zu hören. Die Tiere waren unruhig und stampften nervös hin und her. Es fehlten bereits mehrere Pferde. Entweder war es ihnen gelungen, sich zu befreien, oder ein paar feige Wächter hatten sich aus dem Staub gemacht.

Larkin schnappte sich einen Hengst und streifte ihm eine Trense über. Er ließ Freya geradewegs von seiner Schulter auf den Rücken des Pferdes klettern. Erneut hörte er Farrow hinter sich brüllen, aber dieses Mal war es kein Schlachtruf und auch kein Schrei des Triumphes. Er steckte in Schwierigkeiten. Larkin presste die Lippen aufeinander und sah hoch zu Freya. Flehend blickte sie ihn an, als wüsste sie bereits, was er sagen würde. Es schnürte ihm das Herz zu.

»Reite nach Ciradrea und warne die Leute dort«, wies er sie dennoch an.

Sie deutete auf ihn und schüttelte den Kopf.

»Ich muss den anderen helfen.« Er konnte nicht mit ihr gehen. Nicht sofort. Er musste bleiben und jene Wächter retten, die noch zu retten waren. Vielleicht konnten sie sich zurückziehen, sammeln und mit Andreus' Garde einen Gegenschlag planen. Eigentlich war es ihnen untersagt, sich auf eine Seite zu schlagen, doch der Vertrag war ohnehin gebrochen worden.

Nein. Freyas Lippen formten das Wort tonlos.

»Ich komme nach, sobald ich kann«, versprach er und griff nach Freyas Hand. Trotz Asche und Ruß hauchte er einen Kuss auf ihre Finger und gewährte sich einen letzten Moment, um ihren Anblick in sich aufzunehmen. Ihr Gesicht war bedeckt mit Dreck, Schweiß und Blut. Ihr blondes Haar war zerzaust und vom Staub getrübt. Und obwohl ihre Augen tränten, war ihr Blick wach und entschlossen.

»Geh!«, befahl er und deutete mit einem Kopfnicken zum Ausgang des Stalls.

Freya öffnete den Mund erneut und grub ihre Fingernägel fest in seine Haut. Sie wirkte, als wollte sie ihn noch tausend Dinge wissen lassen, aber all das musste warten.

Larkin entriss ihr seine Hand und gab dem Hengst einen strengen Klaps. Freya schaffte es gerade noch, sich an der Mähne des Tieres festzuhalten, bevor es davoneilte und eine Staubwolke zurückließ.

Larkin atmete auf. Zu wissen, dass Freya vorerst in Sicherheit war, nahm ihm eine schwere Last von den Schultern, ohne die er befreiter kämpfen konnte. Getrieben von dem Wunsch, so schnell wie möglich mit Freya vereint zu sein, griff er nach seinem Schwert und stürzte sich ein weiteres Mal in die Schlacht.

41. Kapitel – Kheeran

– Evardir –

Kheeran stapfte durch den Schnee auf den *Geschmückten Geier* zu und lauschte dem leisen Knirschen unter seinen Stiefeln. Über seiner Schulter trug er einen Beutel mit Vorräten, die er vom Markt geholt hatte. Alle paar Schritte musste er die Tasche jedoch umlegen, denn seit sie in Evardir waren, schmerzten die Narben, die seinen Körper entstellten. Die Kälte tat ihnen nicht gut, aber das war ein Preis, den er für ihre Sicherheit gern zahlte. Die eisige Stadt bot Ceylan und ihm den Schutz, den sie brauchten, auch wenn das ständige Ziehen seiner wulstigen Haut ihn beinahe in den Wahnsinn trieb. Zumindest waren die Dunkelgänger so gnädig gewesen und hatten ihm warme Kleidung zur Verfügung gestellt.

Er schulterte den Beutel erneut um, zog seine Kapuze tiefer in die Stirn und den Schal enger, der seinen Mund und die Nase bedeckte. Einzig seine Augen blieben sichtbar, der Rest von ihm war verhüllt, was ihm nicht nur Schutz gegen die Kälte bot. Auf diese Art würde ihn gewiss niemand als Talon erkennen. Die Narbe verunstaltete zwar seine Züge, und Kheeran bezweifelte, dass jemand dahinter den einstigen Königssohn vermutete, doch ganz sicher konnte er nicht sein. Und sobald er mitbekam, dass er einer längeren Musterung unterzogen wurde, wandte er sich ab.

Eine Windböe streifte Kheeran. Er erschauderte trotz der dicken Kleidung und drehte den Kopf, damit ihm der Wind nicht unmittelbar ins Gesicht schlug. War es in Evardir immer so kalt gewesen? Er erinnerte sich nur dunkel an seinen letzten Besuch in der eisigen Stadt. Er war an Andreus' Seite mit einer großen Gefolgschaft durch das Land gereist. Der König hatte ihn den Menschen voller Stolz als seinen Thronerben vorgestellt. Doch Kheeran hatte nichts von diesem Stolz gespürt. Er hatte sich nur zurück nach Amaruné und zu Freya gesehnt, die ihn nicht hatte begleiten dürfen.

Damals hatte er sich trotz all der Menschen um ihn herum allein und verloren gefühlt. Alle hatten *zu* ihm geredet, aber nicht *mit* ihm, und das hatte ihm Angst eingejagt. Er hatte sich gefragt, ob diese Einsamkeit der Preis war, den er für den Thron bezahlen musste. Diese Sorge hatte ihn seither nicht verlassen, hatte sich in Melidrian sogar gefestigt. Niemand hatte dort etwas mit ihm zu tun haben wollen, abgesehen von Aldren.

Kheerans Herz zog sich zusammen, als er an seinen ehemals besten Freund dachte. Trotz all der Wochen, Monate, die seit dem Feuer im Freudenhaus vergangen waren, fiel es ihm noch schwer, daran zu denken, dass Aldren versucht hatte, ihm das Leben zu nehmen. Er hatte Mühe, ihn mit dieser Tat in Einklang zu bringen. Sein Vertrauen in Aldren war blind gewesen. Obwohl kein Blut sie verband, waren sie Brüder. Niemals hätte Kheeran erwartet, ausgerechnet von ihm verraten zu werden.

Aus diesem Grund zweifelte er auch noch immer daran, dass der Unseelie, der auf seinem Thron saß, sein alter Freund war. Er hatte zwar keinerlei Beweise für seinen Verdacht, aber er war sicher, dass Aldren nicht länger Herr seines eigenen Körpers war.

Kheeran beschleunigte seine Schritte, als endlich der *Geschmückte Geier* in Sicht kam. Drinnen war es nur wenig wärmer als draußen, aber ein paar Grad machten in Evardir einen großen Unterschied aus. Sacht klopfte er an die Tür, die kurz darauf von Mairéad geöffnet wurde. Die Frau, die Leigh, Ceylan und ihn vor ein paar Tagen empfangen hatte, hieß ihn nun wie einen alten Freund willkommen. Sie schenkte ihm ein Lächeln, wärmer als die Flammen im Kamin, und klopfte den Schnee von seinem Mantel. Mairéad und die anderen Dunkelgänger handelten vielleicht böse, aber sie waren gewiss keine bösen Menschen. Vielmehr wirkten sie wie eine Familie, die füreinander über Leichen ging.

»Ich habe deine Kresse dabei.«

Mairéad nickte. »Großartig, vielen Dank! Ich hole sie mir später ab.«

»In Ordnung«, sagte er und verabschiedete sich. Ohne zu zögern, lief er durch den Laden und auf die geheime Falltür zu. Er öffnete sie und stieg hinab in die Dunkelheit, während Mairéad die Luke wieder schloss. Der Weg zurück ins Versteck der Dunkelgänger war Kheeran mittlerweile vertraut. Die Tage, die sie schon in Evardir waren, fühlten sich an wie Wochen. Vielleicht lag es an der Kälte. Vielleicht daran, dass sie auf das Eintreffen der anderen warteten. So oder so hatte Kheeran das Gefühl, die Zeit vergehe hier langsamer, als wäre sie mit den Seen und Flüssen eingefroren.

Nach einem kurzen Fußmarsch erreichte er die Holztür, die den Eingang zum Versteck schützte. Er klopfte an, die Wachen empfingen ihn genauso freundlich wie Mairéad, und Kheeran betrat das eisige Reich der Dunkelgänger. Wie immer gingen alle ihren eigenen Tätigkeiten nach. Das große Feuer in der Mitte des Platzes brannte still vor sich hin, während zwei Frauen das Essen im Blick behielten. Kinder spielten Fangen, drei Männer reparierten das Dach eines Hauses, und eine Gruppe aus fünf Leuten trug Körbe mit Wäsche quer über den Platz. Kheeran hielt kurz inne und nahm den Anblick in sich auf. Noch immer konnte er nicht ganz begreifen, wie sich die Gemeinschaft hier zusammengefunden hatte und wie ein normales Leben unter diesen Bedingungen möglich war, aber es funktionierte. Jeder hatte seine Aufgabe, jeder wusste, was zu tun war, jeder half dem anderen. Es war ein eigenes, fast friedvolles Reich inmitten eines Landes voller Unruhen.

Er kam an den Männern vorbei, die das Dach reparierten, und nickte ihnen zu. Sie grüßten zurück, bevor sie unbeirrt ihr Gespräch weiterführten. Offenbar war die Frau des einen schwanger, und nun planten die Männer, eine Wiege zu bauen. Wie es wohl war, in dieser eisigen Kälte aufzuwachsen und mit Schnee und Eis zu spielen, anstatt über grüne Wiesen zu tollen und in warmen Seen zu schwimmen?

Kheerans Gedanken verklangen, als er die Hütte erreichte, die er mit Ceylan teilte, wobei *Hütte* ein sehr großzügiger Begriff für die Behausung war. Sie bestand nur aus vier zusammengekleisterten Wänden und einem mehr oder weniger dichten Dach. Aber sie besaß eine Tür, eine bescheidene Schlafstelle und einen kleinen Kamin. Manchmal zog der Qualm ins Innere der Hütte, sodass sie die Tür aufreißen mussten, dies war jedoch ein erträgliches Übel.

Kheeran klopfte den verbleibenden Schnee von seinen Schultern und trat ein. In der Hütte roch es nach Rauch und abgebrannter Kohle. Der Duft hatte sich so in den Wänden festgesetzt, dass seine Kleidung und sein Haar oft auch danach rochen.

Ceylan hockte auf einem Stuhl vor dem Kamin. Sie saß so dicht an den Flammen, dass sie trotz der Kälte in der Höhle ihren Mantel abgelegt hatte und nur ein dünnes Hemd trug. Nachdenklich starrte sie in das Feuer, wie häufig in den letzten Tagen. Sie sagte nichts, aber Kheeran spürte, dass sie ziemlich an der Erkenntnis zu nagen hatte, dass sie keine Wächterin war, sondern eine geborene Dunkelgängerin.

Er zog sich die Kapuze vom Kopf und wickelte den Schal ab. »Ich bin zurück.«

Ceylans Antwort war ein leises Brummen.

Er setzte den Beutel ab, zog seinen Mantel und die Handschuhe aus. Die Stiefel tauschte er gegen Schuhe aus zusammengenähtem Fell. Sie waren nicht wasserdicht, weshalb er sie nie draußen trug, dafür waren sie mollig warm. Anschließend nahm er eins der Felle, die an der Tür hingen, und wickelte sich darin ein. Die durch Magie erschaffene, stetige Wärme in Nihalos hatte ihn weich werden lassen.

»Ich war auf dem Markt«, sagte er in die Stille hinein und begann die Vorräte auszupacken. Er hatte Obst und mehrere Gläser eingelegtes Gemüse erstanden. Obwohl um diese Zeit des Jahres die Felder im Rest des Landes reich bestückt waren, herrschte in Evardir Knappheit. Zwar legten am Hafen täglich einige Dutzend Handelsschiffe an, aber diese brachten Gewürze, Stoffe und andere Reichtümer, keine Nahrung für das einfache Fußvolk. »Ich habe die Beeren gekauft, die du so magst. Und das hier.«

Er griff abermals in den Beutel und zog eine Flasche Wein heraus. Sie hatte ein kleines Vermögen gekostet, und betrunken würden sie davon nicht werden, aber Kheeran vermisste den süßen Geschmack auf seiner Zunge.

Ceylan nahm die Flasche mit einem weiteren Brummen zur Kenntnis.

Schweigend verstaute er die Vorräte. Ceylan sagte die ganze Zeit über kein Wort, was nichts Neues war. Ihm war bereits aufgefallen, dass sie seit ihrer Ankunft in sich gekehrt war. Oft hatte sie die Augenbrauen zusammengezogen und schien mit ihrem Geist ewig weit entfernt zu sein. Er hatte nichts gesagt, weil er sie nicht drängen wollte, doch mit jedem Tag, jeder Stunde und jeder Minute, die sie im Schweigen verbrachte, wuchs seine Sorge, dass sie sich in ihren düsteren Gedanken verlieren könnte. Und das wollte er nicht. Er wollte für sie da sein, zumindest könnten sie dann zu zweit Trübsal blasen.

Nachdem alles seinen Platz gefunden hatte, nahm er die Weinflasche, zwei Becher und Äpfel an sich und setzte sich neben Ceylan an den Kamin. Sie zögerte kurz, griff aber schließlich danach und biss herzhaft in einen Apfel. Ihr Mund war so voll, dass es ihr unmöglich war, zu sprechen. Sie vermied das

Gespräch mit ihm, wie zur Zeit ihres ersten Kennenlernens, aber er verstand nicht, weshalb.

Er neigte den Kopf. »Was treibt dich um?«

Ceylan warf ihm einen Seitenblick zu und zuckte kurz mit den Schultern, bevor sie sich wieder den wärmenden Flammen zuwandte, die ihre Haut zum Leuchten brachten.

»Sag schon«, forderte er sie auf. »Seit wir hier sind, sprichst du kaum. Du verlässt selten die Hütte, und wenn du nicht schläfst, sitzt du grübelnd herum. Liegt es an dem, was Hilarius und Estrid gesagt haben?«

Ceylan presste die Lippen aufeinander. Ihr Schweigen war Antwort genug.

Kheeran seufzte und wandte sich ihr zu. »Du bist an die Mauer gegangen, um die Menschen vor Elva und Fae zu schützen. Das ist dir gelungen, und mit deinen Fähigkeiten als Dunkelgängerin kannst du sogar noch mehr bewirken. Ist es wirklich so verheerend, dass du nicht bist wie die anderen Wächter?«

Ceylan hielt inne, sah auf den Apfel und begann ihn unruhig in ihrer Hand zu drehen. Sie blieb still, und Kheeran glaubte bereits, dass sie ihr Schweigen nicht brechen würde, bis sie zu reden begann. »Es ist nicht nur das. Ja, ich will die Menschen beschützen, aber ich wollte auch Teil einer Gemeinschaft sein. Einer Familie. Verstehst du?«

»Ja, natürlich.« Mehr, als sie ahnte. Er sehnte sich ebenfalls nach Personen, die ihm ein Gefühl der Zugehörigkeit gaben. Leider war ihm dieses die meiste Zeit seines Lebens fremd gewesen. Doch im Hier und Jetzt, mit Ceylan an seiner Seite und bei Freya, Larkin, Leigh und all den anderen, fühlte er sich zugehörig, obwohl es keinen Ort mehr gab, den er Heimat nannte.

»Nachdem meine Eltern umgebracht wurden, war ich vollkommen allein«, sagte Ceylan. »Doch dann ging ich an die Mauer, und ja, einige Wächter waren furchtbar zu mir, aber da waren auch Leigh und Ethen und andere. Plötzlich gab es Leute, denen nicht egal war, ob ich einsam in einer Gasse sterbe.«

»Diesen Leuten wird es auch weiterhin nicht egal sein«, warf Kheeran ein.

»Doch jetzt stehe ich wieder vor dem Nichts«, fuhr Ceylan fort, als hätte er nichts gesagt. »Gewiss würde mich Khoury an der Mauer dulden, aber das wäre nicht dasselbe. Ich bin nun mal keine Wächterin, und eine Dunkelgängerin will ich auch nicht werden. Wo also ist mein Platz in dieser Welt?«

An meiner Seite, schoss es Kheeran durch den Kopf. Er sprach die Worte nicht aus, doch er wagte es, nach Ceylans Hand zu greifen. Fest umschloss er ihre Finger mit seinen. Sie zog sie nicht zurück und gewährte ihnen diesen Augenblick der Nähe.

»Du könntest hierbleiben«, schlug Kheeran vor. »Nicht bei den Dunkelgängern, aber in Evardir. Oder du gehst an einen wärmeren Ort wie Weidar, oder du besuchst Elroy in Séakis. Dort soll es schön sein.« *Ich würde mit dir gehen.*

»Was soll das bringen? Ich habe kein Geld. Und selbst wenn, ich weiß nicht einmal, wie man ein gewöhnliches Leben führt. Ich habe die letzten Jahre damit verbracht, von der Mauer zu träumen und davon, eine Wächterin zu werden. Ich habe mich darauf vorbereitet, dafür gekämpft und nun – nun ist all das fort, und ich bin wieder allein.«

Kheeran räusperte sich. »Na ja, ganz allein bist du nicht. Du … du hast mich.«

Ceylan blickte auf und sah ihn an. In ihren dunklen Augen tanzten die Flammen. Ihre Züge waren hart und reglos wie vor einem Kampf, doch in ihrem Blick erkannte Kheeran jene Verletzlichkeit, die sie stets zu verbergen versuchte. Dennoch wandte sie sich nicht ab, sondern erlaubte ihm, zu sehen, was sonst niemand zu Gesicht bekam.

»Ich weiß, wie du dich fühlst«, gestand Kheeran. Mehr, als sie ahnte. Es war, als hätte Ceylan die Gedanken aus seinem Kopf geholt und in Worte gepackt. »Ich bin ebenso allein. Ich fühle mich nicht als Unseelie, aber bin auch kein Mensch, kein Wächter und kein Dunkelgänger.«

Sie öffnete den Mund und holte tief Luft, als wollte sie etwas sagen, doch dann nickte sie nur, schloss ihn wieder und griff stattdessen nach der Flasche Wein. Sie schraubte den Korken ab, goss ein und reichte ihm einen Becher. »Wir sind wohl beide verloren.«

»Wir sind nicht verloren, wir sind nur auf der Suche.« Kheeran hob seinen Becher und lächelte Ceylan an.

Sie stieß mit ihm an. »Dann auf das Alleinsein.«

»Aufs gemeinsame Alleinsein«, erwiderte er und trank einen Schluck. Der Wein schmeckte scheußlich. Viel zu bitter und wässrig, und obwohl er nicht betrunken werden konnte, wurde ihm warm im Bauch, wobei das eher an der Frau neben ihm lag. Ceylan hatte ihre Hand aus seiner befreien müssen, um den Wein zu öffnen, aber sie saß dicht bei ihm. Selbst in diesen Momenten der Schwere erfüllte sie ihn mit einer Ruhe und Freude, die er nicht begriff. Sie gab ihm so viel, ohne etwas dafür tun zu müssen. Dass sie hier mit ihm saß, war genug.

Kheeran schielte zu Ceylan hinüber. Gedankenverloren nippte sie an ihrem Wein und starrte in die tanzenden Flammen. Sie wirkte noch genauso unglücklich wie zuvor. Hatte er ihre Sorgen und Ängste nur verschlimmert?

»Ceylan …«

Sie riss den Kopf herum. »Ich muss dir etwas sagen«, fuhr sie ihm über den Mund.

Er hob die Brauen. »Ich höre.«

Sie senkte ihren Blick und begann unruhig den Becher zwischen ihren Händen zu drehen. Gespannt hielt Kheeran die Luft an. Was würde er gleich zu hören bekommen? Ceylan zeigte sich selten so verlegen.

Sie räusperte sich. »Ich habe dich angelogen. Nun ja, genau

genommen habe ich dich nicht angelogen, aber ich habe dir etwas verschwiegen.«

Kheeran furchte die Stirn. »Und was?«

»Damals im Freudenhaus, als wir vom Feuer eingekesselt waren …« Sie schluckte und hob den Blick zum Kamin, als könnten die Flammen ihr die richtigen Worte zuflüstern. »Da ist etwas geschehen zwischen uns, von dem ich dir nicht erzählt habe.«

»Redest du von dem Kuss?«, fragte Kheeran.

Ceylan riss den Kopf in die Höhe. »Du … du erinnerst dich?«

Kheeran schmunzelte. »Ja, ziemlich bildhaft sogar.«

»Warum hast du nichts gesagt?« Ceylan verpasste ihm einen Klaps gegen die Schulter. Er kippte leicht zur Seite, und Wein schwappte aus seinem Becher über seine Hose. Er schenkte dem Fleck keine Beachtung.

»Wieso hätte ich das tun sollen? Du hast nichts gesagt, was ich als Hinweis darauf verstanden habe, dass du den Kuss lieber vergessen würdest.«

»Ja, weil er nicht zählt«, erwiderte Ceylan und stand auf.

Doch Kheeran konnte nicht zulassen, dass sie ihn nun sitzen ließ. Er stellte seinen Becher beiseite, packte ihre Hand und zog sie zurück. Sie leistete keinen Widerstand, als er sie sanft neben sich delegierte, bis sie beinahe auf seinem Schoß saß. Die Kälte hatte eine dauerhafte Röte auf ihre Wangen gezaubert, doch in diesem Moment schien die Farbe noch tiefer zu werden. »Warum zählt der Kuss nicht?«

»Weil wir Angst hatten.«

Er hob die Hand und strich zart über ihre Wangen. Sie erbebte unter seiner Berührung, und sein Herzschlag beschleunigte sich. Er bereute ihren Kuss nicht und wollte auch nicht, dass Ceylan es tat. »Du hast mich also nur geküsst, weil du dachtest, wir würden sterben, und deswegen zählt der Kuss nicht?«

Sie schloss die Augen. »Ja.«

Er hörte die Lüge in ihren Worten. Lächelnd beugte er sich ihr entgegen, bis seine Nase ihre streifte. Mit einem tiefen Atemzug nahm er ihren Geruch in sich auf und sog ihn bis hinunter in sein Herz. Ihm wurde noch wärmer, und der Drang, Ceylan an sich zu ziehen und zu küssen, wurde geradezu übermächtig.

»Sieh mich an«, verlangte er.

Blinzelnd öffnete Ceylan die Augen. Dieselbe Verletzlichkeit wie zuvor stand in ihren Blick geschrieben, aber nun erkannte Kheeran auch andere Gefühle. Unsicherheit, Zuneigung – Verlangen. Seine Finger wanderten tiefer, bis zu ihrem Mund. Sanft strich er mit seinem Daumen über ihre Lippen, die sich langsam für ihn teilten. Er lehnte sich zu ihr. Sein Herz pochte heftig. Noch nie in seinem Leben hatte er eine Frau so sehr begehrt.

»Glaubst du, du wirst sterben? Jetzt und hier?«

Sie schüttelte den Kopf. In den letzten Sekunden hatten ihre Hände einen Weg auf seine Brust gefunden. Halt suchend klammerte sie sich an den Fellen um seine Schultern fest, als fürchtete sie, vom Ansturm ihrer Gefühle in die Tiefe gerissen zu werden.

»Das heißt, wenn ich dich jetzt küsse, zählt es?«

»Vielleicht?« Sie kam ihm nicht näher, wich aber auch nicht zurück, obwohl ihr klar sein musste, dass er nur einen Fingerbreit überbrücken brauchte, um den Kuss zu wiederholen. Kheeran lächelte und beugte sich zu ihr. Ihr Atem kitzelte bereits seine Haut. Er schloss die Augen und …

Ein Klopfen an der Tür erklang und riss ihn jäh zurück. Er zuckte zusammen. Das konnte nicht wahr sein! Warum ausgerechnet jetzt? Am liebsten hätte er dem Störenfried keine Beachtung geschenkt, aber Ceylan sprang vor Schreck auf die Beine. Mit gestrafften Schultern und ohne ihn anzusehen, stürzte sie zur Tür. »Mairéad!«

Mairéads Blick zuckte von Ceylan zu Kheeran und zurück. Ein amüsiertes Lächeln trat auf ihre Lippen, als ahnte sie, was sie unterbrochen hatte. »Störe ich?«

Ja.

Ceylan schüttelte den Kopf. Ihre Wangen noch von einem tiefen Rot, und jeder, der des Sehens mächtig war, erkannte, dass sie viel zu schnell atmete. »Nein, überhaupt nicht. Was gibt es?«

»Ich wollte meine Kresse abholen.«

Kheeran griff in eines der Regale und reichte sie Mairéad in der Hoffnung, sie würde schnell verschwinden, damit Ceylan und er dort weitermachen konnten, wo sie unterbrochen worden waren. »Bitte sehr.«

»Danke, dass du sie mitgebracht hast.«

»Gern.«

»Wie viel bekommst du?«

»Nichts, das geht auf mich.«

»Danke, sehr großzügig. Dann lass ich euch wieder allein«, sagte Mairéad. Sie winkte zum Abschied und wandte sich ab. Erleichterung flutete Kheeran, doch Ceylan schloss die Tür nicht, sondern nahm stattdessen ihren Mantel vom Haken an der Wand.

Kheeran runzelte die Stirn. »Wo willst du hin?«

Ceylan streifte den Mantel über, bevor sie nach den Handschuhen griff, die er kurz zuvor abgelegt hatte. »Nirgendwohin. Ich geh spazieren.«

»Soll ich mitkommen?«

Sie schüttelte den Kopf. »Nein, ich wäre gern etwas allein.«

Kheeran nickte, obwohl er sich nichts sehnlicher wünschte, als sie zu begleiten. Er wusste, worüber sie grübeln würde, und er war sich beinahe sicher, dass ihm der Weg, auf den Ceylans Gedanken sie tragen würden, nicht gefiel.

Sie schenkte ihm ein letztes Lächeln, das ihre Augen nicht erreichte, und schloss die Tür hinter sich. Allein blieb Kheeran in der Hütte zurück, die plötzlich wieder viel kälter erschien.

42. Kapitel – Weylin

– Niemandsland –

Weylin knallte gegen einen herumliegenden Felsbrocken, als ihn die Kraft eines Seelies mit voller Wucht traf. Der Luftwirbel war derart stark gewesen, dass er das Gefühl hatte, es würde ihm sämtliche Rippen brechen. Dem stechenden Schmerz in seiner Brust nach zu urteilen, hatte es zumindest ein paar tatsächlich getroffen. Schwarze Punkte flirrten vor seinen Augen, dennoch erkannte er den bedrohlichen Schatten, der unaufhörlich näher kam, um ihm einen letzten, tödlichen Stoß zu versetzen. Doch noch war Weylin nicht am Ende seiner Kräfte.

Im letzten Augenblick, als die Klinge des Fae bereits auf ihn herabsauste, rollte er sich zur Seite. Es erwischte ihn am Arm. Weylin ignorierte den Schmerz, fuhr herum und stach zu. Sein Schwert durchbohrte den Leib seines Angreifers. Es war ein Hieb unmittelbar durchs Herz. Weylin erkannte den Schrecken im Blick des Fae, kurz bevor er leblos in sich zusammensackte.

Schwer atmend kam er auf die Beine und kämpfte gegen den Schwindel an. Er spürte etwas Feuchtes seinen Nacken hinunterlaufen und tastete danach. Als er seine Finger zurückzog, klebte Blut daran – sein Blut.

Mit einem schmatzenden Geräusch zog er seine Klinge aus dem toten Fae und blickte sich um. Was er sah, war ein Bild des Grauens.

Tote Wächter, Fae und Elva, so weit das Auge reichte. Mittlerweile pflasterten ihre Leichen den Weg, und ihr Blut hatte den Boden getränkt, die Erde unter seinen Füßen war bereits matschig. Noch immer strömten Fae und Elva in das Niemandsland.

Lang konnten die Wächter die Mauer nicht mehr halten, dennoch kämpften sie verbissen und unerbittlich weiter.

Neben Weylin stürzte sich ein Wächter auf einen Unseelie, der mit seiner Erdmagie zwei Brocken anhob und durch die Luft schleuderte. Der Mann wich zurück, aber der Fae reagierte schneller. Blitzschnell ließ er die Brocken einen Bogen beschreiben, sodass sie von links und rechts auf den Wächter zuflogen und seinen Kopf zerschmetterten. Der Schädel des Wächters brach wie eine überreife Melone. Blut und Hirnmasse quollen zwischen den Brocken hervor.

Weylin wandte den Blick ab. Er wusste, er sollte den Fae töten, aber er hatte Leigh noch immer nicht gefunden, und mit jeder verstreichenden Sekunde wurde er unruhiger. Er umklammerte sein Schwert fester und schlich an dem Unseelie vorbei, der es bereits auf einen anderen Wächter abgesehen hatte, als plötzlich jemand seinen Fuß packte. Er blickte hinab und entdeckte einen Novizen, der in einer kleinen Höhle zwischen zwei Felsbrocken kauerte. Mit angsterfüllten Augen blickte er zu Weylin auf. Er konnte die Furcht des jungen Mannes förmlich spüren.

»Bist du verletzt?«

Der Novize schüttelte den Kopf.

Weylin wartete nicht, packte seinen Arm und zerrte ihn aus dem Versteck, bis er auf den Beinen stand und auf Augenhöhe war. »Hör zu, geh zu den Ställen. Nimm ein Pferd und reite davon. Vermutlich wird es dich nicht retten, aber es …«

Blut spritzte in Weylins Gesicht und brachte ihn zum Verstummen. Blinzelnd öffnete er die Augen, die er instinktiv zusammengekniffen hatte. Noch immer hielt er den Körper des Novizen aufrecht, doch dem fehlte der Kopf. Eine Elva hatte im Flug seinen Schädel gepackt und mit ihren scharfen Krallen vom Rumpf abgetrennt. Die Kreatur krächzte, schlug mit ihren Flügeln und stieg weiter in den Himmel, bis sie den Kopf fallen ließ, der wie ein übergroßes Hagelkorn zu Boden sackte.

Weylin schluckte schwer. Übelkeit stieg in ihm auf, und der bittere Geschmack von Galle legte sich auf seine Zunge. Er hatte schon viel Leid, Schmerz und Gewalt miterlebt, aber diese Schlacht übertraf alles. Er ließ den Körper des jungen Wächters los und wischte sich mit dem Unterarm das Blut vom Gesicht, das sich mit Schweiß und Dreck vermengt hatte.

»Weylin!«

Er erstarrte bei dem Klang seines Namens. Leigh! Hektisch sah er sich um und entdeckte ihn an der Seite von drei weiteren Wächtern. Sie waren von zwei Fae in die Ecke gedrängt worden und kämpften um ihr Leben. Weylin zögerte keine Sekunde und stürmte los.

Seine Klinge schlug unbarmherzig durch Fleisch. Er tötete, ohne nachzudenken, rammte jedem Feind das Schwert tief in den Leib, der sich in seinen Weg stellte. Geschickt wich er Feuerbällen, Eiszapfen und Felsbrocken aus, welche die Fae feuerten. Die Reihen der Wächter waren schwer ausgedünnt worden, trotz der Hilfe, die von den anderen Stützpunkten herbeigeeilt war. Es hatte ihnen jedoch nur einen kurzen Aufschub gegeben. Eine Verzögerung des Unausweichlichen. Aber sie brauchten allen Beistand, den sie bekommen konnten.

Weylin hatte Leigh und seine Gruppe fast erreicht, als es erneut zu ihrer Rechten donnerte. Der Durchbruch, den die Fae in die Mauer geschlagen hatten, wurde vergrößert, und eine weitere Welle Angreifer fiel durch das Loch ein.

Leigh bellte Befehle an die umstehenden Wächter, als sich mehrere Brocken, die sich aus der Mauer gelöst hatten, erhoben und auf die kleine Gruppe zuschossen. Weylin stieß einen warnenden Schrei aus, doch da war es bereits zu spät. Mit einem lauten Knall schlugen die Brocken vom Himmel und begruben die Männer unter einem Berg aus Dreck und Gestein.

»Nein, nein, neinneinnein …« Weylin rannte, ohne nachzudenken, über das Schlachtfeld. Der aufgewirbelte Staub brannte in seiner Lunge und brachte seine Augen zum Tränen. Beinahe blind eilte er weiter, bis er die Stelle erreichte, an der Leigh eben noch gestanden hatte. Mit wackeligen Beinen kraxelte er über das Gestein.

»Leigh?«

Er bekam keine Antwort.

»Leigh!«

Er lauschte in das Geröll, aber Leigh sagte nichts. Er war verstummt. Begraben unter einem Berg aus Stein. Weylins Hände, sonst immer so ruhig, begannen zu zittern, und seine Übelkeit wurde übermächtig. Es war, als wollte sein Körper all seine Sorgen und Ängste erbrechen.

Obwohl er wusste, dass Leigh vermutlich tot war, vom Gestein erschlagen, sank er auf die Knie, griff nach einem Brocken und schleuderte ihn weg. Denn sollte Leigh den Einschlag wie durch ein Wunder überlebt haben, sollte er nicht glauben, Weylin wäre ihm nicht zur Rettung geeilt. Keuchend schaffte er einen Stein nach dem anderen zur Seite. Schließlich kam unter einem Brocken ein Arm zum Vorschein. Blutig und gebrochen, mit einem herausstehenden Knochen.

Weylin griff nach der freigelegten Hand und zerrte daran. Ein Körper rutschte unter dem Gestein hervor, aber es war nicht Leigh, sondern einer der Männer, die neben ihm gekämpft hatten. Sein Gesicht war halb zertrümmert, und das intakte Auge starrte Weylin leblos an.

Erschrocken ließ Weylin die Hand los und schüttelte sich. Er wusste nicht, was er tun sollte, sollte er Leigh in einer solchen Verfassung finden, doch aufhören kam für ihn nicht infrage. Panisch buddelte er weiter und weiter, bis seine Finger verkrampften und seine Haut von den spitzen Kanten aufgeschnitten war. Er schenkte dem Schmerz keine Beachtung, sondern fuhr fort, weil er keine andere Wahl hatte. Weylin wusste nicht, wie viel Zeit ihm blieb, bis eine Elva oder ein Fae ihn entdeckte, als er einen zweiten Körper inmitten der Trümmer entdeckte. Es war nur der Kopf zu sehen, aber das blonde, beinahe weiße Haar war unverkennbar.

Weylin stockte das Herz.

Leigh.

43. Kapitel – Larkin

– Niemandsland –

Das Gurgeln des Fae verriet Larkin, dass dieser Kampf vorbei war. Er zerrte seine Klinge aus dem Körper des Seelie und blickte zu Farrow, der vor ihm auf dem Boden kauerte und seine Seite hielt.

»Danke«, keuchte Farrow und ließ sich von Larkin aufhelfen.

Er stöhnte und wäre um ein Haar wieder zusammengebrochen, hätte Larkin ihn nicht gestützt. Die Wunde war tief, und wenn Farrow sich zu viel oder schnell bewegte, könnte er das Fleisch weiter aufreißen.

»Du solltest verschwinden«, sagte Larkin.

»Das geht nicht. Ich bin ein Wächter.«

Er verstand Farrows Stolz, denn sich eine Niederlage einzugestehen, war eine beinahe ebenso hohe Kunst, wie einen Sieg zu erringen. »Du bist vor allem bald tot, wenn du nicht gehst.«

Farrow starrte ihn an. Sein Gesicht war blutverschmiert, und seine Brauen waren im Schmerz fest zusammengezogen. Larkin rechnete mit weiteren Widerworten, doch er überraschte ihn mit einem Nicken.

»Schaffst du es allein zu den Ställen?«

»Ich … ich denke schon.«

Zögerlich, um ihn im Notfall wieder aufzufangen, ließ Larkin Farrow los. Doch dem anderen Wächter gelang es tatsächlich, sich auf den Beinen zu halten. Er schenkte Larkin ein dankbares Lächeln, bevor er sich hinkend auf den Weg zu den Stallungen machte.

Larkin atmete erleichtert aus, da Farrow ihm in diesem Zustand im Kampf vermutlich mehr Hindernis als Hilfe gewesen wäre, und wandte sich erneut der eingestürzten Mauer zu. Die Stelle, an der vorhin Khoury niedergegangen war, lag im Zentrum des Gefechts. Es war heikel, sich dorthin durchzuschlagen, aber Larkin musste nachsehen, ob sein ältester Freund wahrhaftig tot war. Vielleicht lebte er noch und brauchte Hilfe.

△

Larkin war in einen stoischen Rhythmus verfallen, in dem er jedwedes Zeitgefühl verloren hatte. Er war voll und ganz in diesem Kampf gefangen, tötete ohne Zögern, eilte weiter, stieß sein Schwert in den nächsten Körper. Ein paar Unseelie hatten eine Wand aus Erde hochgezogen, hinter der sie Deckung suchten, während sie mit Steinbrocken auf die Wächter schossen. So hielten sie den Weg für die restliche Armee frei, die sich Fae um Fae durch das größer werdende Loch in der Mauer zwängte. Larkins Sinne waren völlig überreizt. In seinen Ohren fiepte es vom Lärm. Er roch nur noch Blut, Schweiß und Tod und war weit über den Status der Erschöpfung hinaus. Sein Körper agierte ohne seinen Verstand. Larkin war zu einer Marionette seines Schwertes geworden, das fast eigenständig von Feind zu Feind rauschte und alles niedermetzelte, was sich ihm in den Weg stellte.

»Leigh!«, hörte Larkin auf einmal eine vertraute Stimme.

Er fuhr herum und spähte nach links, wo Weylin voller Verzweiflung Steine aus dem Weg räumte. Er versuchte es zumindest, momentan scheiterte er an einem ungewöhnlich großen Brocken. Larkin eilte zu ihm. Er erkannte Leigh, der halb unter dem Geröll eingeklemmt war. Es war schlimm, aber er hatte Glück im Unglück gehabt, denn die Steine hatten einen kleinen Hohlraum gebildet, sodass er nicht zerquetscht worden war. Er schien nur bewusstlos, und sein Bein steckte fest.

»Ich hebe den Stein an, und du ziehst ihn raus«, sagte Larkin.

Der Halbling nickte.

Er packte das Gestein, holte tief Luft und drückte mit aller Kraft gegen das Gewicht des Brockens an. Schweiß trat auf seine Stirn, und seine Muskeln begannen bereits nach wenigen Sekunden zu zittern.

»Ich hab dich«, sagte Weylin und fasste Leigh unter die Arme. Leider wählte der Wächter ausgerechnet diesen Moment, um aus seiner Ohnmacht zu erwachen. Er gab ein gequältes Stöhnen von sich, das zu einem Schrei wurde, als Weylin ihn aus seinem steinernen Grab zerrte. Seine schwarze Uniform wirkte grau vom Dreck. Sein Bein war offensichtlich gebrochen, und Blut tropfte aus einer Platzwunde an seiner Stirn, die aufgrund seiner zahlreichen Verletzungen nicht so schnell heilte wie unter gewöhnlichen Umständen.

Weylin bettete Leighs Kopf auf seinen Schoß. »Leigh?«

Er antwortete nicht.

»Leigh? Bitte, sprich mit mir.«

Ein Laut, der beinahe wie ein Schluchzen klang, entwich Leighs Lippen. Er war in keiner Verfassung mehr zu kämpfen und Weylin auch nicht. Der Halbling war offensichtlich völlig erschöpft. Er war vielleicht nicht am Ende seiner Kräfte, aber am Ende seiner Belastbarkeit. »Ihr müsst verschwinden.«

»Die Mauer …«, setzte Leigh an.

»… ist verloren«, beendete Larkin den Satz und sprach damit die Worte aus, die er die ganze Zeit über im Herzen trug. »Es ist vorbei. Wir können nichts mehr tun, außer uns zurückzuziehen und neu zu sammeln.«

Leigh erwiderte nichts. Larkin wusste nicht, ob er mit ihm einer Meinung war oder seine Schwäche ihm nicht länger erlaubte zu sprechen. So oder so war Flucht das einzig Richtige. Er sah zu Weylin. »Bring ihn in Sicherheit. Nehmt ein Pferd und reitet nach Ciradrea. Freya wartet dort.«

Weylin nickte. »Danke!«

Larkin sah zu, wie Weylin Leigh in seine Arme hob, um ihn

vom Schlachtfeld zu tragen. Erst als er sicher war, dass Weylin den Weg finden würde, stürzte er sich erneut ins Kampfgeschehen. Er musste so viele Wächter wie möglich überzeugen, die Flucht anzutreten, um sich neu zu formieren. Alles andere wäre Selbstmord. Larkin packte einen Wächter am Arm, der gerade einen Fae getötet hatte, und zerrte ihn zu sich. Es war Gothar. Er sah ähnlich erschöpft aus wie Weylin. Blut und Dreck verschmierten seine Uniform, ein hässlicher Kratzer zog sich quer über sein Gesicht und hatte sein linkes Auge erblinden lassen.

»Wir müssen uns zurückziehen!«, brüllte Larkin.

Ein Eispfeil erhob sich plötzlich aus einer Staubwolke und schoss geradewegs auf sie zu. Im letzten Moment gelang es den beiden, aus dem Weg zu springen.

Keuchend richtete sich Gothar auf. »Einverstanden.«

»Hast du Khoury gesehen?«

»Nicht, seit die Mauer eingestürzt ist.«

Larkin blickte in Richtung der Mauer, aber durch den aufgewirbelten Staub erkannte er kaum etwas. Er musste nachsehen. Eilig wies er Gothar an, sich zu den Stallungen zu begeben, vielleicht erwischte er Farrow, Weylin und Leigh und könnte mit ihnen fliehen. Larkin wusste, er sollte sich ebenfalls auf den Weg nach Ciradrea machen, denn allmählich ging auch ihm die Luft aus, aber er wollte nicht gehen, ohne nach Khoury gesehen zu haben.

Je näher er der Öffnung an der Mauer kam, umso größer wurde die Anzahl der Gegner. Larkin schlug sich ein weiteres Mal voller Verbissenheit durch. Er köpfte Elva und erstach Fae. Sein Körper war über und über mit schwarzem und rotem Blut gesprenkelt, dennoch hielt er nicht inne, bis ein verletzter Wächter seinen Weg kreuzte. Er blutete stark am rechten Arm, sein Schwert führte er nun ziemlich ungeschickt mit der Linken. Larkin erkannte den jungen Novizen. Es glich einem Wunder, dass er überlebt hatte.

»Ethen!«

»Beim König! Larkin, bin ich froh, dich zu sehen!«

»Geht es dir gut?«

»Ich lebe.«

»Wir treten den Rückzug an. Geh zu den Stallungen, nimm dir ein Pferd und reite nach Ciradrea, Farrow und Gothar sind auch auf dem Weg.«

Ethen nickte und gab keine Widerworte.

»Hast du Khoury gesehen?«

»Ja, er hat mir eben das Leben gerettet!« Ethen deutete in die entsprechende Richtung, und wahrhaftig, Larkin entdeckte ihn. Khoury sah fürchterlich aus. Er hinkte und hielt sich mit der linken Hand die rechte Seite, während er unerbittlich gegen drei Fae gleichzeitig kämpfte. Lang konnte er das nicht durchhalten, zumal ein vierter sich ebenfalls ihm zuwandte. Die Männer schienen zu wissen, dass Khoury der Field Marshal war. Sie erweckten nicht den Eindruck, ihn töten zu wollen. Hätten sie es darauf angelegt, wäre ihnen dies längst gelungen. Vermutlich hatten sie von Aldren den Auftrag bekommen, Khoury festzunehmen, um ihn zu foltern und sich sein Wissen zu eigen zu machen.

Ein Seelie riss die Hände in die Höhe und ließ zwei Feuerpeitschen aus den Flammen eines nahe gelegenen Brandes heranwachsen. Blitzschnell schnitten sie durch die Luft. Brüllend fuhr Khoury herum, schlug nach dem Fae, doch dieser holte aus und ließ die Feuerpeitschen nach vorn schnellen. Khoury wollte ausweichen, aber einer der Unseelie hob die Hände, und ein Hindernis aus Erde stellte sich Khoury in den Weg. Er stolperte darüber und stürzte. Die Fae lachten. Sie spielten nur mit Khoury, und aus irgendeinem Grund machte das Larkin wütender als alles andere.

Er umklammerte sein Schwert, und mit einem Schrei warf er sich den Fae entgegen, als zwei Schatten neben ihm auftauchten.

Ethen und Gothar. Sie waren nicht zu den Stallungen gegangen, sondern ihm gefolgt. Zu dritt stürmten sie auf die Fae zu, die Khoury peinigten. Der Feuerschwingende bemerkte es als Erstes. Er fuhr mit seiner Peitsche herum, holte aus und zielte auf Ethen, der sich in einer erstaunlich geschmeidigen Bewegung zur Seite rollte und dabei ein Messer warf, das er noch am Gürtel getragen hatte. Die Klinge traf den Fae im Oberschenkel. Er stöhnte vor Schmerz auf, holte ein weiteres Mal mit seiner Peitsche aus, aber Ethen war schon zur Seite gesprungen.

Der Junge ist verdammt schnell!

Larkin richtete seine Konzentration auf die drei anderen Fae, die Khoury in der Mangel gehabt hatten. Einer schoss einen Eispfeil ab, während der andere seine Hände hob und einen heftigen Windstoß in ihre Richtung feuerte. Die Wucht der Böe brachte Larkin zu Fall, doch Gothar blieb in seinem Windschatten aufrecht und stürzte sich auf einen Fae.

Khoury erkannte die Gelegenheit, zurückzuschlagen. Er holte mit dem Schwert aus und köpfte den Unseelie, der eben die Eispfeile geschossen hatte. Der Seelie mit der Luft-Magie ließ dies nicht ungerächt. Mit verbissenem Gesicht schleuderte er einen weiteren Windstoß in Khourys Richtung. Dieser wurde nach hinten geschleudert und landete vor einer Elva, die einer übergroßen Echse glich. Sie hatte einen langen Hals und zwei verkümmerte Flügel auf ihrem Rücken. Ihr Schwanz endete in einem spitzen Stachel, von dem Blut tropfte.

Khoury machte einen Satz zur Seite, um von der Bestie wegzukommen, bevor sie ihn bemerkte. Doch in diesem Moment fuhr die Kreatur herum und schlug mit ihrem Schwanz gegen seine Brust. Er flog zwei Meter durch die Luft und knallte gegen einen großen Steinbrocken.

Larkin stürzte los, um ihm zu helfen, doch vor ihm wuchs eine Barriere aus Felsen aus dem Boden. Sie war zu hoch, um drüberzuspringen, aber gerade niedrig genug, dass Larkin sah, was auf der anderen Seite vor sich ging. Mit aufgerissenem Maul schoss die Elva auf Khoury zu und vergrub ihre langen Fänge in seiner Schulter. Der Field Marshal schrie vor Schmerz auf.

Larkin fluchte. Er umrundete das Hindernis, der Fae setzte an, eine zweite Mauer aus dem Boden zu stampfen, doch da wurde er bereits von Gothars Schwert durchbohrt. Larkin nickte ihm dankbar zu und warf sich auf die Elva, die sich in Khourys Fleisch verbissen hatte. Er holte mit seiner eigenen, feuergebundenen Klinge aus und köpfte die Elva. Ihr Rumpf sackte in sich zusammen, aber die Zähne blieben in Khourys Schulter stecken.

»Scheiße«, fluchte Larkin und beugte sich über ihn.

Benommen blinzelte Khoury ihn an. Er schwitzte. Seine Haut war fahl, die dunklen Adern darunter klar zu erkennen. Es war offensichtlich, dass nicht nur der Kampf und sein Blutverlust ihm zu schaffen machten. Er war vergiftet worden. Larkin packte den abgetrennten Kopf der Elva und zog daran, bis sich die Zähne aus Khourys Fleisch lösten.

»Kannst du aufstehen?«

Khoury nickte. Er biss die Zähne zusammen und versuchte, auf die Beine zu kommen, aber sie knickten unter ihm weg, und er fiel zu Boden.

Der letzte verbliebene Fae nutzte diesen Augenblick der Schwäche und stürzte sich auf Khoury. Er kam jedoch nicht weit, denn Gothar und Ethen griffen ihn zeitgleich an. Obwohl die Männer vom Kampf mitgenommen waren, machten sie kurzen Prozess mit dem Fae, der keine Sekunde später von zwei Klingen durchbohrt wurde.

»Wir müssen weg!«, rief Larkin. Er griff nach Khoury und zerrte ihn erbarmungslos auf die Beine. Dieser schrie auf, doch Larkin konnte keine Rücksicht auf seine Schmerzen nehmen. Dafür war die Situation zu brenzlig.

»Wurde er gebissen?«, fragte Gothar.

Larkin nickte.

Gothar umschlang Khoury stützend von der anderen Seite. Larkin wusste aus Erzählungen, dass der Wächter vor einigen Monaten in einer ähnlichen Lage gewesen war. »Das Gift muss aus seinem Körper.«

»Dafür bleibt keine Zeit. Wir müssen verschwinden«, befahl Larkin, und obwohl er offiziell nicht mehr zu den Wächtern gehörte, gehorchte Gothar.

Larkin packte Khoury und warf ihn sich über die Schulter. Das Gewicht drohte ihn in die Knie zu zwingen. Unter normalen Umständen hätte er unter der Last nicht zu kämpfen gehabt, aber er war erschöpft. Aufzugeben und Khoury zurückzulassen kam dennoch nicht infrage.

Mit Ethen und Gothar als Vorhut machte er sich auf den Weg zu den Stallungen. Unterwegs riefen sie den übrigen Wächtern zu, dass diese sich zurückziehen sollten.

Sie erreichten den Stall wie durch ein Wunder ohne einen weiteren Angriff. Gothar und Ethen holten zwei Pferde.

Ächzend legte Larkin Khoury auf den Rücken eines Tieres. Der Field Marshal stöhnte vor Schmerz. Er war kaum bei Bewusstsein, und ihm blieb nicht mehr viel Zeit. In Larkin wuchs die Sorge, dass sein Freund diesen Angriff womöglich nicht überleben würde. Er schwang sich hinter Khoury auf das Tier und lenkte das Pferd aus dem Getümmel. Sobald sie in Sicherheit waren, würden sie sich um das Gift kümmern und es aus der Wunde ziehen. Doch zuerst mussten sie fliehen, vor den Elva, den Fae und dem Krieg. Auch wenn es jetzt, da die Mauer gefallen war, keinen sicheren Ort mehr für sie gab.

44. Kapitel – Freya

– Ciradrea –

Freyas Muskeln brannten. Nie in ihrem Leben war sie derart schnell geritten. Sie atmete schwer, und auch der Hengst schnaufte heftig und war mittlerweile komplett nass geschwitzt. Dennoch ließ er sich von Freya zur Eile antreiben, als spürte er, in welcher Gefahr nicht nur sie, sondern das ganze Land schwebte. Sie hoffte, dass das Tier nicht unter ihr zusammenbrach, doch sie konnte es nicht schonen. Sie musste die Menschen warnen! Wenn die Mauer erst mal gefallen war, gab es nichts mehr, was die Fae daran hinderte, über das Land herzufallen.

Endlich kamen die Stadtmauern Ciradreas in Sicht. Freya wusste nicht, ob sie vor Freude jubeln oder weinen sollte. Alles schmerzte, und ihr Herz raste. Sie verringerte ihre Geschwindigkeit, um niemanden umzureiten. Dennoch wurden ihr böse Blicke und vulgäre Wörter entgegengeworfen, als sie zielstrebig auf den Marktplatz zupreschte, vorbei an jenem Laden, in dem Larkin und sie vor vielen Monaten von einer Frau und zwei Männern gestellt worden waren, die das Kopfgeld ihres Vaters hatten einkassieren wollen.

Mitten auf dem Dorfplatz hielt Freya an. Die Unruhen hatten die Menschen in Ciradrea bereits aus ihren Häusern geholt. Sie sahen in Richtung der Mauer, wo eine große Staubwolke aufgezogen war und den Himmel verdunkelte.

Freya begann, wild mit den Armen zu gestikulieren, um die Aufmerksamkeit der Leute auf sich zu ziehen. Einige Menschen blickten sie fragend an und musterten sie in ihrer viel zu großen Wächteruniform, aber diese schien ihr keine Autorität zu verleihen. Die Leute tuschelten miteinander. Angst und Panik stand in ihren Gesichtern geschrieben. Doch niemand kam auf den Gedanken, die Flucht anzutreten.

Freya sprang vom Pferd, der Beutel mit den magischen Büchern hing über ihrer Schulter. Ihr Gewicht war schwer, und um ein Haar hätten ihre Beine vor Anstrengung unter ihr nachgegeben, aber sie schaffte es, aufrecht stehen zu bleiben. Sie hielt einen Mann am Arm fest, der sie skeptisch beäugte. Erneut deutete sie auf die Mauer und die gigantische Staubwolke, die sich über ihren Köpfen erhob, um begreiflich zu machen, was im Niemandsland vor sich ging.

Verständnislos schüttelte der Mann den Kopf und riss sich los. Ihre Fingernägel hinterließen rote Striemen auf seiner Haut. »Beim König, Mädchen! Lass mich in Frieden. Ich hab kein Geld für dich.«

Panisch zerrte Freya ihr Notizbuch aus ihrem Hemd und schrieb die Worte auf, die sie nie gedacht hatte, irgendwann schreiben zu müssen: *Die Mauer ist gefallen, ihr müsst fliehen!*

Sie hielt das Papier hoch, schnappte sich eine Frau, die ebenfalls in der Menge stand und gaffte. Sie wirkte zugänglicher als der Mann, doch auch sie sah Freya verunsichert und verständnislos an. »Tut mir leid, Kleine. Ich kann nicht lesen.«

Natürlich nicht. Das geschriebene Wort war nach wie vor dem Adel vorbehalten. In Amaruné lernte auch die neue Mittelschicht damit umzugehen, aber so weit im Süden, abseits des Reichtums, besannen sich die Menschen auf andere Talente. Freya stieß ein frustriertes Seufzen aus. Sosehr sie sich in den letzten Wochen an ihre Stummheit gewöhnt hatte, sosehr verfluchte sie sie in diesem Moment. Warum war Larkin nicht mit ihr gekommen?

»Die Mauer ist gefallen!«, erklang plötzlich eine Stimme hinter ihr.

Freya fuhr herum und sah, wie ein Junge mit zerzaustem blondem Haar auf einem Pferd heranschoss, ähnlich wie sie wenige Augenblicke zuvor. Die Frau, die vor Freya stand, riss die Augen auf. Hektisch sah sie sich nach allen Seiten um, als würde sie jemanden suchen, aber nicht finden. Ohne Freya eines weiteren Blickes zu würdigen, setzte sie sich in Bewegung und begann sich durch die Masse der umstehenden Menschen zu kämpfen.

»Bist du dir sicher?«, hörte Freya jemanden fragen.

Der Junge nickte. »Ja, die Fae sind eingefallen und töten die Wächter!«

»Beim König!«

Das Getuschel um Freya herum wurde lauter – panischer. Ehe sie sichs versah, entstand ein heftiges Gewusel. Die Nachricht um den Fall der Mauer verbreitete sich auf dem Marktplatz wie ein Lauffeuer. Unter den Anwohnern brach Panik aus. Und auf einmal ging alles ganz schnell. Die meisten Menschen stoben eilig davon, um ihr Hab und Gut zu packen, während einige wenige stehen blieben und darauf warteten, noch mehr zu erfahren. Freya wurde nach vorn gedrängt, dann wieder zur Seite geschoben. Ihr Notizbuch fiel zu Boden. Sie wollte sich danach bücken, doch ein Mann trat darauf. Ohne sich um sie oder ihr Buch zu scheren, eilte er weiter.

Eilig hob Freya das Buch auf und schob sich durch die aufbrausende Menge, um zu ihrem Pferd zu gelangen, doch mit jedem Schritt wurde das Gedränge dichter. Und sie war weder besonders groß noch stark und konnte sich auch nicht länger Gehör verschaffen. Sie fühlte sich wie eine Ertrinkende mitten auf dem Ozean, über deren Kopf ungehindert die Wellen zusammenschlugen. Nur brachen nicht die Wogen der rauen See auf Freya nieder, sondern Arme und Ellenbogen, die gegen ihren Hinterkopf, ihre Stirn und ihr Gesicht schlugen.

Sie versuchte, sich so gut es ging zu schützen, während sie sich weiter einen Weg durch die Masse kämpfte. Sie fürchtete schon, ihr Pferd hätte sich aus dem Staub gemacht, als sie das Tier schließlich erreichte. Der Hengst war nervös wegen der vielen

Leute, die um ihn herumirrten, aber es war ein Pferd der Wächter und stob nicht in Panik davon.

Freya packte die Zügel und zog sich gerade rechtzeitig auf den Rücken des Tieres. In diesem Moment begannen Glocken zu läuten. Ein Warnsignal, das alle Einwohner wissen ließ, in welch brenzliger Lage sie sich befanden. Türen flogen auf. Fenster wurden geschlossen. Frauen, Männer und Kinder eilten auf die Straßen. Familien packten ihre Habseligkeiten ein und suchten fahrig zusammen, was sie mitnehmen konnten. Freya wünschte, sie könnte den Leuten Beistand leisten, aber sie wusste sich selbst kaum zu helfen.

Sollte sie im Gedränge auf dem Platz auf Larkin warten oder Unterschlupf in einem Haus suchen? Hilflosigkeit schnürte ihr die Kehle zu. Sie hatte gedacht – gehofft –, dass diese Zeiten vorbei waren, nun, da sie gelernt hatte, ein Schwert zu führen, doch in diesem Moment fühlte sie sich klein und bedürftig.

Plötzlich berührte ein Mann ihr Bein. Sie zuckte zusammen.

»Runter mit dir!«, brüllte er und zerrte an ihr, um sie vom Pferd zu holen.

Sie spannte die Muskeln, trat nach ihm, aber der Mann ließ sich nicht abschütteln. Sie spürte, wie sie von der Panik erfasst wurde, die auf dem Platz herrschte. Diese Menschen hatten Angst, und das ließ sie unkontrollierbar werden. Wenn sie nicht aufpasste, würde sie auf diesem Platz zertrampelt und begraben werden. Erneut holte sie aus und trat nach dem Mann. Sie erwischte ihn am Kinn. Der Hengst tänzelte unruhig, denn immer mehr Menschen wurden auf sie und das Tier aufmerksam und schienen darin eine Chance auf ihre Flucht zu sehen.

Freya gelang es, sich von dem Fremden loszureißen, aber da wurde sie bereits von der anderen Seite gepackt. Ohne nachzudenken, trat sie zu. Sie hörte das Brechen von Knochen. Eilig trieb sie ihre Fersen in die Flanken des Hengstes, damit er sich einen Weg durch die Menge bahnte.

Freya wurde fast heruntergerissen, als eine weitere Hand sie zu fassen bekam. Doch in diesem Augenblick machte der Hengst einen Satz nach vorn und brachte sie in Sicherheit. Sie wollte schon durchatmen, aber die Menschenmenge wurde zunehmend dichter. Es gab kaum ein Durchkommen, weder nach vorn noch nach hinten.

Erneut zerrte jemand an Freyas Knöchel, und dieses Mal konnte sie sich nicht halten. Sie wurde vom Pferd gerissen und schlug hart auf dem gepflasterten Boden auf. Erstickt schrie Freya auf. Ein hämmernder Schmerz fuhr durch ihren Kopf. Sie wollte aufstehen, aber die vielen Menschen beraubten sie ihrer Orientierung. Rücksichtslos stiegen sie über sie hinweg. Sie wurde getreten, geschlagen und niedergetrampelt. Schützend legte sie die Arme über ihren Kopf und versuchte, auf die Beine zu kommen, doch es kamen mehr und mehr Leute nach, die sie im selben Atemzug niederrangen. Sie war zwischen all diesen Leibern eingeklemmt.

Die Schreie der Menschen, die ansteigende Panik, das Rufen und Plärren der Kinder … Freya kam auf die Füße, wurde mit dem Strom nach vorn getrieben. Sie versuchte, sich links zu halten, denn dort war weniger los. Nur mit Mühe kam sie voran. Sie drückte sich zwischen zwei Männern hindurch und hätte fast eine Lücke erreicht, als sie wie im Strudel zurück in die Menge gerissen wurde. Sie ruderte mit den Armen, als wäre diese Masse an Menschen nicht aus Fleisch und Blut, sondern wahrhaftig aus reißendem Wasser, das Freya zu ertränken drohte. Und wie unter Wasser schrie sie nach Hilfe, aber niemand hörte ihre stummen Worte.

Sie stieß gegen jemanden und wurde von der Lücke weggedrängt. Mit aller Kraft klammerte sie sich an einem Mast fest, der zu einem Marktstand gehörte. Für einen Moment fand sie daran Halt, doch die Leiber zerrten an ihr, und durch den andauernden Druck rutschten Freyas Finger ab. Hände packten sie und zerrten sie in eine andere Richtung. Freya schlug um sich, trommelte blind auf ihren Angreifer ein, der ihr vermutlich die Kleidung vom Leib stehlen wollte, als sie plötzlich eine bekannte Stimme hörte.

»Freya, ich bin es.«

Larkin.

Ihr Herz setzte einen Schlag aus. Sie blickte auf, direkt in seine vertrauten dunklen Augen, in denen sie sich schon oft verloren hatte. Sofort umschlang sie Larkins Hals und drückte sich so eng wie möglich an ihn. Endlich war sie nicht mehr allein. Erleichterung flutete ihren Körper, und obwohl Larkin sie so fest umarmte, dass ihr beinahe die Luft wegblieb, hatte sie das erste Mal seit Minuten das Gefühl, tief durchatmen zu können.

»Wurdest du verletzt?«, fragte Larkin und löste sich von ihr.

Freya wollte den Kopf schütteln, erstarrte jedoch in der Bewegung, als sie Larkin betrachtete. In einem solch furchtbaren Zustand hatte sie ihn das letzte Mal bei der Befreiung aus dem Kerker gesehen. Seine Haut war besudelt mit Blut, seine Uniform zerrissen, seine Haare voller Staub, Dreck und Asche. Er stank nach Schweiß, Feuer und Tod. Aber er war am Leben und bei ihr, und das war alles, was in diesem Augenblick zählte.

Freya deutete auf Larkin und dann in die Richtung, aus der er gekommen war. *Wo sind die anderen?*, wollte sie sagen. Sie musste die Worte nicht mehr aufschreiben, er verstand sie auch so.

»Sie warten auf uns. Komm, ich bring dich zu ihnen.«

Selbstsicher und wie ein Fels, dem niemand etwas entgegenzusetzen hatte, zog er Freya durch die Menge, doch dieses Mal fürchtete sie sich nicht. Sie umklammerte Larkins Hand fester als nötig, aber sie brauchte seine Nähe, seine Stärke, seinen Halt.

Er eilte mit ihr durch eine Seitengasse und führte sie auf einen Hinterhof. Freya japste nach Luft, als sie die anderen entdeckte. Khoury hockte zusammengesunken auf einem Pferd. Er rührte sich nicht. Seine Haut war fahl, und der Schweiß stand auf seiner

Stirn. Ein behelfsmäßiger Verband war um seine Schulter geschlungen.

Fragend blickte Freya zu Larkin auf.

»Er wurde vergiftet«, erklärte er und trat an die Männer heran, ohne ihre Hand loszulassen. »Wir haben unser Bestes getan, das Gift aus seinem Körper zu saugen, aber ob er sich davon erholt, wird nur die Zeit zeigen.«

Freya drückte Larkins Hand. Sie wusste, wie wichtig ihm Khoury war. Obwohl sie in den letzten zehn Jahren kaum ein Wort miteinander gesprochen hatten, gehörte der Field Marshal zu seinen besten und ältesten Freunden.

Sie warf einen Blick in die Runde. Neben Khoury schien es Leigh am schlimmsten erwischt zu haben. Sein Bein war mit einem Ast geschient, und an seinem Kopf prangte eine Platzwunde, die trotz seiner Fähigkeiten nicht heilte. Larkin hatte ihr einmal erzählt, dass ihre Heilung mit jeder weiteren Wunde langsamer wurde.

Gothar, Ethen und den anderen Männern schien es zumindest körperlich gut zu gehen. Sie waren zwar alle durch den Kampf gezeichnet und wirkten müde, aber immerhin standen sie auf eigenen Beinen.

Sind das alle?, schrieb Freya in ihr Notizbuch.

»Vorerst«, antwortete Larkin. »Wir mussten fliehen. Aldren hat die Mauer niedergerissen und das Niemandsland eingenommen. Es waren zu viele Soldaten, um ihnen standzuhalten. Falls weitere Wächter überlebt haben, werden sie in Weidar zusammenkommen.«

Heißt das, wir gehen nach Weidar?

»Nein. Ich denke, es ist das Beste, wenn wir an unserem ursprünglichen Plan festhalten. Ceylan und Kheeran warten in Evardir auf uns, und dort sind wir erst mal in Sicherheit. Im Moment können wir nichts gegen Aldren unternehmen. Besser, wir sammeln uns in Ruhe und planen unsere nächsten Schritte.«

Gothar nickte. »Aldren wird vermutlich zunächst ein Lager aufschlagen, um seine Stellung im Niemandsland zu festigen. Es war für ihn eine genauso große Schlacht. Davon wird sich seine Armee auch erholen müssen.«

Freya schlang die Arme um ihre Mitte. Bei der Vorstellung, was dies für ihrer aller Zukunft zu bedeuten hatte, begann sie zu zittern. Sie war in dem Glauben aufgewachsen, dass die Mauer für immer stehen würde. Ein unüberwindbares Hindernis für Fae und Elva. Doch nun war sie gefallen, und alles, was Aldren und seine Armee davon abhielt, Thobria einzunehmen, war die Garde ihres Vaters, wenn ihnen kein anderer Plan einfiel.

»Ich denke, das ist dein Pferd«, sagte plötzlich eine Stimme von der Seite. Weylin trat aus einer Seitenstraße. Freya hatte in ihrem benommenen Zustand das Fehlen des Halblings nicht einmal bemerkt. Dunkle Schatten lagen unter seinen Augen, und sein Blick war trüb, als hätte er das schlimmste Grauen gesehen. Er kam auf sie zu, die Zügel ihres verloren geglaubten Pferdes in der Hand.

Freya nickte ihm dankbar zu, als er ihr das Tier übergab, und strich dem Hengst über die Nüstern. Weylin gesellte sich zu Leigh und legte ihm eine Hand auf den Arm. Der Wächter lächelte schweigsam, als wollte er seine verbleibende Kraft nicht auf leeres Gerede verschwenden.

»Wir sollten weiterreiten«, sagte Farrow.

Ein leises Stöhnen ging durch die Runde, aber niemand widersprach den Worten des Colonels. Ethen, der auf dem Boden an eine Wand gelehnt gesessen hatte, rappelte sich auf. Gothar überprüfte, ob Khoury fest auf sein Pferd geschnallt war. Larkin half Freya auf ihren Hengst, bevor er sich auf den Rücken seines eigenen Tieres schwang. »Alle bereit?«

Freya und die anderen nickten.

»Dann auf nach Evardir!«, rief Larkin und ritt voran.

45. Kapitel – Ceylan

– Evardir –

Mit geschlossenen Augen und überkreuzten Beinen saß Ceylan vor dem Kamin. Sie konzentrierte sich auf das Knistern des Feuers und das Knacken des Brennholzes, um ihre Gedanken zur Ruhe zu bringen. Ihre Vorderseite wurde von den Flammen gewärmt, doch an ihrem Rücken spürte sie einen kühlen Windhauch, der durch die Ritzen in die Hütte drang.

Ceylan fröstelte, aber die Jahre auf der Straße hatten sie gelehrt, Kälte keine Beachtung zu schenken. Dennoch sehnte sie sich nach der Wärme des Sommers, der im Rest des Landes herrschte. Seit fast zwei Wochen harrten sie schon in der eisigen Stadt aus und warteten auf eine Nachricht von Leigh. Allmählich machte Ceylan sich Sorgen, weil es viel zu lange dauerte. Am liebsten wäre sie auf das nächste Pferd gestiegen und ins Niemandsland geritten, um nachzusehen, was Leigh und die anderen aufhielt.

Konzentrier dich!, schalt sie sich, weil sie schon zum gefühlt hundertsten Mal diesen Gedankenpfad entlangschritt. Sobald sie die Augen schloss und versuchte, in die Stille einzutreten, von der ihr Leigh im Kerker erzählt hatte, wurde ihr Geist unruhig. Doch wie sollte sie Frieden finden, wenn sie sich die ganze Zeit über Sorgen machte? Nicht nur um Leigh, sondern auch um den Krieg, ihr Dunkelgänger-Sein und Kheeran. Wobei Letzterer ihre Gedankenwelt auf völlig andere Art und Weise beanspruchte, seit sie über den Kuss gesprochen hatten. Dabei sollte sie sich auf ihre Magie konzentrieren.

Seit ihrem Gespräch mit Kheeran vor einigen Tagen versuchte sie ihre Fähigkeiten als Dunkelgängerin zu meistern. Sie wollte nicht zu ihnen gehören, aber sie konnte auch nichts an dem Blut ändern, das durch ihre Adern floss, also bemühte sie sich, das Beste aus ihrer Lage zu machen.

Die Gabe der Dunkelgänger war allerdings alles andere als leicht zu erlernen. Zwar gelang es ihr problemlos, Kheerans Magie zu blockieren, aber dies schien eine Art Mechanismus zu sein. Es geschah, ohne dass sie es kontrollieren musste, doch all die anderen Fähigkeiten flogen ihr nicht so leicht zu. In den letzten Tagen hatte sie mehrfach versucht, Kheeran seine Elementarmagie zurückzugeben oder sie sich zu eigen zu machen. Zwar hatte es ein-, zweimal geklappt, aber wesentlich öfter waren ihre Versuche gescheitert. Sie fühlte sich wie ein Kind bei seinen ersten Schritten.

»Du denkst zu viel nach«, hörte sie Kheeran sagen.

Sie öffnete ein Auge und spickte zu ihm. Er hockte am Rand des Bettes, das sie sich teilten. Jeden Abend schliefen sie mit Distanz zueinander ein, doch jeden Morgen, wenn sie erwachten, hatten ihre Körper diese überbrückt und sie ruhten eng umschlungen beieinander. Bisher hatte keiner es angesprochen, doch Ceylan wusste längst, dass all ihre Ausreden Lügen waren. Es lag weder an der Kälte noch an dem engen Platz. Es lag ganz allein an ihr und ihren wachsenden Gefühlen für den einstigen Fae-Prinzen.

»Augen zu und konzentrier dich.«

Ceylan seufzte, doch anstatt Kheerans Anweisung Folge zu leisten, sah sie zum Feuer. Sie hatte jegliches Zeitgefühl verloren, aber die runtergebrannten Flammen verrieten ihr, dass sie bereits eine ganze Weile hier sitzen musste. Sie griff nach einem Holzscheit und legte es nach. Sofort flammte das Feuer auf und stürzte sich auf seine neue Nahrung.

»Was habe ich gesagt?«, fragte Kheeran, halb mahnend, halb im Scherz.

»Das Feuer wäre sonst ausgegangen.«

»Nein, wäre es nicht. Du willst dich nur ablenken.«

»Das stimmt nicht!«, protestierte Ceylan, obwohl sie wusste, dass er recht hatte.

Kheeran erhob sich vom Bett. Sein Gesicht hatte einen zärtlichen Ausdruck angenommen. Er war ein erstaunlich guter Tutor. Streng und fordernd, wenn sie es brauchte. Sanft und mitfühlend, wenn er erkannte, dass sie am Ende ihrer Kräfte war. Was nur ein weiterer Grund war, weshalb es für Ceylan gefährlich war, ihm in den Nächten so nah zu kommen. »Brauchst du eine Pause?«

»Nein.«

»Bist du sicher?«

Nein, war sie nicht. Aber was sonst gab es zu tun? Ihr war es unerklärlich, wie Kheeran so ruhig und ausgeglichen sein konnte, während sie von Ängsten und Sorgen erfüllt war. In Evardir wirkte er erstaunlich gelassen, obwohl er die Kälte hasste und ein Gefangener seines Lebens war. Er konnte nirgendwo hingehen und nichts tun, als ihr Klagen anzuhören. Dennoch erwachte er jeden Morgen mit einem sanften Lächeln in ihren Armen.

Kheeran setzte sich neben sie. »Du schaffst das.«

Sein unerschütterlicher Glaube in sie brachte Ceylan dazu, die Augen zu schließen. Sie atmete tief durch und suchte nach der Ruhe in sich. Doch ihre geschärften Sinne machten es ihr schwer, in ihr Inneres zu horchen, denn alles um sie herum erschien furchtbar laut. Das Gebälk über ihrem Kopf knarzte. Die Kinder außerhalb der Hütte lachten. Sie hörte auch das metallische Vibrieren einer Klinge, die geschliffen wurde, und das leise Blubbern einer kochenden Mahlzeit. Und sie hörte das Eis singen, das zu ihrem Zuhause geworden war. Es war stets in Bewegung, knackte und knarzte, als wäre es ein lebendiges Wesen, das sich ständig veränderte und nie stillhielt.

Ceylan konnte diesen Drang nach Bewegung nachvollziehen. Auch sie war umtriebig und wollte nicht reglos herumsitzen.

Jahrelang hatte sie ihren Körper geschunden, um stark zu werden und das Kämpfen zu lernen, und nun sollte sie ihre kostbare Zeit damit verschwenden, nichts zu tun?

Sie stieß ein tiefes Seufzen aus. »Ich kann das einfach nicht.«

»Hab Geduld. Du schaffst das.«

Frustriert rieb sie sich übers Gesicht und raufte sich die Haare. »Wie viel Geduld soll ich noch haben? Wir treten seit Tagen auf der Stelle.«

»Das stimmt nicht«, widersprach Kheeran und griff nach ihrer Hand, als könnte er ihr seine Worte durch die Berührung begreiflicher machen. »Gestern hast du es geschafft, deine Fähigkeit zu unterdrücken.«

»Aber nur für kurze Zeit.«

»Na und? Ich konnte Wasser bändigen, und das zählt.«

»Es ist aber nicht genug. Schau dir Estrid an.« Sie hatte die alte Dunkelgängerin vor ein paar Tagen darum gebeten, ihr die Magie zu zeigen, in der Hoffnung, etwas zu lernen; das war offensichtlich ein Trugschluss gewesen.

»Estrid schult ihre Fähigkeiten seit Jahren. Schau dir an, was du schon geschafft hast. Ohne dich wären wir beide nicht mehr am Leben, und sobald der Knoten platzt, wirst du hundertmal besser sein als Estrid. Vertrau mir.«

Ceylan rümpfte die Nase. »Wie kannst du nur so ruhig und zuversichtlich sein? Dein bester Freund hat versucht, dich umzubringen. Wir stehen kurz vor einem Krieg, und von Leigh und den anderen fehlt jede Spur. Machst du dir keine Sorgen?«

»Natürlich mache ich mir Sorgen.«

Ein sanftes Lächeln lag auf seinen Lippen und auch diese unendliche Geduld, für die Ceylan ihn hasste. Nein, sie hasste ihn nicht, sie beneidete ihn. Und wünschte, sie könnte etwas von seiner Leichtigkeit in sich tragen.

»Aber du wirkst so gelassen.«

»Weil ich es bin«, erklärte Kheeran. »Ich habe das erste Mal seit Jahren das Gefühl, durchatmen und ich selbst sein zu können. Hier will niemand etwas von mir, an mich werden keine absonderlichen Erwartungen gestellt, die ich ohnehin nicht erfüllen kann. Keiner kennt mich, ich kann meinem Tag nachgehen, ohne dass ich vorher genau meine Schritte, Worte oder Gesten überdenken muss, weil sie falsch gedeutet werden könnten. Ich muss keine Stärke vortäuschen oder so tun, als wäre ich jemand, der ich nicht bin.«

Kheerans Worte waren erfüllt von einer Wärme, die es Ceylan schwer machte, ihren Neid aufrechtzuerhalten. »Aber machst du dir gar keine Sorgen um Leigh und die Welt da draußen? Wir können uns nicht für immer hier verstecken.«

»Natürlich mache ich mir Sorgen und hoffe, dass alle unbeschadet zurückkommen, aber im Hier und Jetzt kann ich nichts tun, als den Moment mit dir zu genießen. Ich bin mir sicher, dass sie bald eintreffen.«

Er hatte recht. Sie konnten nur warten, und da ihr Grübeln die Zeit nicht schneller vergehen ließ, sollte sie sich darauf konzentrieren, sie sinnvoll zu nutzen. »Lass uns weitermachen.«

Kheeran nickte.

Ceylan schloss ihre Augen und klammerte sich an Kheerans Hoffnung, als wäre sie ihre eigene. Sie atmete ein weiteres Mal ein, ließ alle Anspannung mit dem Ausatmen gehen, und eine angenehme Stille legte sich über sie. Sie konzentrierte sich vollkommen auf ihre Atmung und das Kribbeln der Magie in ihrem Inneren, das ihre Schläge kräftigte und ihre Wunden schneller heilen ließ.

»Ceylan?«

Der drängende Klang seiner Stimme ließ sie die Augen öffnen. Sie erstarrte und wagte es nicht, sich zu bewegen. Zwischen seinen Handflächen schwebte eine Wasserkugel. Sie glitzerte im Schein der Flammen. Kheeran bewegte seine Finger. Kleine Tropfen lösten sich, aber die Kugel blieb intakt.

Kheeran grinste breit. »Es kostet mich kaum Mühe.«

»Mich auch nicht.« Ceylan erwiderte sein Lächeln. Sie konnte nicht sagen, was sie in diesem Moment anders machte als zuvor, aber sie spürte ein leises Vibrieren in ihrem Bauch. Als würde sie tief in ihrem Inneren ein Lied summen. Sie fokussierte sich darauf und versuchte, es anschwellen zu lassen.

Kheerans Bewegungen wurden geschmeidiger, das Tröpfeln stoppte. Sein Lächeln wurde breiter ... bis die Blase zwischen seinen Fingern platzte und sich über seine Hose ergoss.

Ceylan drückte sich erschrocken die Hände auf den Mund. »Beim König! Das tut mir leid.«

Kheeran starrte den nassen Fleck in seinem Schritt an. Langsam hob er den Kopf. Mit ausdrucksloser Miene sah er sie an, bevor er herzhaft zu lachen begann. »Das war hervorragend.«

Sie runzelte die Stirn. »Ja?«

»Ja«, bestätigte er. »Das war viel länger als die letzten Male und auch kraftvoller. Ich hatte das Wasser deutlich besser unter Kontrolle.«

»Und dennoch bist du nass geworden.«

»Das macht nichts.«

Ceylan rieb sich über den Bauch, wo das Vibrieren verstummt war. Es fühlte sich an, als hätte sie in ihrem Versuch, es lauter werden zu lassen, einen Bogen überspannt. Aber es hatte geklappt! Das nächste Mal musste sie die Spannung vorsichtiger aufbauen. »Ich glaube, ich verstehe endlich, wie diese Magie funktioniert. Da ist dieses Vibrieren in mir, das ich allerdings nur höre, wenn ich ganz still werde, was allerdings nicht unbedingt eine Stärke von mir ist.«

»Und was hat dir dieses Mal geholfen, die Stille zu finden?«

Du.

Deine Ruhe.

Deine Nähe.

Deine Hoffnung.

»Ich … ich weiß nicht«, log sie, denn der Gedanke, dass sie Kheeran in irgendeiner Art brauchte, machte ihr Angst. »Ich glaube, ich würde gern eine Pause machen. Ist es nicht Zeit fürs Mittagessen?«

»Wir können gern nachsehen.« Kheeran sprang auf die Beine, betrachtete kurz den Fleck auf seiner Hose, schien dann jedoch zu der Entscheidung zu kommen, dass er ihm gleichgültig war. Entschlossen streckte er ihr seine Hand entgegen, um ihr aufzuhelfen. Ceylan zögerte, nicht weil sie Kheeran nicht berühren wollte, sondern weil sie Angst davor hatte, was seine Nähe mit ihr machte, wenn allein sein Anblick ausreichte, ihr Herz schneller schlagen zu lassen.

Er lächelte auf sie herab. »Kommst du mit, oder willst du da unten bleiben?«

»Idiot«, murmelte sie und griff nach seinen Fingern. Die Berührung schoss durch ihren gesamten Körper. Mühelos zog Kheeran sie in die Höhe, allerdings verhakte sich ihr Fuß in einem Fell. Ceylan geriet ins Straucheln, doch bevor sie sich fangen konnte, tat es Kheeran. Er hielt sie fest und bot ihr Halt.

Sie blickte zu ihm auf. »Danke!«

»Nichts zu danken«, erwiderte Kheeran, und obwohl sie nun sicher stand, ließ er sie nicht los. Er hob seine Hand und strich ihr sanft eine Strähne hinters Ohr, wie er es bereits so oft getan hatte. Das Pochen in ihrer Brust wurde stärker. Sie wusste, sie sollte sich von ihm losmachen und Abstand zwischen sie bringen, denn sie war sich seiner viel zu bewusst – seiner Wärme, seines Dufts und seiner Lippen, die ihren erschreckend nah waren und sie unerbittlich an den Kuss erinnerten, den Mairéad verhindert hatte.

Doch so schwer es ihr fiel, sie hatte längst entschieden, dass sie diesem Verlangen nicht nachgeben durfte. Mit Kheeran wäre ein Kuss nicht nur ein Kuss, sondern ein Versprechen auf mehr. Und dieses *Mehr* hatte Ceylan in diesen Tagen nicht zu geben.

»Lass … lass uns essen gehen.« Sie machte sich von Kheeran los und wandte ihm den Rücken zu, um seine Frustration nicht sehen zu müssen. Sie zog Jacke, Stiefel und Handschuhe über und wartete, dass Kheeran dasselbe tat. Einige Sekunden rührte er sich nicht, dann setzte er sich in Bewegung, ohne ein Wort zu sagen, und tat es ihr gleich.

Es schmerzte Ceylan, ihn enttäuschen zu müssen, aber was blieb ihr für eine andere Wahl? Zwischen den Wächtern, den Dunkelgängern und dem bevorstehenden Krieg war Kheeran in dieser stürmischen Zeit ihr einziger Halt. Sie konnte nicht riskieren, ihn zu verlieren.

Wie jedes Mal, wenn Ceylan vor die Hütte trat, schauderte sie kurz, als die eiskalte Luft sie traf. Kheeran und sie gingen schweigend zu der Feuerstelle im Herzen des Dorfs, wo die Mahlzeiten für alle gekocht wurden.

Es hingen drei Kessel über den Flammen, und jeder durfte so viel nehmen, wie er wollte. Ceylan war jedes Mal aufs Neue erstaunt, wie diese Menschen lebten. Die Dunkelgänger hausten auf engstem Raum unter widrigen Bedingungen, und obwohl sie Diebe, Hehler und Mörder waren, herrschten kaum Unstimmigkeiten. Ganz im Gegenteil. Die Menschen hielten zusammen, halfen einander und waren füreinander da. In gewisser Weise erinnerte ihre Gemeinde Ceylan an die Wächter, auch wenn sie sich scheute, diesen Vergleich laut auszusprechen.

Kheeran holte eine Schüssel und schöpfte sie bis zur Hälfte voll. Heute gab es zu Ceylans Gefallen einen dickflüssigen feuerroten Gemüseeintopf. Sie nahm sich ebenfalls eine Schale und dazu ein Stück Brot. Gemeinsam mit Kheeran suchte sie nach einem Sitzplatz in der Nähe des Feuers.

Ceylan nahm den ersten Löffel und verschluckte sich beinahe, als ein brennender Schmerz in ihrem Mund explodierte. Kheeran neben ihr keuchte ebenfalls auf und begann zu husten. Tränen schossen ihm in die Augen.

»Bei den Elva, ist das scharf!«

Ceylan nickte. »Ich brauch etwas zu trinken.«

»Bleib sitzen, ich mach das.« Kheeran stellte seine Schüssel ab, stand auf und lief zu dem großen Wasserfass, aus dem alle schöpfen durften. Es wurde aus einer klaren Quelle aus dem Berg gewonnen und war eisig kalt. Ceylan aß ein Stück Brot, um die Schärfe abzumildern, während sie auf Kheeran wartete.

Er kam zurück und reichte ihr einen Becher. Sie wollte die frische Kühle bereits runterstürzen, als sie erkannte, dass ihr Becher leer war. Sollte das ein Scherz sein? Mit gefurchter Stirn starrte sie Kheeran nieder.

Er schmunzelte. War das die Rache dafür, dass sie ihn nicht hatte küssen wollen? »Lenk deine Fähigkeiten so, dass ich das Wasser aus dem Fass dazu bewegen kann, aus dem Fass in die Becher zu fließen.«

»Jetzt?«

»Nein, in fünf Stunden. Natürlich jetzt. Oder hast du keinen Durst?«

Ceylan funkelte Kheeran an. Sie wusste nicht, ob es ihr mit all der Ablenkung um sie herum gelingen würde, ihre Ruhe zu finden, aber sie würde es versuchen. Schließlich wollte sie ihre Fähigkeiten für den Kampf schulen und würde nicht immer in einer mehr oder weniger ruhigen Hütte sitzen.

Sie seufzte, stellte ihre Schüssel zu ihren Füßen ab und schloss die Augen. Es fiel ihr wesentlich schwerer, loszulassen, als zuvor. Die Geräusche waren lauter und vielfältiger. Leute, die miteinander schwatzten, das Knistern des großen Feuers, der Geruch der scharfen Suppe, die Schritte um sie herum. Ceylan bemühte sich, all das von sich zu schieben, um auf das Vibrieren in ihrem Inneren zu lauschen.

Sie legte eine Hand auf ihren Bauch und atmete durch. Da war es! Sie spürte es, zart wie das Schlagen eines Libellenflügels. Vorsichtig tastete sie mit ihrem Verstand danach und stellte sich vor, wie sie sanft danach griff und es umschloss. Bedacht zog Ceylan es näher an sich und begab sich tiefer in die Schwingung, die sie von innen heraus zu wärmen schien. Sie ließ sich vollständig in diese Empfindung fallen …

»Ich wusste, dass du es schaffst«, hörte sie plötzlich Kheeran sagen.

Sie öffnete die Augen und wahrhaftig, er hielt zwei bis zum Rand gefüllte Becher Wasser in der Hand. Er reichte ihr einen, und sie stießen auf den Erfolg an. Ceylan konnte kaum glauben, dass sie erneut geschafft hatte, Kheeran seine Magie zurückzugeben.

Sie stellte ihren Becher beiseite und griff nach dem feurig scharfen Eintopf, als sich plötzlich Unruhe über das Lager legte. Die heiteren Gespräche um sie herum wurden von einem hektischen Tuscheln abgelöst, und sämtliches Lachen verstummte. Ceylan sah sich um und entdeckte zwei Männer, die schwer atmend inmitten einer Traube standen.

Gruaidh und Ivar.

Hilarius hatte beide gestern für Besorgungen nach Amaruné geschickt. Sie konnten unmöglich schon zurück sein, und Vorräte hatten sie offensichtlich auch nicht dabei.

»Die Mauer«, sagte Gruaidh mit bebender Stimme. Er war blass und wirkte, als hätte er eben eine gigantische Elva gesehen, die auf dem Weg zu ihrem Versteck war. »Sie … sie ist gefallen.«

Bei diesen Worten fuhr Ceylan in die Höhe. Sie konnte ihren Ohren nicht trauen. Mit wenigen großen Schritten überbrückte sie die Distanz zwischen ihr und den Männern. Sie stanken nach Schweiß und Dreck, als wären sie ohne Pause zurück in das Lager geprescht, dennoch trat Ceylan dicht an sie heran, bis sie beinahe Nase an Nase standen. »Was hast du gesagt?«

»Die Mauer«, wiederholte Gruaidh atemlos. »Die Fae haben sie eingerissen.«

»Unmöglich«, raunte Ceylan. Ein Zittern durchlief sie. Die

Mauer stand seit über tausend Jahren. Sie war zu überwinden, das hatten in den letzten Jahrhunderten zahlreiche Elva bewiesen, aber sie war ein Koloss aus Stein, geschaffen, um die Länder auf ewig zu trennen.

»Es stimmt«, sagte Ivar, seine Wangen rosig, sein Blick kalt und voller Angst. »Wir haben es nicht mit eigenen Augen gesehen, aber wir haben mit Leuten gesprochen. Die Menschen flüchten in den Norden. Aldren ist im Niemandsland einmarschiert.«

»Sie sagen, er hat die Mauer mit seiner Erdmagie zum Einsturz gebracht«, fügte Gruaidh hinzu und wischte seine dreckigen Hände unruhig an seinem Wams ab.

»Das kann nicht stimmen. Aldren ist zwar mächtig, aber er kann unmöglich allein die Mauer zu Fall gebracht haben«, sagte Kheeran, der Ceylan gefolgt war und wie in den letzten Tagen an ihrer Seite stand. Sie hatte das Bedürfnis, nach seiner Hand zu greifen, aber sie war wie erstarrt.

»Wir können nur sagen, was wir gehört haben«, beteuerte Ivar.

Ceylan schluckte schwer. Es war unerheblich, ob Aldren die Mauer allein oder mit anderen Fae zum Einsturz gebracht hatte. Der Krieg, um den sie seit Wochen bangten, war gekommen, und mit einem Schlag schienen all ihre Befürchtungen Wirklichkeit zu werden.

46. Kapitel – Kheeran

– Evardir –

Kheeran rieb seine Hände aneinander und pustete sie an, um seine klammen Finger zu wärmen. Seine Haut war blass und seine Gelenke waren von der Kälte wie erstarrt. Er sehnte sich nach den wärmenden Flammen eines Feuers, dennoch wich er Ceylan nicht von der Seite. Vor zwei Tagen hatten Gruaidh und Ivar die Nachricht überbracht, dass die Mauer gefallen war. Und seit zwei Tagen harrten sie von morgens bis abends am Rand der Stadt aus und beobachteten die Scharen an Flüchtenden, die in Evardir einfielen, um dem nahenden Krieg zu entkommen.

Die Nachricht vom Mauerfall und dass sich Aldrens Armee im Niemandsland niedergelassen hatte, hatte sich wie ein Lauffeuer ausgebreitet und Angst und Sorge geschürt. Panisch hatten die Leute ihr Hab und Gut zusammengepackt und strebten nun Richtung Hafen, um Thobria auf Schiffen zu verlassen. Früher oder später würde Aldrens Armee gen Norden ziehen, um Amaruné einzunehmen. Die ersten Händler hatten ihre Frachtschiffe bereits leer geräumt, um den begrenzten Platz teuer an die Verzweifelten zu verkaufen.

Kheeran verstand die Menschen. Ein Teil von ihm wünschte, er könnte ebenfalls fliehen und alles hinter sich lassen. Ceylan und er könnten gemeinsam ein neues, ruhiges Leben beginnen. Nun, da ihn die Dunkelgänger in den letzten Wochen von der Freiheit und Sorglosigkeit hatten kosten lassen, die er all die Jahre schmerzlich vermisst hatte, fiel es ihm schwer, seine Gedanken auf den Krieg zu lenken.

Dennoch kam eine Flucht nicht infrage. Er musste wissen, ob es Freya und den anderen gut ging. Womöglich waren Leigh,

Weylin, Larkin und sie während Aldrens Angriff bereits zurück auf dem Weg nach Evardir gewesen. Daran, dass sie in den Kampf verwickelt wurden und möglicherweise tot waren, wollte er nicht denken.

»Da vorn kommt eine weitere Gruppe«, sagte Ceylan und deutete auf einen Pulk aus Frauen, Männern und Kindern, die dicht aneinandergedrängt auf die Stadtgrenze zuliefen. Sie hatten sich einen Platz auf einer niedrigen Mauer gesucht, von dem aus sie einen ungehinderten Blick auf den Pfad in die Stadt hatten.

Kheeran reckte den Hals, um die Gesichter genauer zu studieren, aber er konnte Leigh und die anderen nicht ausmachen. Ceylan richtete sich ebenfalls auf und suchte die Menge ab. Sie war angespannt. Seit sie vom Mauerfall gehört hatte, hatte sie weder geruht noch gegessen. Er hatte sie fast gewaltsam davon abhalten müssen, Richtung Niemandsland zu reiten. Was sollte das bringen? Freya und ihre Freunde hatten vielleicht überlebt, aber für die anderen Wächter war es zu spät.

»Siehst du sie?«, fragte sie, während sie sich so weit wie möglich vorbeugte, um alles genau im Blick zu behalten.

Kheeran seufzte. »Nein.«

Ceylan gab einen frustrierten Laut von sich und presste die Lippen zu einem dünnen Strich zusammen. Ihre Finger krallte sie so eisern in das Mauerwerk, dass ihre Knöchel schmerzhaft hell hervortraten. Ceylan bemühte sich, stark zu sein und ihre Sorgen und Ängste hinter ihrer Entschlossenheit zu verstecken, aber er vermochte diese Fassade zu durchschauen. Er sah ihre Furcht. Ihre Trauer. Ihre Panik.

Behutsam griff er nach ihrer Hand und löste einen Finger nach dem anderen. Ihre Nägel waren bis auf das Fleisch abgekaut. Ein Zeichen dafür, wie es ihr wirklich ging. Er umschloss ihre Hand mit seiner, auch wenn seine eisigen Finger kaum Wärme spendeten. »Sie werden kommen«, versicherte er ihr.

Ceylan sah ihn nicht an. Ihr Blick ruhte auf der Gruppe Flüchtender, doch sie entzog sich ihm nicht, sondern gönnte sich seine tröstliche Berührung. »Was wird aus uns, wenn sie nicht kommen?«

Was, wenn sie tot sind?, war die Frage, die sie eigentlich stellte.

Kheeran drückte ihre Hand. »Dann gehen wir auf eines der Schiffe.«

Diese Worte ließen sie aufblicken. Dunkle Ringe lagen unter ihren Augen, und ihre braune Haut wirkte blass und fahl, als würde mit der Hoffnung auch das Leben aus Ceylan schwinden. »Ist das dein Ernst?«

Er nickte. »Was bleibt uns anderes übrig? Es ist zu spät, und wir können zu zweit kein Land retten. Aber wir können uns retten. Ich weiß, das ist nicht heldenhaft, aber manchmal ist es genug, sich selbst zu helfen.«

»Ich … ich weiß nicht, ob ich das kann«, erwiderte Ceylan. Ihre Stimme war dünn, und ihre Worte waren nur ein Hauch, wie die Atemwölkchen, die ihren Mund verließen.

»Wenn du dir selbst nicht helfen kannst, tue ich es.«

»Kheeran …«

»Lass uns nicht darüber reden«, unterbrach er sie und drückte ihre Hand. »Noch haben wir Zeit.«

»Aber wie lange?«

Das war eine ausgezeichnete Frage, denn mit jeder Sekunde schwand die Hoffnung wie die Sonne am Firmament. Doch eine Weile konnten sie noch sitzen bleiben und warten, ehe die Nacht hereinbrach und der Wind zu eisig wurde.

Schweigend hielt Kheeran Ceylans Hand, und gemeinsam beobachteten sie die Gruppen an Flüchtenden. Die meisten kamen zu Fuß oder zu Pferde, doch einige Adelige fuhren mit ihren Kutschen an die Stadt heran, die allmählich ziemlich überfüllt war.

»Beim König!«, rief Ceylan plötzlich und sprang so eilig von der Mauer, dass sie Kheeran um ein Haar mitgerissen hätte. Im letzten Augenblick fand er sein Gleichgewicht wieder, doch bevor er die Gelegenheit hatte, Ceylan aufzuhalten, stürzte sie in der Dämmerung auf eine Gruppe zu, die soeben zwischen den Bäumen hervorgetreten war. Die vermummten Gestalten waren in der Dunkelheit kaum auszumachen, dennoch war der Trupp unverkennbar.

Freya saß mit nach vorn gebeugten Schultern auf einem Pferd, das von Larkin geführt wurde. Leigh und Weylin führten ihre Tiere am Zügel, Khoury hockte im Sattel und hielt einen Arm schonend angewinkelt. Drei weitere Wächter, die er als Gothar, Ethen und Farrow erkannte, bildeten den Abschluss.

Schwungvoll sprang Kheeran von der Mauer und folgte Ceylan.

»Leigh! Khoury!«, brüllte diese, um auf sich aufmerksam zu machen.

Kaum dass die Männer ihre Namen hörten, hielten sie inne. Auch Freya blickte auf, ihr Gesicht beinahe vollkommen von einem Schal bedeckt. Nun zog sie den Stoff beiseite, und ein breites Lächeln kam zum Vorschein. Ihr Pferd stand kaum still, da sprang sie bereits aus dem Sattel und versank bis zu den Knien im Schnee. Kheeran eilte ihr entgegen, schloss sie in die Arme und zog sie an sich.

»Ihr habt es geschafft!«, sagte er und strich über ihren Rücken.

Freya nickte eifrig. Trotz der Finsternis waren ihr die Strapazen der Reise anzusehen. Ihr blondes Haar war zerzaust und feucht vom letzten Schneefall, ihre Lippen von der Kälte aufgeplatzt, und der Gestank von Schweiß haftete an ihr. Doch das hielt Kheeran nicht davon ab, sie fest zu drücken, bevor er Larkin und die anderen Wächter mit einem Handschlag begrüßte. Zuletzt fiel sein Blick auf Weylin, der bei seinem Pferd stand und ihm lediglich zunickte. Er erwiderte den Gruß genauso verhalten.

Es freute ihn für Leigh, dass der Halbling unbeschadet war,

aber Kheeran selbst legte wenig Wert auf Weylins Gesellschaft. Nicht nur, dass er Aldren und ihn angegriffen hatte. Wenn er Ceylan Glauben schenkte, und das tat er, war Weylin für die Ermordung seiner Mutter verantwortlich, obwohl er die Tat wegen seines Schwurs bis zum heutigen Tag nicht hatte gestehen können.

»Wie geht es euch?«, fragte Ceylan, die ebenfalls alle begrüßt hatte. »Was ist geschehen? Stimmt es, dass Aldren die Mauer zum Einsturz gebracht hat? Musstet ihr gegen ihn kämpfen? Wurdet ihr verletzt? Und wo sind die anderen Wächter? Sind sie tot?«

»Immer mit der Ruhe«, presste Khoury hervor, wobei er sich an Gothar abstützte, als wäre er nach dem langen Ritt zu schwach, um auf eigenen Beinen zu stehen. Sein lockiges braunes Haar war ähnlich durcheinander wie Freyas, und die Narbe, die seine Augenbraue durchzog, war nicht mehr allein. Weitere Schnitte und Wunden verunstalteten sein Gesicht, als wäre sein Körper zu erschöpft, um zu heilen.

»Was Khoury sagen will, ist, dass wir euch gern alles erzählen, aber gewiss gibt es dafür einen besseren Ort«, schaltete sich Ethen ein.

Kheeran nickte. »Folgt mir. Ich bringe euch in das Versteck.«

Er hoffte inständig, dass Hilarius kein Problem mit den zusätzlichen Gästen hatte. Dass sich Larkin, Freya und Weylin ihnen anschließen würden, war Teil ihrer Vereinbarung, aber davon, dass sie drei weiteren Wächtern Unterschlupf gewährten, war nie die Rede gewesen.

Ceylan gesellte sich zu Gothar und Khoury, um ihm ebenfalls unter die Arme zu greifen, während sich Kheeran an Freya und Larkin hielt. Er wies ihnen den Weg zum *Geschmückten Geier*. Die Pferde stellten sie in einem Stall ab, den die Dunkelgänger unterhielten. Doch der Platz für die Tiere war inzwischen knapp, denn auch unter den Verbrechern war die Zahl der Flüchtenden in den letzten Tagen stark angestiegen, sodass es in der eisigen Höhle immer enger wurde.

»All diese Leute«, raunte Leigh und sah sich auf den Straßen Evardirs um. Überall standen Menschen auf der Suche nach einem Platz für die Nacht. Die Schenken waren ausgebucht, und einige Einwohner waren gewillt, Flüchtende aufzunehmen, aber nicht alle waren bereit, ihre Türen für die Fremden zu öffnen, sodass vielen keine Wahl blieb, als die Nächte auf den Straßen zu verbringen.

»Wie ist es draußen?«, fragte Kheeran.

»Schlimm«, erwiderte Leigh, der ähnlich mitgenommen aussah wie Khoury. Doch ihren trüben Mienen nach zu urteilen, konnten sie sich glücklich schätzen, zu jenen Wächtern zu gehören, die noch am Leben waren. »Aldren ist es nicht nur gelungen, die Mauer einzureißen und das Niemandsland anzugreifen. Er ist Gerüchten zufolge bereits nach Ciradrea vorgerückt, und auch Weidar soll sich unter seiner Herrschaft befinden. Er breitet sich aus wie ein Geschwür.«

»Wir sind Andreus' Truppen auf dem Weg in den Norden begegnet«, warf Larkin ein, der als einziger Wächter den Eindruck erweckte, nicht nur knapp mit dem Leben davongekommen zu sein. »Aber seine Armee ist unterlegen, und das sieht die Bevölkerung. Die Menschen sind panisch. Sie packen, was von ihren Habseligkeiten zu retten ist, und versuchen sich in Sicherheit zu bringen.«

Leigh nickte. »Wir wurden von Plünderern und Dieben angegriffen, weshalb die Reise ein wenig länger gedauert hat. Sie haben versucht, unsere Pferde zu stehlen, und ein kleines Dorf nördlich von Ciradrea wurde von den Plünderern komplett niedergebrannt. Aldren muss das Land gar nicht zerstören, die Menschen erledigen das für ihn.«

Kheeran erschauderte bei der Vorstellung, wie Menschen über Menschen herfielen, aus Angst vor Aldren und dessen Unmenschlichkeit. Es hatte eine gewisse grausame Ironie, die ihm allerdings wenig Hoffnung für die Zukunft gab.

Sie erreichten den *Geschmückten Geier* und den geheimen Gang, der zum Versteck der Dunkelgänger führte, in dem genauso reges Treiben herrschte wie in der Stadt. Hilarius gab sich Mühe, sämtliche Ankömmlinge in Hütten unterzubringen, doch es waren zu viele. Der Unterschlupf platzte aus allen Nähten.

Überall wuselten Menschen auf der Suche nach einem geeigneten Platz herum oder drängten sich um das große Feuer im Herzen der Höhle. Vor der Essensausgabe hatte sich eine Schlange gebildet, und den Portionen auf den Tellern nach zu urteilen, hatte man begonnen, die Nahrung zu rationieren. Das Kinderlachen war verstummt, nun brüllten die Kleinen. Sie waren noch zu jung, um zu begreifen, in welcher Gefahr sich das Land befand, doch sie spürten die Anspannung und die Angst der Erwachsenen.

»Wer sind diese Leute?«, fragte Hilarius, der den Eingang der Höhle patrouillierte, um die Neuankömmlinge anzuweisen. Er sah erschöpft aus. Seine Augen waren glasig, sein Blick gehetzt, und das Haar stand ihm zu Berge, als wäre er etliche Male mit den Fingern hindurchgefahren.

»Das sind unsere Freunde«, erwiderte Kheeran und stellte all jene, die Hilarius nicht kannte, der Reihe nach vor, wobei die Miene des Anführers mit jedem weiteren Namen grimmiger wurde. »Ich weiß, der Platz ist knapp und es sind mehr Leute, als wir besprochen hatten, aber sie können nirgendwo sonst hin.«

Hilarius stemmte die Hände in die Hüfte und schüttelte den Kopf. »Tut mir leid, wir haben keinen Platz mehr. In den nächsten Tagen werden uns weitere Dunkelgänger erreichen, und ihnen steht dieser Unterschlupf zu.«

»Bitte«, flehte Khoury mit kratziger Stimme. »Wir können verschwinden, sobald deine Dunkelgänger eintreffen, aber noch sind sie nicht da. Wir müssen uns kurz ausruhen und sammeln, um das weitere Vorgehen zu besprechen.«

Hilarius presste die Lippen aufeinander und musterte ihre Truppe mit einem harten Blick, der Kheeran nur wenig Hoffnung machte, doch dann stieß der alte Mann ein tiefes Seufzen aus. »Meinetwegen, ihr dürft bleiben, aber nur, bis die anderen kommen. Danach will ich, dass ihr verschwindet. Ihr alle.«

Bei den letzten Worten wandte er seine Aufmerksamkeit an Ceylan, wie um ihr tonlos zu sagen, dass sie die Einzige war, die bleiben durfte, sofern sie entschied, sich den Dunkelgängern anzuschließen. Doch Kheeran musste nicht mit ihr sprechen, um zu wissen, dass dies nicht geschehen würde.

»Außerdem erwarte ich, dass ihr euch zwei Hütten teilt und in der Zeit, in der ihr da seid, mit anpackt«, fuhr Hilarius fort. »Eben kam eine Kutsche mit Nahrung, wir könnten ein paar starke Männer brauchen, die uns beim Verräumen helfen.«

Khoury nickte. »Selbstverständlich. Farrow, Gothar, Ethen?«

»Schon dabei«, erwiderte Gothar. Farrow schien protestieren zu wollen, aber auf Khourys strengen Blick hin versiegelte er seine Lippen. Hilarius winkte einen schmächtigen Jungen heran und gab ihm die Anweisung, den Wächtern die Lieferung und das Lager zu zeigen. Woher er in dieser Zeit der Not plötzlich eine Kutsche voll Nahrung hatte, wollte Kheeran lieber nicht wissen.

Er räusperte sich. »Eine letzte Bitte hätte ich noch.«

Hilarius hob verdutzt die Augenbrauen, wie um zu sagen: *Ist das dein Ernst, Junge? Habe ich nicht schon mehr als genug für dich und deine Bande getan?*

»Wir müssten uns ungestört über den Fall der Mauer unterhalten, aber unsere Hütte bietet nicht ausreichend Platz.«

Hilarius seufzte erneut und rieb sich über den Nacken. Er sah zermürbt aus, und Kheeran war klar, dass sie seine Gastfreundschaft überstrapazierten, aber was blieb ihnen anderes übrig? Natürlich könnten sie das Gespräch auch hier führen, für alle gut hörbar, doch was sie zu sagen hatten, würde die Angst und Panik weiter anfachen.

Hilarius schien sich dessen ebenfalls bewusst zu sein. »Ihr könnt in meine Hütte. Aber vielleicht sollten wir zuerst eure Wunden versorgen?« Er deutete auf Leighs zerschrammtes Gesicht und Khoury, der seinen Arm leicht angewinkelt hielt.

»Das ist nicht nötig«, wiegelte Khoury ab. »Die Wunden heilen bereits, allerdings könnte ich etwas zu essen vertragen. Wäre es möglich, etwas von diesem wunderbar duftenden Eintopf zu bekommen?«

Hilarius nickte, und gemeinsam gingen sie zur Essensausgabe, bevor sie sich auf den Weg zur Hütte machten. Dabei spürte Kheeran die misstrauischen Blicke der Dunkelgänger, genau wie ihre wachsende Furcht. Bisher war ihr Versteck sicher vor der Außenwelt gewesen. Niemand, der nicht zu ihnen gehörte, hatte etwas von dem Unterschlupf geahnt, doch nun war eine Horde Fremder hier und nahm Platz in Anspruch, der ihnen nicht zustand.

Sie erreichten Hilarius' Hütte. Im Kamin brannte ein Feuer, sodass es warm genug war, um die vom Schnee feuchten Mäntel abzulegen. Sie hockten sich an den dunklen Tisch in der Mitte des Raumes, allerdings gab es nicht ausreichend Stühle für alle. Khoury zog sich einen kleinen Hocker heran, Freya setzte sich auf Larkins Knie und Kheeran entschied sich dazu, stehen zu bleiben.

Zu seinem Erstaunen verließ Hilarius die Hütte nicht, sondern nahm auf dem Bett Platz. Kheeran wusste nicht, ob er sich davor scheute, sie allein in seiner Behausung zu lassen, oder ob er sich für ihren Plan interessierte.

Nachdem alle einen Platz gefunden hatten, begannen Khoury und die anderen eifrig zu essen. Vermutlich hatten sie, seit sie die Mauer verlassen hatten, nichts Anständiges mehr zwischen den Zähnen gehabt.

Einige Herzschläge lang war das Klirren der Löffel das einzige Geräusch in der Hütte, bis Ceylan es nicht mehr auszuhalten schien. Sie sah gespannt zu Leigh, der ihren bohrenden Blick sofort bemerkte. »Was ist geschehen?«

»Ich hatte die Mauer eben erst erreicht. Larkin, Freya, Weylin und ich haben uns auf unsere Abreise vorbereitet, als die ersten Elva die Mauer überwunden haben«, fing Leigh an zu erzählen. Sein Blick verriet, dass er lieber nicht darüber reden wollte, aber er wusste genauso gut wie Kheeran, dass ihm keine Wahl blieb.

»Ich habe erst ein Mal in meinem Leben so viele Elva auf einem Haufen gesehen«, fügte Larkin hinzu, der mit einer Hand in seinem Eintopf rührte und mit der anderen beruhigend Freyas Rücken streichelte. »Und das war bei dem Angriff auf den Schwarzmarkt.«

»Der Elva-Flüsterer hatte also seine Finger im Spiel?«, fragte Ceylan.

Larkin nickte. »Allerdings bin ich inzwischen sicher, dass es Aldren selbst ist, der die Elva befehligt. Ich weiß nicht, wie er es anstellt, aber es ist ihm gelungen, diese Fähigkeit zu erlangen.«

Alles in Kheeran sträubte sich dagegen, dies zu glauben, doch tief in seinem Herzen wusste er, dass Larkin recht hatte. Die Elva waren nicht nur an dem Angriff auf den Markt beteiligt gewesen und hatten geholfen, die Mauer zu stürzen. Wenn er daran zurückdachte, hatten sie auch bei seiner Entscheidung, die Krone abzugeben, eine wesentliche Rolle gespielt. Immer mehr Elva waren in Nihalos eingefallen, und Fae waren gestorben, was sein Volk ihm zum Vorwurf gemacht hatte. Natürlich waren diese Angriffe nichts Neues gewesen, aber dass diese Kreaturen scheinbar grundlos in die Stadt gekommen waren, wirkte rückblickend nicht wie ein Zufall.

Ceylan schob ihre Schüssel von sich, als wäre ihr der Appetit vergangen. Ein Gefühl, das Kheeran nachvollziehen konnte. Aus diesem Grund hatte er sich erst gar nichts von dem Eintopf genommen. »Wie ging es weiter?«

»Wir haben gegen die Elva gekämpft«, erwiderte Khoury. »Ich bin auf die Mauer geklettert, um nachzusehen, wie viele von den Viechern uns noch erwarten, als Aldren den Nebelwald mit seiner Armee durchbrochen hat und verlangte, dass wir das Tor für ihn öffnen.«

»Was ihr nicht getan habt?«, fragte Ceylan.

Khoury schüttelte den Kopf. »Selbstverständlich nicht, aber das hat Aldren natürlich nicht hingenommen. Erinnerst du dich an die Wächter, die ich nach Nihalos geschickt habe, um ihn an das Abkommen zu erinnern?«

Ceylan nickte.

»Er hat sie gefangen genommen und vor unseren Augen exekutiert.«

Bei den Göttern, er wusste, dass Aldren kein Unschuldiger war. Er war ein Krieger, und nicht nur einmal hatte er ihn beim Töten beobachtet. Die Erinnerung daran, wie Aldren Riordan inmitten des Thronsaals mit seinem eigenen Gift hingerichtet hatte, hatte sich in seinen Verstand eingebrannt. Dennoch passten diese jüngsten Erzählungen nicht zu dem Fae, den Kheeran einst gekannt hatte. *Sein* Aldren besaß ein Herz aus Gold. Ja, er hatte gekämpft und getötet, aber nur um das, was ihm lieb und teuer war, zu beschützen. Doch dieser neue, blutrünstige Aldren tötete aus Gier und Macht.

»Seid ihr die einzigen überlebenden Wächter?«, fragte nun Hilarius.

»Mit Gewissheit können wir das nicht sagen. Vielleicht sind noch andere entkommen, aber die Chancen dafür stehen nicht gut. Aldrens Angriff auf das Niemandsland war verheerend«, antwortete Khoury. »Er hat die Mauer zum Einsturz gebracht und …«

»Wenn du sagst, *er* hat die Mauer zum Einsturz gebracht,

meinst du Aldren allein?«, hakte Kheeran nach. Gruaidh und Ivar hatten dasselbe berichtet, und bereits damals hatte er daran gezweifelt. Er hatte die Aussage als Märchen abgetan, eine Erzählung, die vom Volk ausgeschmückt worden war, um die Bedrohung, die Aldren darstellte, greifbarer zu machen.

Khoury nickte.

»Bist du dir sicher?«

»Ja, ich habe es mit eigenen Augen gesehen. Er ist von seinem Pferd gestiegen und an die Mauer herangetreten. Zuerst dachte ich, er würde versuchen, das Tor zum Bersten zu bringen, aber dann … Ich stand noch auf der Mauer, als sie von den Erschütterungen erfasst wurde. Es war wie ein Erdbeben.«

Kheeran drehte sich der Magen um. Was er da hörte, beunruhigte ihn zutiefst. Nervös begann er, in der Hütte auf und ab zu laufen. Was die anderen erzählten, ergab keinen Sinn, obwohl sich Aldrens Macht nicht von der Hand weisen ließ. Kein Unseelie verfügte über die Gabe, die Elva zu befehligen. Und die Fähigkeit, die Mauer mit Erdmagie einzureißen, überstieg die Magie eines einzelnen Unseelie bei Weitem. Wie war Aldren dazu in der Lage gewesen?

Die einzige Antwort, die Kheeran in den Sinn kam, war so abwegig, dass er fast davor zurückschreckte, in diese Richtung zu denken. Was, wenn Aldren nicht länger ein Unseelie war?

Der Gedanke war absurd, aber eine andere Erklärung gab es für Kheeran nicht. Schließlich war er bereits seit einer Weile davon überzeugt, dass Aldren nicht mehr er selbst war. Denn auch abseits seiner Fähigkeiten hatte er sich verändert. Aus ihrer einstigen Freundschaft waren Hass und Neid geworden, mächtig genug, dass Aldren ihn hatte töten wollen. Doch wenn Kheeran sich diesen Gedanken erlaubte, was war Aldren dann?

Die Antwort auf diese Frage war nicht minder absurd, denn die einzigen Wesen, deren Macht den Legenden nach Aldrens ähnelte, waren die Götter.

Yule, Gott des Wassers.

Ostara, Göttin der Erde.

Mabon, Gott der Lüfte.

Litha, Göttin des Feuers.

Doch diese Götter verkörperten das Leben. Sie hatten nicht nur den Fae ihre Kraft geschenkt, sondern das Land mit Magie erfüllt. Warum sollten sie vernichten, was sie erschaffen hatten? Gewiss hatten einige Fae wie auch Menschen den Tod verdient, aber es rechtfertigte nicht diesen Ausbruch an Gewalt und Zerstörung. Außerdem beherrschte Aldren die Elva, und jene Kreaturen stammten nicht von diesen Göttern ab. Sie waren von einem anderen, verdorbeneren Gott kreiert worden, welcher der Dunkelheit frönte …

»Cernunnos.«

Verwirrte Blicke schossen zu ihm. Ceylan runzelte die Stirn. »Was hast du gesagt?«

»Cernunnos«, wiederholte Kheeran, obwohl er das Gefühl hatte, den Verstand zu verlieren. War es wahrhaftig möglich, dass der Gott des Todes Besitz von Aldrens Körper ergriffen hatte? Diese Vermutung klang selbst in seinen Ohren wahnwitzig, aber es würde alles erklären. Seine Magie. Seine Gabe, über die Elva zu befehlen. Seine Gier nach Macht und sein Streben nach Krieg.

»Wer ist Cernunnos?«, fragte Hilarius.

»Der Gott des Todes«, antwortete Larkin mit düsterer Miene.

Ein Ausdruck des Erinnerns zuckte über Freyas Gesicht, als hätte sie von der verstoßenen Gottheit gehört. Sie griff zu ihrem Buch und schrieb eilig etwas auf. *Du hast mir im Tempel im Nebelwald von ihm erzählt.*

»Er gehörte zu den Göttern der Anderswelt, und einst wurde er gemeinsam mit Yule, Ostara, Mabon und Litha angebetet«, erklärte Kheeran. »Aber der Glaube an ihn verblasste mit dem tausendjährigen Frieden. Nach dem Ende des letzten Krieges haben sich die Fae von ihm abgewandt.«

»Eine schöne Geschichte, aber was hat das mit Aldren zu tun?«, fragte Ceylan.

Kheeran schluckte schwer. »Ich vermute, dass sie ein und dieselbe Person sind.«

Sie schnaubte. »Das glaubst du nicht wirklich.«

»Ich weiß nicht, was ich glauben soll, aber ein Gott hätte die Möglichkeit, all das zu tun, was Aldren getan hat. Die Elva sind Cernunnos' Schöpfung, und er hat genügend Macht und den Willen, einen Krieg zu führen. Cernunnos herrscht über den Tod, und genau diesen bringt er über das Land.«

»Das ist unmöglich«, sagte Larkin.

»Ist es das wirklich?« Wenn Kheeran eines in seinem kurzen Leben gelernt hatte, dann, dass nichts unmöglich war. Er war ein Fae, großgezogen vom menschlichen König. Seine Schwester, die nicht von seinem Blut abstammte, besaß Magie. Und er durfte ein Bett mit der Frau teilen, die ihm vor wenigen Monaten am liebsten die Kehle aufgeschlitzt hätte. Was war in dieser Welt also wahrhaftig unmöglich?

»Angenommen, Kheeran hat recht …«, setzte Khoury an.

»Hat er aber nicht«, warf Ceylan ein.

»Angenommen, er hat recht«, überging Khoury ihre Bemerkung. »Wie kann das sein? Wie soll diese Gottheit, Cernunnos, in Aldrens Körper gelangt sein? Eure Götter leben doch in diesem Reich, der Anderswelt.«

»Ich vermute, dass es am Tag meiner Krönung geschehen ist. An diesem Tag habe ich ein Tor zur Anderswelt geöffnet, um die Götter um ihren Segen zu bitten. Die Zeremonie wurde jedoch nicht beendet und Aldren schwer verletzt«, sagte Kheeran mit einem Blick zu Weylin. Der Halbling wirkte angespannt und strich immer wieder fahrig über seinen Nacken, als wollte er sich dort die Haut abkratzen. »Es wäre denkbar, dass der Aldren, wie ich ihn kannte, an diesem Tag gestorben ist und Cernunnos Besitz von seinem Körper ergriffen hat.«

»Das klingt an den Haaren herbeigezogen«, sagte Ceylan.

»Ist es das wirklich?«, fragte Leigh. »Du hast nicht gesehen, was wir gesehen haben, wozu Aldren in der Lage ist. Er hat die Mauer binnen weniger Minuten in Schutt und Asche verwandelt und die Wächter von Elva und seinen Fae ausrotten lassen.«

»Aber dafür muss er kein Gott sein.«

»Nein, aber er ist gewiss kein gewöhnlicher Unseelie«, verteidigte Kheeran seine Überlegung. Er wusste, wie absonderlich all das klang, doch je länger er darüber nachdachte, umso schlüssiger erschienen ihm seine Argumente. Nur gab es keine Beweise.

»Gottheit hin oder her, Aldren ist in Thobria einmarschiert«, sagte Larkin, der seiner Theorie gegenüber ähnlich skeptisch schien wie Ceylan. »Wir müssen ihn aufhalten, wenn wir nicht zusehen wollen, wie er alles zerstört, was die Menschen über die letzten Jahrhunderte aufgebaut haben.«

»Du hast recht«, pflichtete Kheeran ihm bei. »Aber um den Feind besiegen zu können, muss man ihn kennen, das solltest du als Wächter wissen. Und zu wissen, ob es sich bei Aldren um Cernunnos handelt oder nicht, ist daher nicht unerheblich für unser weiteres Vorgehen.«

Leigh grunzte zustimmend. »Und wie finden wir das heraus?«

»Das ist die Frage, die sich uns stellt, aber die wir heute gewiss nicht mehr beantworten werden«, sagte Khoury und erhob sich von seinem Stuhl. »Ich bin müde und kann nicht mehr denken. Lasst uns morgen fortfahren.«

»Das ist eine gute Idee«, sagte Larkin.

Freya nickte mit einem Gähnen.

»Dann lasst uns morgen weitermachen. Ich werde mit Farrow, Gothar und Ethen reden und deren Meinung einholen. Vielleicht haben sie im Kampf noch etwas beobachtet, das uns weiterhelfen könnte«, sagte Khoury und wandte sich an Hilarius. »Danke für deine Gastfreundschaft. Wir wissen das sehr zu schätzen.«

Langsam erhoben sich alle und zogen ihre Mäntel an. Auch Kheeran hatte nichts gegen diese Pause einzuwenden. Er war vermutlich nicht im Ansatz so erschöpft wie Khoury und die anderen, doch auch ihm schwirrte der Kopf und er konnte eine Auszeit brauchen, um seine Gedanken zu sortieren. Sollte Aldren wahrhaftig zu Cernunnos geworden sein, schwebten sie alle in noch viel größerer Gefahr als befürchtet.

47. Kapitel – Weylin

– Evardir –

Weylin nahm seinen Mantel vom Haken neben dem Kamin. Der von Schnee und Schweiß feuchte Stoff war inzwischen getrocknet. Er sollte von der langen Reise und den vielen Stunden zu Pferde erschöpft sein, aber sein Geist war in Aufruhr. Kheerans Worte gingen ihm nicht mehr aus dem Kopf. War es wirklich möglich, dass es sich bei Aldren um Cernunnos, den Gott des Todes, handelte?

Ich habe nur Dunkelheit gesehen. Sie wird sich zuerst über Melidrian legen, dann über Thobria und schließlich über die ganze Welt. Sie wird mit ihrer Schwärze alles ersticken.

Dies waren die Worte aus Samias Prophezeiung, die Weylin seit jenem Tag, an dem Valeska befohlen hatte, Kheeran zu beseitigen, nicht aus dem Kopf gingen. Damals hatte er sie für Unsinn gehalten, doch nun fragte er sich, ob Cernunnos das Unheil war, das Samia gesehen hatte.

Hatten sie durch ihr Eingreifen jene Wahrsagung Wirklichkeit werden lassen, welche sie versucht hatten zu verhindern? Was wäre geschehen, hätte er Kheeran damals getötet, anstatt ihn zu verschonen und über die Mauer zu bringen? Wäre er tot, hätte Cernunnos vielleicht nie die Möglichkeit gehabt, sich Aldrens Körper zu bemächtigen, und sie befänden sich jetzt nicht im Krieg.

»Weylin?«

Eine Berührung an seiner Schulter ließ ihn zusammenzucken. Leigh stand neben ihm und betrachtete ihn besorgt. Die anderen waren bereits fort, nur sie und Hilarius waren zurückgeblieben. Der Dunkelgänger musterte ihn misstrauisch.

»Geht es dir gut?«

»Natürlich«, antwortete Weylin ausweichend und schlüpfte in seinen Mantel.

Leigh schien ihm nicht zu glauben, denn anstatt ihn freizugeben, packte er ihn fester. Weylin blickte ihm in die Augen und sah ihn fragend an. »Du warst die ganze Zeit über sehr still.«

»Ich bin immer still.«

»Aber nicht auf diese Weise. Nicht, als hättest du etwas zu verbergen.«

Weylin schluckte schwer und versuchte, sich den glühenden Schmerz in seinem Nacken nicht anmerken zu lassen. Er konnte Leigh und den anderen nichts von der Prophezeiung erzählen, obwohl er das wollte.

»Ist es der Fluch?«, fragte Leigh leise, sodass Hilarius ihn nicht hörte.

Weylin knirschte mit den Zähnen. Es war die einzige Regung, die sein Körper ihm gestattete, auch wenn er die Frage gern bejaht hätte. Er war jedoch dankbar, dass Leigh ihn mittlerweile gut genug kannte, um zu erkennen, wann der Schwur ihn quälte.

Der Wächter wandte sich Hilarius zu, der es sich auf einem Stuhl vor seinem Kamin gemütlich gemacht hatte. Ein Fell über dem Schoß, schien er darauf zu warten, dass sie endlich verschwanden und er seine Ruhe hatte.

»Wir müssen dich um noch einen Gefallen bitten.«

Hilarius hob die Brauen. »Denkt ihr nicht, ich habe genug für euch getan?«

»Das hast du, aber wir brauchen ein letztes Mal deine Hilfe.«

Hilarius seufzte. Weylin kannte den Dunkelgänger erst seit der Dämmerung, dennoch war leicht zu durchschauen, was für eine Art Mensch er war. Seine Hilfsbereitschaft sprach lauter als sein Murren. »Wobei?«

»Wir benötigen einen Fluchbrecher.«

»Du wurdest verflucht?«

»Nicht ich, aber Weylin. Ein Blutschwur sitzt in seinem Nacken.«

Hilarius' Blick wanderte zu ihm, das Mitleid in seinen Augen unverkennbar. Weylin hasste es. »Von wem wurde er verflucht?«

»Das weiß ich nicht. Er kann nicht darüber sprechen, aber sobald er befreit ist, erfahren wir es hoffentlich. Angeblich sind geborene Dunkelgänger wie Ceylan in der Lage, einen Fluch zu brechen, aber ich befürchte, sie ist dieser Aufgabe noch nicht gewachsen.«

Der ältere Mann nickte zustimmend. »Das vermute ich auch. Wie du weißt, bin ich selbst kein wahrhaftiger Dunkelgänger, aber meine Großmutter könnte deinem Freund helfen. Wartet hier. Ich sehe nach, ob sie noch wach ist.«

Leigh nickte. »Danke!«

Weylin wusste nicht, was er sagen oder denken sollte. Reglos blickte er Hilarius nach. Sollte es wirklich so einfach sein? Bei dem Gedanken, in Kürze seinen Fluch loszuwerden, wurde ihm schwindelig. Und obwohl es das war, was er immer gewollt hatte, fühlte er sich eigenartig verloren wie ein mitten im Wald ausgesetztes Kind.

»Alles wird gut«, hörte er Leigh, der an seinem Mantel zupfte, um ihm den schweren Stoff abzunehmen. »Wir werden diesen Fluch heute ein für alle Mal von dir nehmen. Du wirst frei sein.«

Freiheit.

In diesen letzten Jahren hatte er sich nichts sehnlicher gewünscht. Er wollte frei sprechen, frei handeln und frei denken, nicht länger für die Worte in seinem Kopf mit Schmerzen bestraft werden. Könnte er heute endlich von der Freiheit kosten, nach der er sich seit einer Ewigkeit sehnte?

Dieser Gedanke war so weit entfernt von seiner derzeitigen Wirklichkeit, dass es ihm schwerfiel, sich das vorzustellen. Es fühlte sich an, als würde er auf einen Fremden blicken, dem all dies gegönnt war, während er weiter dazu verdammt sein würde, unter Valeskas Einfluss zu leiden.

»Mach dir keine Sorgen, die Dunkelgänger können helfen«, sagte Leigh und strich ihm behutsam eine Strähne seines schwarzen Haars aus der Stirn. Doch Weylin hatte für seine Worte nur ein müdes Schnauben übrig. Er wollte, dass es stimmte, und wollte hoffen, aber er konnte es sich nicht erlauben, diese Hoffnung in sein Herz zu lassen. Wenn er ihr Einzug gewährte und sie sich nicht erfüllte, würde es ihn zerbrechen.

Er würde wieder am Anfang stehen. Früher oder später würde der Fluch ihn zurück zu Valeska rufen. Er spürte es in dem Brennen und Ziehen seiner Narbe, das in den letzten Tagen und Wochen immer häufiger und stärker aufgetreten war. Für ihn gab es kein Entkommen, solange dieser Fluch existierte und er am Leben war.

Und wenn er bei ihr war, würde er ihr alles sagen, was sie wissen wollte, und alles tun, was sie verlangte. Er würde seine neu gefundenen Freunde binnen eines Herzschlags verraten und sich von Leigh abwenden. Er würde nie wieder seine Hand halten, nie wieder seine Lippen kosten und ihn aus seinem Herzen verbannen, sollte Valeska es verlangen. Denn er war ihr Eigentum.

Nein, das durfte nicht passieren. Er konnte und wollte nicht so weiterleben. Lieber setzte er seiner armseligen Existenz ein Ende, als noch einmal in sein altes Leben zurückzukehren, auch wenn der Gedanke schmerzte, Leigh und sein ungeborenes Kind zurückzulassen. Doch Valeska würde niemals zulassen, dass er sein Recht als Vater einforderte. Und mit ansehen zu müssen, wie sein Kind mit einem anderen Mann aufwuchs, ihn Vater nannte und ihm jene Liebe schenkte, die eigentlich er bekommen sollte, war eine unerträgliche Vorstellung.

Die Tür zur Hütte wurde aufgestoßen. Hilarius war zurück und nicht allein. Eine dürre alte Frau hatte sich bei ihm untergehakt. Ihre Haare waren grau und ausgedünnt, ihr Rücken gekrümmt und eines ihrer Augen erblindet. Mit dem anderen blickte sie sich suchend im Raum um, als begriff ihr dahinschwindender Verstand nicht, wo sie sich befand.

Dies war die Frau, die seinen Fluch brechen sollte?

»Das ist meine Großmutter, Estrid«, stellte Hilarius sie vor und half ihr, sich auf einen Stuhl zu setzen. Umgehend legte er ihr noch ein wärmendes Fell über die Schultern.

»Seid gegrüßt«, sagte Estrid, ihre Stimme kratzig und rau.

Weylin und Leigh erwiderten den Gruß.

»Du bist ein Halbling.«

Er nickte. »Das bin ich.«

»Und du bist derjenige, der verflucht wurde.«

Es war keine Frage, sondern eine Feststellung. Dennoch antwortete Leigh an seiner Stelle, da er selbst nichts dazu sagen konnte.

»Kannst du ihm helfen?«, fragte Leigh mit jener Hoffnung in der Stimme, die er sich selbst nicht gestattete.

Estrid musterte Weylin. Die Frau, die ihm auf den ersten Blick so schwach und gebrochen erschienen war, wirkte nun munter, als hätte die Aussicht, ihre Magie zu wirken, das Leben in ihren Geist zurückgeholt. »Ja, das kann ich. Ich habe vor Jahren einen ähnlichen Fluch gebrochen.«

Weylin schnappte nach Luft, und im selben Augenblick jagte seine Narbe einen sengenden Schmerz seinen Nacken empor in seinen Kopf, wie um seinen Versuch, den Fluch zu brechen, zu unterbinden. Er schenkte dem altbekannten Schmerz keine Beachtung, sondern spähte zu Leigh, der ihn anlächelte, als hätte er den Fluch bereits besiegt.

»Es ist allerdings nicht leicht, einen derart mächtigen Fluch zu brechen«, fuhr Estrid fort und richtete das Fell auf ihrer Schulter. »Und sein Bruch verlangt einen hohen Preis.«

»Was für einen Preis?«, fragte Leigh.

»Um den Fluch aus seinem Körper zu lösen, muss sämtliche Magie gelöst werden, auch jene, die ihm dient. Er wird alles aufgeben müssen.«

Leighs Blick zuckte zu ihm. »Alles?«

Estrid nickte. »Ja, er würde alles verlieren, was die Götter ihm geschenkt haben.«

Eine Woge der Übelkeit erfasste Weylin. Er biss hart die Zähne aufeinander, um ihr standzuhalten. Es war nicht die Sorge um seine erbärmliche Luftmagie, die seinem Körper diese Reaktion entlockte, sondern die Vorstellung, seine Gabe für die Musik zu verlieren. Er hatte sich immer ausgemalt, wie er sich ohne den Fluch in die Magie der Musik fallen ließe. In seinen Tagträumen war er musizierend durch das Land gezogen und hatte eigene Lieder geschrieben. Niemals hatte er gedacht, dass den Fluch zu lösen bedeuten würde, auch sein Talent zu opfern. Seine Musik war alles, was ihn in diesen letzten Jahren zusammengehalten hatte, und die Vorstellung unerträglich, sie zu verlieren.

»Weylin.«

Leigh war dicht an ihn herangetreten. Sein warmer Atem streifte Weylins Nacken, und die Sorge in seinem Blick verriet ihm, dass der Wächter ebenfalls begriffen hatte, was für ihn auf dem Spiel stand.

»Meine Musik …«

»Ich weiß«, raunte Leigh. »Aber du könntest frei sein.«

Weylin schloss die Augen und ließ die Worte einsinken. Er könnte frei sein, aber nur ohne die Zukunft, die er sich immer erträumt hatte. Es war ein wahrlich hoher Preis, aber ihn nicht zu bezahlen würde bedeuten, unter Valeskas Fluch weiterzuleben. Dieses Schicksal war weitaus grausamer als eines ohne Musik.

Es gab keinen anderen Weg. Er musste das Wertvollste aufgeben, was er besaß, um zu erlangen, was er am meisten ersehnte.

Einen Traum gegen einen anderen.

Tränen stiegen in seine Augen, und sein Innerstes zog sich zusammen. Er dachte an all die Momente, in denen er sich in die Musik hatte fallen lassen, in denen er sich in ihr verloren hatte, um Kraft zu sammeln für das, was kommen würde. Die letzten Tage an der Mauer, als er auf seiner Laute gespielt hatte, waren trotz der Angst und seiner Sehnsucht nach Leigh die schönsten in seinem Leben gewesen.

»Ich bin einverstanden«, sagte Weylin mit brüchiger Stimme, wobei die Trauer um den Verlust seiner Magie schwerer und schmerzhafter wog als das Ziehen und Brennen seiner Narbe. Wie ein lebendiges Wesen schien sie sich an ihre Existenz zu klammern. Sein Kopf pochte heftig, und trotz der niedrigen Temperaturen in der Hütte hatte er zu schwitzen begonnen.

Estrid nickte. »Dann leg dein Hemd ab.«

Weylin wollte nach den Knöpfen greifen, doch seine Muskeln gehorchten ihm nicht mehr. Der Fluch wusste, was geschehen sollte, und wehrte sich gegen die Freiheit, die seine Seele ersehnte.

»Lass mich«, sagte Leigh und begann sein Hemd aufzuknöpfen. Stück für Stück legte er seine Brust frei, bis er entblößt vor der alten Dunkelgängerin stand, die Narben, die seinen Körper zeichneten, für alle sichtbar.

»Setz dich mit dem Rücken zu mir«, befahl Estrid.

Leigh führte ihn zu der Dunkelgängerin und half ihm, sich zu setzen. Weylin schien willenlos zu sein, doch es kostete ihn all seine Kraft, den Fluch im Zaum zu halten, der von ihm verlangte, dem Geschehen Einhalt zu gebieten. Seine Muskeln waren angespannt. Er bebte innerlich und hätte am liebsten laut aufgeschrien, weil ihn dieser Druck zu zerreißen drohte.

»Entspann dich«, sagte Estrid. »Ich werde nun meine Hände auflegen.«

Obwohl Weylin auf die Berührung vorbereitet war, zuckte er zusammen. Estrids Finger waren erstaunlich warm und sanft, dennoch fühlte es sich an, als würde sie ihm bei lebendigem Leib das Fleisch von den Knochen ziehen. Nie zuvor hatte jemand anders als Valeska diese Narbe berührt.

»Ich werde gleich beginnen, den Fluch zu lösen. Du wirst ein heftiges Brennen spüren. Wenn ein Fluch derart tief sitzt und mit dem Körper verschmolzen ist, wird sich dieser wehren, aber du darfst nicht zurückweichen.«

Gern hätte Weylin genickt, aber er konnte nicht.

Leigh setzte sich ihm gegenüber und legte eine Hand auf sein Knie. Entschlossen sah der Wächter ihm in die Augen, ein mildes Lächeln umspielte seine Lippen. »Mach dir keine Sorgen. Ich bin die ganze Zeit über bei dir. Du schaffst das.«

Weylin holte tief Luft und wollte Leigh sagen, wie viel es ihm bedeutete, dies nicht allein durchstehen zu müssen, aber die Worte blieben ihm in der Kehle stecken, als ein beißender Schmerz von seinem Nacken aus durch seinen Körper schoss. Er warf den Kopf zurück, riss den Mund auf, doch es kam nur ein leises Keuchen über seine Lippen.

Estrid verstärkte den Druck ihrer Finger, und das Brennen wanderte tiefer in ihn hinein und schien seine Organe zu berühren. Er blinzelte, und sein Sichtfeld verschwamm, bevor es sich blutrot färbte. Die Schmerzen nahmen zu, bis er das Gefühl hatte, innerlich zu verbrennen. Ihm wurde heiß, dann eiskalt. Er begann zu zittern, bohrte die Fingernägel in das Fell auf dem Boden und spannte seine Muskeln derart, dass sie krampften.

»Halt durch«, hörte er Leigh sagen, doch seine Stimme rückte in den Hintergrund, als Weylins Welt in Blut ertrank. Die Kälte wurde erneut zu Wärme, und er verlor jedwedes Gefühl für seinen Körper.

Saß er noch aufrecht, oder lag er im Sterben auf dem Boden?

Die Schmerzen raubten ihm um ein Haar das Bewusstsein, und der Druck in ihm stieg an, bis sein Blut kochte und brodelte. Estrids Finger schienen sich in sein Fleisch, seine Muskeln zu bohren und seine Knochen zu umgreifen. Weylin keuchte und schnappte nach Luft, dennoch glaubte er zu ersticken.

Er schmeckte, roch und sah nur noch Blut; sein eigenes Blut. Dann hörte er auf einmal ein Lachen, doch es stammte von keiner Person in diesem Raum, sondern von Valeska. Sie war in seinem Kopf, in seinem Blut.

Weylin stöhnte, und alte Erinnerungen blitzten in ihm auf. Er sah sich selbst als jungen Mann, wie er gefesselt auf einem Stuhl saß und die Königin vor ihm stand. Damals schon hatte er sich gewehrt und versucht zu entkommen, doch er hatte es nicht geschafft. Ihre Magie, die seiner eigenen überlegen war, hatte ihn zu ihrem Gefangenem gemacht. Er wollte das nicht noch einmal durchleben, dennoch rauschten die Bilder ungehindert durch seinen Kopf.

Weylin roch noch immer den Weihrauch, den Valeska damals verbrannt hatte. In eine dunkle Robe gehüllt hatte sie vor ihm gestanden, bevor sie sich den Stoff mit einem Lächeln von den Schultern gestreift hatte. Nackt hatte sie in all ihrer Pracht vor ihm aufgeragt, einen Dolch in der Hand.

Sie hatte die Klinge zwischen ihren Brüsten durchgeführt und dabei Worte gemurmelt, die ihm bis zu diesem Tag fremd gewesen waren. Und auch damals hatte er nur einen Bruchteil dessen verstanden, denn er hatte nicht zugehört, sondern getobt und geschrien. Bereits ohne den Fluch war er Valeskas Gefangener gewesen und ihr schutzlos ausgeliefert.

Die Königin war hinter ihn getreten und hatte die blutbenetzte Klinge benutzt, um sein Fleisch zu durchtrennen. Auf diesem Weg hatte Valeska ihr Blut zu seinem gemacht. Er hatte das Gefühl gehabt, in Flammen zu stehen, als sich der Fluch wie ein Lauffeuer in seinen Adern ausgebreitet und ihn zu einer Marionette hatte werden lassen.

Weylin schrie erneut. Sein Körper brannte ein weiteres Mal, genau wie damals, als Valeska ihn verflucht hatte. Sie lachte, ihre

Stimme rauschte durch seinen Verstand, ebenso wie die Schmerzen, die ihn zu zerreißen drohten. Er vernahm auch ihr Stöhnen und Keuchen, wie all die Male, als sie ihn gezwungen hatte, sich auf und in ihr zu bewegen und seinen Samen in sie zu ergießen.

Ihre Stimme füllte ihn völlig aus, sickerte in jede seiner Zellen. »Du gehörst mir. Du bist mein. Du tust, was ich dir sage.«

Weylin hätte sich am liebsten die Ohren zugehalten, aber er konnte sich nicht bewegen. Er wusste nicht einmal, ob er noch einen Körper hatte oder längst in diesem Rausch aus Blut und Feuer gefangen war.

Er verlor sich.

Er verlor seine Seele.

Er verlor seinen Körper.

Er verlor seinen Fluch.

Estrids Finger bohrten weiter, packten etwas tief in Weylin und hoben es aus seinem Herzen. Er schrie auf, wieder und wieder, bis seine Stimme Valeskas verdrängte. Die Dunkelgängerin redete auf ihn ein, genau wie Leigh, aber ebenso wie damals verstand er die Worte nicht.

Alles entglitt ihm, gleichzeitig kehrte so viel zu ihm zurück. Plötzlich ging ein gewaltiger Ruck durch seinen Körper, und er wurde nach hinten geschleudert. Er fiel in die Unendlichkeit, die Bilder seiner Taten rauschten an ihm vorbei und zeigten all die Grausamkeiten, die er unter Valeskas Einfluss begangen hatte.

So viele Tote.

So viel Blut.

So viel Leid.

Weylin sah die Gesichter seiner Opfer genau vor sich. Viele waren namenlos gewesen, aber nicht alle. Nicht Aldren. Auch den Unseelie sah Weylin, wie er in Kheerans Kleidung gehüllt leblos zu Boden gestürzt war.

Weylin fiel noch weiter in die Erinnerung. Mit der Zeit hatte er ein Talent dafür entwickelt, den Tod zu erkennen und zu bestimmen, wann das Leben seine Opfer verließ. Damals war er sicher gewesen, Zeuge von Aldrens letztem Atemzug geworden zu sein, doch der Fae war wiederauferstanden.

Nicht als Aldren, aber als Cernunnos.

Mit dieser Erkenntnis endete Weylins Fall in die Vergangenheit. Er schlug hart auf dem Boden der Gegenwart auf – und dann war es vorbei.

Stöhnend öffnete er die Augen. Er lag auf dem Rücken, den Blick an die Decke gerichtet. Seine Sicht war umnebelt, genau wie seine Sinne. In seinem Schädel pochte es schmerzhaft, und er glaubte, wenn er sich nur ein kleines Stück bewegte, würde er das Bewusstsein erneut verlieren.

Sein Körper war wund, seine Haut brannte, alles juckte und brodelte. Er fühlte sich, als hätte er tagelang ununterbrochen gekämpft. Sein Herz pochte wild, und ihm stand der eiskalte Schweiß auf der Stirn.

»Ist der Fluch gebrochen?«

»Das kann nur dein Freund beantworten«, hörte Weylin Estrid sagen. Ihre ohnehin brüchige Stimme klang noch matter und erschöpfter. »Ich habe getan, was ich konnte.«

Ein vertrautes Gesicht schob sich in sein Blickfeld. Leigh. Bei den Elva, er war wunderschön. Seine Haare waren hell wie der Schnee, der das Land bedeckte, und seine Augen kühl wie das Eis um sie herum. Weylin streckte seine Hand aus und berührte sacht Leighs Wange.

Dieser schluckte sichtlich. »Wie … wie geht es dir?«

Weylin wusste nicht, was er erwidern sollte. Er keuchte auf und spannte seine Muskeln ein weiteres Mal, aber nun schmerzte es nicht mehr wie eben. Er bekam langsam wieder ein Gefühl für seine Umgebung und für sich selbst.

»Ich …« Seine Worte wurden von einem Husten verschluckt.

Sofort sprang Leigh auf die Beine und schöpfte einen Becher mit Wasser voll, den er Weylin reichte. Er trank ein paar kleine

Schlucke, um das raue Kratzen in seiner Kehle zu beruhigen, bevor er Leigh den Becher zurückgab und die Hand hob, um seinen Nacken zu berühren.

Seine Finger zitterten, als er vorsichtig über seine Haut fuhr, doch was er befürchtete, dort zu ertasten, war nicht länger da. Die Narbe war verschwunden. Die Stelle, die er in den letzten Jahren so oft berührt und zu hassen gelernt hatte, fühlte sich normal an. Die Haut war nicht vernarbt, sondern glatt wie der Rest.

Tränen traten in seine Augen. Doch es waren weder Tränen der Erleichterung noch der Freude. Er wusste nicht, aus welchem Teil seiner selbst sie kamen. Er fühlte sich merkwürdig einsam und leer, denn der Fluch, der jahrelang in seinem Verstand gehaust hatte, war verschwunden. Er war wieder allein in seinem Kopf.

»Sorge dafür, dass er Ruhe findet. Er wird sie brauchen«, sagte Estrid und erhob sich mühsam von ihrem Stuhl. Sofort war Hilarius an ihrer Seite, um ihr unter die Arme zu greifen und sie nach Hause zu bringen.

Weylin schluckte trocken. »Danke!«

Estrid nickte und schenkte ihm ein Lächeln, bevor sie sich von Hilarius aus der Hütte führen ließ. Das erste Mal war Weylin wahrhaftig allein mit Leigh, denn er war frei.

Er hatte es geschafft.

Er schnappte nach Luft, und ihm wurde vor Freude schwindelig, obwohl er noch auf dem Boden saß. Weitere Tränen füllten seine Augen, und er fasste erneut in seinen Nacken und tastete seinen Körper ab, der sich so fremd und dennoch vertrauter denn je anfühlte.

»Valeska hat mich verflucht«, flüsterte er, mehr zu sich selbst als an Leigh gewandt, und erkannte seine eigene Stimme kaum wieder. Ihr Klang war noch derselbe, aber die Worte kamen ihm mit einer Leichtigkeit über die Zunge, die er sonst nur beim Singen verspürt hatte. »Sie hat mir das angetan.«

Leigh runzelte die Stirn. »Die Königin der Seelie?«

»Ja, der Schwur hat mich an sie gebunden.« Endlich konnte er die Worte sagen, welche er all die Jahre hatte zurückhalten müssen. Weylin stockte, seine Kehle wurde eng, aber dieses Mal lag es nicht an den Schmerzen oder der Anstrengung. Seine Tränen flossen immer zahlreicher, und er begann heftig zu weinen. Nicht aus Frust, Angst oder Schmerz, sondern aus Freude. Aus unbändiger, tief sitzender und längst verloren geglaubter Freude. Es war vorbei!

»Ich bin frei«, sagte er mit bebender Stimme.

»Ja, das bist du«, erwiderte Leigh mit einem breiten Lächeln und schloss ihn in die Arme. Er drückte ihn fest an sich, und Weylin ließ seinen Tränen freien Lauf.

Er. War. Frei. Er hatte dafür einen hohen Preis zahlen müssen, denn er spürte, dass seine Magie fort war. Seine Gabe für die Musik war Vergangenheit, aber sein Körper gehörte endlich wieder ihm. Ihm ganz allein.

Diese Erkenntnis ließ seine Tränen noch schneller fließen.

Er weinte, weil er frei war.

Er weinte, weil er seine Gabe verloren hatte.

Er weinte, weil er leben konnte.

Seine sinnlose Existenz aus Mord und Totschlag war beendet. Er konnte endlich er selbst sein und all die Gedanken und Gefühle zulassen, die durch den Fluch zu einer Folter geworden waren. Er zog sich aus Leighs Umarmung zurück, auch in dessen Augen schimmerten Freudentränen.

»Ich danke dir«, raunte Weylin und küsste Leigh, damit er die Worte nicht nur hörte, sondern auch spürte. Ohne den Wächter hätte er es niemals zu den Dunkelgängern geschafft. Vermutlich wäre er gar nicht mehr am Leben, sondern auf seiner Reise zurück nach Daaria verendet. Doch Leigh hatte ihn gerettet, und das nicht nur auf eine Art und Weise. Er verdankte ihm alles. Sein Leben. Seine Freiheit. Seine Hoffnung auf eine Zukunft.

48. Kapitel – Valeska

– Daaria –

Stille beherrschte die Stadt. Die Straßen von Daaria waren wie ausgestorben. Das Volk saß bangend in seinen Hütten und Häusern und wartete auf die Rückkehr der Armee, die nach Thobria gezogen war, um Blut zu vergießen.

Ihr Gatte, Cernunnos, war durch die Stadt gefegt wie ein Sturm und hatte all die kampffähigen Frauen und Männer eingesammelt, die ihm in seinem Krieg dienen konnten. Ein Krieg, den das Land nicht brauchte und der nur Leben und Ressourcen verschwendete. Und für was? Mehr Macht? Mehr Land? Wofür, wenn es am Ende des Krieges kaum mehr ein Volk gab, um es zu besiedeln?

Manchmal glaubte Valeska, das Blut aus Thobria bis nach Daaria zu riechen, denn die Mauer, die ihr Volk vor tausend Jahren errichtet hatte und die dazu geschaffen gewesen war, die Ewigkeit zu überdauern, war durch die Hand ihres Gatten zerstört worden. Die Wolke aus Rauch und Staub war über Meilen hinweg zu sehen gewesen.

Ein Klopfen an der Tür riss Valeska aus ihren Gedanken und ließ sie zusammenfahren. Sie war in den letzten Wochen und Monaten schreckhaft wie ein Rehkitz, aber wer konnte ihr das verübeln, bei den Albträumen, die sie Nacht für Nacht heimsuchten, in denen sie ihr Land und ihr Volk brennen sah?

Valeska wandte ihren Blick von dem Fenster ab, um nachzusehen, wer ihr Gemach betrat. Ein Teil von ihr rechnete doch immer damit, gleich Samia, ihre Seherin, zu entdecken, aber Valeska würde sie nie wiedersehen. Cernunnos hatte sie getötet, weil sie mit ihrer Prophezeiung versucht hatte, sein Erscheinen auf dieser Welt zu verhindern. Vermutlich wäre Valeska ihr unmittelbar nach der Krönung in den Tod gefolgt, wäre da nicht das Kind in ihrem Leib, das Cernunnos aus irgendwelchen Gründen wichtig schien. Es erleichterte sie, jagte ihr aber gleichzeitig Angst ein. Denn noch vermochte sie nicht zu durchschauen, was für Pläne der Gott des Todes mit ihrem Kind hatte.

»Eure Hoheit, Euer Abendessen«, sagte der Fae mit dem kurzen roten Haar.

Sie nickte appetitlos, und er stellte das Tablett mit der Suppe auf dem Tisch ab, ehe er die Tür wieder hinter sich zuzog und verriegelte. Sein Klopfen war nur ein Akt der Höflichkeit gewesen, weil sie die Königin war, aber in Wirklichkeit war sie eine Gefangene. Eine Gefangene in ihrem eigenen Reich. Nur wenige Stunden nach ihrer Vermählung hatte Cernunnos ihre Macht mit einer Reihe von Hinrichtungen an sich gerissen. In Angst verfallen, gehorchten ihm jene Fae, die einst ihr gedient hatten, und sie konnte es ihnen nicht einmal verdenken, denn es war ihre eigene Angst gewesen, die sie vor den Altar getrieben hatte. Sie hasste sich selbst dafür, aber noch mehr hasste sie Cernunnos dafür, ihr das angetan zu haben.

Wie von selbst legte sich Valeskas Hand auf die Rundung ihres Bauches, die mit jedem Tag zu wachsen schien. Diese Empfängnis war nicht geplant gewesen. Eine Seelie, noch dazu die Königin, geschwängert von einem Halbling. Undenkbar. Und doch war es die Wirklichkeit. Sie wusste nicht, warum die Kräuter, die dies hätten verhindern sollen, nicht gewirkt hatten. Doch sie war dankbar dafür, denn was auch immer ihr Volk denken würde, sie liebte dieses Kind mehr, als sie jemals für möglich gehalten hätte.

Sie wusste nicht, wie es aussehen würde. Wie es denken, reden und sich verhalten würde, aber das war gleichgültig. Denn in ihren Augen war es schon jetzt perfekt, weshalb ihr auch keine andere Wahl blieb, als Cernunnos alles zu geben, was er von ihr verlangte.

Ihre Hand.

Ihr Volk.

Ihr Land.

Ihren Körper.

Bei den wahren Göttern, die nicht dem Tod huldigten, so bitter dieser Krieg auch war, so erleichtert war sie darüber, ihr Bett nicht länger mit Cernunnos teilen zu müssen. In ihrer Hochzeitsnacht hatte er sie das erste Mal genommen, hart und schonungslos und ohne jeden Genuss. Sie hatte sich noch nie in ihrem Leben so wertlos und gedemütigt gefühlt, aber vermutlich war das ihre Strafe für all die Male, die sie Weylin in ihr Bett gezwungen hatte.

Valeska stieß ein Seufzen aus und lehnte sich in ihrem Stuhl zurück. Obwohl sie erst vor wenigen Stunden aufgestanden war, saß die Erschöpfung bereits wieder tief in ihren Knochen. Ihr Rücken schmerzte. Ihre Brüste zogen. Und ihr Magen vertrug nichts oder alles, aber so elendig sie sich auch fühlte, so sehr genoss sie es auch, ihre Kraft und ihren Körper mit ihrem Kind zu teilen.

Ihre Augenlider wurden schwer. Sie erlaubte sich, diese zu schließen. Nur für ein paar Minuten. Abwesend streichelte Valeska dabei über ihren Bauch. Sie fühlte das Leben unter ihren Fingerspitzen und die Wärme ihrer Liebe. Für einen Moment war alles perfekt, bis sie plötzlich ein reißender Schmerz durchfuhr. Er kam aus dem Nichts, wie ein Schwert, das sie durchbohrte.

Keuchend fuhr Valeska in die Höhe und blickte an sich hinab. Tränen schossen ihr in die Augen. Es fühlte sich an, als wäre etwas in ihr gerissen. Doch da war kein Blut, weder auf ihrem Bauch noch zwischen ihren Schenkeln. Und das Herz in ihrem Leib schlug unverändert. Zufrieden. Lebendig. Und doch stimmte etwas nicht …

Valeska holte tief Luft und schloss die Augen, um die Tränen zu verdrängen. Der Schmerz verglomm bereits wieder. Er verschwand so schnell, wie er gekommen war, ohne Spuren zu hinterlassen, und da begriff sie, was geschehen war.

Weylin. Ihre Verbindung zu ihm war gerissen. Der Schwur, der ihn an sie gebunden hat, war wie ein unsichtbarer Draht zwischen ihnen gespannt, weshalb er ihr auch nie hatte entfliehen können. Sie hätte ihn immer und überall aufspüren können, wenn sie wollte. Doch nun war dieser Draht gerissen.

Der Fluch war gebrochen.

Weylin war tot.

Warum stimmte sie das traurig?

49. Kapitel – Weylin

– Evardir –

Weylin schlug die Augen auf und wusste im ersten Moment nicht, wo er war. Das passierte selten. Er war es gewohnt, auf der Hut zu sein, war sich seiner Umgebung meist bewusst und überlegte genau, wie und wohin er sich bettete. Doch an diesem Morgen war alles anders.

Langsam drehte er sich um. Sein Körper schmerzte. Weylin fühlte sich wie nach einem harten, unerbittlichen Kampf, der ihn all seine Reserven gekostet hatte. Er stöhnte leise und richtete sich benommen auf.

Neben ihm regte sich jemand, schlang einen starken Arm um seinen Bauch und zog ihn zurück auf die Pritsche. Leigh schmiegte sich eng an ihn und strich mit seinen Lippen über die Stelle, an der bis vor wenigen Stunden seine Narbe gesessen hatte.

Weylin seufzte zufrieden.

Leigh lächelte spürbar. »Wie fühlst du dich?«

»Erschöpft.« Weylin rollte sich herum, um Leigh in die Augen zu sehen. Sie teilten sich einen Schlafplatz in der Hütte von Larkin und Freya. Die beiden hatten bei ihrer Rückkehr am Abend schon geschlafen und waren bereits aufgebrochen, vermutlich, um den Dunkelgängern zu helfen und ihre Schuld zu begleichen.

Leigh hob eine Hand an Weylins Wange und liebkoste mit seinem Daumen sanft die Konturen seines Gesichts. Sie waren einander unendlich nah, und er spürte Leighs Atem auf seiner Haut. Er erinnerte sich nur noch dunkel, dass Leigh ihn aus Hilarius' Hütte zu dieser geführt hatte. Er hatte ihm geholfen, sich auszuziehen, und ihn anschließend auf die Pritsche gezogen, um ihn festzuhalten, während er um all das geweint hatte, was er verloren und gleichermaßen gewonnen hatte. Zärtlichkeit, Ruhe, Nähe, Halt, das waren die Dinge, die Leigh ihm gestern geschenkt hatte. Er war dem Wächter mehr als dankbar dafür.

»Willst du reden?«, fragte Leigh. Er hatte seine dunkle Wächteruniform ebenfalls abgelegt, was Weylin erlaubte, nicht nur seine Wärme zu spüren, sondern auch die Weichheit seiner Haut, trotz der Narben, die auch ihn zeichneten.

Weylin schluckte. Am liebsten hätte er nie wieder einen Gedanken an den Fluch und seine Zeit in Gefangenschaft verschwendet, aber er wusste, dass er Leigh einiges erklären musste. Doch er war nicht der Einzige, dem er Antworten schuldete.

»Später, zuerst muss ich mit Kheeran sprechen«, sagte Weylin und erhob sich von der Pritsche, um sich anzuziehen. Er griff nach seinem Hemd, das über einem der Stühle am anderen Ende des Raumes hing, denn trotz der Kälte in der Höhle war es in der Nacht unter all den Fellen mollig warm gewesen.

Leigh runzelte die Stirn. »Mit Kheeran?«

»Ja.«

»Soll ich dich begleiten?«

»Das ist nicht nötig«, antwortete Weylin ausweichend. Irgendwann würde er Leigh von all den abscheulichen Taten erzählen, die er begangen hatte, aber nicht heute. Heute wollte er sich zuerst bei dem Mann entschuldigen, dem er wohl mit am meisten Leid zugefügt hatte.

Leigh öffnete den Mund und schloss ihn wieder. Er strich sich durch die Haare und zog die Beine an, um seine Hände darauf abzulegen. »Falls du deine Meinung änderst, ich werde hier oder draußen bei Khoury und den anderen sein.«

Weylin lächelte. »Danke für alles!«

»Das sagtest du gestern bereits.«

»Ich kann es nicht oft genug betonen.« Leigh hatte von Anfang an etwas in ihm gesehen, das er nicht einmal mehr selbst zu sehen vermocht hatte. Er hatte in diesen letzten Wochen und Monaten an seiner Seite gestanden und ihm unermüdlich Mut zugesprochen und Hoffnung gegeben.

Weylin lief zurück zum Bett, kniete sich neben Leigh und zog ihn für einen Kuss heran. Überrascht schnappte dieser nach Luft, doch dann wurden seine Lippen weich, und er öffnete sie für ihn. Der Kuss war ein Versprechen auf mehr, aber zuerst musste er sich um die Angelegenheit mit Kheeran kümmern.

Als Weylin sich von Leigh löste, war ihm leicht schwindelig. »Ich bin bald zurück.«

Er wandte sich ab, nahm seinen Mantel und trat hinaus in die eisige Kälte. Ihn fröstelte, und er schlang die Arme um seine Mitte.

Weylin wusste nicht genau, wie spät es war, aber es herrschte bereits reges Treiben im Reich der Dunkelgänger. Die Leute wuselten umher, versuchten Platz für weitere Flüchtende zu schaffen, teilten Essen ein oder trugen Säcke mit Vorräten quer durchs Lager. Alle waren in Aufruhr.

Weylin hielt einen jungen Mann an, der gerade mit einem Korb an ihm vorbeilief.

»Entschuldigung, kannst du mir sagen, in welcher Hütte Kheeran wohnt?«

»Ja, da vorn. Es ist eine kleine Hütte zwischen den beiden größeren. An der Eingangstür hängt ein rotes Tuch, du kannst es nicht verfehlen.«

»Danke!« Weylin nickte dem Mann zu und lief zur angegebenen Stelle. Er grüßte die Leute im Vorbeigehen, aber seine Gedanken hingen bereits bei dem Gespräch, das er gleich führen wollte. Kheeran und er hatten keine schöne gemeinsame Vergangenheit, und er schuldete dem Fae nicht nur eine Entschuldigung, sondern auch eine Erklärung. Und nun, da er endlich die Worte aussprechen konnte, wollte er nicht länger warten. Sie würden in diesem Krieg Seite an Seite kämpfen, und der ehemalige Prinz musste alles erfahren.

Er fand die Hütte mit dem roten Tuch und klopfte an die hölzerne Tür. Stimmen erklangen aus dem Inneren, die jedoch verstummten, als Ceylan öffnete. Sie trug ihren Mantel und wirkte gehetzt, als wäre sie auf dem Sprung. Sie wirkte überrascht, ihn zu sehen. »Weylin …«

»Seid gegrüßt«, stammelte er etwas unbeholfen. »Ist Kheeran zu sprechen?«

Der Unseelie erschien hinter Ceylan. Die dunklen Schatten unter seinen Augen zeigten deutlich, dass die Nacht für ihn alles andere als erholsam gewesen war. »Wir waren gerade auf dem Weg, euch zusammenzutrommeln.«

»Könnte ich zuvor mit dir reden?«

Kheeran hob die Brauen. »Mit mir?«

Er nickte. »Ja, allein, wenn möglich.«

Früher oder später würde er auch mit Ceylan sprechen und sich bei ihr entschuldigen, weil sie seinetwegen unschuldig im Kerker gesessen hatte. Damals hatten Leigh und sie ihn angefleht, die Wahrheit über Zarinas Ermordung zu sagen. Der Fluch hatte dies vereitelt, ebenso wie die Einnahme des Giftes, das Leigh ihm für einen gnädigen Tod in Aussicht gestellt hatte.

»Wir treffen uns bei Hilarius«, sagte Kheeran zu Ceylan.

Sie wirkte nicht überzeugt. »Bist du sicher?«

Er nickte. »Sagst du den anderen Bescheid?«

»Wenn es sein muss.« Ceylan funkelte Weylin an und schob sich an ihm vorbei, wobei sie heftig mit ihrer Schulter gegen seine rempelte. Sie mochte ihn nicht, was er verstehen konnte, aber vielleicht könnten sie sich eines Tages annähern, wenn sie die Wahrheit kannte.

Kheeran hielt die Tür auf. »Komm rein.«

»Danke!«

Weylin trat ins Innere. Er blickte sich rasch in der Hütte um, doch sie war nichts Besonderes, sondern glich jener, die er sich mit Leigh, Freya und Larkin teilte. Es gab eine einfache Pritsche, einen Kamin und einen kleinen Tisch mit Stuhl, wobei dieser dicht an die Wand geschoben war, um Raum für einen weiteren Schlafplatz zu schaffen.

Kheeran zog seinen Mantel wieder aus und setzte sich vor den Kamin. Weylin tat es ihm gleich und nahm neben ihm auf den Fellen Platz. Einige Herzschläge lang herrschte Stille, die nur vom Knistern der Flammen erfüllt wurde, denn obwohl Weylin gekommen war, um zu reden, wusste er nicht, wie er in das Gespräch einsteigen sollte. Kheeran und er waren keine Freunde, aber der Fae-Prinz hatte gelernt, ihn trotz seiner Vergangenheit zu akzeptieren. Würde er dieses wachsende Vertrauen mit seinem Geständnis zerstören?

Die meisten Menschen, denen er Leid gebracht hatte, waren tot oder unerreichbar, aber hier saß ein Mann, dem er alles gestehen konnte. Weylin musste mit seiner Vergangenheit aufräumen, wenn er eine neue Zukunft haben wollte. Er räusperte sich. »Leigh hat Ceylan und dir ja bereits von meinem Fluch erzählt …«

Kheeran nickte.

»Valeska war diejenige, die ihn mir auferlegt hat. Sie hat mich verflucht!«

Er musste diesen Satz in der letzten Nacht mindestens ein Dutzend Mal gestammelt haben, weil er nicht hatte glauben können, wie leicht es plötzlich war, diese Worte auszusprechen. Dennoch fühlten sie sich noch immer fremd auf seiner Zunge an.

Kheeran furchte die Stirn. »Die Seelie-Königin?«

Weylin nickte. »Ja, Valeska hat mich bereits vor vielen Jahrzehnten mit einen Blutschwur an sich gebunden, und seither war ich ihr Sklave.«

Verdutzt blinzelte Kheeran ihn an. »Ich dachte, du kannst nicht über deinen Fluch sprechen. Bedeutet das etwa …«

»Ja, er ist gebrochen«, kam Weylin ihm zuvor. »Estrid hat ihn gestern von mir genommen, und nun kann ich endlich sagen, was ich die ganze Zeit über habe zurückhalten müssen. Und ich bin gekommen, um mich bei dir zu entschuldigen, für alles, was ich dir in Valeskas Namen angetan habe. Ich habe großes Leid über dich und deine Familie gebracht.«

»Redest du von meiner Mutter?«, fragte Kheeran.

»Unter anderem, aber nicht ausschließlich«, gestand Weylin und holte tief Luft. »In der Nacht, in der deine Mutter starb, bin ich in den Palast eingedrungen … aber es war nicht das erste Mal. Ich war schon einmal dort, vor achtzehn Jahren, mit dem Auftrag, einen Neugeborenen aus dem Weg zu räumen.«

Verständnislosigkeit ließ die Furchen auf Kheerans Stirn tiefer werden, bis sie sich schlagartig glätteten und er zu begreifen schien, was Weylin zu sagen versuchte. »Du warst es? Du hast mich entführt und nach Thobria gebracht?«

Weylin nickte. »Samia, Valeskas Seherin, hatte eine Vision, nach der du Lavarus in den Untergang treibst. Valeska wollte, dass ich dich beseitige, und ich musste ihr gehorchen, doch ihr Befehl war undeutlich formuliert, was mir erlaubt hat, dich zu verschonen. Ich dachte, wenn ich dich nach Thobria bringe, wärst du vor ihr sicher.« Weylins Magen zog sich zusammen, und für einen Moment fürchtete er, der Fluch würde ihn gleich wieder übermannen, um ihm den Mund zu verbieten. So lange hatte er diese Worte zurückgehalten, dass es sich jetzt unnatürlich anfühlte, sie auszusprechen.

Kheeran schüttelte den Kopf und erhob sich. Aufgeregt lief er in der kleinen Hütte hin und her wie ein eingesperrtes Tier. »Ich … ich fass es nicht.«

»Es tut mir leid.«

»Und der Fluch hat dich dazu gezwungen?«

Er nickte. »Ich musste tun, was immer Valeska verlangte. Ich habe ihr damals meine Bedenken mitgeteilt, schließlich warst du nur ein Kind, aber sie wollte nichts davon hören. Und ich konnte nicht anders, als ihr zu gehorchen. Dein Leben zu verschonen, war alles, was ich ausrichten konnte.«

Kheeran blieb stehen und nickte langsam, bedächtig, als wäre er noch dabei, das Gesagte zu verarbeiten. Und Weylin wünschte, dass dies das einzige Geständnis wäre, das er dem Unseelie zu machen hatte.

»Außerdem bin ich für den Mord an deiner Mutter verantwortlich«, fügte er hinzu. Er musste die Augen schließen, weil alles auf ihn niederprasselte. Er sah sich selbst, wie er in das Gemach von Königin Zarina eingedrungen war und sie im Schlaf überrascht hatte. Er sah das Blut an seinen Händen, den Dolch, den er benutzt hatte, und er sah auch Ceylan, die sich ihm in den Weg gestellt, ihn aber nicht hatte aufhalten können, weil er als Schatten zu gut gewesen war. »Ich hatte keine andere Wahl. Nach dem Zwischenfall mit dir hat Valeska angefangen, ihre Worte sorgfältiger zu wählen. Sie wollte, dass Zarina stirbt, in der Hoffnung, es würde die Krönung vereiteln und die Finsternis aufhalten, die du über das Land bringen solltest.«

Weylin hörte Kheeran nach Luft schnappen. Er öffnete die Augen, suchte im Gesicht des Fae nach Hass und Verachtung, aber er fand weder das eine noch das andere. Kheeran wirkte entsetzt, ohne Frage, doch zugleich schien er auch Verständnis für Weylin aufzubringen, was dieser selbst nicht verstand.

»Danke, dass du mir all das sagst.«

»Es war das einzig Richtige. Und es tut mir auch leid, dass ich deine Schulter mit einem Pfeil durchbohrt habe …« Seine Stimme bebte, und auf einmal brachte er kein Wort mehr heraus. Wie bereits gestern Nacht füllten sich seine Augen mit Tränen, die er mühevoll zurückhielt.

Hier stand er nun. Ein Mann, der schuldiger nicht sein könnte und dennoch seine Taten nicht frei gewählt hatte. Er wischte sich über das Gesicht und bemühte sich, Haltung zu bewahren, auch wenn es ihm schwerfiel, seinen freien Geist mit jenen Verbrechen in Einklang zu bringen.

»Es … es tut mir so leid«, wiederholte er. Die Worte schmeckten schal und bedeutungslos, denn eine Entschuldigung würde nichts ändern. Zarina blieb tot, und Kheeran würde ohne die Spitzen seiner Ohren leben müssen. Doch falls der Unseelie ihn nun verabscheute, wäre es so, aber zumindest hatte sich Weylin diese Last endlich von der Seele geredet. Er würde mit allen Konsequenzen leben.

Eine Weile schwieg Kheeran und schien seine Worte in Gedanken abzuwägen. Doch schließlich setzte er sich wieder neben ihn auf die Felle. Er hatte die Lippen fest zusammengepresst, und seine Augen waren genauso glasig wie seine eigenen. Weylin schwieg. Seine Worte waren gesprochen, die Wahrheit stand im Raum, und nun lag es nicht mehr an ihm, darüber zu urteilen.

»Mir tut es auch leid«, sagte Kheeran plötzlich und hob seine Hand. Weylin zuckte zusammen, bereit für einen Schlag ins Gesicht. Doch der Fae schlug ihn nicht, sondern klopfte lediglich auf seine Schulter.

Verwundert sah Weylin auf. »Was tut dir leid?«

»Dass du so viel ertragen musstest und von Valeska zu all diesen abscheulichen Dingen gezwungen wurdest. Ich wusste, dass sie kaltblütig und berechnend ist, aber niemals hätte ich damit gerechnet. Magie sollte nicht auf diese Art missbraucht werden, dafür ist sie nicht geschaffen worden.«

Weylin wusste nicht, was er erwidern sollte. Er schluckte schwer, wobei er das Gefühl hatte, an Kheerans Güte und Verständnis zu ersticken. »Du … du verzeihst mir also?«

»Es gibt nichts zu verzeihen. Du bist in dieser Angelegenheit ebenso ein Opfer von Valeska wie ich und meine Mutter. Valeska allein trägt die Schuld, und ich werde sie dafür büßen lassen, dessen kannst du dir sicher sein.«

Weylin schnaubte. »Nur wenn ich dir nicht zuvorkomme.«

Kheeran lachte und klopfte ihm erneut auf die Schulter, bevor er seine Hand zurückzog und ein beinahe erleichtertes Seufzen ausstieß, als hätte die Wahrheit auch eine Last von ihm genommen. »Du sagtest, dass Valeskas Seherin geglaubt hat, ich würde Lavarus in den Untergang treiben.«

Weylin nickte und setzte zu einer Antwort an, doch er hielt sich zurück. Das erste Mal seit Langem war es seine Entscheidung, nicht zu sprechen, und nicht die des Fluches. »Vielleicht wäre es gut, wenn alle anderen dabei sind, denn was ich zu sagen habe, wird sie interessieren.«

50. Kapitel – Kheeran

– Evardir –

Kheeran schloss die Tür hinter sich und machte sich auf den Weg zu Hilarius' Hütte. Er hatte Weylin vorausgeschickt, weil er einen Augenblick für sich haben wollte, um über die Worte des Halblings nachzudenken. Sein Geständnis hatte ihm tief ins Herz geschnitten, und er hatte Zeit gebraucht, sich zu sammeln. Dass Weylin seine Mutter getötet hatte, war keine neue Offenbarung gewesen. Er hatte es bereits vermutet, dennoch tat es gut, die Wahrheit zu kennen, denn nun konnte er mit dem Ableben seiner leiblichen Mutter abschließen.

Was ihn jedoch eiskalt erwischt hatte, war Weylins Bekenntnis, dass er ihn auf Valeskas Befehl hin aus seiner Wiege entführt hatte. Jener Frau, die ihm im Lauf der letzten Jahre mehrfach so lieblich ins Gesicht gelächelt hatte. Sie war die Verantwortliche. Sie war die Mörderin und Attentäterin. Weylin mochte ihn verschleppt und angegriffen und seine Mutter getötet haben, aber er war genauso unschuldig wie seine Waffen. Valeska hatte ihn geführt, und eines Tages würde er die Seelie-Königin dafür zur Rechenschaft ziehen. Aber dieser Tag war nicht heute, denn zuerst mussten sie sich um Aldren kümmern.

Kheeran nahm einen tiefen Atemzug, um sich zu beruhigen und auf das Gespräch einzustimmen, das ihm bevorstand. Mit schnellen Schritten überquerte er den überfüllten Platz und war das erste Mal dankbar über die Kälte in der Höhle, die seinen Geist klärte und die Reste der Trauer von seiner Seele spülte.

Er erreichte Hilarius' Hütte und betrat diese, ohne anzuklopfen, da er die Stimmen der anderen bereits hörte. Weylin stand mit verschränkten Armen am Feuer und blickte in die Flammen, der Rest saß wie am Tag zuvor am Tisch, wobei sie noch nicht vollzählig waren. Freya und Larkin fehlten noch, Farrow, Gothar und Ethen würden dieser Sitzung wie bereits am Tag zuvor nicht beiwohnen.

Kheeran setzte sich auf seinen Platz neben Ceylan.

Sie neigte den Kopf. »Geht es dir gut? Du siehst blass aus.«

Er nickte und beugte sich zu ihr, um die anderen nicht an dieser Unterhaltung teilhaben zu lassen. Sie würden früh genug von Valeskas Machenschaften erfahren. »Ich weiß nun endlich, wer meine Mutter ermordet hat. Valeska.«

»Valeska? Das kann ich mir nicht vorstellen.«

»Sie hat es nicht selbst getan. Weylin hat die Klinge geführt, aber der Befehl kam von Valeska. Sein Blutschwur hat ihm keine andere Wahl gelassen«, erklärte er mit gesenkter Stimme, wobei er sicher war, dass zumindest Weylin sein Gespräch belauschte.

»Warum hat sie das getan?«, fragte Ceylan mit gerunzelter Stirn, doch Kheeran kam nicht dazu, ihr zu antworten. Im selben Moment wurde die Tür erneut aufgestoßen. Eine kalte Windböe begleitete die Neuankömmlinge. Es waren Freya und Larkin; damit waren sie vollzählig.

»Entschuldigt, dass ihr warten musstet«, sagte Larkin, der den dunklen Schatten unter seinen Augen nach ebenfalls keine erholsame Nacht hinter sich hatte. Er hielt ein Buch in der Hand, das er nun auf dem Tisch ablegte. »Aber wir haben etwas gefunden. Nun ja, Freya hat es gefunden.« Sein Blick zuckte zu ihr und trotz seines ernsten Tonfalls trat ein mildes Lächeln auf seine Lippen, als könnte er in ihrer Nähe nicht unglücklich sein. »Wir haben die ganze Nacht über die Bücher aus der Bibliothek studiert, um mehr über Cernunnos herauszufinden. Die meisten waren nutzlos, aber dieses nicht.«

Larkin deutete auf das Buch vor ihm. »Es ist *Die Abschrift des schwarzen Elements.* Die Alchemisten hatten Freya gebeten, es für sie mitzunehmen. Es beinhaltet Rituale und Bräuche, die jenen, die nicht von den vier Göttern gesegnet worden sind, erlauben, Magie zu wirken. Das Buch bezeichnet diese als *unwürdig in den Augen der anderen Götter.* Doch der Gott, der gnädig ist und ihnen die Magie nicht verwehrt, ist …«

»Cernunnos«, beendete Leigh den Satz.

Freya nickte, ebenso wie Larkin. »*Die Abschrift des schwarzen Elements* ist im Grunde ein Buch über den Gott des Todes. Wir haben darin Hinweise gefunden, die Kheerans Annahme über Aldren und Cernunnos bestätigen.«

»Inwiefern?«, fragte Khoury. Er wollte nach dem Buch greifen, doch Larkin schnappte es ihm vor der Nase weg. Mit einem Räuspern schlug der Wächter es auf und begann vorzulesen.

»Cernunnos, Herrscher der Dunkelheit, ist der fünfte Gott der Anderswelt. Seine Geschwister schreiten durch das Licht. Er jedoch wandelt in der Finsternis. Der Tod ist sein Reich, doch fürchtet ihn nicht, denn er bringt die Erlösung und den ewigen Frieden. Der Gehörnte und seine Geschöpfe geleiten die Seelen der Verstorbenen über den dunkelsten Pfad, an dessen Ende das Leuchten der Anderswelt liegt.«

»Sind mit *seine Geschöpfe* die Elva gemeint?«, hakte Leigh nach.

»Das ist anzunehmen«, erwiderte Larkin. »Weiter hinten gibt es eine Passage, in der beschrieben wird, wie es jenen, die im Auge seiner Geschwister unwürdig sind, gelingt, aus dem schwarzen Blut seiner Geschöpfe Magie zu gewinnen. Sie werden nie als *Elva* bezeichnet, aber das ist nur sinnvoll, wenn man bedenkt, dass die Abschrift älter ist als der Name selbst.«

»Wenn Aldren Cernunnos ist und die Elva seine Geschöpfe, ist es schlüssig, dass er über sie befehlen kann«, warf Khoury ein.

»Das dachten Freya und ich auch. Leider steht dazu nicht mehr im Buch, aber in diesem Kapitel …« Larkin legte das Buch aufgeklappt auf den Tisch. »… wird beschrieben, dass Cernunnos seine Macht aus dem Tod zieht, weshalb Blut in all seinen

Ritualen eine wichtige Rolle spielt. Ihm sind auch die Skriptura zuzuschreiben, welche die Alchemisten nutzen, um ihre Magie zu wirken. Und je gegenwärtiger der Tod ist, umso stärker ist Cernunnos' Einfluss.«

»Wie überaus nützlich, dass in unserem Land derzeit Krieg herrscht«, murmelte Leigh. »Es geht ihm nicht darum, Lavarus zu besitzen, er möchte seine Macht festigen.«

»Das würde auch zu Samias Prophezeiung passen«, fügte Weylin hinzu. *»Ich habe nur Dunkelheit gesehen. Sie wird sich zuerst über Melidrian legen, dann über Thobria und schließlich über die ganze Welt. Sie wird mit ihrer Schwärze alles ersticken.* Lavarus ist erst der Anfang. Er will die Zerstörung nutzen, um an Stärke zu gewinnen, bevor er sich Séakis und all den anderen Ländern stellt.«

»Wer ist Samia?«, fragte Khoury mit gerunzelter Stirn.

Weylin seufzte schwer. Es war offensichtlich, dass er die Geschichte seines Fluches nicht noch einmal erzählen wollte, aber ihm blieb keine Wahl, also berichtete er Freya, Larkin und den anderen, was er Kheeran bereits offenbart hatte. Sie klebten an seinen Lippen und lauschten seinen Worten.

»Samia und Valeska haben mich in der Annahme, dass Kheeran ein Kriegsbringer ist, mit seiner Ermordung beauftragt. Aus diesem Grund war ich zu seiner Krönung in Nihalos. Ich sollte sie vereiteln.«

»Aber offensichtlich bringt nicht Kheeran den Krieg«, warf Khoury ein, der aufgestanden war und durch die Hütte lief. Es war erstaunlich, was etwas Essen und ein ruhiger Schlafplatz bewirken konnten, denn der Field Marshal wirkte schon deutlich kräftiger als bei seiner Ankunft in Evardir.

»Nein, der bin ich nicht, aber ich war derjenige, der Cernunnos in diese Welt geholt hat«, sagte Kheeran, wobei seine eigenen Worte ihn erschaudern ließen. »Ich war der erste Fae seit Hunderten von Jahren, der ein Tor zur Anderswelt geschaffen hat. Cernunnos ist hindurchgetreten und hat sich Aldrens Körper bemächtigt, als dieser …« Er warf Weylin einen raschen Blick zu, sprach jedoch mit fester Stimme weiter. »… als dieser starb. Wäre ich nicht gewesen, wäre das Tor geschlossen geblieben.«

»Nein, wäre es nicht«, sagte Ceylan und legte eine Hand auf seinen Arm. »Dein Vater ist gestorben, und wärst du nicht gewesen, um seinen Platz einzunehmen, hätte es jemand anderes getan.«

Kheeran schüttelte den Kopf. Er wusste, dass Ceylan recht hatte, dennoch fühlte er sich verantwortlich. Dieselbe Schuld erkannte er auch in Weylins Augen, obwohl dieser nur in Valeskas Auftrag gehandelt hatte. Ob die Königin ahnte, dass sie und ihre Seherin die Prophezeiung falsch gedeutet hatten? Oder war es gar Absicht gewesen?

Nein, ausgeschlossen. Valeska war vielleicht grausam, aber sie liebte die Fae und vor allem ihr Volk. Sie würde keinen Krieg riskieren, der die Seelie auslöschen könnte.

»Darf ich das Buch sehen?«, fragte Kheeran und streckte seine Hand danach aus. Larkin übergab es ihm, und er begann durch die vergilbten Seiten zu blättern, die bereits begonnen hatten, sich aus der Leimung zu lösen. Zwischen all den Ritualen, die den Alchemisten dienten, entdeckte er auch ein Gebet.

Gepriesen seist du, Herrscher des Todes.
Du bist es, dem wir folgen am Ende.
Geleite uns durch die Dunkelheit der Ewigkeit.
Du bist unser letzter Gott. Und unser letzter Führer.
Zeige uns den Weg in das nächste Reich.

»Ich kenne dieses Gebet«, sagte Kheeran und deutete auf die Seite. »Als ich frisch nach Nihalos kam und die Gepflogenheiten der Fae lernen musste, habe ich es in einem meiner Lehrbücher gelesen. Allerdings haben die Fae schon vor langer Zeit aufgehört, Cernunnos anzubeten. Wir haben seine Statuen aus den

Tempeln entfernen lassen und seine Gebetsstätten niedergerissen. Er wurde aus dem Glauben verbannt.«

Khoury schnaubte. »Scheint ihm nicht gefallen zu haben.«

»Das heißt, wir sind uns einig, dass Aldren dieser Cernunnos ist?«, fragte Leigh.

Freya nickte und schrieb etwas auf. *Ja, alles weist darauf hin.*

»Das sehe ich auch so«, fügte Larkin hinzu. »Es würde Aldrens Verhalten erklären und auch seinen Versuch, Kheeran und Ceylan zu töten. Der echte Aldren, wie ich ihn in Nihalos kennengelernt habe, hätte das nie gewagt.«

»Ich hätte es schon früher erkennen müssen«, sagte Kheeran und rieb sich erschöpft über das Gesicht. »Die ganze Zeit über habe ich gespürt, dass mit Aldren etwas nicht stimmt. Auch seine Vögel haben sich ihm gegenüber merkwürdig verhalten, aber ich habe es auf seinen Unfall geschoben, die gescheiterte Krönung und die Unruhen. Dabei ergibt rückblickend alles Sinn.«

»Wie hat Cernunnos dir überhaupt vorspielen können, dass er Aldren ist?«, fragte Khoury, der die Abschrift des dunklen Elements an sich genommen hatte und ebenfalls in dem Buch blätterte.

»Ich weiß es nicht«, gestand Kheeran. »Womöglich hat Aldren noch gelebt, als er von seinem Körper Besitz ergriffen hat, und er konnte auf diese Weise auf seine Gedanken und Erinnerungen zugreifen. Schließlich ist er ein Gott.«

Freya notierte etwas. *Womöglich lebt Aldren noch, und wir können ihn retten?*

Kheeran schüttelte den Kopf. »Cernunnos ist ein Gott. Selbst wenn noch etwas von Aldren übrig war, hat er das längst vernichtet. Ich kann mir nicht vorstellen, dass er etwas von ihm am Leben gelassen hat. Cernunnos löscht alles aus, was er anfasst. Das ist seine Natur.«

»Wenn Aldren wirklich Cernunnos ist, werden viele Unschuldige sterben«, sagte Larkin und lenkte damit das Gespräch auf das eigentliche Problem zurück. »Seine Truppen sind in Thobria einmarschiert. Wenn wir ihn nicht aufhalten, wird es noch mehr Tote geben.«

»Wie wollt ihr einen Gott aufhalten?«, fragte Hilarius, der sich bisher schweigend in einer Ecke des Raumes befunden hatte. »Das erscheint mir unmöglich. Immerhin ist er ein richtiger Gott, nicht wie unser verehrter König Andreus.« Der Spott in seiner Stimme war nicht zu überhören.

Kheeran sah auf das Buch, das Khoury noch in Händen hielt, und deutete mit einem Nicken darauf. »Steht dazu irgendetwas in der Abschrift? Eine Schwachstelle? Ein Schwur, der uns helfen kann?«

Larkin schüttelte bedauernd den Kopf. »Nein, das Buch preist nur seine Macht.«

Schweigen senkte sich über den Raum. Kheeran blickte in die Runde und in sieben hoffnungslose Gesichter. Es musste einen Weg geben, Cernunnos zu besiegen! Er wälzte in seinem Kopf die alten Überlieferungen umher, die er einst hatte lernen müssen, aber ihm wollte nichts einfallen.

»Dieser Krieg ist so gut wie verloren, wenn ihr mich fragt«, sagte Hilarius und erhob sich von seinem Platz. »Wir sollten unsere Sachen packen und wie die anderen aus Lavarus verschwinden. Einen Gott können wir nicht aufhalten.«

»Vielleicht nicht, aber wir müssen es zumindest versuchen«, warf Ceylan ein, die Hände auf dem Tisch zu Fäusten geballt. »Wir können doch nicht tatenlos zusehen, wie er uns alles nimmt!«

»Das sehe ich genauso«, stimmte Leigh zu. Er hatte den Dolch aus seinem Gürtel gezogen und spielte unruhig damit herum. »Aber wir brauchen einen Plan, wenn wir ihn aufhalten wollen.«

Kheeran blickte auf die Abschrift. Möglicherweise stand verschlüsselt zwischen den Zeilen etwas, das ihnen helfen könnte.

Dafür bräuchten sie allerdings mehr Zeit. Zeit, die sie nicht hatten. Sie mussten versuchen, den Krieg auf herkömmliche Art und Weise zu gewinnen. Nicht mit Manneskraft, aber mit Strategie. Er hatte Bücher über Heere von zweihundert Männern gelesen, die Tausende besiegt hatten.

»Wir müssen nach Amaruné«, sagte er schließlich. »Die Hauptstadt wird Cernunnos' Ziel sein. Sobald er dort einmarschiert und das Schloss erobert, gehört Thobria ihm. Das müssen wir verhindern.«

»Und wie stellst du dir das vor?«, fragte Leigh. »Er hat im Niemandsland Hunderte von Wächtern getötet, und jetzt sind nur noch sieben von uns übrig. Weylin und du könnten vielleicht auch kämpfen, aber Freya?«

»Du hast recht. Aber Wächter werden erschaffen.«

Larkins Blick wurde dunkel. »Ein Wächter zu sein, ist etwas Heiliges.«

Kheeran schenkte Larkin ein mitfühlendes Lächeln. Er wusste wenig über den Mann, den Freya liebte, ihm war allerdings bekannt, wie treu er der Mauer vor seiner Festnahme ergeben gewesen war. »Tut mir leid, aber ich sehe keine andere Wahl.«

»Ich halte das für keine gute Idee«, protestierte Larkin.

Freya griff nach seiner Hand und umschloss seine Finger. Sie formte mit ihren Lippen tonlose Worte, die Kheeran nicht verstand, und mit ihrer freien Hand gestikulierte sie Zeichen, die sich ihm ebenfalls nicht erschlossen. Larkin anscheinend schon, denn er seufzte lang und tief.

»Nur Wächter können magiegebundene Waffen führen«, fügte Kheeran hinzu. »Und haben mit ihren Heilungsfähigkeiten auch nur den Hauch einer Chance gegen Aldrens Armee. Wir sollten so schnell wie möglich damit beginnen.«

»Ich wette, einige meiner Männer wären dazu bereit«, sagte Hilarius. »Sie sind zwar keine Krieger im herkömmlichen Sinne, aber sie können mit Waffen umgehen.«

Kheeran nickte. »Sehr gut. Ich schlage vor, dass wir uns ins Schatzgebirge östlich von Amaruné zurückziehen. Dort können wir uns im Verborgenen organisieren, und wir sehen, sobald sich Cernunnos' Armee der Stadt nähert. Außerdem bieten uns die Minen Sichtschutz vor den Elva, die er vermutlich als Vorhut einsetzt.«

Khoury kratzte sich am Kinn. »Das ist eine hervorragende Idee.«

»Angenommen, wir quartieren uns im Schatzgebirge ein, und es gelingt uns, genug Männer und Frauen zu finden, die sich in Wächter verwandeln lassen, so fehlen uns dennoch Waffen«, sagte Leigh und wedelte mit seinem erdgebundenen Dolch herum. »Oder gibt es ein Lager für magiegeschmiedete Waffen, von dem ich nichts weiß?«

Fragend wanderte Kheerans Blick zu Khoury.

»Bedauerlicherweise nicht«, sagte der Field Marshal. »Wir haben im Niemandsland Waffen gelagert, aber diese haben Aldrens Männer gewiss längst an sich genommen.«

»Das bedeutet, wir brauchen einen Schmied«, schlussfolgerte Leigh.

»Einen Fae-Schmied«, fügte Khoury hinzu.

»Und ich weiß, wo wir einen solchen finden: in Aldrens Lager«, sagte Kheeran. Er wusste, dass sein Vorschlag ebenso gut von einem Wahnsinnigen hätte stammen können, aber es war ihre einzige Möglichkeit. »Er muss Schmiede mit seiner Armee führen, die sich um Waffen kümmern.«

»Du meinst, wir sollen sie entführen?«

Kheeran nickte. »Genau das sollten wir tun.«

Khoury schnaubte amüsiert. »Wie stellst du dir das vor?«

»In Aldrens Lagern herrscht reges Treiben, dort wimmelt es nur so von Soldaten …«

»Und genau das ist das Problem«, unterbrach ihn Leigh.

»Nein, ist es nicht. Ich will nicht, dass wir in das Lager einfallen, sondern dass sich gezielt zwei oder drei von uns hineinschleichen. Zwischen all den Zelten und Männern sollte man genügend Deckung finden, um unbemerkt zu den Schmieden vorzudringen. Das Schwierigste wird sein, sie mundtot zu machen, bevor sie Alarm schlagen.«

»Das klingt wahnsinnig«, sagte Ceylan, doch in ihren Augen lag ein kampflustiges Funkeln, das ihm verriet, dass sie sich selbst nur allzu gern für diese Aufgabe zur Verfügung stellte. Aber das wiederum kam nicht infrage.

»Ich weiß«, stimmte Kheeran zu. »Doch es geht nicht anders. Wir brauchen Waffen, und da ich keine Ahnung von der Schmiedekunst habe, sind diese Fae die Einzigen, die uns helfen können.«

Larkin brummte missgelaunt, allerdings nickte er. »Mir gefällt die Idee nach wie vor nicht, aber ich habe auch keine bessere, und ich …« Er stockte, als Freya ihn berührte und ihm ihr Notizbuch zuschob. »Was ist mit den Alchemisten?«, las er laut vor. Er runzelte die Stirn. »Was soll mit ihnen sein?«

Freya begann erneut zu schreiben: *Die Alchemisten lieben die Magie und würden gewiss alles tun, um ihr näher zu kommen. Ich bin sicher, viele wären bereit, sich in Wächter verwandeln zu lassen.*

»Wir könnten Ethen mit dem Rekrutieren neuer Wächter beauftragen. Er ist ein guter Kämpfer, aber noch nicht voll ausgebildet, und die Menschen mögen ihn. Ich bin sicher, er wird die Leute überzeugen können, sich uns anzuschließen.«

»Das ist eine hervorragende Idee«, stimmte Kheeran zu. »Er kann in Evardir beginnen, sich langsam vorarbeiten und die Leute zu uns ins Schatzgebirge schicken.«

»Das ist absolut verrückt und wird nie im Leben funktionieren«, sagte Larkin. Kheeran sah ihm an, wie sehr er die Vorstellung hasste, dass Leute nur wegen der Magie zu Wächtern wurden, aber sie befanden sich im Krieg und mussten dementsprechend handeln. Sie konnten es sich nicht leisten, auf alte Traditionen zu achten und diese zu ehren. Früher oder später würde auch er das begreifen.

»Vielleicht funktioniert es nicht, und wir scheitern und sterben, aber dann haben wir es zumindest versucht«, sagte Ceylan. »Ich bin auf jeden Fall dabei. Denn ich will gewiss nicht tatenlos herumstehen und zusehen, wie Cernunnos dieses Land einnimmt und alle Einwohner tötet.«

»Ich auch nicht«, sagte Leigh.

»Und ich auch nicht«, echote Khoury.

Weylin gab ebenfalls seine Zustimmung, und auch Freya nickte, was Larkin all seiner weiteren Zweifel beraubte. Selbst wenn er nicht an ihr Vorhaben glaubte, er würde Freya auch in den Tod folgen.

»Damit ist es beschlossen«, sagte Kheeran. »Wir sollten so schnell wie möglich aufbrechen, am besten heute. Je schneller wir handeln, desto besser stehen unsere Aussichten, Cernunnos aufzuhalten.«

Teil III

51. Kapitel – Freya

– Thobria –

Freya trank die letzten Schlucke aus ihrem Wasserschlauch und wischte sich mit dem Handrücken über die Stirn. Der Sommer hatte seine Blüte erreicht, und die Hitze jenseits von Evardir war unerträglich. Ihr Hemd klebte feucht an ihrem Körper, und ihre Kopfhaut juckte vom Schweiß. Vor wenigen Tagen noch hatte sie vor Kälte im Norden gebibbert, und nun schmolz sie unter den sommerlichen Temperaturen Thobrias dahin. Erschwerend zu der heißen Luft kam der allgegenwärtige Gestank von Rauch und verbranntem Fleisch hinzu. Er waberte wie ein feiner Nebel über das Land und verpestete alles, was er berührte.

Freya hatte das beinahe übermächtige Bedürfnis, sich zu waschen, weil sie fürchtete, dass sich der Krieg in ihren Poren abgesetzt hatte und sich nie wieder von ihr lösen ließ. Je weiter sie ins Land vorrückten, umso mehr wurde sie mit Furcht, Gewalt und Panik durchtränkt. Dabei konnte Aldren mit seiner Armee unmöglich so weit in den Norden vorgedrungen sein. Dennoch war seine Gegenwart deutlich spürbar. Seine Dunkelheit züngelte ihm voraus, ein düsterer, unheilvoller und alles verschlingender Schatten, der sämtliches Leben in sich aufzunehmen schien.

Hätte sie vorher an ihrer Überlegung, dass es sich bei Aldren um Cernunnos handelte, gezweifelt, so wäre sie sich nun sicher gewesen. Er war ohne Zweifel der Gott des Todes. Selbst die Unwissenden schienen dies zu spüren, denn die Flüchtenden kamen ihnen voller Furcht und Aggression entgegen.

Bereits auf ihrer ersten Reise durchs Land Richtung Evardir hatte Freya viel Verwüstung gesehen, doch binnen weniger Tage hatte sich das Chaos vervielfacht. Krieg schien das Schlechteste im Menschen hervorzubringen und alles aufzudecken, was eine Seele sonst verborgen hielt. Die Unruhen waren noch stärker geworden. Sie hatten sich auf ihrem Marsch zum Schatzgebirge von den meisten Städten und Dörfern ferngehalten und waren durch das Dickicht geschlichen, dennoch hatten sie aus der Ferne Gerüchte gehört und Rauchschwaden aufsteigen sehen. Fast überall wurde geplündert und Häuser waren in Brand gesteckt worden. Gestern Abend hatte eine sechsköpfige Gruppe junger Männer versucht, an ihr Nachtlager heranzuschleichen und ihre Vorräte zu stehlen. Sie hatten bereits eins der Pferde geschnappt, als Weylin und Leigh sie aufgehalten hatten. Die Diebe waren sofort geflohen, als sie begriffen, dass sie es mit einem Lager aus Kriegern zu tun hatten.

Einer kleinen Gruppe Menschen vermochten sie die Stirn zu bieten, aber diese Kleinkriminellen waren nicht mit dem zu vergleichen, was ihnen bevorstand. Aldren war der große, übermächtige Feind, und sie waren nur ein paar Leute, die versuchten, sich gegen ihn zu stellen – fünf Wächter, eine wahrhaftige Dunkelgängerin, fünf weitere Dunkelgänger, ein Fae und sie, eine Alchemistin.

Freya wischte sich erneut den Schweiß von der Stirn und musste fast ein wenig über die Situation lachen. Noch vor ein paar Wochen hatte sie angenommen, ihr Vater wäre das größte Übel, das diesem Land widerfahren konnte, und nun stand ein Krieg vor der Tür, der grausamer und tödlicher war, als sie es sich je hätte ausmalen können.

Freya spähte über ihre Schulter zu Kheeran, der sich ein Stück Stoff um den Kopf gewickelt hatte, um sein verbranntes Gesicht vor der Sonne zu schützen. Eigentlich sollte er nun auf dem Thron sitzen und seinem Land den Frieden bringen, stattdessen schmiedete er Pläne, um seinen ehemals besten Freund zu stürzen und die Menschen zu retten.

Er spürte ihren Blick auf sich ruhen und wandte sich ihr zu. Ein sanftes Lächeln, das auf seinem Gesicht jedoch verloren wirkte, trat auf seine Lippen. Seit sie aus Evardir aufgebrochen waren, erschien er abwesend. Er redete nur, wenn es um seine Pläne für Aldren ging, und war ständig in Gedanken. Irgendetwas beschäftigte Kheeran abseits des Kriegs.

Freya zupfte Larkin, der zu ihrer anderen Seite lief, am Ärmel und deutete mit einem Nicken zu ihrem Bruder. Sie zeigte auf ihre Lippen, dann auf ihr Notizbuch und gab ihm so zu verstehen, dass sie mit Kheeran allein sprechen wollte. Larkin lächelte und küsste sie rasch auf die Wange, bevor er seine Schritte beschleunigte und zu Khoury und Farrow aufschloss.

Es faszinierte Freya immer wieder von Neuem, wie gut sie mittlerweile mit ihm kommunizieren konnte. Sie hatte sich besondere Gesten ausgedacht und mit Larkin ausgearbeitet, sodass sie einzelne Wörter mit ihren Händen darstellen konnte. Es erleichterte das Zusammenleben enorm, wenn sie nicht alles aufschreiben musste. Freya war sogar in der Lage, ganze Sätze auf diese Art zu formulieren.

Sie ließ sich zurückfallen, bis sie neben Kheeran lief, der von Ceylan begleitet wurde. Er schenkte ihr ein erneutes Lächeln und verlangsamte seine Schritte, als er sah, dass Freya ihr Notizbuch festhielt. Mit Larkin konnte sie sich meist ohne ihre Notizen verständigen, aber das galt nicht für die anderen. Im Gehen schrieb sie ein paar Worte auf, wobei ihre Handschrift schief und unelegant war. Ihre einstigen Lehrer hätten sie dafür getadelt.

Dürfte ich mit Kheeran kurz allein reden?

Die Wächterin zog die Augenbrauen zusammen und zögerte, doch schließlich nickte sie. »Natürlich. Ich wollte ohnehin noch etwas mit Khoury besprechen.« Sie warf Kheeran einen letzten Blick zu, dann seilte sie sich zu den anderen Wächtern an der Spitze des Trupps ab.

Freya wartete kurz, bevor sie einen vorbereiteten Brief aus

ihrem Notizbuch zog, den sie bereits im Versteck der Dunkelgänger geschrieben hatte. Dazu reichte sie Kheeran jenen Stammbaum, den sie in der geheimen Bibliothek ihres Vaters gestohlen hatte. Eigentlich hatte sie ihm schon viel früher davon erzählen wollen, aber bisher hatte sich ihr keine Gelegenheit dazu geboten.

Mit einem Stirnrunzeln nahm Kheeran das gefaltete Papier entgegen und fing an zu lesen. Sein Blick wechselte verständnislos zwischen Brief und Stammbaum hin und her, bis er schließlich abrupt verweilte. Gebannt starrte er auf das Schreiben.

Hilarius' Dunkelgänger, welche bisher die Nachhut gebildet hatten, zogen verwundert an ihnen vorbei, doch Kheeran schenkte ihnen keine Beachtung. Reglos betrachtete er die Ahnentafel. Er schluckte schwer. »Woher hast du das?«

Bibliothek.

»Aus der geheimen Bibliothek unseres Vaters?«

Sie nickte.

Fassungslos schüttelte Kheeran den Kopf. »Eine Seelie im Stammbaum der Draedons, wer hätte das gedacht. Weiß Andreus davon?«, fragte er und setzte sich langsam in Bewegung.

Freya nickte erneut und zückte ihr Notizbuch. *Das weiß ich nicht, aber sicher ist, dass die Könige und Königinnen vor ihm alles darangesetzt haben, dieses Geheimnis zu schützen.*

»Sie hatten keine andere Wahl. Hätte dieses Wissen die Runde gemacht, wäre es schwerer gewesen, an der Macht zu bleiben. Immerhin ist es die Angst vor der Magie, welche die Draedons seit einem Jahrtausend auf dem Thron hält.«

Glaubst du, wir sollen es dem Volk sagen?

Kheeran lachte, aber es klang nicht erheitert. »Darüber können wir entscheiden, wenn wir in einem Monat noch leben. Die Menschen haben im Moment andere Sorgen. Wir sollten sie damit nicht auch noch belasten. Damit würden wir nur weitere Unruhen gegen Andreus riskieren. Und dieses Land kann es sich nicht leisten, auch noch einen Bürgerkrieg auszufechten.«

Freya nickte. Kheeran hatte wohl recht. Es brachte nichts, wenn sie nun eine solche Neuigkeit verbreitete, die möglicherweise dazu führte, dass sich das Volk weiter spaltete. Angst und Sorge waren allgegenwärtig. Die Menschen brauchten nun einen starken Anführer, auch wenn dieser Andreus war.

Kheeran warf einen letzten Blick auf den Stammbaum, bevor er ihn Freya zurückgab. »Eigentlich sollte es mich nicht wundern, dass du von Valeskas Leuten abstammst. Du siehst vielleicht aus wie eine Unseelie, aber du bist genauso unverschämt und direkt wie eine Seelie.«

Freya schnappte nach Luft. *Unverschämt? Ich?*

Kheeran lachte. »Tu nicht so schockiert, du warst schon immer ziemlich frech, und ich war derjenige, der ständig Ärger dafür bekommen hat, weil die Leute in dir nur die wandelnde Unschuld gesehen haben. Wie damals, als jemand von Mutters Hochzeitstorte genascht hat und alle dachten, ich wäre es gewesen, weil du etwas Füllung an meine Uniform geschmiert hast.«

Die Erinnerung daran brachte Freya zum Schmunzeln. Das waren gute, unbekümmerte Zeiten gewesen, und ein Teil von ihr wünschte sich, sie könnte dorthin zurückkehren. Damals hatte sie ihren Vater für einen großen und gerechten Mann gehalten und hatte voll kindlicher Freude den gruseligen Geschichten über die Fae gelauscht, die sich unter Cernunnos Führung nun zu bewahrheiten schienen.

Der Gedanke an den Gott des Todes raubte Freya ihre unschuldigen Erinnerungen und holte sie in die Gegenwart zurück. Auch Kheerans Lachen war wieder verstummt.

Gemeinsam schlossen sie zu den anderen auf, die einige Fuß vor ihnen unerwartet stehen geblieben waren. Sie hatten die ersten Ausläufer des Schatzgebirges erreicht und standen auf einer kleinen Anhöhe, von der aus man auf Thobria hinabblicken konnte. In der Ferne erkannte Freya die unzähligen Gebirgsketten mit ihren Tälern, Schluchten und Wasserfällen. Sie war früher öfter hier gewesen und hatte sich von Melvyn die Minen seines Vaters zeigen lassen. Das orangerote Gestein, aus dem das Gebirge überwiegend bestand, hatte sie schon damals mit seiner Schönheit beeindruckt.

»Was ist los?«, fragte Kheeran, als sie den anderen näher waren.

Doch niemand antwortete. Ein ungutes Gefühl nistete sich in Freyas Magen ein, als sie die Rauchsäulen entdeckte, die westlich des Gebirges in die Luft stiegen und den Himmel verhingen wie die dunkelsten Regenwolken, die sie je in ihrem Leben gesehen hatte. Dieses Feuer war zu groß, um von Plünderern zu stammen.

»Ist das Aldren?«, raunte Kheeran, dem derselbe Gedanke gekommen war. Doch das war unmöglich, oder?

»Es sieht ganz danach aus«, erwiderte nun Khoury dumpf, ohne Kheeran anzusehen. Freya schob sich an dem Wächter vorbei, um ebenfalls einen Blick in das Tal zu erhaschen, und was sie sah, ließ sie nach Luft schnappen. Ein Meer aus Zelten. Sie waren noch weit in der Ferne und zugleich unendlich nah. Eine einzelne dieser Stoffhütten wäre zwischen den Bäumen nicht aufgefallen, doch es waren Hunderte, Tausende inmitten einer gerodeten Waldfläche.

Sie sah Amaruné, die Hauptstadt des Landes, mit dem Schloss, das sich in der Mitte erhob, wie ein Gott, dem die anderen Häuser zu Füßen lagen. Sie entdeckte Limell, einen unbedeutenden Fleck, umringt von Wald und Aldrens Lager. Eine Stadt, die scheinbar aus dem Nichts gestampft worden war, weit in der Ferne und doch viel zu nahe.

»Wie kann Aldren schon hier sein?«, fragte Ceylan ungläubig.

Larkin seufzte. »Ich vermute, weil ihn niemand aufhält. Von Andreus' Garde gibt es keine Spur. Siehst du das da vorn?« Er deutete auf einen Punkt in die Ferne. »Es scheint, als wären seine Männer damit beschäftigt, eine Mauer um die Stadt zu errichten.«

»Als würde das etwas bringen«, murmelte Farrow.

»Vielleicht sollten wir doch besser aus Lavarus abhauen, solange wir können«, sagte Pete. Er war ein Dunkelgänger und gehörte zu Hilarius' Männern. Er hatte dunkelbraunes Haar und stechend blaue Augen, die in der Sonne so gefährlich blitzten wie die Dolche an seinem Gürtel.

Kheeran wandte sich Pete zu, in seiner Miene lag unendlich viel Geduld.

»Es steht dir und jedem anderen offen, jederzeit zu gehen. Keiner ist gezwungen, mit uns zu kämpfen, aber wir werden nicht tatenlos dastehen und zusehen, wie Cernunnos unser Land einnimmt. Solltest du Zweifel hegen, schlage ich vor, dass du dich in Sicherheit bringst.«

Pete blickte Kheeran an und atmete scharf ein. Er schwankte kurz, sah noch mal hinüber zu den Rauchschwaden und warf Niamh, seiner Gefährtin, einen fragenden Blick zu.

Sie kräuselte die Nase. »Ich weiß nicht, was wir tun sollen«, sagte sie leise. »Ich bin mitgekommen, um zu kämpfen und zu helfen, aber ich will mein Leben nicht für einen Kampf opfern, der verloren ist, bevor er begonnen hat.«

Kheeran nickte gelassen. »Wenn ihr zweifelt, solltet ihr umkehren. Wir brauchen jede Hand, die ein Schwert führen kann, aber eure Vorbehalte könnten uns in der Schlacht mehr schaden als dienen.«

Freya war erstaunt von der Stärke in Kheerans Worten. Ihr war bereits in Evardir aufgefallen, wie sehr er sich verändert hatte. In Melidrian war er Herrscher wider Willen gewesen. Ein junger Fae, dem die Krone zu groß war, aber unter Freunden und auf der Seite der Menschen schien sie ihm ausgezeichnet zu passen. Er fügte sich ohne Probleme in die Rolle des Anführers ein. Selbst Khoury und die anderen Wächter lauschten seinen Worten und Vorschlägen.

Pete räusperte sich. »Ich glaube, dann wäre es für uns besser zu gehen.«

Niamh nickte.

Die beiden schnallten ihre Taschen von den Rücken der Pferde, welche die Truppe begleiteten, und marschierten zurück gen Norden. Kheeran blickte ihnen nach. Das einzige Anzeichen, dass er ihre Entscheidung missbilligte, waren seine zu Fäusten geballten Hände.

»Und da waren es nur noch elf«, sagte Khoury trocken.

Leigh klopfte ihm auf die Schulter. »Sehen wir es von der guten Seite, wenn Aldren schon so weit vorgerückt ist, haben wir es nicht mehr weit, um in sein Lager einzubrechen und die Schmiede zu stehlen.«

Farrow verdrehte die Augen. »Wir entführen sie, Leigh, und stehlen sie nicht. Immerhin sind das Fae und nicht Aldrens Kronjuwelen.«

»Von dessen Kronjuwelen halt ich mich auch lieber fern«, murmelte Weylin.

Gothar schnaubte.

Leigh legte dem Halbling einen Arm um die Schultern. »Stehlen. Entführen. Mitnehmen. Alles dasselbe. So oder so erspart uns das einen langen Fußweg.«

»Wo du von Fußweg sprichst, wir sollten weiter«, sagte Kheeran. »Es wäre das Beste, wenn wir die Minen vor Einbruch der Nacht erreichen, und wir haben noch ein gutes Stück Weg vor uns.«

Freya seufzte, denn er hatte recht. Der Weg würde noch steiler werden, und bei Dunkelheit sah man hier oben die eigenen Hände vor Augen nicht mehr. Sie suchte nach Larkin und schloss zu ihm auf, während sich die Gruppe langsam in Bewegung setzte.

52. Kapitel – Kheeran

– In den Minen des Schatzgebirges –

Kheeran ächzte. Seine Kleidung war schweißgetränkt, und die Muskeln in seinen Beinen zitterten. Seit Stunden kletterten sie durch das unwegsame Gelände des Schatzgebirges. Sie mussten bei jedem Schritt aufpassen, denn der Weg führte an tiefen Schluchten entlang, wo ein Fehltritt fatal enden konnte.

Sie konnten sich glücklich schätzen, dass die Pferde der Wächter trotz der Schluchten um sie herum ruhig blieben. Kheeran griff nach einem kleinen Felsvorsprung, um sich daran festzuhalten, während er dem schmalen Pfad entlang des Abgrundes folgte. Es gab auch zugänglichere Wege zu den Minen, aber sie mieden diese aus demselben Grund, aus dem sie sich auf ihrer Reise von Städten und Dörfern ferngehalten hatten.

Khoury und Leigh hatten sich an die Spitze ihres Trupps gesetzt, dahinter kamen Weylin, Ceylan und er. Das Schlusslicht bildete Larkin mit Freya, Gothar, Farrow und den letzten drei Dunkelgängern. Sie waren eine bunte Truppe, die unter normalen Umständen wohl nie zusammengefunden hätte. Würden sie nicht mitten im Krieg stecken, hätte Kheeran diese Reise sogar ein wenig genießen können. Ihm gefiel es, mit Freya, Ceylan und seinen neu gewonnenen Freunden unterwegs zu sein. Es gab ihm ein Gefühl des Zusammenhalts und der Einheit. Wenn er jetzt noch besseres Schuhwerk gehabt hätte, wäre alles perfekt. Doch leider hatte er sich bei einem Anstieg vorhin die Seite seines Stiefels aufgerissen, und nun sammelte er ständig kleine Kieselsteine ein, die in seine Fußsohle stachen. Mit zusammengebissenen Zähnen kletterte er weiter. Um seine wunden Füße konnte er sich später kümmern.

Kheeran atmete tief durch, als endlich die Minen in Sicht kamen. Das Schatzgebirge war ein weitläufiges Gebiet und die Stollen nur ein kleiner Teil davon. Soweit er wusste, gab es insgesamt fünf große Hauptminen, aus denen seit Jahrzehnten Erze, Mineralien und auch Edelsteine gefördert und ins gesamte Land verschickt wurden. Er hatte als Kind zuletzt die Minen besichtigt und erinnerte sich noch daran, wie überwältigt er von dem Anblick gewesen war. Die vielen Höhlen hatten ihn verwirrt, und er hatte sich nicht vorstellen können, wie sich jemand in diesem komplexen System auskannte.

Heute wusste er, dass alle Schächte nach einem bestimmten Muster angelegt waren und es ein Verzeichnis darüber gab, welche Höhle wohin führte. In der Regel hatte der Vorarbeiter diesen Plan, aber als sie nun näher an die Mine kamen, stiegen Zweifel in Kheeran auf, ob es diesen Vorarbeiter noch gab. Offensichtlich war die Arbeit an den Minen niedergelegt worden.

»Die Arbeiter sind wohl geflohen«, sagte Kheeran. Neben einigen halb gefüllten Karren lagen achtlos weggeworfene Werkzeuge. Vermutlich hatte der Anblick von Aldrens heranziehender Armee sie dazu getrieben.

»Ich glaube nicht, dass alle fort sind«, sagte Khoury, der an einem der dunklen Schächte stand. »Ich höre was. Wir sollten uns umsehen.«

Sofort schwärmte die Gruppe aus. Larkin lief mit Freya hinüber zu den Holzhütten, die an einem Abhang für die Arbeiter erbaut worden waren. Die verbleibenden drei Dunkelgänger sahen sich nach anderen, kleinen Schächten um, die auf den ersten Blick nicht zu erkennen waren. Kheeran lief mit Ceylan, Weylin und den anderen Wächtern auf den Eingang zu. Sie betraten die dunkle Höhle und entzündeten ein paar Fackeln. Es miefte, und trotz der heißen Temperaturen war es im Inneren der Höhle kühl, denn die steinernen Wände strahlten eine wohltuende Kälte ab.

»Pssst«, mahnte Khoury und legte einen Finger an seine Lippen.

Die Gruppe wurde still.

»Hört ihr das?«

»Da sind Leute in den Schächten«, sagte Leigh.

Khoury nickte. »Auf mein Gehör ist also doch noch Verlass.«

Sie setzten ihren Weg durch die Mine fort, wobei sich Kheeran im Hintergrund hielt. Bei einem Angriff wussten Khoury und die anderen Wächter eher, was zu tun war. Er trug zwar eine Waffe bei sich und besaß seine Magie, sofern Ceylan diese nicht unterband, aber er würde sie ohnehin nur im äußersten Notfall einsetzen, da sie ihn sogleich als Fae entlarven würde.

Der große Hauptschacht teilte sich und wurde zu weiteren, kleineren Schächten. Insgesamt führten vier Wege tiefer in den Berg hinein. Ohne sich abzusprechen, teilte sich ihre Gruppe auf, um die Höhlen einzeln zu erkunden. Kheeran schloss sich Ceylan an und nahm ihr die Fackel aus der Hand, um ihnen den Weg zu leuchten. Das Licht flackerte unruhig über die Wände und zeigte ihnen einen Bereich der Minen, der noch nicht vollständig ausgebaut war. Große Stützpfeiler hielten die Decke an Ort und Stelle, und der Pfad vor ihnen wurde immer schmaler, als hätten die Arbeiter erst angefangen, die Höhle in den Felsen zu schlagen.

Kheeran musste den Kopf einziehen. Sein Herz pochte wild, und er musste dem Drang widerstehen, den Rückzug anzutreten. Ihm war nicht ganz wohl dabei, in den Felsen vorzudringen. Es fühlte sich an, als könnte jederzeit die Decke runterkommen und sie begraben.

Zu seiner Erleichterung wurde der Weg nach einigen Schritten wieder breiter. Er hob die Fackel vor sich, damit er mehr erkannte, aber weit reichte seine Sicht nicht. Er entdeckte einen Karren, der achtlos im Weg stand und zur Hälfte mit Steinen beladen war. Spaten, Schaufeln und Haken lagen daneben. Die

Leute waren mitten in der Arbeit gegangen. Sollte es ihnen gelingen, die Schmiede aus Aldrens Lager zu entführen, würde sich dieser Ort wunderbar zum Schmieden von Waffen eignen. Genug Platz und Material zum Einschmelzen waren vorhanden.

Kheeran folgte Ceylan, die auf einen weiteren Durchgang zulief. Sie sagten kein Wort, um sie herum nur die Stille des Berges, als er plötzlich ein Rascheln hinter sich vernahm. Im selben Augenblick wirbelte Ceylan herum. Ein Zischen war zu hören, und ein Pfeil sauste auf sie zu, doch der Schütze war nicht sonderlich zielsicher. Er verfehlte sie um mehrere Ellen.

»Da vorn!« Ceylan stürzte in die Richtung, aus der das Geschoss geflogen war. Sie zwängte sich durch einen weiteren Durchgang, durch den Kheeran kaum hindurchpassen würde, als er kurz darauf auch schon das Ächzen eines Mannes hörte, ehe es wieder still wurde.

Kheeran biss die Zähne zusammen und drängte sich durch den Spalt, wobei der Stein an seiner Haut schabte und an seiner Kleidung riss. In der weitläufigen Höhle der Dunkelgänger hatte er sich deutlich wohler gefühlt. Der Durchgang führte in einen ausgebauten Bereich der Mine, in dem noch mehr Geröll lag.

»Lass mich los!«, brüllte der Mann. Ceylan hatte seine Arme verdreht und hielt sie mit Leichtigkeit auf seinem Rücken fest. Kheeran hob die Fackel in seine Richtung, damit er den Gefangenen erkennen konnte. Er trug verschlissene schwarze Kleidung, die an vielen Stellen gerissen war, und war deutlich älter als sie, wie alt genau, war unter den Schichten an Dreck schwer auszumachen. Er hielt die Schultern gebeugt, als hätte er sein Leben lang hart schuften müssen, seine ausgedünnten Haare waren ergraut und seine Haut blass, als hätte sie seit Monaten keine Sonne gesehen. Gewiss war er ein Minenarbeiter.

Seine Augen funkelten vor Furcht. »Wir haben nichts mehr! Es ist alles fort!«

»Wir sind nicht hier, um dich zu berauben«, sagte Kheeran und trat auf den Mann zu. Er stank bestialisch nach Schweiß, als hätte Seife ähnlich wie die Sonne seine Haut seit Monaten nicht berührt. »Wir sind nur auf der Suche nach Schutz.«

Der Mann blickte auf und starrte Kheeran an. Er zuckte zusammen, als er dessen Brandmale sah, und verzog kurz den Mund. Mitleid oder Abscheu: Das waren die Reaktionen, mit denen Leute Kheeran begegneten. Entweder fürchteten sie sich vor ihm, oder sie bedauerten ihn und fragten sich, was geschehen war.

»Bist du allein?«

Der Mann biss die Zähne zusammen und brummte tief.

»Lass ihn los, Ceylan.«

Sie gab den Gefangenen frei, der sofort einen Schritt zurückwich und sein Handgelenk rieb. Ceylan schnappte sich derweil seinen Bogen vom Boden, obwohl sie genauso gut wie Kheeran wusste, dass der Mann harmlos war und nicht mit der Waffe umzugehen vermochte.

»Mein Name ist Kheeran, das ist Ceylan«, stellte er sie vor. »Wie heißt du?«

»Birstan.«

»Bist du allein?«, wiederholte er seine Frage von zuvor.

»Nein, es gibt ungefähr fünfzig von uns in den Minen, aber es kommen täglich Flüchtende hinzu, genau wie Plünderer, die denken, sie könnten alles nehmen, was sie möchten.«

»Verstehe«, sagte Kheeran und blickte weiter in die Höhle hinein. »Wir wollen euch nicht bestehlen, wir benötigen ebenfalls Unterschlupf. Die Fae rücken ins Land vor, und wir … wir können einander helfen. Zu unserer Gruppe gehören einige Wächter, die den Mauerfall überlebt haben. Sie können euch helfen, die Minen zu sichern und vor Plünderern zu schützen.«

Birstans Augen weiteten sich. Misstrauisch sah er zwischen Ceylan und Kheeran hin und her, aber sicher erkannte er recht bald, dass ihm keine Gefahr drohte. Dann könnte Kheeran ihn und die anderen Minenbewohner womöglich auch in ihre Pläne einweihen.

»Das wäre sehr nett. Danke!«

»Kannst du uns herumführen?« Kheeran vollführte eine Handbewegung, die alles um sie herum einschloss. Birstan nickte, rieb sich noch mal über das Handgelenk und setzte sich in Bewegung. Er lief nicht durch den Felsspalt zurück, durch den sie gekommen waren, sondern wählte eine Höhle, die tiefer in den Berg hineinführte.

»Das ist einer der Nebenzweige der Mine«, sagte er im Gehen. »Wir haben ihn erst im letzten Jahr erschlossen, weshalb er weder weit in den Berg reicht noch sonderlich sicher ist. Wir nutzen ihn als Ablenkung, wenn wir bemerken, dass jemand zur Mine kommt. Gestern konnten wir so eine fünfköpfige Gruppe Plünderer einsperren und begraben.«

Kheeran blickte in die Richtung, wo ein Haufen Geröll eingestürzt war. Es gab kein Durchkommen, und die Diebe hatten sicher ein schnelles Ende gefunden.

»Ihr seid gewiss über den Hauptschacht in die Mine gekommen. Dieser ist leicht einzunehmen, weshalb wir uns tiefer in die Höhlen zurückgezogen haben«, fuhr Birstan fort, der ihnen mit jedem weiteren Schritt mehr zu vertrauen schien. »Da immer mehr Menschen ins Gebirge flüchten, haben wir die Höhlen zwischen uns aufgeteilt, aber noch haben wir Platz.«

Kheeran nickte. »Wir haben auch noch ein paar Freunde bei uns, welche die Mine an anderer Stelle erkunden.«

Gemeinsam mit Ceylan folgte er Birstan in eine weitere größere Höhle, von der wiederum sechs Gänge abzweigten. Diese Minen waren wahrlich ein Labyrinth. Dieser Hohlraum war allerdings nicht verlassen. Leises Stöhnen hallte von den Wänden wider. Etwa fünfzehn Männer und Frauen, jung und alt, hatten sich hier eingefunden, kauerten auf verschmutzten Decken und hielten einander fest. Erschöpfung, Müdigkeit und Furcht standen ihnen in die Augen geschrieben. Der Schrecken des Krieges.

In der Mitte hatten sie ein kleines Feuer entzündet, das nicht sehr kraftvoll brannte. Die Luft war stickig und schwül vom Rauch. Kheeran hatte das Gefühl, nicht richtig atmen zu können, und bittere Erinnerungen an das Freudenhaus, in dem er beinahe sein Ende gefunden hätte, stiegen in ihm auf. Instinktiv tastete er nach Ceylans Hand. Ihre Finger umschlossen seine, und sie blickte zu ihm auf, ein Mut machendes Lächeln auf den Lippen, als ahnte sie, woran er dachte.

»Das sind unsere Waben«, sagte Birstan und zeigte um sich herum. »Sie sind die Schnittstellen zwischen den Höhlen. Von jeder Wabe gehen mehrere Gänge ab, aber manche sind Sackgassen. Die zwei da vorn zum Beispiel. Sie enden in einer weiteren Wabe, die noch frei sein sollte.«

»Kheeran! Ceylan!«, hörte er plötzlich Leighs Stimme hinter sich. Er kam mit Weylin aus einer abzweigenden Höhle. An ihrer Seite war eine Frau, die Birstan entfernt ähnelte, womöglich eine junge Schwester oder seine Tochter. »Wie ich sehe, habt ihr auch schon eine Führung durch die Waben bekommen?«

Ceylan nickte. »Birstan hat uns herumgeführt.«

Er begrüßte Weylin und Leigh, und die Frau stellte sich ihnen als Brendolyn vor.

»Und, was denkt ihr?«, fragte Kheeran mit gesenkter Stimme, nachdem sich die Geschwister zurückgezogen hatten, denn die Höhlen warfen jedes zu laute Wort als Echo zurück.

»Herzukommen war eine gute Entscheidung«, sagte Leigh und verschränkte die Arme vor der Brust. »Es ist stickig und dreckig, aber für unsere Zwecke geeignet. Die Waben lassen sich durch die Schächte gut verteidigen und die Neuankömmlinge, die uns Ethen schickt, lassen sich leicht abfangen.«

Kheeran nickte, dies waren auch seine Gedanken. »Dann lass

uns die anderen suchen und uns sammeln. Heute Nacht sollten wir uns erst einmal ausruhen und zu Kräften kommen. Morgen früh besprechen wir alles Weitere.«

53. Kapitel – Freya

– In den Minen des Schatzgebirges –

Freya ließ den Beutel von ihren Schultern gleiten und war dankbar dafür, dass sie sich endlich ausruhen konnten. Die Luft in der Mine war unerträglich stickig, und das Husten und Röcheln der Wabenbewohner echote durch die Höhle. Unter anderen Umständen hätte sie hier nicht schlafen können, aber sie war derart erschöpft, dass sie kaum noch gerade stehen konnte.

Sie freute sich darauf, dicht an Larkin gekuschelt einschlafen zu können, auch wenn sie sich vor dem Erwachen am nächsten Tag fürchtete. Denn morgen würden Khoury, Leigh, Gothar, Farrow und er aufbrechen, um die Schmiede aus Aldrens Lager zu entführen. Ihr war alles andere als wohl bei dem Gedanken, aber sie wusste, dass es getan werden musste, auch wenn diese ständige Sorge um Larkin an ihr nagte. Doch er war ein Wächter, und solange der Krieg im Land tobte und Leute in Gefahr waren, würde er kämpfen. Diese Eigenschaft schätzte sie sehr an ihm, auch wenn sie ihr Kummer bereitete. Deshalb musste sie die kostbare Zeit, die sie mit ihm hatte, sinnvoll nutzen.

Als hätten ihre Gedanken ihn heraufbeschworen, trat Larkin hinter sie. Sie spürte, wie er seine warme Hand in ihren Nacken legte. Langsam begann er, ihre brennenden Muskeln zu kneten. Freya stöhnte leise und ließ sich in seine Berührung fallen. Larkin übte an genau den richtigen Stellen Druck aus. Seine Finger glitten nach vorn, wieder zurück, ihren Hals empor und an ihren Ohren entlang.

Freya wünschte, dass sie mehr von ihm haben könnte, aber nur ein paar Meter neben ihnen bereiteten Leigh und Weylin ihr Lager vor, und auch Kheeran und Ceylan, die gerade in der Mine unterwegs waren, würden hier schlafen. Vermutlich würde es die anderen nicht stören, wenn Larkin und sie sich unter ihrer Decke näherkamen, aber sie würde sich damit unwohl fühlen, weshalb sie hoffte, dass auch die anderen Paare bei Nacht die Finger voneinander ließen.

»Wie geht es dir?«, fragte Larkin. Er hörte auf, ihren Nacken zu kneten, und drehte sie sanft zu sich herum, damit er ihr ins Gesicht blicken konnte, was es leichter machte, sich miteinander zu verständigen.

Sie zuckte mit den Achseln und deutete mit einem Lächeln auf seine Brust. Sie gab ihm mit dieser Geste zu verstehen, dass sie durchhielt und froh darüber war, die Ereignisse mit ihm an ihrer Seite durchzustehen.

Larkin erwiderte ihr Lächeln und zog sie an sich, um ihr einen Kuss auf die Stirn zu geben. »Mir geht es genauso, aber wir schaffen das.«

Freya seufzte. Sie legte eine Wange an seine Brust und genoss Larkins Nähe und Zuneigung. Ihnen blieben nur die heutige Nacht und der morgige Tag, bevor sie sich für eine Weile voneinander verabschieden mussten.

»Birstan meinte, ich soll euch das bringen«, sagte ein Mann. Freya sah aus dem Augenwinkel, wie er zwei Eimer Wasser abstellte. »Draußen ist eine Quelle, an der ihr euch bedienen könnt, für heute sollte das allerdings reichen.«

Freya erstarrte und wirbelte herum. Sie kannte diesen Mann! Im ersten Moment hatte sie seine Stimme nicht erkannt, aber nun … Sie packte Larkins Arm und deutete auf den Mann. Er war schlank, hatte schwarzes Haar mit einer silbernen Strähne. Seine breite Nase wurde von einem dunklen Muttermal geziert. Er war es, ohne Zweifel. Rasch suchte Freya nach ihrem Notizbuch und schrieb einen Namen auf.

»Casimir Arris«, las Larkin laut vor.

Der Mann blickte auf, und erst jetzt schien er sie zu bemerken, was nicht verwunderlich war. In ihrem grauen Hemd und der braunen Hose verschmolz sie förmlich mit dem Gestein. »Freya?«

Sie nickte und lächelte Casimir an, obwohl ihre erste und letzte Begegnung in der alten Mühle alles andere als herzlich gewesen war. Doch er war ein Alchemist und gehörte zu Moiras Zirkel. Allein deswegen freute sich Freya, ihn zu sehen.

Ist Moira auch hier?, schrieb sie auf und hielt ihm die Notizen hin.

Mitleid trat in Casimirs Augen. Wie der Rest des Volkes wusste er bereits vom Verlust ihrer Zunge. Andreus hatte keine Mühe gescheut, die Lüge über ihren Unfall schnell zu verbreiten, um die wahren Umstände zu vertuschen. Freya überlegte kurz, Casimir aufzuklären, entschied sich aber dagegen. Es spielte nicht länger eine Rolle.

»Nein, bedauerlicherweise nicht. Ich vermute, dass sie noch in der Stadt ist. Ich habe sie das letzte Mal vor dem Mauerfall gesehen.«

Unvermittelt breitete sich Sorge in Freya aus. Sie hoffte inständig, dass Moira in Sicherheit war. Allerdings war sie eine alte Frau und würde es allein niemals aus der Stadt herausschaffen, falls sie es überhaupt darauf anlegte. Schließlich befand sich all ihr Hab und Gut in der Hütte, in der sie seit Jahrzehnten hauste.

Ich habe das Buch, um das ihr gebeten habt.

Casimirs Augen wurden groß. »Die Bibliothek existiert also?«

Sie nickte und holte *Die Abschrift des schwarzen Elements* aus ihrem Beutel hervor, das sie nun schon so lange mit sich trug und das ihnen alles über Cernunnos verraten hatte, was sie wussten. Zögerlich übergab sie es dem Alchemisten, der andächtig am Einband entlangstrich.

»Darf ich es mitnehmen?«, fragte Casimir.

»Wir wollen es aber zurückhaben«, antwortete Larkin. »Es

beinhaltet wichtiges Wissen über die Fae, das uns helfen könnte, diesen Krieg zu beenden.«

Casimir nickte und presste die Abschrift an seine Brust wie eine Mutter ihren Säugling. »Ich werde es zurückbringen und hüten wie meinen Augapfel.«

»Gibt es hier auch etwas zu essen?«, fragte Leigh, der eine Kelle aus dem Wassereimer genommen hatte, um zu trinken. Er trug nur seine Hose, das Hemd hatte er ausgezogen, um den Schweiß trocknen zu lassen.

»Ja, in der Hauptwabe wurde Suppe gekocht. Es ist nicht viel, und sie schmeckt nicht sehr gut, aber ihr dürft euch gern daran bedienen, solange ihr fortan etwas zu den Vorräten beitragt.«

Larkin nickte. »Wir teilen gern mit euch.«

Obwohl Freya sich lieber hingelegt und an Larkin gekuschelt hätte, begleitete sie Weylin, Leigh und Larkin zum Essen, denn sie wusste, wie wichtig es war, bei Kräften zu bleiben. Diesen letzten Gang würde sie noch schaffen, und danach könnte sie endlich schlafen. Kheeran und Ceylan waren bereits dort, genau wie die drei anderen Dunkelgänger. Nur Gothar, Khoury und Farrow konnte Freya nicht ausmachen. Vermutlich koordinierten sie die Männer, die fortan die Eingänge der Mine bewachen sollten.

»… wir glauben, dass Aldren kein normaler Fae mehr ist, sondern Cernunnos. Er gehört zu den fünf Göttern der Anderswelt und wird als Gott des Todes bezeichnet«, hörte Freya Kheeran erklären, der auf einen umgekippten Karren gestiegen war, um die Menge zu überblicken. In der Wabe waren weitaus mehr Menschen als zuvor, sodass sie sich durch die Leute hindurchschlängeln musste. Für einen Moment fühlte sie sich wie in Ciradrea, als sie beinahe von der flüchtenden Masse erdrückt worden wäre, aber das Gefühl ebbte sofort ab, als Larkin ihre Hand fester umschloss und sie näher an sich zog.

»Der Gott des Todes?«, echote Birstan skeptisch.

Kheeran nickte und gab alles wieder, was sie in Evardir besprochen hatten. Er erläuterte ihre Pläne und weshalb sie das Schatzgebirge als Stützpunkt gewählt hatten. Birstan und die anderen klebten an seinen Lippen. Sie lauschten jedem seiner Worte und verloren sich in der Entschlossenheit seiner Stimme. Er schien von ganzem Herzen an ihren Plan zu glauben, und das vermochte er auch zu vermitteln. Er schaffte es nicht nur, den Leuten ihre Zweifel zu nehmen, was Aldren betraf, sondern es gelang ihm auch, einigen etwas wie Kampfgeist einzuhauchen. Energische Rufe hallten durch die Höhle und zogen weitere Zuhörer aus anderen Waben an.

Zwar hatte Freya dies alles bereits gewusst, doch es noch einmal zusammengefasst zu hören, bereitete ihr Gänsehaut. Ihr Vorhaben war wahnwitzig und gefährlich, aber es war nach wie vor ihre einzige Möglichkeit. Kheerans Rede gab ihr Hoffnung, dass sie es womöglich schaffen könnten, wenn sie nur genug Menschen fanden, die bereit waren, sich in Wächter verwandeln zu lassen. Darauf kam auch er zu sprechen.

»Doch um Cernunnos die Stirn zu bieten, brauchen wir fähige Männer und Frauen, die bereit sind zu kämpfen. Nicht mit den Waffen eines Menschen, sondern mit der Klinge eines unsterblichen Wächters. Ich kann euch verwandeln und euch die Gabe der Heilung schenken, mit der ihr länger gegen Aldrens Armee besteht.«

»Ich dachte, nur Fae können Wächter erschaffen.«

Kheeran verzog die Lippen. »Das ist wahr, weshalb ich euch nicht verheimlichen will, dass ich einer von ihnen bin. Ich war der einstige Prinz der Unseelie und sollte deren König werden, ehe Aldren mich hintergangen hat und versucht hat, mich zu töten.«

Ein empörtes Raunen ging durch die Menge. Kheeran war im Grunde der Feind hinter den Linien. Manche wichen ängstlich zurück, doch die meisten verhielten sich ruhig und lauschten gespannt, was er noch zu sagen hatte.

»Ich weiß, man hat euch euer Leben lang erzählt, die Fae seien böse. Und gewiss, manche sind es – wie Aldren. Aber nicht alle, genauso wenig, wie alle Menschen gut oder böse sind. Einige Flüchtende kommen, um zu helfen und sich euch anzuschließen, andere haben nur das Ziel, euch auszurauben«, fuhr Kheeran fort. »Ich verspreche euch jedoch, dass ich zu den Guten gehöre. Die Menschen liegen mir am Herzen, ebenso wie die Fae. Ich liebe Lavarus, und mein einziges Ziel ist, es vor einer Bedrohung zu schützen, die alles niederwalzen wird.«

Einige seiner Zuhörer blickten noch ängstlich drein, aber das waren die wenigsten. Viele wirkten entschlossen und bereit, vermutlich, weil auch ihnen keine andere Wahl blieb. Sie konnten sich nicht für alle Ewigkeit in den Minen verbergen. Irgendwann würden sie die Sonne vermissen, oder Aldren würde sie finden.

»Wer mit uns kämpfen will, ist mehr als willkommen«, sagte Kheeran. »Wir werden euch vorbereiten, euch Waffen geben und euch ausbilden, so gut es in dieser kurzen Zeit geht. Ihr werdet unsterbliche Wächter sein und ein neues Leben erhalten, aber dieses müsst ihr zuerst gegen den Gott des Todes verteidigen. Nur wenn wir alle zusammenhalten, können wir ihn stoppen.«

»Was, wenn wir das nicht wollen?«, fragte eine junge Frau, die ihr Kind in den Armen hielt und es sanft wiegte. »Mein Mann ist kein Kämpfer, ich will ihn nicht in einen Krieg ziehen lassen, aus dem er nicht zurückkehrt.«

»Niemand ist gezwungen, mit uns zu kämpfen, aber denkt an die Zukunft. Was für ein Leben werdet ihr unter der Herrschaft von Cernunnos führen? Ist ein Leben in Angst, Schrecken und Armut unter der eisernen Faust eines brutalen Gottes wirklich besser als der Tod?«, fragte Kheeran. Seine Worte hallten von den Wänden wider, und Freya fiel auf, mit wie viel Kraft und Selbstvertrauen er sprach. Er stülpte sich das Gewand des Anführers mit jedem Tag mehr über, und sie fragte sich, ob er das bewusst tat oder es einfach geschah. Es stand ihm jedenfalls sehr gut.

»Solltet ihr euch uns nicht anschließen, würde ich euch jedoch zur Flucht raten. Aldren wird alles niedermähen, was sich ihm in den Weg stellt, und früher oder später findet er auch einen Weg in diese Minen. Flieht in den Norden und verlasst das Land, solange ihr könnt. Hier erwartet euch nur der Tod oder das Leben eines Sklaven.«

»Ich bleibe auf keinen Fall hier, um mich abschlachten zu lassen«, rief ein junger Mann weiter hinten. »Wenn Aldren wirklich dieser Gott ist, will ich nicht in seiner Nähe sein.«

»Ich auch nicht!«

»Und ich auch nicht!«

Unruhe brach in der Wabe aus, als einige Leute begannen, wie wild ihre Sachen zu packen. Andere wiederum blieben an Ort und Stelle stehen und beobachteten das Geschehen. Wieder andere sahen erwartungsvoll zu Birstan, der sich als eine Art Anführer der Gruppe herauskristallisiert hatte, und schienen seine Entscheidung abzuwarten.

»Ich werde bleiben und kämpfen, und wenn ich mich dafür zu einem Wächter machen muss, dann sei es so. Wenn Cernunnos denkt, wir würden vor ihm kuschen wie dummes Vieh, hat er sich getäuscht«, sagte Birstan entschlossen.

»Ich ebenfalls«, gab Casimir von sich. »Ich lasse ihn nicht kampflos gewinnen. Ich will zurück in meine Stadt und meine Hütte und dem nachgehen, was ich liebe.«

Freya war nicht sicher, ob er von der Alchemie oder dem Malen sprach, aber das spielte keine Rolle. Wichtig war nur, dass immer mehr Menschen hervortraten, die beschlossen, zu bleiben und sie zu unterstützen. Sie waren noch lang nicht genug und weit davon entfernt, eine Armee zu sein, aber sie waren jetzt schon mehr als am Morgen. Und das war alles, was zählte.

54. Kapitel – Larkin

– Cernunnos' Lager –

Larkin blickte in den Himmel und verteufelte die Vollmonde, deren Licht die Nacht erhellte. Würde die Zeit nicht drängen und wäre die Gefahr durch Aldren nicht so allgegenwärtig, hätten sie sich womöglich die Zeit genommen, um auf das Abnehmen der Monde zu warten, doch das konnten sie sich nicht erlauben. Seit sie aus dem Schatzgebirge aufgebrochen waren, um die Schmiede aus dem gegnerischen Lager zu entführen, waren zwei Tage und zwei Nächte vergangen. Heute war die dritte Nacht, in der sie endlich zuschlagen wollten.

Larkin fühlte sich ausgezehrt und angeregt gleichermaßen. Sie hatten sich ein Versteck im Dornenwald gesucht und sich dort verschanzt, um das Lager auszuspähen. Aldren hatte ein gutes Stück des Waldes gerodet und nichts als karge Fläche hinterlassen, auf der er sein Lager errichtet hatte. Larkin blutete das Herz bei all der Zerstörung, und obwohl er Kheerans Plan nach wie vor für wagemutig und gefährlich hielt, erkannte er auch die Notwendigkeit ihres Handelns. Schließlich hatte er geschworen, gegen jeden vorzugehen, der den Friedensvertrag brach. Dass Andreus ihn vor Jahren aus diesem Eid entlassen hatte, änderte für Larkin nichts, obwohl ihn dieses Denken das Leben kosten könnte. Denn es war nicht nur gefährlich, sondern fast unmöglich, unbemerkt in das Lager zu gelangen.

Erschwerend kamen die Elva hinzu. Aldren hatte die Biester nach wie vor um sich geschart. Sie waren weit in den Dornenwald vorgedrungen, hockten auf oder zwischen den Bäumen und gingen von dort aus auf die Jagd.

Gothar und Farrow sicherten gerade die Umgebung, während

Khoury, Leigh und er das Lager im Auge behielten. Sie hatten ihre Kleidung, ihre Gesichter und Hände mit einer dicken Schlammschicht eingeschmiert, sodass nur das Weiß ihrer Augen im Dunkeln sichtbar war. Hoffentlich genügte diese Tarnung. Eine falsche Bewegung heute Nacht, und sie könnten sich von ihren Leben verabschieden, denn er bezweifelte, dass Aldren Gefangene machte.

Khoury kroch neben ihn und rieb seine Schulter. Larkin war schon aufgefallen, dass der Field Marshal die Seite schonte, an der ihn die Elva gebissen hatte. Die Verletzung war zwar gut geheilt, aber das Gift hatte ihn mehr geschwächt, als er zugeben wollte. Am liebsten hätte Larkin ihn im Schatzgebirge zurückgelassen, doch er hatte nicht mit sich reden lassen.

»Da vorn sind zwei Wachen«, sagte er und deutete nach links. Das Lager bestand aus Hunderten von Zelten, die ungeschützt und ohne Wall inmitten des Waldes standen. Offenbar fürchteten die Fae in ihrer Arroganz keine Eindringlinge. Lediglich ein paar Wachen patrouillierten in einigem Abstand. Dies war die größte und bedauerlicherweise einzige Schwachstelle des Lagers.

Larkin spähte noch mal in den Himmel, der ihnen heute nicht wohlgesonnen war. Nur wenige Wolken waren zu sehen. Mit etwas Glück verdichteten sie sich und schoben sich vor die Monde, aber darauf wollte er nicht hoffen. Sein Blick wanderte zurück zum Lager. Die erste große Herausforderung wäre es, die Zelte zu erreichen, denn dafür mussten sie ein Stück offene Fläche zwischen dem Wald und dem Lager überbrücken. Sie würden durch den Dreck robben und sich dicht am Boden halten.

Larkin nickte und hielt nach Farrow und Gothar Ausschau. Er sah eine Klinge im Wald aufblitzen, und kurz darauf erklang der gepresste Schrei einer Elva. Sie konnten die Biester zwar nicht komplett auslöschen, da Aldren zu viele bei sich führte, aber sie konnten sie ausdünnen, sodass sie sich weniger Sorgen um einen Hinterhalt der Bestien machen mussten.

»Da vorn sind noch zwei Fae«, sagte Leigh und zeigte nach links, seine blasse Haut und sein grelles Haar waren vollkommen vom Schlamm verdunkelt. »Sie drehen ihre übliche Runde wie gestern.«

»Sehr gut.« Wenn die Fae an ihren Routinen festhielten, waren sie berechenbarer, und das erhöhte ihre Chancen, nicht erwischt zu werden.

»Und sie saufen auch genauso viel«, fügte Leigh hinzu.

Larkin rümpfte die Nase. Wäre er Heerführer, würde er so ein Verhalten niemals dulden. Die Fae benahmen sich, als hätten sie diesen Krieg bereits gewonnen. Sie feierten ausgelassen um ihre Lagerfeuer und sangen Lieder über ihr eigenes Heldentum. Zugegeben, das Schicksal stand auf ihrer Seite, und es schien wenig zu geben, was sie noch aufhalten konnte, doch der Krieg war nicht vorüber, und die Soldaten sollten aufmerksamer sein.

Larkin reckte den Kopf. Das Lager war wie ein Dorf aufgebaut und erstreckte sich über mehrere Meilen. Umgeben von Heilern, Köchen, Soldaten, Stallburschen und Schmieden verschanzte sich Aldren im Herzen des Lagers. Er hauste in seinem Zelt wie ein König in seinem Schloss, eingepfercht hinter den dicken Mauern seiner Untergebenen. Larkin sah keine Möglichkeit, an ihn heranzukommen.

Die Schmiede befand sich im östlichen Teil, ein wenig abseits des Geschehens. Es waren mehrere Zelte, die der Herstellung und Lagerung der Waffen dienten, und auch Schlafzelte waren für die Schmiede vorhanden. Es mussten Dutzende sein, um die Waffen dieser riesigen Armee instand zu halten.

Bedauerlicherweise wurden die Zelte von Aldrens Männern bewacht, vermutlich, um die Waffen zu sichern. Gestern hatte er daher Khoury und Leigh den Vorschlag unterbreitet, ob sie nicht Schwerter stehlen sollten, statt die Schmiede zu entführen, aber sie hatten den Einfall verworfen. Sie konnten unmöglich genug Waffen tragen und ins Schatzgebirge schaffen. Sie hätten Pferde und einen Karren gebraucht, was viel zu viel Lärm verursacht hätte. Außerdem wurden Waffen im Kampf oftmals beschädigt. Mit den Schmieden hätten sie gleich die Richtigen bei sich, um alles zu warten und in Schuss zu halten.

Ein Rascheln erklang hinter Larkin. Er spannte die Muskeln an, entspannte sich aber sogleich wieder, als er Gothar und Farrow erkannte. Ihre Schwerter waren mit dem schwarzen Blut der Elva benetzt.

»Wir haben alle erledigt, die sich in der Nähe herumgetrieben haben«, sagte Farrow. »Es kommen aber bestimmt bald neue nach. Die Biester sind überall, und sie werden das Blut ihrer Kameraden wittern.«

Larkin atmete tief ein und aus. Er verabscheute es, die Elva in Thobria zu sehen. Sie gehörten nicht hierher, genauso wenig wie Fae, aber zumindest besaßen diese einen Hauch Selbstbeherrschung.

»Farrow, Gothar, ihr versteckt euch, aber haltet euch in der Nähe der Schmieden auf und sichert unseren Rückzug«, flüsterte Larkin. Sie mussten jetzt zuschlagen, denn wenn sie zu lange warteten, könnte ihnen das frühe Morgengrauen zum Verhängnis werden. »Falls ihr weitere Elva entdeckt, schaltet sie aus.«

Gothar nickte. Farrow zögerte kurz, als wollte er Widerworte geben, sie nicht mit in das Lager begleiten zu dürfen, doch ein mahnender Blick von Khoury genügte, um seinen Widerstand zu brechen. Gemeinsam mit Gothar schlich er davon. Larkin sah ihnen nach, bis sie von der Dunkelheit verschluckt wurden.

»Ich gehe rechtsherum, Leigh und Larkin, ihr nehmt die linke Seite.«

»Ich komme mit dir«, warf Larkin ein, denn sollte es zu einem Kampf kommen, wäre Khoury mit seinen Verletzungen ohne Zweifel im Nachteil.

»Seit wann widersprichst du den Befehlen deines Field Marshals?«

»Seit ich offiziell kein Wächter mehr bin.«

Khoury brummte leise und schlich voran, während Leigh von der anderen Seite heranpirschte. Sie kamen nur langsam vorwärts und hielten sofort inne, wenn eine Wache in ihre Richtung blickte. Larkin presste sich so fest wie möglich in die Erde und hoffte, dass seine Tarnung ausreichend war.

Auf diese Weise arbeiteten sie sich Stück für Stück vor, bis sie die schützenden Zelte erreichten. Vom südlichen Teil des Lagers her drang Musik zu ihnen, und er hörte die Fae lachen und jubeln. Sie richteten sich auf, huschten geduckt weiter und kamen den Schmieden näher. Doch immer wieder mussten sie innehalten, da Fae ihren Weg kreuzten.

Larkin ließ sich erneut auf den Boden fallen, als zwei Seelie ahnungslos an ihnen vorbeischlenderten. Sie hielten Weinkrüge in der Hand und torkelten mehr, als dass sie aufrecht liefen. *Dämliche Narren.* Wenn er nicht befürchten würde, dass man ihre Leichen fand, würde er ihre Kehlen aufschlitzen.

»Auf die Königin«, grölte der Fae. »Und auf ihr Balg!«

»Auf Prinz Cassian!«, rief der andere, und sie stürzten mehr Wein hinab. Offenbar hatte Valeska ihren Sprössling zur Welt gebracht. Larkin erschien es dafür ein wenig zu früh, aber anscheinend war die Lunge des Jungen bereits voll genug, um ihn am Leben zu erhalten. Doch wer wusste schon, welch kranke Magie die Samen eines Gottes in sich trugen. Sollte es ihnen gelingen, Cernunnos aufzuhalten, wäre es vermutlich das Klügste, auch seinen Sprössling auszulöschen, aber darüber könnten sie sich später Gedanken machen.

Die beiden angeheiterten Fae zogen vorüber. Im Schatten der Zelte schlichen sie näher an die Schmieden heran, vorbei an den Schlafzelten, aus denen leises Schnarchen zu hören war. Die Fae in diesem Zustand zu überfallen, wäre leicht, aber die Schlafzelte waren gut gefüllt. Drei oder vier Fae aus einer Horde von zwanzig zu entführen, wäre schwer, weshalb sie entschieden hatten, jene Fae mitzunehmen, welche in der Nacht arbeiteten. Sie wären am einfachsten zu überfallen und zu kontrollieren.

Sie schlichen weiter zu der Rückseite des Zeltes, aus dessen Innerem Rauch quoll. Das Knistern von Feuer und das Schlagen eines Hammers auf Metall waren deutlich zu hören. Den Geräuschen nach zu urteilen, befanden sich zwei, höchstens drei Schmiede in dem Zelt. Kheeran, der mehr über Kriegsführung wusste, als Larkin je geahnt hätte, hatte also recht gehabt.

Er nickte Khoury und Leigh zu. Dann nahm er seinen Dolch vom Gürtel und schlitzte vorsichtig den Stoff auf. Das Geräusch schien viel zu laut in seinen Ohren. Mit angehaltenem Atem spähte er in das Zelt hinein. Hitze schlug ihm entgegen. Im Inneren gab es mehrere Feuerstellen, doch nur zwei waren besetzt – von einem Mann und einer Frau. Die Frau hielt ein wassergebundenes Schwert in der Hand und betrachtete einen Sprung in der Klinge, während der Mann auf einen Klumpen Stahl einhämmerte, um ihn nach seiner Vorstellung zu formen.

»Wie viele sind es?«, fragte Khoury.

»Zwei.«

»Das wird ein Kinderspiel«, bemerkte Leigh.

Larkin schnaubte, denn diese Überheblichkeit war typisch für Leigh. Er war genauso anmaßend wie jene Fae, die bereits auf ihren Sieg anstießen. Doch darüber wollte er nun nicht nachdenken. Er brauchte seine Konzentration für die Entführung. Ein letztes Mal holte er tief Luft, dann schob er sich in das Zelt. Khoury und Leigh folgten ihm tonlos. Das Hämmern von Stahl auf Stahl verbarg ihr Kommen vor den Fae, deren Aufmerksamkeit ganz auf ihre Arbeit gerichtet war.

Larkin deutete ihre Positionen an, und die Wächter verstanden sofort. Bedacht schlichen Khoury und er an die Fae heran, während Leigh sich an der Tür positionierte, um die beiden Wachen auszuschalten, sollte es nötig sein.

Sie sahen einander an, Larkin zückte seinen Dolch, und mit

einem Nicken gab er den Befehl zum Angriff. Er sprang auf und packte die Frau von hinten. Bevor sie auch nur einen Laut von sich geben konnte, presste er eine Hand auf ihren Mund. Mit der anderen führte er die Klinge an ihre Kehle.

»Ein Mucks, und du bist tot«, fauchte er in das Ohr der Schmiedin. »Verstanden?«

Sie nickte, und Larkin glaubte ihr, denn er spürte das ängstliche Zittern ihres Körpers. Er spähte hinüber zu Khoury, der den männlichen Fae ebenso erfolgreich festhielt und ihn mit einer elementgebundenen Waffe bedrohte. Die beiden leisteten erstaunlich wenig Gegenwehr.

Er sah zu Leigh, aber auch dieser hatte nichts Alarmierendes zu melden.

»Ihr werdet mit uns kommen«, sagte Larkin. »Und solltet ihr versuchen, zu fliehen oder uns anzugreifen, werden wir euch töten.« Es widerstrebte ihm, die Gefangenen umzubringen, aber er würde lieber riskieren, die Schmiede zu verlieren, als sein eigenes Leben.

Die Frau brummte undeutliche Worte gegen seine Hand. Er verstand sie nicht, aber er würde seinen Griff gewiss nicht lockern und ihr die Möglichkeit bieten, Verstärkung zu rufen. Er nickte Khoury zu, dann zog er die Fae mit sich zu dem Loch, das sie in das Zelt geschnitten haben.

»Larkin?«

Er blickte zu Leigh auf. »Was?«

»Ihre Füße …«

Larkin lehnte sich ein Stück vor und sah auf die Beine der Frau hinab. Was er dort sah, überraschte ihn. Sie war gefesselt. An ihren Knöcheln saß je ein Eisenring, die wiederum mit einer Kette miteinander verbunden waren. Es musste sich um jene magischen Fesseln handeln, die ihre Elementarmagie blockierten.

Er runzelte die Stirn. »Ihr seid Gefangene?«

Die Frau nickte und bebte noch mehr in Larkins Armen. Er sah zu Khoury, der ratlos mit den Schultern zuckte. Darauf waren sie nicht eingestellt gewesen. Sie hatten angenommen, dass die Schmiede Aldren ebenso freiwillig halfen wie jene Soldaten, welche die Mauer angegriffen hatten und nun das Land verwüsteten.

»Ich werde dich loslassen. Antworte leise auf meine Fragen, eine falsche Bewegung, und du bist tot«, mahnte er die Frau, bevor er vorsichtig die Hand von ihrem Mund nahm. »Warum seid ihr gefesselt?«

»Damit wir nicht fliehen.«

Larkin ließ ihr noch mehr Spielraum, behielt seine Klinge jedoch an ihrer Kehle. Sie atmete durch, machte aber keine Anstalten, sich zu befreien. »Und warum solltet ihr fliehen wollen?«

»Weil wir nicht freiwillig hier sind.«

»Wie heißt ihr?«, fragte Khoury.

»Ich bin Shayla, das ist mein Mann Colm.«

Khoury, der den männlichen Fae noch fest im Griff hatte, löste nun ebenfalls die Hand von seinem Mund. »Wir sind zwei Schmiede aus Nihalos und Meister unseres Fachs. Wir wollten nicht mit in den Krieg, aber Aldren hat unsere Familie bedroht und uns gezwungen, seine Armee zu begleiten.«

Larkin runzelte die Stirn. Mit vielem hätte er gerechnet, aber nicht damit. Er sah noch mal zu Khoury und Leigh, die beide so ratlos wirkten wie er. »Ihr seid gegen den Krieg?«

»Wir und viele andere«, antwortete nun Colm und betastete seinen Hals, wie um sicherzustellen, dass Khoury ihn nicht versehentlich verletzt hatte. »Dieser Krieg ist furchtbar. Er zerstört einen Frieden, den wir hart erkämpft haben. Wir haben versucht zu fliehen, seitdem sind wir in Ketten gelegt.«

»Glaubt ihr, sie sagen die Wahrheit?«, fragte Leigh.

»Das tun wir!«, beteuerte Shayla eine Spur zu laut. Augenblicklich fuhr Larkin ihr mit der Hand über den Mund. Angespannt lauschte er auf die Wachen vor dem Zelt, doch im Lärm der Feierlichkeiten schienen sie nichts gehört zu haben.

»Bitte, tut uns nichts«, flehte Colm.

»Das haben wir nicht vor«, sagte Khoury. »Wir brauchen euch.«

»Wofür?«

»Wir gehören einer Gruppe überlebender Wächter an, und wir wollen Aldren aufhalten, aber dafür brauchen wir Waffen«, erklärte Larkin, wobei er bewusst nur einen Bruchteil der Wahrheit erzählte, sollten die Schmiede sich doch gegen sie wenden. Er erkannte die Aufrichtigkeit ihrer Worte in dem ängstlichen Zittern ihrer Stimmen und der stummen Panik in ihren Augen. »Wenn ihr versprecht, uns zu folgen, lassen wir euch los.«

Shayla nickte. »Versprochen.«

»Versprochen«, echote auch Colm.

Larkin und Khoury wechselten erneut einen flüchtigen Blick miteinander, dann ließen sie die Fae los. Erleichtert atmeten die beiden auf, und er wagte es, den Griff um seinen Dolch zu lockern. »Wir müssen uns aus dem Lager schleichen, bevor die Wachen bemerken, dass ihr fort seid.«

»Wir können nicht ohne Nealon und Sigurd gehen«, sagte Shayla.

»Wer sind die beiden?«

»Nealon ist mein Vater, Sigurd ist unser Sohn. Sie schlafen gerade.«

Larkin schloss die Augen und rieb seine Nasenwurzel. Vier Schmiede könnten weitaus mehr Waffen fertigen, allerdings wäre es auch um einiges schwerer, mit ihnen zu entkommen.

»Ich weiß nicht, ob wir das schaffen«, gab Larkin zu bedenken.

Leigh spähte vorsichtig durch den Schlitz im Zelt. »Noch ist alles ruhig. Die Wachen wirken müde.«

»Sie passen nicht richtig auf, weil sie wenig zu befürchten haben, weshalb wir auch dachten, wir können fliehen. Aber nur weil wir Waffen schmieden, bedeutet das nicht, dass wir damit umzugehen wissen«, sagte Colm.

»Was ist mit Sigurd und Nealon?«, fragte Shayla. »Ich kann sie holen. Wir dürfen uns im Lager frei bewegen. Ich kann den Wachen sagen, dass ich bei einer größeren Waffe Hilfe benötige.«

Larkin knirschte mit den Zähnen und wägte das Für und Wider ab. Die Fae klang aufrichtig und ehrlich. Er spürte keine Lüge in ihren Worten, und normalerweise konnte er sich auf seine Instinkte verlassen, dennoch fürchtete er das Risiko, verraten zu werden. Er sah zu Khoury, der ebenso grüblerisch dreinblickte.

»Wir sollten es tun«, sagte Leigh. »Wir können diese Schmiede brauchen.«

»Oder Shayla verrät uns«, gab Larkin zu bedenken.

»Da würde ich nie tun!«

Leigh nickte. »Ich glaube ihr.«

»Ich auch«, sagte Khoury. »Lass sie die anderen holen. Colm bleibt hier, und wenn sie Alarm schlägt, kastriere ich ihren Gatten, bevor ich ihm die Kehle aufschlitze.«

Colm schluckte sichtbar.

»Bitte, tut ihm nichts«, flehte Shayla.

»Das werden wir nicht, wenn du uns keinen Grund dafür gibst. Geh, hol deinen Vater und Sohn. Wir warten hier, dann treten wir den Rückzug an.«

Sie mussten auf demselben Weg raus, wie sie reingekommen waren. Eigentlich hatten sie die Schmiede bewusstlos schlagen und raustragen wollen, doch das war nun nicht mehr nötig. Larkin hoffte, dass ihnen die Flucht dennoch gelingen würde. So vieles hing von diesem Moment ab.

»Mach dich wieder an die Arbeit, damit die Wachen nicht misstrauisch werden, wenn sie nichts hören«, sagte er zu Colm, bevor er sich an Shayla wandte. »Und wenn du in zehn Minuten nicht zurück bist, werden wir ohne dich gehen.«

Sie nickte und huschte aus dem Zelt.

Angespannt positionierte sich Larkin rechts vom Eingang. Leigh stand links, und Khoury hielt sich an Colm. Womöglich war es ein Fehler gewesen, Shayla gehen zu lassen. Sie könnte gelogen haben, zu Aldren rennen und sie verraten, aber warum sollte sie dem Mann dienen, der sie in Ketten gelegt hatte?

Die Minuten, die sie auf die Rückkehr der Fae warteten, vergingen nur langsam, und mit jeder Sekunde wuchsen Larkins Zweifel. Unruhig trat er von einem Fuß auf den anderen, als plötzlich Stimmen erklangen, die sich dem Zelt näherten.

Fest umschloss er seinen Dolch, machte sich bereit zu kämpfen, sollte es dazu kommen. Leigh zückte ebenfalls seine Waffe. Das Tuch, welches den Zelteingang verhängte, wurde angehoben, und Shayla kehrte zurück. Ohne Wachen, dafür mit zwei weiteren Fae. Einer hatte bereits graue Haare, doch er ging nach wie vor aufrecht und stolz. Der andere strotzte nur so vor Kraft und Jugend. Auch wenn es schwer war, das Alter eines erwachsenen Fae zu schätzen, konnte dieser nicht viel älter sein als Kheeran.

»Das ist unser Sohn Sigurd und mein Vater Nealon«, stellte Shayla die beiden vor, die ebenfalls Fußfesseln trugen. Sigurd blickte mit wachsamen Augen in die Runde und musterte die Wächter.

»Wer seid ihr?«

»Das braucht ihr nicht zu wissen, aber wir sind hier, um euch aus Aldrens Fängen zu befreien. Wir brauchen eure Hilfe. Wofür genau, erklären wir euch gern ausführlich, sobald wir in Sicherheit sind«, antwortete Larkin.

Sigurd schnaubte und verschränkte die Arme. »Zuerst will ich eure Pläne hören. Ich tausche nicht eine Gefangenschaft gegen eine andere.«

»Sigurd!«, tadelte ihn Colm.

»Was? Ich weiß, ihr seid nicht gern hier, aber hier haben wir es gut. Wir bekommen Nahrung und sind in Sicherheit. Können uns die Wächter diesen Schutz auch gewähren?«

»Nein, aber wir werden eure Fesseln abnehmen und euch unser Vertrauen schenken. Ihr könnt dabei helfen, diesen Krieg zu beenden, und hungern müsst ihr auch nicht. Und wenn ich dafür selbst auf die Jagd gehen muss«, versprach Larkin, der zunehmend unruhiger wurde. Sie waren schon viel zu lange hier und sollten aufbrechen. Mit jeder Minute stieg die Chance, von den Wachen entdeckt zu werden.

»Ich werde mit euch kommen«, sagte Nealon. »Ich will kein Sklave dieses Mannes sein, der unser Land in den Untergang reißt.«

»Aber …«, setzte Sigurd an, doch sein Großvater hob die Hand und brachte ihn mit dieser Geste umgehend zum Schweigen.

Er sah zu Larkin. »Führt uns, wir werden folgen.«

Dieser nickte und deutete auf den Schlitz im Zelt, durch den sie eingedrungen waren. »Ich gehe voraus, und ihr folgt mir. Khoury und Leigh, ihr bildet die Nachhut. Außerhalb des Lagers warten zwei weitere unserer Männer. Wir schlagen uns bis zum Wald durch, dort haben wir auch Pferde.«

»In Ordnung«, sagte Nealon und lief zum hinteren Teil des Zeltes. Der Fae wirkte entschlossen. Shayla folgte ihm sofort. Nur Sigurd und Colm zögerten einen Moment, doch schließlich siegte der Respekt vor dem Alter über ihre eigenen Zweifel, und sie schlossen sich dem Familienoberhaupt an.

Larkin ging voraus. Er hielt nach den Wachen Ausschau, doch von ihnen fehlte jede Spur. Er schlich hinaus und verschmolz in seiner dreckbeschmierten Kleidung abermals mit der Nacht.

Zu Larkins Erleichterung erreichten sie den Rand des Lagers ohne weitere Vorkommnisse. Er entdeckte Farrow im Schatten eines Gebüsches auf dem Boden kauernd. Er hatte sich so gut getarnt, dass er kaum zu sehen war.

»Da drüben, im Schatten des Dickichts, ist Farrow«, flüsterte er an Shayla, Sigurd, Nealon und Colm gewandt. »Ihr müsst ein Stück kriechen. Beeilt euch und haltet euch dicht am Boden. Nealon und Shayla, ihr geht zuerst.«

Der ältere Mann nickte. Shayla half ihrem Vater, sich auf den Boden zu legen, bevor sie es ihm gleichtat. Langsam, aber stetig robbte sie auf die andere Seite. Zum Glück war die Kleidung der Schmiede dunkel und rußig. Und das erste Mal, seit sie das Lager betreten hatten, wagte Larkin zu hoffen, dass ihnen dieses wahnwitzige Vorhaben gelingen könnte. Er sah sich nach den Wachen um und entdeckte in der Ferne zwei Fae, die sie allerdings noch nicht bemerkt haben.

»Halt!«, flüsterte Larkin.

Nealon und Shayla erstarrten. Sie verschmolzen mit der Nacht. Larkin und die anderen gingen hinter dem letzten Zelt am Rand des Lagers in Deckung. Angespannt hielt Larkin die Luft an. Sein Herz pochte wild, nicht vor Angst, aber vor Aufregung und Sorge um die Schmiede. Er und die anderen Wächter würden sich im Fall eines Angriffs vermutlich retten können, aber mit hoher Wahrscheinlichkeit würden sie die Schmiede verlieren.

Vorsichtig spähte Larkin um die Ecke. Die Wachen hatten innegehalten und sahen sich um. Eine falsche Bewegung, und sie würden auffliegen. Reglos lagen Shayla und Nealon auf dem Boden, das Zittern ihrer angespannten Nerven brachte die Luft förmlich zum Vibrieren. Colm trat unruhig von einem Fuß auf den anderen, was die Ketten um seine Knöchel zum Klirren brachte. Larkin warf ihm einen mahnenden Blick zu, ehe er erneut zu den Wachen sah, die aber anscheinend nichts gehört hatten. Lustlos sahen sie sich um, bevor sie ihre Patrouille fortsetzten und in gemächlichem Tempo vorbeizogen.

Larkin fielen tausend Steine vom Herzen. Er winkte Nealon und Shayla zu, die sich daraufhin sofort wieder in Bewegung setzten, und gemeinsam robbten sie weiter über die freie Fläche auf Farrow und Gothar zu.

»Jetzt Colm und Khoury, danach Leigh und Sigurd. Ich bilde den Abschluss«, sagte Larkin. Colm trat vor, wobei er alles andere als glücklich wirkte, durch den Matsch kriechen zu müssen. Nach kurzem Zögern leistete er dem Befehl jedoch Folge. Khoury war unmittelbar hinter ihm. Sie erreichten die andere Seite ohne Zwischenfälle.

»Jetzt du, Sigurd«, sagte Leigh. Der Dreck auf seiner Haut war bereits getrocknet und zu einer Kruste geworden, die ihm langsam von Kleidung und Gesicht bröckelte.

»Ich …« Sigurd blickte seiner Familie hinterher und verzog die Lippen. Im hellen Mondschein erkannte Larkin Zweifel und die Bedenken in seinen Augen, die er bereits im Zelt vorgetragen hatte.

Mach jetzt keinen Fehler, mahnte Larkin stumm. Er tastete nach seinem Dolch und sah zu Leigh, der seine Hand ebenfalls an den Griff seiner Waffe gelegt hatte.

»Sigurd, komm«, flüsterte Shayla eine Spur zu laut von der anderen Seite.

Sigurd presste die Lippen aufeinander, dann schüttelte er den Kopf. »Tut mir leid, Mutter. Ich kann das nicht. Was wir hier tun, ist falsch. Aldren ist unser König. Hilfe! Hilfe! Wir werden entführt! Hilf…« Das letzte Wort erstarb auf seinen Lippen, als Leigh ihm sein Schwert in den Magen rammte. Der Fae erstarrte, und mit gurgelnden Lauten ging er zu Boden.

»Sigurd!«, schrie Shayla voller Schmerz.

Larkin musste sich nicht erst umsehen, um zu wissen, dass es zu spät war. Sie waren aufgeflogen. Er hörte bereits die nahenden Schritte der Wachen. Eine Glocke ertönte, ähnlich jener, die stets an der Mauer geläutet hatte, und binnen weniger Augenblicke herrschte wirres Treiben im Lager.

»Lauft!«, schrie Larkin und setzte sich in Bewegung.

Nealon und Colm rannten, doch Shayla war wie erstarrt.

»Komm«, befahl Khoury und packte die Unseelie am Arm, aber sie rührte sich nicht, sondern starrte stocksteif auf den leblosen Körper ihres Sohnes. Khoury stieß ein Seufzen aus und verpasste Shayla einen Hieb gegen den Schädel. Die Unseelie ging in die Knie. Bevor sie zu Boden stürzte, fing Khoury sie auf und wollte sie über seine Schulter werfen, aber sein verletzter Arm ließ dies nicht zu.

»Ich habe sie«, sagte Leigh und packte Shayla.

Aus den Schatten lösten sich nun auch Farrow und Gothar und stürmten auf Larkin zu, der bereits einer Horde wütend dreinblickender Wachen gegenüberstand. Gekonnt blockte er den Hieb eines Fae mit seinem Dolch ab. Doch im selben Augenblick holte einer von dessen Kameraden hinterrücks aus und erwischte seinen Arm. Schmerz loderte auf, dem er keine Beachtung schenkte. Er wirbelte herum, packte die Hand seines Angreifers und verdrehte das Gelenk. Dieser ließ seine Waffe fallen, und Larkin rammte ihm seinen Dolch in den Bauch, bevor er den reglosen Körper davonschleuderte.

Rasch hob er das liegen gebliebene Schwert auf und nahm den Dolch in die linke Hand. Mittlerweile schien das halbe Lager alarmiert, und Larkin wusste, dass sie gegen diese Überzahl an Fae niemals siegen konnten. Es galt nur noch, so schnell wie möglich abzuhauen. Er schielte über seine Schulter zu Leigh. Die Schmiede waren im Dornenwald untergetaucht, während Farrow, Gothar, Khoury und er ihnen den Rücken freihielten.

Larkin wandte sich dem Kampfgeschehen zu und fand sich zwei weiteren Wachen gegenüber. Sie formten Eisgeschosse mit ihren Händen und schleuderten sie auf die fliehende Gruppe. Leigh wurde am Bein getroffen, strauchelte, doch Gothar rannte zu ihm und nahm ihm Shayla ab.

Farrow warf seinen Dolch und traf den Fae, der das Eis geschossen hatte, mitten in die Stirn. Er hob sein Schwert und stürzte sich neben Larkin in den Kampf. Seite an Seite wichen sie den Fae Hieb um Hieb aus, doch immer weitere Wachen strömten herbei und begannen sie mit Elementarmagie anzugreifen. Feuerpeitschen schlugen auf sie ein, und die Erde unter ihren Füßen fühlte sich nicht mehr sicher an, denn immer wieder lösten sich Steinbrocken aus dem Boden.

Larkin war gefangen in einem Strudel aus Hieben und Stichen, als er eine plötzliche Bewegung links von sich wahrnahm. Er fuhr herum und entdeckte Aldren, der hinter einem Zelt aufgetaucht war. Regungslos stand er da und beobachtete das Geschehen mit einem schmierigen Lächeln auf den Lippen, das deutlich zeigte, wie sehr ihm dieser Anblick gefiel: zwei Wächter, die um ihr Leben kämpften.

Der Gott des Todes.

Larkin schauderte und versuchte sich Kheerans ehemals besten Freund nicht als Fae, sondern als Gott vorzustellen. Aldren hatte sich verändert, seit Larkin ihn zuletzt gesehen hatte. Schon damals hatte er eine vage Veränderung an dem Unseelie wahrgenommen, doch nun war diese nicht länger zu leugnen. Aldren, nein, Cernunnos wirkte erhabener als zuvor. Seine Augen waren noch blau wie die von Aldren, aber ihnen wohnte eine Düsternis inne, die finsterer war als die dunkelste Nacht.

»Achtung!«, schrie Khoury.

Larkin fuhr herum. Ein Feuerball schoss geradewegs auf ihn zu. Farrow packte seinen Arm und zerrte ihn aus der Schusslinie. Das brennende Geschoss schlug hinter ihnen in einem Zelt ein, das lichterloh in Flammen aufging.

»Danke«, keuchte Larkin.

»Keine Ursache«, erwiderte Farrow und klopfte die Glut aus, die an seinem Ärmel glomm. Larkin spähte in Richtung Wald, aber von den anderen war keine Spur mehr zu sehen, und offenbar war ihnen auch niemand gefolgt. Sie waren in Sicherheit, was Larkin einen gewissen Frieden gab. Selbst wenn er diesen

Angriff nicht überleben sollte, könnten die anderen mithilfe der Schmiede weitermachen.

Erneut flog ein Feuerball auf ihn zu. Blitzartig sprang er nach hinten weg, doch langsam wurde er von Wachen eingekesselt. Er holte mit seinem Schwert aus, um seine Angreifer abzuwehren, die ihre Versuche, ihn mit Magie auszuschalten, aufgegeben hatten, vermutlich aus Sorge, ihr eigenes Lager zu verwüsten. Was kein falscher Gedanke war, denn die Flammen waren von einem Zelt bereits auf das nächste übergesprungen. Rauchschwaden stiegen auf, Hitze schlug um sich, und das Leuchten des Feuers tauchte alles in ein loderndes Licht.

Immer mehr Fae scharten sich um Larkin, Farrow und Khoury. Nur Aldren rührte sich nicht. Regungslos und mit verschränkten Armen beobachtete er das Schauspiel und schien sich weder um die Flammen noch den Feind zu sorgen. Er trug weder eine Waffe bei sich, noch standen Gardisten an seiner Seite. Er war völlig schutzlos, dennoch wiegte er sich in Sicherheit.

Keuchend parierte Larkin einen weiteren Schlag. Ihm stand der Schweiß im Nacken, und langsam kam er ans Ende seiner Kräfte, während sie versuchten, ihre Gegner so zu lenken, dass sich ihnen ein Weg in den Dornenwald – in die Freiheit – bot. Doch es sah schlecht für sie aus, denn vor ihnen breitete sich ein Meer an Feinden aus. Es mussten drei Dutzend Fae sein, und vermutlich warteten weitere jenseits seines Blickfelds darauf, ihm die Kehle durchzuschneiden.

Er dachte an Freya und dass er ihr versprochen hatte, zurückzukehren. Dieser Gedanke und die Vorstellung ihres tränenüberströmten Gesichts, wenn sie die Neuigkeit von seinem Tod erfuhr, schenkten ihm Kraft und halfen ihm, weiterzumachen, trotz seiner zitternden Arme. Obwohl dies kein Kampf mehr war, sondern nur noch ein Spiel. Denn würden die Fae es wahrlich darauf anlegen, wären sie längst tot. Sie wollten sie nur ein bisschen länger leiden sehen.

Ächzend ging Khoury in die Knie. Ein Seelie hatte ihm seine Waffe aus der Hand geschlagen. Larkin eilte ihm zu Hilfe und köpfte den Fae mit einem gezielten Hieb.

»Danke«, keuchte Khoury und fing ein Schwert, das Farrow ihm zuwarf. Weitere Fae griffen an und drängten Khoury und ihn dazu, Rücken an Rücken zu kämpfen. Sie waren eingekesselt und getrennt von Farrow, der seinerseits einer Übermacht an Fae gegenüberstand, die sie begafften wie wilde Tiere, die Kunststücke vollführten. Doch Larkin würde gewiss nicht tatenlos herumstehen. Wenn er schon sterben musste, dann mit erhobenem Haupt und kämpfend!

Larkin stieß einen Schrei aus und warf sich in das Getümmel. Der erste Fae war so überrascht, dass er sich nicht mehr rechtzeitig verteidigen konnte. Larkin durchbohrte seinen Leib mit Leichtigkeit, zerrte seine Klinge zurück und stach sofort auf den nächsten ein. Wieder brandete der Kampf auf. Das Keuchen von Männern und das Klirren von Schwertern war zu hören sowie das schaurige Lachen eines Gottes.

Larkin sah zu Cernunnos, der noch am selben Fleck stand. Sein Blick war fest auf das Schlachtfeld gerichtet. Sein Gesicht war eine höhnische Fratze, und seine Lippen waren zu einem boshaften Grinsen verzogen. Kein Mitgefühl. Keine Angst. Kein Bedauern stand in seinen Blick geschrieben. Nichts, was auch nur im Ansatz an menschliche Gefühle erinnerte. Er war wie eine Elva, erbarmungslos, herzlos und nach Blut dürstend.

Larkin lief es eiskalt den Rücken hinunter. Er fürchtete sich vor dem, was der Welt bevorstand, sollte es ihnen nicht gelingen, Cernunnos aufzuhalten.

»Zeit, das hier zu beenden. Tötet sie!«, brüllte einer der Fae. Er trug eine prachtvolle Uniform mit einem Umhang aus dunklem Stoff, die hinter ihm wogte wie ein Meer aus Schwarz. Mehrere Fae stürzten auf sie zu. Larkin erhob seine Klinge und kämpfte unerbittlich weiter, während sich der Kreis ihrer Angreifer enger und enger zog. Erneut wurde er gegen Khoury gedrängt, der ebenfalls wild um sich schlug.

»Larkin«, brüllte plötzlich eine vertraute Stimme.

Er fuhr herum, und zwischen all den Fae, dem Feuer und dem Rauch, der wie Gift in seiner Lunge brannte, entdeckte er Leigh und Gothar, die auf sie zuritten und eine Schleuse in die Menge der Fae rissen. Larkin lächelte und schwang sich zu Gothar auf das Tier.

»Weg hier!«, brüllte Khoury, der sich hinter Leigh aufs Pferd gezogen hatte.

Larkin sah sich nach Farrow um. Er hockte auf einem Pferd, das Leigh und Gothar mit sich geführt haben mussten. Es scheute in Anbetracht der Armee und stieg auf seine Hinterläufe, aber Farrow gelang es, sich festzuhalten. Er trat dem Tier in die Flanken und preschte los. Die Fae hechteten zur Seite, und ein paar begannen, Eis und Gestein zu schleudern, doch der Rauch vernebelte auch ihre Sicht und verringerte ihre Treffsicherheit.

Sie brachen aus der Menge aus und ritten aus dem Lager. Wütende Schreie erklangen hinter ihnen. Larkin klammerte sich an Gothar fest, sein Schwert in der Hand. Er sah nach, ob die Fae ihnen folgten, als er bemerkte, dass Farrow zurückgeblieben war.

»Farrow!«

»Tut mir leid, ich muss das tun«, brüllte der Wächter, und bevor Larkin begriff, was er meinte, riss er die Zügel seines Pferdes herum. Er schoss zurück durch die Reihen der Fae und stob geradewegs auf Aldren zu. Die Wachen versuchten, ihn aufzuhalten, aber er war zu schnell. Mit erhobenem Schwert stürzte er sich auf Aldren, der noch immer müde lächelte. Bestimmend hob er die Hand, und sämtliche Fae erstarrten in der Bewegung.

Larkin blinzelte. Seine Augen tränten vom Rauch, dennoch konnte er den Blick nicht abwenden. Aldren rührte sich nicht, während Farrow sein Pferd zu immer mehr Eile antrieb. Er stieß einen Schrei aus, holte mit seinem Schwert aus und setzte zum Schlag an.

Gothar, der vor Larkin saß, hielt ihr Pferd an. Seiner Kehle entwich ein entsetzter Laut, als Farrows Klinge geradewegs auf Aldrens Hals zusauste. Larkin war wie erstarrt. Konnte es wirklich so einfach sein? Er wagte kaum zu hoffen, dennoch war jeder Muskel in seinem Körper erwartungsvoll angespannt.

Aldren schloss die Augen, beinahe so, als hätte er sich mit seinem Schicksal abgefunden. Und für eine Sekunde schien die Zeit stillzustehen und der gesamte Platz hielt die Luft an, als die Klinge Aldrens Haut berührte. Doch der Stahl trennte nicht den Kopf von seinem Rumpf, sondern verflüssigte sich, kaum dass er mit ihm in Berührung kam. Zischend tropfte er zu Boden.

Farrow preschte an Aldren vorbei und starrte fassungslos auf das, was einst seine Waffe gewesen war. Nur noch das Heft war übrig. Ungläubig wanderte sein Blick zum König der Unseelie. Dieser grinste nur, und das flüssige Metall zu seinen Füßen erhob sich aus dem Dreck. Kleine, spitze Geschosse formten sich aus der einstigen Klinge.

»Pass auf!«, rief Larkin, aber er konnte nichts mehr für Farrow tun.

Die Geschosse jagten auf ihn zu. Er hatte keine Chance auszuweichen, und die Spitzen bohrten sich in sein Gesicht. Es spritzte kein Blut, denn die Hitze verödete die Wunden sofort. Doch das Metall war so heiß, dass Farrows Kopf augenblicklich Feuer fing. Die Flammen fraßen seine Haut von den Knochen. All das geschah so schnell, dass ihm nicht einmal Zeit blieb, um Hilfe zu rufen. Leblos fiel er von seinem Pferd und landete im Matsch. Das Feuer, das seinen Kopf fraß, breitete sich aus. Nun fingen auch seine Kleidung und der Rest seines Körpers an zu brennen.

Larkin presste die Lippen aufeinander. Er konnte nicht fassen, was er sah. Übelkeit stieg in ihm auf, aber er war geistesgegenwärtig genug, um den Moment nicht verstreichen zu lassen. Er befahl Gothar, weiterzureiten, und Leigh und Khoury schlossen sich ihnen an.

Die Fae kamen ihnen nicht nach.

Sie sammelten Colm, Shayla und Nealon ein, die sich im Wald versteckt hatten, und machten sich auf den Weg zurück in das Schatzgebirge. Es war ein stiller, schweigsamer Ritt voll Trauer und Sorge. Und Larkin wurde das Gefühl nicht los, dass Aldren sie hatte gehen lassen, weil er wollte, dass die Rebellen von der Tat erfuhren, deren Zeugen sie soeben geworden waren.

55. Kapitel – Ceylan

– In den Minen des Schatzgebirges –

Ceylan lauschte auf das Plätschern des Wassers, das von dem Bach herrührte, welcher die Mine durchzog und die Leute mit frischem Trinkwasser versorgte. Sie saß an einem kleinen Tümpel, der sich in einer Ausbuchtung gebildet hatte, und beobachtete die Spiegelungen im Wasser. Immer wieder warf sie kleine Steine hinein, welche die Reflexion brachen. Sie war in den letzten Tagen oft hergekommen, um dem hektischen Treiben in den Waben zu entgehen. Immer mehr Flüchtende erreichten das Schatzgebirge, und es wurde von Tag zu Tag voller und enger in den Minen. Dunkelgänger, Menschen und weitere Alchemisten hatten sich eingefunden, um Schutz zu finden oder sich ihrem Vorhaben anzuschließen und sich in Wächter verwandeln zu lassen.

Erneut warf Ceylan einen Stein auf die glatte Oberfläche, die sich daraufhin kräuselte und kleine Wellen schlug. Das Wasser war kristallklar, eiskalt und schimmerte tiefblau. Die letzten Tage hatte es sie beruhigt, hier zu sitzen und ihre Ruhe zu haben, aber heute fand sie keine Entspannung. Leigh, Khoury und die anderen waren seit vier Tagen unterwegs, und allmählich machte sie sich Sorgen. Sollten sie morgen nicht zurückkommen, würde Ceylan losreiten, um nach ihnen zu suchen.

Sie wäre gern mit auf diese Mission gegangen, aber sie hatte Kheeran nicht allein lassen wollen, der in diesen Tagen ununterbrochen neue Wächter erschuf. Sie sah ihm an, dass es an seinen Kräften zehrte, obwohl er sich nie beklagte oder beschwerte. Und trotz der Anstrengungen der Verwandlung und dem damit einhergehenden Blutverlust nahm er sich noch jeden Abend

Zeit, mit ihr zu üben, sodass sie ihre Fähigkeiten als Dunkelgängerin schulen konnte. Anfangs war das Training nur spärlich vorangegangen, aber seit ihren ersten Erfolgen ging es stetig bergauf. Inzwischen gelang es ihr, ohne großes Zögern ihre eigene Macht zu unterbinden, sodass Kheeran seiner freien Lauf lassen konnte.

»Sei gegrüßt«, erklang eine Stimme hinter Ceylan.

Sie spähte über ihre Schulter und entdeckte Colleen, eine Bäuerin aus der Nähe von Limell, die Kheeran kürzlich zu einer Wächterin gemacht hatte. Ceylan schenkte ihr ein verhaltenes Lächeln und beobachtete, wie Colleen vier Eimer mit Wasser füllte, sich die Griffe über die Arme schob und sie davontrug, als wären sie mit Federn gefüllt. Alles dank der Kraft, die Kheeran ihr verliehen hatte.

Ceylan verstand die Notwendigkeit der Verwandlungen. Nur so hatten sie den Hauch einer Chance, Cernunnos zu besiegen. Doch mitzuerleben, wie so viele Menschen, vor allem Frauen, in Wächterinnen verwandelt wurden, löste ein tiefes Ziehen in ihrer Brust aus, als würde sich ein Riss in ihrem Herzen bilden. Sie hatte hart dafür gekämpft, in die Reihen der Wächter aufgenommen zu werden. Sie hatte sich durch alle Mühen, Entbehrungen und Widerstände geschlagen, um sich ihren Traum, an der Mauer zu dienen, zu erfüllen. Nur um zu erfahren, dass sie keine Wächterin war und aufgrund ihrer angeborenen Gabe auch nie eine sein könnte.

Und nun kamen all diese Leute hierher und bekamen geschenkt, wofür sie fast ihr ganzes Leben gekämpft hatte. Sie seufzte, warf den nächsten Stein ins Wasser und zog die Beine enger an ihren Körper, um ihr Kinn darauf abzulegen.

In ihren wildesten Träumen hätte sie sich einen Moment wie diesen nicht ausmalen können. Eigentlich sollte sie als Wächterin der Mauer dienen, um die Einwohner Thobrias vor den Fae und Elva zu beschützen. In gewisser Weise schützte sie die

Menschen zwar – oder zumindest versuchte sie es –, aber ihr Leben sah dennoch völlig anders aus, als sie es sich vorgestellt hatte. Sie hatte nicht mit den Dunkelgängern gerechnet, auch nicht mit Cernunnos und ebenso wenig mit Kheeran, der vor einigen Monaten noch ein verhasster Unseelie gewesen war, den sie so schnell wie möglich aus ihrem Leben hatte verbannen wollen. Und nun konnte sie ihn sich nicht mehr daraus wegdenken.

Gedankenverloren strich sie mit den Fingern über ihren Mund. Sie hatte ihr Bestes getan, um ihren Kuss im Flammeninferno des Freudenhauses zu vergessen, aber das Gefühl von Kheerans Lippen wollte ihr nicht mehr aus dem Kopf gehen. Vor allem nicht, seit sie wusste, dass er sich daran erinnerte. Und immer wieder fragte sie sich, was wohl geschehen würde, wenn sie ihren Fantasien freien Lauf ließ und Kheeran erneut küsste. Doch diese Vorstellung war so Angst einflößend wie betörend, denn sie begehrte den Fae nicht nur körperlich, sondern auch mit ihrem Herzen. Es bereitete ihr tiefste Sorgen.

Erneut ließ ein Geräusch sie innehalten. Zarte Schritte erklangen hinter ihr. Sie nahm die Finger von ihren Lippen und drehte sich um. Freya stand inmitten der Höhle, ihr Blick starr auf Ceylan gerichtet. Sofort begann ihr Herz vor Angst schneller zu schlagen, denn für gewöhnlich suchte die Prinzessin sie nicht auf. Sie war nicht sicher, ob Freya sie nicht mochte oder ob sie sich wegen der Verständnisprobleme von ihr fernhielt. Eine Frau, die nicht sprechen konnte und alles aufschreiben musste, und eine Frau, die nur mühselig lesen konnte, waren keine gute Zusammensetzung.

Ceylan erhob sich von ihrem Platz. »Sind die anderen zurück?«

Freya schüttelte den Kopf, trat einen Schritt auf sie zu und streckte ihr ein Stück Papier entgegen, auf das sie geschrieben hatte. Ceylan nahm es an sich und schluckte unruhig. Mittlerweile konnte sie fast alles lesen, was man ihr gab, aber es dauerte oft unangenehm lang, die einzelnen Wörter zu entziffern.

Würdest du mich im Schwertkampf trainieren?

»Du willst lernen, mit dem Schwert zu kämpfen?«

Freya nickte, nahm das Blatt an sich und schrieb: *Larkin hat an der Mauer begonnen, es mir beizubringen, aber er ist fort und ich möchte in Übung bleiben.*

Ceylan runzelte die Stirn. »Warum trainierst du nicht mit den anderen?«

Weylin übte mit den neu erschaffenen Wächtern in einer der Waben, um sie auf den Kampf vorzubereiten. Sie machten erstaunlich schnell Fortschritte, schneller als jene Männer, die mit ihr rekrutiert worden waren. Vermutlich wurden sie von einer Entschlossenheit und Dringlichkeit angetrieben, welche die Novizen an der Mauer nicht verspürt hatten.

Die anderen schauen mich so merkwürdig an.

»Verstehe«, murmelte Ceylan. Sie hatten nie offen ausgesprochen, dass es sich bei Freya um Andreus' Tochter handelte, aber da viele der Geflüchteten aus Amaruné und den umliegenden Dörfern stammten, war es nicht verwunderlich, dass sie als Prinzessin Freya Draedon erkannt worden war.

»Ich bin keine gute Lehrerin«, gab Ceylan zu bedenken. »Aber wenn du es wirklich willst, können wir es gern versuchen.«

Freya nickte eifrig, und gemeinsam machten sie sich auf den Weg in die Trainingswaben. Weylin hatte mithilfe der neuen Wächter und Dunkelgänger einige eingerichtet. Sie hatten Schießstände aufgestellt und verschiedene Hindernisse errichtet, um die Geschicklichkeit zu trainieren. Außerdem gab es einen Berg an massiven Ästen und Stöcken zum Üben, die im angrenzenden Wald gesammelt worden waren, solange es nicht ausreichend Waffen gab.

Ceylan und Freya fanden eine freie Wabe, in der sich lediglich Casimir aufhielt. Er teilte gemeinsam mit Birstan die Leute ein, empfing neue Flüchtlinge, wies ihnen Schlafplätze zu und kümmerte sich auch um die Beschaffung des Essens. Doch wenn er eine freie Minute besaß, wie es anscheinend jetzt der Fall war, zog er sich in eine ruhige Ecke der Mine zurück und las in der *Abschrift des schwarzen Elements,* die Freya mitgebracht hatte. Er studierte Seite für Seite und machte sich eifrig Notizen. Vielleicht hatten sie Glück, und er fand etwas, dass ihnen half, Cernunnos zu besiegen.

Freya schien sich nicht an der Anwesenheit des Alchemisten zu stören, der ohnehin nur Augen für sein Buch hatte, also suchte sich Ceylan eine Waffe aus. Die Prinzessin tat es ihr gleich, wobei sie sich sehr viel Zeit ließ, jeden Stecken eingehend inspizierte und in ihrer Hand wog, als würde es sich um eine echte, ausbalancierte Waffe handeln.

Ceylan spürte, wie Ungeduld in ihr heranwuchs, aber diese verflog, als Kheeran überraschend die Wabe betrat. Er trug eine graue Hose und ein helles Hemd. Die obersten drei Knöpfe standen offen, und die Ärmel hatte er nach oben gekrempelt, sodass die Verbrennungen zu sehen waren, welche das Feuer auf seinem Körper hinterlassen hatte. Sein blondes Haar, das seit ihrer Abreise aus Nihalos deutlich gewachsen war, hatte er zu einem kleinen Zopf zusammengefasst.

»Was soll das werden?«, fragte Kheeran zur Begrüßung. Er wirkte aufgeregt und voller Elan, obwohl die Müdigkeit sich in dunklen Ringen unter seinen Augen abzeichnete.

»Freya und ich werden kämpfen.«

Kheeran hob die Brauen. »Warum?«

»Weil sie es lernen möchte. Larkin hat sie bereits unterrichtet.«

Kheeran trank einen Schluck aus dem Wasserbecher, den er bei sich trug, und sah zwischen den Frauen hin und her. In seinem Blick lag etwas Rätselndes, als wüsste er nicht, was er davon halten sollte. »Darf ich zuschauen?«

»Hast du nichts Besseres zu tun?«

»Ich gönn mir eine Pause. Heute Nacht sind fast zwei Dutzend Männer und Frauen zu uns gestoßen, die Ethen geschickt hat. Und ich habe sie alle verwandelt.«

Ceylan nickte anerkennend. Ethen war wirklich gut darin, Leute für ihren Zweck zu gewinnen. Es war die richtige Entscheidung gewesen, ihn in der eisigen Stadt zu lassen. Sollten sie scheitern und Cernunnos nicht aufhalten können, könnte er von dem dortigen Hafen aus fliehen.

Kheeran setzte sich an den Rand, den Rücken an die Wand gelehnt, während sie sich in der Mitte der Höhle platzierten. Motiviert hob Freya ihren Stock, der etwa die Länge eines Schwertes hatte.

»Wir starten langsam«, sagte Ceylan und machte zur Probe einen Schritt vorwärts. Instinktiv wich Freya zur Seite aus. Sie nickte anerkennend, ehe sie mit ihrem eigenen Stock einen Stoß in Freyas Richtung setzte. Die Prinzessin wehrte den Hieb ab. Offenbar hatte Larkin ihr tatsächlich einiges beigebracht, was bedeutete, sie könnte Freya etwas härter rannehmen als gedacht.

Ceylan griff ein weiteres Mal an, dieses Mal jedoch ohne Zurückhaltung. Sie holte zu einem Schlag aus und setzte unmittelbar zwei weitere Hiebe nach, denen Freya gekonnt auswich. Kheeran begann zu klatschen und rief begeistert Freyas Namen.

Ceylan warf ihm flüchtig einen finsteren Blick zu. Nur eine Sekunde später nahm sie wieder Freya in die Mangel. Sie holte erneut mit ihrem Ersatzschwert aus. Freya parierte den Stoß perfekt und setzte selbst zum Angriff an. Ceylan wich ihr aus, doch der Hieb verfehlte sie knapper, als sie erwartet hätte. Freya war gut. Ein wenig unausbalanciert und nicht ganz so geschmeidig, aber sie wusste sich zu verteidigen.

»Larkin hat dich gut unterrichtet«, lobte Ceylan. Die ersten Schweißtropfen perlten von ihrer Stirn, und sie merkte, wie sehr sie dies vermisst hatte. Sie brauchte die Bewegung und die Herausforderung, auch wenn das nur ein Übungskampf war. Ihre Muskeln brannten ein wenig, und ein aufregendes Kribbeln rauschte durch ihren Körper, das einen angenehmen Kontrast zu den Stunden bildete, die sie regungslos herumsaß, um ihre innere Kraft zu finden.

Die beiden Frauen kämpften eifrig, und mit jedem Hieb, den Freya abwehrte, wuchs der Ehrgeiz in Ceylan. Allmählich geriet auch sie an die Grenzen ihres Könnens, denn das Schwert war nie die Waffe ihrer Wahl gewesen. Besäße sie noch ihre Mond-Sichel-Messer, hätte sie diesen Kampf längst gewonnen.

Sie stach erneut zu. Freya sprang zur Seite und holte zu einem Hieb aus, doch dieser war nur angetäuscht. Stattdessen machte sie einen Satz nach rechts und rollte sich ab, sodass sie plötzlich hinter Ceylan stand, die sofort herumfuhr, aber Freya war schneller. Ihr Schlagstock streifte Ceylans Hüfte. Wären dies echte Waffen gewesen, hätte Ceylan eine tiefe Wunde davongetragen. Sie sprang zurück und sah Freya an.

»Das … das war gut«, gestand sie.

Freya lächelte und formte tonlos das Wort *Larkin* mit den Lippen. Ceylan mochte den ehemaligen Field Marshal nicht, denn obwohl es die Elva gewesen waren, die ihr Heimatdorf zerstört hatten und er nicht der einzige Wächter vor Ort gewesen war, machte sie ihn für das Geschehene verantwortlich. Doch wenn sie sich Freyas Können ansah, kam sie nicht umhin, sich zu fragen, ob sie bei Gelegenheit auch mit dem Wächter trainieren sollte. Immerhin hatte er die Prinzessin in kürzester Zeit in eine akzeptable Schwertkämpferin verwandelt. Gewiss könnte er auch aus ihr mehr herausholen und ihr den ein oder anderen Hieb beibringen.

Ceylan nickte, hob ihre Waffe und griff erneut an. Dieses Mal schneller und rasanter, trieb sie die Prinzessin in eine Ecke. Freya versuchte, sich aus der Gefangenschaft zu manövrieren, aber Ceylan hielt sie mit ihrer Klinge aus Holz in Schach. Sie wartete darauf, dass Freya aufgab, doch das tat sie nicht, und Ceylan kam nicht umhin, sie für ihren Kampfgeist zu bewundern. Dass sie davon viel besaß, war allerdings keine neue Erkenntnis. Sie hatte es in den letzten Wochen und Monaten mehrfach bewiesen. Ceylan gestand sich ein, sie unterschätzt zu haben.

»Kannst du noch?«

Freya nickte. Sie atmete schwer vor Anstrengung, und das Hemd klebte feucht an ihrer Haut. Ihr Körper gelangte wohl bald ans Ende seiner Kräfte, doch in ihrem Blick funkelte noch immer entschlossener Kampfgeist.

Ceylan schielte zu Kheeran, dieser war jedoch bereits vor einer Weile erschöpft eingenickt. Seine Augen waren geschlossen, sein Kopf zur Seite gekippt, und sein Mund stand leicht offen. Ein Lächeln huschte über ihr Gesicht, was Freya nicht entging. Ihre Mundwinkel zuckten, und sie war sicher, dass Freya ihr in diesem Moment eine unangenehme Frage gestellt hätte, wäre sie dazu in der Lage gewesen.

»Lass uns weitermachen«, sagte Ceylan und hob ihren Stock, als plötzlich das Echo näher kommender Schritte zu hören war. Sie hielten inne, und ein junger Mann, den Ceylan nur vom Sehen her kannte, betrat die Wabe. Seine Haut war gerötet und seine Haare ein einziges Durcheinander.

»Was ist los?«, wollte Ceylan wissen.

»Eure Wächter. Sie sind zurück!«, rief der junge Mann. Seine Stimme war laut genug, um Kheeran aus dem Schlaf zu holen.

»Alle?«, fragte er und rappelte sich benommen auf. Auch Casimir, der die ganze Zeit über schweigend in seiner Ecke gesessen hatte, erhob sich nun von seinem Platz, die Abschrift sicher in seinen Armen.

Ein Ausdruck des Bedauerns trat auf das Gesicht des Mannes. »Leider nicht.«

Eine Woge der Angst erfasste Ceylan, aber womöglich waren

das auch nur Freyas Gefühle, die ihr entgegenschlugen. Ihre blauen Augen waren weit aufgerissen, und ihre Hände hielt sie fest gegen ihr Herz gepresst, als könnte sie es auf diese Weise vor dem Schmerz der Neuigkeit beschützen.

»Wen haben wir verloren?«

»Ich … ich bin nicht sicher. Ich weiß nur, dass Aldren ihn getötet hat.«

Ceylan schielte zu Kheeran. Er hatte die Lippen fest aufeinandergepresst, und obwohl er bemüht war, seine Gefühle zu verstecken, waren ihm seine Wut auf Aldren und seine Sorge um die Wächter deutlich anzusehen. »Bring uns zu ihnen.«

Der Mann nickte, und mit festen Schritten folgten sie ihm. Ceylans Herz pochte heftig. Sie schämte sich ein wenig dafür, dass sie Leighs Leben über das der anderen Wächter stellte, dennoch hoffte sie inständig, dass er zu denen zählte, die zurückgekommen waren.

Sie erreichten die Wabe, welche das Herz ihrer Gemeinschaft war. Dutzende Menschen tummelten sich in der Höhle. Ceylan blickte sich um, aber es waren so viele, dass sie ihre Freunde nicht sehen konnte. Eine Traube hatte sich um sie gebildet. Freya stürzte sich als Erste in das Getümmel und drängte sich ungeachtet der Flüche durch die Menge. Kheeran und sie folgten ihr, bis sie den anderen endlich gegenüberstanden.

Leigh.

Khoury.

Gothar.

Larkin.

Farrow fehlte. An seiner Stelle standen drei Fae neben den Wächtern. Es waren Unseelie, eine Frau und zwei Männer. Sie trugen dunkle Schürzen, und die Anstrengungen der letzten Tage waren ihnen deutlich anzusehen. Sie waren schmutzig, ihre Haare fettig und ihr Blick trüb, als hätten sie sich bereits mit ihrer Gefangenschaft abgefunden.

Freya warf sich vor Freude schluchzend Larkin an den Hals. Der Wächter fing ihre schmächtige Figur auf und drückte sie fest an sich. In seinen Armen wirkte die zierliche Prinzessin wie eine Puppe. Trotz der Schicht aus Dreck, die seine Haut bedeckte, küssten sich die beiden. Es war ein zu inniger Moment, um dessen Zeuge werden zu wollen. Ceylan wandte ihren Blick ab und sah zu Leigh, der seinerseits von Weylin begrüßt wurde. Der Halbling wirkte ähnlich erleichtert wie Freya. Er hatte einen Arm um Leighs Taille geschlungen und ihm seinen Beutel abgenommen.

»Schön, dass ihr zurück seid«, sagte Ceylan und umarmte Leigh rasch.

Er lächelte. »Es ist auch schön, wieder hier zu sein.«

»Was ist mit Farrow geschehen?«

»Dieser mutige Narr hat versucht, Aldren zu töten«, antwortete Khoury. Seine Stimme zitterte leicht, dennoch schwang etwas wie Stolz darin mit. »Ein vierter Schmied, den wir bei uns hatten, hat Alarm geschlagen. Es kam zu einem Kampf, zu dem auch Aldren sich gesellt hat. Er hat die Schlacht jedoch nur aus der Ferne beobachtet. Wir waren schon fast raus, als Farrow auf Aldren losgegangen ist.«

»Er war sehr mutig«, sagte Gothar.

Khoury nickte, sein Schmerz über den Verlust weiterer Kameraden war nicht zu übersehen. Sie hatten in letzter Zeit so viel durchgemacht, dass es leicht zu vergessen war, wie viel die Wächter verloren hatten. Nicht nur die Mauer, sondern auch die Brüder, mit denen sie ihr ganzes Leben geteilt hatten.

»Willkommen zurück«, sagte Kheeran, der neben Ceylan getreten war. Er schüttelte Gothar, Leigh und Khoury die Hand, bevor er sich den Seelie zuwandte. »Seid gegrüßt. Ich bin Kheeran.«

»Ich bin Nealon«, erwiderte einer der Seelie. Er griff nach Kheerans dargebotener Hand, ließ sie aber nicht sofort los. Seine

Augen wurden schmal, als er Kheeran unverfroren anstarrte. »Ihr seid der Prinz der Unseelie, nicht wahr?«

Er nickte. »Der bin ich.«

»Es heißt, ihr wärt tot.«

»Das ist eine Lüge. Ich bin aus Melidrian geflohen, nachdem Aldren versucht hat, mir das Leben zu nehmen. Und nun kämpfe ich an der Seite dieser Wächter, um zurückzuerobern, was mir gehört.«

Kheerans Wortwahl erstaunte Ceylan. Sie wusste, dass er Aldren genauso sehr aufhalten wollte wie sie alle, aber dass er dabei den Thron im Kopf hatte, den er zuvor so bereitwillig aufgegeben hatte, war ihr nicht bewusst gewesen. Andererseits, wer sollte die Krone sonst tragen? Er war der rechtmäßige Thronerbe, auch wenn einige Unseelie gegen ihn gehetzt hatten. Nach Aldrens Herrschaft der Tyrannei und des Leids würden sie Kheeran womöglich mit anderen Augen sehen und erkennen, was sie an ihm hatten.

Nealon nickte. »Und wir – ich, meine Tochter Shayla und mein Schwager Colm – werden euch dabei helfen. Wir haben unsere Heimat nicht freiwillig verlassen, um der Armee zu dienen, wir wurden gezwungen.« Er deutete auf die Fußfesseln, die Ceylan schon aufgefallen waren. Sie hatte allerdings angenommen, dass Leigh und die anderen Wächter sie ihnen angelegt hatten.

»Ihr habt Aldren nicht freiwillig gedient?«

Shayla schüttelte den Kopf. Ihre Augen waren rot geschwollen, als hätte sie in den vergangenen Tagen häufig geweint. »Nein, wir wurden gezwungen wie so viele andere. Einige Fae unterstützen sein Vorhaben, Thobria einzunehmen und Lavarus zu einen, aber mindestens ebenso viele halten es für einen Fehler.«

»Können wir das für uns nutzen?«, erkundigte sich Larkin, der sich zu ihnen gesellt hatte. Freya war noch immer bei ihm und hielt seine Hand so fest, dass ihre Knöchel hell hervortraten.

Unweigerlich fragte sich Ceylan, wie die Leute reagieren würden, würde sie nach Kheerans Hand greifen und sich erlauben, ihm die Zuneigung zu zeigen, die sie sich selbst verwehrte.

»Darüber muss ich nachdenken«, antwortete Kheeran und begann sein Hemd zuzuknöpfen. »Ihr solltet erst einmal ankommen und euch sortieren. Das Essen müsste jeden Moment fertig sein.«

»Danke«, sagte Colm.

»Gibt es eine Möglichkeit, ihre Fesseln abzunehmen?«, fragte Gothar. »Wir haben im Wald versucht, sie abzuschlagen, aber sie ließen sich nicht lösen.«

Kheeran nickte. »Das liegt an der Magie. Wenn ihr wollt, kann ich es versuchen.«

Die Unseelie hatten keine Einwände. Kheeran ging vor Nealon auf die Knie und legte seine Hände an die Fesseln. Er brauchte nun seine Magie. Ceylan holte tief Luft und richtete ihre Aufmerksamkeit auf das Vibrieren in ihrem Inneren, jener angeborenen Kraft, die erst erwacht war, als sie sich den Fae genähert hatte. Seit ihren ersten, erfolglosen Versuchen, Kheeran seine Magie zurückzugeben, war sie weit gekommen. Nur eine Sekunde später schwebte ein Strom Wasser herbei, das sich um die Fesseln schlängelte, ehe es zu Eis erstarrte. Ein Knacken und Knirschen waren zu hören, und kurz darauf zerbarst das Metall. Kheeran wiederholte es bei Shayla und Colm. Die drei bedankten sich, und die Erleichterung stand ihnen ins Gesicht geschrieben, was nicht verwunderlich war, denn die Fesseln hatten ihre Haut wund gescheuert und rote Striemen hinterlassen.

Die drei Fae wurden in Birstans Obhut übergeben. Er sollte dafür sorgen, dass sie etwas zu trinken und zu essen bekamen und einen Schlafplatz für die Nacht. Anschließend würden sie sich Gedanken machen, wo sie ihre Arbeit verrichten konnten, denn viel Zeit blieb ihnen nicht zum Schmieden der Waffen.

»Wir sollten reden«, sagte Kheeran, und sein Blick machte

deutlich, dass er dies abseits der Ohren aller anderen tun wollte. Khoury, Leigh, Gothar, Larkin, Freya und sie schlossen sich ihm an, und Casimir folgte ihnen in eine der angrenzenden Waben. Dort angekommen, hockten sie sich auf den Boden, und Larkin, Khoury und Gothar begannen zu erzählen. Sie berichteten, wie sie das Lager ausgespäht hatten und wie die Entführung der Schmiede abgelaufen war, bis zu dem Verrat durch Sigurd.

»Wir konnten nichts für Farrow tun«, schloss Khoury, den Blick auf seine Hände gesenkt. »Für einen Augenblick sah es aus, als könnte Farrow ihn töten, aber in dem Moment, in dem seine Klinge Aldrens Kehle berührt hat, ist das Metall geschmolzen. Ich glaube, Farrow wusste selbst nicht, wie ihm geschah. Plötzlich hatte er nur noch das Heft seiner Waffe in der Hand. Aldren hat das flüssige Metall genutzt, um Geschosse zu formen, die … das spielt keine Rolle. Er hat Farrow getötet, und es war für ihn ein Kinderspiel.«

»Das ist keine gewöhnliche Elementarmagie«, sagte Kheeran.

»Aber Aldren ist auch mehr als ein gewöhnlicher Fae«, fügte Larkin hinzu. »Während wir von seinen Männern angegriffen wurden und um unser Leben gekämpft haben, stand er nur da … und hat gelächelt. Er ist über alles erhaben und hat nicht einmal mit der Wimper gezuckt, als Farrow auf ihn losgegangen ist. Es schien ihm sogar zu gefallen, angegriffen zu werden.«

»Das wundert mich nicht«, sagte Casimir, welcher den Erzählungen der Wächter gelauscht hatte. »Ich habe mich in den letzten Tagen ausführlich mit der Abschrift des dunklen Elements und Cernunnos befasst. Daraus geht hervor, dass seine Macht mit jedem Akt der Gewalt und jedem Tod wächst. Der Übergang in unsere Welt hat ihn geschwächt, aber mit diesem Krieg ist es nur eine Frage der Zeit, bis er zu seinem alten, göttlichen Selbst zurückfindet.«

»Steht das auch in dem Buch?«, fragte Leigh.

»Etwas abgewandelt, aber ja. Die Texte sind verworren und

doppeldeutig, aber wenn man gelernt hat, die Sprache zu verstehen, sind die Aussagen erstaunlich klar. Alles, was ihr über Aldren erzählt habt, passt auf Cernunnos und sein Schaffen.«

»Damit sind wohl auch die letzten Zweifel darüber, dass wir es mit dem Gott des Todes zu tun haben, aus dem Weg geräumt«, sagte Larkin mit einem Kopfschütteln.

Gothar nickte zustimmend, und Stille legte sich über die Gruppe, gepaart mit einer tiefen Sorge. Was brachten ihnen Waffen, wenn Aldren sie mit einem einzigen Gedanken einschmelzen konnte? Gab es überhaupt eine Waffe, die ihm schaden konnte, wenn Schmerz, Gewalt und Tod sein Lebenselixier waren?

Ceylan blickte sich in der Runde um und fragte sich zum gefühlt hundertsten Mal, auf was sie sich da eingelassen hatten. Sie alle waren hier, um die Einwohner Thobrias zu beschützen, aber was, wenn es dafür längst zu spät war?

»Wir sollten uns davon nicht unterkriegen lassen«, sagte Kheeran entschlossen. »Aldren ist stark, aber wir sind es auch. In den letzten Tagen seit eurer Abreise habe ich mehrere Dutzend Menschen in Wächter verwandelt, und Weylin ist ein ausgezeichneter Lehrer. Unsere Novizen schlagen sich gut, nicht wahr?«

Weylin nickte. »Zumindest dafür, dass viele noch nie eine Waffe in der Hand gehalten haben und sich an ihre neuen Kräfte gewöhnen müssen.«

»Das freut mich zu hören, denn ich schlage vor, Aldren so schnell wie möglich anzugreifen. Wenn es stimmt und seine Macht mit jedem Akt der Gewalt zunimmt, wird er nur stärker, je länger der Krieg andauert.«

Larkin grunzte. »Hast du schon einen Plan?«

Kheeran seufzte schwer und rieb sich über die Stirn, als hätte er Kopfschmerzen, was nicht verwunderlich war, wenn man bedachte, wie viel Blut er in den letzten Tagen gegeben hatte.

»Cernunnos steckt in einer sterblichen Hülle, die genauso getötet werden kann wie alles andere. Casimir, konntest du in der Abschrift Hinweise auf Cernunnos' Schwachstellen finden? Gibt es einen Kniff, um ihn zu töten?«

»Keinen, der in der Abschrift erwähnt wird, aber ich habe eine Theorie.«

Kheeran hob die Brauen. »Willst du uns daran teilhaben lassen?«

»Aldren scheint vor dem Krieg alles darangesetzt zu haben, die Dunkelgänger auszulöschen. Und ich habe mich gefragt, warum dem so ist. Gewiss hat er keine Angst vor ihren kriminellen Machenschaften.«

»Du glaubst, es liegt an der Fähigkeit der geborenen Dunkelgänger«, schlussfolgerte Ceylan. »Er fürchtet sich vor ihnen, weil sie seine Magie unterdrücken können.«

Casimir nickte.

»Das würde erklären, weshalb er den Schwarzmarkt hat aufspüren und zerstören lassen.«

Kheeran brummte: »Das ergibt Sinn. Als ich Aldren erzählt habe, welche Fähigkeiten Ceylan besitzt, nannte er sie auch eine Dunkelgängerin, hat aber im selben Atemzug darauf bestanden, es ihr selbst zu sagen. Es war ein Vorwand, um uns gemeinsam aus dem Weg zu schaffen.«

»Das bedeutet, die Dunkelgänger sind unsere beste Waffe gegen Aldren«, folgerte Casimir.

Kheeran nickte. »Und vielleicht auch unsere einzige.«

»Gibt es neben Ceylan weitere geborene Dunkelgänger unter uns?«, erkundigte sich Leigh, der begonnen hatte, sich den getrockneten Schmutz von den Händen zu reiben.

»Nicht, dass es uns bekannt wäre«, erwiderte Kheeran. »Die einzige andere geborene Dunkelgängerin, die wir getroffen haben, war Estrid, aber sie ist in Evardir geblieben, da sie zu gebrechlich für die Reise war. Dass sie sich Aldren stellt, ist ausgeschlossen.«

»Diese Aufgabe bleibt also an mir hängen«, sagte Ceylan und ein flaues Gefühl breitete sich in ihrem Magen aus.

»Keine Sorge, du musst dich ihm nicht allein stellen«, sagte Kheeran und griff vor den Augen aller entschlossen nach ihrer Hand. Sanft drückte er ihre Finger. »Wir müssen dich nur nah genug an ihn heranbringen, damit du seine Magie blockieren kannst. Das Kämpfen können auch wir übernehmen.«

»Das könnte klappen«, murmelte Larkin. Freya hielt ihm einen Zettel vor die Nase, den er abnickte. »Genau, Aldren lässt sich nicht bewachen, allerdings steht sein Zelt im Herzen des Lagers. Es wird nicht leicht, dorthin vorzudringen.«

»Das müssen wir auch nicht«, erwiderte Kheeran.

»Ach nein?«

»Er hat sich von eurem Kampf gegen seine Männer hervorlocken lassen, und das werden wir nutzen.«

»Wie willst du das anstellen?«, fragte Larkin.

»Indem wir noch mal angreifen«, antwortete Kheeran entschlossen, als hätte sich der Plan in seinem Kopf schon entfaltet. »Wir werden ins Lager schleichen und vorgeben, es auf die Versorgung abgesehen zu haben, nur dass wir uns dieses Mal absichtlich erwischen lassen. Wenn Cernunnos so überheblich ist, wie es scheint, wird er es sich nicht nehmen lassen, sich uns zu zeigen.«

Kheeran wandte sich an Weylin. »Du bist einer der besten Attentäter. Du hältst dich mit Ceylan versteckt, während die anderen vorstoßen und Aldren ablenken. Ihr könnt aus dem Hinterhalt angreifen.«

»Was ist, wenn er uns bemerkt?«, gab Weylin zu bedenken.

»Das wird er nicht.«

»Wie kannst du dir da so sicher sein?«

»Weil ich dafür sorgen werde. Dieses Mal werde ich mitkommen und Aldren offen gegenübertreten, unter dem Vorwand, mit ihm verhandeln zu wollen. Wir sind … wir waren Freunde.

Er wird mir zuhören, wenn auch nur für einen Moment, aber das sollte reichen.«

»Er wird dich töten«, protestierte Ceylan.

»Nicht, wenn wir ihn zuerst töten«, gab Kheeran zurück und streichelte mit den Daumen sanft ihre Hand, die er noch immer festhielt. »Wenn der richtige Moment gekommen ist, blockierst du seine Magie, und Weylin schlägt zu. Wärst du bereit, diese Aufgabe zu übernehmen?«

Die Frage richtete sich zusammen mit allen Blicken im Raum an Weylin. Dieser holte tief Luft. »Ich kann es versuchen, aber wir sollten nicht alles auf mich setzen. Ich schlage vor, dass auch Leigh oder Larkin sich im Kampf bedeckt halten, als Absicherung, sollte mir etwas zustoßen.«

Leigh nickte. »Das klingt sinnvoll. Wann wollen wir aufbrechen?«

»So schnell wie möglich. Aldren … Cernunnos wird Amaruné gewiss bald angreifen. Wir sollten mit Nealon und den anderen Schmieden sprechen, denn wir brauchen Waffen. Außerdem sollten wir den neuen Wächtern zwei oder drei Tage Zeit geben, um sich mit den richtigen Schwertern vertraut zu machen.«

»In einer größeren Gruppe brauchen wir vermutlich drei Tage bis zum Lager«, gab Larkin zu bedenken. »Außerdem sollten wir uns Zeit nehmen, es noch mal auszukundschaften. Wer weiß, welche Maßnahmen Aldren nach unserem Einbruch getroffen hat.«

»Kurzum, wir haben wenig Zeit«, sagte Ceylan.

»Ja, in spätestens einer Woche sollten wir aufbrechen, andernfalls riskieren wir, dass Aldren in Amaruné einmarschiert«, erwiderte Kheeran. »Ich schlage vor, dass Weylin, Leigh und Gothar bis dahin mit den neuen Wächtern trainieren. Wir werden nicht alle mitnehmen können. Wählt die zwanzig Besten aus. Gothar und Casimir, ihr bleibt während des Angriffs mit den übrigen Wächtern im Gebirge. Sollten wir scheitern, sorgt dafür, dass die Menschen hier es nach Evardir zum Hafen schaffen.«

Gothar und Casimir nickten, wobei vor allem der Alchemist erleichtert wirkte.

»Larkin und Khoury, ich möchte, dass ihr mit mir an der genauen Strategie arbeitet. Wir dürfen mit zwanzig halbwegs geschulten Kriegern nichts dem Zufall überlassen. Ceylan …« Er drückte ihre Hand. »Wir beide arbeiten weiter an deinen Fähigkeiten. Es ist von essenzieller Bedeutung, dass es dir gelingt, Cernunnos' Magie zu unterbinden.«

»Mach mir bloß keinen Druck.«

Er lächelte. »Du schaffst das. Ich glaub an dich.«

Freya klatschte in die Hände, um Kheerans Aufmerksamkeit auf sich zu ziehen. Mit störrischer Miene sah sie ihn an und deutete auf sich.

»Ich glaube, Freya will wissen, was ihre Aufgabe ist.«

»Du kannst Brendolyn und Birstan helfen, die Ausrüstung für die Reise zu packen. Wir werden einige Vorräte benötigen, aber die Beutel müssen leicht genug sein, um gut getragen werden zu können, denn wir haben nicht genug Pferde für alle.«

Freya runzelte die Stirn und begann eilig auf einen ihrer Zettel zu schreiben. *Ist das alles? Ich kann auch kämpfen!*

Kheeran nickte. »Ich weiß, das habe ich gesehen. Aber du bist die Prinzessin dieses Landes und besitzt damit eine Stärke, die sich nicht erlernen lässt. Sollten die Leute aus den Minen fliehen müssen, wird es ihnen Ruhe und Hoffnung geben, dich bei ihnen zu wissen. Lebend nützt du ihnen mehr als tot.«

»Kheeran hat recht«, pflichtete Larkin bei. Freya starrte den Wächter wütend an, dabei wurde die Furche zwischen ihren Augenbrauen noch tiefer. Larkin schüttelte daraufhin den Kopf. »Nein, ich sag das nicht nur, um dich zu beschützen.«

Freya schnaubte, brachte jedoch keine weiteren Einwände hervor. Ceylan selbst hatte den Draedons nie viel abgewinnen können, aber für das Volk waren sie stets ein Hoffnungsschimmer im Kampf gegen die Fae und Elva gewesen. Immerhin war es Freyas Vorfahre gewesen, König Nechtan der Dritte, welcher die Kreaturen aus dem Land verbannt hatte.

Schweigen legte sich über die Gruppe. Es schien, als wäre das letzte Wort gesprochen, und nun dachten sie alle über ihr Vorhaben nach. Ihr Plan war riskant, wagemutig, mit vielen Unbekannten.

Cernunnos wurde mit jedem Tag stärker, und sie mussten ihn aufhalten, bevor er Amaruné einnahm. Ihn noch in seinem Lager zu Fall zu bringen, war nicht nur die beste, sondern vermutlich auch ihre einzige und letzte Chance, das Land zu retten.

56. Kapitel – Freya

– In den Minen des Schatzgebirges –

Fahrig knetete Freya ihre Finger, denn es gab keinen anderen Weg, ihrer Unruhe Ausdruck zu verleihen. Am liebsten hätte sie zum Schwert gegriffen. Die körperliche Ertüchtigung hätte vielleicht geholfen, dem unruhigen Beben und Zittern in ihren Gliedern Einhalt zu gebieten. Ihre Gedanken und Sorgen hingegen waren unaufhaltsam.

Seit der Rückkehr der Wächter mit den Schmieden waren vier Tage vergangen. Nealon, Colm und Shayla hatten sich sofort an die Arbeit gemacht und im westlichen Teil der Mine eine Werkstatt errichtet. Sie waren aufeinander eingespielt, und man merkte, dass ihre Familie dem Schmiedehandwerk seit Jahrhunderten nachging. Sie arbeiteten schnell. Hacken, Spaten und andere Werkzeuge der Minenarbeiter waren eingeschmolzen worden und standen den Wächtern bereits als Waffen zur Verfügung. Da es sich bei den Schmieden um Unseelie handelte, konnten sie ausschließlich erd- und wassergebundene Schwerter erschaffen, aber sie würden allen dienen.

Kheeran hatte aufgehört, neue Wächter zu kreieren, und konzentrierte sich stattdessen mit Larkin und Khoury auf die Planung und den Angriff auf das Lager, während Weylin und die anderen die Novizen auf den Kampf vorbereiteten. Die neuen Wächter waren ein bunter Haufen, der unter anderen Umständen niemals zusammengefunden hätte, aber nun dennoch gemeinsam gegen einen Feind arbeitete. Freya fand es bewundernswert, mit wie viel Ehrgeiz diese Menschen sich auf den Kampf vorbereiteten, trotz ihrer offensichtlichen Ängste und Sorgen.

Ein Teil von ihr wünschte, sie könnte mit den anderen in die Schlacht ziehen, aber sie verstand auch, weshalb es das Klügste war zurückzubleiben. Das hatte nichts mit ihrem Status als Prinzessin zu tun. Sie war weder eine Kriegerin noch eine Wächterin. Sie könnte sich verwandeln lassen, aber sie besaß keine Stimme, mit der sie die Leute auf dem Schlachtfeld warnen könnte. Vermutlich wäre ihre Anwesenheit im Lager eine zu große Ablenkung für Larkin. Er sollte nur Augen für Cernunnos haben und sich nicht darum sorgen müssen, wie es ihr im Kampf erging.

»Ich frage mich, ob alle Alchemisten, die Magie wirken können, von Fae abstammen«, riss Casimir sie aus ihren Gedanken. Sie saß mit ihm am Rand einer Wabe, die Abschrift auf dem Schoß. Er hielt den Stammbaum ihrer Familie in der Hand, den sie ihm gezeigt hatte. »Es würde erklären, weshalb einige so viel geschickter im Umgang mit der Magie sind als andere.«

Freya nickte, denn diesen Einfall hatte sie auch schon gehabt. Seit Jahrhunderten waren Fae und Menschen voneinander getrennt, aber vielleicht hatten die beiden Völker mehr miteinander gemein, als sie die ganze Zeit angenommen hatten. Instinktiv tastete sie mit fahrigen Fingern nach den Talent-Anhängern, die sie um den Hals trug. Früher hatte sie nur eine der Ketten getragen, um kein Aufsehen darum zu erregen. Doch seit sie mit Elroy und Rae aus dem Schloss geflohen war, trug sie stets mindestens fünf Kugeln, um sich mit den magischen Flammen zu schützen.

Wie es Elroy und Rae wohl erging? Waren sie in Séakis, oder befand sich Elroy bereits auf dem Weg in sein nächstes Abenteuer, um so viel wie möglich von der Welt zu sehen?

»Danke, dass du mir das gezeigt hast«, sagte Casimir und studierte erneut den Stammbaum. Vermutlich kannte er ihn bald auswendig. Ihr hatte er sich bereits in den Verstand eingebrannt, und sie konnte nicht aufhören, sich zu fragen, was für Folgen dieses Wissen hätte, sobald es unter die Bevölkerung gebracht wurde. Vorausgesetzt, sie überlebten die nächsten Wochen.

Im flackernden Licht der Fackeln legte sich ein Schatten über sie und Casimir. Freya blickte auf und entdeckte Larkin, der einen kleinen Beutel trug. »Ich wollte nach euch sehen und dir etwas zu essen bringen«, sagte er und reichte ihr das Stoffbündel, das sie an jenes erinnerte, das sie ihm in den Kerker ihres Vaters gebracht hatte. Darin eingewickelt waren ein Stück Brot und ein paar Bissen getrocknetes Fleisch. Viel war es nicht, aber es würde genügen. Sie mussten bedacht mit ihren Vorräten umgehen.

Freya sah zu Casimir und bot ihm ein Stück an, doch er schüttelte den Kopf und starrte weiterhin auf das Dokument. Sie lachte leise in sich hinein, weil sie vermutete, dass er die nächsten Stunden damit zubringen würde, sich Gedanken zu machen, wie Fae und Alchemisten miteinander verwandt sein könnten.

Sie biss von dem Brot ab und erhob sich. Larkin reichte ihr die Hand, um ihr auf die Beine zu helfen. Seine war schwielig und rau, er wirkte müde und auch ein wenig angespannt. Machte er sich Sorgen um ihren Plan?

Brauchst du eine Pause?, bedeutete Freya ihm.

Larkin lächelte, und ihr wurde augenblicklich warm. Auch sie konnte seine Gesten deuten, und sein Blick könnte eindeutiger nicht sein. Sie wusste genau, wie diese Pause enden würde. Sie erwiderte sein Lächeln und griff nach seiner Hand. Es war nicht leicht, in der Mine Ruhe zu finden und ungestört zu sein. Die Menschen hockten mittlerweile eng aufeinander, und die Höhlen wurden immer überfüllter, aber es gab ein paar ruhige Flecken außerhalb der Schächte, um sich zurückzuziehen.

Gestern hatten Larkin und sie einen schmalen Felsvorsprung gefunden, der ringsum von Gestein eingeschlossen wurde und nur durch eine kleine Öffnung betreten werden konnte. Ungestört von neugierigen Blicken und den gehetzten Gesprächen der anderen Geflüchteten hatten sie einander in den Armen gehalten. Es waren diese kurzen, gestohlenen Augenblicke, die Freya Hoffnung gaben.

Sie drückte Larkins Hand und beschleunigte ihre Schritte, was ihn zum Schmunzeln brachte. Gemeinsam schoben sie sich zwischen den anderen Höhlenbewohnern hindurch, bis sie einen Schacht erreichten, der hinausführte. Die Luft außerhalb der Minen war vom Sommer heiß und schwer, aber zumindest trockener als jene in den Höhlen. Freya atmete erleichtert auf und schob all ihre Gedanken und Sorgen von sich, um diesen Moment mit Larkin zu genießen.

Sie sah zu ihm auf, legte ihre Hand an seine Brust, wo sein Herz heftig für sie pochte, und stellte sich auf die Zehenspitzen, um ihn zu küssen. Er kam ihrer Aufforderung nach und erwiderte ihren Kuss. Begierig schlang er einen Arm um ihre Mitte, zog sie näher an sich und zeigte ihr mit seinem Körper, wie sehr er sie begehrte. Der Kuss wurde feuriger und löste ein angenehmes Kribbeln zwischen Freyas Schenkeln aus. Seit jener ersten Nacht in Weidar hatten sie nicht mehr zusammengelegen, und sie vermisste das Gefühl von Larkins erhitztem Körper auf und in ihr. Aber irgendwann würde ihre Zeit kommen.

Schwer atmend löste sich Freya von ihm und zog ihn mit sich, als sie eine gigantische Rauchwolke entdeckte, die gen Himmel stieg. Die Hitze, die Larkin in Freya geweckt hatte, wurde durch eisige Kälte ersetzt. Sie warf Larkin einen Blick zu, und ihr eigenes Entsetzen spiegelte sich in seinem Gesicht. Sie ließ seine Hand los, und gemeinsam stürzten sie auf einen Vorsprung zu, von dem aus sie ungehinderte Sicht auf das Tal zu ihren Füßen hatten.

Freya drehte sich der Magen um.

»Bei den Elva …«, raunte Larkin. Seine Stimme war dünn vor Entsetzen.

Der Rauch stieg aus dem Westen Amarunés auf. Ein großes Feuer brannte im sechsten Ring, und ein Meer aus dunkel gekleideten Soldaten marschierte in die Stadt ein, um sie einzunehmen. Die notdürftig errichtete Mauer, welche die Leute um Amaruné hatte schützen sollen, war gefallen. Sie hatten nichts mitbekommen, wahrscheinlich war diese kein Hindernis für Aldren gewesen.

»Das war es wohl mit unserem Plan, sein Lager anzugreifen«, raunte Larkin und legte ihr einen Arm um die Schultern. Freya erschauderte, denn das erste Mal klang der Wächter wahrhaftig hoffnungslos.

In Freya zog sich alles zusammen, und sie musste unweigerlich an die Menschen in Amaruné denken, die sie zurückgelassen hatte. Moira. Melvyn. Roland. Ihre Eltern. Was würde nun aus ihnen werden? Moira und Melvyn hatten eine Chance, zu entkommen und zu überleben, aber sie hegte keinen Zweifel daran, dass Cernunnos ihre Eltern töten würde, sollte er sie in die Finger bekommen. Und wie es aussah, war es nur eine Frage von Stunden, bis genau das geschah.

Die Stadt würde fallen und die Herrschaft der Draedons enden.

57. Kapitel – Cernunnos

– Amaruné –

Cernunnos nahm einen tiefen Atemzug und füllte seine Lunge mit dem herrlichen Geruch von Rauch, Asche, Blut und verbranntem Fleisch, während um ihn herum Laute der Angst, Panik und des Schmerzes ertönten. Er ließ all das bis tief in seine Zellen sickern und labte sich an dieser Kraft, die ihm so lange verwehrt geblieben war. Sein Inneres vibrierte vor Stärke, und ein leichter, kribbelnder Luftstrom waberte über seine Haut.

Er atmete aus und ließ seinen Blick über das Schlachtfeld gleiten, das er zu verantworten hatte. Amaruné war gefallen. Thobria und Melidrian gehörten nun ihm, und das waren nur die ersten zwei von vielen Ländern, die er zu unterjochen plante. Diese niederen Kreaturen sollten dafür bestraft werden, dass sie sich von ihm abgewandt hatten. Sie hatten ihn aus dem Kreis der Götter verbannt und seine Götzenbilder zerstört, um seinen Brüdern und Schwestern zu dienen. Dafür würde er sie büßen lassen. Er würde ihnen zeigen, wie machtvoll er war, wie anbetungswürdig, bis sie ihren Fehler erkannten.

Zufrieden betrachtete Cernunnos die Zerstörung, die seine Männer angerichtet hatten. Häuser standen in Flammen. Straßen waren aufgerissen und Wege unpassierbar. Überall lagen die glühenden Haufen verbrannter Leichen. Menschen litten, sie starben, versuchten zu fliehen. Wie kleine, unwürdige Würmer krochen sie über den Dreck ihrer Existenz.

Ja, flieht nur. Ihr werdet nicht weit kommen.

Er hatte nicht die Anweisung gegeben, die Stadt zu erobern, sondern den Befehl, sie zu vernichten. Denn er wollte hier kein Leben erbauen, er wollte den Tod ansiedeln. Dieses Land war hässlich und nur ein Mittel zum Zweck, um seine Macht zu stärken, bis er bereit war, in schönere Gefilde aufzubrechen.

Cernunnos grinste in sich hinein, während er durch die ehemals prächtigen Straßen des ersten Rings ritt und sein Werk bewunderte. Es war wunderschön. Die Schreie und das Schluchzen der Menschen waren wie Musik, die überall gespielt wurde. Seine Siegeshymne. Sie fütterten ihn mit ihrem Leid, ließen ihn mit jedem Atemzug stärker werden.

Wo sind Yule, Ostara und all die anderen Götter, nun, da ihr am Boden liegt?

Das Schloss des Königs kam in Sicht. Auch er hielt sich für einen Gott mit seiner lachhaften Königsreligion, doch auch er würde ihn nicht aufhalten können. Cernunnos freute sich darauf, ihn zu stürzen und sich auf dem Thron niederzulassen. Eine Weile würde er hier ausharren, bis er auch die nördlichste Spitze von Lavarus unterworfen hatte, dann erst würde er weiterziehen und sich den Rest der Welt holen. Land um Land um Land würde er unterjochen, und schon bald würde seine Herrlichkeit auch im letzten Winkel dieser Erde gepriesen werden.

Gemächlich ritt er durch die großen Torbogen in den Innenhof des Palastes, legte den Kopf in den Nacken und schloss die Augen. Er konnte die Angst jener Leute, die sich hier versteckten, wittern wie ein Bluthund. Mit jedem Leben, das er nahm, mit jedem Leid, das er über diese Erde brachte, wurde er stärker. Gleichzeitig spürte er, dass diese menschliche Hülle ihn nicht für immer würde halten können, aber das war bald nicht mehr nötig. Er musste sich nur ein paar Jahre gedulden, dann könnte er Cassians Leib für sich beanspruchen. Unwissentlich hatten Valeska und ihr Schatten den perfekten Wirt für ihn gezeugt. Der Körper des Bastards war noch nicht gefestigt, sodass Cernunnos ihn nach seinen Wünschen und Vorstellungen würde formen können. Ein wenig Geduld brauchte es jedoch, denn noch war das Kind nicht stark genug.

Cernunnos öffnete die Augen und blickte auf den Weg vor sich. Seine Fae hatten sich aufgereiht und hießen ihn in seinem neuen Reich willkommen. Und auch seine Elva waren hier. Sie hatten sich auf den Türmen und Zinnen niedergelassen und reinigten ihr Fell und Gefieder von dem roten Blut ihrer Opfer.

Langsam ritt er die Stufen empor, die zum Eingangstor führten. Er stieg von seinem Pferd und überließ es einem Fae, dem die Angst ins Gesicht geschrieben stand. Cernunnos beachtete den Mann nicht. Er war nur ein Mittel zum Zweck. Im Moment waren die Fae ihm nützlich, aber sie bedeuteten ihm nicht mehr oder weniger als die Menschen. Sie waren ein Werkzeug, Vieh, das er antrieb, um seine Pläne in die Tat umzusetzen, doch sie waren zu blind, um ihre eigene Bedeutungslosigkeit zu erkennen. Früher oder später würde er sich ihrer entledigen und sie seinen Elva zum Fraß vorwerfen.

Mit festen Schritten trat er durch den Eingang des Schlosses. Seine Diener entfernten die Banner der Draedons, vernichteten die Spuren dieser unwürdigen Herrschaft, um Platz für diese neue Ära zu schaffen. Schon bald würden überall Statuen stehen, die ihm geweiht waren. Er würde neue Tempel errichten lassen, in denen die Menschen und Fae gleichermaßen ihn vergöttern konnten. Nur diejenigen, die sich ihm würdig erwiesen, würde er in seine Dienste aufnehmen und verschonen.

Er folgte den Fluren und Gängen bis in den Thronsaal. Sein Mantel flatterte um seine Beine, und das Schwert, das er an der Hüfte trug, klapperte gegen seinen Gürtel. Nicht, dass er diese Waffe benötigte, aber er mochte den Klang des Todes, den er erzeugen konnte, wenn er auf ihr spielte. Eine Klinge war so ein wundervolles Instrument.

Cernunnos blickte sich im Saal um. Es war ein prachtvoller Raum, der seiner würdig sein würde, wenn er erst einmal damit fertig war. Die gewölbte Decke wurde von Säulen aus Sandstein getragen, an den Wänden waren hellere Verfärbungen im Gestein, wo vorher die Gemälde der königlichen Familie gehangen hatten. Cernunnos würde neue von sich selbst anfertigen lassen und sie hier aufhängen, sobald er einen Körper besaß, der seiner würdig war.

Dieser Saal würde der erste von vielen Tempeln werden. Er lächelte und schritt im Schein der Petroleumlampen auf den Thron zu, der an der hinteren Wand auf ihn wartete. Ein Mann kniete gefesselt davor, bei ihm standen drei Seelie. Vier weitere Fae hatten sich neben dem Herrscherstuhl aufgestellt und hielten ihre Speere bereit. Cernunnos fand es jedes Mal belustigend, wie die Fae ihn umschmeichelten und ihn zu schützen versuchten, obwohl er sie bald mit einer einzigen Bewegung seiner Hand würde auslöschen können.

»Andreus«, begrüßte Cernunnos seinen Gast und schritt an dem ehemaligen König des Landes vorbei auf den Thron zu. Andreus sah erledigt und müde aus, als hätte seine Belagerung ihm zahlreiche schlaflose Nächte beschert. »Wie ich sehe, wirst du gut behandelt.«

Andreus hob den Kopf. Ein Auge war blutunterlaufen und angeschwollen, seine Nase gebrochen und ein Teil seiner Haare verbrannt. Seine Kleidung war zerrissen und verdreckt. Er musste sich sehr gegen seine Festnahme gewehrt haben.

»Damit wirst du niemals durchkommen, Aldren!«, zischte Andreus.

Cernunnos ließ sich auf dem Thron nieder. Ein unbequemes Stück Holz. »Oh, ich glaube, ich bin längst damit durchgekommen. Wo sind deine Gardisten? Deine Diener? Und wo ist deine Gemahlin, die reizende Königin Erinna?«

Andreus ballte die gefesselten Hände zu Fäusten.

Ein Fae neben Cernunnos regte sich. »Mein Herr, die Königin hat sich das Leben genommen. Der König und sie wollten sich mit Gift umbringen. Ihn konnten wir aufhalten, aber für die Königin kam jede Hilfe zu spät.«

Andreus senkte beschämt den Kopf und starrte zu Boden.

Cernunnos lachte laut über diesen Akt der Feigheit. Dieser Mann war nicht nur ein fürchterlicher König gewesen, er war auch noch ein Feigling und des Thrones nicht würdig. Er sollte sich dankbar schätzen, endlich dieser Pflicht enthoben zu werden.

»Sollen wir ihn in den Kerker werfen?«, fragte der Fae hinter Andreus.

Cernunnos hob eine Augenbraue und dachte darüber nach. Im Verlies könnte Andreus vor sich hin siechen und hätte Zeit, über sein Versagen als Mann und König nachzudenken, andererseits mochte er es nicht, vergangene Könige um sich zu scharen. Er erhob sich von seinem Thron und schritt auf Andreus zu. Eine Armlänge von ihm entfernt blieb er stehen.

Andreus blickte auf, in seinen Augen lagen Furcht und Trotz gleichermaßen.

»Steh auf!«, befahl Cernunnos, doch Andreus kam nicht allein auf die Beine. Die zwei Fae neben ihm packten ihn an je einer Seite und zerrten ihn in die Höhe, bis die beiden Männer auf Augenhöhe waren. Er betrachtete das geschundene Gesicht des ehemaligen Königs. Er spürte die Boshaftigkeit und Verdorbenheit, welche von diesem Mann ausgingen und die ihm verrieten, dass er alles andere als ein gütiger und gnädiger Herrscher gewesen war.

»Du bist ein dunkler Mann, Andreus.«

»Ich …«

»Du hast viele Menschen leiden lassen, und das für dein eigenes Wohl.« Cernunnos trat noch näher und hob einen Finger. Sacht strich er Andreus über die Wange. Bei der Berührung schauderte er und hätte fast vor Wonne gestöhnt. Andreus' Dunkelheit waberte aus all seinen Poren. Ihm selbst war es vermutlich nicht bewusst, aber all die Tode, die er zu verantworten hatte, hatten sich als dunkler Schatten in seinem Körper abgesetzt. Ein Schatten, der Cernunnos dienen und helfen würde, zu Kräften zu kommen.

Andreus fing an zu zittern und drehte den Kopf weg, doch Cernunnos packte ihn und zwang ihn zurück. »Sieh mir in die Augen, Feigling!«

Andreus' Lippen öffneten und schlossen sich. Er blinzelte mit dem Auge, das nicht zugeschwollen war. Tränen liefen über seine Wangen. *Weint er um sein Volk? Seine Frau? Oder doch nur um sich selbst?*

Cernunnos ließ seine Hand zu Rauch werden. Andreus zuckte zusammen, als er sah, wie sich sein Gegenüber teilweise verflüchtigte. Er grinste den menschlichen König an und ließ seine rauchige Hand tiefer wandern, bis sie über Andreus' Herz schwebte. Der Mann begann noch heftiger zu zittern, und ein feiner Schweißfilm bildete sich auf seiner Haut, als er Cernunnos beobachtete, wie er seine rauchigen Finger langsam, aber stetig in seinen Körper einführte.

»Nun siehst du, wozu ein wahrer Gott fähig ist«, raunte Cernunnos, dann festigte er seine Hand, die noch immer in Andreus' Körper steckte. Er spürte das Fleisch, die Knochen und das pochende Herz, das er mit seiner rechten Hand festhielt. Er ballte die Faust um das Organ. Der König wollte schreien, aber er bekam kein Wort mehr heraus. Blut rann aus seinen Augen, seiner Nase und den Ohren.

Cernunnos drückte fester zu. Er quetschte das Leben aus Andreus wie den Saft aus einer Orange und stärkte sich an den Schatten, die den König verließen. Er nahm alles auf, labte sich an der Gewalt, dem Hass und der Angst, die Andreus über die Jahre in der Bevölkerung geschürt hatte.

Aus dem Augenwinkel bekam Cernunnos mit, wie ein Fae zurückwich und vor Entsetzen keuchte. Der Mann würde der Nächste sein, den er sich einverleibte, denn er wollte niemanden um sich haben, der nicht stark genug war, ihm zu dienen.

Mit einem Ruck riss er seine Hand aus Andreus' Körper, das zerquetschte Organ ließ er darin zurück. Der ehemalige König klatschte auf den Boden, und Cernunnos wandte sich ab. Er sah auf seine blutverschmierten Finger, widerstand dem Drang, sie abzulecken, und kehrte auf seinen Thron zurück.

»Bringt mir Wasser, ein Tuch und neue Kleidung«, befahl er. »Und schafft das ...« Er deutete auf die Überreste von Andreus' Körper. »... aus meinem Thronsaal.«

Die Fae reagierten sofort. Zwei packten die Leiche, ein anderer eilte hinaus, um den Dienern Bescheid zu geben, damit diese die Sauerei aufwischten.

Cernunnos schlug die Beine übereinander und winkte eine der Wachen heran, die neben seinem Thron standen. Jetzt, da er Amaruné eingenommen hatte, gab es noch eine andere Sache, um die er sich kümmern musste. Seine Macht war nicht vollständig, solange die rechtmäßigen Thronerben der Länder auf freiem Fuß waren.

Der Fae verneigte sich. »Ja, mein Gebieter?«

»Ich möchte ein Kopfgeld aussetzen.«

58. Kapitel – Kheeran

– In den Minen des Schatzgebirges –

Kheeran rieb sich über die Stirn, in der Hoffnung, den pochenden Kopfschmerz, der sich dort eingenistet hatte, wegzubekommen, aber es half nichts. Er war zu angespannt, und der Schock über den Fall Amarunés saß tief. Seine frühere Heimat war gefallen. Zerstört durch einen Gott, der im Körper seines verstorbenen besten Freundes saß. Es klang wie ein Albtraum, dennoch war es die Wirklichkeit, der er sich nun stellen musste.

»Das war es dann wohl«, sagte Leigh, der mit dem Rücken zur Wand saß. Die Verzweiflung in seinen Worten spiegelte die Stimmung in der Mine wider. Obwohl viele an ihrem Plan, Aldren Einhalt zu gebieten, gezweifelt hatten, hatte ihr Vorhaben dennoch gewisse Hoffnung geschenkt. Diese war mit Amaruné gefallen. All die akribische Planung und Vorbereitung … umsonst.

Kheeran war sich so sicher gewesen, dass sich Aldren ein wenig mehr Zeit nehmen würde, um seinen letzten Feldzug vorzubereiten. Ob ihr Eindringen in sein Lager schuld an diesem überstürzten Handeln trug? Doch ihnen war keine andere Wahl geblieben. Sie hatten die Schmiede und ihr Talent gebraucht, denn ohne Waffen wäre die Situation für sie noch aussichtsloser. Die Frage war nur, ob es sich noch lohnte zu kämpfen oder ob bereits alles verloren war.

»Samias Prophezeiung hat sich damit wohl erfüllt«, flüsterte Weylin.

»Heißt das, ihr wollt einfach aufgeben?«, fragte Ceylan.

»Was bleibt uns anderes übrig?«, sagte Gothar, der ebenfalls anwesend war, ebenso wie Khoury, Larkin, Freya und Casimir.

»Dem Rauch nach zu urteilen, liegt die Stadt in Schutt und Asche, und Aldren hat sich im Schloss verbarrikadiert.«

Bei diesen Worten zuckte Freya kaum merklich zusammen. Sie saß neben Larkin, die Beine fest an ihren Körper gezogen. Kheeran hatte noch keine Gelegenheit gehabt, sich allein mit ihr auszutauschen, aber er wusste, dass sie in diesem Moment an Andreus und Erinna dachte. Egal wie grausam der König zu ihr gewesen sein mochte, er war ihr Vater und Erinna ihre Mutter. Sie war ihrem Schoß entsprungen und hatte ihnen ihr Leben zu verdanken.

»Gothar hat recht. Wir sollten verschwinden«, sagte Casimir.

»Nein, das werden wir nicht. Wir können nicht tatenlos zusehen, wie Cernunnos die Welt unterjocht«, erwiderte Kheeran. Niemand wäre mehr sicher, auch sie nicht. Das Land zu verlassen, würde ihnen vielleicht ein paar Monate oder Jahre Lebenszeit schenken, aber sie konnten vor der Gefahr, die Cernunnos darstellte, nicht wegrennen. Er würde jeden Frieden zerstören.

»Das ist ein edler Gedanke, aber wie stellst du dir das vor? Cernunnos hat Amaruné eingenommen. In ein Lager einzudringen, war die eine Sache, aber in eine befestigte Stadt?«

»Stimmt, Amaruné ist kein Lager, aber die Stadt ist groß und versinkt gerade im Chaos«, argumentierte Kheeran, auch wenn es zunehmend schwerer wurde, die Hoffnung und den Kampfgeist der Truppe aufrechtzuerhalten. Der Gedanke, einfach davonzusegeln und ein paar schöne Monate mit Ceylan zu verbringen, war in vielerlei Hinsicht reizvoller als der, einen frühen Tod zu finden. Doch obwohl Kheeran seine Krone verloren hatte, fühlte er sich verantwortlich.

»Und weiter? Wir wollten das Lager angreifen, um Aldren aus seinem Versteck zu locken, aber das wird nicht mehr passieren«, sagte Khoury mit einem Seufzen. »Deine Kampfbereitschaft ehrt dich, Kheeran, aber Aldren hat keinen Grund, die Sicherheit seines neuen Palastes zu verlassen, da er bereits gewonnen hat.«

»Genau darin liegt unser Vorteil. Cernunnos glaubt nicht, dass er verlieren kann. Daran hat er schon zuvor nie geglaubt, und auch jetzt wird er das nicht tun. Diese Eitelkeit können wir für uns nutzen.«

Leigh hob die Brauen. »Und wie?«

»Das … das weiß ich noch nicht«, gestand Kheeran. Seit Amaruné gefallen war, tat er nichts anderes, als ihre Möglichkeiten hin- und herzuwälzen, aber bisher mangelte es ihm an Einfällen. Khoury hatte nicht unrecht, andererseits würde Cernunnos früher oder später den Palast verlassen müssen. Und wenn er das tat, wäre er abermals ungeschützt. Die Frage war nur, wann und wofür er das Schloss das nächste Mal verließe.

»Gibt es denn keine Möglichkeit, sich hineinzuschleichen? Immerhin ist es Weylin auch gelungen, Kheerans Mutter in ihrem Schlafgemach zu ermorden«, sagte Ceylan. Ihr Blick suchte Weylins.

Der Halbling sah auf. Schuld und Reue spiegelten sich in seinen Augen, obwohl er nichts für die Taten konnte, zu denen Valeska ihn gezwungen hatte. »Das ist mir nur gelungen, weil die Unseelie ein vertrauensvolles Volk sind oder zumindest waren. Aldren hingegen wird auf der Hut sein und der Palast umstellt.«

Freya hob die Hand, um auf sich aufmerksam zu machen.

»Ja?«

Sie erhob sich und kam auf ihn zu, um ihm ihr aufgeschlagenes Notizbuch vor die Nase zu halten. Das Büchlein war inzwischen vollgeschrieben, und Freya musste sich bemühen, noch Platz auf den Seiten zu finden. Sie mussten schleunigst ein neues für sie auftreiben.

Sie deutete auf das, was Kheeran lesen sollte. *Was ist mit den Geheimgängen?*

Ceylan spähte über seine Schulter, um mitzulesen. Fragend blickte sie auf. »Welche Geheimgänge?«

»Das Schloss besitzt zahlreiche doppelte Wände. Als Freya

und ich noch Kinder waren, haben wir uns gern in den Gängen versteckt und unsere Eltern und die Bediensteten in den Wahnsinn getrieben«, erklärte Kheeran. Seine Worte sorgten bei Casimir für verwirrtes Stirnrunzeln, die Wächter hingegen wirkten nicht überrascht. Die Geschichte, dass er Talon war, hatte anscheinend die Runde gemacht.

»Und du glaubst, wir können uns so an Aldren heranschleichen?«, fragte Ceylan.

Freya nickte. *Die Gänge durchziehen das komplette Schloss, sind aber verlassen. Ich habe sie jahrelang genutzt, um zu Moira, meiner Alchemielehrerin, zu schleichen, und wurde nie erwischt.*

Kheeran sah zu Weylin. »Was meinst du?«

Nachdenklich neigte der Halbling den Kopf. »Es ist gefährlich und wir müssen es bis zum Schloss schaffen, aber es könnte klappen.«

»Das denke ich auch«, stimmte Kheeran zu. Das Vorhaben war riskant, aber das war für sie nichts Neues. All ihre Pläne kamen mit einem gewissen Risiko. »Ich kann mich allerdings nicht mehr an alle geheimen Gänge erinnern. Freya, könntest du sie uns aufzeichnen?«

Sie schüttelte den Kopf.

»Freya …«, mahnte Larkin.

Sie verengte die Augen und sah den Wächter, den sie immer mit so viel Liebe betrachtete, finster an. Kheeran verstand nicht, was genau dies ausgelöst hatte, aber die beiden schienen es zu wissen, denn es wirkte, als würde eine stumme Unterhaltung zwischen ihnen stattfinden.

»Du bleibst auf jeden Fall draußen!«, protestierte Larkin.

Freya schüttelte den Kopf und begann mit den Händen Dinge zu deuten, die für Kheeran ebenso unklar waren wie ihr Schweigen. Sobald wieder Ruhe in ihr Leben einkehrte, würde er sich die Zeit nehmen, um seine Schwester erneut verstehen zu lernen so wie Larkin.

Dieser seufzte schwer und begann seine Schläfen zu reiben.

»Was ist los?«, fragte Ceylan, die ähnlich ahnungslos wirkte wie Kheeran.

»Freya möchte uns den Weg ins Schloss nicht aufzeichnen. Sie besteht darauf, mitzukommen, um uns die Gänge selbst zu zeigen. Sie macht sich Sorgen, dass wir uns anderenfalls womöglich verlaufen.«

Die Gänge sind sehr verwinkelt, schrieb Freya auf.

Daran erinnerte sich Kheeran. Es war wirklich ein Labyrinth. Manche Gänge endeten im Nirgendwo, andere führten in Schlafgemächer, in denen sie besser nicht erwischt werden sollten, und wieder andere schienen nur im Kreis zu verlaufen. Sie hatten sich als Kinder darin mindestens genauso oft verirrt wie absichtlich versteckt.

»Ich bringe sie genauso ungern in Gefahr wie du, Larkin, aber ich glaube, sie hat recht«, sagte Kheeran. »Wenn nur ein Gang auf der Karte fehlt oder sich eine Kleinigkeit geändert hat, sind wir geliefert und sitzen womöglich fest.«

Larkin blickte zu Freya, die ihn mit ebenso viel Entschlossenheit ansah. Sie presste die Lippen zusammen und gab ihm stumm zu verstehen, dass sie sich nicht raushalten würde. Kheeran lag nichts ferner, als sie dieser Gefahr auszusetzen, aber sie hatten keine andere Wahl. Und Larkin war vielleicht bereit, sein eigenes Leben für das ihre zu geben, doch das konnte er nicht von den anderen erwarten. Zumal Leigh vermutlich ebenso große Angst um Weylin hatte und Kheeran selbst ganz übel wurde, wenn er daran dachte, wie nah Cernunnos Ceylan kommen würde, nachdem er bereits einmal versucht hatte, sie zu töten.

»Dieses Unterfangen ist noch waghalsiger, als ins Lager einzubrechen«, sagte Larkin nach einer Weile. »Es können und werden tausend Dinge schiefgehen.«

»Hast du einen anderen Vorschlag?«, fragte Kheeran geduldig. Er wollte Larkin nicht provozieren, allerdings war er am Ende seiner Weisheit. Sie standen mit dem Rücken zur Wand. Es gab kein Richtig und kein Falsch mehr, nur noch Chancen, die sie ergreifen konnten oder nicht.

»Jetzt ist vermutlich die letzte Gelegenheit, Aldren auszuschalten«, sagte Casimir, der die letzten Minuten schweigend verfolgt hatte. »Er wird mit jedem Tag mächtiger, und irgendwann ist es zu spät, um ihn aufzuhalten.«

»Wir tun es«, sagte Kheeran. »Und Freya kommt mit. Wir nehmen so viele Kämpfer mit wie nur möglich und greifen offen an, während sich eine kleine Gruppe mit Freya in das Schloss schleicht, um Cernunnos zu töten.«

59. Kapitel – Elroy

– Amaruné –

Elroy traute seinen Augen nicht, als er durch die Straßen Amarunés schlich. Er hatte die Zeichen des Krieges bereits an Bord der *Helenia* gesehen. Dunkle Rauchschwaden erhoben sich bedrohlich über der Stadt und sammelten sich auf schaurige Art und Weise über dem Palast der Draedons. Daraufhin hatte er beschlossen, allein nach Amaruné zu gehen, sehr zum Missfallen seiner Mannschaft. Allen voran Yale und Rae, die ihm zu verstehen gaben, dass er nicht nur der Captain, sondern auch ein Prinz war.

Elroy hatte ihre Warnungen in den Wind geschlagen und war ohne sie von Bord gegangen. So konnte er sich unbemerkt in der Stadt bewegen. Es war die richtige Entscheidung gewesen, denn Aldren und seine Männer hatten einen Pfad der Verwüstung hinterlassen.

Am schlimmsten war es in den äußeren Ringen, die der Angriff als Erstes getroffen hatte. Die Häuser waren in Brand gesteckt oder von der Erdmagie der Fae dem Boden gleichgemacht worden. Den eingeschlagenen Fenstern und eingetretenen Türen nach zu urteilen, war auch geplündert worden. Ob dies das Werk von Aldrens Leuten oder von den Bewohnern selbst war, vermochte er nicht einzuschätzen. Bisher waren ihm nur wenige Überlebende begegnet, die er hätte fragen können. Die meisten Einwohner waren geflohen oder tot.

Nur wenige waren zurückgeblieben und versuchten, ihren Besitz oder ihre Angehörige zu retten, die verschüttet worden waren. Der Weg wurde links und rechts von Trümmerhaufen gesäumt, die einst ein Heim gewesen waren. Es stank nach Tod und Blut, und Elroy musste sich ein Tuch vor Mund und Nase halten, um nicht den beißenden Qualm einzuatmen, der den süßlichen Gestank verbrannten Menschenfleisches mit sich trug. Hier und dort entdeckte er sogar Gliedmaßen, die aus den Trümmern ragten. Und er fragte sich, ob Andreus und seine endlose Gier nach Macht dieses Schicksal über sein Volk gebracht hatten oder ob Aldren den Krieg eingeläutet hatte. So oder so waren die Fae als Sieger aus der Schlacht hervorgegangen.

»Verzeihung?«, fragte Elroy einen älteren Mann, der an ihm vorbeikam.

Er riss die Hände in die Höhe und starrte ihn voller Angst in den Augen an.

»Ich tu dir nichts«, sagte Elroy beschwichtigend und wich einen Schritt zurück, wobei er mit seinem künstlichen Bein an einem Stück Unrat hängen blieb. »Ich wollte nur fragen, wo ich bin. Du kannst mir nicht zufällig sagen, wo ich Moiras Hütte finde?«

Der Mann schüttelte den Kopf und eilte davon. Elroy blickte ihm hinterher und drehte sich um die eigene Achse. Er erkannte die Stadt nicht wieder, und es fiel ihm schwer, sich zu orientieren. Rechts war ein ganzes Viertel niedergerissen worden. Eine große Erdspalte klaffte an der Stelle und hatte die Häuser einfach verschlungen wie ein hungriges Tier, das tief im Inneren der Erde hauste. Er hätte schwören können, dass Moira hier wohnte, aber vielleicht irrte er sich auch oder ihre Hütte war ebenfalls zerstört worden, und sein Versuch, die Alchemistin zu finden, war zum Scheitern verurteilt. Er kannte niemanden sonst, den er nach Freyas Aufenthaltsort fragen konnte.

»Nein! Nein, bitte nicht!«, hörte er plötzlich eine junge Frau schreien. Verzweiflung tränkte ihre Stimme. Elroy folgte ihrem Klagen und fand sich auf einer Art Marktplatz wieder, nur dass von Händlern und deren Zelten nichts mehr zu sehen war. Kein Stein saß mehr auf dem anderen, und in der Mitte des Platzes klaffte ein großes Loch, wo vorher vermutlich ein Brunnen gestanden hatte.

Wasser quoll durch die zerklüftete Erde nach oben und lief in unzähligen Rinnsalen davon. Es hatte sich stellenweise mit dem Blut der Menschen vermischt und zog sich wie rotes Gift durch die Straßen. Elroy schob sich an ein paar Leuten vorbei, die sich zusammengefunden hatten, und blickte in die Richtung, aus der das Geschrei kam. Die junge Frau hämmerte mit ihren Fäusten auf die Brust eines Seelie ein, der sie jedoch missachtete wie eine lästige Fliege und stattdessen zwei anderen Fae Befehle erteilte. Diese schoben drei Männer vor sich her und stellten sie vor sich in einer Reihe auf. Ihre Hände waren auf dem Rücken gefesselt und ihre Gesichter von Ruß und Asche verschmutzt.

»Guthrum!«, kreischte die Frau und wollte zu dem Mann, der rechts in der Gruppe stand. Er hob den Kopf und sah sie mit tränenverschleiertem Blick an. »Bitte tut ihm nichts! Er ist ein einfacher Händler. Er erkennt Aldren als seinen König an!«

Sie versuchte, sich an dem Fae vorbeizuschieben, dem es jedoch nun genug war. Er packte sie grob und verpasste ihr eine Ohrfeige, bevor sie zu ihrem Mann gelangen konnte. Der Aufprall der Handfläche auf ihrer Wange war über den ganzen Platz zu hören. Die Frau begann noch heftiger zu weinen.

Elroy ballte die Hände zu Fäusten. Es juckte ihn in den Fingern einzugreifen. Er war vielleicht ein Pirat und hatte in seinem Leben schon den ein oder anderen Betrug begangen, aber niemals hatte er Hand an eine Frau gelegt. Doch wenn er sich jetzt zu erkennen gab, riskierte er sein Vorhaben, Freya zu finden.

»Hört auf!«, schrie nun Guthrum.

»Tötet sie!«, brüllte der Fae, der die Frau geschlagen hatte. Die zwei anderen handelten umgehend und sandten Stoßflammen gegen die Männer, die sofort in Flammen aufgingen. Ihre Schmerzensschreie gellten durch die Luft. Sie warfen sich auf dem Boden herum und versuchten, das Feuer zu ersticken, das ihnen die Haut von den Knochen fraß, doch sie hatten keine Chance. Guthrum verstummte als Erster, die beiden anderen Männer folgten kurz nach ihm.

»Nein!«, brüllte die Frau und versuchte zu ihrem Gatten zu gelangen, aber für ihn kam jede Hilfe zu spät. Von ihm war nicht mehr übrig als Staub und Asche.

Elroy wollte sich bereits von dem Geschehen abwenden, als er sah, dass der befehlshabende Seelie die Hände hob und zwei große Steinbrocken aus der Erde wachsen ließ. Mit dem Gestein in der Hand wandte er sich der Frau zu. Sie bemerkte, was er vorhatte. Sie wollte fliehen, stolperte allerdings und ging zu Boden. Strauchelnd wollte sie auf die Beine kommen, aber da war es bereits zu spät. Die Brocken schossen von rechts und links auf sie zu und zerquetschten sie. Das Geröll erstickte ihren letzten Schrei.

Elroy wich zurück, zog die Kapuze tiefer in die Stirn und blickte sich um. Die Leute, die das Spektakel angesehen hatten, stoben ebenfalls auseinander und suchten ihr Heil in der Flucht, aber die Fae wählten bereits ihre nächsten Opfer. Elroy hatte nicht das Gefühl, dass sie taktisch oder gezielt vorgingen, sie packten willkürlich Menschen und zerrten sie mit sich. Diese Hinrichtungen waren keine Strafe, sie waren eine Demonstration von Macht.

Elroy fuhr herum, bevor er noch ins Augenmerk der Fae gelangte, und suchte weiter nach Moiras Hütte. Er hatte Rae versprochen, bis zur Dämmerung zurück auf der *Helenia* zu sein, aber wenn seine Suche erfolglos blieb, würde er dieses Versprechen nicht halten können.

Er fand einen Straßenabschnitt, der von der Zerstörung nicht allzu gebeutelt schien. Die Häuser standen noch, und die Straße war ungebrochen, dennoch hatte der Krieg auch hier Einzug gehalten. Und es war zu erkennen, dass die Einwohner Amarunés nur noch für sich selbst kämpften. Plünderer hetzten durch die

Straße, zwei Männer, die aussahen, als würden sie bei ihrem nächsten Atemzug zusammenbrechen, rangen um einen Laib Brot.

Elroy hatte kein Verlangen, sich in eine Streiterei hineinziehen zu lassen. Er huschte in eine Seitengasse und gönnte sich einen Moment, um durchzuatmen, auch wenn der Gestank der Stadt ihn davon abhielt, wahrhaftig tief Luft zu holen. Er zog den Kompass aus seiner Tasche. Noch war er richtig. Der Palast lag nördlich, und er befand sich im Süden der Stadt. Er konnte nicht mehr weit von Moira entfernt sein. Vielleicht fand er den Tempel, den Freya und er besucht hatten, von dort aus kannte er den Weg zur Alchemistin.

Entschlossen setzte er sich in Bewegung, als ihm plötzlich vier uniformierte Fae entgegenkamen. Er huschte in eine Nische zwischen zwei ausgebrannten Hütten und hielt den Atem an, um keinen Laut von sich zu geben, denn er wusste, dass ihn sein Mundwerk in dieser Lage nicht weiter-, sondern höchstens auf den Scheiterhaufen bringen würde.

»König Aldren hat ein ziemlich saftiges Kopfgeld auf Prinzessin Freya und Prinz Kheeran ausgesetzt«, hörte Elroy einen der vier Fae sagen.

»Kheeran? Ich dachte, dieser Elva-Sprössling wäre tot.«

»Offenbar hat er den Brand in diesem Freudenhaus doch überlebt. Frag mich nicht, woher Aldren das weiß.«

»Sollte das den Regenten nicht freuen? Ich dachte, Kheeran und er wären Freunde.«

»Anscheinend sind sie das nicht mehr.«

»Ob er ihm nur was vorgegaukelt hat, um an die Krone zu kommen?«

»Vielleicht, so oder so möchte ich das Kopfgeld kassieren …«

Die nächsten Worte konnte Elroy nicht mehr ausmachen, allerdings fühlte er sich nun noch mehr zur Eile angetrieben. Wenn wirklich Kopfgeld auf Freya und Kheeran ausgesetzt war, würde bald die ganze Stadt nach ihnen suchen.

Elroy wartete einen Moment, bis die Luft rein war, dann wagte er sich aus seinem Versteck. Er blickte sich ein weiteres Mal um, bevor er davonhuschte, um seine Suche fortzusetzen, allerdings musste er sich immer wieder vor Fae verstecken, welche die Stadt durchkämmten. Die unebenen Wege waren nicht gut für sein Bein. Seine fehlende Gliedmaße konnte zwar nicht schmerzen, aber er fühlte die Anstrengung in seinem Oberschenkel, der das Gewicht der Prothese tragen musste. Doch die Sorge um Freya und auch sein Plan, endlich die Unsterblichkeit zu erlangen, trieben Elroy an, bis er schließlich die Überreste des Tempels fand, den Freya und er besucht hatten.

Er folgte dem Pfad und stellte erleichtert fest, dass Moiras Hütte dem Krieg nicht zum Opfer gefallen war. Hoffentlich war die Alchemistin nicht geflohen wie so viele andere. Vor dem Häuschen angelangt, sah sich Elroy noch einmal um, bevor er anklopfte, doch kein Fae war in Sicht.

Niemand öffnete ihm.

Er klopfte fester. »Moira?«

Sein Ruf blieb unerwidert.

»Moira?« Nun hämmerte er mit der Faust gegen das morsche Holz. Sorge stieg in ihm auf, dass Moira tatsächlich geflohen sein könnte. »Ich bin es. Prinz Deèglan. Elroy. Wenn du da bist, lass mich rein!«

Zwei, drei Herzschläge lang blieb es ruhig, doch dann regte sich etwas in der Hütte, und kurz darauf wurde die Tür zaghaft geöffnet. Moira spähte durch den Türspalt und betrachtete ihn. Er zog sich die Kapuze vom Kopf, damit sie ihn besser erkannte.

»Was machst du hier?«

»Darf ich reinkommen?«, fragte Elroy.

Moira kniff die Augen zusammen. »Nein, du solltest besser verschwinden.«

Sie wollte die Tür bereits schließen, doch Elroy schob den Fuß dazwischen und hielt sie auf. »Bitte, ich bin nicht hier, um dir zu schaden oder dich zu verraten. Ich bin auf der Suche nach Freya und brauche deine Hilfe. Ein Kopfgeld wurde auf sie ausgesetzt. Ich muss sie finden, bevor die Fae es tun.«

»Ein Kopfgeld?« Moiras Stimme schien seit ihrem letzten Treffen noch rauer und dunkler geworden zu sein und ihr Haar lichter.

Er nickte. »Ich habe die Fae darüber reden hören. Sie suchen bereits nach ihr, und vermutlich ist es nur eine Frage der Zeit, bis sie sie finden.«

»Wer sagt mir, dass du die Belohnung nicht selbst einheimsen willst?«

Elroy lachte. Es war ein Geräusch, das an diesem Ort, umgeben von Tod und Schmerz, völlig fremd wirkte. »Wie viel Aldren mir auch bezahlen würde, es wäre nur ein Bruchteil dessen, was in meiner Schatzkammer in Séakis auf mich wartet. Ich brauche nicht noch mehr Geld, aber ich brauche Freya.«

Moira sah Elroy nun so eindringlich an, dass er sogar Gänsehaut bekam.

»Ich spreche die Wahrheit«, versicherte er ihr.

»Das sehe ich dir an. Die Frage ist, warum du sie brauchst.«

»Ich …« Er schloss für einen Moment die Augen und sammelte sich. Über Freya konnte er an das Wissen um die Unsterblichkeit gelangen. Nach all den Jahren seiner Suche war er nie so nah dran gewesen wie jetzt. »Sie hat Wissen, das ich benötige. Ich will ihr nicht schaden, nur Antworten. Ich werde dich auch entlohnen.«

Nachdenklich tippte Moira mit den Fingern an den Türrahmen. Elroy spähte über seine Schulter. Er sah keine Fae, nur eine Familie mit einem Balg im Schlepptau, die offenbar versuchte, aus der Stadt zu fliehen. Er blickte wieder zu Moira, die ein tiefes Seufzen ausstieß und die Tür zur Hütte aufschob.

»Ich hoffe, ich werde das nicht bereuen.«

»Das wirst du nicht«, versicherte ihr Elroy und trat in die

bescheidene Hütte, die wenig zu bieten hatte. In der Ecke stand eine Pritsche, es gab einen Tisch und eine Kochnische. Ein Kessel hing über dem Kamin, aber kein Feuer brannte darin.

Moira lief zu einem Teppich und hob diesen an, darunter kam eine Falltür zum Vorschein. Sie entriegelte sie und stieg eine Holzleiter hinab in die Tiefe. Elroy folgte ihr und schloss die Falltür hinter sich. Er fand sich nun in einem kleinen Raum wieder, in dem jede Menge Tiegel und Gläser standen, die mit allerlei Kräutern gefüllt waren. Es gab Regale voller Bücher, deren Titel Elroy bereits verrieten, dass es sich um verbotene Schriften handelte. Die Decke war niedrig, sodass Elroy den Kopf einziehen musste. Es gab einen weiteren Kamin, dessen Schacht hinter dem des oberen verlaufen musste.

Moira trat an ein Regal mit zusammengerollten Pergamenten und zog eins heraus. Damit kam sie an einen Holztisch heran, der eindeutig bessere Jahre hinter sich hatte, und rollte die Karte aus. Elroys Mundwinkel zuckten, als er merkte, dass es eine Karte Morthimers war. Es war eines seiner früheren Werke, das erkannte er an der unsicheren Pinselführung an einigen Stellen.

»Hübsch«, bemerkte er.

»Ja. Sie ist teuer und selten, fass sie also nicht an.«

Elroy musste das Grinsen unterdrücken. Jedes Mal, wenn ihm jemand eine Karte von Morthimer unter die Nase hielt, erfüllte ihn das mit Stolz und dem Bedürfnis, mehr von dieser Welt zu sehen. Diese Karten waren Morthimers Nachlass. Elroy wollte jeden Winkel dieser Erde auf diese Weise verewigen, so könnte er nicht nur Helenia das Wissen schenken, sondern auch dem Rest der Menschheit. Doch ein einziges Leben reichte für dieses Vorhaben nicht aus. Er brauchte mehr Zeit …

Moira beschwerte die Karte an den Ecken mit kleinen Steinen und blickte Elroy an. »Ich brauche etwas Persönliches von Freya, um einen Suchzauber zu wirken. Hast du etwas bei dir?«

Er nickte, griff in seine Manteltasche und zog eine abgeschnittene Strähne ihres blonden Haars heraus. Moira kniff die Augen zusammen und blickte darauf. »Wieso trägst du so etwas bei dir?«

Elroy zuckte mit den Schultern. Einst hatten Freya und Larkin ihm erzählt, er bräuchte die Strähne eines Fae, um den Zauber zu wirken. Da er nicht wusste, wie viel Wahrheit in der Lüge steckte, hatte er begonnen, Strähnen zu sammeln. Er besaß sogar eine von Larkin, was eine ziemliche Herausforderung gewesen war, denn der Mann hatte einen wahrhaft unruhigen Schlaf.

Moira tauchte das Haar in eine mit Kräuterwasser gefüllte Schale, nahm ein Messer und schnitt sich damit die Handfläche auf. Sie zuckte nur kurz, als die Klinge ihre Haut verletzte. Mit der anderen Hand griff sie nach der Strähne und zog diese anschließend durch die Wunde, bis das Haar mit Blut getränkt war. Wie mit einer Art Pinsel strich sie damit über ein Stück Papier und zeichnete ein Symbol aus ihrem Blut.

Moira betrachtete das Zeichen, das sie gemalt hatte, nickte zufrieden und entzündete das Papier mitsamt dem Haar über einer Kerze. Die Flammen züngelten sofort. Das verbrannte Haar stank bestialisch. Die Asche ließ Moira in die Schale rieseln. Sie wartete bis zum letzten Moment, ehe sie die Überreste in das Wasser fallen ließ, dann griff sie nach einem Pendel und tauchte es in das nun trüb gefärbte Aschewasser, bevor sie den Kristall über der Karte baumeln ließ.

Sie atmete tief ein und schloss konzentriert die Augen. Fasziniert von der Magie beobachtete Elroy schweigend, was vor sich ging. Die nächsten Sekunden fühlten sich an wie eine halbe Ewigkeit, bevor das Pendel ausschlug. Elroy lehnte sich näher, doch Moira zischte ihn an, sodass er wieder einen Schritt zurücktrat und ungeduldig auf- und abwippte. Das Pendel schlug weiter aus, bis es schließlich auf unnatürliche Weise in der Luft erstarrte.

Blinzelnd öffnete Moira die Augen und betrachtete, worauf die Kristallspitze zeigte. »Sie ist noch am Leben und versteckt sich östlich von hier im Schatzgebirge. Die Karte ist nicht detailliert genug, aber ich vermute, dass sie sich in den Minen aufhält. Es gibt dort zahlreiche Schächte, die sich als Versteck eignen. Einer meiner Freunde ist auch dorthin geflüchtet.«

»Wieso bist du nicht mit ihm gegangen?«

»Weil ich eine alte Frau bin. Ich will die letzten Tage meines Lebens nicht auf der Flucht verbringen. Wenn es mir bestimmt ist zu sterben, dann in meiner Heimat«, erwiderte Moira.

Elroy senkte seinen Blick auf die Karte. Er war nie im Schatzgebirge gewesen, aber vermutlich war dies eine kluge Wahl für ein Versteck. Die Schächte und Höhleneingänge ließen sich gut bewachen. Er griff in die Tasche seines Umhangs und zog einen kleinen Beutel hervor, der bis zum Rand mit Gold gefüllt war, und legte ihn auf den Tisch. »Danke!«

Moira rührte das Gold nicht an. »Finde und beschütze sie, und deine Schuld ist beglichen. Sie ist ein guter Mensch und hat es nicht verdient, hingerichtet zu werden wie ihr Vater.«

»König Andreus ist tot?«

Sie nickte. »Angeblich hat Aldren ihm das Herz herausgerissen.«

Elroys Lippen kräuselten sich vor Ekel. Vielleicht war es ein Fehler gewesen, zurückzukommen und sich einzumischen, aber nun war er bereits hier und die Unsterblichkeit zum Greifen nah. Er bedankte sich erneut bei Moira und setzte an, die Stufen der Leiter emporzuklettern, als er das Klopfen hörte. Jemand stand an der Tür. Er wandte sich zu Moira um. »Erwartest du noch jemanden?«

Mit angsterfüllten Augen schüttelte sie den Kopf. Das war kein gutes Zeichen.

Das Klopfen wurde zu einem Hämmern. »Macht auf! Im Namen des neuen Königs, Herrscher Aldren, öffnet die Tür, oder wir brechen sie auf!«

Elroy stieß einen Fluch aus. Kaum hatte das Wort seine Lippen verlassen, hörte er auch schon das Splittern von Holz, gefolgt von Schritten. Sein Herzschlag beschleunigte sich. Sie saßen in der Falle.

»Elroy«, flüsterte Moira leise, aber mit bestimmendem Tonfall. »Hilf mir.«

Die Alchemistin stand an einem Regal und versuchte, es beiseitezuschieben, doch sie war zu schwach. Elroy zögerte nicht und packte mit an. Gemeinsam zerrten sie das Regal zur Seite. Dahinter kam eine Ausbuchtung zum Vorschein. Ein Versteck, zu klein für sie beide.

»Rein mit dir«, befahl Moira.

Er runzelte die Stirn. »Was ist mit dir?«

»Ich komme schon zurecht.«

»Moira …«

»Los, wir haben keine Zeit«, unterbrach sie ihn und verpasste ihm einen Schubs. Er hielt die Luft an und quetschte sich in den Hohlraum. Es war so eng, dass er sich zusammenkrümmen musste. Mit eingezogenem Kopf und angewinkelten Beinen zwängte er sich in das Versteck, während Moira das Regal unter Aufwendung all ihrer Kräfte zurückschob und Dunkelheit ihn einschloss. Er konnte sich kaum noch rühren, geschweige denn richtig atmen. Sein gesundes Bein hatte er in einem unbequemen Winkel angezogen und spürte, wie es bereits taub wurde.

Er hob eine Hand und tastete um sich herum. Es war so stockduster, dass er nicht das Geringste erkannte. Kurz überkam ihn die Angst, dass er hier unten lebendig begraben werden könnte, aber er zwang die Gedanken zurück und bemühte sich, ruhig zu bleiben. Elroy war schon in schlimmeren Situationen gewesen, er würde das überstehen. Außerdem musste es eine Möglichkeit geben, hier von allein rauszukommen.

Er suchte weiter die Wand ab, geriet jedoch ins Stocken, als ihm bewusst wurde, dass er hörte, was in der Hütte vor sich ging. Offensichtlich waren die Soldaten die Leiter nach unten geklettert. Er hatte die Falltür zwar geschlossen, aber mit dem zur Seite gerollten Teppich war sie alles andere als schwer ausfindig zu machen.

»Was fällt Euch ein!«, kreischte Moira. »Das ist meine Hütte. Ihr habt meine …«

Ein Geräusch ertönte, wie Elroy es bereits auf dem Marktplatz gehört hatte. Es war der Laut einer Hand, die flach auf eine Wange traf. Elroy biss die Zähne zusammen. Prügelten diese Nachgeburten wahrhaftig eine alte Frau?

»Seid still! Wir sind auf Befehl des neuen Königs hier«, sagte einer der Männer mit strenger Stimme. »Wir sind auf der Suche nach Prinzessin Freya. Es gibt Grund zur Annahme, dass sie sich bei Euch versteckt.«

»Die Prinzessin ist nicht hier«, erwiderte Moira.

»Wir hörten, dass sie öfter bei Euch ein und aus gegangen ist.«

Elroy vernahm, wie die Gardisten durch den Raum liefen und alles absuchten. Gläser wurden aus Regalen gefegt, der Tisch, auf dem noch seine Karte lag, umgeworfen. Er hörte das Reißen von Papier und das Klirren von Scherben. Angespannt hielt er den Atem an und spannte die Muskeln an, bemüht, nicht das geringste Geräusch von sich zu geben.

»Ich habe Freya seit Monaten nicht mehr gesehen«, beteuerte Moira.

Ein Fae stöhnte genervt. »Vielleicht können wir deinem Gedächtnis nachhelfen.«

Erneut war das Geräusch von Haut zu hören, die auf Haut traf. Moira keuchte vor Schmerz. Elroy ballte die Hände zu Fäusten und überlegte, was er tun sollte. Am liebsten wäre er aus seinem Versteck gesprungen, aber das wäre ihrer beider Todesurteil gewesen. Er war zwar ein guter Kämpfer, doch mehreren bewaffneten Fae-Kriegern hatte er nichts entgegenzusetzen.

»Ich weiß nicht, wo sie ist, ihr könnt mich so viel schlagen, wie ihr wollt.«

Wie um dieser Aufforderung nachzukommen, rumpelte es abermals. Glas zersprang, und etwas Großes wurde umgeworfen und polterte laut zu Boden.

»Ihr sucht bei der Falschen!«, keuchte Moira.

Einer der Männer lachte. »Das wird sich noch zeigen. Schafft sie nach oben!«

»Nein!«, brüllte Moira. Elroy konnte nicht sehen, was vor sich ging, aber den Lauten und Geräuschen nach zu urteilen, wehrte sich die Alchemistin mit Händen und Füßen gegen die Fae. Ohne Erfolg. Sie brachten sie hoch. Die Falltür fiel mit einem Knall zu, und dann wurde es vollkommen still.

Elroy fluchte tonlos. Konnte er sich aus seinem Versteck wagen, oder waren die Fae noch über ihm? Sein Bein kribbelte unangenehm, weil es nach wie vor nicht richtig durchblutet wurde. Außerdem wurde sein Nacken steif durch die gebückte Haltung, aber er nahm all das liebend gern in Kauf. Doch die Entscheidung wurde ihm abgenommen, als er kurze Zeit später Rauch roch.

»Verfluchte Scheiße!«, keuchte Elroy und tastete panisch die Wand entlang, bis er endlich etwas zu greifen bekam. Es fühlte sich an wie eine aus Seil gebundene Schlaufe. Er zerrte daran, und tatsächlich verrutschte das Regal, das ihn eingesperrt hatte. Flackerndes Licht und Hitze schlugen ihm entgegen. Die Flammen hatten sich noch nicht weit ausgebreitet, dennoch war der kleine Raum bereits mit Rauch gefüllt. Seine Karte, die er einst in akribischer Handarbeit gemalt hatte, hatte durch die Kerze, die auf dem Tisch stand, Feuer gefangen.

Elroy hielt den Atem an. Er schob sich aus dem Versteck, knickte jedoch sofort ein, als er sein gesundes Bein belastete. Die Gliedmaßen fühlten sich taub an. Er zwang sich dennoch vorwärts zur Leiter. Ihm blieb keine Zeit, auf die Fae zu achten oder zu lauschen, ob sie noch über ihm waren, denn der Rauch verbreitete sich schnell. Er stieß die Falltür auf und kletterte nach oben. Auch dieser Teil der Hütte war zerstört und verwüstet worden, von Moira fehlte jede Spur.

Die Tür stand allerdings sperrangelweit offen, und der Gestank der schwelenden Stadt drang ins Innere. Elroy hinkte weiter, aber langsam kehrte das Leben in sein Bein zurück. Er bemühte sich darum, keine Geräusche zu verursachen, doch die Fae hatten das Haus offensichtlich verlassen und Moira mitgenommen.

Er schluckte bei der Vorstellung, wie diese Männer die alte Frau folterten, um Antworten aus ihr herauszubekommen. Dieser Gedanke beunruhigte ihn aus mehreren Gründen, aber vor allem, weil er nicht glaubte, dass Moira einer Folter lang standhalten würde, und dank ihm kannte sie nun Freyas Aufenthaltsort.

Er musste sich beeilen! Elroy schob sich die Kapuze über den Kopf und verließ die Hütte, doch er kam nicht weit. Bereits wenige Schritte später erstarrte er in der Bewegung.

Die Männer hatten Moira nicht mitgenommen. Und auch nicht gefoltert.

Sie hatten sie enthauptet.

Er wandte angeekelt den Blick ab. Moiras kopfloser Körper lag in einer großen Blutlache unmittelbar vor der Hütte. Ihr Schädel steckte auf einem Holzspieß. Elroy hatte nur kurz hingesehen, aber das Bild hatte sich ihm bereits eingeprägt. Moira hatte die Augen noch weit aufgerissen, ihre Lippen waren in einem stummen Schrei verzerrt, und ihre Zunge hing ihr aus dem Mund.

Ihr Anblick war eine Warnung an alle, die es wagten, gegen die Fae und Aldrens Befehle aufzubegehren.

Elroy atmete tief durch, bis das Gefühl der Enge seine Kehle verließ und er nicht mehr glaubte, sich gleich übergeben zu müssen. Ohne noch einmal auf Moira zu blicken, wandte er sich ab.

Er musste Freya finden. So schnell wie möglich.

60. Kapitel – Ceylan

– In den Minen des Schatzgebirges –

Ceylan verabscheute Unsicherheit, denn Unsicherheit machte einen zögerlich, und wer zögerte, der starb. Das war das Gesetz der Straße. Wer als Zweites zustach, verblutete zuerst. Und wer nicht als Erstes nach dem Brot griff, verhungerte. Daher durfte sie nicht zögern, dennoch verspürte sie eine Unsicherheit, die sie nicht abzuschütteln vermochte. Ausgerechnet ihre neu gefundene Kraft sollte der Schlüssel zu ihrem Sieg über Cernunnos sein? Diese Vorstellung bereitete ihr Angst. Inzwischen gelang es ihr, Kheerans Magie zu beherrschen, aber er war nur ein Fae und kein Gott. Was, wenn ihre Gabe bei Aldren versagte, weil er zu mächtig war?

Ceylan seufzte und schleuderte einen Kiesel in den Tümpel. Mit einem leisen Geräusch verschwand er unter der Oberfläche, das Wasser kräuselte sich und wurde wieder still.

Würden sie morgen genauso spurlos vom Antlitz dieser Welt verschwinden? Von einem Atemzug auf den nächsten könnten sie ausgelöscht werden, vernichtet durch die Macht eines Gottes. Sie selbst fürchtete den Tod nicht, aber sie bangte um das Leben all jener, die sie auf diese Mission begleiteten und die sterben könnten, wenn sie ihrer Aufgabe als Dunkelgängerin nicht gerecht wurde. Vor allem einen ganz bestimmten Unseelie wollte sie nicht enttäuschen.

Kheeran hatte in den letzten Tagen jede wache Minute damit verbracht, alle auf den morgigen Tag vorzubereiten. Und sie wollte, dass sich seine Mühe lohnte. Dafür, dass er kein König sein wollte, benahm er sich sehr königlich. Nicht auf dieselbe Art wie dieser Taugenichts Andreus, der seine Macht ausnutzte, um in Prunk zu leben, sondern wie ein richtiger Anführer, der zuhörte und Befehle erteilte, die allen dienten und nicht nur seinen eigenen Bedürfnissen entsprangen. Hätte er seine Krone nicht abgegeben, wäre er gewiss ein fantastischer König geworden …

Als hätten ihre Gedanken an Kheeran ihn beschworen, hörte Ceylan Schritte hinter sich, deren Klang sie ihm mittlerweile genau zuordnen konnte. Eine Woge der Zuneigung überkam sie, als sie den Fae sah. Er trug ein sauberes Hemd, und sein blondes Haar fiel ihm glatt auf die Schultern. Mit festen Schritten kam er auf sie zu, wobei ihr Blick an dem dunklen Stoffbündel in seinen Händen hängen blieb.

»Was ist das?«, fragte sie neugierig.

Kheeran antwortete nicht sofort, sondern setzte sich neben sie auf den Stein. Er war gerade groß genug für sie beide, sodass sich sein Körper der Länge nach gegen ihren drückte. »Ein Geschenk.«

Ceylan blinzelte. »Für mich?«

Er lächelte. »Für wen sonst?«

Verdutzt nahm sie das Bündel, das mit Lederschnüren verknotet war. Damit hatte sie nicht gerechnet. Sie konnte sich nicht erinnern, wann ihr zuletzt jemand ein Geschenk gemacht hatte. Kheeran beobachtete sie erwartungsvoll und bedeutete ihr, das Präsent zu öffnen, das erstaunlich schwer in ihrer Hand lang. Behutsam knotete sie die Schnüre auf und schlug den Stoff zur Seite.

Ceylans Augen wurden groß. »Wo … woher hast du sie?«

»Ich habe Shayla gebeten, sie für dich anzufertigen.«

»Kheeran, das ist …« Ihr fehlten die Worte. In den Stoff eingeschlagen lagen zwei wunderschöne Mond-Sichel-Messer. Ceylan hob eine der Klingen an und drehte sie herum. Die Spiegelung des Wassers fing sich im Metall und ließ es sanft schimmern. Der Griff war mit blauen Steinen eingefasst, die Kheeran vermutlich aus der Mine hatte, und ihre Finger passten perfekt in die kleine Auskerbung am Heft, als hätte Shayla genau gewusst, wie groß ihre Hände waren.

»Sie sind wunderschön«, raunte Ceylan und bemerkte das Kratzen in ihrer Stimme. Ungläubig schüttelte sie den Kopf und nahm die zweite Klinge hervor. Sie ließ die beiden Messer durch die Luft gleiten und lauschte dem leisen Flirren, das sie dabei von sich gaben. Vorfreude, sie benutzen zu können, schwoll in ihr an, und all die Unsicherheit und Sorge löste sich in Luft auf. Plötzlich konnte sie es kaum erwarten, sich dem Feind zu stellen, denn sie erinnerten Ceylan daran, wer sie wirklich war. Was sie war: eine Kriegerin. Egal ob Mensch, Wächterin oder Dunkelgängerin, sie war eine Kämpferin.

Andächtig ließ sie die Mond-Sichel-Messer sinken und strich noch einmal über das glatte Metall. Vorsichtig wickelte sie sie in den Stoff ein, bevor sie zu Kheeran aufblickte. Seine blauen Augen funkelten vor Freude über das Geschenk, das er ihr hatte machen können. »Möchtest du die Messer ausprobieren?«

Ein warmes Kribbeln bildete sich in Ceylans Magen und breitete sich in ihrem ganzen Körper aus. Es wäre leicht gewesen, dieses Kribbeln ihren neuen Waffen zuzuschreiben, aber es waren nicht die Messer selbst, die ihr dieses Gefühl gaben, sondern der Mann, der sie ihr geschenkt hatte.

Kheeran hatte einen Weg gefunden, sich durch all den Hass, den sie für Fae und Elva empfand, hindurchzuschlagen. Er war bis zu ihrem Innersten vorgedrungen, hatte die Dunkelheit, welche die Vergangenheit hinterlassen hatte, trotz niederer Umstände besiegt und ein Licht zurückgelassen, das etwas in ihr erhellte und wärmte. Es löste eine Vertrautheit aus, die sie nicht kannte und seit dem Tod ihrer Eltern nicht mehr verspürt hatte. Sie verstand es nicht, aber mit Kheeran an ihrer Seite fühlte sie sich sicher und geborgen.

»Ceylan?«, fragte Kheeran und lehnte sich vor. Sie hatte seine vorherige Frage nicht beantwortet. Zu tief steckte sie in ihren eigenen Gefühlen. »Möchtest du …?«

Seine Worte verstummten an ihren Lippen, als sie sich vorbeugte und ihn küsste. Ceylan wusste nicht, was in sie gefahren war, aber sie hätte es keine Sekunde länger ausgehalten, Kheeran nicht zu küssen. Wahrscheinlich würden sie beide morgen durch Cernunnos' Hand sterben, und diese Welt zu verlassen, ohne zumindest ein einziges Mal mit ihm zusammen gewesen zu sein, erschien ihr nicht länger wie eine Möglichkeit.

Kheeran gab ein verwundertes Keuchen von sich, aber bereits einen Herzschlag später ließ er sich tiefer in den Kuss sinken, ohne ihr die Führung zu entreißen. Sie rückte näher an ihn heran und drängte ihn mit ihren Lippen, die seinen zu öffnen, sodass sie von ihm kosten konnte. Er gab ihrer Aufforderung nach und schlang seine Arme um sie. Mit festem Griff zog er sie auf seinen Schoß. Ihr wurde kurz schwindelig, und dieses wundervolle Kribbeln, das ihren gesamten Körper durchströmte, begann sich zwischen ihren Schenkeln zu sammeln. Fahrig tastete sie nach den Knöpfen von Kheerans Hemd. Heute, in dieser letzten Nacht, wollte sie alles von ihm spüren.

»Hätte ich gewusst, dass es nur ein paar Messer bedarf, dir einen Kuss abzuringen, hätte ich dir schon vor Monaten welche geschenkt«, raunte Kheeran zwischen zwei atemlosen Küssen.

Ceylan gab ihm einen Klaps auf die Brust und knöpfte sein Hemd weiter auf, bevor sie es ungeduldig aus dem Bund seiner Hose zerrte und ihm in einer einzigen Bewegung von den Schultern streifte. Unweigerlich fiel ihr Blick auf die Brandnarben, die einen Großteil seines Körpers bedeckten. Ein Mahnmal ihres letzten Kusses. Die Verbrennungen verliefen quer über seine Brust, die Seite an seiner Taille nach unten und über seinen Bauch, wo sie unter seiner Hose verschwanden und weiter über seinen Oberschenkel wanderten.

Die Narben waren nicht schön anzusehen, und viele Menschen würden Kheeran wohl als verunstaltet bezeichnen, aber nicht Ceylan. Sie hatte sich nie an den Verbrennungen gestört. Sie waren ein Zeichen seines Mutes, seiner Tapferkeit und seines Kampfgeistes. Diese Eigenschaften machten ihn in ihren Augen wunderschön und begehrenswert. Plötzlich fragte sie sich, weshalb sie diesen Moment so lange hinausgezögert hatte.

Sie hob die Hand und berührte Kheerans Brust. Er hielt die Luft an, als sie seinen nackten Oberkörper erkundete und mit den Fingern sowohl über die glatten als auch die wulstigen Stellen strich. »Kannst du das spüren?«, fragte sie, als sie mit ihrem Zeigefinger über eine besonders gerötete Narbe fuhr.

Kheeran nickte. »Ich fühle dich immer, selbst wenn du mich nicht berührst.«

Ceylan ließ von der Narbe ab und sah ihm in die Augen. Sie fröstelte, als sie erkannte, wie viel Zuneigung und Bewunderung darin lag. Kheeran begehrte sie nicht nur körperlich, sondern sehnte sich auch mit seinem Herzen nach ihr. Der Gedanke gefiel ihr und erschreckte sie gleichermaßen, doch ehe sie zu viel nachdenken konnte, küsste sie ihn abermals. Kheeran schob seine Hand in ihren Nacken, und sie verschmolzen miteinander. Dieser Kuss war mehr, als sie je erwartet hätte.

Kheeran keuchte, grub seine Fingernägel fester in ihren Hinterkopf und löste ein angenehmes Ziehen dort aus. Hitze staute sich zwischen Ceylans Beinen, und das Verlangen nach Kheeran machte sie benommen. Sie wollte mehr von ihm spüren und alles mit ihm teilen. Sie rückte näher an ihn heran, bis ihre Mitte gegen seine Härte drückte. Ein wohliger Schauer floss durch sie, als sie spürte, wie sehr er auch sie begehrte und wie hart er bereits war.

Kheeran keuchte auf und unterbrach ihren Kuss. Er betrachtete sie mit lustverhangenem Blick. Ihr Atem kam schnell, und ihr Herz pochte heftig.

»Sicher, dass du das willst?«

Ceylan biss sich auf die Unterlippe und nickte. Sie war es leid, sich die Nähe zu ihm zu verwehren, weil sie an irgendwelchen alten Glaubenssätzen festhielt, mit denen Kheeran längst gebrochen hatte. Sie wollte ihn hier und jetzt ganz für sich.

Kheeran gab ein Knurren von sich. Er schob seine Finger unter ihre Bluse und berührte ihre nackte Haut darunter. Ceylan warf den Kopf in den Nacken, als er mit seinen Fingernägeln über ihren Rücken kratzte, und gab sich ganz dieser Empfindung hin, diesem sanften Schmerz, der sie um den Verstand brachte.

Kheeran beugte sich vor und küsste ihren Hals, erst sanft, dann fester, und schließlich verteilte er zarte Bisse. Das Gefühl seiner Zähne auf ihrer Haut war berauschend. Sie stöhnte vor Erregung und neigte den Kopf, um ihren Unseelie erneut zu küssen. Ihre Lippen fanden einander wieder. Der Kuss war heißer und brennender als zuvor. Das Ziehen und Kribbeln zwischen Ceylans Beinen wurde stärker. Gierig begann sie sich an Kheerans Härte zu reiben, aber da war zu viel Stoff, um Erlösung zu finden. Sie richtete sich auf, griff an den Bund seiner Hose und schob die Hand darunter.

Kheeran gab einen heiseren Laut von sich, als sie ihn umfasste. Er umschloss erneut ihre Hüfte, packte sie fester und stand in einer fließenden Bewegung von dem Stein auf, auf dem sie saßen. Er trug sie zu einer flachen Ebene am Tümpel. Das klare Wasser war der einzige Zeuge ihrer Vereinigung.

Sanft setzte Kheeran sie ab, sodass er nun über ihr lag. Der Boden war hart, und kleine Steine gruben sich in Ceylans Haut, aber das störte sie nicht. In einer fließenden Bewegung zerrte er ihr die Bluse vom Kopf. Im tanzenden Licht der Fackeln betrachtete er ihren freien Oberkörper. Erneut drang ein tiefes Knurren aus seiner Kehle, das nicht zu dem strategischen Anführer der letzten Tage passte. Dafür war der Laut zu wild, zu animalisch.

Er umfasste ihre Brüste mit den Händen und knetete sie, bevor er sich mit seinen Lippen darauf stürzte. Sanft ließ er seine

Zunge um ihre Brustwarzen tanzen, bevor er sie auch an dieser empfindlichen Stelle seine Zähne spüren ließ.

Ceylan stöhnte und kam ihm mit ihrer Hüfte entgegen. Sie wollte ihn, und jede Scheu darüber war von ihr abgefallen. »Kheeran«, keuchte sie. Ein Flehen lag in seinem Namen.

Er verstand sofort und begann ihre Hose aufzuknöpfen. Andächtig streifte er sie ihr von den Beinen, wobei er den Pfad mit seinem Mund verfolgte. Immer wieder verteilte er Küsse und sanfte Bisse auf ihrer Haut, bis sie vollständig entkleidet vor ihm lag, ihre Schenkel für ihn geöffnet.

Er streckte seine Hand aus und ließ seine Finger durch ihre Nässe gleiten. Sie zuckte zusammen vor Wohlwollen und Schock, denn so etwas hatte sie noch nie gespürt. Entschlossen begann er sie zu streicheln. Ihr Herzschlag beschleunigte sich, und eine nie da gewesene Hitze sammelte sich in ihrem Unterleib. Ihr Keuchen wurde lauter, bis es zu einem Stöhnen anschwoll. Sie biss sich auf die Unterlippe und versuchte, an sich zu halten, damit niemand sie hörte.

Kheeran tauchte mit einem Finger in sie, bevor er seine Hand zurücknahm und sich aufrichtete, um sich seiner eigenen Hose zu entledigen. Sie hatte Kheeran bereits nackt gesehen, als er bewusstlos in Sibeals und Rhylands Hütte gelegen hatte. Aber heute stand er stark und groß gebaut vor ihr. Vermutlich würde diese Erfahrung für sie schmerzhaft werden, doch das war ihr gleichgültig. Sie wollte nur mit Kheeran zusammen sein, alles andere spielte keine Rolle.

Er beugte sich zu ihr herab, doch sie gab ihm einen sanften Schubs gegen die Brust, sodass er auf dem Boden hockte und sie sich auf ihn setzen konnte. Kheeran sah sie an, und sie hielt seinen Blick fest, während sie ihn rittlings bestieg und ohne Zögern in sich aufnahm. Sie stöhnten beide gleichzeitig auf. Ceylan hielt jedoch inne und biss sich auf die Lippe, als ein ziehender Schmerz durch ihren Unterleib schoss.

»Ceylan, ist das dein erstes …«, setzte Kheeran an, aber sie versiegelte seinen Mund mit ihrem und gab ihm zu verstehen, dass er sich nicht zurückhalten musste. Sie bewegte sich auf ihm, erst langsam, dann immer schneller, während die Pein abebbte und einem neuen Gefühl Platz machte.

Sie grub die Fingernägel in Kheerans Schulter und biss ihm in die Lippe, weil sie glaubte, an all diesen Empfindungen zerspringen zu müssen. Er packte ihre Hüfte, drückte sich fester in sie und stieß härter in sie. Ihre Beine begannen zu zittern, allmählich verlor sie die Kontrolle über ihren Körper, wie es sonst nur nach einem viel zu langen und anstrengenden Training der Fall war.

Kheeran schien zu spüren, wie schwer es ihr fiel, ihre Bewegungen aufrechtzuerhalten. Er schlang seine Arme um sie und rollte sie sanft herum, sodass er abermals über ihr aufragte. Ceylan krallte die Fingernägel in seinen Hintern, verlangte mehr von ihm. Erneut senkte er seine Lippen auf ihre Brüste und begann fest daran zu saugen, bis ein wohliger Schmerz durch Ceylans Körper wanderte.

Kheeran nahm sie hart und unerbittlich, und sie forderte nicht weniger von ihm. Sie entließen beide ihre Lust, die sich in diesen letzten Wochen und Monaten angestaut hatte, bis ihr Stöhnen die kleine Höhle erfüllte und es nichts mehr gab außer dieser Leidenschaft. Ceylan klammerte sich an Kheeran, als etwas in ihr explodierte und sie jegliche Befehlsgewalt über ihren Körper verlor. Erst da wurde ihr bewusst, wie sehr sie ihm wahrhaftig vertraute.

Kheeran richtete sich auf und suchte ihren Blick. Liebe und Lust spiegelten sich in seinen Augen. Sie lächelte ihn an, und er lächelte zurück, bevor er seinen Rhythmus wieder aufnahm und härter und schneller als zuvor in sie stieß. Doch kurz vor seinem Höhepunkt entzog er sich ihr und ergoss sich auf den Stein, denn dies war gewiss nicht die richtige Zeit, um neues Leben zu zeugen.

Keuchend sackte Kheeran auf ihr zusammen und vergrub die Nase an ihrem Hals. Sein warmer Atem streifte ihre Haut, und sie hätte schwören können, das schnelle Pochen seines Herzens zu hören. Sie schloss die Augen und holte tief Luft, um einen klaren Verstand zu bekommen. Denn ihre Gedanken waren noch von der Lust umnebelt, die sie soeben verspürt hatte.

»Das war unglaublich«, raunte Kheeran in ihr Ohr. Er legte einen Arm um sie und zog sie an sich. Ceylan versteifte sich erst, denn sie war eine solch verletzliche Nähe nicht gewöhnt, doch dann entspannte sich ihr Körper. »Besser als in all meinen Vorstellungen.«

Sie setzte sich auf und sah ihm in die Augen. »Du hast dir uns vorgestellt?«

Er schmunzelte und fuhr mit einem Finger die Konturen ihres Mundes nach. »Ja, seit ich dir das erste Mal begegnet bin. Du hast mich von Anfang an mit deiner eigenen Magie gefangen. Ich war dir völlig verfallen.«

Kheeran hatte nie einen Hehl daraus gemacht, dass er sie begehrte, dennoch war sie von seinem Geständnis überrascht. Sie fing seine Hand mit ihrer, küsste seine Finger und schmiegte sich wieder an seine Brust. Als hätten sie schon etliche Male beieinandergelegen, begann er ihren Rücken zu streicheln, während sie seinem ruhiger werdenden Herzschlag und dem leisen Plätschern des Wassers lauschte. Es war ein vollkommener Moment, an den Ceylan sich für den Rest ihres Lebens erinnern würde, egal ob dieses nur noch einen Tag oder Jahrhunderte andauerte. Dieser Augenblick hatte sich in ihr Herz gebrannt.

»Wir sollten zurückgehen und schlafen«, sagte Kheeran nach einer Weile. »Morgen ist ein wichtiger Tag.«

Ceylan richtete sich auf die Ellbogen auf und sah ihn an. Sie schluckte, strich mit dem Finger über einen Teil seiner Brandnarbe. Sie war noch nicht bereit zu gehen, denn für den Fall, dass sie den morgigen Tag nicht überlebten, wollte sie ihre Zeit nicht mit Schlaf verschwenden. Sie lehnte sich vor und küsste Kheeran erneut.

»Ich will nicht schlafen«, raunte sie an seinen Lippen.

Er lächelte, packte ihre Hüfte und zog sie an sich. »Gut. Ich auch nicht.«

61. Kapitel – Leigh

– In den Minen des Schatzgebirges –

Leigh durchquerte die Wabe mit den Waffen, die Shayla, Colm und Nealon in den letzten Tagen geschmiedet hatten. Es waren nicht nur Schwerter, auch Pfeile, Speere und Dolche waren gefertigt worden. Die Bögen hatte Leigh mit ein paar neuen Novizen erbaut. Es waren keine vollkommenen Waffen, aber sie würden ihren Zweck erfüllen.

Er lief diese Runde mittlerweile zum dritten Mal, denn er wollte sicherstellen, dass sie so gut wie möglich auf den morgigen Tag vorbereitet waren. In Anbetracht der kurzen Zeit war es beachtlich, was sie auf die Beine gestellt hatten, dennoch waren die Sorgen groß, dass es nicht genug war. Der morgige Tag würde hart werden, und viele würden ihn vermutlich nicht überleben. Womöglich würde auch er sein Ende finden.

Er fürchtete den Tod nicht, nicht mehr. Er lebte bereits seit über hundert Jahren. Er war dessen nicht überdrüssig, aber er hatte genug erlebt, um keine Angst mehr vor dem ewigen Frieden zu verspüren. Immerhin wäre er dort mit Edan vereint und könnte ihm von Weylin erzählen, dem mutigen Halbling, der die andere Hälfte seines Herzens gestohlen hatte. Er hoffte inständig, dass Weylin überlebte. Er hatte seine Freiheit gerade erst wiedergewonnen, und auch Ceylan, Freya und Kheeran standen erst am Anfang ihres Seins. Sie hatten der Welt noch viel zu bieten, anders als er.

Leigh schloss die Augen und holte tief Luft, um seine Sorgen zu verdrängen. Er wollte diese letzte Nacht vor dem Kampf genießen, doch seine Gedanken drehten sich unaufhörlich im Kreis. Auf der einen Seite wollte er die anderen überreden zu fliehen, den Kampf den Alten zu überlassen und sich von dem Leid abzuwenden, doch es gab nirgendwo Sicherheit, solange Cernunnos lebte.

Er schüttelte sich und ging weiter die Reihen ab, als er eine Bewegung im Schatten bemerkte. Ein Lächeln trat auf seine Lippen. »Du wirst deinem Beinamen wahrhaftig gerecht.«

Weylin löste sich aus der Finsternis und kam auf ihn zu. Er hatte sein schwarzes Haar zu einem Zopf gefasst, sodass die Verbrennung an seinem Hals in Form einer Hand im Schein der Fackeln deutlich zu sehen war. Leigh hatte ihn nicht gefragt, aber er war sicher, dass Valeska für diese und zahlreiche anderen Narben auf seinem Körper verantwortlich war. Doch da diese nicht mit dem Blutschwur in Verbindung standen, sondern ihm über die Jahre hinweg zugefügt worden waren, waren sie nicht mit dem Fluch verschwunden wie jene in seinem Nacken.

»Wie geht es dir?«, fragte Leigh. Diese Frage war nicht auf den morgigen Tag gemünzt, sondern auf seine neu gewonnene Freiheit und das Opfer seiner Gabe, das er hatte bringen müssen. Es war ein fairer und notwendiger Tausch gewesen, dennoch war der Schmerz über den Verlust Weylin deutlich anzusehen.

Dieser antwortete mit einem Schulterzucken.

Leigh legte den Kopf schräg und betrachtete den Halbling. Er sah ihm an, dass es noch viel gab, das er ihm erzählen wollte, aber die letzten Tage war dafür kaum Zeit gewesen. Sie hatten den Novizen das Kämpfen beigebracht, hatten den Schmieden geholfen, und am Abend hatten sie mit Kheeran, Larkin und den anderen über dem Plan gebrütet, den sie morgen in die Tat umsetzen würden. Was bedeutete, dass dies womöglich die letzte Nacht war, die ihnen blieb, und Leigh wollte diese Welt auf keinen Fall verlassen, ohne alles gehört zu haben, was dieser Mann zu sagen hatte.

»Komm.« Er streckte seine Hand nach Weylin aus.

Ohne zu zögern, griff er danach. »Wohin gehen wir?«

»Raus. Ich brauche frische Luft.«

Weylin stellte keine weiteren Fragen und ließ sich bereitwillig von Leigh aus den Minen führen. Es war eine milde Sommernacht, die von Perfektion hätte zeugen können, wäre da nicht der allgegenwärtige Geruch des Todes gewesen, der von Amaruné herüberwehte. Über der Stadt hing nach wie vor das rote Glimmen der dort wütenden Feuer. Und über dem Schloss hatte sich eine merkwürdig dunkle Wolke zusammengezogen, die, Kheeran nach zu urteilen, magischen Ursprung hatte. Er vermutete, dass Cernunnos die Sonne verhasst war.

Ohne ein Wort zu sagen und ohne Weylins Hand loszulassen, führte Leigh ihn einen schmalen Pfad entlang. Viel Zeit hatte er nicht gehabt, die Gegend zu erkunden, doch als er aufgebrochen war, um die Schmiede zu entführen, war ihm ein Vorsprung aufgefallen, der geschützt zwischen zwei Felsen lag und einen schönen Blick über das Gebirge und sein Tal bot.

Darauf kamen sie zum Stehen. Vor ihnen ging es steil hinab in die Tiefe, aber zum Glück war genügend Platz für sie, sodass sie nicht am Abgrund sitzen mussten. Vor ihnen erstreckte sich ein langes Tal, in der Ferne gebrochen durch einige Hügelketten, die in den sternenklaren Nachthimmel ragten, die abnehmenden Monde über ihren Köpfen.

»Es ist wunderschön hier«, sagte Weylin.

Leigh lächelte. »Ich habe gehofft, dass du das sagst.«

Weylin legte den Kopf in den Nacken und sah zu den Sternen empor. Leigh trat an seinen Rücken heran und schlang von hinten beide Arme um Weylin. Er gab ein leises Seufzen von sich. Seit sie im Schatzgebirge angekommen waren, hatten sie nicht mehr als ein paar flüchtige Berührungen miteinander geteilt. Leigh beugte sich vor und verteilte Küsse auf Weylins Hals.

»Das fühlt sich gut an«, flüsterte er.

Leigh brummte an seiner Haut. Er wechselte die Seite und begann, die vernarbte Haut zu küssen. Weylin seufzte und ließ sich zurückfallen, bis er an Leighs Brust lehnte. Ein paar Herzschläge verweilten sie in dieser Position, bevor sich Weylin in seinen Armen herumdrehte und sie Gesicht an Gesicht waren.

»Danke, Leigh!«

»Du musst aufhören, dich ständig bei mir zu bedanken.«

»Ach ja? Muss ich das?«, fragte Weylin neckisch, bevor er seine Lippen auf Leighs senkte. Sie keuchten beide, als sich ihre Münder berührten. Ihr letzter Kuss lag viel zu lange zurück. Leigh schlang seine Arme um Weylin und zog ihn enger an sich. Der Halbling seufzte und streichelte mit seiner Zunge sanft über Leighs Oberlippe. Ein Schauder durchflutete ihn, und er musste an den Tag denken, als er Weylin zum ersten Mal gesehen hatte. Er hatte Ceylan besuchen wollen. Damals war Weylin ein Gefangener gewesen und gerade aus der Folterkammer zurück in seine Zelle geführt worden. Verdreckt und geschunden hatte er in seiner Zelle gesessen, dennoch hatte Leigh schon damals etwas in ihm erkannt, das ihn noch lange verfolgt hatte. Es war dieser tiefgründige Ausdruck in seinen Augen gewesen. Diese unsägliche Traurigkeit, gepaart mit einem eisernen Willen, den Leigh bewundert, aber zugleich verflucht hatte, da er Ceylan um ein Haar das Leben gekostet hätte.

Er ging langsam in die Knie und zog Weylin mit sich, bis sie auf dem Boden lagen. Der Untergrund war hart und unbequem, aber sie störten sich nicht daran und vertieften ihren Kuss. Leigh griff nach dem Saum von Weylins Hemd, zog es aus dessen Hose und schob es Stück für Stück nach oben. Das Gefühl von Weylins harten Muskeln unter seinen Fingerspitzen war berauschend und reichte aus, um sein Glied anschwellen zu lassen, bis es schmerzhaft gegen den Stoff drängte.

Er ließ von Weylins Lippen ab, der daraufhin einen unzufriedenen Laut von sich gab. Dieser wurde jedoch von einem Stöhnen ersetzt, als Leigh den Mund auf seine Brust senkte und begann, jeden Muskel zu küssen, den er zuvor ertastet hatte. Es war ihm unerklärlich, wie der Halbling so köstlich schmecken konnte, obwohl ihnen nur ein paar Eimer Wasser und Lappen zum Waschen zur Verfügung standen.

Seine Küsse wanderten immer tiefer und tiefer, bis er am Bund von Weylins Hose angelangt war. Mit lustvollem Blick sah er zu ihm auf, doch alles, was er wissen musste, erkannte er in dem Gesicht seines Partners. Er knöpfte die Hose auf, und bereitwillig hob Weylin seine Hüfte an. Leigh zog ihm den störenden Stoff aus.

Es war dunkel auf dem Vorsprung, mit Ausnahme des dämmrigen Lichts, das die Sterne und Monde erzeugten, doch seine geschärfte Sicht erlaubte ihm, alles von Weylin zu sehen. Sanft streichelte er seine Beine empor, über seine Oberschenkel, bis seine Finger Weylins steifen Schwanz streiften. Er packte zu, um ihn von dieser lustvollen Qual zu erlösen. Weylin zuckte unter der Berührung zusammen, und seine Hand schnellte vor, wie um Leigh von seinem Vorhaben abzubringen. In letzter Sekunde konnte Weylin sich jedoch davon abhalten, ihn von sich zu schieben.

Leigh lockerte seinen Griff. »Soll ich aufhören?«

»Nein, es ist nur … vergiss es. Mach weiter.«

Er zögerte. »Nur wenn du das wirklich möchtest.«

»Das will ich. Es ist bloß lange her, dass ich …«

»… mit jemandem zusammen war?«, ergänzte Leigh den Satz, denn er spürte, wie unangenehm es Weylin war, die Worte auszusprechen.

Er schluckte schwer. »*Aus eigenem Willen* mit jemandem zusammen war.«

Leighs Herz verkrampfte sich. Er musste nicht fragen, wer sich an Weylins Körper vergriffen hatte. Er wusste es, ebenso wie bei der Narbe an seinem Hals. Der Schmerz und die Scham in seinen Augen machten es deutlich. Valeska.

»Möchtest du darüber reden?«

Weylin schüttelte den Kopf und packte Leighs Hand, jedoch nicht, um sie von seinem Glied zu ziehen, sondern um sie zu führen und ihm zu zeigen, wie er berührt werden wollte. Leigh fühlte Weylins lustvolles Pulsieren unter seinen Fingerspitzen. Das war alles, was er wissen musste. Er festigte seinen Griff um Weylins Härte und begann ihn schneller zu reiben. Der Halbling kam ihm mit seiner Hüfte entgegen, und er beobachtete, wie sich die Muskeln an seinem Bauch weiter anspannten. Es wärmte Leighs Herz, zu sehen, wie sehr Weylin sich trotz seiner Erfahrungen der letzten Jahre mit ihm fallen lassen konnte.

»Bei den Elva … nicht aufhören!«

Leigh schmunzelte. »Das hatte ich gewiss nicht vor.«

Weylin warf den Kopf in den Nacken. Sein Keuchen wurde immer lauter, als ein kräftiges Zucken durch das Glied in Leighs Hand fuhr und sich Weylin über seine Finger und seinen eigenen Bauch ergoss. Stöhnend sackte er zusammen und blieb regungslos auf dem Felsvorsprung liegen.

Leigh erlaubte sich, Weylins salzige Haut zu kosten, während er gleichzeitig seine eigene Hose aufknöpfte. Es kam einem Wunder gleich, dass der Druck, der darin herrschte, die Knöpfe nicht längst gesprengt hatte. Er zog sich aus und ließ sich neben Weylin nieder. Das schwarze Haar, das er so ordentlich zu einem Zopf gefasst hatte, hatte sich gelöst und hing ihm nun strähnig ins Gesicht.

Zärtlich strich Leigh ihm eine Strähne aus der Stirn und küsste ihn. Der Kuss war nicht gierig wie zuvor, sondern sanft, geradezu andächtig. Langsam, als hätten sie alle Zeit der Welt und als würde nach Sonnenaufgang nicht ihr Tod auf sie warten, küssten sie einander mit so viel Zuneigung, dass es Leigh gleichgültig war, ob er in dieser Nacht Erlösung fand.

Doch Weylin hatte ihn nicht vergessen. Er tastete nach Leigh und umfasste dessen pochenden Schwanz. Genussvoll stöhnte Leigh auf, als der Halbling ihn zu streicheln begann. Die letzten

Jahre mit Valeska hatten ihn anscheinend gezwungen, viel Zeit mit sich selbst zu verbringen, denn er wusste genau, was er tat. Leigh wand sich unter seiner Berührung und versuchte, das Unausweichliche hinauszuzögern, bis er es schließlich nicht mehr ertrug. Stöhnend ergoss er sich über Weylins Hand, bevor sein Körper erschlaffte.

Schwer atmend blieb er liegen, obwohl sein Arm in einem komischen Winkel lag, der ihn taub werden ließ. Weylin wischte seine Finger am Stoff seines Hemdes sauber, ehe er sich dicht neben Leigh legte. Seite an Seite starrten sie in den sternenverhangenen Himmel und warteten, bis ihre Herzen wieder langsamer schlugen. Leigh seufzte zufrieden. Herzukommen war eine der besten Ideen gewesen, die er seit langer Zeit gehabt hatte.

»Das Kind ist von mir«, sagte Weylin plötzlich.

Blinzelnd sah Leigh zu ihm. Seine Worte waren so unerwartet, dass er nicht sicher war, Weylin richtig verstanden zu haben. »Wovon redest du?«

Weylin richtete sich auf und schlang die Arme um seine Knie. Die Zufriedenheit, die Leigh eben in seiner Miene gesehen hatte, war verschwunden. Stattdessen waren da Sorge, Angst und Verwirrung. »Das Kind, das Valeska in ihrem Leib trägt. Es ist meins.«

Leighs Magen verkrampfte sich bei diesem Geständnis, und Übelkeit stieg in ihm auf bei der Vorstellung, dass Weylin unter Zwang ein Kind mit der Königin gezeugt hatte. Er erinnerte sich daran, wie der Halbling in Nihalos reagiert hatte, als sie von Valeskas Schwangerschaft erfahren hatten. Er hatte sich an Ort und Stelle übergeben. Damals hatte Leigh es auf den Wein geschoben, doch nun verspürte er eine ähnliche Übelkeit.

Er setzte sich auf. »Bist du dir sicher? Es könnte auch von Cernunnos …«

»Nein«, unterbrach ihn Weylin. »Ich bin der Vater. Die Empfängnis war zur Zeit der Wintersonnenwende, damals war sie nur mit mir zusammen.«

»Womöglich hatte sie neben dir andere Liebhaber.«

Weylin schüttelte wieder den Kopf. »Valeska ist keine Dirne. Als Frau mit viel Macht wählt sie klug, mit wem sie ihr Bett teilt. Und in den letzten Jahren war ich der Einzige, denn durch den Schwur hatte sie alle Zügel in der Hand. Ich konnte mit niemandem darüber reden, und sie konnte tun, was immer sie wollte.«

»Es tut mir so leid, dass du das aushalten musstest«, sagte Leigh und legte eine Hand auf Weylins Schulter, um ihn wissen zu lassen, dass er für ihn da war. Am liebsten hätte er ihn umarmt, allerdings war er sich nicht sicher, ob Weylin dies wollte, denn der Schmerz in seiner Stimme war nicht zu überhören und der Ekel in seinen Augen nicht zu übersehen. Leigh hatte schon zuvor den Wunsch verspürt, Valeska leiden zu lassen. Aber nun wünschte er sich mehr als das. Er wünschte, er könnte ihr bei lebendigem Leib die Haut vom Körper ziehen.

Leigh räusperte sich. »Er heißt Cassian.«

Weylin blickte auf. »Was?«

»Dein Sohn«, erklärte Leigh. »Als wir in Cernunnos' Lager geschlichen sind, um die Schmiede zu entführen, habe ich die Fae über ihn reden hören. Er kam kürzlich zur Welt und heißt Cassian.«

Zittrig holte Weylin Luft. »Das ist ein schöner Name.«

Leigh nickte und streichelte seinen Rücken. Eine ganze Weile sagte Weylin nichts. Eine kalte Brise zog auf, die Leigh dazu brachte, sich wieder anzukleiden, und auch Weylin schlüpfte in seine Hose und knöpfte sein Hemd zu. Doch er vollführte diese Bewegungen in einem Zustand der geistigen Abwesenheit.

»Sag etwas«, bat Leigh. Er hätte alles getan, um in diesem Moment einen Blick in Weylins Kopf zu erhaschen. Dachte er an Valeska oder an das Kind? Leigh konnte nur schwer deuten, wie der Halbling für seinen Sohn empfand. Sah er in Cassian sein

Fleisch und Blut oder die Ausgeburt eines Verbrechens, das an ihm begangen wurde?

Weylin blickte auf. »Was soll ich sagen?«

»Willst du deinen Sohn kennenlernen?«, fragte Leigh.

Weylin schien kurz über diese Frage nachzudenken, dann nickte er. »Ich möchte sogar mehr als das. Sollten wir den morgigen Tag überleben, werde ich Valeska aufsuchen und sie töten. Ich kann diese Frau nicht ungeschoren davonkommen lassen, und ich kann nicht zulassen, dass sie meinen Sohn großzieht. Was, wenn sie ihn zu ihrem Schatten macht, nun, da sie mich nicht mehr haben kann?«

»Und was soll dann aus Cassian werden?«

»Ich werde ihn zu mir holen. Ich habe keine Ahnung, wie man ein Kind großzieht, aber ich werde es herausfinden«, erwiderte Weylin und sah Leigh an. Dieser fand nichts als Entschlossenheit in seinem Blick. »Ich kann und werde meinen Sohn nicht bei dieser Frau lassen. Er kann nichts dafür, dass er auf diese Art gezeugt wurde. Er ist unschuldig, genau wie … genau wie ich.«

Es war das erste Mal, dass Leigh Weylin diese Worte sagen hörte, und dem zittrigen Klang seiner Stimme nach zu urteilen, schien es ihm einiges abzuverlangen, sich selbst als unschuldig zu bezeichnen. Leigh verstand das. Sich selbst zu verzeihen, nachdem man sich jahrelang gegeißelt hatte, erforderte viel Kraft.

»Ich mag ihm wenig bieten können, besitze keine Reichtümer wie Valeska, kein Schloss oder Diener, aber ich kann ihm andere Dinge geben«, fuhr Weylin fort. »Geborgenheit. Sicherheit … Liebe. Ich will dieses Kind lieben.«

Leigh lächelte. »Ich bin sicher, dass du ein großartiger Vater wirst.«

»Danke.« Er fuhr sich über das Gesicht, wie um die Tränen zu verbergen, die Leigh längst bemerkt hatte. Er beugte sich vor und lehnte seine Stirn gegen Weylins. Sacht hauchte er einen Kuss auf dessen Lippen.

»Ich weiß nicht, wie es nach dem morgigen Tag für mich weitergeht, ob wir die Mauer wieder erbauen oder ob ich mir eine neue Arbeit suchen muss. Aber wenn ich den nächsten Sonnenuntergang miterlebe, kannst du dir meiner Unterstützung gewiss sein, wenn du das möchtest.«

Weylin blickte auf. Lächelte. »Das will ich.«

62. Kapitel – Larkin

– In den Minen des Schatzgebirges –

Larkin legte den Arm um Freyas nackte Schultern und zog sie dicht an sich. Sein Atem kam noch immer schneller, und ein feiner Schweißfilm stand auf seiner Haut. In den vergangenen Stunden hatte er sich mit Freya fallen lassen. Sie hatten sich geliebt und mit unzähligen Küssen und Berührungen gezeigt, wie viel sie einander bedeuteten, für den Fall, dass diese Nacht ihre letzte war.

Larkin sah auf Freya hinab, die friedlich in seinem Arm ruhte, den Kopf an seine Brust gebettet. Unwillkürlich musste er lächeln. Trotz der Gefahren des morgigen Tages fühlte er sich in diesem Augenblick wie der glücklichste Mann der Welt, denn er konnte sich keinen schöneren Platz vorstellen als jenen an Freyas Seite. Sie brachte seine Seele zum Schwingen.

»Ich liebe dich«, flüsterte er und gab ihr einen sanften Kuss auf die Stirn.

Freya hob den Kopf und blickte ihn lächelnd an. Trotz des dämmrigen Lichts leuchteten ihre Augen in einem strahlenden Blau, und er erkannte darin auch ihre Liebe zu ihm. Es war erstaunlich, wie Freya mit ihm zu kommunizieren vermochte, ohne ein einziges Wort zu sprechen. Zu Beginn hatte Larkin sich davor gefürchtet, was dieses Trauma und der Verlust ihrer Zunge in Freya auslösen würden, und sich gefragt, ob sie je wieder zu ihrer alten Stärke zurückfände. Doch sie war nicht nur dorthin zurückgekehrt, sondern in seinen Augen darüber hinausgewachsen.

Seine Hand glitt in Freyas Nacken, und seine Finger beschrieben kleine Kreise an ihrem Haaransatz. Sie sah zu ihm auf, und er senkte seine Lippen auf ihren Mund, während er seine andere Hand abermals zwischen ihre Schenkel legte. Sie stöhnte und kroch seinen Körper empor, um sich zu nehmen, was sie wollte und brauchte. Larkin bewunderte diese Entschlossenheit noch mehr als Freyas Schönheit. Rittlings setzte sie sich auf seine wieder wachsende Härte und begann, sich daran zu reiben, was ihm einen kehligen Laut entlockte.

Glücklicherweise waren sie in dieser Nacht allein in der Wabe. Er wusste nicht, wo die anderen waren, aber vermutete, dass sich Leigh und Weylin, Ceylan und Kheeran ebenfalls an einen stillen Ort zurückgezogen hatten, um ihre letzten Stunden in Zweisamkeit zu genießen. Denn bereits morgen könnten ihre Körper Rauch und Asche werden, sollte ihr Plan scheitern.

Larkin schob diesen Gedanken und seine Sorgen beiseite, packte Freyas Hüfte und küsste sie innig, als würde sein Leben davon abhängen. Sie kratzte leicht mit ihren Fingernägeln über seine Brust und steigerte so von Neuem sein Verlangen nach ihr. Larkins Hände glitten an ihren Hintern, und er zog sie an sich, um ihre Verbindung weiter zu vertiefen, als er plötzlich ein Geräusch vernahm.

Er hielt sofort inne und lauschte. »Hast du das auch gehört?«

Freya schüttelte den Kopf, doch er war sicher, etwas wahrgenommen zu haben.

Vielleicht sind es die anderen, gab ihm Freya mit einer Geste zu verstehen.

»Nein, das glaube ich nicht«, erwiderte er auf ihre unausgesprochene Frage hin. Er kannte ihre Begleiter mittlerweile sehr gut und konnte in den meisten Fällen erkennen, wer sich ihm näherte. Ceylan hatte einen festen und entschlossenen Schritt, Kheeran ging etwas leiser, Weylin bewegte sich geräuschlos wie ein Schatten, und Leigh lief gleichmäßig wie ein gut geschulter Wächter. Das Geräusch passte zu keinem.

Larkin richtete sich auf und lauschte erneut, doch ihm antwortete nur Stille. Dennoch stellten sich seine Härchen im Nacken auf, und er wusste, er würde keine ruhige Sekunde mit Freya mehr verbringen, ehe er nicht nachgesehen hatte, woher das Geräusch kam. Er schob Freya sacht von sich und erhob sich von ihrem Lager aus alten Fellen und Decken.

»Warte hier, ich bin gleich zurück«, sagte Larkin und warf ihr die Bluse und die Hose zu, die er ihr zuvor ausgezogen hatte, bevor er sich selbst ankleidete und einen Dolch an sich nahm, den er an seinem Gürtel befestigte. Er blickte ein letztes Mal zurück zu Freya, die verunsichert wirkte, dann wandte er sich ab und trat hinaus in die Höhle, die diese Wabe mit der nächsten verband. Doch er hörte nur seine eigenen Schritte und das Schnarchen eines Mannes, das als Echo von den Wänden wiedergegeben wurde.

Bedächtig schlich Larkin voran und achtete auf jedes Geräusch, schien es auch noch so leise und unbedeutend. Plötzlich vernahm er ein leises Kratzen, gefolgt von einem Stöhnen, das nicht von Lust zeugte. Er zückte seinen Dolch und trat hinaus in die Wabe, in der ihre Vorräte gelagert wurden. Die Luft in der Höhle war stickig und erfüllt von einem muffigen Geruch, der sich unweigerlich bildete, wenn viele Menschen auf engem Raum zusammenlebten. Trotz des Gestanks roch er frisches Blut.

Er spannte die Muskeln an, und der Griff um seinen Dolch wurde fester, als er das Blut am Boden bemerkte. Er folgte der Spur bis in die dunkelste Ecke der Wabe. Verborgen im Schatten, abseits des flackernden Lichts, lagen die leblosen Körper zweier Männer, die Kheeran erst vor Kurzem in Wächter verwandelt hatte. Jemand hatte ihnen die Kehle aufgeschlitzt und ihre Leiber hier versteckt.

Ihm blieb keine Zeit, darüber nachzudenken, denn bereits in der nächsten Sekunde ertönte ein Schrei. Ohne zu zögern, stürzte er in die Richtung des Rufs und näherte sich dem Eingang der Minen, der eigentlich bewacht sein sollte. Er erreichte die große Hauptwabe, in der unterm Tag Essen verteilt und Zeit miteinander verbracht wurde.

Hektisch sah er sich um und entdeckte ein paar finstere Gestalten, als sich plötzlich eine Feuerwand vor ihm auftat. Erschrocken wich Larkin zurück und blinzelte in die Flammen hinein. Die Hitze brannte auf seiner Haut.

Elementarmagie.

Fae.

Cernunnos' Männer hatten sie gefunden!

»Schwärmt aus! Sucht alles nach der Prinzessin und Kheeran ab! Dreht jeden Stein um und tötet, wer sich euch in den Weg stellt«, hörte er einen Fae rufen. Im selben Augenblick löste sich die Feuerwand auf, und plötzlich stand eine in schwarze Kleidung gehüllte Gestalt vor ihm, eine Klinge in der Hand.

Larkin handelte, ohne nachzudenken. Er riss seinen Dolch in die Höhe und blockte in letzter Sekunde den Hieb des Seelie ab. Warum hatte er sein Schwert bei Freya zurückgelassen? Ihm blieb keine Zeit für Reue, denn der Fae griff ihn abermals an, dieses Mal mit einer peitschenden Feuerzunge. Larkin wich zur Seite aus, machte im selben Atemzug einen Sprung auf den Fae zu und rammte ihn mit seiner Schulter. Der Fae geriet ins Taumeln. Larkin nutzte den Moment und schlug zu. In einer fließenden Bewegung schnitt er ihm die Kehle auf, so wie er oder seine Kameraden es bei den neuen Wächtern getan hatten. Der Fae griff nach der Wunde, doch er konnte den Schwall aus Blut nicht stoppen. Es rann ihm durch die Finger, und er sackte röchelnd zu Boden.

Larkin blickte auf und entdeckte mindestens zwanzig weitere Fae, die in die Mine schwärmten und sich verteilten. Ein Fluch kam über seine Lippen, als sich bereits zwei Fae auf ihn stürzten. Larkin schnappte sich das Schwert, das sein erstes Opfer fallen gelassen hatte, und stach zu. Der erste Fae wich seinem Hieb aus, hob die Hände und löste einen Erdrutsch aus. Gestein lockerte sich und krachte an mehreren Stellen in der Höhle nieder. Ein Riss wanderte die Wände empor und brach weitere Brocken aus der Decke. Gesteinsregen rieselte herab und traf eine Fae am Kopf. Benommen ging die Frau zu Boden.

»Keine Erdmagie!«, brüllte jemand aus der Menge. »Die Höhlen sind zu instabil.«

Larkin nutzte die Gelegenheit, schüttelte sich und wich in den Gang zurück, aus dem er gekommen war. In einem offenen Kampf hätte er kaum eine Chance gegen diese Überzahl, und er musste Freya in Sicherheit bringen. Er wirbelte herum und war bereits auf dem Weg zu ihr, als ihn ein eiskaltes Geschoss am Rücken traf. Schmerz explodierte in seiner linken Schulter, zwang ihn in die Knie.

Er stürzte zu Boden, aber ihm blieb keine Zeit für Schwäche. Umgehend tastete er nach dem Quell seiner Pein, schloss die Finger um etwas Kaltes. Ein Unseelie hatte ihn mit einem Eiszapfen erwischt, der sich in seine Haut gebohrt hatte. Stöhnend zog Larkin ihn aus seiner Schulter. Blut schoss aus der Wunde und tropfte zu seinen Füßen, aber darüber konnte er sich nun keine Sorgen machen.

Er rappelte sich auf und eilte davon. Drei Wächter, darunter Khoury, kamen ihm entgegen. Der Field Marshal griff ihm umgehend unter die Arme und half ihm in eine aufrechte Position. »Was ist…?«

»Fae«, platzte Larkin hervor. »Sie sind hier und greifen an.«

»Wie haben sie uns gefunden?«, fragte ein Wächter, dessen Namen Larkin nicht kannte.

»Ich weiß es nicht. Vielleicht hat jemand Cernunnos von den Minen erzählt.«

»Wie viele sind es?«, fragte Khoury.

»Zu viele.«

Khoury stieß einen Fluch aus. Er wies die Wächter an, sich

den Fae zu stellen und Larkin den Rücken freizuhalten, aber die beiden wirkten völlig überfordert.

»Kämpft!«, brüllte Khoury, und die Männer zuckten zusammen. Sie lösten sich aus ihrer Starre, rissen die Waffen hoch und stürzten den Fae entgegen. Der Erste fiel schneller als eine Motte im Feuer. Larkin presste die Lippen fest aufeinander. Die neuen Rekruten waren keine Kämpfer, auch wenn sie mit aller Macht versucht hatten, welche aus ihnen zu machen.

»Hilf ihnen«, sagte er zu Khoury. »Ich muss zu Freya.«

Sein bester Freund nickte und warf sich in das Kampfgetümmel, um die Fae davon abzuhalten, tiefer in die Minen vorzudringen, wo sich ihre Unschuldigen versteckten. Larkin setzte sich ebenfalls in Bewegung. Er musste Freya und Kheeran fortbringen. Wenn Aldren … Cernunnos es auf sie abgesehen hatte, galt es, vor allem sie zu schützen.

Er fühlte das heilende Kribbeln der Magie in seiner Schulter, aber es würde wohl noch einige Augenblicke dauern, bis der Schmerz versiegt war. Die Rufe und Schreie des Kampfes waren inzwischen bis in den letzten Winkel der Mine vorgedrungen, und der Rauch der Feuermagie quoll durch die Gänge. Weitere Wächter kamen Larkin entgegen, um sich ihren Angreifern zu stellen. In einer Wabe, die er kreuzte, entdeckte er Birstan, der die verängstigte Meute zu beruhigen versuchte.

Larkin hatte die Wabe, in der er sich kurz zuvor noch mit Freya geliebt hatte, fast erreicht, als sie ihm bereits entgegenkam. Angekleidet, mit einer Waffe in der Hand und einem halben Dutzend Feuer-Talenten um den Hals. Angst und Unsicherheit standen in ihrem Blick, aber auch Kampfgeist. Doch Freya würde nicht kämpfen, nicht heute, da Cernunnos gekommen war, um sie und Kheeran zu holen. Hoffentlich gelang dem Unseelie mit Ceylans Hilfe die Flucht.

»Cernunnos' Männer sind hier, wir müssen dich rausbringen«, sagte Larkin und packte Freyas Hand. Er sah den Widerspruch in ihren Augen, aber ihnen blieb keine Zeit für eine Unterredung. Die Höhlen waren zwar groß und verwinkelt, doch früher oder später fanden Cernunnos' Männer sie.

»Freya!«

Sie wirbelten herum. Casimir! Er kam auf sie zugerannt, die Abschrift des dunklen Elements fest an sich gepresst. Blut tropfte von seiner Stirn. Entweder war er gestürzt, oder er hatte einen Felsbrocken abbekommen.

Freya deutete auf Casimir.

»Mir geht es gut, keine Sorge. Wir müssen hier raus!«

»Kennst du einen Weg?«, frage Larkin. Er war in den vergangenen Tagen mit anderen Dingen beschäftigt gewesen, sodass ihm keine Zeit geblieben war, sich mit den Wegen in der Mine vertraut zu machen. Ein Umstand, den er bereute.

»Keinen, der sicher ist. Einige Gänge führen noch tiefer in den Berg hinein, aber sie sind verschüttet. Birstan hatte geplant, sie frei räumen zu lassen, aber dazu ist es nie gekommen. Vielleicht könnte man hinaus, wenn man einen kleinen Durchgang schafft.«

»Kannst du uns den Weg zeigen?«

Casimir nickte entschlossen und führte sie an. Larkin musste sich ducken, um den Rauch nicht einzuatmen, der wabernd an der Höhlendecke entlangkroch. Schreie der Angst und Rufe der Verzweiflung begleiteten ihren Weg durch die Höhle und ließen ihn erschaudern. Er wünschte, er könnte helfen, aber er wusste nicht, wie, ohne Freya im Stich zu lassen. Er konnte nur hoffen, dass die Soldaten die Menschen in Frieden ließen, sobald sie erkannten, dass die Prinzessin und Kheeran nicht mehr hier waren.

»Da vorn ist sie!«, brüllte ein Fae, der aus einem schmalen Gang vor ihnen auftauchte. Kaum hatte er die Worte ausgesprochen, erschienen weitere Fae neben ihm. Blut tropfte von ihren Klingen, und Wasser und Eis züngelten um ihre Finger. Eine

Windböe peitschte ihnen entgegen, eine stumme Drohung, was mit ihnen geschehen würde, sollten sie Freya nicht rausrücken.

Larkin trat vor. »Casimir, bring Freya in Sicherheit, ich halte sie hin.«

Der Alchemist zögerte. »Das ist Selbstmord, das sind zu viele.«

»Verschwindet!«, befahl Larkin.

Die Fae eilten heran, um Freya zu holen, doch dafür mussten sie erst einmal an ihm vorbei. Casimir war bereits einige Schritte zurückgewichen, seine sture Prinzessin hingegen rührte sich nicht von der Stelle, sondern verharrte an seiner Seite.

»Bitte geh!«, drängte er erneut.

Nicht ohne dich, formten ihre Lippen die tonlosen Worte.

»Frey …« Die Feuerkugel traf Larkin unerwartet. Er schrie auf. Sein Hemd entzündete sich. Er drückte sich sofort an die Wand und erstickte die Flammen, aber seine Haut brannte unangenehm nach.

Die Fae drängten sich ihnen durch die schmale Höhle entgegen. Es konnten jedoch nur zwei nebeneinanderlaufen, was Larkin Zeit gab, sie aufzuhalten. Er brüllte, stürzte sich auf die Fae, und auch Freya hob furchtlos ihre Waffe. Sein Herz zog sich zusammen. Sie mochte Mut beweisen, aber es waren zu viele Gegner und sie noch lange nicht bereit für einen solchen Kampf.

Freya stellte sich einem Fae mit erhobener Klinge, allerdings zögerte der Unseelie und griff nicht an. Vermutlich wollte Cernunnos Kheeran und sie lebend haben, um sie eigenhändig zu töten.

Larkin stach zu. Der Fae ging zu Boden und wurde so zum Hindernis für die nachkommenden Soldaten, dennoch versperrten ihnen die Fae weiterhin den Weg und drängten sie Stück für Stück zurück in die Wabe. Der Rauch war in den letzten Augenblicken dichter geworden. Die verbliebenen Rufe und

Schreie erklangen nun noch näher, aber auch dünner und schwächer, als brächten Fae die Leute nach und nach zum Schweigen.

Larkin blickte hinter sich, obwohl er bereits wusste, dass es zu spät war. Sie saßen in der Falle. Die Fae hatten sie eingekesselt, aber kampflos aufzugeben, kam nicht infrage. Freya schlug erneut zu, riss sich eins ihrer Talente vom Hals und sandte einen Funkenregen gegen ihren Angreifer. Sichtlich irritiert von der plötzlichen Magie wich er zurück, was Freya wiederum nutzte, um ihre Waffe im Herzen des Fae zu versenken. Larkin erkannte das Entsetzen in ihren Augen, weil sie soeben ein Leben genommen hatte, doch er verspürte großen Stolz auf sie.

Freya schüttelte sich, und kurz wirkte es, als wollte sie die Waffe fallen lassen. Dann umklammerte sie das Schwert fester. Larkin schob sich vor sie und drängte sie nach hinten, während er die Hiebe weiterer Angreifer abwehrte. Schweiß stand auf seiner Stirn, die Wunde in seiner Schulter schmerzte, und der Rauch brannte in seinen Augen. Gewiss würde er sich noch eine Weile verteidigen können, aber er wusste nicht, wie lange er Freya in diesem Zustand schützen könnte.

Sie gelangten zurück in die Wabe, was den Fae die Möglichkeit gab, sich zu den Seiten hin auszudehnen. Sie strömten aus und kreisten Larkin, Freya und Casimir ein. Larkin entdeckte mehrere tote Wächter und eine leblose Frau in einem der anderen Gänge. Die Fae hatten sie ohne Skrupel ermordet.

»Bitte«, flehte nun Casimir, sank auf die Knie und streckte *Die Abschrift des schwarzen Elements* von sich. Larkin wusste nicht, ob er es den Fae als Opfergabe darbot oder sie zu überzeugen versuchte, dass er auf ihrer Seite stand. Was immer es war, es funktionierte nicht. Einer beschwor einen spitzen Eiszapfen aus einer Pfütze Blut und feuerte ihn auf Casimir ab.

Sein Flehen verstummte, als der blutige Pfeil seine Kehle durchbohrte. Gurgelnd ging er zu Boden. Er zuckte und röchelte in dem verzweifelten Versuch, zu Atem zu kommen, doch bereits einen Herzschlag später hauchte er sein Leben aus. Entsetzt starrte Freya auf die Leiche. Sie wollte nach dem Buch greifen, aber noch ehe sie es erreichte, ging es in Flammen auf, und ein Seelie lachte lauthals. Larkin zog Freya zurück und baute sich vor ihr auf, auch wenn er ihr Leben damit vermutlich nicht retten, sondern nur verlängern konnte.

Ein Unseelie trat vor. »Überlass uns die Prinzessin, dann wird dein Tod schneller und schmerzfreier sein.«

Larkin biss die Zähne zusammen, wich jedoch nicht zurück.

Ein Lächeln trat auf das Gesicht des Fae. Er hob die Hand, und dieses Mal war es Casimirs Blut, das sich vom Boden erhob. Es formte sich nicht zu einem Pfeil, sondern zu einem Dutzend kleiner, spitzer Geschosse, dazu geschaffen, sich bis auf die Knochen in Larkins Körper zu bohren. Keinesfalls könnte er sie mit seiner Klinge abwehren, dennoch klammerte er sich an seinem Schwert fest.

»Du kannst immer noch zurückweichen«, mahnte der Fae.

»Niemals.«

Der Fae schien froh über diese Antwort. Er hob seine Hand, bereit, seine Blutnadeln auf Larkin zu schleudern, als diese plötzlich wieder flüssig wurden und zu Boden tropften.

»Was …?«, stammelte der Unseelie und sah sich um. Die anderen Fae versuchten ebenfalls Magie zu wirken, aber es gelang ihnen nicht. Verunsicherung machte sich breit, denn sie verstanden nicht, was vor sich ging. Sie ahnten nichts von der Dunkelgängerin, die sich in den Schatten verbarg.

Jetzt oder nie.

Larkin stieß mit dem Schwert nach vorn und durchbohrte das Herz des Unseelie, der ihm eben gedroht hatte. Freya schloss sich ihm an, und gemeinsam kämpften sie sich einen Weg durch die entwaffneten Fae, die ohne ihre Magie nur noch halb so mächtig waren. Zudem waren die Soldaten von dem Schwund ihrer Magie so überrumpelt, dass es Freya und Larkin gelang, jene zu verdrängen, die zwischen ihnen und ihrem Fluchtweg standen. Mit ein wenig Glück hatten sich die Fae inzwischen in den Minen verstreut, sodass sie von der Hauptwabe aus nach draußen gelangen könnten. Wären sie erst im Freien, könnten sie sich im Schatzgebirge verstecken. Allerdings musste er sich eingestehen, dass er die Orientierung verloren hatte. Die grauen Höhlengänge mit den Fackeln an den Wänden, die nun teils erloschen waren, sahen alle gleich aus.

»Hier drüben!«, hörte er plötzlich Kheeran rufen.

Er fuhr herum. Mit Ceylan schloss Kheeran aus einer Höhle zu ihnen auf. Ceylan hielt zwei Mond-Sichel-Messer in ihren Händen, deren Klingen in Fae-Blut getränkt waren.

»Habt ihr Weylin und Leigh gesehen?«, fragte sie.

Larkin schüttelte den Kopf. »Nein, aber wir müssen verschwinden. Die Fae sind hinter Freya und Kheeran her. Vielleicht schaffen wir es, durch den Haupteingang ins Gebirge zu fliehen, wenn du ihre Magie noch eine Weile unterbinden kannst.«

Ceylan nickte grimmig. Sie machte den Anschein, als würde sie jeden einzelnen Fae in der Mine lieber niedermetzeln, als den Rückzug anzutreten, dennoch übernahm sie zu Larkins Erleichterung mit Kheeran die Führung. Weit kamen sie allerdings nicht, denn aus einem Gang vor ihnen stürzten vier Fae mit erhobenen Waffen. Sie machten auf dem Absatz kehrt und wollten in die andere Richtung fliehen, aber auch von dort kam eine Horde Fae auf sie zu.

Unruhig sah Larkin sich um und bemerkte, dass es zu spät war. Sie waren erneut von Fae eingekesselt worden. Er spannte die Muskeln, und ohne ein Wort zu sagen, stürzten sie sich in den Kampf.

Ceylan erledigte mit ihren Mond-Sichel-Messern innerhalb kürzester Zeit drei Fae. Es war beeindruckend, wie viel besser sie mit diesen Waffen umgehen konnte als mit einem Schwert. Sie bewegte sich, als wären die Messer ein Teil von ihr, aber Larkin ahnte, dass auch das nicht helfen würde. Immer weitere Fae kamen nach, und ihre Kraft war nicht unbegrenzt.

Larkin durchbohrte mit seiner Klinge das Herz eines Fae. Leblos sackte der Mann zusammen, aber bereits einen Herzschlag später trat eine Frau an seine Stelle und forderte ihn heraus. Sie trug kein Schwert bei sich, sondern einen Speer. Sie stieß nach ihm, allerdings gab es kaum Möglichkeiten, in dem engen Raum auszuweichen, ohne sich den anderen in den Weg zu stellen. Er machte einen Satz zur Seite, doch die Spitze des Speers schrammte über seinen Bauch. Er stöhnte laut auf, als ein glühender Schmerz in ihm aufbrandete.

Erschrocken wirbelte Freya zu ihm herum, was ein Fae gnadenlos ausnutzte. Er hieb mit einem Dolch in Freyas Richtung, nicht um sie zu töten, aber um sie zu verletzen. In letzter Sekunde ging jedoch Khoury dazwischen. Larkin hatte keine Ahnung, woher der Field Marshal in diesem Durcheinander kam. Aber er hatte Freya gerettet, und das war alles, was zählte. Larkins Herz pochte vor Schreck und Anstrengung viel zu schnell.

»Wir müssen verschwinden«, keuchte Khoury.

Larkin nickte.

»Folgt mir!«

Das ließen sie sich nicht zweimal sagen. Mit Khourys Hilfe schlugen sie sich einen Weg in die Hauptwabe frei, aber hier sah es wenig besser aus. Mehrere Wächter kämpften gegen die Fae, doch sie hatten kaum eine Chance. Die Wabe war gepflastert mit Leichen, und Larkin schauderte, weil die meisten leblosen Körper zu ihren Leuten gehörten. Birstan war ebenfalls darunter. Seine leeren, toten Augen starrten an die Decke der Höhle, die ihm einst Schutz gewährt hatte.

Die Fae hatten ihre neuen Rekruten auch ohne Magie mühelos niedergemetzelt. Einige bessere Kämpfer beteiligten sich noch, aber die Erschöpfung und Müdigkeit stand ihnen ins Gesicht geschrieben. Larkin spähte in Richtung des breiten Höhlengangs, der aus der Mine führte, doch ihre Feinde blockierten den Weg.

Trotz der aussichtslosen Situation warf sich Larkin ins Kampfgetümmel und verteidigte Freya mit allem, was er noch in sich hatte. Gegen die Schmerzen, die Erschöpfung und den beißenden Gestank von Tod und Rauch ankämpfend, schlug er um sich. Dabei hielt er sich dicht bei Freya, um sie zu schützen, obwohl sie sich bisher wacker geschlagen hatte. Was vermutlich auch dem Umstand zu verdanken war, dass die Fae in ihrer Nähe vorsichtiger waren, um sie nicht versehentlich zu töten. Dasselbe konnte Larkin auch bei Kheeran beobachten, der nicht der versierteste Kämpfer war, sich aber gut schlug. Er konnte sogar Magie wirken, was zeigte, wie weit Ceylan mit ihren Fähigkeiten inzwischen gekommen war.

»Wir müssen zum Ausgang«, sagte Khoury.

Larkin nickte. Sie mussten es zumindest versuchen, denn herumzustehen und den Feind auf sie einströmen zu lassen, würde sie nicht retten. Khoury rief die restlichen Wächter zusammen, und gemeinsam bildeten sie eine Front gegen die angreifenden Fae. Sie waren eine sehr schwächliche und unterlegene Front, aber sie kämpften als Einheit. Neben Larkin ging einer der neuen Wächter zu Boden. Er fuhr herum, griff den Fae an, der den Mann zu Fall gebracht hatte, und durchbohrte seine Brust. Cernunnos musste gut einhundert Soldaten ins Schatzgebirge geschickt haben, um sicherzugehen, dass er Freya und Kheeran bekam.

»Leigh!«, hörte Larkin Ceylans erleichterten Ausruf.

Er blickte sich flüchtig um und entdeckte den Wächter und Weylin hinter der Flut an Fae. Sie kämpften aus der entgegengesetzten Richtung gegen den Feind an und waren bereits dort, wo Freya, Ceylan, Kheeran, er und die verbliebenen Wächter hinwollten. Mit vereinten Kräften schafften sie es, die Fae einige Fuß zurückzudrängen.

Weylin kämpfte wie ein Wilder und löschte ein Leben nach dem anderen aus. Larkin fand es jedes Mal faszinierend, wie geschickt und flink der Halbling sich bewegte. Er schlug eine kleine Schneise durch die Angreifer. Larkin packte Freyas Hand und zerrte sie mit sich. Womöglich konnten sie es schaffen! Der Ausgang war nicht mehr weit, wenn sie noch einen Moment länger durchhielten …

Wahrhaftig! Es gelang ihnen, zu Weylin und Leigh aufzuschließen. Larkin brannte der Schweiß in den Augen, und seine Hand schmerzte von dem festen Griff um seine Waffe, dennoch kämpfte er weiter, bis nur wenige Schritte sie vom Ausgang trennten. Die hereinströmende Luft war frisch, und die Nacht erhob sich vom Land, denn die ersten Sonnenstrahlen küssten das Firmament. Ein neuer Tag war angebrochen. Der Tag, an dem sie Cernunnos hatten töten wollen.

»Wir sind gleich draußen!«, brüllte Kheeran und schlug mit einer Wasserpeitsche einen weiteren Fae nieder. Larkin sah sich um. Ihre eigenen Reihen waren dezimiert worden, und nun standen ihnen nur eine Handvoll neuer Wächter zur Seite, die aber weiterhin tapfer kämpften.

»Sucht sofort Schutz im Gebirge«, befahl Kheeran mit gebieterischer Stimme, die seine Worte festigte, sodass niemand sie infrage stellte. »Teilt euch auf, wenn es sein muss. Wir finden wieder zueinander.«

Larkin umschloss Freyas Hand und erledigte die letzten Fae, ehe er endlich durch den Ausgang ins Freie trat. Er atmete tief ein und beschleunigte seine Schritte. Die anderen rückten nach und folgten ihm in die Freiheit, die zum Greifen nah war. Larkin gelangte auf den großen Platz vor der Mine und wollte den erstbesten Weg ins Gebirge nehmen, erstarrte jedoch mitten in der Bewegung.

»Beim König …«, stammelte er und drehte sich um seine eigene Achse.

Sie hatten sich nicht die Freiheit erkämpft, sondern einen Platz inmitten des Feindes. Rings um den Ausgang verteilt standen weitere Fae. Es waren mindestens so viele wie in der Höhle, vermutlich mehr. Sie hielten ihre Schwerter und Lanzen angriffsbereit, einige hatten Bögen gespannt und zielten auf die kleine Gruppe.

»Wir sind eingekreist«, sagte Ceylan, ihre Messer noch immer erhoben, obwohl ihnen allen bewusst wurde, dass die Situation wahrhaftig aussichtslos war. Sie waren erschöpft, am Ende ihrer Kräfte. Schweiß und Blut, ihr eigenes und das der getöteten Fae, klebten an ihren Körpern. Ihre Lungen brannten vom Rauch und der Anstrengung des Kampfes.

Das war es also.

Ihr Ende.

Larkin erzitterte aus Ehrfurcht vor diesem Moment und zog Freya an sich. Ihr Atem streifte seine Haut und ließ ihn für einen Augenblick die wohlig warme Erinnerung an die letzte Nacht spüren. »Ich bin bei dir«, flüsterte er, obwohl er nicht wusste, ob das genug war. Wenn er Glück hatte, würden die Fae ihn gemeinsam mit Kheeran und Freya zu Cernunnos schaffen. Dann könnte er sie zumindest bis ans Ende begleiten, und sie könnten Seite an Seite sterben.

»Danke, dass ihr rauskommt«, sagte einer der Fae. Es war ein älterer Unseelie, in eine dunkle Uniform gekleidet, mit mehreren goldenen Abzeichen, wie Larkin sie unter Kheerans Führung oder der seines Vaters nie gesehen hatte. »Das erspart uns das lange Suchen. Diese Höhlen sind wirklich unübersichtlich.«

Der Fae löste sich aus der Menge und lief auf ihre Gruppe zu. Larkin blickte sich um und erschauderte, als er bemerkte, wie wenige von ihnen übrig waren. Ein Dutzend neuer Wächter, Gothar, Khoury, Leigh, Weylin, Ceylan, Kheeran, Freya und er selbst. Was war mit den anderen Geflüchteten? Waren sie alle tot, oder hatten ein paar durch benachbarte Schächte entkommen können?

»Wir wollen nur Freya und Kheeran«, sagte der Fae. »Wenn ihr sie uns ohne Aufstand aushändigt, könnte ich mir vorstellen, euch andere gehen zu lassen.«

Larkin schnaubte, und auch Khoury lachte. »Das glaubst du doch wohl selbst nicht«, rief er.

Der Fae, vermutlich ein General oder Ähnliches, grinste und tippte sich nachdenklich ans Kinn. »Vielleicht fühle ich mich großzügig nach unserem Sieg. Ihr könnt es darauf ankommen lassen. Liefert sie uns aus.«

»Auf keinen Fall!«, bellte Larkin und schob sich vor Freya, auch wenn ihn das womöglich das Leben kostete. Aber dieses schien ihm nach über zwei Jahrhunderten ohnehin nicht viel wert zu sein, nicht ohne die Frau, die er liebte. Sie hatte ihm einen Lebenswillen eingehaucht, den er im Verlies des Königs verloren geglaubt hatte.

Ceylan rückte ebenfalls dichter an Kheeran heran und hielt ihre Messer im Anschlag, bereit, jeden niederzumetzeln, der sich ihr näherte.

»Ist das eure Wahl?«, fragte der General und verdrehte die Augen, als könnte er diese Bereitschaft zur Aufopferung nicht verstehen. »Dann läuft es also auf weiteres Blutvergießen hinaus, und das noch vor dem Frühstück.«

Weylin verlagerte sein Gewicht und drehte einen Dolch in seiner Hand. Es war nur eine kleine Bewegung, die vermutlich niemand außer Larkin mitbekam.

»Aber wenn das eure Wahl ist, können auch …« Weiter kam der Fae nicht. Weylin hatte ausgeholt und ihm seinen Dolch entgegengeschleudert. Die Klinge hatte zielsicher den Kopf des Mannes gefunden und war in seine Stirn eingedrungen.

»Tötet sie!«, brüllte ein anderer Fae aus der Menge, und der

Kampf schwoll von Neuem an. Larkin stimmte in das Geschrei mit ein, hob die Waffe und warf sich den Fae entgegen, auch wenn keine Hoffnung bestand. Dies war er also … sein letzter Kampf. Die letzte Schlacht. Er würde durchhalten, solange er nur konnte, und bis zu seinem letzten Atemzug Fae in den Tod reißen.

Freya legte ihre Waffe ebenfalls an und stürzte sich ins Getümmel. Die Fae strömten von allen Seiten heran, die verbliebenen Novizen fielen schnell, und innerhalb kürzester Zeit hatten die Fae sich einen Weg zum Kern ihrer Gruppe freigekämpft. Dass sie dabei so viel Rücksicht auf Kheerans und Freyas Leben nahmen, war ihr einziger Trumpf, auch wenn dieser nicht lange anhalten würde.

Sie waren geschlagen von einem übermächtigen Feind. Die Menschen waren Cernunnos hilflos ausgeliefert, und es gab niemanden mehr, der sich gegen ihn auflehnen würde, nicht nach Freyas und Kheerans Tod. Der Gott des Todes würde alles Leben auslöschen und seine Herrschaft ausdehnen.

Ein Pfeil sauste an Larkins Kopf vorbei, nur wenige Fingerbreit trennten das Geschoss von seinem Schädel. Er fuhr herum und entdeckte, dass er einen Fae erwischt hatte. Larkin blickte auf den Unseelie, der mit dem Pfeil in der Brust niederging, und runzelte die Stirn. Das Geschoss sah fremdartig aus. Hatte Cernunnos es ausschließlich für diesen Krieg anfertigen lassen?

Ein weiterer Pfeil sauste an ihm vorbei und traf die Schulter eines Fae. Das konnte kein Zufall sein. Allerdings waren es keine magiegeschmiedeten Pfeile, und sie richteten nicht allzu viel gegen die Fae aus. Der Seelie mit der Wunde an der Schulter riss das Geschoss aus seinem Körper und stürzte sich auf Larkin.

Er holte mit seinem Schwert aus, täuschte ein Manöver an, nutzte dann jedoch die noch offene Wunde des Fae aus. Er drückte einen Dolch, den der Seelie nicht kommen sah, in das Loch. Der Fae schrie auf und wollte die Klinge aus dem Fleisch ziehen, als Larkin erneut mit seinem Schwert zuschlug und den Kopf des Fae von dessen Rumpf trennte.

Weitere Pfeile trafen die umstehenden Fae. Zuvor hatte Larkin gedacht, der erste Pfeil hätte ihn verfehlt, aber er war nie für ihn bestimmt gewesen. Die Geschosse regneten mit einer erstaunlichen Präzision auf die Fae nieder. Diese lenkten ihre Aufmerksamkeit auf den noch unsichtbaren Feind, der sich nun allerdings aus dem Gebirge erhob.

Es waren Soldaten. Dutzende. Hunderte. In ihren roten, braunen und goldenen Rüstungen stürzten sie so brachial auf die Fae zu, dass diese sich von der kleinen Gruppe abwenden mussten, damit sie um ihr Überleben kämpfen konnten.

Fragend blickte Larkin zu Kheeran, der ähnlich ratlos aussah. Er hatte keine Ahnung, was hier geschah, aber er würde diese Chance nicht verstreichen lassen und warf sich erneut in den Kampf. Sie stürzten sich auf die Fae, die nun von allen Seiten angegriffen wurden. Die fremden Soldaten köpften ihre Feinde zielsicher. Sie stürmten auch in die Höhle, woraufhin weitere Kampfgeräusche erklangen. Larkin sah den Soldaten nach und versuchte zu begreifen, was vor sich ging. Eben noch war er bereit gewesen, mit seinem Leben abzuschließen, um Freya zu schützen, nun war das Schlachtfeld um ihn herum mit den Leichen seiner Feinde gepflastert.

Sein Atem kam schwer, er wischte sich über die Stirn, verteilte aber nur den Schweiß und das Blut, die an seinen Händen klebten. Freya taumelte neben ihm und ließ ihr Schwert fallen. Larkin war sofort bei ihr, um sie zu stützen.

»Ich hab dich«, sagte er und gab ihr Halt. Sie war am Ende ihrer Kräfte. Dass sie überhaupt so lange durchgehalten hatte, war beeindruckend, aber Freya war stärker, als ihr zierliches Antlitz vermuten ließ. Er hielt seine Waffe noch immer erhoben, um mögliche Fae abzuwehren, doch für ihn gab es nichts mehr zu tun.

»Wer seid ihr?«, fragte Larkin einen der Soldaten. Er konnte sein Gesicht nicht sehen, denn dieses lag hinter einem Helm verborgen. Der Soldat neigte den Kopf, jedoch ohne etwas zu erwidern. Allerdings hatte Larkin nicht das Gefühl, missachtet zu werden, vielmehr erweckte es den Eindruck, als verstünde sein Gegenüber ihn nicht. Er wiederholte seine Frage. »Wer seid ihr?«

»Eure Rettung, wie es scheint«, antwortete eine andere, vertraute Stimme.

Larkin riss den Kopf herum und entdeckte Elroy, der auf sie zugeschritten kam. Die Soldaten in den rostbraunen Rüstungen gaben den Weg für ihn frei und senkten andächtig ihre Häupter.

Elroy sagte etwas zu einem der Männer in einer fremden Sprache. Der Soldat nickte, und kurz darauf schwärmte er gemeinsam mit anderen aus, um die Umgebung zu sichern. Nur eine Handvoll Soldaten und Elroy blieben zurück.

Freya machte sich von Larkin los, stürzte auf Elroy zu und warf sich ihrem rechtmäßigen Ehemann an den Hals. Er lachte und tätschelte ihren Rücken. »Ich bin auch froh, dich zu sehen, Weib.«

Freya löste sich von Elroy und verpasste ihm einen Schlag gegen die Brust, was die umstehenden Soldaten zusammenzucken ließ, doch sie unternahmen nichts, um sie von ihrem Prinzen fernzuhalten.

»Danke für eure Hilfe«, sagte Kheeran.

Leigh und Weylin bedankten sich ebenfalls.

»Was machst du hier?«, fragte Larkin skeptisch. Er wollte nicht undankbar wirken, schließlich hatte Elroy ihnen mit seinen Soldaten soeben das Leben gerettet, doch er hatte nicht damit gerechnet, den Piraten jemals wiederzusehen.

»Ich bin hier, um euch zu helfen«, antwortete Elroy.

»Ich dachte, du wolltest dich nicht in den Krieg einmischen.«

Er zuckte mit den Schultern. »Ich hab es mir anders überlegt.«

»Und wie hast du uns gefunden?«, wollte Weylin wissen.

»Moira hat mir geholfen. Sie hat Freya mit einem Suchzauber aufgespürt.«

Freya zupfte an Larkins Ärmel und sah zu ihm auf. Ein Blick in ihre Augen reichte aus, um ihn wissen zu lassen, was sie wollte. Er räusperte sich. »Ist Moira bei dir?«

Bedauernd schüttelte Elroy den Kopf. »Cernunnos' Männer haben sie geholt, noch während ich bei ihr war. Ich konnte nichts für sie tun. Sie ist tot.«

Freya presste sich die Hand auf den Mund und wich einen Schritt zurück. Larkin legte sofort seinen Arm um ihre Schultern und zog sie Trost spendend an sich. Er hatte die Alchemistin nie kennengelernt, aber durch Freyas Erzählungen das Gefühl gehabt, die alte Frau zu kennen.

»Ich habe schon viele Geschichten über die séakischen Streitmächte gehört, aber was ich eben gesehen habe, übertrifft alles. Wir sind Euch zu großem Dank verpflichtet, Prinz Deèglan«, sagte Khoury, der nicht ahnte, wer Elroy im Herzen war. Ein Dieb und Betrüger.

»Danke, aber das war noch gar nichts«, erwiderte Elroy. »Vermutlich wird Cernunnos bald nach seinen Männern sehen lassen, wenn sie nicht zurückkommen. Wir sollten also schnellstmöglich verschwinden. Meine Flotte harrt westlich von Amaruné vor dem Hafen aus. Dort können wir uns sammeln und alles Weitere besprechen.«

»Wir können nicht einfach verschwinden. Wir müssen nachsehen, ob es weitere Überlebende gibt«, gab Ceylan zu bedenken, die ihre Mond-Sichel-Messer noch immer fest umklammert hielt, als würde sie Elroy nicht trauen.

»Keine Sorge, meine Soldaten kümmern sich um alles.«

Ceylan verengte die Augen zu Schlitzen. »Ich vertraue dir nicht.«

»Du kannst auch gern hierbleiben, wenn du möchtest.«

»Geh mit ihm«, befahl Khoury und schob sein Schwert zurück in die Scheide an seinem Gürtel. »Ich bleibe und beaufsichtige alles. Vielleicht kann ich gemeinsam mit Deèglans Leuten ein paar Waffen bergen, die uns von Nutzen sein können.«

Ceylan wirkte nicht glücklich, nickte jedoch, und auch Larkin willigte ein, Elroy auf sein Schiff zu begleiten. Zwei Dinge, die er abgrundtief hasste, aber schließlich waren sie dank des Piraten noch am Leben, und dafür war er ihm dankbar.

63. Kapitel – Freya

– Amaruné –

Freya stand an der Reling der *Helenia* und blickte hinüber zum Festland, wo bereits die Sonne unterging. Es hatte sie Stunden gekostet, unentdeckt aus dem Schatzgebirge zum Hafen zu fliehen und von dort aus mit einem kleinen Boot zu Elroys Schiff überzusetzen. Sie waren der Crew vorgestellt worden und anschließend in Elroys Kajüte verschwunden, um alles zu besprechen. Freya jedoch hatte es keine Sekunde länger in der engen Kammer ausgehalten und hatte sich davongestohlen. Sie brauchte einen Moment zum Durchatmen, und die frische, salzige Meeresluft tat ihr gut nach den vergangenen Tagen in der Mine und dem Geruch von Blut und Tod der letzten Stunden.

Die Erschöpfung des Kampfes saß ihr noch tief in den Knochen, wobei es weniger die körperliche Müdigkeit war, die sie quälte, sondern die geistige. Sie hatte in den vergangenen Monaten des Öfteren um ihr Leben gebangt, aber niemals so. In diesen letzten Sekunden, kurz bevor Elroys Soldaten erschienen waren, war sie überzeugt gewesen, bald in den ewigen Frieden überzugehen.

Wie Casimir.

Wie meine Eltern.

Wie Moira.

Freya schluchzte leise. Es war vor allem der Gedanke an die Alchemistin, der schmerzte. Sie hatte Moira so viel zu verdanken. Ihre Magie. Kheeran. Larkin. Und ihre Freiheit. Ohne sie wäre Freya vermutlich mit ihren Eltern im Palast von Cernunnos überrannt worden, gefangen in einem Leben, das einem goldenen Käfig glich. Wunderschön von außen, beengend von innen. Sie hatte Moira zwar unzählige Male gedankt, mit Wort und Gold, aber nun, da sie fort war, erschien es Freya nicht genug.

Sie schloss die Augen und ließ die Tränen kommen. Ihre Gedanken schweiften zu den vielen wertvollen Stunden, in denen sie mit der Alchemistin über Magie gesprochen hatte, und es tat weh, zu wissen, dass sie ihr niemals von ihrer Herkunft und dem Quell ihrer Kraft würde erzählen können.

Freya schniefte und wischte sich mit dem Handrücken die Augen trocken, bevor jemand aus Elroys Mannschaft sie weinen sah. Sie blinzelte die Tränen aus ihren Wimpern und spähte erneut in Richtung Festland. Sie waren zu weit auf dem Meer, um Amaruné zu erkennen, allerdings waren Rauch und dunkle Wolken am Himmel zu sehen, die sich auf unnatürliche Weise auf einen bestimmten Punkt zubewegten und sich dort zu einem Strudel vereinten, wie Freya es nie gesehen hatte.

Auf einmal schlang jemand zwei starke Arme um ihre Mitte. Unwillkürlich huschte ein Lächeln über Freyas Lippen, und sie wehrte sich nicht, als sie sanft gegen eine feste Brust gezogen wurde. Sie seufzte und schmiegte sich an den Mann, der ihr so viel Sicherheit, Liebe und Geborgenheit schenkte.

»Denkst du an Moira?«, fragte Larkin.

Sie machte eine ausholende Geste. *Alles.*

»Verstehe«, murmelte er an ihrem Ohr. Seine Stimme klang leicht gepresst, und Freya war sicher, dass sie in seinem Gesicht eine bläuliche Blässe vorfände, denn ihr starker Wächter war seekrank. Das letzte Mal, als sie auf der *Helenia* gewesen waren, hatte er sich die Seele aus dem Leib gekotzt. Heute war der Wellengang glücklicherweise seicht, was seine Übelkeit in Schach zu halten schien.

Was machen die anderen?, gestikulierte Freya mit den Händen. Larkin und sie hatten sich Gesten für bestimmte Worte ausgedacht. Wenn sie einen Kreis mit ihren Daumen formte, meinte sie damit ihre Freunde, wenn sie den Kreis mit ihren kleinen Fingern beschrieb, redete sie von ihren Feinden. Hin und wieder vergaß sie die erschaffenen Gesten, aber sie wurde mit jedem Tag besser, auch wenn Larkin bisher der Einzige war, der sie auf diese Weise verstand.

»Kheeran berichtet Elroy von Cernunnos und erzählt ihm von unseren Überlegungen. Ich nehme an, das wird noch eine Weile dauern«, erwiderte Larkin und legte sein Kinn auf ihrem Scheitel ab, als hätte er nicht mehr die Kraft, seinen Kopf selbst zu halten. Larkin hatte im Kampf im Schatzgebirge alles gegeben und mehrere Stichwunden davongetragen. Sie heilten zwar bereits, aber es würde wohl noch eine Nacht dauern, bis er zu seiner alten, unversehrten Stärke zurückfand.

Wird Elroy uns helfen?

»Er hat sich dazu noch nicht geäußert, aber weshalb sonst sollte er mit der séakischen Streitmacht anrücken?« Larkin hob seinen Kopf, und Freya ahnte, dass er über seine Schulter hinweg zu den Hunderten Schiffen spähte, die in ihrem Rücken lagen und auf Elroys Befehl warteten. »Ich denke allerdings, dass seine Hilfe mit einem Preis kommt.«

Vielleicht auch nicht.

Larkin lachte. »Glaubst du das wirklich? Elroy ist ein berechnender Mistkerl. Er weiß genau, dass er alle Trümpfe in der Hand hält, und es gibt etwas, das er mehr als alles andere ersehnt.«

Die Unsterblichkeit.

»Ja«, stimmte Larkin bitter zu. Er missbilligte das Erschaffen neuer Wächter nach wie vor. Für ihn war dieses Ritual ein heiliger Eid und die Unsterblichkeit ein Geschenk, das nicht leichtfertig vergeben werden durfte. »Wir haben die neuen Wächter gebraucht, aber Elroy will die Unsterblichkeit für sich selbst. Er wird damit nicht dienen oder kämpfen, er will nur über die Meere schippern.«

Ist das wirklich so verwerflich?

»Ja.«

Freya hielt die Luft an und dachte darüber nach. Sie verstand Elroys Wunsch. Er hatte die Liebe seines Lebens verloren und geschworen, die ganze Welt zu erkunden, um ihr im Tod davon erzählen zu können. Dafür reichte ein einziges Leben nicht aus. Er brauchte mehr Zeit, und diese könnte Kheeran ihm schenken.

Zeit, die auch Freya wollte. Sie hatte es Larkin gegenüber noch nicht erwähnt, aber sie machte sich viele Gedanken um ihre eigene Sterblichkeit. Sie war über zwei Jahrhunderte jünger als der Wächter, und doch würde sie vor seiner Zeit altern, runzlig und gebrechlich werden.

Wie würde er reagieren, wäre sie es, die Kheeran um die Unsterblichkeit bat? Wäre es für ihn ebenfalls ein Verrat an dem Eid, den er geleistet hatte? Oder würde er sich glücklich schätzen, den Rest seines Lebens mit ihr verbringen zu dürfen?

Sie schloss die Augen und versuchte, diese drängenden Gedanken nach hinten zu schieben. Es ergab keinen Sinn, sich um eine gemeinsame Zukunft zu sorgen, die sie womöglich niemals haben würden. Nicht, solange der Gott des Todes ihre Welt in seinen Klauen hielt.

64. Kapitel – Elroy

– Amaruné –

»Du siehst, wir hatten alles geplant«, sagte Kheeran und schloss damit seine Erzählung über Aldren, Cernunnos, die Anderswelt und ihren irrwitzigen Plan ab.

»Euer Plan war also, diesen Gott mit einer Handvoll ungeübten Kriegern zu bekämpfen?«, schlussfolgerte Elroy. Er saß an seinem Tisch und hatte die Hände vor dem Bauch verschränkt. Die Luft in der Kajüte war mittlerweile stickig und schwül. Er war erschöpft, und sein Schädel dröhnte von allem, was er im Lauf der vergangenen zwei Stunden gehört hatte. Obwohl er den Krieg, die Verwüstung und das Leid mit eigenen Augen gesehen hatte, fiel es ihm schwer, zu glauben, dass wahrhaftig ein Gott in dem Körper des Unseelie steckte.

»Wir haben mit dem gearbeitet, was wir hatten«, erwiderte Kheeran. Er saß mit Ceylan auf einer der Kisten, die übervoll mit Elroys Besitz waren. Kleider, Waren, Karten, er bewahrte hier auf, was er irgendwann verkaufen wollte oder von dem er sich nicht trennen konnte.

Rae saß neben ihm auf einem weiteren Stuhl. Freya hatte ihre Besprechung vor gut einer halben Stunde verlassen, und kurze Zeit später war Larkin ihr gefolgt. Leigh und Weylin waren bei seiner Mannschaft und erholten sich vom Kampf. Es überraschte Elroy ein wenig, dass sich ausgerechnet der verbrannte Prinz als Anführer der kleinen Gruppe herauskristallisiert hatte.

»Eure Männer wären gefallen, noch ehe sie ihre Schwerter hätten ziehen können. Sie *sind* gefallen.« Elroy hatte wenig vom Kampf im Gebirge gesehen, aber es hatte ihm gereicht. Diese neuen Wächter waren keine Krieger gewesen, sondern Kanonenfutter. Wie viele hatten Cernunnos' Angriff überlebt? Vier? Fünf? Vielleicht ein Dutzend?

»Wir hatten keine andere Möglichkeit«, verteidigte Kheeran seinen Plan.

»In diesen letzten Tagen im Schatzgebirge haben wir nichts anderes getan, als uns auf den geplanten Angriff vorzubereiten«, sagte Ceylan. »Wir hatten vor, Cernunnos' Lager anzugreifen, doch er ist schneller in die Stadt einmarschiert, als wir erwartet hatten.«

Elroy schüttelte den Kopf und blickte zu einem Bullauge. Viel erkannte er nicht, aber der Himmel färbte sich langsam dunkler und schimmerte wieder in dem glühenden Rot, das über der Stadt lag. Amaruné war dem Untergang geweiht, und wenn er diesen Erzählungen glaubte, dann betraf das nicht nur diese Stadt und Lavarus, sondern auch den Rest der Welt.

»Wir müssen Cernunnos aufhalten, ehe er zu mächtig wird.«

»Vielleicht ist er das schon«, sagte Rae, die Kheerans Erzählung schweigend gelauscht hatte. »Wenn ich das richtig verstanden habe, nährt sich dieser Cernunnos von Leid und Tod, und davon gab es mehr als genug in den letzten Tagen. Wir sollten unsere Sachen packen und davonsegeln.«

»Das wird den Kampf nur aufschieben«, sagte Ceylan, die unruhig mit einem ihrer Messer spielte. »Cernunnos wird über die Grenzen von Lavarus hinausgehen.«

»Das wissen wir nicht mit Gewissheit.«

»Was ist mit der Prophezeiung?«

»Wir sollten uns nicht von den wirren Worten einer alten Frau, die wir nicht einmal kennen, in einen Krieg treiben lassen, der bereits verloren ist«, gab Rae zurück. Sie war von Elroys Vorhaben, Lavarus im Krieg zu unterstützen, nicht begeistert und sah darin eine unnötige Gefahr. Doch sie respektierte seine Entscheidung als Prinz und Heerführer genug, um ihm dennoch Treue zu leisten.

Ceylan schnaubte. »Der Krieg ist erst verloren, wenn wir aufgeben, und dazu bin ich nicht bereit. Du kannst gern fliehen, aber ich marschiere morgen in dieses Schloss und stelle mich Cernunnos. Mit oder ohne eure Unterstützung.«

»Allein habt ihr keine Chance«, sagte Elroy ohne jeden Zweifel.

»Dann hilf uns«, bat Kheeran und sah ihn offen an. Im Gesicht des Fae lagen Angst und Verzweiflung, aber auch Entschlossenheit und Willensstärke. Er war vielleicht nicht davon überzeugt, diesen Gott besiegen zu können, aber er würde es dennoch versuchen.

»Cernunnos ist gewiss kein Narr. Er wird längst vom Schicksal seiner Soldaten erfahren und sich im Palast verbarrikadiert haben.«

»Aber seine Streitmacht ist geschwächt.«

»Geschwächt?« Elroy lachte. »Wir haben im Schatzgebirge einen Bruchteil seiner Armee zerschlagen. Ein Teil ist in der Stadt, der andere harrt südlich in den Wäldern aus.«

»Wir müssen auch nicht seine Armee besiegen, wir müssen nur in das Schloss gelangen«, sagte Ceylan mit unermüdlicher Hoffnung. »Ich bin seine Schwachstelle. Wenn es mir gelingt, nah genug an ihn heranzukommen, um seine Magie zu unterbinden, kann Weylin ihn töten.«

»Und wie gedenkt ihr, ins Schloss zu kommen?«, fragte Elroy. »Die Straßen Amarunés sind voller Soldaten, die nach euch suchen. Glaubt ihr ernsthaft, ihr könnt euch an ihnen vorbeistehlen und unbemerkt in das Schloss gelangen?«

»Wir hatten vor, für Unruhen zu sorgen, welche die Soldaten ablenken.«

»Wie?«

»Die Wächter sollten einen Teil der Stadt angreifen.«

Elroy hob die Brauen. »Du meinst die toten Wächter?«

Kheeran presste die Lippen aufeinander, denn die Antwort

lag auf der Hand. Elroy lehnte sich in seinem Stuhl zurück, bemüht, ein Lächeln zu unterdrücken. Er war nicht froh über den Tod dieser Männer und Frauen, aber er war erleichtert über die erhoffte Gelegenheit.

»Ich kann euch helfen«, sagte Elroy. »Ich stelle euch meine Armee an die Seite, mit ihr ist euch der Sieg gewiss. Die Flotte, die ihr von der *Helenia* aus seht, ist nur ein Teil meiner Streitmacht. Wenn ich meine gesamte Flotte zusammenrufe, werden Cernunnos' Männer untergehen, und ihr könnt in das Schloss eindringen.«

Kheerans Blick zuckte zu Ceylan und zurück zu ihm. Skepsis stand in seine Augen geschrieben. »Das ist ein großzügiges Angebot, das gewiss nicht aus der Güte deines Herzens kommt. Was willst du für deine Hilfe?«

»Die Unsterblichkeit.«

»Das ist alles?«, fragte Kheeran überrascht.

Er nickte. »Das ist alles.«

Für den einstigen Unseelie-Prinzen mochte dies vielleicht wenig sein, aber ihm bedeuteten diese zusätzlichen Jahre alles. Sie waren die Erfüllung seiner Träume und alles, wonach er sich seit Helenias Tod gesehnt hatte.

»Einverstanden«, sagte Kheeran. »Ich mache dich unsterblich.«

Elroy ließ die Worte in sich nachklingen und hielt sie in seinem Herzen fest. Als er Larkin getroffen und dieser ihm das vermeintliche Geheimnis verraten hatte, hatte Elroy sich bereits am Ziel gewähnt und war enttäuscht worden. Dieses Mal würde seine Hoffnung jedoch nicht von einem Verrat gebrochen werden. Hier und heute würde Kheeran ihm seinen sehnlichsten Wunsch erfüllen und ihm genug Zeit verschaffen, diese Welt für Helenia zu erkunden.

»Woher wissen wir, dass du uns wirklich hilfst?«, fragte Ceylan. »Du könntest auch deine Armee nehmen und wieder davonsegeln.«

»Ich gebe euch mein Wort.«

Sie runzelte die Stirn, und Elroy sah zu Rae. »Sie ist meine Zeugin. Ich schwöre bei meinem noch sehr kurzen Leben, dass ich mit euch in den Kampf ziehe, wenn ich dafür unsterblich werde. Das ist alles, was ich möchte.«

Rae brummte missbilligend. Es war schwer zu beurteilen, ob sie mit seinem Wunsch nach der Unsterblichkeit nicht einverstanden war oder mit seinem Vorhaben, in den Kampf zu ziehen.

»Und? Haben wir eine Vereinbarung?«

»Die haben wir«, sagte Kheeran und erhob sich von seinem Platz. Er trug noch dieselbe zerschlissene und blutgetränkte Kleidung wie bei ihrer Ankunft. »Wir können es sofort hinter uns bringen, wenn du möchtest.«

Elroy sah zu dem Fae, und das erste Mal seit langer Zeit verspürte er etwas wie Unruhe. Er hatte keine Angst, aber das Wissen, dass ihm sogleich sein sehnlichster Wunsch erfüllt wurde, ließ das Herz in seiner Brust schneller pochen und seine Handflächen feucht werden. Heute Morgen war er mit dreißig, vierzig, vielleicht fünfzig verbleibenden Jahren aufgewacht, und kommende Nacht würde er sich mit weiteren fünf-, sechs- oder siebenhundert schlafen legen.

»Was brauchst du dafür?«

»Nicht viel. Nur eine magiegebundene Klinge und dein Blut.«

Ein Messer und etwas Blut. Elroy schnaubte. Er hatte erwartet, dass das Ritual kompliziert und langwierig sei. Sollte Larkin den Angriff auf Cernunnos überleben, würde er sich diesen Mistkerl vorknöpfen müssen.

»Welches Element begehrt dein Herz?«

Elroy hob die Brauen. »Ist das eine ernst gemeinte Frage?«

Kheeran lachte leise. »Wasser also. Ceylan?«

Mit einem kurzen Zögern überreichte sie Kheeran ihr sichelförmiges Messer.

»Gib mir deine Hand«, forderte Kheeran ihn auf.

Elroy gehorchte und sah zu, wie der Fae seine Finger unter die seinen legte und den Dolch anhob. Langsam senkte er die Klinge und verpasste ihm einen Schnitt. Ein Schmerz, wie Elroy ihn nie verspürt hatte, loderte in ihm auf. Er war brennend und sengend heiß, als würde ein Feuer durch seine Adern wandern. Er biss die Zähne zusammen, um keinen Laut von sich zu geben, auch wenn er das Bedürfnis verspürte, all den tobenden Gedanken und Gefühlen in sich Ausdruck zu verleihen. Blut quoll aus der Wunde und sammelte sich in seiner Handfläche.

Kheeran fügte sich selbst einen ähnlichen Schnitt zu. Elroy fiel auf, dass seine Haut an dieser Stelle rissig und wund war, vermutlich, weil er sich in den vergangenen Tagen immer wieder verletzt hatte, um die inzwischen verstorbenen Wächter zu erschaffen.

Kheeran vereinte seine Hand mit Elroys. Das Brennen der Wunde wurde stärker, und er musste ein leises Keuchen unterdrücken. Ihm wurde schwarz vor Augen, er zwang sich jedoch, bei Bewusstsein zu bleiben. Er war dabei, die Unsterblichkeit zu erlangen. In seinen Adern würde nach wie vor dasselbe Blut fließen, aber es besäße Magie, die über die weltlichen Dinge erhaben war.

»Mein Blut werde zu deiner Magie«, sagte Kheeran ruhig. »Deine Magie werde zu deiner Kraft, auf dass du lange leben wirst.«

Mit Kheerans Worten veränderte sich der Schmerz. Er ebbte ab wie das Meer unter der Wirkung der Monde und zog sich langsam zurück. Elroy fühlte sich benommen, und ihm war schwindelig, aber mit jedem weiteren Atemzug ließen diese Gefühle nach. Zurück blieb eine Art Glühen in seinem Magen, wie er es nie zuvor gespürt hatte. Es war weder mit dem warmen Gefühl von Alkohol zu vergleichen noch mit dem angenehmen Kribbeln, wenn er bei einer Frau lag.

»Ist es vollbracht?« fragte er.

Kheeran nickte.

»Darf ich die Waffe halten?«, erkundigte sich Elroy. Er wusste, dass nur Wächter und Fae magiegeschmiedete Waffen führen konnten, ohne Schmerzen zu erleiden. Wenn Kheeran ihn also wahrhaftig unsterblich gemacht hatte, sollte er das Messer berühren können. Er griff nach dem Heft, doch bevor er es ergreifen konnte, entriss Ceylan Kheeran ihre Waffe und nahm sie an sich.

»Such dir deine eigene Waffe.«

Kheeran lachte. »Ceylan hat eine sehr enge Bindung zu diesem Messer.«

»Du durftest es anfassen.«

»Das durfte ich«, sagte Kheeran und sah zu Ceylan, die seinen Blick stumm erwiderte. Es brauchte keine Worte, um Elroy begreifen zu lassen, was sich zwischen der Dunkelgängerin und dem Fae-Prinzen abspielte. »Hier, nimm meinen Dolch. Er ist luftgebunden. Seine Magie wird nicht so stark zu dir rufen, aber du wirst mit ihm ebenso gut kämpfen können wie mit jeder anderen Waffe.«

Obwohl Elroy Kheeran weitaus mehr vertraute als diesem Bastard von Wächter, zitterte seine Hand, als er nach dem ihm dargebotenen Dolch griff. Zaghaft schloss er seine Finger um das Heft, und kurz befürchtete er, denselben brennenden Schmerz zu verspüren wie zuvor, doch nichts geschah. Der Griff der Waffe fühlte sich warm in seiner Hand an, und er bemerkte eine Schwingung, wie er sie bei keiner anderen Waffe gefühlt hatte. Es musste die Magie sein, die dem Metall innewohnte. Vorsichtig bewegte er den Dolch hin und her. Erst langsam, dann immer schneller lauschte er auf das leise Sirren der Klinge.

Ein leises Lachen entwand sich seiner Kehle. Er war unsterblich. Er war wahrhaftig unsterblich! Endlich. Nun konnte ihn nichts mehr davon abhalten, auch den hintersten Winkel dieser Welt zu sehen.

»Danke«, murmelte er. »Danke!«

Kheeran nickte, sagte aber nichts, wie um ihm die Zeit zu geben, die er brauchte, um sein neues Leben zu begreifen. Am liebsten wäre er rausgerannt und hätte der ganzen Welt mitgeteilt, dass er nun unsterblich war. Dass er alle Jahre zur Verfügung hatte, die er benötigte, um mit der *Helenia* zum entferntesten Winkel dieser Erde zu segeln.

Elroy wischte sich über die Augen, da sich dort Tränen gesammelt hatten, die niemand sehen sollte, und ließ die Klinge sinken. Er drehte sich um, lief um seinen Tisch herum und öffnete die oberste Schublade, wo er ein kleines Messer aufbewahrte. Er hob es an und ritzte sich ohne Zögern in die Hand. Der Schmerz war noch da. Blut quoll aus der Wunde und rann über seine Haut, doch der Schnitt schloss sich sofort. Elroy lachte erneut auf und widerstand dem Drang, sich abermals zu verletzen.

»Es hat wirklich funktioniert.«

»Unsterblich heißt nicht unverwundbar«, sagte Kheeran. »Du wirst Blessuren genauso spüren wie alle anderen. Wenn du dir einen Knochen brichst, wird es wehtun, und wenn du ihn nicht richtest, ehe er zusammenwächst, wirst du ihn noch mal brechen müssen. Wenn dich jemand enthauptet, dir ins Herz stößt oder dich bei lebendigem Leib verbrennt, wirst du dennoch sterben.«

»Danke«, sagte Elroy abermals und nickte dem Fae zu. Um die Schmerzen machte er sich keine Sorgen, denn kein Schmerz könnte es je mit der Pein aufnehmen, die er nach Helenias Verlust verspürt hatte. Er legte den gewöhnlichen Dolch mit dem luftgebundenen in die Schublade und bedeutete Kheeran und Ceylan, ihm aus seiner Kajüte zu folgen.

Sie sahen einander verwundert an, kamen dann jedoch nach. Kaum war Elroy draußen, atmete er die frische Seeluft ein, deren

Duft ihm auf einmal viel intensiver vorkam. Er glaubte, trotz der Dunkelheit schärfer in die Ferne blicken zu können als jemals zuvor. Er blieb stehen und lauschte. Das Rauschen des Meeres brandete in seinen Ohren, und das Geschrei der Möwen klang schriller. Er hörte sogar seine Mannschaft unter Deck reden. Es war wunderbar!

»Was ist geschehen?«, fragte Larkin, der mit Freya an der Reling stand. Er hatte seine Arme von hinten um die Prinzessin geschlossen, löste sich nun aber von ihr, um sich Elroy, Ceylan und Kheeran zuzuwenden.

Er grinste. »Ich bin unsterblich.«

Larkin blinzelte. »Du bist was?«

»Unsterblich.«

»Ich hatte keine andere Wahl«, sagte Kheeran nun, wie um sich zu verteidigen. »Unsere Leute sind tot oder verletzt, wir brauchen Elroys Streitmacht, um auch nur in die Nähe des Palastes zu kommen. Es war das einzig Richtige.«

Larkin brummte missmutig, doch das war Elroy gleichgültig. Sollte der Wächter unglücklich sein. Er hatte, was er wollte, und sobald dieser Kampf ausgetragen war, würde er aus Lavarus verschwinden, um wieder der Verlockung des Ozeans zu folgen.

Elroy trat an die Reling, wo eine Planke von der *Helenia* zum Nachbarschiff gelegt war. »Dag!«, rief er, und einer seiner Männer hob den Kopf. »Macht euch bereit! Wir werden Amaruné einnehmen!«

Dags Brauen zuckten bei seinem Befehl leicht in die Höhe. Es war erstaunlich, dass Elroy selbst das auf die Entfernung erkannte. »Wann?«

»Das kommt darauf an. Wie lange brauchst du, um alles vorzubereiten?«

»Zwei Tage.«

»Dann werden wir die Stadt in zwei Tagen angreifen.« Elroy

wandte sich ab und bedeutete den anderen, ihm zu folgen. Er marschierte über das Deck zur gegenüberliegenden Seite. Dieses Mal blieb er nicht vor der Planke stehen, sondern überquerte sie zum Nachbarschiff.

Freya, Kheeran und Ceylan schafften es leichtfüßig über das schwankende Brett. Larkin hatte mehr Probleme. Beim Überqueren wurde er noch blasser, und ein Teil von Elroy wünschte beinahe, der Wächter würde in die kalte Flut stürzen, als Rache für das Scheißebad, das er seinetwegen genommen hatte.

Im Gegensatz zu seiner Crew, welche sich kleiden und geben konnte, wie sie wollte, trugen die Männer und Frauen auf den anderen Schiffen Uniformen oder gar Rüstungen. Sie grüßten ihn mit Verbeugungen und verfielen in seiner Anwesenheit in andächtiges Schweigen. Elroy überquerte auch dieses Deck und lief über eine weitere Planke zum nächsten Schiff.

»Das ist wohl ein Scherz«, keuchte Larkin, als sie bereits das dritte Schiff auf diese Art passierten. »Willst du uns jedes deiner Boote zeigen?«

»Nein. Ich will euch zeigen, was wir tun werden, wenn Ceylan scheitert.«

»Ich werde nicht …«

»Schon gut«, unterbrach Elroy sie. »Ich wollte dich nicht beleidigen und bin sicher, dass du mächtig bist. Aber das ist Cernunnos euren Geschichten nach auch. Es kann also nicht schaden, etwas gegen ihn in der Hinterhand zu haben.«

Sie erreichten das nächste Schiff, doch statt dieses ebenfalls zu überqueren, steuerte Elroy den Laderaum an. Er öffnete die Tür zum Unterdeck, stieg eine Leiter hinab und wartete, bis die anderen ihm gefolgt waren. Es war vollkommen dunkel im Raum, abgesehen von dem fahlen Licht, das vom oberen Deck nach unten drang.

»Warum ist es so … dunkel?« Das letzte Wort war nur ein Keuchen von Kheerans Lippen. Er sog scharf die Luft durch die

Zähne, und auch Larkin stieß einen leichten, beinahe beeindruckten Pfiff aus.

»Ist das etwa …?«, setzte Ceylan an.

»Ja«, gab er voller Stolz zurück. »Das ist unsere Absicherung.«

»Beeindruckend«, sagte Kheeran.

Elroy lachte und klopfte ihm auf den Rücken. »Das ist es. Jetzt lasst uns überlegen, wie wir diesen Mistkerl dahin schicken, wo er hingehört. Lasst uns den Gott des Todes töten.«

65. Kapitel – Freya

– Amaruné –

Trotz der schwülen Wärme, die das Land noch fest im Griff hielt, kroch ein eisiger Schauer über Freyas Rücken, als sie mit Larkin, Kheeran, Ceylan, Leigh und Weylin die ersten Ausläufer ihrer Heimat Amaruné erreichte. Der sechste Ring war nie ein ansehnlicher Ort gewesen, mit seinen versifften Wegen, heruntergekommenen Hütten und dem allgegenwärtigen Gestank von Urin, Schweiß und verdorbenem Essen. Doch der Anblick, der sich Freya nun bot, war um einiges grausiger.

Die einst schiefen Hütten waren nur noch schwelende Ruinen. Die unebenen Wege waren gepflastert mit Schutt und Asche. Und der Gestank von Urin war vom süßlichen Geruch verbrannter Leiber abgelöst worden, die unweit von ihnen von Cernunnos' Leuten eingeäschert wurden. Es waren die Leichen der Gardisten, die im Krieg gefallen waren, und all jener Menschen, die es gewagt hatten, sich dem Gott des Todes in den Weg zu stellen.

Freya drehte sich der Magen um. Sie bemühte sich, flach durch den Mund zu atmen, um sich nicht zu erbrechen, denn sie wollte keine Schwäche zeigen und Larkin und den anderen beweisen, dass sie es verdient hatte, sie zu begleiten.

»Wo entlang?«, fragte Weylin. Seine Stimme wurde von dem schwarzen Tuch gedämpft, das er sich über das halbe Gesicht gezogen hatte. Sie alle waren in dunkle Kleidung gehüllt, wodurch es ihnen gelang, beinahe vollständig mit der Finsternis zu verschmelzen, welche Amaruné heimsuchte.

In der Stadt herrschte eine gespenstische Dunkelheit, wie Freya sie nie erlebt hatte. Noch immer loderten vereinzelte Feuer in den Trümmern. Sie waren das Einzige, was in dieser Nacht Licht spendete, denn der Himmel war verhangen von dunklen Wolken. Sie sammelten sich seit Tagen ohne Niederschlag über den Häusern und schoben sich auf unnatürliche Art und Weise dem Palast entgegen.

Freya deutete den anderen den Weg durch die Ruinen an. Ihre Augen tränten von dem beißenden Gestank. Sie hatte keine Ahnung, wie die Menschen es aushielten, die hier noch lebten, wobei Freya nicht zu sagen vermochte, wie viele es waren. Die Wege waren ausgestorben, nur vereinzelte Diebe wagten es trotz Cernunnos' Wachen, um die Häuser zu ziehen. Der Rest der Bevölkerung war entweder tot, geflohen oder verbarrikadierte sich in den noch stehenden Hütten, um den Fae auszuweichen, welche die Straßen auf und ab patrouillierten. Bisher schienen sie nichts von der drohenden Gefahr durch Elroys Streitmacht zu ahnen, die sich in diesem Augenblick auf die Stadt zubewegte.

Ihre kleine Gruppe hielt sich geduckt zwischen den Ruinen der zerstörten Häuser, während sie sich dem Schloss zu nähern versuchten. Sie waren Elroy voraus, da ihr Plan vorsah, dass sie die Kanalisation erreichten, ehe die Ablenkung durch seine Streitmacht begann. Khoury war mit Gothar zurückgeblieben, da sie am meisten Erfahrung im Kampf gegen die Fae besaßen. In ihren Besprechungen hatte ihr Vorhaben, Cernunnos zu stürzen, solide und berechnet geklungen, doch allmählich stieg Unsicherheit in Freya auf.

Was, wenn Elroys Armee es nicht mit den Fae aufnehmen konnte? Was, wenn Cernunnos zu mächtig für Ceylan war?

Sie hatten dafür zwar ebenfalls einen Plan ausgeklügelt, dennoch machte sich Freya Sorgen. In ihrem Nacken hatte sich eine drückende Anspannung festgesetzt, und sie musste sich ständig umdrehen, weil sie das Gefühl hatte, dass jemand sie gleich von hinten anspringen und ihren Plan zunichtemachen würde.

Plötzlich blieb Larkin stehen und deutete nach vorne, wo

gerade drei Fae entlangliefen. Weylin erstarrte, ebenso wie Ceylan und Kheeran, die längst zu hören schienen, was Freya mit ihrem menschlichen Körper noch verwehrt war. Aber schließlich vernahm auch sie die Stimmen der Fae, die sich ihnen näherten.

»Macht dir Aldren keine Angst?«, fragte einer.

»Was er mit diesem Andreus angestellt hat, ist schon bedenklich«, erwiderte ein anderer Fae. Freyas Vater war ein grausamer Mann gewesen, der vermutlich einen ebenso grausamen Tod verdient hatte, dennoch lief es ihr bei diesen Worten kalt den Rücken hinab. Was hatte Cernunnos ihm angetan?

»Warst du dabei?«, erkundigte sich ein weiterer Fae.

»Nein, aber ich habe davon gehört. Er soll Andreus mit bloßer Hand das Herz aus der Brust gerissen haben. Das ist nicht die Art eines Unseelie zu töten. Irgendetwas Falsches geht mit Aldren vor.«

Die Gruppe entfernte sich, und für Freya war das Gespräch bald nicht mehr zu belauschen, wofür sie dankbar war. Sie hatte ihrem Vater in den letzten Monaten des Öfteren den Tod gewünscht, aber das zu hören war dennoch nicht leicht.

Larkin berührte sie sacht an der Schulter.

Sie nickte, um ihm tonlos zu verstehen zu geben, dass sie zurechtkommen würde. Was geschehen war, war geschehen, und ihr Vater würde weder von ihrer Übelkeit noch von ihrer Trauer wieder lebendig werden.

Sie warteten, bis die Fae vorübergezogen waren, ehe sie sich wieder in Bewegung setzten. Freya gab den Weg vor, den Weylin voranging, denn er war am geübtesten darin, unbemerkt umherzuschleichen. Sie mussten es nur bis zu den ersten Ausläufern des dritten Rings schaffen, ab dort war die Stadt von einer Kanalisation untertunnelt, die sie bis zum Schloss bringen würde.

Doch sie kamen nicht so schnell voran, wie Freya wünschte. Immer wieder mussten sie anhalten, sich verstecken und ihren Pfad ändern, weil Wachen ihren Weg kreuzten oder dieser von

Trümmern versperrt wurde. Freya war dankbar für die vergangenen Jahre, in denen sie sich zu Moira geschlichen hatte, denn anderenfalls wären ihr die Wege in den äußeren Ringen nicht so vertraut gewesen.

Freya lotste die Gruppe durch eine Gasse, gesäumt von Zerstörung. Die Hütten links und rechts des Weges waren eingestürzt und hatten ihn geschmälert. Der Boden war durchzogen von Rissen, die nur von Erdmagie stammen konnten.

Selbst wenn es ihnen gelang, Cernunnos zu stürzen und Amaruné zurückzuerobern, würde die Stadt nie wieder dieselbe sein. Die Verwüstung war zu groß, der Schrecken saß zu tief. Freya hätte gern gewusst, wie es um die inneren Ringe stand. Hatte Cernunnos sie ebenfalls verwüstet, oder hatte die königliche Garde dort bereits ihren Widerstand aufgegeben und den Gott einmarschieren lassen?

Sie würde es nicht erfahren, denn sie hatten den dritten Ring erreicht. Von hier an ging es unterirdisch weiter.

Freya zupfte an Weylins Arm und deutete nach links auf einen alten Brunnen. Er nickte, und sie schlichen darauf zu. Den Brunnen verdeckten zusammengezimmerte Bretter. Leigh schob den Deckel beiseite, wobei ein leises, schabendes Geräusch entstand, das sie alle zum Erstarren brachte.

Ich gehe als Erstes, gab Freya Larkin mit einer Geste zu verstehen und kletterte über den Rand. Sie rümpfte die Nase. Der Gestank war bestialisch, und Freya wollte lieber nicht darüber nachdenken, was für ein Sud aus Abfall und Körperflüssigkeiten sie dort unten erwartete. An der Seite des Gemäuers waren Trittеisen in den Stein eingelassen. Vorsichtig stieg sie in den Brunnen und die darin herrschende Finsternis hinab, bis sie den Grund erreichte. Ihre Stiefel versanken in einer schlammigen Masse. Es stank nach Kloake und Verwesung, und trotz des Stoffes über ihrem Gesicht musste sie husten, als sie den ersten Atemzug nahm.

Larkin stieg nach ihr die Stufen nach unten. Ihm folgten Weylin, Kheeran und Ceylan. Leigh bildete das Schlusslicht und zog hinter sich den Deckel wieder auf das Loch, was eine undurchdringliche Dunkelheit erzeugte. Freya entzündete eines ihrer Talente, um ihnen den Weg zu leuchten.

»Hast du diesen Weg öfter genommen, als du aus dem Schloss abgehauen bist?«, fragte Kheeran und sah sich um. Der Weg war so schmal, dass sie nur hintereinander gehen konnten. Freya kam es vor, als würden sie durch eine Grabkammer laufen. Der Tod hing in jeder Ritze und schien sich mit jedem Atemzug in ihrer Lunge abzusetzen. Auch das Gefühl, verfolgt zu werden, wurde nicht besser.

Freya schüttelte den Kopf, deutete über sich und hielt sich die Nase zu.

»Sie hat lieber die Straßen benutzt, der Gestank hier unten war es nicht wert«, übersetzte Larkin ihre Geste, die bei dem abscheulichen Geruch beinahe selbsterklärend war. Moira hätte sie niemals in ihre Hütte gelassen, wenn dieser Mief an ihr gehaftet hätte.

»Lasst uns weitergehen«, drängte Ceylan. Die Dunkelgängerin war angespannt, mehr noch als sie alle, was Freya ihr nicht verdenken konnte. Es gab Hunderte Möglichkeiten, wie ihr Plan scheitern konnte. Wenn es ihr nicht gelang, Cernunnos' Magie zu unterbinden, könnte er mit ihnen allen tun, was er Farrow angetan hatte.

Freya bildete mit dem flimmernden Feuer in ihrer Hand die Vorhut. Spinnweben baumelten von der Decke, und Ratten und anderes Ungeziefer huschten zu ihren Füßen davon. Kheeran hatte erzählt, dass Nihalos ebenfalls untertunnelt war, aber sie bezweifelte, dass es in den Tunneln der Fae so aussah und roch wie in diesem.

Plötzlich vernahm Freya eine Erschütterung. Der Boden unter ihren Füßen vibrierte und brachte das schlackige Wasser zum

Erzittern. Sie musste nicht fragen, was sie soeben gespürt hatte. Eine Explosion. Elroy griff die Stadt und die Fae mit seiner Armee an, und das keine Sekunde zu spät.

»Es geht los«, sagte Larkin.

»Hört sich ganz danach an«, erwiderte Ceylan.

Kheeran nickte. »Nun gibt es kein Zurück mehr.«

Weylin schnaubte. »Hat es das jemals gegeben?«

Eine weitere Erschütterung brachte die Erde zum Zittern, und trotz der vielen Erdschichten, die Freya von der Oberfläche trennten, hörte sie nun die Unruhe über ihren Köpfen. Elroy griff die Stadt aus dem Westen und dem Norden an, und auch das Lager vor der Stadt sollte unter Beschuss sein.

»Wir müssen weiter«, drängte Ceylan abermals.

Unter den Beben der Explosionen setzten sie ihren Weg in Richtung Schloss fort. Immer wieder zweigten andere, verlassene Gänge ab, und Freya fragte sich, ob sich hier unten womöglich Menschen versteckten. Bisher waren sie keinen Geflüchteten begegnet, doch ab und an glaubte Freya, Schritte zu hören. Aber vielleicht stammten diese von den über ihren Köpfen marschierenden Soldaten.

»Wie lang ist der Weg noch?«, fragte Weylin.

Freya hob ihre freie Hand. Sie wusste nicht, wie lange sie bereits durch die Dunkelheit liefen, da sie ihr jegliches Zeitgefühl geraubt hatte, aber es war nicht mehr weit.

Wenige Augenblicke später erreichten sie den Ausgang. Er war von einem Gitter verhangen, an dem eine lange Kette mit einem Schloss befestigt war, dessen Schlüssel sie nicht besaßen.

»Kheeran«, sagte Larkin und machte ihm Platz.

Kheeran umschloss die Kette mit seinen Fingern und ließ sie zu Eis erstarren. Als sie komplett gefroren war, zerrte er mit einem festen Ruck daran. Die Glieder lösten sich problemlos und brachen in mehrere kleine Teile.

Larkin schob das Gitter beiseite. Die Scharniere waren alt und rostig und gaben ein ekelhaftes Quietschen von sich. Freya hielt die Luft an und lauschte angespannt, aber auch dieser Laut schien den Fae verborgen geblieben zu sein. Larkin drückte es weiter auf. Sie schoben sich hindurch und setzten ihren Weg fort, der nun eine leichte Steigung nahm, um den Fluss des Unrates aus dem Schloss zu fördern. Sie stapften gegen die Strömung an, bis sie wahrlich das Ende des Ganges erreichten. Hier verliefen nur noch Rohre, zu klein, als dass sie hindurchpassten, doch eine Trittleiter führte an die Oberfläche.

Freya wusste, dass über ihnen die Schlossgärten lagen, aber wer oder was sie dort erwartete, konnte sie nicht sagen. Larkin schob sich wortlos an ihr vorbei und gab damit zu verstehen, dass er nun die Führung übernehmen würde. Er stieg die Sprossen empor und drückte die Abdeckung ein paar Fingerbreit auf, welche die empfindlichen Adelsnasen vor dem Gestank schützen sollte.

Freya ließ die Flamme in ihrer Hand erlöschen und hüllte sie in Dunkelheit, damit niemand das Flackern des Feuers bemerkte. Larkin sah sich um, ehe er den Deckel geräuschlos schloss.

»Und?«, fragte Leigh. Obwohl er flüsterte, klang seine Stimme zu laut.

»Ich habe nur einen Soldaten entdeckt. Wartet hier, bis ich euch hole, ich kümmere mich darum«, antwortete Larkin und drückte die Abdeckung dieses Mal so auf, dass er hinausschlüpfen konnte.

Angespannt hielt Freya den Atem an. Sie vertraute auf Larkins Können, aber es stand mehr auf dem Spiel als ihr eigenes Leben, und sollten sie bemerkt werden, war alles verloren. Unruhig trat Kheeran von einem Fuß auf den anderen, und Ceylan atmete so flach, dass selbst Freya es hörte. Nur Weylin schien ruhig, aber er war auch der Einzige, der wusste, wie es sich anfühlte, einen Meuchelmord zu begehen.

Ein Knacken erklang über ihren Köpfen, kurz bevor sich die

Abdeckung bewegte. Freya spannte sich an, bereit, nach dem Schwert an ihrem Gürtel zu greifen, aber es war nur Larkin, der ihnen bedeutete, dass die Luft rein war. Nacheinander kletterten sie die Sprossen empor. Hatte die Stadt bei ihrer Ankunft noch ruhig geschlafen, herrschte inzwischen Chaos.

»Seht euch die Blumen und Sträucher an«, raunte Kheeran.

Freya blickte sich um. Sie hatte so auf die Geräusche des Kampfes gelauscht, dass sie nicht auf den Garten geachtet hatte, der um diese Jahreszeit für gewöhnlich prächtig blühte und gedieh; aber von dieser Lieblichkeit war nichts mehr übrig.

Die Pflanzen waren verwelkt, als stünde der Winter vor der Tür. Die Blumen ließen die Köpfe hängen, ihre Blüten waren abgefallen und die Sträucher nur skelettartiges Gestrüpp. Auch der Rasen unter ihren Füßen war welk. Eine unwirkliche Schwere lag in der Luft und schien alles Leben aus der Natur gesogen zu haben. Nur wenige Fuß entfernt entdeckte Freya mehrere Vogelkadaver. Ihre Flügel waren ausgestreckt, als wären sie mitten im Flug sterbend vom Himmel gefallen. Der Gott des Todes …

Der Anblick der toten Tiere drehte Freya den Magen um, doch sie durfte sich davon nicht lähmen lassen. Sie deutete nach vorn und lief geduckt an der Schlossmauer entlang. Dürre Bäume und Sträucher boten ihnen Sichtschutz, ebenso wie die Dunkelheit. Freya hatte in ihrem Leben schon viele stürmische Nächte miterlebt, in denen die Wolkendecke so dicht war, dass das Licht der Monde nicht ausreichte, sie zu brechen. Doch die Finsternis, die derzeit über der Stadt lag, war nicht mit jener zu vergleichen. Dunkle Wolken kreisten nebelartig über dem Palast, obwohl kein Wind sie antrieb.

Freya führte die Gruppe zielstrebig auf eine Außenwand des Schlosses zu, wobei ihnen keine weiteren Fae begegneten. Cernunnos hatte sie, wie erhofft, vermutlich alle ausgesandt, um Elroy zu bekämpfen, in dem Glauben, dass er als Gottheit ihren

Schutz nicht brauchte. Freya deutete auf eine Stelle an der Wand, die mit Gestrüpp und knöchrigen Ranken bedeckt war.

Weylin trat vor, zückte sein Messer und entfernte das Gesträuch. Viel Mühe kostete es ihn nicht, denn es war genauso verdorrt wie die restlichen Pflanzen. Dahinter kam eine hölzerne Tür zum Vorschein, ein alter Dienstboteneingang, der seit vielen Jahren nicht mehr genutzt wurde. Freya erinnerte sich, wie sie früher mit Kheeran hier des Öfteren herumgehuscht war. Sie sah zu ihm und entdeckte ein feines Lächeln auf seinen Lippen, das ihr zeigte, dass er sich ebenfalls an diese gemeinsamen Stunden erinnerte.

Weylin rüttelte an dem Griff. »Verschlossen.«

»Lass mich mal«, sagte Leigh und trat vor. Freya sah nicht, was der Wächter machte, der ihr mit seinen breiten Schultern die Sicht versperrte, aber bereits wenige Sekunden später ertönte ein Klicken, und die Tür sprang auf. Leigh machte Platz und ließ sie erneut die Führung übernehmen. Jenseits der Tür lag ein enger Gang. Er war schmal, mit niedrigen Decken, sodass Larkin und die anderen die Köpfe einziehen mussten. Sie schlossen die Tür hinter sich, und ein überwältigendes Gefühl der Freude überkam Freya, sodass sie sich davon abhalten musste, begeistert in die Hände zu klatschen. Sie hatten es tatsächlich in den Palast geschafft. Die erste Hürde war genommen. Könnte ihr Plan wirklich aufgehen?

Freya wollte sich nicht in dieser Hoffnung verlieren, denn sie hatten noch einen weiten Weg vor sich. Abermals entzündete sie eines ihrer Talente, um den Weg auszuleuchten. Die Gänge waren einst gebaut worden, damit sich die Bewohner des Schlosses nicht gestört fühlten, wenn Bedienstete ihren Weg kreuzten, aber die Zeiten hatten sich geändert. Die Könige und Königinnen schmückten sich mit der Anzahl ihrer Dienstboten und wollten sie nicht hinter Mauern verstecken, sondern zeigen, wie groß die Gefolgschaft war, die sich um sie scharte.

Freya führte die anderen tiefer in den Palast hinein und damit unweigerlich näher an Cernunnos heran. Sie wusste nicht, ob es Einbildung war, aber sie glaubte, die Macht des Gottes stärker zu spüren, je näher sie dem Thronsaal kamen.

Schließlich erreichten sie die Abzweigung, an der sich ihre Wege trennten. Freya war mulmig bei dem Gedanken zumute, die anderen allein weiterziehen zu lassen, aber dies war ihre einzige Möglichkeit. Sie deutete Ceylan, Larkin, Weylin und Kheeran den Weg an. Leigh und sie würden dem Gang geradeaus folgen, um bei Elroys Notfallplan dazuzustoßen.

»Dann heißt es jetzt wohl auf Wiedersehen«, sagte Leigh.

Sie wussten alle, was dies zu bedeuten hatte. Womöglich sahen sie einander das letzte Mal. Ein Knoten bildete sich in Freyas Hals, und sie blickte zu Larkin auf. Sie wusste nicht, was sie tun würde, sollte er sterben und sie wie durch ein Wunder überleben. Ihre Eltern waren tot, ebenso wie Moira und vermutlich auch all die anderen Menschen, die sie in Amaruné gekannt hatte. Larkin und Kheeran waren alles, was ihr geblieben war.

Ich liebe dich, sagte Freya mit ihren Händen.

»Ich dich auch«, erwiderte er und zog sie für einen letzten, innigen Kuss an sich. Am liebsten hätte Freya die anderen ebenfalls umarmt, aber dafür blieb keine Zeit. Sie mussten weiter, wenn sie die Chance auf ein Wiedersehen haben wollten.

Wehmütig setzte Freya ihren Weg mit Leigh fort, der sich soeben von Weylin verabschiedet hatte. Ihre Bluse klebte mittlerweile an ihrem Körper, und sie spürte die Anstrengung, als würde sie durchs Schloss rennen, statt nur zu schleichen. Sie schoben sich durch die engen, verstaubten Gänge, bis sie die geheime Tür erreichten, welche in die Vorratskammer führte. Das letzte Mal, als sie diesen Weg gegangen war, hatte am anderen Ende Elroy gewartet. Damals hatte sie ihre Verlobung verflucht, nicht ahnend, dass sie ihr und allen anderen das Leben retten würde. Sie stieg die schiefen Stufen zur Tür nach oben, die nur von dieser Seite zu öffnen war. Fünf eiserne Riegel verhinderten, dass sie von außen aufgeschoben wurde.

»Warte«, zischte Leigh, als sie das erste Schloss öffnen wollte.

Sie erstarrte und löschte die Flamme zwischen ihren Fingern.

»Fae«, flüsterte Leigh. Er legte eine Hand auf seinen Dolch und bedeutete Freya, beiseitezutreten, damit er die Führung übernehmen konnte. Sie drängte sich an die Wand. Völlig geräuschlos gelang es ihm, die Schlösser zu entriegeln. Bedächtig schob er die Tür auf, doch diese war so alt, dass ein Knarzen nicht zu verhindern war.

»Was war das?«, hörte Freya eine Frau fragen. Ihre Stimme klang weiter weg, als würde sie sich nicht in der Kammer, sondern in der angrenzenden Küche aufhalten.

»Vermutlich nur eine Ratte«, erwiderte ein anderer Fae.

»Jemand sollte nachsehen.«

»Tu dir keinen Zwang an.«

Freya hielt die Luft an, weil sie keinen Laut von sich geben wollte. Sie betete, dass die Fae einfach umdrehen würde, aber das geschah nicht. Ihre Schritte kamen unaufhörlich näher. Langsam zog Leigh den Dolch aus seinem Schaft. Trotz der Dunkelheit, die nur von dem kleinen Spalt in der Tür durchbrochen wurde, sah sie, wie sich seine Muskeln anspannten, als sich ihnen ein Schatten näherte.

»Was ist …?« Weiter kam die Fae nicht. Leigh schob die Tür vorsichtig, aber bestimmt auf, packte die Unseelie und zog seinen Dolch über ihre Kehle. Mit der anderen Hand hielt er ihren Mund zu, damit niemand ihre röchelnden Laute hörte. Die Fae schlug wild um sich, aber die Kraft schwand schnell aus ihrem Körper, während das Blut aus ihrem Hals sickerte.

»Roisin?«, erklang es aus der Küche.

Behutsam legte Leigh den Leichnam ab. Er bedeutete Freya zu warten und schlich zu der Tür der Kochstube. Leigh hob sich wie ein Schatten von dem Licht ab, das dort brannte.

»Roisin?«, fragte der andere Fae erneut.

Leigh schlüpfte durch die Tür. Was dann geschah, sah Freya nicht, aber sie hörte es. Ein leises Rumpeln, als wäre etwas vom Tisch gefallen, ertönte, gefolgt von einem dumpfen Schlag und Gekeuche, ehe Stille einkehrte.

Leigh erschien im Durchgang. Er hatte sich den Fae über die Schulter geworfen und trug dessen Leiche auf sie zu. Freya trat einen Schritt beiseite in die Vorratskammer und beobachtete Leigh, wie er den zweiten Toten versteckte.

»Wie geht es weiter?«, fragte er an sie gerichtet.

Freya deutete auf die Küche. Sie hatten den vereinbarten Treffpunkt erreicht. Die Kochstube besaß einen eigenen kleinen Vorhof, der genutzt wurde, um Vorräte und andere Güter an das Schloss zu liefern. Denn so gern sich ihre Verwandtschaft mit der Anzahl ihrer Bediensteten brüstete, wollte sie doch keine heruntergekommenen Kutschen vor dem Haupteingang stehen haben.

Leigh durchquerte die Küche und öffnete die Flügeltür des Lieferanteneingangs. Die Kampfgeräusche in der Ferne wurden klarer. Die Luft, die von draußen in die Küche wehte, war stickig und raucherfüllt. Freya spähte an Leigh vorbei, aber von Elroys Männern fehlte jede Spur. Das Schlagen ihres ohnehin schnell pochenden Herzens wurde noch heftiger. Waren sie zu früh dran oder die anderen zu spät?

Unruhig wischte Freya die feuchten Hände an ihrer Hose ab und spähte in den dunklen Himmel. Diese Wolken … Sie wirkten so bedrohlich. Als wären sie eigenständige Wesen, die nur darauf warteten, einen Sturm auf die Welt loszulassen.

»Und wir sind hier sicher richtig?«, fragte Leigh.

Freya nickte. Sie hatte Elroys Leuten einen Plan aufgezeichnet, mit mehreren Wegen durch die Stadt, sollte einer nicht länger passierbar sein.

»Das ist nicht gut«, sagte Leigh und spähte in die Nacht hinaus. Der von kahlen Büschen umzäunte Weg war leer, und es war auch kein Karren in Sicht. Dafür entdeckte Freya umso mehr flackernde Brandherde. Es schmerzte zu sehen, dass ihre Heimat abermals einer Welle der Zerstörung ausgesetzt war, aber ihnen war keine andere Wahl geblieben. Amaruné war durch Cernunnos ein Körper mit fauligem Bein geworden, und die einzige Möglichkeit, ihn zu retten, war, ihn von der Gliedmaße zu trennen.

»Was wollen wir jetzt machen?«, fragte Leigh. Er wirkte beunruhigt.

Freya griff nach ihrem Notizbuch, um etwas aufzuschreiben, als eine Explosion ertönte, dieses Mal bedrohlich nah. Leigh und sie zuckten gleichzeitig zusammen. Ihr Plan hatte nicht vorgesehen, die Kämpfe ins Innere der Stadt zu tragen. Elroy und seine Männer waren angewiesen, die Fae so lange wie möglich am Stadtrand zu beschäftigen, denn ihr Ziel war nicht die Rückeroberung der Stadt, sondern Cernunnos' Tod. Wenn der Gott erst einmal fiel, war Kheeran sicher, dass die Fae ihre Waffen niederlegen würden.

»Beim König, sie sind da!«, rief Leigh und stieß einen Laut der Erleichterung aus. Freya trat neben ihn und entdeckte zwei Kutschen, die von zwei Dutzend Soldaten flankiert wurden. Sie hatten ihre séakischen Rüstungen abgelegt und trugen ebenfalls vollkommen schwarze Kleidung. Freya war gewiss, dass es zu Beginn mehr Krieger gewesen waren, aber vermutlich hatten sie auf dem Weg zum Schloss Verluste erlitten. Einer löste sich aus der Gruppe und ritt auf Leigh und sie zu.

»Wo wart ihr?«, fragte Leigh.

»Aufgehalten«, sagte der Soldat. Er hatte einen starken Akzent, beherrschte jedoch ihre Sprache ebenso wie Elroy nahezu fließend. Freya erkannte, dass es sich um Dariush handelte, der ihnen vor zwei Tagen auf dem Schiff als einer der Sprengstoffmeister vorgestellt worden war.

»Was ist mit der dritten Kutsche?«

»Verloren, aber reicht.« Bei diesen Worten glitt Dariushs Blick am Schloss empor, und Freya glaubte, ein Glimmen in seinen Augen zu erkennen, als würde er sich freuen, es in die Luft gehen zu sehen.

»Hauptsache, ihr seid da«, erwiderte Leigh und winkte die Männer eilig ins Innere, bevor jemand sie sah. »Durch die Vorratskammer geht es in die Gänge. Passt auf, dass ihr nicht über die Leichen stolpert.«

Dariush nickte und bedeutete den anderen, die Kutschen zu entladen. Sie öffneten die Klappen und schoben die Planen beiseite, welche die wertvolle Fracht verborgen hatten. Auf den Ladeflächen der beiden Gefährte standen unzählige rote Tonkrüge, die allesamt mit einem hochexplosiven Sprengstoff gefüllt waren.

66. Kapitel – Kheeran

– Amaruné –

Kheeran hatte in den letzten Monaten alles verloren. Seinen Vater. Seine Mutter. Seinen besten Freund. Seine Heimat und um ein Haar sein Leben. Er hatte dem Tod ins Auge geblickt und war ihm von der Schippe gesprungen. Eigentlich sollte er keine Angst mehr verspüren, denn nichts konnte schlimmer werden. Trotzdem fürchtete er sich in diesem Moment mehr als je zuvor. Seine Hände waren klebrig und feucht, sein Herz pochte, als wollte es aus seiner Brust fliehen, und er hätte schwören können, dass er so blass war wie Larkin während der Tage auf See.

»Du schaffst das«, flüsterte Ceylan und strich über seinen Arm. Obwohl sie Schichten aus Stoff trennten, ging ihm die Berührung durch und durch, und er dachte voller Sehnsucht an die Stunden zurück, die sie gemeinsam am Tümpel verbracht hatten. Es fühlte sich an, als läge dieser kostbare Moment eine halbe Ewigkeit statt wenige Tage zurück.

Er schluckte schwer. »Was, wenn nicht?«

»Darüber darfst du nicht nachdenken«, erwiderte sie und schenkte ihm ein Lächeln, das seinerseits voll Sorge und Zweifel war, doch er wusste die Geste zu schätzen. Am liebsten hätte er sie an sich gezogen und geküsst, aber er wollte sie nicht aus der Fassung bringen. Sie mussten bei scharfem Verstand bleiben, wenn sie nicht von Cernunnos in Stücke gerissen werden wollten.

»Dann werde ich jetzt zu ihm gehen.«

»Wir glauben an dich«, sagte Weylin.

Larkin nickte. »Denk an das, was wir besprochen haben, und daran, dass du nicht allein bist, auch wenn du uns nicht siehst.

Wir sind da und unterstützen dich. Du musst uns nur etwas Zeit verschaffen.«

Kheeran nickte, strich seine schwarze Kleidung glatt und atmete ein letztes Mal tief ein, ehe er die Botentür zum Thronsaal aufschob, in dem er einst als Talon gesessen hatte. Er erinnerte sich noch genau an diesen Raum mit seinen imposanten Buntglasfenstern und massiven Säulen, welche die hohe Decke stützten. Damals als Kind war es ihm überwältigend groß vorgekommen. Doch der Saal aus seiner Kindheit existierte nicht mehr.

Die Luft war kalt und klamm. Unergründlicher Nebel waberte über den Boden, und es herrschte Finsternis, die nur von vereinzelten Kerzen unterbrochen wurde. Doch dank seiner geschärften Sinne fand sich Kheeran auch in der Dunkelheit zurecht. Die Gemälde und Wandteppiche der Draedons, von denen er ein Teil gewesen war, waren von den Wänden verschwunden, an ihrer Stelle hingen Mahnmale des Grauens.

Knochen. Menschliche Knochen. Gesäubert und poliert schimmerten sie weiß im Zwielicht der Kerzen. Sie säumten die Wände und stapelten sich entlang der Säulen zur Decke empor. Das geschah also mit jenen Leichen, die nicht verbrannt wurden. Der Blick in all diese leeren Augenhöhlen ließ Kheeran erschaudern, und er fragte sich, ob er die Leute gekannt hatte, welchen die Gebeine einst gehört hatten. Cernunnos hatte den Thronsaal in ein Beinhaus verwandelt.

»Wunderschön, nicht wahr?«

Kheeran erstarrte bei dem Klang der Stimme, die so vertraut und fremd zugleich war. Aldren. Cernunnos. Er sah sich um und entdeckte den Gott auf dem Thron sitzend, der einst Andreus gehört hatte. Cernunnos hockte mit locker übereinandergeschlagenen Beinen auf dem Herrscherstuhl. Einen Arm hatte er auf der Lehne abgestützt, mit der anderen Hand hielt er einen Schädel und betrachtete ihn, als würde er ein Zwiegespräch mit ihm führen.

Cernunnos trug eine lange, dunkle Robe, die sich auf dem Boden vor ihm ausbreitete. Darunter steckte sein Körper in einer schwarz glänzenden Uniform, die das spärliche Licht einfing und reflektierte. Aldrens einst blonde Haare waren fast weiß geworden, und seine blauen Augen waren dunkel wie die stürmische See. Auch Aldrens ehemals sanfte Züge wirkten diabolisch und bösartig. Auf seinem Kopf saß eine Krone in Form eines Hirschgeweihs. Auf eine abstruse Art und Weise war der Gott des Todes anmutig, gar wunderschön, aber der Mann, der nun vor Kheeran saß, war definitiv nicht mehr Aldren.

Sein bester Freund war tot. Er hatte es bereits gewusst, doch Cernunnos mit eigenen Augen zu sehen, ließ ihn diesen Verlust wahrhaftig spüren. Aldren war fort. Er würde nicht zurückkommen. Der einzige Fae, der ihn seit seiner Ankunft in Nihalos unterstützt und an ihn geglaubt hatte. Aldren war eine Konstante in seinem Leben gewesen und ihm niemals von der Seite gewichen. Er hatte ihn gehalten, wenn er zu fallen drohte, und er hatte ihn beraten, wenn er nicht mehr wusste, wohin er gehen sollte. Es schmerzte Kheeran zutiefst, dass Aldrens Andenken auf diese Art missbraucht wurde und er nur ein Spielzeug für diesen wahnsinnigen Gott geworden war.

Cernunnos wandte seine Aufmerksamkeit Kheeran statt dem Schädel zu. Achtlos warf er den Kopf hinter sich, wo er polternd auf dem Boden aufschlug und zersprang. Kheeran zuckte zusammen, wobei er sich bereits im nächsten Augenblick für diese Schwäche tadelte. Cernunnos durfte nicht spüren, wie unsicher und verängstigt er war. Er musste Stärke beweisen, jene Stärke, die tief in ihm schlummerte.

Er räusperte sich, um seine Stimme zu festigen. »Ich habe gehört, dass du nach mir suchst.« Langsam näherte er sich dem Thron. Die Kälte im Saal kroch ihm in den Nacken und zog an seinen Haaren, als wäre sie ein lebendiges Wesen. Dieser Nebel, diese Dunkelheit. Sie waren nicht natürlich und fühlten sich an wie ein lauerndes Tier, das nur darauf wartete anzugreifen.

»Das hab ich. Nett von dir, dass du mir die Arbeit abnimmst.« Cernunnos verzog die Lippen zu einem schrägen Grinsen und neigte den Kopf. »Nett, aber auch leichtsinnig und dumm. Ebenso wie euer kleiner Angriff da draußen. Glaubt ihr wirklich, ihr könnt mich aufhalten? Mich, einen Gott?«

Obwohl Kheeran längst wusste, dass es nicht mehr Aldren war, der vor ihm stand, erschauderte er bei dem Geständnis der Gottheit. Was sie längst geahnt hatten, war nun absolute Gewissheit.

»Der Tod eurer schwachen, menschlichen Krieger wird mich stärken, und ihr Fleisch wird Nahrung für meine Elva sein.«

Kheeran straffte die Schultern, bemüht, sich von Cernunnos' Worten nicht verunsichern zu lassen, denn ein banges Gefühl stieg in ihm auf. Sie wussten zwar, dass der Tod ihn stärkte, aber sie hatten geglaubt, der Angriff würde ihn schwächen. Nun war er sich dessen nicht mehr sicher.

Entschlossen trat er auf Cernunnos zu, obwohl alles in ihm danach schrie zu fliehen. Es fühlte sich an, als würde er in sein eigenes Grab steigen. Die Kälte zog weiter an ihm, breitete sich über seinen Körper aus und wanderte über seine Haut. Der Nebel um ihn herum waberte seine Beine empor und zog unnatürliche Kreise um seine Glieder. Ein Teil von ihm fürchtete, der Rauch könnte sich festigen und ihn packen.

»Ich bin gekommen, um dir einen Vorschlag zu unterbreiten.«

Der Gott hob die Brauen. »Was sollte ein Fae wie du mir bieten können?«

Kheeran bemühte sich, ruhig zu atmen. Er musste Cernunnos nur hinhalten, bis Larkin, Weylin und Ceylan bereit waren, zuzuschlagen. »Eine Zusammenarbeit. Ich will dir helfen, deine Macht zu festigen. Du weißt, dass ich mich nie darum geschert habe, König zu sein. Ich gab dir meine Krone freiwillig, aber ich möchte dir weiterhin dienen. Von … von Freund zu Freund.«

Cernunnos warf den Kopf in den Nacken und lachte schallend. Seine Stimme fing sich an den Wänden und hallte zu Kheeran zurück. Sie vereinte sich mit dieser ekelhaften Kälte und legte sich wie eine Klaue um seine Seele.

»Ich kann dein Bote in dieser Welt sein«, fuhr Kheeran fort. »Ich reite für dich voraus, führe deine Armee an und ebne das Land, damit du es beherrschen kannst.«

Kheeran spannte die Finger an und fühlte nach, ob seine Magie noch wirkte. Doch der feine Dunst rührte sich unter dem Einfluss seiner Luftmagie nicht, was bedeutete, dass Ceylan ihre Fähigkeit bereits einsetzte. Sie hatten abgewägt, ob Kheeran seine Magie behalten sollte, aber für sie war es leichter, diese für alle zu unterbinden und nicht auf Ausnahmen zu achten. In diesem Fall durften sie kein unnötiges Risiko eingehen.

»Warum sollte ich einen Boten brauchen?«, fragte Cernunnos. »Ich kann mir die Welt auch ohne deine Hilfe nehmen.«

Kheeran spähte nach links und bemerkte, dass sich eine weitere Dienstbotentür einen Spaltbreit geöffnet hatte. Larkin war in Position gegangen und machte sich bereit, Cernunnos anzugreifen. Kheeran sah sofort wieder auf und richtete seine volle Aufmerksamkeit auf den Gott. »Das mag der Wahrheit entsprechen, aber willst du dich ernsthaft mit all diesen Belangen befassen? Ich könnte dafür sorgen, dass Götzenbilder erschaffen werden. Ich kann Männer und Frauen zusammentreiben, die dir Tempel errichten, Priester, die deinem Namen huldigen und dir alles zu Füßen legen, was auch immer du begehrst. Jeder Gott braucht einen Boten. Ein Sprachrohr, mit dem er sich an seine Untertanen wenden kann. Lass mich dir dienen.«

Andächtig senkte Kheeran seinen Kopf in einer Verbeugung, was ihn überaus viel Überwindung kostete. Es machte ihn unruhig, seinen Blick zu senken und Cernunnos aus dem Auge zu verlieren, aber er wollte Demut zeigen.

Er hörte, wie der Gott sich von seinem Thron erhob und sich ihm langsam näherte. Seine Schritte und das Schleifen seiner Robe auf dem steinernen Boden waren das einzige Geräusch im Saal. Sein Herz pochte wild, und er versuchte, nicht vor der Gefahr und Boshaftigkeit zurückzuweichen, die Cernunnos ausstrahlte.

Cernunnos blieb vor ihm stehen. »Sieh mich an!«

Kheeran hob den Kopf und blickte geradewegs in die tiefschwarzen Augen des Gottes. Seine Kehle wurde trocken, und die Kälte löste weitere Angstschauer in ihm aus. Cernunnos' Gegenwart war übermächtig und sog all die Zuversicht und Hoffnung, dass ihr Plan aufgehen könnte, aus seinem Herzen. Was hatten sie sich nur dabei gedacht, herzukommen? Sie hätten fliehen sollen wie all die anderen. Sie waren Narren und würden mit ihren Leben dafür bezahlen.

»Deine Furcht vor mir ist echt«, sagte Cernunnos, und ein feines Lächeln umspielte seine Lippen. »Deine Demut ist es allerdings nicht. Glaubst du, ich durchschaue deine Lügen nicht?«

»Ich … ich lüge nicht«, stammelte Kheeran. »Ich möchte dir dienen.«

Cernunnos schnaubte. »Und ich möchte dich sterben sehen.«

Kheeran schloss die Augen, schüttelte sich und bemühte sich, bei der Sache zu bleiben. Er war nicht allein, auch wenn es sich umgeben vom Nebel und der Dunkelheit so anfühlte. Ceylan. Weylin. Larkin. Sie waren bei ihm und würden nicht zulassen, dass Cernunnos ihn tötete, nicht, bevor sie all ihre Karten ausgespielt hatten.

Kheeran schlug die Augen auf, sah den Gott fest an und beschwor jenen Teil in sich hervor, mit dem er so oft zu seinem Volk gesprochen hatte. Jenen Teil, der es vermochte, verlogene Worte ehrlich und aufrichtig klingen zu lassen.

»Töte mich, wenn dies dein Herz begehrt, aber du wirst keinen treueren und keinen ergebeneren Diener finden als mich«, sagt er mit all der Entschlossenheit, all der Hoffnung und all dem Mut, die er aufbringen konnte. »Auch wenn du mir nicht glaubst, ich möchte Buße dafür leisten, deine Geschwister angebetet zu haben. Du hast mich erkennen lassen, dass du der einzig wahre Gott bist und die anderen nur Schatten in deinem Licht. Du bist mein Gott.«

Cernunnos schien zu gefallen, was er hörte. In der Dunkelheit seiner Augen blitzte etwas auf, das beinahe Freude glich. Kheeran wusste nicht, was dies zu bedeuten hatte, und vermutlich würde er es auch nicht herausfinden. Denn in diesem Augenblick bemerkte er eine Bewegung hinter Cernunnos und sah das Aufblitzen eines Schwertes.

Larkin war bereit zum Angriff.

67. Kapitel – Elroy

– Amaruné –

Elroy lachte und rammte sein Schwert in den Körper eines Fae, der sofort zu Boden ging. Rasch zog er seine Klinge mit einem schmatzenden Laut zurück, als er durch den Lärm des Kampfes ein Geräusch höre. Das Surren eines Schwertes, das durch die Luft sauste. Eilig duckte er sich, und die Waffe, die ihm den Kopf von den Schultern hätte schlagen sollen, traf ins Nichts. Elroy lachte erneut, wirbelte herum und enthauptete seinen Angreifer in einer fließenden Bewegung. Er war so schnell wie zu der Zeit, bevor er sein Bein verloren hatte.

Sein Blut war in Wallung, die Kraft der Unsterblichkeit floss durch seine Adern und ließ ihn mit einer völlig neuen Macht pulsieren. Elroy stürzte sich in den Kampf mit einem weiteren Fae. Ihre Kraft war ebenbürtig, nur die Magie des Fae verschaffte ihm einen Vorteil. Doch diesen Mangel an Magie glich Elroy mit seinem Verstand aus. Der Angreifer verpasste ihm einen Hieb in die Seite. Er fühlte den Schmerz, aber nicht die Lähmung, die für gewöhnlich damit einherging.

Elroy holte mit seiner Klinge aus, um den Fae zu erledigen, als dessen Herz hinterrücks von einem Schwert durchbohrt wurde. Keuchend ging der Fae zu Boden. Hinter ihm stand einer von Elroys Soldaten in einer mit Blut besprenkelten Rüstung. »Ihr solltet vorsichtiger sein, mein Gebieter.«

»Ich bin unsterblich!«, rief Elroy und warf sich auf den nächsten Angreifer. Er war stolz auf sich und seine Männer, die so erbarmungslos gegen die Fae kämpften. Sie waren unaufhaltsam, und allmählich schienen das auch ihre Feinde zu begreifen.

»Die Elva greifen an!«, rief einer seiner Männer.

Elroy schob sich zwischen zwei Soldaten hindurch und erblickte eine Horde der schwarzen Kreaturen, die sich vom Himmel aus auf sie stürzten. Er lächelte, hob seine Waffe und warf sich ein weiteres Mal in den Kampf.

68. Kapitel – Freya

– Amaruné –

»Das war der letzte Krug, oder?«, fragte Leigh und wischte sich den Schweiß von der Stirn. Mit Dariush und dessen Leuten waren sie durch sämtliche Geheimgänge des Palastes gekrochen, um den Sprengstoff anzubringen.

»Ja. Und die Lunten sind auch gelegt.«

»Und sie zünden die Explosionen ganz sicher?«

Dariush schnaubte. Seine Uniform war staubig von den alten, verlassenen Gängen. »Selbstverständlich. Sobald ich im Gewächshaus die erste Explosion zünde und damit das Startsignal sende, werden meine Leute eine perfekte, unaufhaltsame Kettenreaktion auslösen, die dieses Schloss dem Erdboden gleichmacht.«

Leigh nickte. »Das wollte ich hören.«

Bei dem Gedanken, das Schloss in die Luft zu jagen, wurde Freya flau im Magen. Nicht nur weil der Palast so viele Erinnerungen für sie barg, sondern vor allem aus Angst um ihre Freunde. Larkin, Ceylan, Weylin und Kheeran waren aufgebrochen, um sich Cernunnos zu stellen, vermutlich war der Kampf bereits im vollen Gange.

Larkin hatte versprochen, dass sie rechtzeitig fliehen würden, sollte es ihnen nicht gelingen, den Gott aufzuhalten. Doch wenn sie zum vereinbarten Zeitpunkt nicht zurück waren, würde ihnen nichts anderes übrig bleiben, als das Schloss mit ihnen darin zum Einsturz zu bringen. Es war ein großes Opfer, das zum Schutz dieser Welt jedoch gebracht werden musste.

»Wenn wir fertig sind, sollten wir zum Gewächshaus gehen und auf die anderen warten«, sagte Leigh. Dieselbe Sorge, die Freya verspürte, schwang auch in seiner Stimme mit.

Sie machten sich zurück auf den Weg durch die engen Gänge, wobei sie nun aufpassen mussten, die Krüge mit dem Sprengstoff nicht umzustoßen. Freya wurde von Leigh durch die Dunkelheit geführt, denn eines ihrer Talente zu entzünden, barg ein zu großes Risiko.

»Vorsicht«, warnte Leigh, und sie stieg über einen weiteren Krug hinweg. Sie waren bereits im hinteren Teil des Schlosses, und es war nicht mehr weit. Angespannt lauschte Freya auf die Geräusche um sie herum, in der Hoffnung, einen Hinweis zu erhaschen, wie der Kampf verlief, als sie plötzlich etwas hörte.

Sie erstarrte in der Bewegung. Ein Ruck lief durch Leighs Arm, da sie seine Hand noch festhielt. Er wandte sich zu ihr um. »Was ist los?«

Freya deutete auf ihr Ohr.

Leigh neigte den Kopf und lauschte ebenfalls. Und da war es wieder, dieses Geräusch. Klagelaute. Freya verstand nicht, woher sie kamen, bis ihr klar wurde, dass sie in der Nähe des Kerkers sein mussten. Die schlimmsten Verbrecher hatte ihr Vater stets in das Verlies im sechsten Ring verbannt wie Larkin. Doch auch das Schloss hielt einige Zellen. Sie hatte nicht daran gedacht, dass diese noch Gefangene beherbergen könnten. Sie mussten sie retten!

Freya deutete eindringlich in die Richtung, aus welcher die Laute kamen.

Leigh fluchte. »Dariush, geh vor. Freya und ich haben noch etwas zu erledigen. Wir kommen so schnell nach, wie wir können. Falls nicht … weißt du, was zu tun ist.«

Freya konnte Dariushs Gesicht in der Finsternis nicht ausmachen, aber der Sprengmeister gab keine Widerworte, sondern ließ sie ziehen. Sie folgten dem Geheimgang bis zu einem der Ausgänge. Leigh stemmte das Loch in der Wand auf und sah nach, ob die Luft rein war, ehe Freya den Raum betrat, der einst das Schlafgemach einer Zofe gewesen war. Einer Zofe, die tot mit aufgeschnittener Kehle in ihrem Bett lag, das Messer, mit dem sie sich selbst das Leben genommen hatte, noch in der Hand.

»Sieh nicht hin«, murmelte Leigh und zog Freya weiter.

Sie musste ihm nicht sagen, wo sich der Kerker befand. Auf leisen Sohlen folgte er den Klagelauten bis in den hintersten Winkel des Schlosses. Sie stiegen eine schiefe Treppe hinab in die Dunkelheit. Die Luft hier war kalt und abgestanden, geschwängert von dem Gestank der Verwahrlosung.

Freya umklammerte Leighs Hand fester, als sie den Gang betraten, der links und rechts von Zellen gesäumt war. Fackeln hingen an den Wänden und ließen sie die Menschen erkennen, die zusammengekauert und verängstigt hinter den Gittern saßen. Leigh griff nach einer der Türen und versuchte, sie zu öffnen, doch das Schloss gab trotz all seiner Kraft nicht nach.

»Abgeschlossen.«

Freya drehte ihr Handgelenk, als würde sie etwas aufsperren.

»Aber wo ist der Schlüssel?«, fragte Leigh. »Ich kann versuchen, die Schlösser aufzubrechen, aber ich glaube nicht, dass die Zeit für alle reicht.«

Sie nahm eine der Fackeln aus der Halterung und war dankbar, dass sie Roland des Öfteren verbotenerweise in den Kerker begleitet hatte, sodass sie wusste, wonach sie suchte. Sie entdeckte den Tisch, an dem die Wachen während ihrer Schichten oft saßen und Karten spielten. Sie riss die oberste Schublade auf, und tatsächlich lag darin ein vollbehangener Schlüsselbund!

Sie nahm ihn an sich und eilte zurück zu Leigh. Mit fahrigen Fingern versuchte sie den richtigen Schlüssel für das erste Schloss zu finden, aber das war leichter gesagt als getan, zumal sie mit ihren zittrigen Händen mehrere Versuche brauchte, um das Schloss zu treffen.

»Gib mal her«, sagte Leigh und nahm den Bund an sich, um die Gefangenen zu befreien.

69. Kapitel – Ceylan

– Amaruné –

Ceylan hielt sich dicht an eine Wand gepresst und verbarg sich in den Schatten, während Larkin sich an Cernunnos anschlich. Kheeran redete weiter auf den Gott ein und erschuf eine düstere Zukunft, in der Cernunnos ihre Welt regierte und Kheeran sein treuer Ergebener war. Obwohl sie wusste, dass er dem Gott etwas vorspielte, um ihn abzulenken, ließ sie die Inbrunst seiner Worte erschaudern. Die Kälte, die im Saal herrschte, tat ein Übriges. Sie fühlte sich unnatürlich und boshaft an, sodass Ceylan ständig über ihre Schulter blickte, um sich zu vergewissern, dass kein Elva in der Dunkelheit lauerte.

»Womöglich sprichst du doch die Wahrheit«, sagte Cernunnos und trat dicht an Kheeran heran. Der Gott schob eine Hand unter sein Kinn und hob es an. Es war eine geradezu zärtliche Geste, dennoch fragte sich Ceylan, wie Kheeran es ertrug, sich von diesem Monster berühren zu lassen. Die Erinnerungen an sein Attentat trug er noch immer am Körper.

»Wie willst du mir deine Treue beweisen?«, fragte Cernunnos und fuhr mit dem Daumen über Kheerans Unterlippe. Die beiden Männer waren einander nah wie alte Vertraute.

Ceylan hielt die Luft an und richtete ihre Aufmerksamkeit wieder auf ihr Inneres, um die Magie im Saal zu unterbinden. Ihr durfte kein Fehler unterlaufen, vor allem jetzt nicht. Ihr Herz pochte heftig, und sie klammerte sich an diese Hitze in ihrer Mitte, mit der sie die Magie zügeln konnte wie ein wildes Pferd. Mit Kheerans Hilfe hatte sie gelernt, es zu bändigen und zu zähmen.

Larkin machte sich bereit, diesen innigen Moment zu nutzen.

Unter Kheerans Worten und vom Nebel geschützt, bewegte er sich lautlos auf sein Ziel zu. Dann war es so weit. Er sprang aus dem Dunst und stürzte sich auf die fleischgewordene Gottheit.

Cernunnos fuhr herum und fing Larkins Schwert noch in der Luft ab. Ceylan entwich ein Keuchen. Cernunnos schloss die Hand um die magiegeschmiedete Klinge. Blut rann zwischen seinen Fingern hindurch und tropfte zu Boden, doch er verzog keine Miene, als existierte Schmerz für ihn nicht.

»Was für ein lächerlicher Versuch«, säuselte er und schob sich Larkin entgegen, der versuchte, dem Gott sein Schwert zu entreißen. Aber dessen Griff war zu fest. Kurzerhand zückte er den Dolch an seinem Gürtel, doch Cernunnos fing auch diesen Stich mit Leichtigkeit ab. »Denkt ihr wirklich, ihr könnt mich mit so einem jämmerlichen Attentat überwältigen?«

Kheeran zog einen Dolch aus seiner Robe, während Cernunnos noch immer Larkins Waffe festhielt. Der Prinz holte aus und rammte die Klinge in Cernunnos' Rücken. Der Gott gab nicht einmal einen Laut von sich. Unberührt blickte er über seine Schulter, entriss Kheeran den Dolch, den er nur an der Schneide hielt, und verpasste ihm damit einen mächtigen Hieb. Er schlitterte quer über den Boden.

»Ihr seid wirklich armselige Geschöpfe. Glaubt ihr ernsthaft, mich überrumpeln zu können?«, fragte Cernunnos und ließ Larkins Schwert los, als ginge von der Klinge keinerlei Gefahr aus.

Larkin, der seine Waffe nun wieder frei nutzen konnte, warf sich dem Gott erneut entgegen und trieb sein Schwert in dessen Brust. Kein Laut kam über Cernunnos' Lippen, als spürte er Schmerzen überhaupt nicht. Ceylan erschauderte. Früher hatte sie geglaubt, die Fae und Elva wären das Unmenschlichste, was auf dieser Erde wandelte, aber sie hatte sich geirrt.

Cernunnos verzog die Lippen, holte mit seiner freien Hand aus und verpasste Larkin einen Stoß gegen den Brustkorb. Die

Wucht des Hiebes schleuderte Larkin quer durch den Raum gegen eine Säule. Einige Knochen polterten zu Boden. Cernunnos griff nach dem Schwert und zerrte es aus seiner Schulter. Blut tränkte die Klinge, die er achtlos von sich warf. Ihr Klirren hallte in dem Saal wider.

Ceylan umschloss die Griffe ihrer Mond-Sichel-Messer fester und überlegte, ob sie in den Kampf eingreifen sollte. Sie hatten vereinbart, dass sie sich so lange wie möglich bedeckt halten sollte, damit Cernunnos nicht wusste, dass eine Dunkelgängerin anwesend war. Aber wann war lange genug? Und er hatte Larkin kommen gehört, was, wenn er auch von ihrer Gegenwart wusste?

Sie spähte zu Kheeran, der sich wieder aufgerichtet und das Kurzschwert gezückt hatte, das er versteckt bei sich trug. Sein Blick zuckte in ihre Richtung, als erahnte er ihre Gedanken. Er schüttelte leicht den Kopf als Zeichen, dass sie abwarten sollte.

Ceylan presste die Lippen aufeinander. Geduld war nie ihre Stärke gewesen, dennoch hielt sie sich zurück und vertraute auf Kheerans Einschätzung. Gemeinsam mit Larkin ging er abermals auf Cernunnos los. Es entstand ein wildes Gemenge und ein Kampf, wie Ceylan ihn nie gesehen hatte.

Larkin und Kheeran griffen Cernunnos ohne jede Rücksicht an, der Unseelie mit seinem Kurzschwert und Larkin mit seinem feuergebundenen Schwert, das er vom Boden aufgesammelt hatte. Ein anderer Gegner wäre längst in die Knie gegangen, aber für Cernunnos schienen die Klingen nur lästige Fliegen zu sein. Er fing sie auf, stieß sie von sich und missachtete das Blut, das aus seinem Körper sickerte, als wäre es nicht die Essenz, die sein Leben ermöglichte.

Falls er sich wunderte, weshalb seine Magie versiegt war, so ließ er es sich nicht anmerken, dennoch bemühte sich Ceylan weiterhin, das Glühen in ihrem Inneren aufrechtzuerhalten. Sie spähte nach links in die Schatten, nickte Weylin zu und setzte sich nun doch in Bewegung, um für weitere Ablenkung zu sorgen. Sie war schon lange nicht mehr, vielleicht noch nie, so aufgeregt vor einem Kampf gewesen, aber das hielt sie nicht davon ab, sich Cernunnos zu stellen.

Der Gott bemerkte sie augenblicklich. Er wirbelte herum, wobei seine Robe um seinen Körper herumflatterte. Trotz der Dunkelheit, die nur vom flackernden Kerzenlicht durchbrochen wurde, erkannte sie das Lächeln auf seinen Lippen. »Ich habe mich schon gefragt, wann du dich mir zeigst, Dunkelgängerin.«

Ceylan packte ihre Messer fester. Bereit für den Angriff machte sie einen Satz auf Cernunnos zu. Flink wich er ihren Sicheln aus. Sein Körper bewegte sich unnatürlich schnell, als würden die Regeln dieser Welt nicht für ihn gelten. Sie stieß ein frustriertes Knurren aus und setzte immer weitere Hiebe. Larkin und Kheeran näherten sich Cernunnos von der Seite. Sie keuchten beide schwer, und der Schweiß tropfte ihnen von der Stirn, während der Kampf den Gott bisher keinerlei Kraft zu kosten schien. Womöglich brauchte er seine Magie gar nicht, um sie zu töten.

»War das schon alles?«, stichelte Cernunnos.

Ceylan stieß ein Knurren aus und sprang auf ihn zu, um ihn zu Boden zu reißen, als sich der Nebel plötzlich wie eine Wand vor Cernunnos auftürmte. Sie rannte geradewegs hinein, und wie durch Luftmagie hob der Nebel sie hoch und schleuderte sie über Cernunnos' Kopf hinweg. Sie schlug hart auf dem Boden auf. Ein dumpfer Schmerz fuhr ihre Wirbelsäule empor bis in ihren Schädel. Sie blinzelte benommen und rappelte sich wieder auf.

»Wie …?«, stammelte Ceylan. Sie unterdrückte seine Magie doch! Wie konnte er den Nebel befehligen? Das Brennen lag noch immer in ihrem Magen, und ein flüchtiger Blick zu Kheeran ließ sie wissen, dass er seine Magie nicht wirken konnte. Cernunnos jedoch trotzte ihren Kräften.

Der Gott lachte. »Hast du wirklich geglaubt, Macht über

meine Magie zu besitzen?« Er vollführte eine Handbewegung, und der Nebel im Raum stob auf und verschleierte ihre Sicht.

Ceylan verstand die Welt nicht mehr. Es hatte in dem Buch gestanden! Und er hatte den Schwarzmarkt angegriffen, um die Dunkelgänger auszulöschen. Warum hatte er das getan, wenn er über ihre Fähigkeiten erhaben war?

Gefangen in der Dunkelheit drängten Ceylan, Kheeran und Larkin sich aneinander, um sich aus allen Richtungen verteidigen zu können, doch der Nebel machte es schwer, Cernunnos' dunkle Gestalt zu erkennen. Wie aus dem Nichts schoss er auf Ceylan zu. Sie holte aus und hätte schwören können, dass ihr Schlag saß, doch es gelang ihm, ihre Deckung zu durchbrechen. Er packte ihr Handgelenk und riss es mit brutaler Stärke herum.

Ceylan schrie unter Schmerzen auf, und das Messer entglitt ihrer Hand, als ihr Knochen unter Cernunnos' Griff brach. Tränen schossen ihr in die Augen und machten es noch schwerer, etwas zu erkennen. Eine dunkle Gestalt – Larkin – stürzte sich auf Cernunnos, aber wie zuvor Ceylans Angriff wich er der Klinge aus. Es war offensichtlich, dass er mit ihnen spielte, denn wenn er seine Magie noch besaß, hinderte ihn nichts daran, sie zu töten, wie er Farrow getötet hatte. Es bereitete ihm Freude, sie in die Enge zu treiben und seine Macht zu demonstrieren.

Kheeran kam Larkin zu Hilfe, und erneut entbrannte ein wilder Kampf zwischen den Männern. Ceylans Hand schmerzte höllisch. Sie riss sich das Tuch vom Mund und wickelte es eilig um ihr Gelenk, um es zu stabilisieren, damit die Knochen im richtigen Winkel heilen konnten. Die Kraft dafür schöpfte sie aus Kheerans Magie. Dieser schlug unerbittlich auf Cernunnos ein, welcher jedoch jeden Hieb mit einer einfachen Bewegung seiner Hand abblockte.

Eine Weile schien es, als würde der Gott Kheeran erlauben, auf ihn einzuprügeln, ehe er genug hatte und den Unseelie in seine Schranken wies. Er verpasste Kheeran einen Schlag gegen die Brust wie zuvor Larkin. Kheeran flog, von einer gewaltigen Druckwelle getrieben, durch den Raum und schlug mit dem Schädel hart gegen eine Wand. Reglos sackte er in sich zusammen und blieb liegen.

Bitte nicht!

Ceylans Herz verkrampfte sich, und sie wollte nichts lieber, als zu Kheeran zu rennen, um nachzusehen, ob es ihm gut ging, aber sie musste Larkin helfen. Sie prüfte ihr Handgelenk, schnappte sich ihre Waffe und warf sich in den Kampf. Cernunnos hatte ihr den Rücken zugewandt und war damit beschäftigt, Larkins Hieben auszuweichen. Der Wächter hatte ihm einige Wunden an Händen und Armen zugefügt, aber davon ließ sich Cernunnos nicht aufhalten.

Sie holte mit ihren Messern aus, aber als hätte er Augen am Hinterkopf, wirbelte Cernunnos herum und blockte ihren Hieb ab. Treffsicher donnerte dabei seine Hand gegen ihr gebrochenes Handgelenk. Erneuter Schmerz rauschte durch ihren Körper, doch sie zwang sich, an der Waffe festzuhalten. Zeitgleich griff Larkin von der anderen Seite an. Erneut wirbelte der Gott herum, schneller und geschmeidiger als der Nebel selbst. Er packte Larkins Klinge mit bloßer Hand und entriss ihm das Schwert. Offenbar hatte er genug von ihrem Spiel, denn noch in derselben Bewegung drehte er die Waffe herum und rammte sie in Larkins Bauch. Ceylan schrie, während Larkin zu Boden sackte – wie Kheeran.

Nun war sie die Einzige, die auf beiden Füßen stand. Sie umklammerte ihre Messer mit allem, was sie hatte. Ihr Herz raste, und ihr war eiskalt vor Angst und Sorge, aber auch von dem Nebel, der nun auf sie zukroch.

Cernunnos wandte sich von Larkins lebloser Gestalt ab und sah zu ihr. Ihr Magen zog sich zusammen, und das erste Mal seit dem Angriff der Elva auf ihr Dorf verspürte sie den Drang zu fliehen. Aber das würde sie nicht, nicht ohne Larkin und Kheeran. Sie starb lieber hier gemeinsam mit ihnen, als mit der Schuld ihrer Feigheit zu leben.

Sie ging in Kampfhaltung.

Cernunnos' Mundwinkel zuckte. »Ihr seid ganz schön widerspenstig, das muss ich euch zugestehen, aber retten wird euch das auch nicht.«

Schneller, als Ceylan es im dichten Nebel erfassen konnte, war der Gott bei ihr, schlug ihr die Messer aus den Händen und packte sie am Hals. Erschrocken keuchte sie auf, aber sogleich wurde ihr die Luft abgeschnürt. Tränen schossen ihr in die Augen, und sie hämmerte auf Cernunnos ein, um ihn von sich zu drängen, doch es war so unmöglich, wie die Monde vom Himmel zu holen. Er war ihr nah wie nie zuvor. Seine Augen waren so tiefschwarz, dass Ceylan das Gefühl hatte, bis in seine abgrundtief böse Seele blicken zu können.

»Ich habe doch gesagt, dass ihr mich nicht besiegen könnt. Ich bin Cernunnos, der Gehörnte. Der Gott des Todes und der Herrscher über…« Auf einmal gab er ein gurgelndes Geräusch von sich und ließ Ceylan genauso plötzlich los, wie er sie gepackt hatte.

Cernunnos fasste sich an die Kehle, in der ein langer Schnitt klaffte. Blut triefte aus der Wunde und befeuchtete seine Finger. Ungläubig starrte er die rote Flüssigkeit an und ging in die Knie. Nun entdeckte Ceylan auch den Dolch in seinem Rücken, genau auf der Höhe seines Herzens. Hinter ihm stand Weylin, den Dolch, mit dem er Cernunnos' Kehle aufgeschlitzt hatte, in der Hand.

»Das wurde langsam Zeit!«, stöhnte Ceylan krächzend und rieb sich den Hals, der sich durch Cernunnos' festen Griff eng und wund anfühlte. »Warum hast du so lange gewartet?«

»Ich musste sichergehen, dass er mich nicht kommen sieht.« Weylin blickte auf Cernunnos hinab, der auf alle viere gesunken war und um sein Leben in diesem sterblichen Körper kämpfte. Er atmete schwer. Blut rann aus seinen Wunden und bildete eine große Lache unter ihm. Seine Arme zitterten, und alles, was sie von ihm hörten, war das rasselnde Röcheln seiner letzten Atemzüge.

»Darf ich?«, fragte Ceylan und nahm Weylin seinen Dolch ab. Sie beugte sich zu Cernunnos hinab und flüsterte in sein Ohr: »Grüß deine Geschwister von uns. Sie sind besser als du.« Mit diesen Worten rammte sie den zweiten Dolch durch seinen Hals. Cernunnos keuchte auf, dann sackte der Gott leblos in sich zusammen und fiel vornüber in seine eigene Blutlache.

Ceylan wusste nicht, was sie fühlen sollte. Freude? Erleichterung? Hoffnung? Der Gott des Todes war besiegt, aber es fühlte sich nicht an wie ein Sieg. Dieser Kampf hatte bereits zu viele Opfer gefordert. Benommen wandte sie sich von dem leblosen Körper ab und ging zu Kheeran. Dieser hatte das Bewusstsein wiedererlangt. Hustend versuchte er auf die Beine zu kommen, taumelte aber noch immer. Ceylan eilte zu ihm und griff ihm unter die Arme.

»Was ist geschehen?«, fragte er. Seine Stimme klang atemlos.

»Weylin hat es geschafft.« Sie blickte auf und entdeckte den Halbling bei Larkin. Er hatte das Schwert aus dessen Magen gezogen. Larkin sah blass aus und blutete stark, aber er war lebendig. Vermutlich würde es eine Weile dauern, bis die Stichwunde heilte, doch als Wächter sollte er robust genug sein, um es zu überleben.

Ihre Freunde wohlauf zu sehen, freute Ceylan, aber da war dieses ungute Gefühl, das sie einfach nicht abschütteln konnte. Cernunnos war sich seiner Sache gewiss gewesen, und plötzlich war es so schnell gegangen. Verunsichert sah Ceylan zu dem Gott. Die Geweihkrone war ihm vom Kopf gefallen, und er lag noch immer reglos in der Lache aus Blut, die unter ihm wuchs und weiter aufblühte.

Er ist tot, dachte Ceylan, um sich selbst zu überzeugen. »Wir sollten ihn enthaupten«, sagte sie. »Zur Sicherheit.«

Die drei Männer wechselten Blicke miteinander, aber niemand widersprach. Weylin drehte das Schwert, das er aus Larkin gezogen hatte und das noch mit dem Blut des Wächters benetzt war, in der Hand und trat an den Leichnam heran. Er holte aus, um diesen letzten, finalen Schlag zu setzen, als die Klinge plötzlich in hundert kleine Stücke zersprang und als Metallregen zu Boden fiel.

Ein gurgelndes Lachen erklang.

Ceylan erschauderte und beobachtete, wie der Nebel sich auf Cernunnos stürzte. Das war es, was sie die ganze Zeit gestört hatte. Der Nebel. Er gehörte zu Cernunnos, und doch war er nach seinem vermeintlichen Tod nicht verschwunden. Er schien den Gott zu nähren, der nun wieder auf die Beine kam. Der Dolch in seinem Rücken löste sich wie von Geisterhand aus seinem Körper, und er selbst zerrte die andere Klinge aus seinem blutverschmierten Hals.

»Dachtet ihr wirklich, dieser alberne Hinterhalt könnte mich aufhalten?«, fragte Cernunnos. Seine Stimme klang noch gepresst, wurde jedoch mit jedem Wort klarer. Er hob den Kopf und sah Ceylan eindringlich an. Die Wunde an seinem Hals schloss sich bereits, und neues Leben kehrte in seinen Körper zurück.

Hektisch blickte Ceylan sich nach ihren Mond-Sichel-Messern um und entdeckte, dass sie unter den Nebelschwaden aufblitzten. Sie stürzte sich darauf, aber Cernunnos ahnte, was sie vorhatte. Er hob die Hand und zerrte die Waffen durch die Luft zu sich. Seine Finger schlossen sich um die Messer, und eine dünne Schicht aus Eis kroch über das Metall. Ceylan wartete darauf, dass ihre geliebten Sicheln in hundert Teile zersprangen wie zuvor das Schwert, doch plötzlich stoppte das Gefrieren, und die Waffen tauten wieder auf.

»Weißt du, was? Mit diesen Klingen werde ich deinem geliebten Kheeran das Herz herausschneiden.«

Ceylan stieß ein Knurren aus.

Larkin zückte einen weiteren Dolch, den er unter seiner Robe getragen hatte, aber es gelang ihm nicht einmal, die Waffe in Position zu bringen, ehe sie ebenfalls von dem eisigen Frost erfasst wurde und in ihre Einzelteile zerbrach. Wie war das möglich? Ceylan fühlte nach der Blockade, die sie erschaffen hatte, aber sie hegte keinen Zweifel. Ihre Barriere war intakt.

Cernunnos lachte. Er richtete sich ein weiteres Mal zu seiner vollen Größe auf, und ein lautes Klirren war zu hören, als sämtliche Waffen im Saal im selben Augenblick zersprangen wie Eiszapfen, die zu Boden stürzten.

»Wie mutig seid ihr jetzt noch?«, fragte Cernunnos, hob die Hände in die Höhe, und ein tiefes Beben entstand zu ihren Füßen. Risse zogen sich über den Boden hinweg und krabbelten die Wände bis zur Decke empor. Ein Brocken des Mauerwerks löste sich und stürzte auf sie herab.

Ceylan brachte sich mit einem Hechtsprung in Sicherheit, als der Brocken neben ihr auf dem Boden einschlug. Eine Staubwolke rollte über sie hinweg. Sie hustete und konnte in dem Gemisch aus Staub und Nebel nichts mehr erkennen. Der Boden bebte noch immer unter ihr, als sie plötzlich von den Füßen gerissen wurde. Kheeran hatte sie beiseitegestoßen, denn dort, wo sie eben gestanden hatte, war ein weiterer Stein zu Boden gegangen.

»Beim König, das war knapp«, keuchte sie.

Kheeran nickte. »Wir müssen verschwinden.«

Er packte ihre Hand und eilte mit ihr zu den großen Türen des Thronsaals. Larkin und Weylin waren hinter ihnen, doch bevor sie den Ausgang erreichten, stürzte eine der Säulen vor ihnen zu Boden und schnitt ihnen den Weg ab.

Cernunnos lachte.

»Meine Magie«, befahl Kheeran.

Ceylan begriff sofort und hob ihre Blockade auf, auch wenn

sie fürchtete, dass Cernunnos dadurch noch mächtiger wurde. Aber was blieb ihnen für eine andere Möglichkeit? Er war ihnen ohnehin überlegen und Kheeran ihre einzige Chance, den einstürzenden Saal lebend zu verlassen. Doch er nutzte seine Magie nicht, um die Säule aus dem Weg zu schaffen, sondern ließ ihre Hand los und stellte sich zwischen Cernunnos, Larkin, Weylin und sie.

»Die Geheimgänge! Lauft, ich halte ihn auf, solange ich kann«, befahl er mit dem Rücken zu ihnen. »Und tut, was wir besprochen haben.«

Jagt das Schloss in die Luft, lautete sein Befehl.

Ceylan schüttelte den Kopf. »Ich lass dich hier auf keinen Fall allein zurück.«

»Doch, das wirst du«, knurrte Kheeran.

»Nein!«

Ein Luftstoß erwischte Ceylan und schleuderte sie gegen Larkin, der sie auffing.

»Geht!«, brüllte Kheeran und hob die Arme. Sofort gehorchten die Gesteinsbrocken zu seinen Füßen und schwebten vor ihm in der Luft. Er holte aus und donnerte sie Cernunnos entgegen. Der empfing das Geröll mit offenen Armen und stand in dem Gesteinshagel, als würde er einen sanften Regenschauer an einem lauen Sommertag genießen.

Larkin packte Ceylans Arm und zerrte sie mit sich, während Kheeran eine weitere Geröllawine auf Cernunnos feuerte. Der Gott fing die Steine dieses Mal in der Luft ab und schleuderte sie als Geschosse zurück auf Kheeran, doch dieser wurde von Weylin zur Seite gerissen, wofür Ceylan unendlich dankbar war. Sie konnten Kheeran nicht zurücklassen.

Ceylan und Larkin erreichten den Geheimgang, durch den sie gekommen waren, doch er war bereits von Geröll verschüttet.

»Da drüben!«, rief Larkin und deutete auf einen neu entstandenen Durchbruch in der Wand. Dahinter lag ein kleiner Raum, in dem sich sonst offenbar Gardisten zum Schutz des Königs aufgehalten hatten. Es lagen sogar ein paar Waffen herum. Larkin griff sich das erstbeste Schwert, Ceylan schnappte sich einen Dolch, und Weylin und Kheeran nahmen ebenfalls Waffen an sich, auch wenn ihr gewöhnliches Metall kaum etwas gegen Cernunnos und seine Soldaten würde ausrichten können.

Kheeran packte Ceylans freie Hand und zerrte sie mit sich zur Tür. Die Decke hinter ihnen kam herunter und hätte sie begraben, wenn sie noch einen Moment länger im Raum geblieben wären. Sie eilten den Flur hinunter, auf eins der großen Fenster am Ende zu. Draußen hatte sich die Welt verdunkelt, und die gespenstischen Wolken formten sich zu seltsamen Körpern. Es sah aus, als würde aus dem Himmel etwas geboren werden. Ceylan erkannte Flügel und Klauen, aber ihr blieb keine Zeit, darüber nachzudenken.

Sie umklammerte Kheerans Hand und sprang mit ihm aus dem Fenster.

70. Kapitel – Elroy

– Amaruné –

Was ist das?

Elroy blickte in den Himmel und erstarrte. Von seiner Klinge tropfte schwarzes Blut. Er hatte gerade zwei weitere Elva getötet. Seine Muskeln zitterten und brannten vor Anstrengung. Die Unsterblichkeit machte ihn stärker und ausdauernder, dennoch hatte auch er seine Grenzen, aber noch konnte er diese ausreizen.

Ein tiefes Grollen erklang aus den Wolken, und Elroy zuckte zusammen, genau wie die anderen Soldaten, die Seite an Seite mit ihm kämpften. Sie hatten sich bereits weit in die Stadt durchgeschlagen. Viele Fae waren gefallen, und einige, die Cernunnos nicht so treu ergeben waren, hatten ihre Waffen niedergelegt.

Alles, was sie jetzt noch von ihrem Sieg trennte, war der Tod des Gottes. Elroy hoffte, dass Kheerans Plan aufging und Cernunnos' Blut bald den Boden des Palastes sprenkeln würde. Wenn das nicht gelang, blieb ihnen noch sein Plan, der mit einem großen Knall enden würde.

Über Elroys Kopf erklang ein lauter Donner, begleitet von Blitzen, in deren Licht die Zerstörung der Stadt offenbart wurde. Noch regnete es nicht, dennoch machte sich Elroy Sorgen um die Wolken, die über ihren Köpfen unnatürliche Kreise zogen. Auf seinen Reisen hatte er alle möglichen Wetterphänomene gesehen, von plötzlich auftretendem Blitzeis bis hin zu Sandstürmen, die ganze Städte unter sich begruben. Er kannte die Launen der Natur, denn er hatte sich mit jeder einzelnen herumgeschlagen. Ob auf der See oder an Land. Doch solche Wolken hatte er nie gesehen. Sie waren unnatürlich und kündigten Unheil an …

Elroy umschloss seine Klinge fester, aber er hatte das Gefühl, dass ihm die Waffe gegen das, was da oben auf sie wartete, nicht helfen konnte. »Weiter!«, brüllte er und stürzte sich erneut in den Kampf.

71. Kapitel – Freya

– Amaruné –

Freya zuckte zusammen, als ein tiefes Grollen über ihren Köpfen erklang. Die Erde erbebte unter ihren Füßen. Steinchen rieselten von der Decke, und kleine Risse entstanden entlang der Wände.

»Das kommt aus dem Schloss«, sagte Leigh.

Die Explosionen?, fragte Freya mit den Händen.

Er schüttelte den Kopf. »Dafür ist es zu früh, aber wir sollten uns beeilen.«

Sie schnaubte. Was glaubte er, was sie bereits die ganze Zeit taten? So schnell es ihnen möglich gewesen war, hatten sie die Gefangenen befreit und nach draußen geschickt. Es waren nicht jene Männer und Frauen, welche ihr Vater inhaftiert hatte, sondern die Zofen, Köche und Stallburschen sowie einige Adelige, die Cernunnos aus irgendeinem Grund am Leben gelassen hatte.

»Ich glaube, es ist nur noch eine Zelle übrig«, sagte Leigh, doch seine Worte wurden beinahe von dem erneuten Grollen verschluckt. Es klang lauter als zuvor, und der Boden unter Freya erzitterte.

Leigh eilte zu der letzten Zelle und entriegelte sie mit dem einzigen Schlüssel, der noch übrig war. In der hintersten Ecke saß eine zusammengekrümmte Gestalt in dreckiger und zerschlissener Kleidung. Der Gestank von Blut und Urin war allgegenwärtig. Fliegen schwirrten durch die Luft.

»Freya?«, erklang plötzlich ihr Name.

Sie kannte diese Stimme. Sie war nur leiser und gebrochener, als sie sie jemals zuvor gehört hatte. Melvyn! Sie schob sich an Leigh vorbei und eilte zu ihrem Freund und dem Mann, den sie vor Elroys Erscheinen hätte heiraten sollen. Er kauerte auf einer

Pritsche. Sofort erkannte Freya, weshalb er nicht aufgestanden war. Sein rechter Unterschenkel stand in einem merkwürdigen Winkel ab. Seine Hose war blutdurchtränkt und verkrustet.

»Freya, bist … bist du es wirklich?«

Sie nickte und presste die Hand auf ihren Mund.

»Ich weiß, das sieht nicht gut aus.« Melvyn begann zu husten. Freya trat einen Schritt auf ihn zu und legte ihre Hand an seine Stirn. Sie glühte. Er hatte Fieber, vermutlich erzeugt durch eine Entzündung an seinem Bein. Sie sah zu Leigh und deutete auf Melvyn, um ihm zu verstehen zu geben, dass er ihn tragen musste.

Dieser zögerte nicht, überbrückte die Distanz und schlang seine Arme um die Taille des Mannes. »Komm, wir bringen dich hier raus.«

Freya übernahm die Führung. Da ihnen die Zeit davonlief, hatten sie die Gefangenen quer durch das Schloss geschickt anstatt durch die Geheimgänge, und auch sie nahmen nun diesen Weg, denn das Brodeln unter ihren Füßen wurde zunehmend stärker. Die Erde erzitterte, und die Risse kletterten die Wände empor bis zur Decke. Kleine Brocken rieselten auf sie herab. Freya wusste nicht, was oder wer das Beben erzeugte, so oder so gefiel es ihr nicht. Sie beschleunigte ihre Schritte, um dieser Todesfalle zu entkommen, als auch schon ein weiteres Grollen durch das Schloss hallte und ihre Glieder zum Vibrieren brachte.

»Das klingt nicht …«, setzte Leigh an, kam aber nicht weiter. In dem Moment gab die beschädigte Decke unter der Last nach. Lautstark krachte das Gestein zu Boden. Erschrocken wich Freya aus und stieß mit Leigh und Melvyn zusammen.

»Scheiße, wir müssen zurück!«, brüllte Leigh. Er fuhr herum, und sie hechteten in Richtung des Kerkers. Und das keine Sekunde zu spät. Wo sie eben noch gestanden hatten, stürzte die Decke ebenfalls ein. Staub wirbelte auf und ließ Freya husten. Sie hielt sich die Hand vor den Mund, gab sich Mühe, nicht all den

Dreck einzuatmen, und eilte mit Leigh in die Richtung, aus der sie eben gekommen waren, weg von dem Ausgang, der die Freiheit bedeutete.

Sie waren eingesperrt.

72. Kapitel – Larkin

– Amaruné –

Larkin schlug hart auf einem der Wehrgänge auf. Der Sprung aus dem Fenster war tief gewesen und hätte einem gewöhnlichen Menschen vermutlich das Leben gekostet. Larkin rappelte sich auf. Die Splitter der zerborstenen Glasscheibe drückten sich in seine Haut, aber sie waren nichts gegen das Ziehen im Magen, wo Cernunnos ihn mit seinem eigenen Schwert durchstoßen hatte.

Durch die Magie in der Waffe heilte die Verletzung nicht wie gewöhnlich. Er hatte die Wunde in Eile mit einem Tuch abgebunden, dennoch sickerte Blut heraus, und er spürte, wie seine Kraft schwand. Schwarze Punkte flirrten vor seinem Blickfeld, und der Drang, sich hinzulegen und auszuruhen, wurde mit jeder Sekunde mächtiger. Doch er musste durchhalten, solange er konnte.

»Geht es noch?«, fragte Weylin und schob einen Arm um ihn, um ihn zu stützen.

Er nickte. Die Luft war hier draußen nur unmerklich wärmer als im Inneren des Schlosses. Eisiger Wind wehte, und Blitze entluden sich über ihren Köpfen in den Wolken, in denen etwas Dunkles, Grauenhaftes zu lauern schien.

»Wie kann es sein, dass Cernunnos noch Magie wirken kann?«, fragte Weylin an Ceylan gewandt, die sich ebenfalls aufrichtete und mit schmerzverzerrtem Gesichtsausdruck auf ihre verdrehte linke Hand blickte.

»Ich weiß es nicht. Ich habe getan, was ich konnte«, erwiderte sie, und der Schmerz in ihren Augen wurde tiefer. »Vielleicht war ich einfach zu schwach.«

»Warst du nicht«, sagte Kheeran. »Er ist zu stark.«

»Wie geht es jetzt weiter?«, fragte Ceylan und blickte beunruhigt in die Höhe, als erwartete sie, dass Cernunnos ihnen jeden Moment durch das zersprungene Fenster in die Gärten folgte.

»Wir müssen zu dem Gewächshaus und die Sprengladung auslösen«, erwiderte Larkin. Die Zeit hatte für Freya, Leigh und Elroys Leute hoffentlich ausgereicht, um sie anzubringen. Es war ihre letzte Möglichkeit. Sie würden Cernunnos und das gesamte Schloss niederreißen. Diesem Berg aus Trümmern würde nicht einmal er entrinnen können.

Kheeran nickte. »Ihm sollte ebenfalls der Weg blockiert sein, aber wir sollten uns dennoch beeilen. Lange wird ihn das nicht aufhalten.«

Larkin blickte über die Mauer des Wehrgangs. Es war nicht mehr weit zum Gewächshaus, und sie könnten ihn problemlos erreichen, denn von Cernunnos' Soldaten war nichts zu sehen. Sie waren alle in der Stadt, um sich Elroys Leuten zu stellen, und den Geräuschen nach zu urteilen, war die Schlacht noch im vollen Gange. Der Pirat hatte nicht übertrieben, als er mit dem Umfang seiner Armee geprahlt hatte. Jede andere Streitmacht wäre unter den Klingen der Fae vermutlich längst gefallen. Doch bedauerlicherweise waren die Fae nicht ihr einziges und auch nicht ihr größtes Problem.

Mit Weylins Hilfe schaffte Larkin es, über einen Vorsprung zu klettern, auf dessen anderer Seite ein Kiesweg zu dem gläsernen Gewächshaus führte. Kheeran und Ceylan stärkten ihnen den Rücken, aber noch war von Cernunnos nichts zu sehen.

Weylin stieß die Tür des Gewächshauses auf. Dariush wartete bereits auf sie.

»Wir müssen sprengen!«, rief Kheeran und schloss die Tür hinter sich, auch wenn das trübe Glas sie kaum schützen würde. »Wir haben alles versucht, aber wir konnten Cernunnos nicht aufhalten.«

Dariush nickte und hob die Lunte. »Wir sind bereit und können die Ladung jederzeit auslösen. Es ist genug, um ein Schloss dieser Größe zweimal in die Luft zu jagen.«

Larkin sah sich in dem Gewächshaus um. »Wo ist Freya?«

»Und Leigh?«, ergänzte Weylin.

»Die sind noch nicht zurück.«

»Wo sind die beiden? Sie sollten doch bei dir sein?«

Dariush hob die Hände, um die Schuld von sich zu weisen. »Waren sie, aber Freya wollte umkehren und die Gefangenen aus dem Kerker befreien. Leigh ist mit ihr gegangen.«

»Das darf doch nicht wahr sein!« Ungeachtet des Pochens in seiner Wunde fuhr Larkin herum, um zurück ins Schloss zu stürmen, doch eine Hand an seinem Arm hielt ihn zurück. Er wirbelte herum und funkelte Dariush an. »Lass mich los!«

»Du kannst da nicht rein.«

»Sag mir nicht, was ich kann oder nicht.« Er wusste, dass das Schloss dem Erdboden gleichgemacht wurde, sobald Dariush die Lunte zündete, aber er konnte nicht zulassen, dass dies geschah, während Freya im Palast war.

»Wir haben keine Zeit mehr«, sagte Kheeran.

»Das ist mir egal. Wartet, solange ihr könnt, und wenn es nicht länger geht, tut, was ihr tun müsst. Aber ich bleibe nicht hier und sehe zu, wie die Frau, die ich liebe, unter Trümmern begraben wird.«

»Ich komme mit!« Weylin heftete sich an seine Seite. Dankbar nickte er dem Halbling zu, denn er wusste nicht, wie weit er in seinem Zustand ohne Hilfe käme. Die Wunde in seinem Magen pochte heftig, und er hatte das Gefühl, mit dem Kopf in einem Heuhaufen zu stecken.

Kheeran presste die Lippen aufeinander. »Einverstanden. Wir warten, solange wir können, aber wenn es nicht anders geht …« Er beendete den Satz nicht, aber das musste er auch nicht. Wenn es nicht anders ging, würde er Larkin und Weylin gemeinsam mit Freya und Leigh begraben.

73. Kapitel – Leigh

– Amaruné –

Wir hätten abhauen sollen, als es noch ging, dachte Leigh. Er wusste, dass es ein selbstsüchtiger Gedanke war, vor allem für einen Mann, der einen Eid geleistet hatte, andere zu beschützen. Doch er wollte nicht sterben. Nicht hier. Nicht jetzt. Nicht unter einem Berg aus Schutt und Geröll. Wenn er eines Tages starb, dann im Kampf und nicht wegen ein paar lausiger Steine.

Er packte den nächsten Brocken, um ihn aus dem Weg zu schaffen, auch wenn es eine aussichtslose Situation war. Das letzte Beben hatte zu viel zum Einsturz gebracht, und nun saßen sie fest. Ihre einzige Lichtquelle war die Fackel in Melvyns Hand. Leigh dachte an Weylin und fragte sich, ob es ihm gelungen war, Cernunnos zu töten. Wenn dem so war, würde ihnen die Sprengung des Schlosses erspart bleiben, und die anderen könnten sie finden, bevor ihnen die Luft ausging. Anderenfalls würden Freya, Melvyn und er bald ein gemeinsames Grab unter den Trümmern finden.

Leigh wuchtete einen weiteren Stein beiseite. Schweiß rann über seine Stirn, wobei dieser nicht nur von der Anstrengung, sondern auch von der Angst herrührte. »Und es gibt sicher keinen anderen Weg hier raus?«

Freya neigte den Kopf. Die Furcht stand auch in ihren Augen. Es war ehrenwert von ihr gewesen, die Gefangenen retten zu wollen, aber ein Teil von Leigh verfluchte sie dafür. Schließlich zückte sie ihr Büchlein, in dem kaum mehr eine Zeile frei war. Sie schrieb etwas auf und zeigte es ihm. *Hinter der Wand, auf die ich jetzt deute, verläuft ein weiterer Geheimgang, aber von hier aus gibt es keinen Zugang.*

Leigh wollte sie fragen, wohin der Gang führte, aber eigentlich war das gleichgültig. Es würde sie dort kein schlimmeres Schicksal ereilen als jenes, das auf sie wartete, wenn sie hierblieben. Er ließ von dem Schutthaufen, der ihren Weg versperrte, ab und ging zu der Wand, auf die Freya gezeigt hatte. Sie sah massiv aus und war dies sicherlich gewesen, bevor das Beben sie hatte rissig werden lassen.

»Ich bin nicht sicher, aber es könnte gelingen. Wir müssen allerdings etwas finden, womit ich die Risse aufhebeln kann. Mit bloßen Händen wird das nicht gehen.«

Freya nickte und eilte sofort los, um den Kerker abzusuchen, und auch Melvyn machte sich unter Schmerzen hinkend auf die Suche. Er kannte den Adeligen erst seit wenigen Minuten. Trotz seiner offensichtlichen Qualen jammerte er nicht, was Leigh ihm hoch anrechnete. Leigh ging ebenfalls in eine der Zellen, um nach einer Art Hebel zu suchen.

»Ich habe etwas!«, rief Melvyn.

Leigh rannte zu ihm.

»Da unten.« Er deutete auf das Mauerwerk neben sich. Er hatte keinen Hebel entdeckt, aber ein faustgroßes Loch in der Wand, das sich unter den Erschütterungen gebildet hatte.

Leigh ging in die Hocke und spürte einen Lufthauch durch die Öffnung. Er fasste hinein und packte den anliegenden Ziegel, um ihn zu lösen. Es knirschte im Gestein, als er mit aller Kraft daran zerrte. Mit einem kräftigen Ruck, der Leigh rückwärtsbeförderte, löste sich der Stein, und das Loch wurde größer.

Dies könnte ihr Ausweg sein!

Leigh packte den nächsten Ziegel, als der Boden unter seinen Füßen abermals zu beben begann. Ein Riss dehnte sich zur Decke hin aus und ließ kleine Brocken auf sie herabregnen. Er wischte sich den Dreck aus den Augen und machte sich umgehend wieder an die Arbeit. Die Ziegel saßen noch immer fest aufeinander, und bereits nach zwei weiteren Steinen waren

Leighs Fingerkuppen blutig und seine Nägel gebrochen. Aber er wusste mit dem Schmerz umzugehen, solange er dafür leben konnte!

Aus dem Augenwinkel sah er, dass Freya angerannt kam. Sie hielt etwas in der Hand. Einen rostbraunen Stab aus Metall, mit dem es deutlich leichter sein würde, das Mauerwerk zu brechen.

»Woher hast du den?«, fragte Leigh.

Freya zuckte mit den Schultern.

Doch als er den Stab umfasste, erkannte er, dass es kein Rost war, der das Metall stumpf und braun hatte werden lassen. Es war getrocknetes Blut. Er wollte nicht darüber nachdenken, was hier unten mit diesem Ding angestellt worden war. Jetzt war es nur eins: ihr Schlüssel in die Freiheit.

74. Kapitel – Larkin

– Amaruné –

Larkin stand der Schweiß im Nacken, während er mit Weylin durch die Gänge des Schlosses eilte, denen sie eigentlich bereits entkommen waren. Nicht nur der Thronsaal war von Cernunnos' Ausbruch in Mitleidenschaft gezogen worden. Die Wände im gesamten Palast hatten Risse bekommen. An einigen Stellen erweckte die Zerstörung gar den Anschein, dass es keinen Sprengstoff mehr benötigte, um das Schloss zum Einsturz zu bringen.

»Wie viel Zeit haben wir noch?«, fragte er Weylin.

»Nicht mehr viel.« Die Sprengladungen wurden von mehreren Punkten rund um das Schloss herum gezündet, sodass alle miteinander koordiniert werden konnten. Dariush würde mit einer ersten, kleineren Explosion das Signal für die anderen Sprengmeister setzen, und danach war es nur noch eine Frage von wenigen Minuten, ehe alles in die Luft flog.

Unter Schmerzen humpelte Larkin den Gang entlang Richtung Kerker. Glücklicherweise hatte Freya für die Sprengmeister eine Karte des gesamten Schlosses gezeichnet, sodass Weylin und er genau wussten, wohin sie mussten. Larkins Herz raste vor Aufregung, was den Fluss seines Blutes aus der Wunde jedoch nur zu beschleunigen schien. Er fühlte sich noch miserabler als auf hoher See. Alles um ihn herum schwankte, nur der Gedanke an Freya und Weylins stützende Hand trieben ihn an, doch es war nicht mehr weit.

Sie bogen in den nächsten Gang ein, als Weylin plötzlich erstarrte und Larkin mit ihm. Wo der Durchgang zum Kerker sein sollte, war nur noch Geröll. Das durfte nicht wahr sein! Die

Decke war eingestürzt und hatte den Zugang versperrt. Es gab kein Rein und auch kein Raus.

Larkin schüttelte den Kopf. »Nein, nein, nein …« Er humpelte zu dem Geröll, nahm den ersten Stein und warf ihn zur Seite. Er wusste, wie hoffnungslos die Lage war. Ihre Zeit lief ab. Er hatte Schmerzen und war kaum noch bei Bewusstsein, aber er konnte jetzt nicht einfach umdrehen und Freya sterben lassen. So langsam er auch war, Stein für Stein begann er den Weg frei zu räumen.

Weylin half ihm und rief immer wieder nach Freya und Leigh, aber von der anderen Seite kam keine Antwort. Der Schweiß rann Larkin in die Augen und vermischte sich mit dem Staub, den er aufwirbelte. Er schürfte sich die Finger blutig, aber das hinderte ihn nicht daran, einen Brocken nach dem anderen zu entfernen.

»Hilf mir«, sagte er zu Weylin, als er auf einen besonders großen Felsbrocken stieß, den er allein nicht mehr stemmen konnte. Sofort war der Halbling an seiner Seite und packte mit an. Doch der Brocken hatte sich so verkeilt, dass er felsenfest saß. Larkin biss die Zähne zusammen, spannte seine Muskeln an. Er spürte, wie mehr und mehr Blut aus der Wunde an seinem Bauch quoll, aber er kämpfte mit allem, was er besaß, gegen diese Dunkelheit an, die ihn einzulullen drohte.

Obwohl er alles gab, war es nicht genug. Er drückte und zerrte, aber der Fels bewegte sich nicht. Larkins Herz zog sich zusammen, und in diesem Moment hasste er Kheeran. Er hasste, dass der Fae mit Ceylan in Sicherheit war und nicht mit ihnen gekommen war, um seine Schwester zu retten. Mithilfe seiner Erdmagie wären sie längst im Kerker. Er musste zurück, um ihn zu holen …

»Weylin? Larkin? Was macht ihr hier?«

Larkin wandte sich um und entdeckte Leigh. Der Wächter trat aus einem der zahlreichen Geheimgänge, die das Schloss durchzogen, und schleifte einen anderen Mann halb mit sich. Hinter ihnen erschien Freya. Gesund und wohlauf.

Tränen schossen Larkin in die Augen, am liebsten wäre er zu ihr gerannt, um sie in die Arme zu schließen, doch er besaß nicht mehr die Kraft. Er sackte in sich zusammen, und nur Weylins schnelles Handeln hielt ihn davon ab zu stürzen. Stützend schob der Halbling erneut einen Arm unter seine Schulter. Sofort war Freya bei ihm. Ihr hübsches Gesicht sah er nur noch verschwommen.

»Cernunnos hat ihn schwer verletzt«, erklärte Weylin. »Wir können euch später alles erklären, aber wir müssen hier raus. Sie werden das Schloss gleich sprengen.«

Er hatte die Worte kaum ausgesprochen, da erklang die erste Explosion, begleitet von einer Erschütterung, die das gesamte Schloss erfasste. Es war das Startsignal für die anderen Sprengmeister, die nun reihum die Ladungen zünden würden.

75. Kapitel – Kheeran

– Amaruné –

Unruhig lief Kheeran durch das Gewächshaus und sah immer wieder zu der Tür, durch die Weylin und Larkin kurz zuvor verschwunden waren, um Leigh und Freya zurückzuholen. Er verstand, weshalb Larkin hatte gehen müssen, doch er hatte kein gutes Gefühl bei der Sache.

»Kheeran«, sagte Ceylan seinen Namen. Sie klang beunruhigt.

Er sah zu ihr. An ihrem Hals waren noch die Blutergüsse zu erkennen, die Cernunnos hinterlassen hatte, auch wenn sie bereits verblassten. »Was ist?«

»Der Himmel.«

Kheeran spähte durch ein Loch auf dem Dach des Gewächshauses. Er wusste nicht, wie es entstanden war, aber es gewährte ihm einen Blick nach oben. Die dunklen Wolken, die Cernunnos genauso zu gehorchen schienen wie der Nebel, umkreisten das Schloss und warfen Blitze auf die Stadt, und jedes Mal, wenn ihr Licht über die Welt zuckte, glaubte Kheeran Gestalten in den Wolken zu erkennen.

»Wir müssen das Schloss sprengen«, sagte Ceylan mit einem tiefen, schmerzvollen Seufzen und sprach damit aus, was auch er dachte. Vielleicht könnten sie zwei, drei Minuten ausharren, vielleicht auch nicht. Es war unmöglich einzuschätzen. Gewiss war nur, dass Cernunnos' Macht mit dem Krieg in der Stadt weiterwuchs und sich über ihren Köpfen etwas zusammenbraute.

Kheeran presste seine Lippen aufeinander. Er wollte den Befehl nicht geben, denn er wollte Freya, Larkin, Leigh und Weylin mit seinen Worten nicht zum Tode verurteilen, doch im Grunde hatte er keine Wahl. Sie alle hatten ihr Leben riskiert, um die Stadt zu retten, und wäre er anstelle der anderen, wäre er böse, wenn sie diese Gelegenheit, Cernunnos zu vernichten, verstreichen ließen.

»Lass es uns tun. Dariush?«

Der Sprengmeister nickte und entzündete die Lunte. Funken entstanden und arbeiteten sich an dem Stück Seil in Richtung des Schlosses voran. Kheeran hob die Hände und errichtete aus Erde einen Schutzwall für sie, sodass sie im Gewächshaus vor der Explosion sicher sein sollten.

Es knallte.

Die Erde bebte.

Doch das war erst der Anfang.

Gleich würde kein Stein mehr auf dem anderen stehen.

76. Kapitel – Ceylan

– Amaruné –

Ceylan ballte die Hände zu Fäusten und schloss die Augen. Die erste Explosion war soeben verklungen. Das Signal war gesendet, ab jetzt gab es kein Zurück mehr. Sie sah ein letztes Mal zum Schloss auf, ehe Kheeran den Schutzwall höherzog, sodass sie komplett eingeschlossen waren und damit hoffentlich in Sicherheit.

Ceylan bebte innerlich und betete zu Göttern, an die sie nie geglaubt hatte, dass Cernunnos in den Trümmern den Tod finden würde, wenn ihre Freunde dafür schon ihr Leben ließen. Freya. Larkin. Weylin. Leigh. Der Gedanke, dass sie ihre letzte Ruhestätte mit Cernunnos teilen würden, trieb ihr die Tränen in die Augen, die sie wegblinzelte, bevor Kheeran sie sah.

Eine zweite Explosion ertönte, gefolgt von einer dritten und vierten. Der Boden unter ihren Füßen wurde erschüttert, und die verdorrten Pflanzen bebten und zitterten. Auf einmal ging alles rasend schnell. Ceylan hörte bald nichts mehr außer dem Knallen und Bersten von Gestein. Sie hatte das Bedürfnis, sich die Ohren zuzuhalten, denn ihr Verstand spielte ihr Streiche. Sie glaubte, Leighs Schreie zu hören und Weylins Hilferufe, während sie Stein für Stein unter dem Schloss begraben wurden.

»Hörst du das auch?«, fragte Kheeran plötzlich.

»Was?«

»Die Rufe.«

Bildete sie sich diese nicht ein? Ceylan neigte den Kopf und lauschte. Tatsächlich wurden die Stimmen klarer. »Lass den Schutz runter!«

»Du kannst nicht…«, setzte Dariush an, aber Kheeran hörte

nicht. Er löste den schützenden Wall auf, und kaum war das Gewächshaus zugänglich, stürzten Freya, Larkin, Leigh, Weylin und ein weiterer Mann herein. Augenblicklich kesselte Kheeran sie erneut in den Kokon aus Erde ein, und das keine Sekunde zu früh.

Die Explosionen breiteten sich aus, und nun drang von überall her ein Knall nach dem anderen. Der Lärm war überwältigend. Die Erde bebte und grollte, als wollte sich ein gigantisches Biest aus ihr erheben und alles verschlingen, was sich in seiner Nähe befand. Kheeran legte einen Arm um sie, während sie der Zerstörung lauschten und darauf warteten, dass alles dem Erdboden gleichgemacht wurde.

77. Kapitel – Elroy

– Amaruné –

Elroy hielt mitten in der Bewegung inne, als die Explosionen erklangen. Der Boden unter seinen Füßen bebte und brachte seine Männer ebenso wie die Fae dazu, innezuhalten, während in der Ferne das Herz der Stadt in die Luft flog.

Der Lärm war ohrenbetäubend und vernichtend. Eine gigantische Säule aus Rauch, Dreck und Funken stob in den Himmel und vereinte sich mit den finsteren Wolken, die sich dort oben zusammenzogen. Elroy hielt die Luft an und beobachtete das Schauspiel. Noch nie hatte er eine derart gewaltige Explosion miterlebt. Kein Stein blieb mehr auf dem anderen.

Das Schloss stürzte in sich zusammen wie ein Kartenhaus. Er wusste, dass seine Leute gut waren, aber er musste ihnen besonderen Respekt zollen für diese Arbeit. Dariush hatte sich selbst übertroffen.

»Bei allen Elva«, stammelte ein Fae in seiner Nähe. Er hielt sein Schwert noch in der Hand und hoch erhoben, hatte jedoch aufgehört zu kämpfen und starrte auf die gigantische Staubwolke, die einst das Schloss gewesen war. Das Schlachtfeld um ihn herum schien er vollkommen vergessen zu haben.

Die Erde brodelte unter Elroys Füßen nach, obwohl sie noch weit vom Palast entfernt waren. Selbst wenn es Freya, Larkin und den anderen nicht gelungen war, Cernunnos zu töten, spätestens diese Explosion hatte ihn in Stücke gerissen.

Zwei seiner Soldaten stießen neben Elroy einen Jubelschrei aus, der sich durch die Reihen seiner Leute fortsetzte und zu einem einzigen Gesang anschwoll. Auch Elroy lächelte, riss sein Schwert in die Luft und stimmte mit in den Jubel ein.

Die Schlacht war geschlagen. Der Feind war besiegt. Die Fae blickten sich irritiert um, viele warfen ihre Waffen weg und gaben zu verstehen, dass sie nicht länger kämpfen würden.

Sie hatten gewonnen.

78. Kapitel – Ceylan

– Amaruné –

Wir haben einen Gott besiegt.

Es dauerte eine Ewigkeit, bis Kheeran endlich den Schutzwall herunterzog und sie zurück ins Freie entließ. Die Luft war erfüllt vom Staub und Dreck. Ceylan konnte kaum fünf Fuß weit sehen. Sie hustete, genau wie die anderen. Überall um sie herum lagen Geröll und Steine. Der einstige Garten war zerstört, erschlagen von dem, was das Schloss gewesen war. Nur das Gewächshaus hatte überlebt und erschien wie ein Fremdkörper inmitten der Verwüstung. Ceylan blinzelte und blickte zum Schloss, aber sie sah durch den Dunst nur eine gewaltige Ansammlung von Stein.

»Geht es allen gut?«, fragte Kheeran.

Die anderen nickten, auch Larkin, obwohl dieser überhaupt nicht gut aussah. Er war blass und trotz seiner schwarzen Kleidung war das Blut zu erkennen, das den Stoff durchtränkte. Er musste dringend zu einem Heiler, wenn er den nächsten Morgen erleben wollte.

»Meine Ohren pfeifen«, sagte der Fremde, den Leigh mitgeschleppt hatte. Ceylan blickte zu ihm. Sie kannte ihn nicht, aber er war ein Mensch und offenbar verletzt, denn er stützte sich auf Leigh wie Larkin auf Weylin.

»Das vergeht«, sagte Dariush und sah voller Stolz auf sein Werk. »Ich habe schon viele Dinge in die Luft gejagt, aber noch nie ein Schloss. Das hat Spaß gemacht.«

Kheeran schnaubte und begann zu lachen. Erst leise und verhalten, dann immer lauter, während die ganze Anspannung von ihm abzufallen schien. Sie hatten es geschafft, diese Explosion konnte Cernunnos unmöglich überlebt haben. Selbst wenn es ihm gelungen war, einen Schutzwall um sich zu ziehen, war er doch unter dem Gewicht eines ganzen Schlosses begraben worden.

»Haben wir ihn besiegt?«, fragte Kheeran und machte einen Schritt auf Ceylan zu. Der Staub verfing sich in seinen Haaren und setzte sich als feiner Dunst auf seinen Schultern ab. In diesem Augenblick fühlte sie sich ihm noch verbundener als während ihrer gemeinsamen Nacht am Tümpel. Was sie heute geleistet hatten, war größer und überwältigender. Sie hatten die Stadt, das Land und womöglich die ganze Welt vor den Fängen eines jähzornigen Gottes gerettet.

Ceylan warf sich Kheeran an den Hals und küsste ihn vor den Augen aller anderen. Nach allem, was sie durchgestanden hatten, war ihr gleichgültig, wer sie sah. Sie war nur froh, überlebt zu haben, auch wenn ein Teil von ihr es noch immer nicht ganz begreifen konnte. Am liebsten hätte sie in den Trümmern nach Cernunnos' Leiche gesucht, nur um sie anschließend zu verbrennen und seine Asche im Meer zu versenken.

»Wir sollten uns mit Elroy treffen. Diese Schlacht mag gewonnen sein, aber dort vor den Mauern tobt noch eine weitere, und es gibt viel zu tun«, sagte Kheeran an die anderen gewandt und deutete in Richtung der Kämpfe, die Elroy zur Ablenkung angezettelt hatte.

Ceylan hoffte, dass Kheeran nach Cernunnos' Ableben seinen rechtmäßigen Platz als Thronerbe antrat. Er sah es vielleicht selbst nicht, aber er war ein Anführer. Elroys Truppen mochten ihnen das Durchdringen bis zum Schloss ermöglicht haben, doch es war sein Plan gewesen, der sie hergebracht hatte. Und auch jetzt, da ihr Kampf gefochten war, schob er die Verantwortung nicht von sich, sondern war bereit, noch mehr zu geben, obwohl er offensichtlich genauso wie alle am Ende war.

Sie löste sich von ihm und wollte nach ihren Mond-Sichel-

Messern greifen, um sich der Schlacht außerhalb der Mauern zu stellen, doch ihr Griff ging ins Leere. Cernunnos. Er hatte sich ihrer Klingen bemächtigt und war mit ihnen verschüttet worden. »Ich habe dein Geschenk verloren.«

»Keine Sorge, ich lasse dir neue anfertigen«, erwiderte Kheeran und beugte sich näher zu ihr, sodass sie seinen Atem auf ihrem Gesicht spüren und nur sie ihn hören konnte. »Du darfst dich auch gern auf dieselbe Art bedanken.«

Sie verpasste ihm einen sanften Stoß in die Seite und schielte zu den anderen hinüber, doch diese hatten nichts mitbekommen. Freya lag in Larkins Armen, und auch Weylin und Leigh tauschten Zärtlichkeiten aus. Dariush war bei dem Fremden, der auf einem der zertrümmerten Steine saß und unwohl dreinblickte.

Kheeran bemerkte ihn in diesem Augenblick ebenfalls und ging auf ihn zu. Der junge Mann war etwa in seinem Alter, mit schwarzen Haaren und dunkelbraunen Augen, die Schrecken gesehen hatten, die sie lange nicht vergessen würden.

»Melvyn«, begrüßte Kheeran ihn. »Es ist lange her.«

Melvyn runzelte die Stirn und starrte ihn an. »Kennen wir uns?«

Kheerans Mundwinkel zuckten. »Ja, wir sind uns nur schon eine Weile nicht mehr begegnet. Nicht mehr seit meiner Entführung aus dem Schloss.«

Die Furche zwischen Melvyns Brauen wurde tiefer und sein Blick noch eindringlicher. Kheeran wich unter seiner Musterung nicht zurück, und dann schien der Groschen zu fallen. Entsetzt riss Melvyn die Augen auf. »Talon?«

Er nickte. »Nenn mich Kheeran.«

»Beim König, du lebst!«

»Du auch, aber wir sollten dich unbedingt zu einem Heiler bringen«, sagte er und wandte sich an Larkin. »Und dich auch. Du siehst nicht gut aus.«

»Du auch nicht«, erwiderte Larkin spöttisch, doch seine

Stimme war dünn und hatte an Kraft verloren. Ceylan hatte wenig für den Wächter übrig, aber sie hoffte von ganzem Herzen, dass er diese Wunde unbeschadet überlebte. Er wirkte, als würde er bereits mit einem Bein im Grab stehen. Seine Haut war fahl, und Schweiß stand auf seiner Stirn, noch immer sickerte Blut aus der Stichwunde.

»Ich kann sie in unser Lazarett bringen«, sagte Dariush und klopfte sich den Staub von der Uniform, der sich jedoch sofort wieder darauf absetzte. »Die Kutschen sind noch in der Nähe.«

»Kommst du mit?«, fragte Larkin an Freya gewandt.

Sie schüttelte den Kopf und teilte ihm etwas mit den Händen mit.

Er nickte, und ein schwaches Lächeln trat auf seine Lippen. »Sie will helfen.«

»Keine Sorge, wir passen auf sie auf«, erwiderte Leigh und streckte Larkin seine Hand in einer brüderlichen Geste entgegen. Dieser zögerte kurz, griff dann aber nach den ihm dargebotenen Fingern und umschloss sie mit seinen.

»Danke, dass du auf Freya aufgepasst hast.«

»Nichts zu danken. Sie hat genauso auf mich geachtet«, sagte Leigh und lächelte Freya an, die das Lächeln erwiderte. »Komm, ich bringe euch zur Kutsche.« Er schob einen Arm unter Larkins Schultern, während Dariush Melvyn auf die Beine half. »Ich bin gleich zurück.«

Ceylan sah, wie die vier Männer über das Trümmerfeld davongingen, und stieß ein letztes Seufzen aus. Noch einmal wandte sie sich dem zu, was einst das Schloss gewesen war. Staub und Dreck legten sich nur langsam. Es würde wohl Tage dauern, bis die Ruine zur Ruhe käme. Danach könnten sie mit den Aufräumarbeiten beginnen. Bei dieser Vorstellung breitete sich eine komische Leere in Ceylan aus. Eigentlich sollte sie ihren Sieg über Cernunnos feiern, aber nun lag wieder diese ungewisse Zukunft vor ihr.

»Diese eigenartigen Wolken haben sich noch immer nicht verzogen«, sagte Weylin und sah in den Himmel. Ceylan folgte seinem Blick, aber durch all den aufgewühlten Staub war die Wolkendecke schwer zu erkennen.

»Aber sie sind heller geworden, oder täuscht es?«, fragte Kheeran.

Weylin zuckte mit den Schultern. »Gut möglich, ich war zu sehr damit beschäftigt, uns den Arsch zu retten, als dass ich auf die Wolken achten konnte.«

Kheeran hob die Mundwinkel. »Ja, ohne dich hätten wir es vermutlich nicht lebend rausgeschafft, doch ich würde mir um die Wolken keine Sorgen machen. Vermutlich sind das nur die Überreste von Cernunnos' Herrschaft, die mit der Zeit und dem Wind …«

Kheerans Worte wurden von einem tiefen Grollen unterbrochen. Es kam vom Schloss her und breitete sich in alle Richtungen aus. Ceylan wich einen Schritt zurück, und die anderen zuckten ebenfalls zusammen. Weylin zückte seine Waffe, die er aus der Kammer mitgenommen hatte, und auch Kheeran, Freya und Ceylan hoben die sterblichen Klingen, die sie nun bei sich führten.

»Was war das?«, fragte Ceylan.

Kheeran schüttelte den Kopf. »Ich weiß es nicht. Vielleicht eine Nachexplosion?«

Gab es so etwas? Ceylan war nicht sicher und Dariush nicht hier, um diese Frage zu beantworten. Allerdings fühlte sich dieses Beben anders an. Es ebbte nicht ab, sondern wurde stärker, und von der Mitte des Schlosses aus stieg nun eine einzige dunkle Rauchsäule in den Himmel empor, die genauso merkwürdig erschien wie die Wolken.

Ceylan schluckte trocken, denn ihr schwante Schreckliches. Ihr Herz, das sich soeben erst beruhigt hatte, begann wieder kräftig zu schlagen, und die Angst, die sie abgelegt hatte, kehrte zurück. Auch die anderen wirkten schlagartig angespannt, und Freya blickte unsicher umher.

Die Rauchsäule, die sich scheinbar ohne Ursprung aus den Trümmern erhob, breitete sich aus, dehnte sich nach außen und formte einen trichterartigen Sog. Er drehte sich, zog Brocken und anderes Geröll zu sich wie ein übermächtiger Sturm, der über das Land fegte. Ceylans Haare peitschten ihr ins Gesicht, und ein heftiger Luftzug erfasste sie, der sie ebenfalls zur Rauchsäule zog. Sie griff nach Kheerans Hand, um sich festzuhalten.

Der Sturm wurde kräftiger. Die wenigen Bäume, die noch standen, bogen sich ihm entgegen. Die Trümmer um sie herum bebten und rutschten auf das einstige Schloss zu. Ceylan stemmte die Füße in die Erde und hielt sich den freien Arm vors Gesicht, um sich vor dem umherfliegenden Dreck zu schützen. Der aufgewirbelte Staub raubte ihr abermals die Sicht, dennoch behielt sie den Rauch im Blick.

Er senkte sich zu Boden und verdichtete sich. Die peitschende Luft um sie herum wurde kühler, und plötzlich mischte sich höhnisches Lachen unter das Rauschen des Windes. Zwei rot leuchtende Augen erschienen im Rauch.

Ceylan lief es eiskalt den Rücken hinunter. Wie war das möglich? Sie blickte zu Kheeran, der ähnlich erschrocken und verständnislos aussah, ehe sie ihre Aufmerksamkeit wieder auf die Rauchsäule lenkte, in der sich nun deutlich eine Gestalt abzeichnete. Sie wusste, wer es war.

»Was sollen wir tun?« Der starke Wind machte es Ceylan kaum möglich zu sprechen, Staub blies ihren Rachen hinab und brachte sie zum Husten.

»Wir kämpfen weiter«, gab Kheeran zurück.

Weylin und Freya nickten entschlossen, denn was blieb ihnen anderes übrig? Nach allem, was geschehen war, würde Cernunnos sie gewiss nicht gehen lassen.

»Ihr Narren. Ihr nichtsnutzige, dumme und einfältige Sterbliche!«, erklang Cernunnos' Stimme aus dem Rauch. Er verdichtete und festigte sich zu der Gestalt, die einst Aldren gehört hatte. Cernunnos sah genauso grausig schön aus wie vor ihrem Kampf im Thronsaal. Seine helle Haut war unverletzt, die blondweißen Haare wehten um sein Gesicht, und auf seinen Lippen lag ein selbstgefälliges Grinsen.

»Habt ihr wirklich geglaubt, mich töten zu können?«

Ceylan würgte ihre Angst hinunter und umschloss ihre Waffe fester, auch wenn sie nicht wusste, was das bringen sollte. Sie waren Insekten im Auge des Gottes.

»Habt ihr es noch immer nicht verstanden? Ich bin ein Gott!«, rief Cernunnos und riss die Arme hoch. Die Wolken über ihren Köpfen rissen auf. Krächzen erklang. Bedrohliches, unheilvolles Krächzen, und sie wurden aus Rauch geboren. Schwarze, geflügelte Gestalten mit rot glühenden Augen. Sie waren die Gefahr, welche die ganze Zeit über in den Wolken gelauert hatte.

»Sind das …?«

»Elva«, schloss Weylin ihren Satz. »Das sind Elva.«

Immer weitere aus Nebel geborene Kreaturen schossen aus den Wolken heraus. Es waren bedrohliche Biester mit großen Schwingen, langen Schwänzen und spitzen Klauen. Ihre echsenartigen Köpfe waren gehörnt, und Fangzähne ragten aus ihrem Gebiss, das dazu geschaffen war, Fleisch zu reißen. Ceylan wartete darauf, dass auch ihre Körper eine feste Gestalt annahmen, doch sie blieben Wesen aus Rauch und Schatten. Wie sollte man gegen sie kämpfen?

»Meine Kinder«, sagte Cernunnos, den Blick ebenfalls gen Himmel gerichtet. »Meine wundervollen Geschöpfe. Willkommen in dieser Welt! In *meiner* Welt.« Der Gott lachte und deutete mit einem Nicken in Richtung der Stadt. Die Elva schossen sofort los, um Teil des Kampfes zu werden und Cernunnos zu stärken.

Ceylan konnte ihre Anzahl nicht erfassen, es waren einfach zu viele. Mehrere Dutzend, und immer mehr kamen aus den Wolken geschossen.

Wir sind alle verloren.

79. Kapitel – Elroy

– Amaruné –

Elroy klopfte Yale auf die Schulter und bedankte sich bei ihm für den guten Kampf. Die Fae hatten kapituliert. Sie hatten ihre Waffen fallen lassen. Nun blieb nichts mehr zu tun, als sie in Gewahrsam zu nehmen, bis Freya und Kheeran entschieden, was mit ihnen, dieser Stadt und diesem Land geschehen sollte. Das war nicht Elroys Aufgabe.

Auch die Elva waren besiegt. Sie hatte viele der Kreaturen getötet, und jene, die noch lebten, waren von der gewaltigen Explosion vertrieben worden. Staub und Dreck wirbelten durch die ganze Stadt und erinnerten Elroy an die Sandstürme in seiner Heimat.

»Deè!« Elroy drehte sich um und entdeckte Rae inmitten des Schlachtfeldes. Ebenso wie er trug sie die Rüstung der séakischen Armee. »Geht es dir gut?«

Er lächelte. »Blendend.«

»Ich habe gesagt, du sollst an meiner Seite bleiben!«

»Ich habe dich in dem Durcheinander wohl aus den Augen verloren.«

Rae gab ein Brummen von sich, das deutlich zeigte, dass sie ihm kein Wort glaubte, und damit war sie im Recht. Er hatte sich nicht viel Mühe gegeben, in ihrer Nähe zu bleiben, sondern hatte sich einfach von dem Kampf tragen lassen. Doch ihre Sorge war umsonst gewesen. Er hatte sich nie besser gefühlt, denn er war unsterblich. Endlich!

Er konnte es noch nicht ganz glauben. Immer und immer wieder musste er sich diesen Satz ins Gedächtnis rufen und ergötzte sich an dem Gefühl, das er in ihm auslöste. Sein Herz füllte sich mit Vorfreude auf das Kommende. All die Abenteuer und unbekannten Welten, die ihn erwarteten und von denen er Helenia eines Tages würde erzählen können.

»Deè. Irgendetwas stimmt nicht«, sagte Rae und deutete in den Himmel.

Elroy hob den Blick und erstarrte. Die dunklen Wolken, die sich schon die ganze Zeit über dem Schloss zusammengezogen hatten, hatten ihre Schleusen geöffnet, doch es war kein Regen, der auf die Welt niederging, sondern unzählige Kreaturen stürzten sich auf die Stadt.

»Was ist das?«, fragte Elroy.

»Elva!«, brüllte ein Fae, der eben aufgegeben hatte. »Sie kommen, um uns zu helfen! Sie wollen uns zum Sieg führen!«

Weitere Rufe erklangen aus der Menge, und Elroy bemerkte, wie die Fae wieder zu ihren Waffen griffen. Jene Seelie und Unseelie, die sich ergeben hatten, fassten neuen Mut und neue Hoffnung.

Ein Fae stürzte sich auf Elroy. In letzter Sekunde machte er einen Satz zur Seite. Rae kam ihm zu Hilfe. Sie hob ihr Schwert und rammte es dem Fae in die Brust. Elroy kam nicht dazu, sich zu bedanken, denn bereits einen Herzschlag später stürzten sich die neugeborenen Elva auf sie und schnappten sich die ersten Soldaten. Seine Leute feuerten Pfeile auf die Geschöpfe, aber die Geschosse flogen einfach durch die Körper der Kreaturen hindurch, als wären sie aus Rauch.

»Das … das kann nicht sein«, stammelte Elroy, während er der Wasserpeitsche eines Unseelie auswich. Die Fae hatten neue Hoffnung aus dem Auftauchen der Elva geschöpft, denn sie schlugen härter und erbarmungsloser als zuvor zurück.

Elroy machte einen Satz zur Seite und wich dem Schwerthieb eines anderen Fae aus. Er kam ins Schwitzen, und seine Muskeln brannten, aber er ignorierte den Schmerz und die aufkeimende Erschöpfung. Unerbittlich kämpfte er weiter. Zahlenmäßig waren die Fae ihnen völlig unterlegen, und Elroy hegte keinen Zweifel daran, dass sie die Oberhand behalten würden. Doch diese Nebel-Elva bereiteten ihm große Sorgen, denn sie glichen den Kampf aus und waren anscheinend nicht mit herkömmlichen Waffen zu besiegen.

Die Elva schossen um ihn herum zu Boden, schnappten seine Soldaten und zerrten ihre Körper in die Höhe, um sie anschließend fallen zu lassen. Wie Melonen zerplatzten ihre Schädel trotz der Helme unter der Wucht des Sturzes. Die Biester waren effizient und blitzschnell.

»Wir werden siegen!«, brüllte ein Fae und stürmte auf Elroy zu. Er hob die Klinge seiner magiegeschmiedeten Waffe, bereit, den Fae zu seinem Schöpfer zu schicken, als plötzlich eine Elva vom Himmel herabstürzte. Elroy fuhr zusammen und machte einen Satz zurück, um den Klauen der Kreatur auszuweichen, doch die Elva hatte es nicht auf ihn abgesehen, sondern auf den Fae. Sie krallte sich im Rücken des Mannes fest, riss ihn in die Luft und brach ihm das Genick, noch während er sich zu befreien versuchte.

Verwirrt sah Elroy sich um und erkannte, dass das kein Versehen gewesen war. Keine Ausnahme. Überall um ihn herum griffen die Elva Fae wie Menschen an. Für sie schien es keinen Unterschied zu geben. Sie schnappten sich, wen auch immer sie in ihre Klauen bekamen.

Offenbar hat sich euer Gott von euch abgewandt, dachte Elroy und beobachtete, wie die Fae von seinen Männern abließen, um gegen die Bedrohung aus der Luft zu kämpfen. Sie richteten ihre Magie auf die Elva. Manche feuerten Eisgeschosse auf die Biester, während andere versuchten, sie mit Feuer vom Himmel zu holen, doch die Elva trotzten auch der Magie. Sie waren über allem erhaben und schienen sich in einer Art Blutrausch zu befinden. Alles, was für sie zählte, war der Tod. Neben Elroy fiel ein weiterer Körper vom Himmel. Sämtliche Knochen waren gebrochen, die Gliedmaßen auf unnatürliche Weise verdreht.

»Wir müssen uns zurückziehen!«, brüllte Yale und duckte sich, als eine Elva aus dem Himmel schoss und ihn nur haarscharf verfehlte. »Wir können nichts mehr ausrichten, unsere Waffen sind wirkungslos.«

Elroy zwängte sich mit Yale gegen eine Hauswand und atmete durch. Sie waren in einer zerstörten Gasse und suchten Schutz in den Trümmern wie viele seiner Soldaten. Auch die Fae hatten aufgegeben, gegen die Elva zu kämpfen, und flohen um ihr Leben.

Elroy presste die Lippen zusammen, ging in Gedanken alle Möglichkeiten durch, die ihnen noch blieben. Er sah zum eingestürzten Palast, aus dem weiterhin die schwarze Rauchwolke aufstieg, die sich teilweise auflöste und dann wieder verdichtete. Irgendetwas ging am Schloss vor sich.

»Elroy!«, rief nun Rae, wie um ihn daran zu erinnern, dass er eine Entscheidung treffen sollte.

Er wollte diesen Kampf gewinnen, aber er wusste auch, wann es besser war, aufzugeben. Schließlich hingen Menschenleben davon ab. Er nickte leicht, und Yale brüllte seine Befehle weiter. Die Männer und Frauen in Rüstungen handelten umgehend und stellten ihre Versuche ein, gegen die Elva zu kämpfen. Sie gaben einander nur noch Rückendeckung, während sie aus der Stadt in Richtung des entfernten Hafens flüchteten.

Elroy sah erneut zum Schloss und hoffte, dass es Freya, Dariush und all die anderen raus schafften. War Cernunnos noch am Leben, oder war er gestorben und hatte seine Magie an die Elva vermacht? Elroy würde sich mit seinen Leuten sammeln und beraten, was sie als Nächstes tun könnten, falls es überhaupt etwas zu tun gab.

Er verließ seine Deckung, und Yale und Rae folgen ihm. Sie rannten die zerstörte Straße entlang, als eine Elva vor ihnen landete. Yale fluchte und hob sein Schwert. Die Kreatur stieß ein lautes Krächzen aus, das Elroy durch Mark und Bein ging. Er richtete seine Klinge gegen die Nebel-Elva, auch wenn das nichts bringen würde.

»Rennt!«, brüllte Yale.

»Wir lassen dich nicht allein«, erwiderte Elroy. Er hing an seinem Leben, aber er war kein Feigling, und wenn sein Schiff unterging, dann mit ihm. Die Elva flatterte mit ihren durchsichtigen Schwingen und stürzte sich auf Yale. Er riss sein Schwert in die Höhe, um die Kreatur damit zu schlagen, aber die Klinge rauschte durch die Elva hindurch wie ein Stein durch einen Wasserfall.

Yale wurde zu Boden gerissen und schrie auf, als die Bestie die Klauen in seinen Brustkorb grub. Er schlug um sich, aber seine Hände glitten durch die dunkle Gestalt.

»Scheiße!«, fluchte Elroy und machte einen Satz auf die Elva zu, die ihn jedoch nicht einmal zu bemerken schien. Sie warf den Kopf in den Nacken, stieß einen weiteren triumphierenden Schrei aus und schnappte nach Yales Schädel. Seine Schreie verstummten, als die Elva ihm ohne jede Mühe den Kopf abriss.

»Nein!«, brüllte Elroy, und eine Woge der Übelkeit überkam ihn, als er auf Yales enthauptete Leiche blickte. Yale. Er war eines der treusten Mitglieder seiner Mannschaft gewesen und, noch viel wichtiger, einer seiner besten Freunde. Er hatte ihn von Beginn an auf hoher See begleitet, und nun war er gestorben, in dem Versuch, Rae und ihn zu beschützen.

»Wir müssen weg«, sagte Rae und packte Elroys Hand, um ihn mit sich zu ziehen, aber es gab keine Deckung mehr. Die Elva stieß einen spitzen Schrei aus, breitete ihre Schwingen aus und erhob sich, um sie zu attackieren.

Sie sprangen auseinander. Die Elva sauste zwischen ihnen hindurch, aber schneller, als Elroy reagieren konnte, schlug sie einen Haken und stob ein weiteres Mal an ihm vorbei. Sie packte ihn mit ihren Klauen und riss ihn in die Höhe. Er verlor den Halt und holte mit seinem Schwert aus, doch seine Klinge glitt geradewegs durch die Kreatur hindurch.

Die Elva riss den Schnabel auf und fixierte ihn mit einem Blick aus ihren rot glühenden Augen. Ihr Geifer tropfte auf Elroys Gesicht, er sah direkt in ihren Rachen und auf die spitzen Zähne, die Yales Kopf von seinen Schultern gerissen hatten. Ereilte ihn dieses Schicksal nun auch? Was für eine Ironie, wenn er sterben würde, nur wenige Tage nachdem er vermeintlich unsterblich geworden wäre …

80. Kapitel – Ceylan

– Amaruné –

Ceylan flog durch die Luft und schlug hart gegen einen der Trümmerhaufen. Es presste ihr den Atem aus der Lunge, und ihr Blick wurde für einen kurzen Moment unscharf. Ihr war schwindelig, und sie sah nur noch helle Punkte in ihrem Blickfeld herumschwirren. Benommen schüttelte sie sich, richtete sich auf und blickte auf das Monster vor ihr.

Wir können nicht gewinnen.

Cernunnos lachte über ihre kläglichen Versuche, ihn zu töten. Weylin und Freya kämpften verzweifelt gegen den Gott, aber jeder Hieb rauschte geradewegs durch seinen Körper, den er anscheinend nach Belieben zu Rauch formen konnte. Nur Kheerans Magie vermochte im Ansatz etwas gegen Cernunnos zu verrichten. Er schleuderte Eispfeile auf den Gott und errichtete immer wieder Barrieren aus Gestein. Doch Cernunnos brachte sie alle mit einem Wimpernschlag zum Einsturz.

Sie konnten diesen Kampf nicht gewinnen.

Dies war das Ende.

Dies war *ihr* Ende, aber Ceylan würde nicht kampflos aufgeben. Wenn sie schon sterben musste, dann so laut und mächtig, wie sie nur konnte. Sie würde kämpfen, bis sie nicht mehr in der Lage war zu stehen. Sie richtete sich auf und nahm aus dem Augenwinkel eine Bewegung wahr. Leigh und Larkin waren zurück. Sie hatte keine Ahnung, weshalb sie umgekehrt waren oder was Larkin glaubte, hier noch bewirken zu können in seiner Verfassung, dennoch hielt er ein Schwert in den Händen.

Die beiden Männer stürzten sich zeitgleich auf Cernunnos, aber er musste nur eine Hand heben, um sie zurückzuschleudern. Ceylan knurrte, brüllte und warf sich nach vorn. Cernunnos blickte sie an, fixierte sie und ballte eine Hand zur Faust. Plötzlich legte sich eine unsichtbare Kraft um ihre Kehle und drückte zu. Sie begann zu röcheln und fasste an ihren Hals, doch da war nichts. Sie bekam keine Luft mehr. Abermals schossen ihr Tränen in die Augen, und in ihrer Brust breitete sich ein schmerzhafter Druck aus, der sich in Richtung ihres Kopfes schob und ihren Schwindel weiter verstärkte.

»Ihr hättet euch einfach ergeben sollen. Womöglich hätte ich Gnade gezeigt und euch einen schmerzlosen Tod gewährt«, säuselte Cernunnos. Bei diesen Worten blickte er Ceylan geradewegs in die Augen. Sie bekam Gänsehaut. Ihr wurde eiskalt, und das Blut staute sich in ihrem Schädel, während sie weiter nach Luft rang.

»Ceylan!« Kheeran feuerte Eisgeschosse auf Cernunnos, um ihn abzulenken, doch die kühlen Pfeile glitten durch ihn hindurch wie Finger, die versuchten, nach Wasser zu greifen. Es entlockte ihm nicht einmal eine Reaktion.

»Aber ihr habt diese Gnade verspielt mit euren armseligen Versuchen, mich zu vernichten. Mich. Einen Gott. Nicht einmal ihr Dunkelgänger könnt mir länger etwas anhaben. Ich bin über euch hinausgewachsen«, sagte er, ohne sie aus den Augen zu lassen. Weylin und Leigh griffen ihn ebenfalls an, aber Cernunnos neigte nur leicht den Kopf, um die Luft um sich herum zu bändigen und die beiden mit Wucht zurückzuschleudern. Sie landeten im Geröll. Freya setzte zu einem weiteren Angriff an, doch Larkin schob sich vor sie und hielt sie zurück, auch wenn er sie nicht vor dem Schicksal retten konnte, das sie alle erwartete.

Verzweifelt rang Ceylan nach Luft. Röchelte und kämpfte. Ihr war schwindelig, aber sie konnte nichts gegen die unsichtbare Macht tun, die sie erdrosselte. Ihre Kehle brannte, und ihre Brust fühlte sich eng und leer an. Ihre Augenlider begannen zu flattern, während Cernunnos das Leben aus ihrem Leib quetschte.

Das Verlangen, sich der aufkeimenden Dunkelheit hinzugeben, war groß, dann wäre es zumindest vorüber …

Nur verschwommen erkannte sie, dass sich eine Gestalt mit blondem Haar erneut gegen Cernunnos warf. Kheeran. Er war noch nicht bereit aufzugeben. Unerbittlich schlug er auf die Nebelgestalt ein und trotzte jedem von Cernunnos' Versuchen, ihn loszuwerden. Wehte eine Böe ihn beiseite, kam er zurück. Schleuderte ein Stein ihn davon, rappelte er sich auf und ging ein weiteres Mal auf den Gott los.

Kheeran.

Er kämpfte, also würde sie auch kämpfen, solange sie nur konnte. Ceylan schloss die Augen, erweckte mit den letzten Funken ihrer Kraft ihre Fähigkeiten, um Cernunnos' Magie zu unterbinden. Es hatte zuvor nicht geholfen, aber es gab nichts, was sie sonst hätte tun können.

Cernunnos lachte. »Habt ihr noch immer nicht genug? Wie lange wollt ihr noch um diese armselige Existenz kämpfen, die ihr Leben nennt?«

»Bis zu unserem letzten Atemzug«, gab Kheeran zurück und sah zu Ceylan. Sie bemerkte, dass sie auch seine Magie unterdrückte. In ihrem Kopf pochte es heftig, und es fiel ihr schwer, sich zu konzentrieren, dennoch löste sie ihre Blockade um Kheeran. Dieser trieb die Erde unter Cernunnos' Füßen empor. Der Gott geriet ins Schwanken, und kurz lockerte sich der eiserne Griff um Ceylans Hals. Sie konnte einen lebensverlängernden Atemzug nehmen, auch wenn das nichts änderte. Sie würden sterben, und vielleicht war das ihre eigene Schuld.

Mit Elroys Leuten hatten sie das zweite Mal den Krieg in die Stadt gebracht und Cernunnos mit mehr Gewalt und Tod genährt. Sie hätten nicht so lange warten sollen, sondern früher zuschlagen müssen. Doch nun war es dafür zu spät.

Cernunnos fuhr herum, als Larkin trotz seiner schwindenden Kraft einen weiteren verzweifelten Versuch startete. Der Gott blickte nur gelangweilt zu ihm, schnippte mit einem Finger und schleuderte ihn nach hinten, sodass er mit Freya zusammen gegen einen Stein prallte. Reglos blieben die beiden liegen.

Leigh und Weylin setzten als Nächstes zu einem Angriff an, doch Cernunnos baute eine unsichtbare Barriere aus Luft um sich und hielt seine Angreifer draußen. Sie schlugen mit Fäusten und ihren Waffen auf sie ein. Plötzlich schien die durchsichtige Mauer zu explodieren, und Weylin und Leigh wurden über das Trümmerfeld geschleudert. Sie knallten gegen einen Geröllhaufen, der über ihren Köpfen einstürzte.

»Nein!«, krächzte Ceylan.

Kheeran stand nun als Einziger. Er stöhnte und hielt sich die Seite. Die Waffe hing schlaff in seiner Hand.

»Es ist wohl an der Zeit, diesem Trauerspiel ein Ende zu bereiten«, sagte Cernunnos, streckte seine Hand aus und packte Kheeran ebenfalls mit einer unsichtbaren Klaue. Er zerrte ihn an sich heran. Kheeran stemmte die Füße in die Erde, doch sein Widerstand war zwecklos. Es war vorbei. Er konnte nichts mehr gegen den Gott ausrichten. Sie waren dem Tode geweiht.

Ceylan brüllte mit heiserer Stimme. Sie wollte zu Kheeran, aber die unsichtbare Hand um ihre Kehle hielt sie fest. Sie strampelte und ächzte, suchte nach ihrer Gabe. Es konnte nicht alles umsonst gewesen sein …

Kheeran spähte zu Ceylan. Und trotz des nahenden Todes trat ein feines, gar zärtliches Lächeln auf seine Lippen, als wäre er froh, dass sie in diesen letzten Augenblicken bei ihm war.

Ihr Herz zog sich zusammen, und sie erkannte eine Wahrheit, für die sie zuvor zu blind gewesen war. Sie liebte Kheeran, aber auch hier hatte sie zu lange gewartet. Sie hatte Tage, Wochen und Monate verstreichen lassen, ihm näherzukommen, aus Furcht vor ihren eigenen Gefühlen. Und aus Angst, dadurch schwach zu werden. Aber was sie für Kheeran empfand, hatte sie nicht schwach gemacht, sondern stärker werden lassen.

Ich liebe dich, dachte Ceylan voller Inbrunst und hoffte, dass Kheeran es in diesem Moment spürte. Er war nicht allein. Er wurde geliebt.

Cernunnos zerrte ihn dicht an sich heran, bis er unmittelbar vor ihm stand. Mit einem Finger strich er über Kheerans Wange. Dieser ballte die Hände zu Fäusten und versuchte wohl ein letztes Mal, seine Magie zu wirken, aber alles verpuffte ohne Wirkung. Cernunnos schnalzte mit der Zunge, als stünde er einem Kleinkind gegenüber, das er für einen dummen Streich tadelte.

»Bist du bereit, den Göttern gegenüberzutreten, die dich nicht retten konnten?«, fragte er, und lange Klauen wuchsen aus der Hand, mit der er eben noch so sanft Kheerans Wange gestreichelt hatte. Mit der Spitze seiner Kralle fuhr er über die vernarbte Haut. Kheeran presste die Lippen fest aufeinander, um nicht aufzuschreien, während sich seine Haut teilte und Blut über seine Wange lief. Cernunnos fing es mit seiner Klaue auf und kostete davon.

»Köstlich«, raunte er und hob die Hand.

»Nein!«, schrie Ceylan und rüttelte erneut an ihren unsichtbaren Fesseln. Tränen rannen über ihr Gesicht. Sie konnte das nicht mit ansehen. Sie konnte nicht zulassen, dass Kheeran starb, aber sie wusste nicht, wie sie seinen Tod und den aller anderen verhindern konnte. Ceylan wandte den Blick gen Himmel und sah in die schwarzen Wolken, die todbringende Elva ausspuckten. Sie sah das Elend und den Tod, den sie über die Welt bringen würden, und sie sah all das Leid, das dieser Gott mit sich führte.

Diese Vorstellung erfüllte sie mit einer tiefen Trauer. Jahrelang war Rache das einzige Gefühl gewesen, das Ceylan angetrieben hatte. Sie hatte für diese Rache gelebt, aber diese Zeiten waren vorüber. Nun besaß sie so viel mehr, für das es sich zu leben lohnte. Ein Leben, das sie nicht länger haben konnte. Dennoch war sie dankbar für die letzten Monate, die ihr durch ihre

Gabe geschenkt worden waren, anderenfalls wären Kheeran und sie bereits in Nihalos verbrannt.

Sie musste an den Moment in den Flammen denken, als sie Kheeran angefleht hatte, sie zu töten, damit er leben konnte. Schon damals hatte sie ihre Liebe für ihn gespürt, auch wenn sie es nicht gewagt hatte, sich dies einzugestehen. Doch sie hatte die Flammen bezwungen …

Ceylan riss die Augen auf. Beim König! Sie wusste, was zu tun war. Sie spannte die Muskeln an und versuchte, jene Magie in sich heraufzubeschwören, die sie damals im Freudenhaus verspürt hatte. Sie hielt Cernunnos und Kheeran fest im Blick, und auf einmal schien die Zeit langsamer zu vergehen. Der Rauch, der um sie wirbelte, wurde träger, die Geräusche wurden stiller und die Welt wärmer, während sie die Kälte in sich aufnahm, die Cernunnos verströmte.

Seine Magie war eisig und finster, und Ceylan schauderte, als sie ihre Finger im Geiste fester darum schloss. Ihr Herz raste, und sie bekam kaum Luft, aber sie machte dennoch weiter. Zog und zerrte an dieser Dunkelheit, die nicht ihre war, sondern die eines Gottes.

Cernunnos wandte seinen Blick von Kheeran ab und sah zu ihr. Seine Augen wurden schmal, und für den Bruchteil einer Sekunde wirkte er verunsichert. Doch dann trat das stets siegessichere Lächeln auf seine Lippen. Er hob seine Klaue, um Kheeran den Todesstoß zu versetzen.

»Nein!«, brüllte Ceylan. Sie riss erneut an der kalten Magie und zerrte sie an sich. Cernunnos' Klaue schoss auf Kheeran zu … und geradewegs durch ihn hindurch. Sie war zu Rauch geworden und trat auf der anderen Seite wieder heraus, ohne ihn zu verletzen.

»Was?«, stammelte Cernunnos.

Kheeran, der die Augen zusammengekniffen hatte, blinzelte verwundert. Er sah von dem Gott zu ihr, aber sie nahm dies kaum noch wahr. Ihr ganzes Sein konzentrierte sich einzig und allein auf die fremde Magie, die sich in ihrem Inneren staute. Sie eignete sich diese Dunkelheit an und streifte sie sich über wie einst ihre Wächteruniform. Nur fühlte sie sich darin noch stärker und mächtiger.

Cernunnos schleuderte Kheeran von sich und wandte sich Ceylan zu. Er ballte beide Hände zu Fäusten. Der unsichtbare Griff um ihren Hals wurde fester, aber Ceylan verspürte keine Angst. Sie riss ihrerseits die Hände in die Höhe und sprengte die Fesseln, die sie festgehalten hatten. Um sie herum peitschte der Wind.

»Nein, das kann nicht sein!«, brüllte Cernunnos und feuerte Gesteinsbrocken auf Ceylan, welche sie mit einer weiteren Bewegung ihrer Hand in der Luft auffing und auf den Gott zurückwarf. Seine Magie war zu ihrer geworden. Dies war der Grund, weshalb er die Dunkelgänger fürchtete. Sie vermochten seine Magie nicht zu unterbinden, aber sie konnten sie sich zu eigen machen. Und das würde Ceylan tun. Mit seiner eigenen Macht würde sie diesen Gott in die Welt zurückschicken, aus der er gekommen war.

Die Wolken über ihrem Kopf entluden sich mit einem lauten Donner. Blitze zuckten über den Himmel, und in der Ferne erklangen die Schreie der Elva, die der Nebel geboren hatte. Ceylan tastete mit ihrer neu gefundenen Macht nach den Geschöpfen und verband sich auch mit ihrer Kraft. Die Wolken, der Rauch und der Nebel um sie herum begannen sich nach ihrem Willen zu formen.

Die Leere, die sie wenige Augenblicke zuvor verspürt hatte, war einem Gefühl der Völle gewichen. Auf einmal war da mehr Kraft, als sie glaubte, halten zu können. Ihr Herz raste, und ihre Hände zitterten, während die Kälte sich in ihrem Körper ausbreitete und heilte, was Cernunnos in den letzten Stunden gebrochen hatte, damit sie ihn brechen konnte.

Kälte und Dunkelheit durchflossen ihren Körper und sammelten sich in ihren Händen. Cernunnos versuchte sie anzugreifen, doch um sie herum tobte ein Sturm, dem nicht einmal er standhielt. Sein weiß-blondes Haar wehte umher, während er sich bemühte, seine Magie an sich zu nehmen, aber seine Versuche waren vergebens. Ceylan hielt nun die Zügel in der Hand.

»Hättest du dich ergeben, hätten wir dir womöglich Gnade gezeigt«, spiegelte sie die Worte, die Cernunnos kurz zuvor an sie gerichtet hatte, und schleuderte seine einstige Magie in einer gewaltigen Druckwelle gegen ihn.

Cernunnos schrie auf und krümmte sich vor Schmerz. Fäden aus Rauch lösten sich aus der Wolkendecke und schossen auf ihn zu. Sie schlangen sich um seinen Körper und zogen sich fest und unnachgiebig zusammen. Er röchelte wie sie zuvor und versuchte wegzukommen, aber Ceylan drückte weiter gegen ihn und quetschte ihn aus dieser sterblichen Hülle, die er sich angeeignet hatte. So leid es ihr um Aldren tat, so verspürte sie keine Angst, keine Sorge, keine Gewissensbisse, als Cernunnos zu bluten begann.

Zuerst tropfte das Blut aus seiner Nase, dann aus seinen Ohren und schließlich auch aus seinen Augen. Seine Augäpfel quollen hervor. Röchelnd ging er in die Knie, und wie eine Würgeschlange wickelte sich der Rauch immer fester um ihn. Ceylan trat einen Schritt vor, während sie spürte, wie die Kälte sich aus ihr zurückzog, weil die Quelle ihrer Macht dabei war zu versiegen.

Plötzlich erschien Kheeran neben Cernunnos, ein Schwert in der Hand. Blut rann über sein Gesicht. Ohne zu zögern, holte er mit der Waffe aus und köpfte den Gott des Todes. Dessen Klagelaute verstummten augenblicklich. Der Rauch brach über ihm zusammen, und sein Körper zerfiel zu Staub. Er wurde vom Wind davongetragen, der gemeinsam mit Ceylans angeeigneter Magie schwand.

Die Kraft, die nie ihr gehört hatte, verließ ihren Körper mit einem Schlag. Die Magie rauschte aus ihr hinaus und hinterließ nichts als Leere und Erschöpfung. Ihre Augenlider begannen zu flattern. Ihr wurde schwindelig, und sie ging in die Knie, doch der Boden unter ihren Händen vermochte ihr keinen Halt zu geben. Alles drehte sich, und ihr Kopf war viel zu schwer.

»Ceylan!« Starke Arme packten sie und gaben ihr den Halt, den sie sich selbst nicht mehr geben konnte. »Ceylan, geht es dir gut?«

Sie wusste die Antwort auf diese Frage nicht.

Sie wusste nichts mehr.

Dann verlor sie das Bewusstsein.

81. Kapitel – Elroy

– Amaruné –

Elroy hob sein Schwert ein weiteres Mal, denn auch wenn seine Schläge nichts gegen die Nebel-Elva ausrichteten, würde er sich seinem Schicksal nicht einfach ergeben. Das Krächzen der Elva wurde mit jedem Flügelschlag, mit dem sie ihn höher in die Luft hob, lauter. Er holte mit seiner Klinge aus und zielte auf den Brustkorb der Kreatur, als sich plötzlich die Klauen um ihn lösten.

Elroy stieß einen spitzen Schrei aus, denn auf einmal stürzte er in die Tiefe. Er ruderte mit den Armen, aber es gab keinen Halt für ihn. Die Erde kam näher und näher, er würde direkt im Schutt aufprallen. Elroy blickte nach oben, aber wo eben die Elva gewesen war, hing nur noch eine Rauchwolke, die sich langsam verzog. Hatte sie sich in Luft aufgelöst?

Dies war sein letzter Gedanke, ehe er mit Wucht auf dem Boden aufschlug. Schmerz rauschte durch seinen Körper. Die Luft wurde aus seiner Lunge gepresst. Und er glaubte das Brechen jedes einzelnen Knochen zu hören. Ihm wurde schwindelig, und seine Augenlider flatterten, als stünde er kurz davor, das Bewusstsein zu verlieren. Sein Verstand vermochte es nicht, mit all dem Schmerz umzugehen. Er konnte sich nicht mehr rühren. Sein Körper wollte ihm nicht gehorchen.

Stöhnend und unter Qualen, die alles übertrafen, was er je gespürt hatte, lag er da und starrte in den Himmel, beinahe wünschend, der Tod würde ihn holen. Er war ein Geist in einem gebrochenen Körper. Er sah sich um, ohne seinen Kopf zu bewegen. Die Geräusche des Kampfes ebbten ab. Was war geschehen?

Er versuchte in seinem Verstand noch eine Antwort auf diese

Frage zu finden, als er plötzlich ein Kribbeln in seinen Gliedern spürte. Was immer in ihm kaputt war, es begann zu heilen. Der Schmerz ließ nach, bis er seinen Körper spüren und bewegen konnte. Mühevoll richtete er sich auf, doch irgendetwas fühlte sich falsch an.

Er sah hinüber zum Schloss. Die Nebel-Elva waren verschwunden, und der Himmel über dem Palast war strahlend blau. Die Finsternis verzog sich endlich und machte Platz für die im Zenit stehende Sonne. Elroy musste die Augen zusammenkneifen, weil ihn das Licht derart blendete. Er hob eine Hand, wollte sich über die Stirn wischen und hielt inne, als er seine verkrümmten Finger sah.

»Was …?« Er drehte seine Hand, dann seinen Arm, und da begriff er, was nicht stimmte. Sein Körper. Seine Knochen. Sie saßen nicht mehr richtig. Seine Hand stand in einem schrägen Winkel zum Gelenk ab, sein kleiner Finger war nach hinten gebogen und ließ sich nicht mehr krümmen. Die Selbstheilung hatte alles repariert, aber nun verstand er, wieso Kheeran gemeint hatte, er solle damit aufpassen.

Elroy schnaubte leise und rieb mit der anderen Hand über seine schiefen Finger. Er würde sich die Knochen noch mal brechen und dann richten lassen müssen, wenn er je wieder das Steuerrad eines Schiffes umfassen wollte.

Sein künstliches Bein hatte sich gelöst. Er musste es erst richten, bevor er es auf die Beine schaffte. Irgendetwas stimmte auch mit seiner Hüfte nicht, genauso wie mit seinem noch vorhandenen Fuß. Elroy kam sich vor, als steckte er in einem fremden Körper, in dem nichts mehr passte. Aber zumindest war er am Leben, anders als Yale. Sein Blick glitt zu der Leiche seines Freundes. Es schnürte ihm das Herz zu, das auf eine andere Art und Weise gebrochen war.

»Deè!«, rief Rae und kam zu ihm geeilt. »Geht es dir gut?«

»Nein, aber ich werde es überleben.«

Rae schlang einen Arm um seine Taille, um ihm zu helfen. Er klammerte sich an ihr fest, erleichtert zu sehen, dass sie wohlauf war, abgesehen von einem Kratzer auf ihrer Wange. »Was ist geschehen?«

»Das ist eine ausgezeichnete Frage. Wir wissen es nicht, diese Nebelkreaturen haben sich einfach in Luft aufgelöst«, antwortete Rae mit einem Blick in den Himmel. »Ich glaube, es ist vorbei.«

82. Kapitel – Kheeran

– Amaruné –

Zwei Tage später
Kheeran stand am offenen Fenster und blickte hinüber zum Schatzgebirge, das so ruhig und friedlich in der Ferne lag, als wäre keine Lawine der Verwüstung in Form eines jähzornigen Gottes über ihr Land gefegt. Sie hatten Unterschlupf in einer Villa der Familie DeFelice gefunden, von der nur noch Melvyn übrig war.

Es war eine luxuriöse Behausung, die zum Glück bei der Besetzung Amarunés nicht zerstört worden war. Kheeran sah hinauf in den rauchverhangenen Himmel. Dieses Mal stammte der Rauch nicht von Cernunnos oder seinen Schatten-Elva, sondern von den Feuern, die außerhalb der Stadt entzündet worden waren, um die unzähligen Leichen zu verbrennen, welche der Krieg zurückgelassen hatte. Es waren zu viele, um jeden Einzelnen zu betrauern.

Zwei Tage waren seit Cernunnos' Vernichtung vergangen, und obwohl Kheeran mit eigenen Augen gesehen hatte, wie der Gott zu Asche geworden war, fürchtete er noch immer seine Rückkehr, auch wenn nichts darauf hindeutete. Mit seinem Tod hatten sich die Schatten-Elva aufgelöst, und jene lebendigen Kreaturen aus Fleisch und Blut waren größtenteils in ihre Heimat Melidrian zurückgekehrt. Auch die Fae, die durch Elroys Armee große Verluste erlitten hatten, hatten ihre Waffen niedergelegt und den Frieden in die Stadt gelassen. Ein Frieden, der hart erkämpft worden war und noch auf unsicheren Beinen stand. Aber er war da.

Kheeran drehte sich um und blickte auf das Bett, in dem

Ceylan schlief. Seit sie Cernunnos besiegt hatte, war sie in diesen komatösen Schlaf verfallen. Bisher hatte sie nur einmal kurz ihre Augen geöffnet und um einen Schluck Wasser gebeten. Ihr Körper brauchte Zeit, um sich zu erholen, und Kheeran würde ihr nicht von der Seite weichen, bis es so weit war. Sie alle verdankten Ceylan ihr Leben.

Kheeran löste sich vom Fenster und lief zurück zu dem Stuhl neben ihrem Bett. Er verbrachte so viel Zeit wie möglich an ihrer Seite, auch wenn er jede Menge zu tun hatte. Nicht nur Amaruné musste wieder aufgebaut werden, auch andere Teile des Landes waren durch Cernunnos zerstört worden. Und er vermutete, dass es in seiner Heimat ebenfalls viel zu tun gab. Die Verwüstung, die Cernunnos dort angerichtet hatte, war zwar nicht sichtbar, aber sie hatte die Fae – Seelie wie Unseelie – tief im Herzen erschüttert.

Ein Klopfen an der Tür holte Kheeran aus seinen Gedanken. »Ja?«

Die Tür wurde aufgeschoben, und Larkin humpelte herein, eine Hand um seine Mitte gelegt. Seine Haut hatte noch immer nicht zu ihrer alten Farbe zurückgefunden. Er war blass mit dunklen Ringen unter den Augen, doch er konnte von Glück reden, dass er am Leben war. Der Stich mit dem magiegeschmiedeten Schwert hätte ihn um ein Haar getötet.

Kheeran sprang von seinem Stuhl auf und eilte zu Larkin, um ihm zu helfen. »Was machst du hier? Du solltest im Bett sein.«

»Mir ist nicht nach Rumliegen zumute.«

Kheeran fasste Larkin unter die Arme und half ihm, sich auf den Stuhl zu setzen, den er eben frei gemacht hatte. »Ihr Wächter seid nervenaufreibend engstirnig.«

Larkin sah auf Ceylan hinab. »Wie geht es ihr?«

»Unverändert.«

»Sie wird gewiss bald erwachen … und wach bleiben.«

Kheeran nickte. Davon war er fest überzeugt. Ceylan war stark. Eine Kämpferin, nicht nur mit ihrem Körper, sondern auch mit ihrem Herzen. Er war es gewesen, der Cernunnos den Kopf abgeschlagen hatte, aber all die Ehre gebührte Ceylan. Ihre Magie hatte sie alle gerettet, als Kheeran bereits aufgegeben hatte und dankbar gewesen war, im Angesicht seines Todes einen letzten Blick auf sie zu erhaschen.

Kheeran setzte sich auf die Bettkante und griff nach Ceylans schlaffer, kalter Hand, in der Hoffnung, Gegendruck zu spüren, der aber nicht kam. »Hast du mit Freya gesprochen?«

Larkin nickte. »Die Fae verlassen morgen die Stadt unter Khourys Führung, und Elroys Männer planen ebenfalls bereits ihre baldige Abreise.«

»Gut, das ist … gut.« Kheeran war Elroy unendlich dankbar für seine Hilfe, aber die Gegenwart seiner Soldaten trug zu der angespannten Stimmung bei. Schließlich hielten sich Hunderte von Fae und Menschen das erste Mal seit tausend Jahren in ein und derselben Stadt auf.

Vereint hatten Kheeran und Freya, mit Larkin als Sprachrohr, eine Rede gehalten, in der sie dem Volk versichert hatten, dass sie einander vertrauen konnten und Cernunnos die Wurzel des Bösen gewesen war. Die Menschen hatten Freya schnell geglaubt. Ihr Wort besaß noch Gewicht in dieser Stadt, obwohl die Familie Draedon ausgelöscht worden war. Und zu Kheerans Erstaunen hatten auch die Fae auf ihn gehört und in Erwartung seiner Leitung zu ihm aufgeblickt, als hätten sie ihn in stummer Absprache wieder zu ihrem Prinzen ernannt. Das erste Mal seit dem Tod seines Vaters fühlte er sich dieser Aufgabe gewachsen.

»Wir müssen überlegen, wie es von nun an weitergeht«, sagte Larkin.

»Das werden wir, aber alles zu seiner Zeit«, erwiderte Kheeran und strich Ceylan eine Strähne ihres schwarzen Haars hinters Ohr. »Wir sollten uns alle erlauben, wieder zu Atem zu kommen. Die Leichen sind fort, und die Nahrung ist gesichert, das ist das Wichtigste für den Augenblick.«

Larkin nickte. »Du wirst ein guter König.«

»Du auch.«

»Wovon redest du?«

»Freya ist nun Thobrias rechtmäßige Königin, und ich bezweifle, dass Elroy den Platz an ihrer Seite einnehmen wird«, sagte Kheeran mit einem Schmunzeln. »Was bedeutet, dass dir diese Aufgabe zufällt.«

»Nur wenn Freya mich ehelicht.«

Kheeran schmunzelte. »Das wird sie, wenn du sie fragst.«

Larkin schnaubte. »Wie war das? Alles zu seiner Zeit.«

Er zuckte mit den Schultern. »Ich meine ja nur.«

Larkin leistete ihm noch eine Weile Gesellschaft, bis seine Verletzung ihren Tribut forderte und er zurück ins Bett musste. Kheeran half ihm hinüber zu seinen Gemächern, bevor er zu Ceylan zurückging. Er ignorierte den Stuhl an ihrer Seite und setzte sich sogleich auf die Kante des Bettes, um ihr nah zu sein. Er griff nach ihrer Hand und führte sie an seine Lippen.

»Ich weiß nicht, ob du mich hören kannst, aber … ich liebe dich.«

Ceylan rührte sich nicht. Das wäre auch zu schön gewesen. Kheeran schlüpfte zu ihr ins Bett und zog sie an sich, um sie zu halten. Denn mittlerweile wusste er, dass sie von ihm genauso gern gehalten wurde wie er von ihr. Er gab ihr einen Kuss auf die Stirn, die mit jeder Stunde wieder wärmer wurde.

»Ruh dich aus, solange du willst. Ich bin bei dir.«

83. Kapitel – Larkin

– Amaruné –

»Das ist die letzte Kiste«, sagte Larkin und reichte sie einem von Elroys Männern, der sie in eine Kutsche trug und die Ladeklappe schloss. Elroy hatte darum gebeten, bei ihnen seine Vorräte aufzustocken, bevor er die Segel setzte. Nach der Zerstörung waren diese zwar knapp, aber wie hätten sie ihm diesen Wunsch abschlagen können, nachdem er Hunderte seiner Soldaten für sie geopfert hatte?

Larkin rieb seine Hände, die von den Kisten staubig waren, und blickte zu Freya, die einem Pferd über die Nüstern strich. Sein Herz war erfüllt von Freude und Erleichterung darüber, dass sie im Kampf nicht verletzt worden war. Sie hatte ein paar blaue Flecken und geprellte Rippen davongetragen, aber diese waren bereits abgeheilt, ebenso wie seine Wunde. Bei manchen Bewegungen spürte er noch ein Ziehen in der Magengrube, aber es wurde mit jedem Tag besser.

Freya hob den Blick und bemerkte, dass er sie beobachtete. Ein sanftes Lächeln trat auf ihre Lippen. Es war eine verhaltene Geste, als könnte auch sie dem Frieden noch nicht ganz trauen. Doch vom Gott des Todes, dem Nebel und seinen dunklen Wolken war seit Tagen nichts mehr zu sehen. Der Himmel über ihren Köpfen war strahlend blau, und die Sonne kribbelte auf Larkins Haut.

Worüber denkst du nach?, fragte Freya mit ihren Händen.

Er schüttelte den Kopf. »Nichts, ich freu mich nur.«

Darüber, dass Elroy verschwindet?

»Auch, aber vor allem darüber, dass wir am Leben sind.«

Freyas Lächeln wurde breiter. Sie schlang ihre Arme um seine

Mitte und drückte ihn an sich. Er legte eine Hand an ihren Hinterkopf und küsste ihr Haar. Er konnte es kaum erwarten, endlich wieder das Bett mit ihr zu teilen, sobald etwas Ruhe in die Stadt eingekehrt war. Sie lagen zwar jede Nacht nebeneinander, aber alles, was sie taten, war zu schlafen, denn der Aufbau der Stadt zehrte an ihnen. Vor allem an Freya, die gezwungen war, von einem Tag auf den anderen die Belange ihres Volkes in die Hand zu nehmen, und das ohne jede Führung. Ihre Eltern, Roland und viele andere Adelige königlicher Abstammung waren tot, hingerichtet von Cernunnos.

»Ah, wie ich sehe, sind wir bereit, in See zu stechen«, erklang Elroys Stimme hinter ihnen. Larkin unterdrückte ein Schnauben. Er wusste, wie viel sie dem Piraten zu verdanken hatten, aber er konnte ihn immer noch nicht ausstehen. Er ließ Freya los, jedoch verwob er ihre Finger mit seinen.

Elroy entging die Bewegung nicht, und ein Grinsen trat auf seine Lippen, das jedoch nur halb so schelmisch war wie sonst. Er hatte am Tag von Cernunnos' Untergang etliche Knochenbrüche davongetragen. Leigh hatte ihm mit Khoury nach der Schlacht die Knochen erneut brechen müssen, um sie im richtigen Winkel heilen zu lassen. Doch es schien vor allem der Schmerz über Yales Verlust zu sein, der ihm zusetzte.

Rae stand wie immer störrisch an Elroys Seite. Larkin hatte das Verhältnis der beiden nie richtig verstanden. Sie wirkten nicht wie Freunde, aber der Schmerz und die Trauer über den Verlust Helenias schienen sie zu verbinden.

»Wie ich sehe, ist meine Frau während meiner Abwesenheit in guten Händen«, bemerkte Elroy und verschränkte die Arme vor der Brust. Die zahlreichen goldenen Ringe in seinen Ohren und der Nase glänzten im Licht der Sonne.

Larkin funkelte Elroy an.

Er lachte. »Keine Sorge, das war nur ein Scherz.«

»Ein Eheversprechen ist kein Scherz.«

Elroys Lachen verklang, und ein ernster Ausdruck trat in seine dunklen, beinahe schwarzen Augen. »Ich kenne die Liebe, Larkin, auch wenn du das vielleicht nicht glauben magst. Aber ich weiß genau, wie es ist, eine Frau zu verehren und sich nichts sehnlicher zu wünschen, als mit ihr zusammen zu sein. Nur mit dem Unterschied, dass du bei der Frau sein kannst, die du liebst. Darum beneide ich dich.«

Larkin schwieg, denn er wusste nicht, was er darauf erwidern sollte.

»Freya«, sagte Elroy und wandte sich an sie. »Wenn du einverstanden bist, lass uns diese Ehe unter den Tisch kehren und sie in diesem ganzen Chaos verschwinden lassen. Du standest nicht einmal selbst vor dem Altar, und ich nehme an, sämtliche Dokumente, die unsere Vereinigung besiegeln, wurden mit dem Sturz des Schlosses vernichtet.«

Danke!, bedeutete Freya Elroy in einer Geste und schlang die Arme um seinen Hals. Der Pirat lachte und erwiderte die Umarmung, wobei er Larkin fest im Blick behielt. »Ihr dürft gern euren Erstgeborenen nach mir benennen, aber bitte Elroy Draedon, nicht Deèglan.«

Larkin schnaubte. »Nur über meine Leiche.«

Er zuckte mit den Schultern. »Das hab ich befürchtet, aber einen Versuch war es wert.«

Freya griff nach ihrem Notizbuch. *Was wirst du tun, wenn du in Séakis bist?*

»Ich werde wohl ein wenig Zeit mit meiner Familie verbringen, aber sobald ich diese Pflicht erfüllt habe, werde ich Segel setzen und mich vom Wind treiben lassen. Er soll entscheiden, wohin es geht. Morthimer braucht neues Material für seine Karten.«

Freya lächelte. *Ich wünsche dir alles Gute, und wenn du mal wieder in der Nähe bist, komm uns unbedingt besuchen. Du hast hier immer einen Platz.*

Larkin stöhnte, und Freya gab ihm einen Klaps.

»Liebend gern«, sagte Elroy. Ein Lächeln umspielte seine Lippen, und zum ersten Mal hatte Larkin nicht das Gefühl, dass er sich über irgendetwas lustig machte, sondern dass es tief aus seinem Herzen kam. »Ihr werdet also auf absehbare Zeit in Amaruné bleiben?«

»Ja, wir wollen beim Aufbau der Stadt helfen«, sagte Larkin. »Und wir müssen noch entscheiden, wie es mit dem Königshaus und der Mauer weitergeht.«

Elroy nickte, erkundigte sich allerdings nicht nach ihren Plänen. Er blickte zur Kutsche, die auf ihn wartete und ihn zurück zum Hafen bringen sollte. »Ich glaube, es wird Zeit zu gehen. Freya, es war mir eine Ehre, dein Nicht-Ehemann zu sein. Larkin, ich hoffe, du fällst irgendwann in deinem Leben in ein Fass Pferdegülle.«

Freya lachte und umarmte Elroy zum Abschied ein weiteres Mal. Sie verabschiedeten sich auch von Rae, bevor die beiden in die Kutsche stiegen, und warteten, bis sich das Gefährt in Bewegung setzte. Larkin legte seinen Arm um Freya und zog sie an sich heran. »Ich hoffe, wir sehen deinen Nicht-Ehemann nicht so bald wieder.«

Sei nicht so nachtragend.

»Ich bin nicht …« Er stoppte mitten im Satz, als Freya tadelnd eine Augenbraue hob. »Vielleicht bin ich ein bisschen nachtragend, aber aus gutem Grund. Ich liebe dich, und er wollte dich nur heiraten, um unsterblich zu werden.«

Das ist Vergangenheit. Jetzt bin ich wieder ledig und frei.

Larkin brummte und sah Freya fest in die Augen. Als er vor über zweihundert Jahren seinen Dienst an der Mauer angetreten hatte, hatte er nicht geglaubt, dass ihm ein solches Glück je gewährt sein würde. Er war auch mit seinen Brüdern glücklich gewesen, aber die Aussicht auf eine Zukunft mit Freya …

Ob Melvyn mich noch heiraten will?, fragte sie ihn mit einem

Grinsen, das Larkin zeigte, dass sie ihre Worte nicht ernst meinte. Er lachte und zog sie für einen Kuss an sich, der hoffentlich ewig andauern würde.

84. Kapitel – Ceylan

– Amaruné –

Das Erste, was Ceylan sah, als sie aufwachte, war Kheeran. Er lag neben ihr im Bett und hatte die Augen geschlossen. Sein Atem ging ruhig, und Strähnen seines blonden Haars fielen ihm ins Gesicht. Er sah jung aus, wie der Neunzehnjährige, der er war. Das vergaß Ceylan oft, denn die letzten Monate hatten sie alle im Herzen altern lassen.

Sie schmiegte sich in das Kissen und lenkte ihre ganze Aufmerksamkeit auf Kheeran, um das Geschehene noch eine Weile zu verdrängen. Sie wollte nur diesen Moment des Friedens genießen, nicht wissend, wie lange er anhalten würde. Hätte ihr vor einem Jahr jemand erzählt, dass ein Fae ihr ein Gefühl von Frieden vermitteln würde, hätte sie denjenigen vermutlich aufgeschlitzt, aber inzwischen konnte sie es nicht mehr leugnen.

Kheeran brachte ihr Frieden, denn er war derjenige, nach dem sie sich sehnte, und trotz seiner Narben war er in ihren Augen der schönste Mann der Welt. Seine Schönheit strahlte bis in sein Inneres und ließ ihr Herz schwingen. Vorsichtig hob sie einen Finger und strich sanft über die wulstige Stelle auf seiner Wange. Er zuckte im Schlaf, und Ceylan ließ ihre Hand sinken, denn ihr Arm fühlte sich unerträglich schwer an. Ihre Glieder schmerzten, und sie hatte das Gefühl, sie wäre von einer ganzen Horde Elva niedergerungen worden.

Nein, sie hatte nicht mit den Elva gerungen, sondern mit deren Schöpfer.

Cernunnos.

Kheeran regte sich neben ihr und öffnete blinzelnd die Augen. Benommen sah er sich um und erstarrte, als er bemerkte, dass sie wach war. Ceylan wusste nicht, wie lange sie das Bewusstsein verloren hatte. Ihrem steifen Körper nach zu urteilen, musste es aber eine Weile gewesen sein.

Kheeran sagte nichts. Er lächelte, und ein Ausdruck der tiefen Liebe und Zuneigung trat in seinen Blick, als er seine Hand in ihren Nacken legte und sie für einen Kuss an sich zog. Behutsam fuhr Kheeran mit seinen Lippen über ihre. Es war kein drängender Kuss, sondern ein sanfter, zärtlicher, der nicht von einer brennenden Leidenschaft getrieben wurde.

Ceylan seufzte und schloss die Augen.

»Wie geht es dir?«, murmelte Kheeran an ihrem Mund. Seine Stimme klang noch träge vom Schlaf.

»Ich weiß nicht«, gestand sie. Ihr tat alles weh, und es fühlte sich an, als stünde eine unsichtbare Mauer zwischen ihr und den Erinnerungen, um sie davor zu schützen.

Kheeran rückte noch näher an sie heran und legte einen Arm um ihre Schultern. Ceylan schmiegte sich an seine Brust und nahm einen tiefen Atemzug seines erdigen Dufts. Für eine kleine Ewigkeit lagen sie nur schweigend beieinander und genossen die Gegenwart des jeweils anderen. Sie lauschte dem Pochen von Kheerans Herzen, während er mit ihrem Haar spielte. Ceylan konnte sich nicht erinnern, wann sie das letzte Mal eine solche Vertrautheit gefühlt hatte.

»Wo sind wir?«, fragte sie, als sie ein Geräusch aus dem Flur hörte.

»In Sicherheit«, antwortete Kheeran.

Sie schmunzelte. Früher hätte Ceylan an diesen Worten gezweifelt. Kein Ort war für sie jemals wirklich sicher gewesen, aber sie glaubte Kheeran. »Und wo ist in Sicherheit?«

»In der Villa von Melvyns Familie. Er ist ein alter Freund von Freya und mir.«

»Cernunnos ist also wahrhaftig tot?«

»Ja, du hast es geschafft.«

Sie schüttelte den Kopf. »*Wir* haben es geschafft.«

»Aber nur dank dir.« Er strich über ihr Haar und hauchte ihr einen Kuss auf die Stirn. »Du wusstest plötzlich, wie du ihn besiegen kannst?«

Sie nickte, schmiegte sich enger an ihn und dachte an jenen Moment zurück, als sie Cernunnos' Magie an sich gerissen hatte. »Es geschah, als er dich töten wollte. Ich musste an alles denken, was wir zusammen durchgestanden haben, auch an das Feuer im Freudenhaus – und die Flammen. Estrid und Hilarius haben erzählt, dass Dunkelgänger sich die Magie der Fae zu eigen machen können, aber wir haben nie daran gedacht, dass dies auch für einen Gott gelten könnte. Ich wusste nicht, ob es klappt, aber ich musste es versuchen, um dich zu retten.«

»Das war sehr mutig von dir.«

»Ich hatte Angst«, gestand Ceylan.

»Ich auch«, erwiderte Kheeran. »Um dich, um mich, um uns alle. Wärst du nicht gewesen, wäre die Welt heute eine andere.«

Sie schauderte bei diesen Worten, und ein Teil von ihr wünschte sich, nie wieder daran denken und darüber reden zu müssen. Aber die Erinnerungen an diesen Tag würden sie für den Rest ihres Lebens begleiten. »Wie geht es den anderen?«

»Sie sind wohlauf.«

Ceylan nickte, froh, dies zu hören. »Und wie geht es weiter?«

Kheeran schüttelte den Kopf. »Mach dir darum keine Sorgen.«

»Ich mache mir keine Sorgen, ich möchte es nur wissen.«

»Es gibt noch viel zu klären, aber für den Augenblick ist die Lage im Land stabil. Ich würde nicht so weit gehen, zu sagen, dass die Menschen und Fae einander vertrauen, aber sie haben die Waffen niedergelegt und ziehen das erste Mal seit tausend Jahren an einem Strang.«

Ceylan stützte sich auf dem Ellbogen ab, damit sie Kheeran besser ansehen konnte, auch wenn es in ihren Schultern schmerzte. »Wie habt ihr das geschafft?«

»Freya und ich haben zu ihnen gesprochen. Sie ist die letzte lebende Draedon, und trotz allem, was geschehen ist, blickt das Volk zu ihr auf.«

»Und was ist mit den Fae?«

Fast verlegen senkte er den Blick. »Sie … sie hören auf mich.«

Ceylan lächelte. »Du bist der Prinz der Unseelie.«

»Es scheint so.«

»Du wirst ein fantastischer König werden, auch wenn du es selbst nicht siehst, aber ich sehe es und alle anderen. Welche Unsicherheiten dich damals auch zurückgehalten haben, du bist der geborene Anführer.«

Er hob die Augenbrauen. »Ist das etwa ein Lob?«

»Ich bin noch erschöpft, da werde ich schnell gefühlsduselig, aber ja. Das ist ein Lob. Du wirst dem Volk ein guter Anführer sein, und ich hoffe, dass das alle erkennen, auch Valeska.« Sie wusste nicht, was mit der Königin der Seelie geschehen würde, aber auch sie würde sich der Verantwortung stellen müssen, Cernunnos in ihr Reich und ihr Bett gelassen zu haben.

»Was wird aus Cernunnos' Kind?«, fragte Ceylan.

Kheeran schnaubte und schüttelte den Kopf. »Das wirst du nicht glauben …«, setzte er an und erzählte ihr eine grausame Geschichte darüber, wie es dazu gekommen war, dass Weylin der Vater des Thronerben der Seelie war. Es tat ihr leid, dass der Halbling diese furchtbaren Dinge hatte durchstehen müssen, aber sie war froh, dass Cassian nicht der Sprössling des Gottes war.

»Wie geht Leigh damit um?«

»Mit Würde. Weylin und er wollen nach Daaria reisen, um die Angelegenheit zu klären. Sie werden gemeinsam mit Khoury und Gothar in Richtung Mauer aufbrechen.«

»Ich möchte mich gern von ihnen verabschieden.«

»Fühlst du dich denn stark genug, das Bett zu verlassen?«

Anstatt Kheeran zu antworten, stemmte Ceylan sich in die Höhe und schwang die Beine über die Bettkante. Ihr wurde kurz schwindelig, aber es hörte zum Glück sofort auf. »Falls ich nicht stark genug bin, zapfe ich dir einfach etwas Magie ab.«

Er legte den Kopf schräg und schien darüber nachzudenken, ob das möglich war.

»Das war ein Scherz. Es kostet mich viel zu viel Kraft. Ich muss das erst üben.«

»Benutz mich gern für deine Übungen«, erwiderte Kheeran mit einem verschmitzten Lächeln und trat an ihre Seite, um sie zu stützen.

Es dauerte etwas länger als gedacht, um zu Leigh und den anderen zu gelangen. Immer wieder musste sie innehalten und warten, bis ihr Schwindel vorüber war. Sie war auch ziemlich kurzatmig, als wäre ihre Lunge noch immer von dem Moment geschädigt, als Cernunnos sie um ein Haar erdrosselt hätte.

Ceylan und Kheeran traten in den Innenhof von Melvyns Anwesen, das die Kämpfe beinahe unbeschadet überstanden hatte, und liefen hinüber zu den Stallungen, wo Khoury, Gothar, Leigh und Weylin bereits die Pferde beluden. Gothar bepackte gerade ein Lastenpferd mit Vorräten und entdeckte sie als Erster. Ein breites Lächeln trat auf sein Gesicht. »Ceylan!«

Alle wandten sich ihr zu. Leigh kam zu ihr gestürmt und entriss sie Kheerans stützenden Armen, um sie fest an sich zu drücken. »Du bist wach«, sagte er dicht an ihrem Ohr. »Wie fühlst du dich?« Er ließ sie los und schob sie von sich, um sie von Kopf bis Fuß zu betrachten.

»Ich fühle mich, als wäre das Schloss auf mich gestürzt und nicht auf Cernunnos, aber in ein paar Tagen bin ich wieder ganz die Alte.«

»Was du getan hast …«

»Lass uns nicht darüber reden«, unterbrach Ceylan Leigh. Sie wollte nicht an das Vergangene denken, sondern an das, was nun kam, auch wenn ihr das beinahe ebenso viel Angst einjagte. »Ihr reist also zurück an die Mauer?«

Khoury nickte. »Und fünf der neuen Wächter, die Kheeran erschaffen hat, werden uns ebenfalls begleiten. Ich habe es ihnen freigestellt, mit uns zu kommen, weil sie nicht unsterblich wurden, um der Mauer zu dienen, aber sie wollten sich uns anschließen. Wir wollen sehen, was Cernunnos zerstört hat, und uns einen Überblick verschaffen, wie wir die Mauer wieder errichten.«

»Ihr wollt die Mauer aufbauen?«

»Ja, wir halten es für das Beste«, sagte Kheeran. »Die Menschen müssen immer noch vor den Elva geschützt werden, und wir glauben nicht, dass Menschen und Fae schon bereit sind, sich wieder ein Land zu teilen. Wir werden jedoch die Grenzen öffnen und versuchen, sichere Wege in die Städte zu schaffen. Zumindest nach Nihalos; was Valeska sagt, steht noch aus.«

»Wenn du willst, können Weylin und ich noch auf dich warten«, sagte Leigh.

Ceylan schlang die Arme um ihre Mitte. Eigentlich war die Luft um sie herum angenehm warm, die Sonne stand hoch am Firmament. Sie fröstelte dennoch, als hätte Cernunnos' Kälte sie noch nicht ganz losgelassen. »Ich … ich glaube, ich würde gern bei Kheeran bleiben und vorerst nicht an die Mauer zurückkehren, wenn das möglich ist?«

»Du darfst tun und lassen, was du willst«, sagte Khoury und legte eine Hand auf ihre Schulter. »Du bist uns nicht verpflichtet. Du bist keine Wächterin, aber solltest du je zurückkommen wollen, sei gewiss, dass dir unsere Türen offen stehen.«

Sie lächelte. »Danke!«

Ein wehmütiger Moment des Schweigens trat ein, denn es wurde Zeit, sich zu verabschieden, auch wenn dies kein Abschied für immer war. Vermutlich würden sie sich schon bald wiedersehen. Kheeran musste zurück nach Nihalos, um sein Volk zu führen, und Ceylan würde ihn durch das Niemandsland dorthin begleiten, wenn es so weit war. Denn sie hatte nicht vor, von seiner Seite zu weichen.

Epilog I – Weylin

– Daaria –

Zwei Wochen später
Weylin richtete sich im Sattel auf, als die Stadtgrenze Daarias in Sicht kam. Die letzten Wochen seit ihrem Sieg über Cernunnos hatte er fast ausschließlich an diesen Moment denken können. Es war der letzte Gedanke vor dem Schlafengehen und der erste nach dem Aufwachen.

Cassian.

Sein Sohn.

Trotz der Umstände seiner Zeugung und der Frau, die seine Mutter war, trieb es ihn zu ihm. Und er wusste, dass diese Reise eine der wichtigsten seines Lebens war. In Daaria würde alles ein Ende und hoffentlich auch einen neuen Anfang finden. In dieser Stadt warteten die Frau auf ihn, die ihn jahrelang misshandelt und gequält hatte, und der Sohn, den er mit ihr gezeugt hatte.

Schuld und Unschuld ganz nah beieinander.

»Willst du eine Pause einlegen?«, fragte Leigh, der neben ihm ritt.

Weylin lächelte und schüttelte den Kopf.

»Aber trink etwas«, sagte Leigh und reichte ihm den Wasserschlauch. Er war ihm in den vergangenen Wochen und Monaten eine unersetzliche Stütze gewesen, und Weylin wusste nicht, wie er all das ohne ihn überstanden hätte. Leigh hatte ihm Halt gegeben und geholfen, zu Atem zu kommen, wenn er geglaubt hatte, an seinen Gefühlen zu ersticken.

Er fühlte so viel wie nie zuvor in seinem Leben. Er hasste Valeska. Er sehnte sich nach einem Kind, das er noch gar nicht kannte. Er vermisste die Musik. Und er liebte Leigh. Der Wächter mit den blassen Augen und dem hellen Haar war eine Konstante für ihn geworden. Er vertraute ihm mit seinem Leben. Und eines Tages würde er ihm seine Liebe gestehen, aber nicht heute. Zuerst musste er ein für alle Mal mit seiner Vergangenheit abschließen, erst dann könnte er nach vorn blicken.

Sie passierten die Stadtgrenze, und in Weylin stieg ein Gefühl der Vertrautheit und der Fremde gleichermaßen auf. Er war in dieser Stadt groß geworden. Hier lagen seine Wurzeln, die zwar nie sonderlich tief gewachsen waren, dennoch fühlte er sich mit Daaria verbunden. Trotz all seiner Reisen und Aufträge hatte er an keinem Ort mehr Zeit verbracht. Er liebte den Anblick der Vulkanhöhe in der Ferne und den Duft von Rauch, der nicht von Zerstörung herrührte.

Während sie an den dunklen Gebäuden aus Basalt vorbeiritten, fiel ihm nicht nur auf, dass weniger Fae unterwegs waren, es standen auch überall weiße Blumen oder Sträuße an den Fenstern und Türen. Die Seelie trauerten um die Gefallenen. Wo früher Lachen und heitere Gespräche durch die Straßen hallten, herrschte nun andächtige Stille, um den im Krieg gefallenen Fae zu gedenken. Obwohl der Krieg in Daaria nicht gewütet hatte, war er hier ebenso allgegenwärtig wie in Amaruné oder an der Mauer. Das Leid und die Trauer waren dieselben.

Weylin bog mit Leigh auf die Straße ab, die zum Palast führte, und stockte kurz, als er zwei Unseelie entdeckte. Die beiden flanierten die Gasse entlang, als wäre es ihr Zuhause. Weylin konnte sich nicht erinnern, wann er das letzte Mal zwei Angehörige des anderen Fae-Volks in Daaria gesehen hatte. Vielleicht war dies auch ein Zeichen für den Neubeginn, nicht nur zwischen Menschen und Fae, sondern auch zwischen Seelie und Unseelie. Und womöglich auch mit den Halblingen.

Sie gelangten zum großen Tor, das in den Innenhof des Schlosses führte. Weylin betrachtete das Bollwerk, das mit seinen sechzehn Türmen und den dunklen Mauern noch genauso beeindruckend wirkte, wie er es in Erinnerung hatte. Er bekam Gänsehaut, und ihn fröstelte leicht, als er weiter auf den Eingang des Palasts zuritt. Neugierige Blicke wandten sich ihm zu, aber niemand hielt ihn auf. Die Fae waren mit sich selbst und ihrer Trauer beschäftigt.

Musik erklang und wehte mit dem Wind über den Innenhof. Weylin verzog das Gesicht, denn das Lautenspiel hörte sich schrecklich schief an und schmerzte in seinen Ohren. Er blickte sich nach dem Musiker um, der seine verstimmte Laute quälte. »Diese Musik ist eine Zumutung für alles, das Ohren besitzt.«

Leigh schmunzelte, sagte jedoch nichts.

Weylin funkelte den Musiker an, als könnte er ihm mit seiner bloßen Willenskraft befehlen, mit dem Lärm aufzuhören, aber der Mann war völlig in sein Tun vertieft und nahm nichts um sich herum wahr. Er riss und zupfte an den Saiten, als könnte er ihnen mit Gewalt sanfte Klänge entlocken, doch je mehr er es versuchte, umso schlimmer wurde es.

Ob sein eigenes Lautenspiel auch so furchtbar klingen würde? Seit er seine Magie und seine Gabe für die Musik verloren hatte, hatte er es nicht mehr gewagt, ein Instrument anzurühren, aus Angst, genau solche Klänge zu erzeugen.

Ein besonders schräger Ton erklang, und Weylin schüttelte den Kopf. Nein, selbst ohne Magie wäre er nie derart schlecht, und falls doch, würde er einfach üben, bis seine Musik besser wurde.

Weylin riss sich von dem Lautenspieler los. Er trieb sein Pferd an, damit er schneller von dem Lärm wegkam, und erreichte schließlich mit Leigh das Haupttor. Sie stiegen ab, banden ihre Tiere an den vorgesehenen Ringen an, die in eine Mauer eingelassen waren, und gingen auf das Schloss zu.

Die Wachen, zwei Männer mit kurz geschorenem rotem Haar, sahen ihn an, hielten ihn aber nicht auf. Sie wussten, wer Weylin war, schließlich war er früher oft genug zu Valeska zitiert worden, um ihr zu dienen. Sie wussten nicht, dass sein Fluch gebrochen war. Noch an die Königin gebunden, war es für ihn schrecklich gewesen, diesen Weg entlangzuschreiten, wohl wissend, dass ihn grausige Stunden mit Valeska erwarteten oder er in ihrem Namen ein weiteres Mal töten würde.

Doch heute fühlte sich der Gang anders an. Das lag nicht nur an Leigh, der ihm nicht von der Seite wich, sondern auch daran, dass Weylin endlich frei war. Er musste Valeska weder anlächeln noch ihr gehorchen. Er war zu dem Mann geworden, von dem er früher nur hatte träumen können.

Zielstrebig lief Weylin durch das Schloss, ohne dass er viel von seiner Umgebung wahrnahm. Seine Füße fanden den Weg von selbst, aber mit jedem Schritt wuchs seine Anspannung und eine leise Stimme in seinem Kopf machte sich noch immer Sorgen um den Fluch. Doch er war nicht hier, um Valeska zu gehorchen. Er war hier, um auch die letzten Ketten seiner Sklaverei zu sprengen.

Sie erreichten den Gang, in dem Valeskas Gemächer lagen. Vor der mit goldenen Ornamenten verzierten Flügeltür standen wie eh und je zwei Wachmänner. Leigh spannte sich an, und Weylin machte sich ebenfalls bereit für einen Kampf, sollten sie sich weigern, sie hindurchzulassen.

Zu Weylins Erstaunen traten die Männer jedoch ohne ein Wort des Widerspruchs beiseite und ließen ihn zu Valeska durch, als hätte die Königin ihnen bereits von seiner Ankunft erzählt. Doch das war unmöglich. Der Fluch war gebrochen, und sie hatte ihn nicht gerufen.

Weylin starrte die große Flügeltür an. So oft hatte er sie aufgestoßen und war in diese Gemächer getreten. So oft hatte er lieber davonrennen wollen. Doch nicht heute.

Er atmete tief durch und stieß die Türen auf.

Das Zimmer dahinter war nach wie vor prächtig. Mit hohen Wänden, die jedes Geräusch zurückwarfen, roten Stoffen, die kunstvoll die Fenster zierten, und schwarzen Fellen, die Elva vom Leib gezogen worden waren. Valeskas Gemächer protzten mit Reichtum, aber das erste Mal fühlte Weylin sich nicht eingeschüchtert. Früher hatte all dieser Prunk ihn überwältigt. Er hatte sich darin klein, wertlos und verloren gefühlt. Aber er war in den letzten Wochen und Monaten gewachsen und stand nun über diesen Dingen – über Valeska.

Weylin warf nur einen kurzen, abschätzigen Blick auf das Bett, in dem er früher so oft gegen seinen Willen gelegen hatte, bevor er zu Valeska sah, die neben einem der Fenster stand, die Sonne hinter sich. Sie hatte ihnen den Rücken zugewandt und beugte sich über eine goldene Wiege.

Sanft bettete sie ein Bündel hinein und murmelte ein paar leise Worte, die Weylin nicht verstand. Seine Kehle wurde trocken, als ihm bewusst wurde, dass er sich im selben Raum befand wie sein Sohn. Sein Fleisch und Blut wurde von der Frau behütet, die seine Seele gebrochen hatte.

Langsam drehte Valeska sich zu ihm um. Er wäre fast einen Schritt zurückgewichen, aber er konnte sich beherrschen, denn er wollte der Königin gegenüber keine Schwäche mehr zeigen. Keine Angst. Und keinen Gehorsam.

»Ich habe auf dich gewartet«, sagte Valeska.

»Ich bin nicht gekommen, um dir zu dienen.«

Ein mattes Lächeln trat auf Valeskas Lippen. Sie war schön wie eh und je. Ihr rotes Haar lockte sich elegant um ihre Schultern und ihr anmutiges Gesicht. Und ihr Körper hatte sich unter den Strapazen der Geburt nicht verändert, ihre Taille war schmal, ihre Brüste üppig, aber etwas an ihr war anders. Der Blick aus ihren grünen Augen war stumpf geworden.

»Ich weiß. Ich habe gespürt, wie der Fluch brach. Zuerst dachte ich, du seist tot, aber dann sind mir die Geschichten über einen heldenhaften Halbling zu Ohren gekommen, der geholfen hat, Cernunnos zu stürzen«, sagte Valeska. »Ich wusste sofort, dass du es bist.«

Weylin atmete tief ein, und ihm fiel ein Stein vom Herzen. Er hatte nicht geahnt, wie wichtig es ihm war, diese Worte aus dem Mund seiner Peinigerin zu hören.

Valeskas Blick zuckte kurz zu Leigh, der hinter ihm stand, und zurück zu ihm. »Willst du deinen Sohn sehen?«, fragte sie und deutete auf die Wiege. Es war das erste Mal, dass sie sanfter ihm gegenüber klang. Nicht herrisch, nicht dominant, sondern gebrochen und klein. Sie hatte verloren, und das wusste sie.

Weylin würgte die Trockenheit in seiner Kehle hinunter und spähte über seine Schulter zu Leigh, ehe er einen Schritt nach vorn trat, noch einen und noch einen. Je näher er Valeska kam, umso angespannter wurde er, doch die Königin wartete nur still und mit vor dem Bauch verwobenen Fingern.

Weylin beugte sich langsam über die Wiege. Ihm blieb die Luft weg, als er den Jungen erblickte, der auf dem Rücken lag und an die Decke starrte. Seine Arme hielt er in die Luft gestreckt, ballte die kleinen Hände zu Fäusten und ließ sie wieder locker, als wollte er etwas Unsichtbares einfangen. Er quiekte erheitert, sah zu ihm auf und blinzelte ihn aus dunklen Augen an.

»Er sieht dir sehr ähnlich«, sagte Valeska. »Niemand, der ihn je zu Gesicht bekommen hat, hat der Lüge geglaubt, dass Aldren sein Vater ist.«

Weylin blendete ihre Stimme aus, weil er nichts davon hören wollte. Seine ganze Aufmerksamkeit lag auf dem kleinen, in Decken gehüllten Wunder. Tränen stiegen in seine Augen. Dieses Kind war durch Gewalt gezeugt worden, aber es sollte nie Gewalt erfahren. Es sollte in Frieden und Liebe aufwachsen, sollte wissen, was es bedeutete, eine sorgende Familie zu haben. Es sollte selbstsicher und zuversichtlich durch diese Welt gehen und nicht voller Furcht und Selbsthass, so wie er all die Jahre, die Valeska ihn zu ihrem Sklaven gemacht hatte.

Er richtete sich auf und sah ihr fest in die Augen. »Ich bin hier, um dich zu töten.«

Valeskas Lächeln begann zu beben. »Ich weiß.«

Er wartete darauf, dass die Königin ihre Wachmänner rief, aber das tat sie nicht. Stattdessen lehnte sie sich über die Wiege und gab ihrem Sohn einen Kuss auf die Stirn. Einen Abschiedskuss. Weylin wusste nicht, was Cernunnos ihr angetan hatte, aber die Frau, die vor ihm stand, war gebrochen.

»Ich will nicht, dass er das sieht«, bat Valeska.

Weylin nickte und beugte sich über die Wiege, um seinen Sohn das allererste Mal auf den Arm zu nehmen. Der Kleine kicherte und schenkte Weylin ein offenes Lächeln. Sein Herz dehnte sich aus und machte Platz für eine Liebe, die noch größer war als jene, die er für Leigh empfand. Er hatte keine Ahnung, dass so etwas möglich war, dass eine derartige Liebe überhaupt existierte. Er würde dieses Kind mit seinem Leben schützen.

Sanft drückte er Cassian an seine Brust und wandte sich mit ihm zu Leigh um, der weiterhin geduldig auf ihn wartete. Auch er lächelte milde, als er den Jungen sah. Weylin ging zu ihm und überreichte ihm seinen Sohn.

»Würdest du mit ihm rausgehen?«

»Natürlich.« Zaghaft nahm Leigh seinen Sohn entgegen und wiegte ihn sanft in seinen Armen. Cassian wurde unruhig, und sein Lachen veränderte sich zu einem leisen Wimmern, aber Leigh ließ sich davon nicht verunsichern. Er brachte Weylins Sohn in Sicherheit, damit er nicht miterleben musste, was mit seiner Mutter geschah.

Weylin lauschte auf das Klicken der Tür, ehe er sich wieder Valeska zuwandte. Sie hatte sich von ihrem Platz gelöst und ging auf ihren Schreibtisch zu, um eine der Schubladen zu öffnen. Weylins Hand schoss zu dem Dolch an seinem Gürtel.

Valeska lachte verhalten. »Keine Sorge, ich werde mich nicht wehren. Ich möchte dir nur das hier geben.«

Sie zog einen Brief aus der Schublade und reichte ihn Weylin.

Er war mit einem Wachstropfen, welcher das königliche Siegel zeigte, verschlossen worden. »Was ist das?«

»Ein Schreiben, das erklärt, dass ich mir das Leben genommen habe, und dich somit deiner Schuld entbindet«, erklärte Valeska ruhig. »Es räumt außerdem ein, dass Cassian dein Sohn ist und du sein Vormund auf dem Thron bist, bis er alt genug ist, ihn selbst zu besteigen. Wenn mein Liebling schon ohne Mutter aufwachsen muss, dann nicht auch noch ohne Vater.«

Weylin blinzelte. Er konnte das nicht glauben. Er hatte die Worte gehört, aber er war nicht sicher, ob er sie richtig verstanden hatte. »Wo ist der Haken?«

Sie schloss die Augen und verzog das Gesicht. Eine Träne löste sich und lief über ihre Wange. Das war das erste Mal, dass er Schwäche an ihr sah. »Es gibt keinen. Ich bin jedoch bereit, mich für meine Taten zu verantworten«, sagte Valeska. »Was ich dir angetan habe, kann ich nie wiedergutmachen, und ich will auch nicht versuchen, es mit Worten zu verharmlosen. Was ich dir angetan habe, war falsch, das hat mich meine kurze Ehe mit Cernunnos erkennen lassen. Er hat mir den Spiegel vorgehalten und mich erkennen lassen, wer ich war. Erst durch ihn habe ich begriffen, wer du bist und was ich dir angetan habe.«

Sie wischte sich eine weitere Träne weg und blickte Weylin offen an. Er sagte nichts, denn sosehr ihre Einsicht sie auch ehrte, er konnte sie nicht gehen lassen und ihr nicht verzeihen. Nicht nach all den Jahrzehnten des Schmerzes.

Valeska zog die Nase hoch und holte einen zweiten Brief aus dem Schreibtisch. Sein Papier wellte sich an einigen Stellen, als wären Tränen darauf gefallen. »Das sind meine letzten Worte an meinen Sohn. Ich weiß, du bist mir nichts schuldig, aber es würde mir die Welt bedeuten, wenn du ihm den Brief eines Tages geben könntest, damit er seine Mutter nicht vergisst.«

Weylin zögerte. Er könnte ihr diese Bitte abschlagen und den Brief verbrennen, doch hier ging es nicht um ihn und seine bitteren Gefühle, sondern um ihren Sohn. Dieses Schreiben war an ihn gerichtet, und er sollte selbst entscheiden dürfen, was damit geschah.

»Ich werde ihm den Brief geben«, sagte Weylin und steckte die beiden Umschläge ein.

»Danke«, sagte Valeska. Sie schniefte, und stumme Tränen rannen über ihr Gesicht, als sie den Kopf in den Nacken legte, wie um ihm ihre Kehle anzubieten. »Ich bin bereit. Tu, was du tun musst.«

Weylin zückte seinen Dolch, holte tief Luft und beging den letzten Mord seines Lebens.

Epilog II – Ceylan

– Nihalos –

Drei Monate später
Bis vor wenigen Monaten hatte Ceylan die Momente wahren Glücks in ihrem Leben an einer Hand abzählen können, weshalb sie umso dankbarer dafür war, dass sie ein solches Glück nun jeden Morgen erlebte, wenn sie aufwachte. Mit einem Lächeln auf den Lippen rekelte sie sich unter dem Laken, das sich wundervoll warm und weich auf ihrer nackten Haut anfühlte und all die Nächte, die sie frierend auf der Straße hatte verbringen müssen, fast wiedergutmachte.

Ceylan schlug die Augen auf und sah zu Kheeran, der friedlich neben ihr schlief. Er lag auf dem Bauch, sein Gesicht tief in das Kissen gesunken. Die Vögel zwitscherten, und eine sanfte Brise wehte durch das offene Fenster, obwohl es bereits Winter war. Doch die Fae vermochten der Kälte mit ihrer Magie zu trotzen.

»Guten Morgen«, nuschelte Kheeran in sein Kissen.

Sie lächelte. »Hab ich dich geweckt?«

»Ja, aber ich verzeihe dir.« Noch im Halbschlaf schlang er einen Arm um ihre Mitte. Ceylan keuchte leise auf, aber der Laut erstickte unter Kheerans Lippen, als er sie küsste und an sich zog. Sie legte ihre Hand an seine nackte Brust und schob ihren Körper dem seinen entgegen. Sie war froh darüber, ihn geweckt zu haben, denn solche Momente der Zweisamkeit waren selten und kostbar.

Der Wiederaufbau der Strukturen nach Cernunnos' Machterhebung war in vollem Gange, und es gab noch viel zu tun, vor allem nach Valeskas plötzlichem Ableben. Die Seelie hatten sehr damit zu kämpfen, sich an ihren neuen Anführer, einen Halbling, zu gewöhnen, aber sie waren ein treues Volk und beugten sich den Wünschen ihrer toten Königin, weshalb sie nicht zu viel Ärger machten.

Und auch unter den Unseelie kehrte mit jedem Tag mehr Frieden ein. Nicht alle unterstützten Kheeran. Einige warfen ihm vor, den Thron an Aldren abgetreten zu haben, aber die Stimmen derer, die hinter ihm standen, waren lauter geworden, und das zu Recht. Kheeran war trotz seiner vereinzelten Zweifel ein fantastischer König, der mit ruhiger und selbstsicherer Hand über sein Volk herrschte. Und mit jeder Entscheidung, die er traf, wuchs er mehr und mehr in seine Rolle hinein.

Was leider der Grund für ihre fehlende Zweisamkeit war, denn Kheeran war ein gefragter und pflichtbewusster Mann. Dafür liebte und hasste Ceylan ihn gleichermaßen. Doch heute war ein besonderer Tag. Sie drückte gegen seine Brust, um ihn auf den Rücken zu rollen. Er gehorchte ihr, obwohl er im Bett selbst gern die Führung hatte, und sie kletterte rittlings auf seinen Schoß, ohne ihren Kuss zu unterbrechen.

Kheeran umfasste Ceylans Hüfte, um sie zu führen, als es plötzlich an der Tür klopfte. Ceylan stieß ein frustriertes Stöhnen aus und versuchte, den Störenfried zu ignorieren, als es ein weiteres Mal klopfte.

»Eure Hoheit? Herrin Alarion?«

»Wir haben keinen Hunger!«, brüllte Ceylan.

Kheeran lachte, dennoch schob er sie von sich und schlüpfte in eine Robe. Ceylan grummelte missmutig. Sie legte das Laken um ihre Nacktheit und blickte Kheeran nach, der die Tür öffnete. Sibeal stand davor, ein wissendes Lächeln auf den Lippen. Doch statt des Wagens mit Frühstück, den sie ihnen üblicherweise brachte, hielt sie ein Stoffbündel vor ihrem wachsenden Bauch.

»Das ist soeben eingetroffen«, sagte sie und überreichte das mit Lederschnüren verbundene Päckchen an Kheeran. »Du wolltest, dass man es dir sofort bringt.«

Er lächelte. »Danke! Das Frühstück kann heute warten.«

Ceylan richtete sich auf, als Kheeran mit dem Bündel auf das Bett zukam. Ein Brief lag darauf, den er allerdings beiseitelegte, ehe er ihr das Geschenk übergab. »Was ist das?«

»Etwas, nach dem ich habe suchen lassen. Öffne es.«

Ceylan löste die Schnüre und schlug den Stoff zurück. Darin gebettet lagen zwei Mond-Sichel-Messer. Ihre Mond-Sichel-Messer, die Cernunnos an sich gerissen hatte. Sie erkannte sie sofort wieder. Das Metall war leicht zerkratzt, und an einer Stelle war ein Stein rausgesprungen. »Woher …?«

»Ich habe Larkin gebeten, danach Ausschau zu halten«, antwortete Kheeran. »Ich hatte das Gefühl, dass du sie als Andenken gern wiederhaben würdest.«

Sie schob die Messer beiseite und warf sich Kheeran an den Hals. Er legte eine Hand an ihren Rücken und küsste sie. »Sind wir jetzt wieder an der Stelle, an der du dich bei mir für die Messer bedankst?«, fragte er verwegen an ihren Lippen.

Ceylan grinste und zog Kheeran an sich und zurück ins Bett.

▽

Ceylan tastete nach den Mond-Sichel-Messern, die an ihrem Gürtel hingen. Die Messer sahen zwar noch ein bisschen mitgenommen aus, aber sie hatte es nicht über sich gebracht, sie zurückzulassen.

»Wir sind gleich da«, sagte Kheeran und betrachtete sie auf eine Weise, die außerhalb ihres Schlafgemachs alles andere als angebracht war. Vermutlich war das seine Art, sie wissen zu lassen, dass ihm ihre neue Uniform gefiel. Sie war eigens für Ceylan angefertigt worden, aus einem hellblauen Stoff mit goldenen Knöpfen. Das Oberteil war etwas enger gefasst, bot ihr aber genügend Spielraum zum Kämpfen. Die Hose wurde nach unten hin weiter, und sogar eine Halterung für einen Dolch war an der Wade in den Stoff eingelassen. Am besten gefiel ihr jedoch, dass ihre Uniform Kheerans glich, sodass jeder auf den ersten Blick sah, dass sie zusammengehörten und eine Einheit waren.

Kheeran schob einen der Vorhänge, welche die Fenster der Kutsche verdeckten, beiseite und winkte den jubelnden Unseelie zu, die auf der Straße standen und auf ihre Ankunft warteten. Denn sie waren auf dem Weg zu dem wiederaufgebauten Tempel, in dem Kheeran heute gekrönt werden sollte, nachdem ihm Litha hoffentlich auch das Geschenk des Feuers machte.

Es war nicht ihr erstes gemeinsames Auftreten, dennoch war Ceylan nervös. Ein Teil von ihr rechnete noch immer damit, dass die Unseelie sie hassten, aber das Gegenteil war der Fall. Das Volk schätzte und ehrte sie dafür, dass sie diejenige gewesen war, die Cernunnos vernichtet hatte. Und duldete sie daher nicht nur als Beraterin und Wächterin an Kheerans Seite, sondern auch als dessen Partnerin.

Doch sie war nicht als Einzige nervös, auch Kheeran war unruhig. Sie wusste nur nicht, was ihm mehr Sorgen bereitete. Die Angst, nicht würdig zu sein, was völlig unnötig war, oder die Furcht, dass er eine weitere jähzornige Gottheit in diese Welt bringen könnte.

»Was stand in dem Brief, der mit den Messern gekommen ist?«, fragte sie, um ihn auf andere Gedanken zu bringen. Sie hatte nur gesehen, dass er von Freya war.

»Der Wiederaufbau der Mauer ist so gut wie abgeschlossen«, berichtete Kheeran. Er, Freya und Weylin hatten sich schnell darauf geeinigt, dass die Wiedererrichtung der Mauer für den Schutz der Menschen die höchste Priorität hatte, denn trotz Cernunnos' Tod existierten die Elva. Ob sie ohne ihren Gott früher oder später aussterben würden, war fraglich, aber niemand wollte die Leben Hunderter Unschuldiger darauf verwetten.

»Das sind gute Neuigkeiten.«

»In der Tat. Außerdem hat sich meine Schwester entschieden, ihr Thronerbe nicht anzutreten. Sie möchte die Demokratie in

Thobria einführen und das Volk zukünftig selbst darüber bestimmen lassen, wer es regiert.«

»Eine Demokratie«, wiederholte Ceylan. Sie hatte davon noch nie gehört.

Kheeran bejahte. »Die ersten Wahlen sollen wohl schon bald stattfinden, und Melvyn hat sich aufstellen lassen, um einer von zehn Ministern zu werden. Sie hat etwas Sorge, dass es ihm zu viel werden könnte, nun, da er auch sein Erbe über die Minen seines Vaters antritt, andererseits war seine Familie stets sehr gerecht.«

Ceylan nickte. Manchmal, wenn Kheeran über diese Dinge sprach, fühlte sie sich fehl am Platz und fragte sich, ob sie wahrhaftig die richtige Frau an seiner Seite war. Doch dann erinnerte sie sich stets an ihre eigenen Talente, ihre Stärken und daran, dass sie etwas Besonderes war. Eine Dunkelgängerin. Kein Wissen dieser Welt konnte ihre Macht und ihre Fähigkeiten aufwiegen.

Sie war einmalig.

Eine Kriegerin.

Eine Kämpferin.

Und sie war genau da, wo sie hingehörte.

Epilog III – Freya

– Amaruné –

Sechs Monate später
Freya stand am Fenster ihres neuen Gemachs und blickte in Richtung der Stelle, an der einst das Schloss gestanden hatte. Mithilfe der Fae und ihrer Erdmagie waren die Trümmer schneller beseitigt worden als von Menschenhand möglich. Nun hatten die Bauarbeiten für das neue Herz Amarunés begonnen.

Es würde kein neues Schloss entstehen, sondern ein Regierungsviertel für die Bewohner dieses Landes. Ihr Vater und all die Könige und Königinnen vor ihm hatten das Volk lange genug ausgebeutet. In der Mitte des Viertels wurde ein Rathaus errichtet, in dem sämtliche Sitzungen und Wahlen stattfinden konnten, daneben entstanden kleinere Gebäude, welche die Bürger aufsuchen konnten, wenn sie Vorschläge vorbringen wollten oder Hilfe benötigten.

Es würde noch ein langer Weg werden. Viele Bürger hießen diese neue Form der selbstbestimmten Regierung willkommen, andere wiederum sehnten sich nach ihr als Königin, aber sie dürstete es nicht danach, in die Fußstapfen ihres Vaters zu treten. Sie hatte andere Träume und wollte das Regieren jenen Menschen überlassen, die sich dazu berufen fühlten – wie Melvyn. Sie hätte niemals geglaubt, dass ihr alter Freund eines Tages in die Politik gehen würde. Doch was mit Cernunnos geschehen war, hatte seine Ansicht wohl geändert. Ebenso wie die vieler anderer Menschen und Fae.

Obwohl die Kämpfe bereits sechs Monate zurücklagen, lebten noch einige Unseelie und Seelie in der Stadt, und immer mehr reisten an, um die einstige Heimat ihres neuen Königs zu sehen.

In Absprache mit Kheeran hatten sie dem Volk erzählt, was vor achtzehn Jahren geschehen war, und die Stammbäume der Draedons vor dem tausendjährigen Frieden waren nun kein Geheimnis mehr. Jeder wusste, dass in ihren Adern Fae-Blut floss, was nicht allen gefiel. Doch diese Stimmen waren nicht laut und keine, denen Freya Gehör schenkte.

Ein leises Klopfen erklang an der Tür.

Freya konnte nicht antworten, aber es galt die Regel, dass sie jeden in ihren Gemächern willkommen hieß, solange die Tür unverschlossen war. Abgesehen von Larkin klopften die meisten aus Höflichkeit dennoch.

Kheeran schob seinen Kopf in das Zimmer. Sein blondes Haar, das mit Teilen seiner Haut verbrannt war, war mittlerweile wieder lang gewachsen. Seine Narben waren noch gut sichtbar und würden das wohl für immer bleiben, aber sie hatte sich inzwischen so sehr an diesen Anblick gewöhnt, dass sie es gar nicht mehr wahrnahm, wenn sie ihn ansah.

»Du siehst wunderschön aus«, raunte Kheeran.

Freya lächelte. Sie trat vom Fenster zurück und blickte sich im Spiegel an. Sie trug ein weißes Kleid, das sie für den heutigen Tag hatte anfertigen lassen. Ihre Taille wurde von einer zarten Korsage eingefasst, die mit Perlen und glitzernden Steinen besetzt war. Der weite Rock war in vier Schichten aufgeteilt und wehte bei jeder ihrer Bewegungen sanft um ihre Knöchel. Die Ärmel reichten ihr bis zum Handgelenk und ließen die Schultern frei. Und um ihren Hals hingen drei Talente an einer Kette. Es war kein kostspieliger Schmuck, aber er bedeutete Freya mehr als jedes Diadem und jeder Diamant. Ihre Haare waren hochgesteckt, und in vereinzelte Strähnen waren Perlen eingeflochten.

Kheeran hatte recht, sie war wunderschön und fühlte sich auch so. Was gut war, denn gleich würde sie vor eine Schar aus Leuten treten, um den Mann zu heiraten, den sie liebte.

Sie lächelte sich selbst im Spiegel zu und nickte zufrieden. Die

Gäste müssten bereit sein und auf sie warten. Freya wandte sich von ihrer Reflexion ab und hakte sich bei Kheeran unter, der sie zum Altar geleiten würde, denn er war das letzte Familienmitglied, das ihr geblieben war.

Er führte sie durch den Flur zur Treppe und nach unten. Freya und Larkin lebten inzwischen in einer kleinen Villa zwischen dem ersten und zweiten Ring. Sie war während der Kämpfe zerstört und ihre Besitzer ermordet worden. Mühselig hatte Larkin das Haus mit eigenen Händen wieder aufgebaut und erneut bewohnbar gemacht. Es war noch nicht ganz fertig, aber mit jedem weiteren Tag konnte Freya hier mehr und mehr ihre Zukunft sehen.

Im kommenden Sommer wollte sie einen Garten anlegen, der von der Bibliothek aus direkt begehbar sein würde. Sie freute sich schon darauf, in der Sonne zu sitzen und in all den alchemistischen Büchern zu lesen, die sie aus Weidar geholt hatten. Das Wissen, das dort gebunkert worden war, sollte nicht länger geheim bleiben, sondern allen zur Verfügung gestellt werden. Freya würde dafür sorgen, dass Abschriften erstellt wurden und in den öffentlichen Bibliotheken zugänglich wären. Denn Magie zu wirken, war nicht länger eine Straftat in Thobria. Dies war eine von zwei Amtshandlungen, die Freya als Königin vorgenommen hatte, ehe sie ihre Krone abgegeben hatte. Die zweite war gewesen, Larkin von seiner Schuld freizusprechen. Er war nun ein freier Mann und schon bald *ihr* Mann.

Vor dem Speiseraum, in dem die Gäste warteten, blieben Freya und Kheeran stehen. Sie hörte das aufgeregte Murmeln der anderen und konnte sich bildhaft vorstellen, wie Larkin unruhig von einem Fuß auf den anderen trat. Er hatte sie seit gestern Abend nicht mehr gesehen, weil sie sich in Ruhe auf diesen besonderen Tag hatte vorbereiten wollen.

Kheeran räusperte sich. »Larkin ist vorhin auf mich zugekommen …«

Weshalb?, fragte Freya mit ihren Händen.

»Er wollte mit mir über dich sprechen und über ein Geschenk, das nur ich euch geben kann.«

Freya blickte ihn fragend an und hob die Augenbrauen.

Er griff nach ihren Händen. Sie hoffte sehr, dass er nicht bemerkte, wie kalt und feucht sie waren. Sie freute sich darauf, den Rest ihres Lebens mit Larkin zu verbringen, dennoch war sie nervös.

Kheeran lächelte sie an und drückte ihre Finger. »Die Unsterblichkeit. Ich weiß, ihr habt schon des Öfteren darüber geredet, aber er möchte dich an seiner Seite haben, nicht nur für die nächsten fünfzig Jahre seines Lebens, sondern für die nächsten fünfhundert. Daher hat er mich gefragt, ob ich dich nach der Zeremonie verwandele«, sagte Kheeran. »Vorausgesetzt, du willst das auch.«

Freya nickte heftig und umarmte Kheeran stürmisch. Sie konnte sich kein schöneres Geschenk vorstellen. Und hätte ihre Zeit es erlaubt, hätte sie ihn längst in Nihalos aufgesucht, um ihn genau um jene Unsterblichkeit zu bitten, denn auch sie wollte die Ewigkeit mit Larkin verbringen. Doch bisher war es unmöglich für sie gewesen, Amaruné zu verlassen. Noch gab es zu viel zu tun, und es würde vermutlich weitere sechs bis zwölf Monate dauern, bis die neue Regierung auf eigenen Füßen stand.

Freya löste sich von Kheeran und sammelte sich, denn sie wollte, dass Larkin sie sah, bevor Fäden aus Freudentränen ihre Schminke durchzogen. Sie hakte sich bei Kheeran unter, lächelte ihn an, und gemeinsam betraten sie den Saal. Augenblicklich verstummten die Gespräche im Raum, und alle Blicke wandten sich in ihre Richtung. Freya sah sich in der Runde um. Es waren alle gekommen.

Ceylan saß in ein fliederfarbenes Kleid gehüllt in der ersten Reihe. Es war das erste Mal, dass Freya sie in etwas anderem als ihrer neuen Uniform sah. Sie lebte mittlerweile mit Kheeran in Nihalos und war für den Schutz der neu eingerichteten Handelswege zwischen Melidrian und Thobria verantwortlich.

Neben ihr saßen Khoury, Gothar und Melvyn. Er lächelte Freya offen und herzlich zu. Er streckte sein Holzbein von sich und rieb über die Stelle, wo es aufhörte und der Stumpf, der ihm geblieben war, anfing. Leider hatten die Heiler es nicht retten können, aber er schien sich daran zu gewöhnen.

Eine Reihe hinter ihnen waren Leigh und Weylin mit ihrem Sohn, Cassian, den Freya erst kennenlernen musste. Die drei hausten mittlerweile im Palast Daarias. Weylin hätte als Vormund des künftigen Königs das Recht, den Thron bis zu dessen Volljährigkeit zu führen. Da er in diesen Belangen jedoch genauso unbeholfen war wie Freya selbst, hatte er mit Kheerans Hilfe einen Rat gegründet, der ihm zur Seite stand.

Hinter Leigh und Weylin saß Elroy mit Rae. Er hatte seine Reise durch die Welt für Larkin und sie unterbrochen. Ihr zukünftiger Gatte hatte keine Freudensprünge gemacht, als sie ihm offenbart hatte, dass sie den Piraten einladen wollte, aber er hatte ihr diesen Wunsch nicht abschlagen können, denn vermutlich wären sie ohne Elroy heute alle nicht hier. Und sie freute sich bereits darauf, von den Abenteuern zu hören, die er in den letzten Monaten erlebt hatte.

Am Ende des Ganges, ganz vorn, wartete Larkin auf sie. Sein dunkelbraunes Haar war elegant zurückgekämmt. Er trug eine maßgeschneiderte Uniform aus schwarzem Stoff, die an seine Wächterkleidung erinnerte, und ein Lächeln lag auf seinen Lippen. Sein Anblick wärmte Freyas Herz, und binnen eines Wimpernschlags wichen all ihre Bedenken einem Gefühl tiefen Friedens.

Es war alles genauso, wie es sein sollte. Dieser Moment war perfekt. Vieles hätte besser laufen können, und sie wünschte sich, dass ihr manch ein Schmerz erspart geblieben wäre, doch ohne dieses Leid wäre der heutige Tag wohl nicht der schönste ihres Lebens.

Ihre Reise hatte in Amaruné begonnen, als sie mit einem verwahrlosten Gefangenen aufgebrochen war, um ihren verschollenen Bruder zu finden. Und nun streifte ihre Reise wieder diesen Ort, am Tag ihrer Hochzeit. Vorbei war sie längst nicht. Freya hatte selbst noch viele Abenteuer zu erleben und wollte die Magie dieser Welt erkunden. Das musste sie nicht allein tun.

Freya holte tief Luft, und mit festen Schritten ging sie ihrer Zukunft entgegen. Sie hatte vielleicht eine Familie im Kampf verloren, aber eine andere hatte sie gewonnen. Ihr Bruder war zurück, sie hatte neue Freunde unter den Fae und Menschen sowie Dunkelgängern gefunden. Und sie hatte Larkin kennengelernt, der die Ewigkeit mit ihr bestreiten würde. Was konnte sie sich mehr wünschen?

Glossar

Lavarus (La-waa-russ) = Kontinent, der sich in das sterbliche Land Thobria und das magische Land Melidrian teilt. Nachbarkontinent zu Séakis.

Thobria – das sterbliche Land (To-bri-a)
Amaruné (A-ma-run) = Hauptstadt des sterblichen Landes
Askane (As-kane) = eine Hafenstadt nahe der Mauer
Evardir (Evah-dir) = nördlichste Stadt in Thobria
Limell (Li-mell) = eine Kleinstadt in der Nähe von Amaruné
Weidar (Wei-dar) = Stadt mit dem ältesten Tempel der Königsreligion, Sitz der Burg Leith, Beiname: Zweihorn

Die königliche Familie Draedon (Dra-e-don)
Freya (Frey-ja) = Prinzessin des sterblichen Landes
Talon (Ta-lon) = Prinz des sterblichen Landes
Andreus (An-drois) = König des sterblichen Landes
Erinna (Eriina) = Königin des sterblichen Landes

Weitere Charaktere
Larkin Welborn (Lar-kin Wel-born) = ehemaliger Field Marshal
Moira (Mäu-ra) = Alchemistin und Freyas Mentorin
Roland Estdall (Row-land Est-dall) = oberster Kommandant der königlichen Garde

Séakis – das goldene Reich (See-a-kies)
Deèglan Armandt (Di-gläin Armant) = Prinz und ältester Sohn von Kaiserin Atessa, Erbe über die séakische Armee
Raeiah Turanij (Rai-ja Tur-anii) = Diplomatin der Kaiserin

Helenia Turanij (He-lenia Tur-anii) = Schwester von Raeiah
Elroy (El-roy) = Pirat (Captain Elroy)

Das Niemandsland – die Grenze zwischen den Ländern
Ceylan Alarion (Säy-lan A-la-rion) = Wächter-Novizin
Leigh Fourash (Li For-äsch) = Wächter (Captain Fourash)
Khoury Tombell (Kori Tom-bell) = derzeitiger Field Marshal und Ausbilder

Melidrian – das magische Land (Me-li-dri-aan)
Nihalos (Ni-ha-los) = Hauptstadt der Unseelie
Daaria (Daaria) = Hauptstadt der Seelie
Levátt (Li-vatt) = Heimat der Halblinge

Der Königshof der Unseelie
Elemente: Wasser und Erde
Kheeran (Ki-ran) = Prinz der Unseelie, baldiger König
Nevan (Nee-wan) = König der Unseelie (verstorben)
Zarina (Sa-rina) = Gemahlin des verstorbenen Königs
Aldren (Old-dren) = bester Freund und Berater von Prinz Kheeran

Der Königshof der Seelie
Elemente: Feuer und Luft
Valeska (Wa-les-ka) = Königin der Seelie
Samia (Sa-mi-ah) = Seherin und Valeskas Beraterin
Weylin (Wäi-lyn) = Blutsklave der Königin

Die Götter der Anderswelt
Yule (Jul) = Gott des Wassers (Element: Wasser)
Ostara (Oss-taraa) = Göttin der Erde (Element: Erde)
Litha = (Li-tha) Göttin des Feuers (Element: Feuer)
Mabon (Mah-bon) = Gott der Lüfte (Element: Luft)
Cernunnos (Zer-nu-nos) = Gott des Todes (kein Element)

Danksagung

Heute diese Danksagung tippen zu können, fühlt sich unwirklich an. Ich habe während des Schreibens von »Die Krone der Dunkelheit: Götterdämmerung« häufig an mir gezweifelt. Ich war mir nicht sicher, ob ich das Manuskript rechtzeitig werde beenden können. Ob es mir gelingt, die Geschichte angemessen zu Ende zu erzählen. Und ob ich es schaffe, einen würdigen Reihenabschluss zu schreiben, der euch abholt und begeistert.

Ich wollte der Welt, die ich in den ersten beiden Bänden geschaffen habe, gerecht werden und habe mir dadurch selbst viel Druck gemacht. Druck, von dem ich an manchen Tagen dachte, dass er mich in die Knie zwingen würde. Ich war oft verunsichert und kurz vor dem Aufgeben, aber nun schreibe ich diese Danksagung und weiß: Ich hab es geschafft!

Ich habe es geschafft, »Die Krone der Dunkelheit: Götterdämmerung« aufs Papier zu bringen, und kann ehrlich und von ganzem Herzen sagen, dass ich sehr glücklich mit dem Ergebnis bin. Ich liebe das Ende (ihr hoffentlich auch) und glaube, dass ich Freya und Larkin, Ceylan und Kheeran, Weylin und Leigh sowie Elroy und all den anderen Charakteren gerecht geworden bin. Sie haben das Ende bekommen, das sie verdient haben.

Und an allererster Stelle möchte ich dafür mir selbst danken. Nicht nur, weil ich durchgehalten habe, als ich glaubte, nicht mehr zu können. Sondern vor allem, weil ich während des Schreibprozesses gelernt habe, mehr auf mich selbst zu achten und mir Pausen zu gönnen, auch wenn mir eine Stimme in meinem Kopf einreden wollte, sie nicht verdient zu haben, weil ich noch nicht genügend Wörter geschrieben habe.

Daher, Leute: Passt auf euch auf. Pausen sind wichtig, vor

allem nach den letzten Monaten, die wir alle hinter uns haben. Einen Moment zum Durchatmen sollte man sich nicht erst verdienen müssen. Nehmt euch Zeit für euch und die Dinge im Leben, die euch Freude bereiten, auch wenn die To-do-Liste voll ist, denn nur so könnt ihr Energie tanken und Kraft schöpfen. Und nichts ist so dringend, dass es nicht kurz warten kann.

So, und nun die eigentliche Danksagung:

Ich danke meiner Literaturagentur, der AVA international GmbH, insbesondere meinem Agenten Markus Michalek, der stets ein offenes Ohr für mich hatte und der mir geholfen hat, so viele kleine und große Probleme zu umschiffen, die sich mir beim Schreiben dieser Reihe in den Weg gestellt haben.

Ich bedanke mich auch bei meinen Freunden Ava Reed, Alexander Kopainski, Anabelle Stehl, Bianca Iosivoni, Nina Bilinszki, Tami Fischer, Marie Graßhoff, Klaudia Szabo, Nicole Böhm und Laura Graßhoff. Danke für all die großartigen Co-Working-Stunden, das unermüdliche Anfeuern und dass ihr einfach für mich da seid. Ich könnte mir keine besseren Freunde als euch vorstellen. Ich hab euch lieb!

Insbesondere möchte ich an dieser Stelle Nicole danken, dafür, dass sie sich die Zeit genommen hat, jedes Kapitel und jede Szene dieses Buches einzeln mit mir durchzusprechen, als ich den Wald vor lauter Bäumen nicht mehr gesehen habe. Und auch an Klaudia geht ein ganz besonderes Danke raus, denn sie ist nicht nur eine gute Freundin, sondern auch die fabelhafte Lektorin dieses Buches. Danke, dass du mir geholfen hast, das Beste aus meinem Text herauszuholen. Ich bin froh, dass ich dafür mit dir zusammenarbeiten konnte.

Danken möchte ich auch meinen Testleserinnen Aleks, Nina, Natascha, Melissa, Sophie, Beate und Lena. Und meiner Familie, die immer hinter mir steht. Vielen Dank auch an Reshi, Elodin und Eivor. Ihr seid zwar Katzen und könnt nicht lesen, aber ich bin trotzdem dankbar dafür, euch bei mir zu haben. Auch dich, Nikolai, werde ich nie vergessen.

Ein großer Dank gilt auch all den fantastischen Buchhändler:innen, Blogger:innen und Bookstagramer:innen, die mich und »Die Krone der Dunkelheit« über die Jahre hinweg unterstützt haben, sei es mit ihren liebevollen Empfehlungen, großartigen Beiträgen oder wunderschönen Bildern. Ich kann euch gar nicht genug danken!

Ich möchte aber auch all den stillen Leser:innen danken. Danke für eure Geduld. Und danke, dass ihr mich auf dieser langen Reise durch Lavarus begleitet habt. Das bedeutet mir alles. Ich hoffe sehr, dass wir uns bald wieder lesen werden, und würde mich freuen, auf Instagram (@laurakneidl) von euch zu hören. Ihr seid wunderbar!

N
W
O
S
LAVARUS
DIE ATMENDE SEE
SÉAKIS
© MARKUS WEBER, GUTER PUNKT

Das Nordmeer
Evardir
Thobria
Amaruné
Schatzgebirge
Dornenwald
Weidar
Askane
Nebelwald
Nihalos
Levátt
Feuergebirge
Melidrian
Sonnenwald
Vulkanhöhe
Daaria
Die graue See